Ketchup criminale

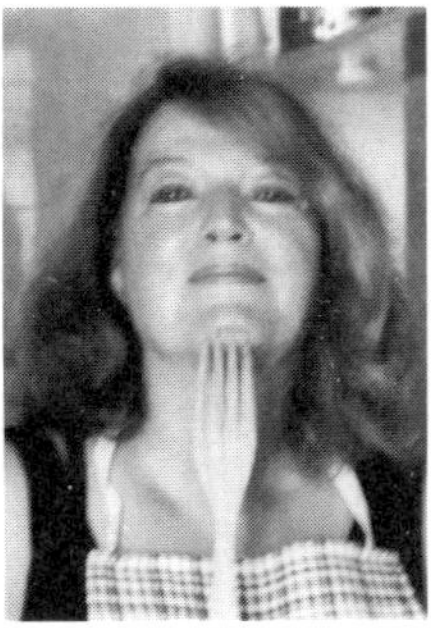

Christamaria Fiedler wurde in Berlin geboren und lebt heute in Schöneiche bei Berlin und auf Gran Canaria. Seit 1967 arbeitet sie als freie Autorin für Verlage, Presse, Rundfunk und Fernsehen in Sachen Kinderliteratur.

Christamaria Fiedler

Ketchup criminale

CARLSEN

Außerdem von Christamaria Fiedler im Carlsen Verlag lieferbar:

Spaghetti criminale
Risotto criminale
Kürbis criminale
Popcorn criminale
Sushi criminale
Lilli Holle und die Weihnachtsfamilie

Veröffentlicht im Carlsen Verlag
April 2009
Mit freundlicher Genehmigung des Thienemann Verlages

Umschlagfoto: Boris Brackrock, unimak / iStockphoto / Donna Franklin / Maria Ahlfors
Umschlaggestaltung: formlabor
Corporate Design Taschenbuch: Dörte Dosse
Druck und Bindung: GGP Media GmbH, Pößneck
ISBN 978-3-551-35837-0
Printed in Germany

– 1 –

Der erste Hurrikan dieses Spätsommers war Katrina. Er verwüstete New Orleans. Der zweite hörte auf den schönen Namen Ophelia. Ophelia machte sich über die amerikanische Ostküste her. Der dritte Hurrikan aber hieß Amanda Bornstein und stürmte wild aus der elterlichen Wohnung in Berlin. Vom ständigen Gemecker ihrer Mutter genervt war sie vom Abendbrot aufgesprungen, hatte ihre Sachen gepackt und stand nun mit ihren Koffern und ihrem Lieblingskaktus Äschylos um Mitternacht schluchzend bei ihrer besten Freundin Isolde Schütze vor der Wohnungstür.

Isy hatte noch nicht geschlafen. Dazu war der Krimi zu spannend, den sie gerade las. Endlich war der Kommissar auf eine heiße Spur gestoßen, als der grelle Ton der Klingel hartnäckig die Stille durchschnitt. Wer mochte das sein? Benedikt und ihr Vater waren außer Haus, ihre Mom seit zwei Tagen zur Kur. Seufzend warf sie den Krimi beiseite und lief in den Flur, wo aus dem Katzenkorb Selmas gelbe Augen funkelten.

Eine Sekunde später starrte sie ungläubig durch den Spion auf Amanda, deren Überraschungsauftritt zur Geisterstunde mit zwei prallen Koffern garniert war. »Du?!«

»Kann ich reinkommen?«, schniefte die Freundin.

»Was ist denn passiert?« Bestürzt trat Isy beiseite.

Statt einer Antwort zerrte Amanda ihr Gepäck in die Wohnung und drückte Isy eine fest eingewickelte Rolle in den Arm. »Such Äschylos bitte ein sonniges Plätzchen!«

»Im Moment gibt's nur Mondscheinplätze.« Isy trug Amandas Kaktus auf den Balkon zu dem Heidekraut, das ihre Mutter noch vor der Kur gepflanzt hatte. Ein Geruch von Grillkohle zog durch die Nachtluft und im nahen Park bellte mürrisch ein alter Hund. Isy wurde kühl in ihrem dünnen Nachthemd. Schnell schloss sie die Tür und ließ sich zu Amanda auf die Couch fallen. »Bist du rausgeflogen?«

»Bin selber geflogen!« Amanda strich durch ihr kurzes blondes Haar. Sie hatte den teuersten Schnitt in der Klasse. »Also, meine Mutter hat wieder mal voll den Terror gemacht! Und Dad hat sie auch schon angesteckt! *Er* meint, Ketchup übersäuert das Blut. *Sie* meint, es enthält zu viel Zucker. Bei jeder Flasche auf dem Tisch kriegen sie die Krise!«

»Die Amis haben es mit Ketchup bis auf den Mond geschafft!«

»Das würde meine Eltern nicht überzeugen, diese Vollspießer!«

»Schrecklich!«, murmelte Isy mitfühlend. »Aber deine Vorliebe für Ketchup ist echt erstaunlich. Wo du doch eine solche Feinschmeckerin bist!«

Amanda zuckte die Schultern. »Ich find es lecker. Wenig Kalorien hat es auch.« Dann berichtete sie ausführlich von dem Streit. »Wo ich kein freier Mensch sein darf, kann ich nicht leben!«, schloss sie theatralisch. »Außerdem kommt meine Mom mit meinen Hormonen nicht klar. Ich bin zu sexy, brauche zu lange im Bad, esse zu viel …!«

Isy verbiss sich ein Grinsen. »Weiß sie, wo du bist?«

Amanda nickte. »Kein Problem für sie. Sie mag dich. Dad fliegt morgen dienstlich in die Schweiz und ich wette, dass sie ihm nachreist. Shoppen in Genf! Darauf steht sie!«

»Und wo willst du so lange bleiben?«

»Na, hier.«

»Wie?! Bei uns?« Isy glaubte ihren Ohren nicht zu trauen. Was würden ihr Vater und ihr Bruder Benedikt dazu sagen?

»Na ja, es ist schon eng, ein Fernseher nur – hm, wir können ja würfeln. Deine Mutter ist doch zur Kur?«

»Die nächsten drei Wochen, aber …«

Raschelnd wickelte Amanda drei Flaschen Ketchup aus.

»Wo sollen deine ganzen Klamotten hin?«

»Ins Gästezimmer, bitte!«

»Wir haben kein Gästezimmer! Und den Kaktus hättest du auch zu Hause lassen können.«

»Wie bitte? Soll Äschylos ohne mich verdursten?«

»Also ich weiß wirklich nicht …«, stotterte Isy.

Doch Amanda sprang bereits auf und drückte sie innig. »Super, dass ich bleiben darf! Auch wenn ihr noch immer keinen Geschirrspüler habt!« Dann sank sie selig in die Polster. »Apropos verdursten, Darling! Gibt's in unserer WG auch was zu trinken?«

Wie? Was? Sie waren jetzt eine WG?!

Verblüfft holte Isy der Freundin Cola und begann ihr ein Lager auf dem schmalen Klappbett zu richten, das der Familie als Gästebett diente. Nein, das konnte sie unmöglich in der Klasse erzählen! Die würden doch alle nur über die »Katastrophenweiber-WG« ablästern! Wegen zahlreicher Pleiten und Pannen hing der Name Katastrophenweiber bereits an ihnen wie der böhmische Nebel!

Doch das war jetzt nicht wichtig. Wichtig war, dass Amanda ein Bett brauchte, denn seine beste Freundin lässt man nicht im Stich!

So ähnlich sagte sie es auch Benedikt, als der sich morgens anschickte die Badtür zu zerlegen.

»Wer ist denn da schon seit Stunden drin?«, regte er sich auf.

»Amanda. Sie braucht nun mal ein bisschen länger für ihr Make-up.«

»Amanda Bornstein? Was macht denn die hier?«

»Wir sind jetzt eine WG! Sie kommt zu Hause nicht mehr klar.«

»Eine Wohngemeinschaft? Mit der?« Wütend

stierte Benedikt auf die verschlossene Tür. »Da hab ich wohl auch ein Wörtchen mitzureden!«

»Geh doch ins Gästebad!«, flötete Amanda, als sie endlich in Benedikts Lieblingsbadetuch gehüllt aus dem Bad kam.

»Welches Gästebad?«, brüllte Benedikt.

Zum Glück nahm wenigstens Isys Vater Amandas Einzug gelassen.

»Sie macht keine Umstände«, versicherte Isy beim Frühstück. »Sie ist völlig anspruchslos.«

»Habt ihr etwa keine Espressomaschine?«, rief die Freundin in diesem Moment in der Küchentür. »Ohne einen Espresso oder Caffè Latte komme ich morgens überhaupt nicht in die Gänge.«

Kaum jedoch hatte eine Erstversorgung Amandas mit einem Cappuccino aus der Tüte stattgefunden, als die auch schon mit einem schrillen Aufschrei feststellte, dass sie ihre Schulbücher nicht dabeihatte. Typisch! Ihre Wimperntusche hätte sie bestimmt nicht vergessen!

Wütend stopfte Isy den Rest ihres Hörnchens in den Mund. »Dann müssen wir uns aber beeilen!«

Sie verließen das Haus und rannten den Weg, den Amanda nachts gekommen war, zurück. Ihre Mutter brachte ihren Vater gerade zum Flughafen.

In Windeseile kramte die Freundin die Schlüssel hervor und holte die Tasche mit den Büchern. Nebenbei griff sie nach einer Shakira-CD und packte einen Stapel brandneuer DVDs.

Isy winkte ab. »Vergiss es! Meine Eltern haben keinen DVD-Player.«

»Ihr lebt wirklich wie im vorigen Jahrhundert!« Enttäuscht stieg Amanda in den Lift. In zwanzig Minuten begann der Unterricht. »Sollten wir uns etwa auf etwas vorbereiten?«, gähnte sie.

»Erst bis morgen. Du kennst doch Trischis Lieblingsthema: PISA! Er erwartet von uns Tipps, wie die Lesekompetenz der Berliner Schüler gesteigert werden kann. Ausgerechnet von uns! Als ob uns was Gescheites einfallen könnte! Die Lehrer tappen doch selbst im Dunkeln!«

In diesem Moment ging das Licht aus. Mit einem Ruck blieb der Lift zwischen dem ersten Stock und dem Erdgeschoss hängen. Während Amanda »Hilfe! Ich bin klaustrophobisch!« kreischte, machte sich Isy am Notruf zu schaffen.

Verdammt, jetzt würden sie wirklich zu spät kommen! Die Woche fing ja voll krass an!

– 2 –

Natürlich würde die 7b erst einmal kräftig ablachen. Die Katastrophenweiber eine Stunde im Lift steckengeblieben? Ho, hi, ho! Das passte!

Wer den Schaden hat, braucht für den Spott bekanntlich nicht zu sorgen, dachte Isy, als sie und Amanda endlich keuchend in die zweite Stunde platzten.

Aber die 7b feixte nicht über sie, ja sie nahm ihr Missgeschick nicht einmal zur Kenntnis. Zu sehr waren alle mit einem anderen Vorkommnis beschäftigt. Denn Hagen Golz und Reginald Häuser, wegen ihrer Vorlieben Gummibärchen und Tannhäuser genannt, waren gestern Nachmittag beim Graben im großväterlichen Obstgarten auf – eine Leiche gestoßen!

Da blieb sogar der Hobbydetektivin Isolde Schütze die Spucke weg und daran änderte sich auch nichts, als sie erfuhr, dass es sich »nur« um ein zerfallenes Skelett handelte. Immerhin hatte es sich die Polizei nicht nehmen lassen, höchstpersönlich die großen und kleinen Knöchelchen pingelig in Plastiksäckchen zu verstauen und abzutransportieren.

»Jetzt untersuchen sie, ob es ein Mann oder eine Frau war«, teilte Gummibärchen in der Pause mit. »Wer weiß, wie lange der oder die da schon verbuddelt ist …«

»Das kriegt man raus!«, versicherte Isy, über die alle lästerten, dass Mord ihr Hobby sei. »Jedenfalls forensische Anthropologen, also Rechtsmediziner, die sich mit unklaren Skelettfunden befassen. Steht in jedem Krimi.« Sie genoss die bewundernden Blicke. »Was habt ihr denn umgegraben?«

»Wir? Och, nichts Besonderes. Ein Beet.«

»Und wo befindet sich dieses Beet?«

Tannhäuser zögerte. »In Opas Garten.«

»Und wo befindet sich dieser Garten?«

»Das möchtest du wohl gern wissen!«

»Habt ihr etwa einen neuen Ötzi entdeckt?«, rief Saskia und warf Tannhäuser einen schmachtenden Blick zu. »Das wäre ja cool!«

Gummibärchen stopfte sich Brot in den Mund. »Aber leider gibt's in Bohnsdorf keine Gletscher!«

Bohnsdorf also. Jetzt war es heraus und Tannhäuser schenkte seinem Kumpel einen wütenden Blick.

»Wünsch dir das bloß nicht!«, flüsterte Robert Saskia zu. »Sechs Leute, die mit dem Ötzi in Berührung kamen, sind seitdem gestorben. Wer die Totenruhe stört, dem droht ein Fluch.«

Es sah aus, als bliebe Gummibärchen der Bissen im Halse stecken.

»Ha-ha-habt ihr die Knochen etwa berührt?«, stammelte Rose.

»Nur mit der Schaufel.«

»Jetzt steht wohl dein Opa unter Verdacht?«, fragte Jennifer und fixierte Reginald Häuser mit kalter Neugier. »Nicht jeder hat eine Leiche unter den grünen Bohnen, oder?«

»Gelbe Wachsbohnen! Außerdem ist er schon tot!«, nuschelte Tannhäuser und blickte Isy und Amanda durchdringend an. »Lasst euch ja nicht einfallen uns nachzuspionieren. Wir regeln die Sache allein.« Er kannte die Katastrophenweiber!

Die tauschten Blicke tiefster Empörung.

»Wisst ihr was? Steckt euch eure morschen Knochen doch an den Hut!«, empfahl Isy und beschloss ihre lieben Mitschüler von nun an erst recht nicht mehr aus den Augen zu lassen.

»Was soll der Quatsch?« Missmutig starrte Amanda aus dem Zugfenster. »Gleich beginnt meine Lieblingsserie!«

»Die wird noch endlos wiederholt!« Isy lugte nach dem grünen Pullover von Tannhäuser. Noch zwei Stationen bis Bohnsdorf, und wie sie geahnt hatte, saßen die Jungen noch immer im Zug. »Glaub mir, Herzchen, an der Geschichte stimmt was nicht!«

»Was geht uns das an?« Bei der Vorstellung, dass sich Isy wieder auf die Spuren eines Verbrechens begab, begannen sich Amandas Haare zu sträuben. »Denk an den Fluch!«

Grinsend sprang Isy von ihrem Fensterplatz auf. »Du glaubst wohl alles, wie? Komm, gleich sind wir da!«

Als ob sie es nicht geahnt hatte, dachte Amanda eine Stunde später dumpf. Die beiden Freundinnen hockten mit verkrampften Knien im Bohnsdorfer Erdreich und spähten durch stachliges Gebüsch in den Garten von Tannhäusers Opa. Amandas Rücken schmerzte und ihre Füße fühlten sich kalt und taub an.

»Das war der Feuerdorn«, erklärte Isy, als ihr Amanda vorwurfsvoll ihren zerkratzten Arm unter die Nase hielt. »Sieh nur seine schönen roten Beeren!«

»Sieh nur seine schönen roten Kratzer!«, zischte die Freundin. »Du bist wieder mal voll unsensibel, Isolde! Pah!«

Gerade wollte Isy protestieren, da verriet ein Geräusch in ihrer Nähe, dass eine Gartentür verschlossen wurde. Dann trampelten Tannhäuser und Co. auch schon ahnungslos an ihnen vorbei.

Vorsichtshalber warteten die Mädchen noch, bevor sie an einer günstigen Stelle über den zerfallenen Zaun in den Römerweg 10 krochen und sich neugierig umblickten. Zuerst entdeckten sie das Holzhaus mit seiner rosenumrankten Veranda, das am Ende des Gartens stand. Ringsum befand sich pure Wildnis, die dem langweiligen Leben als Rasen entkommen war. Von einem Beet mit Bohnen weit und breit keine Spur!

»Ich glaube, die zwei haben total gesponnen.«

Amanda quietschte. »Aua! Stimmt, hier gibt's nichts außer Brennnesseln!«

»Bleib cool! Wir haben ja noch gar nicht alles gesehen.« Gelassen stapfte Isy auf die Rückseite des Hauses, wo es den ganzen Sommer über schattig und kühl gewesen war. Kein idealer Platz für Bohnen, aber es waren ja auch keine hier. Wer hätte sie auch pflegen sollen? In einem leeren Blumentopf am Küchenfenster entdeckte sie einen Schlüssel, der vermutlich ins Schloss des Häuschens passte. Dann endlich stand sie vor der Sensation des Tages, der grabähnlichen Grube, in der Reginald und Hagen auf das Skelett gestoßen waren. Die Polizei hatte sie mit einem gelben Absperrband gesichert. Nachdenklich starrte Isy in das Loch.

»Fragst du dich, ob das mit dem Ötzifluch stimmt?«, wisperte Amanda.

»Quatsch, ich frage mich was ganz anderes: Warum haben Tannhäuser und Gummibärchen erzählt, dass sie ein Beet umgegraben haben?« Isy krauste die Nase und strich sich eine dunkle Strähne aus der Stirn. »Die Knochen befanden sich doch gar nicht unter Opas gelben Wachsböhnchen, wie Tannhäuser behauptet hat, sondern unter den Stachelbeerbüschen.« Sie zeigte auf ausgegrabene Sträucher, die jemand weggeworfen hatte.

»Ist doch egal!«

»Ist es nicht! Warum haben sie hier gegraben? Es wäre doch mal interessant, zu wissen, was die beiden *wirklich* gesucht haben! Oder findest du nicht?«

Amanda fand das nicht. Es war ihr vollkommen gleichgültig, was Reginald Häuser und Hagen Golz in ihrer Freizeit machten. Natürlich brannte Isy auf einen neuen Fall, das kannte man ja, aber sie selbst hatte Hunger und sehnte sich auf dem Heimweg nach einem Brot mit Ketchup und Zwiebelringen. Vielleicht mit einem Blättchen Basilikum?

Doch als sie die Küche der Familie Schütze betrat, verging ihr schlagartig der Appetit. Entsetzt sog sie die Spur eines Duftes ein, der ihr vertraut vorkam. »He, ist das nicht ... Opium?«

»Verdächtigst du etwa Benedikt? Nein, der nimmt keine Drogen!«

»Quatsch, ich meine das Parfum von Yves Saint Laurent! Wetten, dass meine Mutter hier war?«

»Das riechst du? Ist ja krass!«

Amanda hatte richtig gerochen. Vor wenigen

Minuten noch hatte Barbara Bornstein mit Isys Vater am Küchentisch gesessen und über ihre schwierige Tochter gesprochen. Sie hatten sich geeinigt, dass Amanda noch zwei Wochen bei Familie Schütze bleiben durfte. In dieser Zeit wollte sie ihren Mann in Genf besuchen. Bei ihrer Rückkehr würde sie dann Amanda wieder abholen, teilte ihnen Isys Vater mit.

»Wie bitte? Bin ich ein Paket, das man irgendwo abholt?«, zürnte Amanda. »Außerdem geh ich nicht mehr zurück. Nie mehr!«

Isy schielte zu ihrem Vater. Er lächelte zuversichtlich. Der Gute kannte Amanda nicht!

– 3 –

Die Berliner waren als helle, aufgeweckte Köpfe bekannt. Sie besaßen Witz und Schlagfertigkeit. Warum nur waren ihre Nachkommen plötzlich zu Lesemuffeln mutiert?

»In Berlin ist die Lage ziemlich schlimm: Der Wortschatz von euch Schülern schrumpft wie ein Magnum in der Sonne!«, provozierte Dr. Trisch, ihr Klassenlehrer, die 7b an diesem Morgen. »Unsere Sprache ist in Not! Was tun?«

»Leseratten züchten!«, witzelte es von der hintersten Bank.

Alle lachten.

Trischis Blick blieb an Sassi hängen.

»Keine Zeit zum Lesen!«, stöhnte die.

Isy fand, dass sie verschärft mit den getönten Strähnen aussah. Für ihr tolles Outfit nahm sich Nichtleserin Saskia offenbar immer Zeit.

»Liegt es an den vielen Migrantenkindern?«, fragte Reginald und Hagen stöhnte: »Berlin hat mehr Türken als Istanbul!«

»Ach was, Migranten gibt's in allen großen Städten!«, warf Isy ein. »Diese Art der Diskussion ist typisch für euch! Schaut euch lieber mal um, wer in unserer Klasse alles *nicht* liest. Wie sagt meine Omi immer? Jeder kehre erst mal vor seiner eigenen Tür!«

Im Nachbarraum wurde gerade ein Lied geübt. »C-A-F-F-E-E, trink nicht so viel Kaffee ...«

Isy grinste. Woher kannten die Amanda?

»Die Schüler im Westen haben bestimmt mehr Taschengeld«, mutmaßte Henriette. »Bücher sind nämlich teuer. Zu teuer!«

»Klar, der Westen ist wirtschaftlich besser dran«, nuschelte Tannhäuser. »Nicht so viel Insolvenzen und Arbeitslose.«

»Bei uns in Nürnberg hatten wir eine Schulbücherei«, mischte sich Wessifrau Amanda ein, deren Vater vor einigen Jahren ein Steuerbüro in Ostberlin eröffnet hatte und die Gummibärchen gern Bratwurst nannte.

»Jetzt habt ihr's!«, rief Trischi und klatschte in die Hände. »Warum Bücher kaufen, wo man sie doch ausleihen kann?«

Ein Sturm der Entrüstung brach los.

»Aber es werden doch immer mehr Büchereien geschlossen!«, kritisierten die einen.

»Stimmt, da ist immer zu, wenn ich komme!«, klagten andere.

Viele wussten nicht, wo sich die nächste Bücherei befand.

»War hier nicht auch mal eine unterm Dach?«, rief Sophie.

»Ja, eine Lehrerin hat sich darum gekümmert«, erinnerte sich Rose, »aber seit sie ein Kind hat, ist sie zu Hause geblieben.«

»Wir sind hoffnungslos überlastet!«, verteidigte Trischi die Schule. »Es hagelt Überstunden! Uns fehlen Lehrkräfte!«

»Was befindet sich jetzt in der Bücherei?«, beharrte Isy.

Dr. Trisch zuckte die Schultern. »Die Räume stehen leer.«

»Da könnte man also was draus machen?« Isys Gedanken schlugen Purzelbäume. Eine neue Bücherei musste her, mit einem total neuen Service! Ohne den würden sie wohl keinen Lesemuffel bekehren können.

Als hätte Gummibärchen ihre Gedanken gelesen, murmelte er: »Warum werden einem eigentlich die Bücher nicht ans Bett gebracht? Dann würde ich viel öfter lesen!«

Alle lachten. Er ist schon auf dem richtigen Weg, dachte Isy.

In der Nachbarklasse sangen sie jetzt: »Nicht für Kinder ist der Türkentrank ...«

Mozart!, überlegte Isy. Der Kaffeekanon! Dann machte es plötzlich *klick* in ihrem Kopf. »Ich hab's!«, rief sie triumphierend. »Wir machen in der alten Schulbücherei ein Lesecafé für Schüler und Lehrer auf. Eine Pisaria.«

Und während Trischi und die ganze Klasse überrascht und begeistert über ihren Vorschlag zu diskutieren begannen, wusste Isy auch schon, wer diesen Treffpunkt mit einer Lesung aus seinem neuen Manuskript eröffnen sollte. Denn wer wäre dafür besser geeignet als Patrick Mortimer Rimpau? Sie und Amanda hatten den bekannten Kriminalschriftsteller und seinen frechen Schnauzer Alfredo damals kennengelernt, als sie in ihr Schullandheim nach Altgrünheide gedüst waren, um es nach der Renovierung für ihre Klasse vorzubereiten. Nachdem sie ihn zunächst eines Postraubes verdächtigt hatten, waren sie am Ende gute Freunde geworden.

Einige Male hatte Rimpau die 7b auch im Deutschunterricht besucht und Isy war sicher, dass er es als eine Ehre betrachten würde, ihr Lesecafé einzuweihen. Gleich nach Schulschluss würden sie zu ihm fahren und ihn fragen, denn Termine baute der Autor gern frühzeitig in seine Planung ein.

»Wir sind aber nicht angemeldet«, warnte Amanda, als sie auf dem Weg zu Herrn Rimpau an einem Kiosk eine Illustrierte erwarb. »Hätten wir nicht anrufen sollen?«

»Schriftsteller stört man immer, egal ob man angemeldet ist oder nicht«, widersprach Isy. »Die schreiben ja nicht nur am PC, die schreiben auch im Kopf. Ob sie Rasen mähen, Hunde bürsten, Hemden bügeln, Kuchen backen – schöpferische Leute sind immer und überall am Denken. Sagt Herr Rimpau.«

»Da bin ich ja mal gespannt, was er heute sagt«, gähnte Amanda.

Herr Rimpau sagte gar nichts. Er war nämlich nicht zu Hause. Ratlos standen die beiden Freundinnen vor seiner Wohnungstür. Nicht mal Alfredo bellte. Enttäuscht traten sie schließlich den Heimweg an. Aber vielleicht hatten sie ja morgen mehr Glück.

Es hatte zu nieseln begonnen. Winzige Tröpfchen fielen wie ein feuchter Vorhang herab und krausten Isys dunkle Löckchen, doch sie bemerkte es gar nicht. Wie positiv die 7b ihren Vorschlag aufgenommen hatte!

Endlich kam der Bus.

Amanda, das heimliche Wunschmitglied der britischen Königsfamilie, begann sofort in ihrer Illu zu blättern. Gab es familiäre Neuigkeiten? War Harrys Freundin schwanger oder Philipp das Gebiss in den Plumpudding gefallen? Plötzlich begann sie auf die Zeitung der fülligen Blondine gegenüber zu starren. »Sorry, kann ich mal haben?«

Überrascht verzog die Frau den Mund.

»Der Artikel auf Seite eins interessiert mich. Wenn Sie wollen, gebe ich Ihnen mein Heft dafür.«

Zum Beweis ihrer guten Absicht schwenkte Amanda ihre Illu.

Empört sah sich die Blondine um. »Haben Sie das gehört?!«

»Gartenstraße!«, rief der Fahrer ins Mikrofon.

Bremsen zischten, Türen glitten auf und frische Luft wehte herein. Diesen Moment nutzte Amanda, um der Frau die Zeitung aus der Hand zu reißen und aus dem Bus zu springen.

Wow! Was war denn in die gefahren?

Entgeistert starrte Isy der Freundin nach, während die Beraubte »Überfall!« kreischte und mit dem Finger auf Isy zeigte. »Das ist die Freundin der Diebin!«

– 4 –

Sämtliche Augenpaare nahmen Isy ins Visier.

Sie konnte förmlich spüren, wie ein brennendes Preiselbeerrot ihr Gesicht und ihren Hals überzog. »Amanda ist keine Diebin! Sie hat Sie höflich gefragt.« Isy kramte einen Euro aus der Jacke. »Hier! Kaufen Sie sich ein neues Klatschblatt!« Dann stand sie auf und stieg an der nächsten Haltestelle aus.

Es war stürmisch geworden. Kalter Regen und Wind peitschten ihr ins Gesicht.

Amanda musste vom Affen gebissen sein! Was mochte sie in der fremden Zeitung erspäht haben?

Hatte man die Queen vielleicht beim Klauen erwischt?

»Ich musste es tun!«, keuchte Amanda, als sie endlich um die Ecke bog und Isy die feuchte Zeitung unter die Nase hielt. »Hier ist der Beweis! Lies mal!«

»Was für ein Beweis?« Isy überflog die Überschrift:

Danke, Tomate!
Grenzenlose Gesundheit
durch Ketchup und Co.!

»Ketchup ist voll gesund!«, sprudelte es aus der Freundin aufgeregt hervor. »Pizza schützt vor Sonnenbrand und Tomaten verhindern sogar Tumore, weil sie freie Radikale im Körper fangen. Das Wort Tomate kommt übrigens von den Azteken! Außerdem enthalten sie Kalium, den Wirkstoff Lykopin und den Lichtschutzfaktor zwei bis vier!«

»Reibst du dich nun mit Ketchup statt mit Sonnenöl ein?«

»Es genügt, Ketchup zu essen!« Amanda faltete den Artikel zusammen und schob ihn in ihre Jacke. Sie platzte fast vor Genugtuung. »Nun kann meine Mutter endgültig einpacken mit ihrer Antiketchupkampagne!«

»Und das glaubst du wirklich alles?«

»Hast du jemals gehört, dass Tomaten Sonnenbrand kriegen?«

»Ich finde, die sehen aus, als ob sie schon einen hätten! Wetten, dass es Werbung für holländische Wassertomaten ist?«

»Pah! Der Beitrag wimmelt vor wissenschaftlichen Gutachten! Ich hab nicht umsonst meinen guten Ruf riskiert!«

»Nicht nur deinen, meine Liebe! Die Blonde hat auf mich gezeigt und gebrüllt: ›Das ist die Freundin der Diebin!‹«

Amanda kicherte entzückt.

»He, das ist nicht komisch! Das war gerade voll peinlich!«, schrie Isy. Wütend setzte sie sich in Bewegung, während Amanda unverdrossen ihre Wundersoße pries.

Als sie an dem kleinen Reisebüro vorbeikamen, vor dessen Schaufenster sie sich bis zu Amandas nächtlichem Einzug jeden Morgen getroffen hatten, rief die Freundin plötzlich: »Da ist der Fluch der Mumie!«

Isy blinzelte, aber hinter der Glasscheibe waren nur Plastiksonnenblumen zu entdecken, deren leuchtend gelbe Blätter die Sonderangebote für einen sonnigen Herbsturlaub zierten. Erst dann sah sie die sechsköpfige Familie Golz mit Hagen aus dem Reisebüro spazieren. Auf Hagens Stirn prangten rote Pünktchen.

»So fängt die rätselhafte Blutkrankheit an!«, unkte Amanda.

»Reg dich ab, Bratwurst!« Nervös drängte Gummibärchen seine kleinen Geschwister in den wartenden Familienvan.

»Vielleicht hast du Bakterien oder Pilze eingeatmet?«, brüllte ihm Amanda nach. »Und weiß man, ob der Tote ein Mann oder eine Frau war?«

»Äh, welcher Tote?«, fragte Hagens Vater erbleichend.

Sein Sohn grinste. »Das sind die Katastrophenweiber der 7b, Papa! Der Name ist Programm!«

Dann brauste die Familie davon und Amanda schnappte nach Luft. »Was sagst du zu diesem genetischen Irrläufer?«

»Bekloppt!«, stimmte ihr Isy zu. »Aber von wegen Fluch! Sah das nicht eher nach Mückenstichen aus? Ein paar alte Knochen machen noch keinen Ötzi. Hast du gemerkt? Seinem Vater hat er kein Sterbenswörtchen von der Sache erzählt! Wie weit mögen die schon sein?«

»Sag doch gleich, dass du hinwillst! Fahren wir sofort oder warten wir erst auf Mondschein?«, fragte Amanda mürrisch.

»Entspann dich, Süße! Hagens und Reginalds Geheimnis läuft uns nicht davon. Irgendwann kriegen wir es heraus. Oder haben wir schon mal was nicht aufgeklärt, Amanda?«

– 5 –

In dieser Nacht träumte Isy von einem bellenden Hund. Er sah wie Alfredo aus und war in einen fremden Keller gesperrt.

»Was bellt denn da?«, nuschelte Amanda schlaftrunken.

Jetzt hörte es Isy auch. Es bellte tatsächlich ein

Hund. »Das ist Igor aus dem ersten Stock, ein Jack Russell. Die Besitzer haben eine Bar. Wenn er allein ist, protestiert er.« Isy schielte zum Wecker. Es war drei Uhr früh.

Zwei Meter neben ihr warf sich Amanda unruhig hin und her. »Das Gästebett ist so eng«, jammerte sie. »Außerdem habe ich Magendrücken. Dein Vater kocht zu fett. Seine Bratkartoffeln sind tödlich. Ich glaube, das werde ich mal übernehmen. Obwohl ich eigentlich eine etwas innovativere Küche gewöhnt bin ...«

»Du packst das! Wir werden dich anbeten, Schnuckelchen!« Das muss ich Mama erzählen, wenn sie anruft, dachte Isy entzückt. Ich brauche ihr ja nicht zu sagen, dass Amanda nicht mehr fortwill. Dazu war es noch zu früh ...

»Hast du schon gehört?«, flüsterte Amanda. »Sassi will sich die Lippen aufspritzen lassen. Spätestens zur Konfirmation.«

»Echt? Ihr Vorbild ist wohl Angelina Jolie?«

»Klar, und Tannhäuser ist ihr Brad Pitt!«

Eine Weile kicherten sie leise. Dann seufzte Amanda wehmütig. »Wow, hab ich von einem süßen Boy geträumt. Du auch?«

»Nein, ich hab von Alfredo geträumt. Er war geklaut worden. Es war schrecklich. Außerdem muss ich immerzu an Herrn Rimpau denken. Wenn wir bloß seine Handynummer hätten!«

»Tja, die hält er geheim. Aber vielleicht ist er verreist?«

Das ist möglich, überlegte Isy. Der Autor recherchierte häufig für seine Stoffe. »Benni und ich haben ihn kürzlich in der Markthalle getroffen. Er stand nahe einem Imbissstand und beobachtete Leute. Vielleicht machen Schriftsteller das so? Für die Inspiration? Von einer bevorstehenden Reise hat er allerdings nichts gesagt.«

»Vielleicht fand er es nicht wichtig.«

»Nein, nein, das hätte er. Ich habe so ein komisches Gefühl.«

»Das hast du doch immer!«, murmelte Amanda schläfrig.

Am nächsten Morgen ließen Tannhäuser und Gummibärchen die Katze aus dem Sack: Die Gerichtsmediziner hatten festgestellt, dass die Knochen von einem Rüden der Rasse Leonberger stammten. Es musste sich also um die sterblichen Überreste von Leo, dem Liebling von Tannhäusers Opa, gehandelt haben.

Enttäuschung legte sich wie kühler Nebel über die 7b. Die Sensation, dass ihre Mitschüler einem Geheimnis auf die Spur gekommen waren, war verpufft. Besonders die Anhänger der Ötzifluch-Theorie blinzelten beleidigt.

Auch Isy hätte zwar nichts gegen einen richtigen Knaller gehabt, doch es genügte ihr, herauszufinden, wonach Tannhäuser und Gummibärchen wirklich suchten. Dass die beiden das Grundstück im Römerweg weiterhin beackern würden, war klar.

Die fünfte Stunde fiel aus. Isy fand, dass sich die Zeit bis zur letzten Stunde am besten überbrücken ließ, wenn sie sich schon mal die alte Bücherei anguckten. Rasch holte sie den Schlüssel aus dem Sekretariat und stieg mit Amanda unters Dach.

Erwartungsvoll öffneten sie die Tür. Abgestandene, staubige Luft schlug ihnen entgegen. Das letzte Mal mussten hier Schüler um das Jahr der Entdeckung Amerikas Bücher ausgeliehen haben!

Den größten Schock lösten aber die leeren Regale bei ihnen aus. Wie vom Donner gerührt standen sie in dem kahlen Raum. Eigentlich waren es zwei Zimmer, die ein offener Durchgang trennte. Doch auch im zweiten Raum war kein einziges Buch zu entdecken.

Eine Bücherei ohne Bücher?!

Enttäuscht stieß Isy die Luft aus. »Das können wir vergessen!«

Auch Amanda stierte ungläubig. »O nee! Hier wäre so schön Platz für eine Kaffeebar! Ich rieche schon den Cappuccino.«

»Ich rieche nur Staub. Komm, die Luft ist zum Ersticken!« Niedergeschlagen trug Isy den Schlüssel zurück ins Sekretariat. »Wissen Sie, wo die ganzen Bücher geblieben sind?«

Die Sekretärin sah über die Brille. »Ich kann es nur ahnen.«

»Ich auch«, seufzte Isy. Dann ging sie in die Klasse zurück.

»Amanda hat es mir schon erzählt«, empfing sie Jennifer Niemann, die sich gerade auf Geschichte vorbereitete. »Alles geklaut! Macht doch einen Aufruf, dass die Diebe die Bücher bitte wieder zurückbringen sollen. Vielleicht klappt es ja wirklich?«

»Ist das dein Ernst, Jenni?«, fragte Isy. »Glaubst du, es gibt jemand zu, dass er geklaut hat? Aber trotzdem, dein Hinweis ist gut! Haben wir nicht alle ausgelesene Bücher zu Hause?«

»Klar, ich könnte mindestens zehn Stück aussondern«, überlegte Jennifer Niemann. »Den kompletten Harry Potter.«

»Ich könnte auch jede Menge alten Lesestoff beisteuern«, bestätigte Amanda.

»Dann rufen wir eben zu Buchspenden auf und können Herrn Rimpau doch noch zur Eröffnung einladen!«, rief Isy begeistert.

»Da fällt mir ein ... Wisst ihr eigentlich, ob er seinen Hund schon wiederhat?«

»Alfredo?« Entgeistert starrte Isy Jennifer an. »Wieso?«

»Der ist doch verschwunden! Im Supermarkt hing ein Zettel.«

»Das sagst du erst jetzt?« Isy warf einen Blick auf die Uhr. Das würden sie nicht schaffen. »Amanda, dein Zahnarzttermin!«, rief sie erschrocken und zerrte die Freundin zur Tür. »Sag Bescheid, Jenni, dass wir erst später zurück sind!«

»Was soll der Quatsch?«, schnaufte Amanda auf dem Flur. »Ich war erst vor drei Wochen zum Nachsehen!«

Doch Isy sprang schon die Treppe hinab. »Mein Traum, Amanda! Alfredo in dem fremden Keller! Das müssen wir Herrn Rimpau erzählen!«

»Aber es war doch bloß ein Traum!« Widerwillig stolperte Amanda hinter der Freundin zum Bus, von dem sie allerdings nur noch die roten Rücklichter sahen. Jetzt mussten sie auch noch laufen!

Vergessen waren alle alten, verstaubten Schulbüchereien der Welt! Jetzt zählte nur noch Alfredo!

Doch als sie keuchend den Daumen auf Patrick Mortimer Rimpaus Klingel drückten, öffnete ihnen kein Autor.

»Vielleicht sucht er Alfredo?«, vermutete Isy und läutete bei der Nachbarin.

Es dauerte, bis ein kleiner, scheuer Vogelkopf aus einem Türspalt spähte.

»Hi! Wir sind Isy und Amanda. Ist Herr Rimpau nicht da?«

»Er hat vor einer halben Stunde erst Besuch bekommen.«

»Aber er öffnet nicht. Ist Alfredo wieder zurück?«

Die Frau seufzte. »Leider nein. Versucht es noch mal. Ich muss jetzt rein, meine Volksmusik wird gerade wiederholt.«

Sie drückten erneut den Klingelknopf. Das Glockenspiel bimmelte von innen, ansonsten rührte sich nichts. Nun begann Isy zu klopfen. Beinahe zu hämmern. Da! Zu ihrer Verblüffung gab das Schloss mit einem leise schmatzenden Geräusch nach. Die Tür glitt auf und gab den Weg in Herrn Rimpaus schweigende Wohnung frei.

– 6 –

Einen Augenblick standen sie da wie Salzsäulen. Sollten sie oder sollten sie nicht? Wäre ein ungebetenes Eindringen nur frech oder etwa schon Hausfriedensbruch?

»Vielleicht ist ihm was passiert, Amanda?«, durchbrach Isy die unschlüssige Stille und trat in den Flur. Er roch vertraut nach Pfeifentabak. »Hallo?«, rief sie. »Isy und Amanda sind hier!«

Niemand antwortete ihr. War er fort und hatte die Tür nur nicht verschlossen? Lag er krank im Bett?

Mit pochendem Herzen sah sich Isy im Wohnraum um, doch weder hier noch im Arbeitszimmer fand sich eine Spur von dem Autor. Respektvoll anklopfend guckte sie auch in Schlafzimmer, Bad, Kammer, Wintergarten und Küche. Hier jedoch prallte sie zurück. Auf dem Boden schimmerte eine große rote Lache! Nur kurz nahm Isy einen umgekippten Hocker und Glasscherben wahr. Dann begannen ihre Knie bedenklich zu zittern. Was war passiert? Hatte sich der Autor verletzt? War er auf dem Weg in eine Arztpraxis?

Im Flur waren jetzt Amandas vorsichtige Schritte zu hören. Rasch schlug Isy die Küchentür zu. Die Freundin hatte bekanntlich schwache Nerven.

»Hast du ihn gefunden?«

»Nein. Die Wohnung ist leer.«

»Dann lass uns abhauen!«, verlangte Amanda. »Wir haben schon genug geschwänzt.«

Amanda hatte Recht. Trotzdem warf Isy die Wohnungstür nur zögernd zu. Sie hatte das Gefühl, etwas übersehen zu haben. Aber was?

Unruhig stieg sie in den Bus. Zu Hause würde sie sofort Herrn Rimpau anrufen. Sie musste ihm den Besuch in seiner Wohnung erklären. Außerdem wollte sie wissen, was mit Alfredo passiert war. Der Hund war kein Streuner. Er war anhänglich und treu. Ihrer Meinung nach kamen nur zwei Möglichkeiten in Betracht: Entweder war Alfredo jemandem gefolgt, dem sein Hundeherz vertraute, oder … »Was hältst du von der These, dass jemand Alfredo geklaut hat?«

»Was hältst du von Pappardelle mit geschmolzenen Tomaten?«, fragte Amanda zurück. »Heute koche ich!«

»Supi!«, murmelte Isy. »Pappardelle – was ist das?«

»Breite Bandnudeln. Die isst du doch gern?«

Natürlich aß sie breite Bandnudeln gern, aber als Amanda ihre Tomaten liebevoll in Olivenöl mit Kräutern und Knoblauch »schmolz« und die Küche in einen Dufttaumel versetzte, hielt es sie kaum noch auf dem Küchenstuhl. Alle ihre Antennen standen auf Alarm. Vergeblich hatte sie nach ihrer Rückkehr bei Herrn Rimpau angerufen. Was war da los?

Als Amanda endlich die Pappardelle ins kochende Wasser warf und Benni in Hausherrenpose am Küchentisch Platz nahm, klingelte es.

»Erwartet ihr Besuch?«, fragte Amanda erstaunt.

Besuch! Das war das Stichwort! Wie eine Stichflamme fuhr Isy hoch. »Los, komm, wir müssen zu Herrn Rimpau!«

»Was?! Schon wieder? Das Essen ist doch noch gar nicht fertig!«

»Später!« Isy riss die Wohnungstür auf und rannte beinahe einen Typen mit blondem Zöpfchen um.

»Hi, ich bin Bo Trohlin. Bei uns ist ein Paket aus der Schweiz abgegeben worden! Bist du Amanda Bornstein? Und bist du immer so stürmisch?«

»Nee, nur heute! Außerdem bin ich Isy!«

Während Amanda nach dem Paket grapschte, eilte Isy schon vors Haus, wo die Müllers einen sperrigen Ficus für ihren Sohn verluden, der in eine kahle Wohnung in der City gezogen war. Sie boten den Mädchen den Rücksitz an und dort saßen die Schulter an Schulter mit dem Zierbaum, bis sie in Herrn Rimpaus Viertel ausstiegen.

Auf der Fahrt war Amanda frustriert und stumm gewesen, jetzt explodierte sie. »Wieso tanze ich immer nach deiner Pfeife? Die Pappardelle sind jetzt Matsch!«

»Hör zu, es ist was passiert.« Isy stieß die Eingangstür zum Hausflur des Autors auf. »Ich hab es dir nicht erzählt, aber in Herrn Rimpaus Küche war eine große rote Pfütze!«

»Meinst du etwa – Blut?« Amanda wurde blass.

»Meinst du etwa Ketchup? Es sah wüst in der Küche aus und ich dachte zuerst, Himmel, er hat sich verletzt!«

»Und was denkst du jetzt?«

»Mir fiel vorhin ein, dass die Nachbarin gesagt hat, er hätte gerade Besuch gehabt. Es sah nach ... nach einem Kampf aus.«

»Das wäre ja krass!«

Sie standen jetzt zum zweiten Mal an diesem Tag vor Herrn Rimpaus Wohnungstür und Isy spürte ihr Herz klopfen, als im Flur das Glockenspiel ertönte. Danach war es still. Auch Klopfen brachte keinen Erfolg. Sie hatte die Tür vorhin zu fest ins Schloss geknallt.

Schließlich läuteten sie wieder bei der Nachbarin. Ein Schwall Volksmusik fiedelte ihnen entgegen.

Isy lächelte um Vertrauen werbend. »Hi, wir waren heute schon mal hier und da hat Amanda ihr Aufsatzheft bei Herrn Rimpau vergessen und nun ist er schon wieder weg!«

Während Amanda staunte, wie fix Isy immer Ausreden einfielen, griff die alte Frau ans Schlüsselbrett. »Hier sind die Schlüssel fürs Blumengießen. Aber ich komme mit!«

Sie kleckerte ihnen tatsächlich überall nach und sie taten, als suchten sie tatsächlich das Heft, bis Isy bemerkte, wie die Frau immer fahriger wurde.

»Wenn wir Sie gerade bei einer schönen Sendung gestört haben, bringen wir Ihnen gern nachher den Schlüssel rüber. Wäre das okay für Sie?« Erleichtert spürte Isy das Metall in der Hand. Dann eilte die kleine Person hurtig davon und Isy flüsterte: »Jetzt?«

Amanda nickte grün vor Angst und Isy riss die Küchentür auf. Fassungslos starrte sie auf den Boden. Er war weiß wie Schnee! Das Blut war von den Fliesen verschwunden, der Hocker wieder aufgestellt, die Scherben beseitigt.

Was ging hier vor?

– 7 –

Amanda glaubte ihrer Freundin kein Wort!

»Ich schwöre, da stimmt was nicht!«, seufzte Isy. Sie saß in ihrem Zimmer über einer Diktatverbesserung und lutschte Toblerone aus dem Paket von Amandas Mutter, während Amanda die Erde um Äschylos lockerte, der auf das Fensterbrett umgezogen war.

»Mag ja sein, dass sich Herr Rimpau geschnitten hat, aber nun hat er das Blut wieder aufgewischt und kein Mensch auf der Welt außer dir würde das bezweifeln!« Amanda schüttelte ihren Kopf.

»Im Mülleimer waren keine Scherben!«, warf Isy ein. »Okay, irgendwer hat gründlich sauber gemacht. Da hast du Recht. Aber nicht Herr Rimpau. Der hätte seine Tür richtig verschlossen, nicht nur zugeknallt. Der ist nicht in der Wohnung gewesen. Und ans Telefon gegangen wäre er auch, als ich anrief.«

»Vielleicht hat er eine neue Nummer.«

»Vielleicht ist der Mond aus Käse. Herrgott,

wann begreifst du endlich, dass da was faul ist! Allein die Sache mit Alfredo ist doch voll mysteriös!«

»Bei dir ist immer alles mysteriös! Wenn du eine Bananenschale vor der Bank findest, fragst du dich sofort, ob sie ein Bankräuber verloren haben könnte …«

»Klar! Und ob verwertbare Fingerabdrücke darauf sind. Schließlich will ich ja mal zur Kripo.«

»Oh, die Verbrecher zittern schon!«, grummelte Amanda. »Und wer soll nun das angebliche Blut aufgewischt haben?«

»Was heißt hier angeblich?!« Beleidigt beendete Isy ihre Hausaufgaben.

Nach der Tagesschau würfelten sie. Amanda wollte die Telenovela gucken, Benedikt ein Pokalspiel, Vater Schütze ein Magazin und Isy *Aktenzeichen XY … ungelöst*. Amanda gewann. Sie hatte die höchste Zahl. Grollend verzog sich Benedikt zu einem Freund, Isys Vater zu den Nachbarn und Isy in ihr Zimmer. Sollte Amanda in Liebe und Schmalz schwelgen! In einer WG musste man tolerant sein. Andererseits war es bereits der dritte Abend, an dem Amanda die höchste Punktzahl gewürfelt hatte. Wie machte sie das?

Voll Tatendrang befüllte Isy mehrere Beutel mit ihren Kinderbüchern. Bei manchen empfand sie Wehmut, fast wie bei einem Abschied von Freunden. Anschließend schrieb sie den Aufruf fürs Schwarze Brett, in dem sie alle Schüler bat ihre ausgelesenen Lieblinge mitzubringen. Unter dem

Text stand: *Alle Spenden bitte an Amanda und Isolde, 7b!*

Danach wollte sie nur noch ein bisschen in ihrem Krimi schmökern. Bevor sie das Licht löschte, ging sie in Gedanken noch einmal den Tag durch. Amanda hatte Recht. Wer konnte in der kurzen Zeit zwischen ihrem Weggang und ihrer Rückkehr Herrn Rimpaus Küche geputzt haben? Wenn es nicht die Nachbarin war, musste es jemand gewesen sein, der sich in der Wohnung aufgehalten hatte. Wo aber mochte er sich vor ihnen versteckt haben? Morgen, dachte sie entschlossen, morgen würde sie mit der Freundin die Wohnung noch einmal gründlich inspizieren.

»Nicht heute!«, protestierte Amanda beim Frühstück und verteilte Schokolade. »Nicht schon wieder!« Sie hatte es satt, jeden Tag in Herrn Rimpaus Wohnung zu gondeln. Wo blieb da ihr Privatleben? »Außerdem bräuchten wir einen Schlüssel.«

»Wir haben einen.«

»Aber den hast du doch der alten Frau zurückgegeben?«

Isy grinste verlegen. »Den, äh, nicht, sondern meinen eigenen. Sie hat nichts gemerkt.«

Mit offenem Mund starrte Amanda die Freundin an. Die traute sich was! »Dann hängt jetzt ein falscher Schlüssel bei ihr?«

»Ja, aber keine Angst, den tausche ich schon wieder um.«

»Trotzdem!«, beharrte Amanda. »Ohne mich.«

Also fuhr Isy allein. Es war ihr sogar ganz recht. Amanda konnte schnell panisch werden.

Ohne jemandem zu begegnen, betrat sie das Haus. Aus der Wohnung der alten Nachbarin tönte laut der Wetterbericht und kündigte das Tief Sieglinde an. Nach einem kurzen Klingeltest huschte Isy in Rimpaus Wohnung. Das war geschafft!

Der abgestandene Pfeifengeruch bestätigte es. Hier war in der Zwischenzeit keiner gewesen. Noch einmal durchsuchte sie die Räume. Auch den Kühlschrank öffnete sie. Kühlschränke waren aufschlussreich. Und dieser besonders. Er war leer! Jedenfalls bis auf ein paar einsame Flaschen Ketchup. Komisch! Sollte Herr Rimpau den gleichen Geschmack haben wie Amanda?

Sie suchte weiter und plötzlich fand sie das Versteck, wo sich der mysteriöse Eindringling verborgen haben könnte! Es war die Nische im Flur, die ein grüner Filzvorhang kaschierte. Was aber hätte ein heimlicher Besucher gestern hier vorhaben können? Während sie das Arbeitszimmer des Autors mit Alfredos leerem Korb betrat, begann sie wieder die gefüllten Bücherregale des Autors zu bewundern. Ein Spruch des Dichters Hermann Hesse fiel ihr ein, den Herr Rimpau gern zitierte: *Ein Haus ohne Bücher ist arm. Auch wenn schöne Teppiche seine Böden und kostbare Tapeten und Bilder seine Wände bedecken.* Ganz ihre Meinung!

Aufmerksam begann sie den Schreibtisch des

Schriftstellers zu betrachten. Seinen PC, das Foto seiner Frau, Papierstapel, ein ledernes Notizheft, einen Drucker, ein Streichholzbriefchen mit dem Logo der *Trattoria Georgio*. Fast kam sie sich wie vom Erkennungsdienst vor. Endlich fiel der Papierkorb in ihren Blick. In jedem Krimi war er eine Fundgrube. Dieser war es nicht! Enttäuscht stocherte Isy in zerknülltem Papier.

Plötzlich hielt sie inne. Die Kriminalschriftsteller würden umdenken müssen. Wer bekam heute noch Post mit der Post? Längst holte man sich seine »Briefe« aus dem Netz! Zögernd setzte sich Isy an Herrn Rimpaus PC. Vielleicht gab es ja einen Hinweis? Zu ihrer Verwunderung kam sie ohne Passwort in das Mailprogramm. Trotzdem nahm sie für eine Sekunde die Hände von der Tastatur. War das nicht beinahe ein Vertrauensbruch? Sie entschied weiterzumachen.

Vier Nachrichten waren eingegangen. Zwei von seiner Frau, die sie ungeöffnet ließ. Die dritte von einem Computershop, der ihm mitteilte, dass der Laptop abgeholt werden konnte. Als Isy die vierte las, bekam sie eine Gänsehaut vor Schreck. Entsetzt schaltete sie den PC aus. Hölle, das sah ja ganz so aus, als ob sie einen neuen Fall hätten!

Bevor sie die Wohnung verließ, riss sie sich ein Haar aus und verschwand mit ihm im Schlafzimmer.

Zum Glück fiel es ihr noch ein, einen Blick in den Briefkasten im Hausflur zu werfen. Er war rappelvoll.

Atemlos stand sie wieder auf der Straße. Sie brannte darauf, Amanda alles zu erzählen! Amanda würde die blauen Augen aufreißen und »Ich fasse es nicht!« murmeln.

– 8 –

Amanda riss die Augen auf und murmelte: »Ich fasse es nicht!«

Die E-Mail an Herrn Rimpau hatte aus zwei Sätzen bestanden: *»Überlasse das Schnüffeln lieber Deinem Hund. Sonst siehst Du ihn nie wieder!«*

»Heißt das, dass jemand Alfredo entführt hat?«

»Mir war gleich klar, dass Alfredo nicht abgehauen ist.«

»Und was meinen diese Leute mit Schnüffeln?«

»Hm, vielleicht ist der Autor einer Sache auf die Spur gekommen? Und nun wird der erpresst!«

»Warum geht er nicht zur Polizei?«

»Nicht alle, die erpresst werden, gehen zur Polizei. Herr Rimpau würde doch nicht Alfredos Leben aufs Spiel setzen, oder?«

Die Freundinnen waren auf dem Weg ins *Georgio*. Die Streichhölzer mit dem Logo der Trattoria waren vielleicht ein Hinweis darauf, dass der Autor erst vor kurzem hier gewesen war. Sie mussten seine letzten Tage rekonstruieren, jedes Steinchen wenden!

Isy hatte auf dem Heimweg in der Apotheke, im

Supermarkt und in der benachbarten Reinigung vorbeigeschaut, wo ein helles Tweedjackett von ihm hing, aber überall war er schon seit Tagen nicht mehr gesehen worden. Das musste nichts bedeuten.

Dennoch betrat sie Amandas Lieblingsrestaurant nun voller Sorge. Hier tranken sie gern Latte macchiato, aßen Pizza oder Eis. Immer ließ die Freundin cool auf ihren Dad anschreiben, der hier häufig mit Klienten seines Steuerbüros speiste. Auch dieses Mal betraten sie eine köstliche Welt der Aromen, eine Mischung aus duftenden Espressi, würzigen Kräutern, kräftigen Käsen und zartem Gebäck.

Signore Georgio war nicht zu entdecken, dafür kam die Signora strahlend auf sie zu. »Buon giorno!« Wie warme Flügel legten sich die Arme der Patronin um Isys und Amandas Schultern. »Come va? Wie geht es?«

»Molto bene, Signora«, bedankte sich Amanda. »Wir suchen Herrn Rimpau. Wissen Sie, wann er zuletzt hier war?«

Signora Violetta krauste die Stirn. »Patrick? Letzte Woche.«

»Allein?«, fragte Isy. »No, no, mit amico und Alfredo.«

»Wie sah denn der Freund aus?«

»Oh, elegante! Blond. – Wollt ihr Pizza?«

»Danke«, sagte Isy rasch. »Amanda will heute selbst kochen.«

»Ciao!« Die Signora winkte. Die Pizza für Tisch sieben war fertig.

Letzte Woche ist er mit Alfredo hier essen gewesen, überlegte Isy, als sie auf die Straße traten. Das bedeutete, dass Herrn Rimpaus Welt letzte Woche noch in Ordnung gewesen war!

»Wo müssen wir denn jetzt noch hin?«, maulte Amanda. »Er ist doch lebendig gesehen worden!«

»Aber wo ist er jetzt? Vielleicht weiß es das *Abendblatt*. Er arbeitet manchmal für diese Zeitung. Du hast Recht, es ist echt Sisyphusarbeit, aber die Polizei macht es auch so.«

»Dann überlass es doch der Polizei!«

»Pah, die unternimmt zehn Tage erst mal gar nichts, weil sich in dieser Zeit die meisten Vermissten wieder einfinden. Aber wir wissen ja gar nicht, ob er wirklich verschwunden ist.« Entschlossen eilte Isy weiter.

»Sind wir etwa sein Kindermädchen oder was?«, beschwerte sich Amanda, als sie in die U-Bahn stiegen. »Die lachen uns aus!«

»Das werden sie nicht!«

»Heute bist du aber wieder voll besserwisserisch!«

Doch Isy hatte Recht. Keiner lachte sie in der Redaktion aus.

»Erich!«, flötete die Redaktionssekretärin im pinkfarbenen Rolli und mit pinkfarbenen Lippen ins Telefon. »Hier fragen zwei Teenies nach Patrick. Ist er gerade für uns unterwegs?« Sie wies mit ihrem pink gelackten Finger den Flur entlang. »Zimmer 311!«

Der Mann, den die Sekretärin Erich genannt

hatte, erwartete sie in seinem Büro zwischen gewaltigen Aktenbergen. »Ich räume auf«, erklärte er. »Nächste Woche ist Schluss! Nach vierzig Jahren.« Sein Grinsen wirkte zu tapfer. Es fiel ihm offensichtlich nicht leicht.

Isy erklärte die Situation. Sie fragte ihn, ob er Herrn Rimpaus Handynummer habe.

»Die hat nur Fusi.« Der Redakteur sah in sein Notizbuch. »Patrick hat vor zwei Monaten eine Reportage in den Staaten gemacht. Seitdem hab ich ihn nicht mehr gesehen.«

»Sie sollten viel Ketchup essen, wenn Sie in Pension gehen«, empfahl Amanda. »Es ist gut gegen Prostatakrebs!«

»Tatsächlich?«, fragte der Mann verlegen.

Mitunter war Amanda voll peinlich!

»Wer könnte wissen, was Herr Rimpau gerade macht«, schaltete sich Isy wieder ein, »und wo er jetzt ist?«

»Fusi vielleicht. Dr. Rufus Schmied. Er weiß meistens, was Patrick gerade schreibt.« Der Redakteur hatte die Nummer gefunden. »Aber vielleicht besucht Patrick nur seine Frau.«

Isy schüttelte den Kopf. »Sein Hund ist verschwunden!«

»Das ändert natürlich alles!«, gab der Mann zu.

»Er meint es also auch!«, triumphierte Isy auf dem Heimweg.

»Warum hast du ihm denn nichts von der Drohung erzählt?«, wunderte sich Amanda.

»Hätte ich ihm erzählen sollen, dass ich heimlich in Herrn Rimpaus Wohnung im PC geschnüffelt habe?«, verteidigte sich Isy. »Wir müssen uns genau überlegen, was wir durchsickern lassen wollen, Amanda! Am besten, wir machen einen Plan. Zuerst rufen wir Rufus Schmied an. Dann lassen wir uns von der Nachbarin den letzten Besucher beschreiben. Danach rufen wir im Tierheim an, falls es Alfredo gelungen ist, den Entführern zu entwischen. Außerdem brauchen wir vielleicht … Helfer!«

»Meinst du etwa die da?« Amanda zeigte auf zwei Gestalten, die aus dem Bahnhof kamen. Sie sahen aus wie Streuselkuchen. »Boah! Seid ihr unter die Archäologen gegangen?«, stichelte sie gegen ihre Mitschüler.

»Wir haben mit Hagens Schwester im Sandkasten gespielt!«

»Der Sandkasten stand nicht zufällig in Bohnsdorf?«, fragte Isy Tannhäuser spöttisch. »Im Römerweg 10?«

– 9 –

Der Wetterbericht hatte Recht behalten. Sieglinde kam pünktlich um Mitternacht. Das Tief brachte XL-Regenwolken. Am Morgen tropfte Berlin von allen Bäumen und Balkonen, von Baukränen und Kirchturmspitzen. Feuerwehrleute pumpten Keller aus, Hunde schüttelten sich und die Zeitung titelte:

Berlin: Hauptstadt der Gummistiefel?

An diesem Morgen kamen Isy und Amanda erst nach Bewältigung eines Pfützenslaloms in der 7b an. Hier erwarteten sie pralle Plastiktüten, vollgestopfte Leinenbeutel und dicke Bündel mit gespendeten Büchern. Isys Aufruf zeigte Wirkung! Neugierig überschlug sie die Menge. Es waren mindestens hundertfünfzig Stück. Für den Anfang nicht schlecht! Wo aber blieben eigentlich die Bücher der Lehrer? Entschlossen verfasste sie einen weiteren Aufruf:

Hallo, liebe Lehrer! Auch Sie haben bestimmt ausgelesene Bücher zu Hause. Schaffen Sie doch mal wieder Platz und spenden Sie sie für unser Lesecafé! Mit herzlichen Grüßen, Ihre 7b.

Als sie den Zettel in der Pause ans Schwarze Brett heftete, klopfte ihr jemand auf die Schulter. Es war der Direktor. Man konnte es als Sympathiebekundung werten.

Nach der letzten Stunde schleppte Isy mit Amanda die Bücher unters Dach. Nur Sassi, Bini, Jennifer und Rose Wikowski mit den braunen Rotkehlchenaugen halfen. Alle anderen hatten sich aus dem Staub gemacht.

Naserümpfend sahen die vier Helfer sich um. »Hier müsste mal sauber gemacht werden!«

»Geduld!«, gähnte Isy. Sie war müde, denn Amanda erzählte gern in der Nacht.

Zügig begannen sie mit dem Sortieren. Auf Isys Vorschlag ordneten sie nach Sachgebieten.

»Wie kommen wir denn nun zu einer Espressomaschine?«, drängte Amanda. »Ich denke, das wird hier ein Lesecafé?«

»Ein Computer ist erst mal wichtiger.«

»Ich glaube, meine Omi hat noch einen PC«, überlegte Sassi.

»Super!« Isy riss das Fenster auf. Es goss in Strömen.

»Da jagt man ja keinen Hund vor die Tür!«, seufzte Rose.

»He, wir wollten doch das Tierheim anrufen!«, fiel Isy plötzlich ein.

Doch im Tierheim war kein mittelgroßer graufarbener Schnauzer abgegeben worden. Allerdings wusste man dort Bescheid. »Ja, Herr Rimpau ruft öfter an«, bestätigte eine Angestellte.

»Wann haben Sie denn zuletzt mit ihm gesprochen?«

»Das ist schon etwas her.«

Klar, inzwischen wusste er ja sicher, dass Alfredo entführt worden war, dachte Isy. »Könnten Sie mir Bescheid geben, falls der Hund abgegeben wird? Herr Rimpau ist nämlich zurzeit nicht in Berlin.«

»Gehörst du zur Familie?«, fragte die Frau vorsichtig.

»Logo!«, schmetterte Isy überzeugend ins Telefon. Sie hinterließ Amandas Handynummer und wählte die von Rufus Schmied. Es war der dritte Versuch.

Wieder sagte eine sanfte männliche Stimme: »Gib auf, Karina, es hat keinen Zweck mit uns!«

Feixend gab sie Amanda das Handy. »Karina scheint hartnäckig zu sein.«

Sie machten sich zusammen auf den Heimweg. Amanda hatte die Mädchen spontan zu Penne all'arrabbiata eingeladen.

»Und ihr seid jetzt eine richtige WG?«, staunten die Klassenkameradinnen.

»Ja, es ist total super!«, schwärmte Amanda. »Eine völlig neue Erfahrung! Von Tag zu Tag wachsen wir mehr zusammen.«

Isy sagte nichts. Sie bekam Magenschmerzen bei dem Gedanken, dass diese Neuigkeit morgen wie ein Lauffeuer in der 7b herumgehen würde!

– 10 –

Natürlich steckten in der 7b am nächsten Morgen alle die Köpfe zusammen. Sie tuschelten und grinsten.

»Habt ihr noch Platz in eurer Katastrophen-WG?«, feixte Tannhäuser und nach der Pause prangte auf der Tafel ein von fremder Künstlerhand gestaltetes Namensschild mit ihren Initialen darauf – für die WG-Tür.

»Dumm gelaufen!«, seufzte Amanda auf dem Heimweg einsichtig.

Aber es lief noch dümmer! Denn zu Hause

brummte der Staubsauger und ein verschwitzter Benedikt öffnete ihnen. »Drei Zimmer und der Flur sind schon gesaugt. War auch nötig. Überall Katzenhaare. Ihr könnt gleich weitermachen, sonst spiele ich Steve Williams!«

»Was will er spielen?«, wunderte sich Amanda.

»Steve Williams, einen Computerfuzzi aus England. Er hat das unordentliche Zimmer seiner Tochter fotografiert und ins Internet gestellt!« Isy kicherte. »Cool, was?«

Amanda lächelte verständnislos. »Wozu der Stress? Ist eure Putzfrau krank?«

»Wir putzen selbst.«

»Aber ich koche doch schon!«, blähte sich Amanda auf. »Das könnte dir so passen!«

»WG heißt auch: *Wir W-ischen G-emeinsam!*«, brüllte Benedikt von der Waschmaschine.

»Du hast mir gar nichts zu sagen!«, brüllte Amanda zurück.

»Wir finden schon was, das dir gefällt«, schlug Isy vor.

»Dein Bruder kann mich nicht leiden!«

»Das ist nicht wahr. Aber du hast schon wieder dreimal abends beim Würfeln ums Fernsehprogramm gewonnen. Das wurmt ihn.« Isy grinste. »Putzt du das Bad?«

»Seit zwanzig Minuten läuft meine Lieblingsserie!«

»Okay, Mandi«, sagte Isy sanft. »Hau dich vor die Glotze!«

»Echt? Es macht dir nichts aus? Bestimmt nicht?«

»Bestimmt. Wenn du mir nachher einen kleinen Wunsch erfüllst …«

»Jeden! So viele du willst!« Aufatmend verschwand Amanda mit einer Tüte Tacos, während Isy die Küche schrubbte und das Bad wienerte. Zuletzt saugte sie ihr Zimmer und den Flur. Dann bürstete sie ihr Haar, griff nach ihrer Jacke und schaute ins Wohnzimmer. »Wir können, Amanda!«

»Nenn mich Chelsea! Ich finde, das klingt besser als Amanda. Möchtest du vielleicht ein Leben lang Isolde heißen?«

»Immerhin besser als wie ein englischer Fußballklub!«

»Hä?«

»Weißt du nicht, dass Ballack jetzt bei Chelsea ist?« Isy warf die Wohnungstür zu. »Du hast eben keinen Bruder.«

»Zum Glück!«, betonte Amanda. »Was ist angesagt? Kino?«

»Wir müssen der Nachbarin den Schlüssel zurückbringen.«

Amanda blieb wie angewurzelt stehen. »Was?!«

»Mir hat jemand versprochen mir jeden Wunsch zu erfüllen.«

»Was man so alles verspricht!«, stöhnte Amanda und dann sagte sie gar nichts mehr, bis sie die Treppen zu Herrn Rimpaus Wohnung erklommen hatten.

Vor seiner Tür stand eine kleine, gebeugte Gestalt, die sich am Schloss zu schaffen machte. Als sie die Mädchen erkannte, sah sie erleichtert aus.

»Oh, ich dachte, es wäre mein Nachbar! Er muss das Schloss ausgewechselt haben. Nun kann ich gar nicht die Blumen gießen.«

Rasch blickte Isy auf das Türschild: *Hermine Hinz*. Diesen Namen musste sie sich endlich mal merken. »Wie soll er denn das Schloss ausgewechselt haben? Oder ist er wieder da?«

»Ja, heute Nacht brannte Licht.« Die Frau zwinkerte. »Ach, der Mann hat ja schon immer ein aufreibendes Leben geführt! Schriftsteller schreiben vorwiegend nachts. Bei Rotwein oder Schlimmerem.«

Isy musste lachen. »Gut, dass Ihr Nachbar das nicht hört! Übrigens, wie sah der Besucher neulich eigentlich aus?«

»Groß, gebräunt, helle Augen. Er klingelte und ging dann in die Wohnung. Also muss ihm Herr Rimpau geöffnet haben.«

»Es sei denn, der Mann hatte einen Schlüssel!« Isy streckte die Hand aus. »Schlüssel – das Stichwort! Geben Sie doch mal her. Vielleicht bekomme ich ja die Tür auf.«

Dankbar drückte ihr die Nachbarin den falschen Schlüssel in die Hand und merkte auch nicht, wie Isy ihn tauschte. Eine Sekunde später schnappte das Schloss auf.

»Geht doch!«

Hermine Hinz strahlte. Glücklich tippelte sie in die Wohnung und Isy und Amanda folgten ihr wie zwei Schatten. Sie halfen beim Gießen und Isy blickte sich unauffällig um.

Beim Abschied wandte sie sich an Frau Hinz. »Übrigens, machen Sie manchmal auch sauber bei den Rimpaus?«

»Nie. Ich pflege nur die Blumen, wenn sie beide unterwegs sind.«

»Noch eine Bitte: Könnten Sie uns anrufen, falls Alfredo auftaucht und Herr Rimpau nicht da ist?« Sie gab der Frau eine Nummer. »Das ist das Handy von meiner Freundin Chelsea.«

»Was soll der Quatsch? Warum gibst du ihr meine Nummer? Herr Rimpau ist doch wieder da!«, regte sich Amanda auf der Treppe auf, während Isy in den Briefkasten spähte.

»Wenn er da wäre, würde seine Post nicht überquellen, wäre der Kühlschrank nicht leer, hätte er sein Bett benutzt.«

»Wie willst du wissen, ob er ...?«

»Ich habe neulich ein Haar auf sein Kopfkissen gelegt.« Isy wurde rot. »Zur Kontrolle. Es lag noch genau so dort, wie ich es hindrapiert hatte.«

Amanda blinzelte geschockt. »Aber wer hat dann heute Nacht Licht in seiner Wohnung gemacht?«

»Das wissen wir, wenn wir den Fall gelöst haben, Amanda!«

»Welchen Fall?«

»Du bist gut! Der, in dem wir schon eine ganze Weile stecken. Oder hast du das wieder mal nicht mitgekriegt?«

– 11 –

An diesem Wochenende meinte es die Septembersonne noch einmal gut mit der 7b. Heiter kitzelte sie alle wach, verjagte die Wolken und lud mit Apfelduft, Dahlienflor und dreiundzwanzig Grad im Schatten zum Abschiedsfest vom Sommer ein. Saskia machte mit ihren Eltern ein Picknick im Park, Bini ging mit ihrer Tante in die Pilze, Robert baute mit seinem geschiedenen Vater an seinem Baumhaus, Rose bummelte mit ihrer Mutter über den Flohmarkt, Henriette pflanzte Zierpaprika auf den Balkon und Jennifer Niemann legte mit ihren Nachbarn Schweinenacken und Würstchen auf den Grill. Gummibärchen und Tannhäuser buddelten in Bohnsdorf, Sophie presste Pflanzen und die Katastrophenweiber machten einen Ausflug in den Zoo. Sie guckten die Tiere an, sonnten sich auf Bänken und flirteten mit netten Jungen. Amandas Hormone waren happy.

Auch wenn Isy den neuen Fall nicht ganz aus ihrem Kopf verbannen konnte, war sie doch am Montagmorgen mit allen anderen in der 7b einer Meinung, dass das Wochenende ein Erfolg gewesen war. Nun hatte der Alltag sie wieder!

Einige Mädchen begannen sich, Amandas Beispiel folgend, zur Verwirrung der Lehrerschaft ebenfalls umzubenennen. Aus Saskia wurde Angelina, aus Binette Camilla, aus Jennifer Penelope und aus Henriette Lisa-Marie.

Mathematikarbeiten und Herbststürme, Dauerschnupfen und andere Katastrophen drohten und auf Amandas Handy meldete sich endlich Rufus Schmied! Sie waren gerade mit Henriette alias Lisa-Marie und Sophie dabei, das auf dem Dachboden der Schule gefundene Mobiliar zu säubern und zu erwägen, was davon noch in dem Lesecafé verwendet werden konnte.

»Wo finde ich euch?«, fragte Dr. Rufus Schmied, der wenig später in der Tür der Schulbücherei stand. Groß, blond, gebräunt, helle Augen und sehr sympathisch.

Er hätte der letzte Besucher von Herrn Rimpau sein können, durchfuhr es Isy.

Neugierig sah er sich um. »Was soll denn das werden, wenn es fertig ist?«

»Das wird ein Lesecafé, eine Pisaria.«

»Super! Ich mag Lavazza schwarz. Wann wird eröffnet?«

»Bringen Sie einfach ein paar Bücher mit«, schlug Isy vor. »Dann geht es schneller.«

»Bringen Sie einfach eine Espressomaschine mit«, schlug Amanda vor. »Dann geht es noch schneller.«

Rufus Schmied lachte schallend. Er warf seine Lederjacke über einen Stuhl. »Ihr macht euch also Sorgen um Patrick? Ich kenne das. Wie oft stand ich schon vor der Polizei, um ihn als vermisst zu melden, dabei saß er nur auf Rügen, um in Ruhe zu arbeiten. Müsst ihr ihn dringend erreichen?«

»Wir wollten ihn bitten, die Pisaria mit einer Lesung zu eröffnen, und was Termine angeht, möchte er immer frühzeitig informiert werden. Wann haben Sie ihn denn zuletzt gesehen?«

»Wir waren im *Georgio* essen. Danach war ich noch mal kurz in seiner Wohnung.«

Der blonde Begleiter, durchzuckte es Isy, der amico elegante! Der Mann, den die Nachbarin gesehen hatte. Also doch! »Hat Herr Rimpau was von einer Reise gesagt?«

»Nichts. Und ihr wollt also Berlins Lesekompetenz heben?«

Isy nickte. »An uns liegt es nicht. Wir lesen wie verrückt!«

»Ja, *Mord ist ihr Hobby* und so was!«, spottete Sophie, die mit Henriette alias Lisa-Marie einen runden Tisch abschrubbte.

»Meines nicht!«, widersprach Amanda.

»Na ja, der Rimpau lebt ganz gut davon!« Rufus Schmied lächelte.

»Wo könnte er denn Ihrer Meinung nach sein?«, fragte Isy.

»Es gibt da ein Haus in der Nähe von Berlin, das er gern mietet. Es liegt so einsam, wie er es mag. Aber er scheint sehr beschäftigt zu sein, denn er hat das Handy abgeschaltet.«

»Wir glauben, dass etwas passiert ist, Herr Schmied!«, stieß Isy hervor. »Alfredo ist nämlich verschwunden. Herr Rimpau würde doch niemals irgendwo in Ruhe in einem einsamen Haus an einem Buch schreiben, wenn sein Hund gekidnappt ist.« In dem Augenblick, wo es heraus war, bereute sie es schon.

»Alfredo – entführt?!« Es klang bestürzt. »Habt ihr Beweise?«

»Und ob wir Beweise haben!«, trompetete Amanda. »Isy hat …«

»Natürlich haben wir keine!«, schnitt Isy ihr das Wort ab. »Es ist nur eine Vermutung. Weil er nie ausreißen würde!«

Rufus Schmied nickte. »Stimmt, ich kenne ihn, denn ich hab ihn Patrick geschenkt. Da war Alfredo neun Wochen alt. Sagt mal, wart ihr selber bei ihm oder habt ihr nur angerufen?«

»Wir waren mehrmals dort. Aber er öffnet nicht, nimmt das Telefon nicht ab und sein Briefkasten quillt auch über.«

»Das klingt in der Tat merkwürdig.« Rufus Schmied warf sich seine Jacke um die Schultern. »Seine Frau fotografiert gerade für die *Brigitte* auf Barbados. Die ist nicht zu erreichen. Aber wir bleiben in Verbindung. Wer von ihm hört, ruft an!«

»Wissen Sie, wo das einsame Haus ist?«, rief Isy ihm nach.

»Leider nein. Ich war noch nicht dort.« Dr. Rufus Schmieds Schritte entfernten sich auf dem Flur.

Auch Henriette alias Lisa-Marie und Sophie verschwanden wieder auf dem Dachboden.

Amanda funkelte Isy böse an. »Wie steh ich denn da? Wieso hast du ihm nicht gesagt, dass wir Beweise für Alfredos Entführung haben und dass sein bester Freund bedroht wird?«

»Himmel! Müssen wir das denn jedem auf die Nase binden?«

»Na, hör mal! Findest du, dass Rufus Schmied jeder ist? Meine Oma sagt, Männern mit blauen Augen kann man vertrauen.«

»Und meine Oma sagt, Reden ist Silber, Schweigen ist Gold!«

– 12 –

In diesem Sinne waren Tannhäuser und Gummibärchen bereits auf dem Weg zur Goldmedaille. Was nämlich ihre geheimnisvollen Aktivitäten in Tannhäusers Garten anging, hüllten sie sich in ungewohntes Schweigen. Nur ab und zu verriet eine Blase an ihren Händen, Sand an ihren Schuhen oder eine Befreiung vom Sportunterricht wegen mysteriöser Muskelschmerzen, dass da noch etwas im Gange war.

»Die suchen was Wertvolles!«, sinnierte Isy am Frühstückstisch, während Amanda einen mehligen Teig knetete. »Sonst würden sie bestimmt nicht so lange durchhalten.«

»Meinst du, Reginalds Opa hat dort einen Schatz vergraben?«

»Etwas in der Art bestimmt.«

»Na, vielleicht erfährst du es ja bald!« Amanda griff nach der Morgenzeitung. »In deinem Horoskop steht, dass du heute eine verrückte Überraschung erleben wirst!«

»Da bin ich aber gespannt!«, sagte Isy und

packte für sie beide die Pausenbrote ein. »Und was steht in deinem?«

Statt zu antworten, bearbeitete Amanda stumm ihren Kloß. Wie verdächtig! Dann hatte es bestimmt etwas mit Liebe zu tun. Aber Isy konnte warten! Warten, bis Amanda den Teig abdeckte und sich die Wimpern tuschen ging. Dann schlug sie die Seite auf und guckte unter Amandas Sternbild nach. Als ob sie es nicht geahnt hätte! Für die dritte Dekade Stier stand nämlich: *Sie denken viel an eine alte Liebe? Orientieren Sie sich doch neu. Manchmal wohnt das Glück gleich in der Nachbarschaft.*

»Beeil dich«, trieb sie die Freundin an, als die endlich aus dem Bad getänzelt kam, und warf ihre Schulbücher in den Rucksack.

»Ich muss nur noch nach meinem Teig gucken!«

»Warum machst du denn einen Teig?«, fragte Isy unterwegs.

»Weil Vollmond ist«, lautete Amandas rätselhafte Antwort.

Hatte sie etwas verpasst? Lebten alle außer Isolde Schütze schon nach dem Mondkalender?

Ein Haufen Bücher, die sie beim Betreten der Klasse an ihrem Platz vorfand, ließ Isy rasch den schönsten Vollmond vergessen. Ihr Appell an die Lehrer hatte diese angespornt ihre Bücherregale zu plündern. Es war erstaunlich viel Humoristisches dabei. Das allerdings konnte sie erst feststellen, als sie nach der letzten Stunde die Spenden in der Bücherei auspackte. Aber kein Wunder, wo die Lehrer doch sonst nichts zum Lachen hatten! Sogar die Biolehrerin hatte drei Kochbücher beigesteuert.

Amanda wäre begeistert, aber Amanda war pünktlich mit dem letzten Klingelzeichen des Tages zu ihrem Teig entwischt. Auch die anderen hatten sich rasch verkrümelt. Angeblich hatten sie etwas vor. Typisch, dachte Isy, erst wollen alle mitmachen und dann sitzt man alleine da!

Sie gähnte. Amanda hatte die halbe Nacht erzählt.

Eine Weile staubte sie Bücher ab und wischte Regale aus. Es war still im ganzen Schulhaus. Bald würde hier gemalert und gezimmert werden. Auch Trischi hatte seine Hilfe angeboten. Zweimal schon hatte er gefragt, ob sie endlich mit dem Autor gesprochen habe. Sie hatte gestottert, dass er verreist sei. Wie peinlich!, dachte sie und brachte den Schlüssel ins Sekretariat, wo Frau Klein telefonierte. Dabei rauchte sie fröhlich. Um diese ruhige Stunde hatte sie sich in den Kreis der Rauchverbotsmissachter an der Schule geschlichen. Ein Fall für Gummibärchen, der seit Wochen mit Tannhäusers Fotohandy herumlief, um qualmende Lehrer zu erwischen.

Isy lächelte ihr zu. Die Sekretärin winkte und berichtete einer Gerda, dass es heute in der alten Markthalle billige Tomaten gebe.

Die Halle lag auf ihrem Weg. Isy zählte ihr Geld und kaufte gerade zwei Kilo italienische Strauchtomaten für Amanda, als sie aus den Augenwinkeln hinter der Currywurstbude neben dem Gemüsestand die vertraute Gestalt eines Mann im schwarzen Trenchcoat entdeckte. Ein Riesenstein fiel ihr vom Herzen! »Herr Rimpau!«, rief sie und raffte die Tomatentüten an sich. »Herr Rimpau! Warten Sie!«

Endlich würde sich alles aufklären! Erleichtert rannte sie los, doch der Platz hinter dem Imbiss war inzwischen leer. Ratlos sah sie sich um. Nirgendwo war ein Mann im schwarzen Trenchcoat zu entdecken. Nur ein Typ mit blonder Stirnlocke und schwarzem Haar, vermutlich ein Türke, räumte mit steifen Bewegungen Leergut fort. Wo konnte Herr Rimpau nur hin sein? Verzweifelt irrte sie durch die Gassen zwischen den Ständen, doch von dem Autor fehlte jede Spur.

Schließlich ging sie schweren Herzens heim, wo Amanda vier Bleche mit leckeren Pizzahalbmonden gebacken hatte. Obgleich Isy sofort riesigen Hunger verspürte, starrte sie fassungslos auf die Bleche. »Wer soll denn das verputzen?«

»Überraschungsparty!«, kreischte Amanda und jetzt sah Isy auch den runden Lampionmond an der Decke, und unter dem Küchentisch lugte Henriette alias Lisa-Marie hervor. Robert klemmte hinterm Kühlschrank, Gummibärchen schwitzte in der Besenkammer, Sophie hockte im Wäschekorb und Saskia alias Angelina und Rose standen in der Dusche. Binette alias Camilla kauerte auf dem Zwischenboden, Jennifer alias Penelope steckte hinter der Wohnzimmergardine, Philipp fror auf dem Balkon und Tannhäuser lag grinsend im Ehebett. Den Rest der 7b fand Isy in den anderen Räumen.

»Das ist die verrückte Überraschung, die dir das Horoskop für heute versprochen hat!«, flüsterte ihr Amanda ins Ohr.

»Denkst du! Aber ich habe noch eine viel verrücktere erlebt! Ich habe nämlich gerade Herrn Rimpau gesehen! Unverkennbar!«

»Äh, wo?«

»In der alten Markthalle. Zwei, drei Sekunden lang. Dann … war er plötzlich wie vom Erdboden verschluckt!«

»Du spinnst!«, sagte Amanda überzeugt.

– 13 –

Endlich konnten sich alle auf die Pizzamonde stürzen!

»Wir weihen heute eure WG mit einer Vollmondparty ein!«, verriet Saskia mit vollem Munde. »Das war Amandas Idee. Nudelsalat gibt's auch. Und scharfe Ketchupsoßen!«

In allen Räumen brannten Kerzen, und die Boxen des CD-Players versprühten die Rhythmen von Tokio Hotel, Robbie Williams, Shakira und Madonna.

Gummibärchen guckte in den Kühlschrank. »Gibt's hier auch Bier, Bratwurst?«

»No Alk!«, protestierte Amanda.

»No smoke!«, ergänzte Isy. »Sonst rastet mein Vater aus!« Überhaupt, was würde er zu dieser Party sagen?

»Zwei Kästen Limo stehen auf dem Balkon!«, rief Amanda.

»Wie kommen die da hin?«, wunderte sich Isy.

»Dein Vater hat sie spendiert.«

»Du hast ihm von der Party erzählt?«

»Da staunst du, was?«

Isy nickte. Es schien, als käme sie heute aus dem Staunen nicht mehr heraus. Noch immer konnte sie die Begegnung mit dem Autor nicht fassen! Das Unglaubliche war, dass sie ihn an genau derselben Stelle gesehen hatte, an der sie und Benni ihn vor zwei Wochen getroffen hatten. Das konnte einfach kein Zufall sein! Entschlossen schlängelte sie sich mit Amandas Handy durch die rappende Menge ins Schlafzimmer ihrer Eltern, wo sie die Nummer des Autors wählte. Die Antwort war tiefes Schweigen. Sie wollte schon den Raum verlassen, als das Handy zu klingeln begann. Na, endlich! Der Autor rief zurück!

Aber es meldete sich nur ihre Mutter, um ihr mitzuteilen, dass ihre Kur heute Morgen um eine Woche verlängert wurde.

»Toll, Mama. Ich kann jetzt allerdings nicht, Amanda gibt eine Party!«, rief Isy.

Im nächsten Moment klingelte es erneut. »Ich sollte doch anrufen, wenn Alfredo wieder da ist ...«, piepste Hermine Hinz.

»Und?! Ist er wieder da?«, schrie Isy aufgeregt.

»Er sitzt neben mir.«

Unfassbar! Amanda würde schon allein zurechtkommen! Wie von der Tarantel gestochen schoss Isy aus der Wohnung und wäre beinahe mit einem Blonden mit Zöpfchen zusammengeprallt.

»Hi, ich bin Bo. Du erinnerst dich? Macht ihr gerade 'ne Party?«

»Ja, aber ich muss leider weg. Geh nur rein, es gibt Pizza!«

Der Junge strahlte. »Cool!«

Isy sauste weiter und erst an der Bushaltestelle merkte sie, dass ihr jemand gefolgt war. Es war Gummibärchen. Vielleicht ging ihm ja Saskias Geturtel mit Tannhäuser auf den Geist?

Ein Bus bog schwerfällig um die Ecke und bremste. Ohne sich umzublicken, stieg Isy ein. Hagen Golz folgte ihr und nahm neben ihr Platz. Eine Weile starrte sie wütend aus dem Fenster. »Du willst bloß rauskriegen, wohin ich fahre!«

»Warum nicht? Brauchst du Hilfe?«

»Brauchst du Geld?«

»Immer!« Gummibärchen grinste breit. Er und sein Freund hatten ihr und Amanda schon des Öfteren aus der Klemme geholfen und meistens war für sie etwas dabei herausgesprungen.

Isy nahm Amandas Handy und wählte Rufus Schmieds Nummer. Er würde erleichtert sein, dass Alfredo wieder da war. Aber es meldete sich nur der AB. Dieses Mal wurde einer gewissen Chantal geraten lieber zu ihrem Verlobten zurückzukehren. Isy steckte das Handy weg und verließ den Bus.

Natürlich blieb Hagen wie Sekundenkleber an ihr haften. Neugierig sah er sich in der Straße um. »Wohnt hier nicht der Krimifritze?«

Statt einer Antwort riss Isy die Haustür von Herrn Rimpaus Wohnhaus auf und eilte in den dritten Stock. Noch bevor sie den Daumen auf Hermine Hinz' Klingelknopf gelegt hatte, ertönte stürmisches Gebell. Alfredo! Erleichtert schloss Isy den Schnauzer in die Arme. »Da bist du ja wieder, du Schlawiner! Wenn du bloß reden könntest!«

Dankbar leckte ihr Alfredo das Gesicht. Er sah gesund aus. Weder verhungert noch ungepflegt. Um den Hals trug er sein rotes Lederband und nicht, wie sie befürchtet hatte, einen Strick. Nur seine Stimme klang rau. Sicher hatte er oft und verzweifelt gebellt. Wie in ihrem Traum!

Jedenfalls ist er gut behandelt worden, dachte Isy beruhigt. Es war also nur darum gegangen, den Autor unter Druck zu setzen. »Wie ist er hergekommen? Wurde er abgegeben?«

»Keine Ahnung. Er hat einfach an meiner Tür gekratzt.«

»Haben Sie Herrn Rimpau inzwischen gesehen?«, fragte sie die alte Frau. »Brannte nachts wieder Licht bei ihm?«

»Nicht dass ich wüsste. – Was machen wir nun mit dem Hund?«

»Ich nehme ihn mit!«, sagte Isy entschlossen. »Mich kennt er, mir vertraut er und Herr Rimpau wäre damit einverstanden!«

Über eine Stunde brauchten sie, um nach Hause

zu laufen. Kein Busfahrer hatte sich bereit gezeigt Alfredo ohne Maulkorb zu befördern. Inzwischen war es Abend geworden. Überall in den Wohnungen und Geschäften flammte zögernd Licht auf und Isy war auf einmal froh, dass Gummibärchen ihr Gesellschaft leistete.

»Willst du mir nicht erzählen, was los ist?«, drängte der.

»Willst du mir nicht erzählen, wonach ihr so eifrig in Bohnsdorf buddelt?«, konterte Isy und lächelte cool. »Offenheit gegen Offenheit! Ich würde vorschlagen, du fängst an.«

– 14 –

Um Mitternacht lagen Isy und Amanda noch immer wach. Zwischen ihren Betten schnarchte auf einer alten Decke Alfredo. Die WG hatte zu Selmas fauchender Katzenempörung ein neues Mitglied bekommen.

»Kennst du den süßen Typen von nebenan näher? Er ist zwei Jahre älter als wir und geht auf die Nachbarpenne.«

»Nee, er ist irgendwann eingezogen, und wenn ich ihn treffe, renne ich ihn immer über den Haufen!«

Amanda kicherte. »Mir könnte er gefallen. Aber leider hat er sich nur sehr angeregt mit Tannhäuser unterhalten.«

Isy gähnte. Amanda und ihre berühmten Nachtgespräche! Hoffentlich wurde sie nun bald müde. »Dann flirte doch mit ihm. Manchmal wohnt das Glück gleich in der Nachbarschaft.«

»Du hast mein Horoskop gelesen!«, zischte die Freundin.

»Du meins doch auch!«

Eine Weile schmollte Amanda. Dann siegte die Neugier. »Suchen Hagen und Reginald wirklich ein E.K.? Was ist das überhaupt?«

»Das Eiserne Kreuz. Eine Auszeichnung der Wehrmacht. Tannhäusers Opa soll nach dem Krieg noch mehr so olles Zeug vergraben haben. Stahlhelme, Gasmasken, Koppelschloss und so weiter. Manche zahlen viel Geld für diesen Schrott.«

»Und woher kennen sie solche Leute?«

»Gummibärchen sagt, die trifft man auf Flohmärkten.«

»Haben sie denn außer Leo schon was gefunden?«

»Bis jetzt noch nicht.«

»Komischer Geschmack! Gasmasken!« Amanda seufzte. »War 'ne klasse Party, oder? Sollte eine Überraschung für dich sein.«

»Das ist dir echt gelungen!« Isy starrte ins Dunkel. »War ja nicht die einzige Überraschung heute! Was hältst du denn von der Begegnung mit Herrn Rimpau?«

»Was soll ich von der Begegnung mit einer Fata Morgana schon halten?«

»Es war keine Fata Morgana!«

»Du stellst dir was vor, bis es für dich Wirklichkeit ist.«

»Ich habe mir nichts vorgestellt. Ich hab Tomaten gekauft.«

»Ja, aber dein Unterbewusstsein!«

»Ich hab ihn echt gesehen, verdammt noch mal! Mein Gehirn ist okay. Es signalisiert mir höchstens, dass Herr Rimpau in Gefahr ist!«

»Hast du inzwischen diesen Fusi erreicht?«

»Nur den AB. Der Schönling versteckt sich diesmal vor einer namens Chantal. Was der für einen Appetit hat!«

»Äh, apropos Appetit!« Das Bett der Freundin quietschte. »Da ist noch ein winziger Rest Nudelsalat im Kühlschrank.« Isy hörte sie in die Küche tapsen. Amanda futterte gern nachts. Kein Wunder, dass sie ständig Probleme mit ihrer Figur hatte. Eine Weile verging. Dann kam Amanda kauend zurück. »Und wenn Herr Rimpau nun einen Doppelgänger hat?«

»Er könnte einen Doppelgänger haben!«, überlegte auch Tannhäuser am nächsten Tag. »Einer, der ihm ähnlich sieht.«

»Vergesst nicht die Entfernung!«, mahnte Gummibärchen. »Wie weit war denn der Stand entfernt? Fünfzehn, zwanzig oder mehr Meter?«

»Mehr. Aber ein Doppelgänger?« Isy schüttelte den Kopf. »Einer, der zufällig genau an derselben Stelle stand wie Herr Rimpau vor zwei Wochen? Das kann nicht sein!«

»Du sagst selber *zufällig*!«, betonte Tannhäuser. »Was hat er denn vor zwei Wochen in der Markthalle gemacht?«

»Tja, es sah aus, als ob er den Imbissstand beobachtete.«

»Und gestern?«

»Das Gleiche. Warum glaubt mir denn keiner?!«

»Okay, wir schauen uns diese Wurstbude mal an!«

Tannhäuser und Gummibärchen hatten sich nach Schulschluss in der Bücherei eingefunden, wo Isy, Sophie und Amanda weitere Buchspenden ihrer Mitschüler auspackten und sortierten. Die Jungen gaben vor, sich für den neuen Anstrich der Wände und Möbel zu interessieren, und schlugen vor, den Zeichenlehrer zur künstlerischen Beratung heranzuziehen. Morgen nach der letzten Stunde wollten sie mit allen in der 7b loslegen. Dann kamen sie auf den Punkt. Natürlich hatte Hagen seinem Busenfreund brühwarm berichtet, was Isy ihm erzählt hatte.

»War es tatsächlich Blut in Rimpaus Küche?«, wollte Tannhäuser nun wissen.

»Sicher, aber es wurde schnell von jemand Unbekanntem aufgewischt. Die Nachbarin war es jedenfalls nicht.«

»Und was ist dir noch aufgefallen?«

»Das Blut in der Küche, der verschwundene Hund, die Warnung in der E-Mail, er solle das Schnüffeln lassen, der leere Kühlschrank, der volle Briefkasten und dass er nicht ans Telefon geht! In der Apotheke, bei Edeka und in der Reinigung, wo er Kunde ist, hatte man ihn seit Tagen nicht gesehen. Ich habe alle gefragt. Sogar das *Abendblatt*. Die wissen auch nichts.«

»Es soll einmal nachts Licht gebrannt haben, sagt Amanda?«

»Sagt die Nachbarin. Aber vielleicht hat sie sich geirrt?«

»Razzat al Kadi!«, kreischte Amanda begeistert im Nebenraum, wo sie Kochbücher einräumte. »*Der Turban des Richters*! Oder soll ich dir lieber *Die Finger der Braut* backen, Isy?«

Tannhäuser krauste die Denkerstirn. »Was haben die Erpresser mit Schnüffeln gemeint? Ist er einer heißen Sache auf der Spur? Einem großen Ding vielleicht? Und denkst du, dass er entführt wurde … oder dass er untergetaucht ist?«

»Keine Ahnung«, antwortete Isy traurig.

»Dann sind wir uns einig«, nuschelte Tannhäuser. »Wir haben also einen neuen Fall!!!«

»Wieso *wir?*«, fragte Isy gedehnt.

Doch Tannhäuser überhörte die kleine Spitze großzügig. »Wem könnte er auf die Schliche gekommen sein? Schließlich schreibt er keine Schnulzen! Kennst du die Thematik des neuen Buches?«

»Nein. Über Neues spricht er nicht. Bestimmt wird es ein Enthüllungsroman«, vermutete Isy.

»Ein Skandal!«, ergänzte Amanda spöttisch.

Reginald stimmte ihr sofort zu. »Das wäre ein Motiv! Wir müssten mal in seinen Computer gucken. Vielleicht finden wir dort das Manuskript?«

Gummibärchen verdrehte die Augen. »Frag doch erst mal, ob die Ladys unsere Hilfe brauchen. Und was dabei herausspringt. Wir wollen uns doch schon lange ein Walkie-Talkie kaufen, oder? Außerdem, wie kommen wir überhaupt in die Wohnung?«

»Gar nicht! Frau Hinz lässt euch bestimmt nicht hinein.«

»Dann machen wir eben die Rohrbruchnummer.«

»Die – *was?*«, fragten Isy und Amanda wie aus einem Munde.

Gummibärchen und Tannhäuser blinzelten einander zu.

Auch Frau Hinz kannte die Rohrbruchnummer nicht. Deshalb war sie ahnungslos, als Hagen Golz sie mit jammervoller Miene begrüßte und sich sofort zu beschweren begann, dass ihm Wasser aus Herrn Rimpaus Wohnung auf den Kopf tropfe. Er zeigte der alten Frau die pitschnassen Strähnen, die er sich zuvor mit Mineralwasser ins Haar getupft hatte.

»Ja, wo wohnst du denn?«, fragte die alte Frau erschrocken.

»Direkt unter Ihrem Nachbarn. Sein Badewasser läuft über!«

»Da wohnen doch die Schmitts. Und der Herr Rimpau ist auch gar nicht da. Dem läuft bestimmt keine Wanne über.«

»Schmitts sind ausgezogen. Haben Sie wohl den

Möbelwagen nicht bemerkt? Außerdem könnte es sich meiner Meinung nach auch um einen Rohrbruch handeln.«

»Und wer ist das?«, fragte Frau Hinz, statt zu antworten, und zeigte auf Tannhäuser. Dabei fingerte sie am Schlüsselbrett herum.

»Mein Kumpel.«

»Gut, wir überprüfen das jetzt. Dein Kumpel bleibt draußen!« Resolut, wie Isy und Amanda sie kannten, verschwand die Nachbarin mit Gummibärchen in Herrn Rimpaus Wohnung.

Eine Minute später gab Tannhäuser den Mädchen ein Zeichen. Auf Zehenspitzen kamen sie die Treppe herunter und schlüpften mit Reginald in das Arbeitszimmer des Autors. Geschafft!

– 15 –

Obgleich Isy erleichtert war, fühlte sie sich total mies. Wie konnte sie nur dabei mitmachen, eine alte Frau so zu beschwindeln? Aber hatte sie nicht selbst auch schon oft genug zu einer Notlüge gegriffen?

Nervös stand sie am Fenster, während sich Tannhäuser über den PC hermachte und Gummibärchen Frau Hinz aus der Wohnung schob. »Ja, dann muss der Schaden wohl bei Ihnen liegen!«

»Bei mir?« Isy hörte schwachen Protest.

Wenn alles gut ging, würde Hagen die nächste

halbe Stunde seinen Charme spielen lassen und sein Herz für die Volksmusik entdecken!

»Keine neuen E-Mails«, flüsterte Tannhäuser. »Diese Drohung mit Alfredo kann ich allerdings auch nirgendwo finden …«

»Dann hat sie jemand gelöscht!«, erschrak Isy. »Aber wer?«

»Vielleicht die Person, die nachts Licht macht.« Tannhäuser ließ den Cursor über den Bildschirm flitzen. »Ich sehe mir mal seine Dateien und Dokumente an.«

Amanda wies auf ihren Magen. »Ich sterbe vor Hunger!«

»Schade um dich, Darling! Hier gibt's nur Hundekuchen!«

Trotz Isys Warnung verschwand Amanda in der Küche. Reginald Häuser aber nahm entmutigt die Hände von der Tastatur. »Das ist ja voll krass! Hier findet sich weit und breit nichts, was nach einem Buchmanuskript aussieht. Definitiv! Schreibt er noch auf dieser Maschine?« Er deutete auf eine Olivetti.

»Nee, die ist nur ein Erinnerungsstück an seine ersten Erfolge. Vielleicht hat er das Buch kopiert und die Datei gelöscht.« Isy reckte den Hals. Vor dem Haus hielt jetzt ein weißer Kastenwagen.

»Hat er eigentlich einen Laptop?«

»Sowieso, aber der ist zur Reparatur. Ein Computershop hat ihm eine Mail geschickt, dass er abgeholt werden kann. Die müsste im Posteingang von letzter Woche stecken.«

Tannhäusers Finger tanzten über die Tastatur. »Kann nicht sein. Hier ist nichts!«

»Aber ich habe sie doch selbst gelesen!«

Ein Mann mit Wollmütze stieg aus dem weißen Kastenwagen. Isy hatte den Eindruck, dass er zu ihrem Fenster hochschaute. Erschrocken trat sie zurück. Hatte der sie etwa gesehen?

»Ketchup ist da!«, klang es triumphierend aus der Küche. »Jede Menge! Knäckebrot auch! Will jemand eine Scheibe?« Ein Stöhnen folgte. Dann ein Fluch. »Mist! Die blöde Flasche geht nicht auf. Kannst du mir mal helfen, Reginald?«

»Hier komme ich sowieso nicht weiter!« Enttäuscht schaltete Tannhäuser den PC ab und folgte Isy in die Küche, wo sich die Freundin mit einer Ketchupflasche quälte. »Gib mal Onkel Reginald!« Großmütig ließ Tannhäuser nun seine Muskelkraft spielen.

In diesem Moment hörten sie, wie ein Schlüssel in der Wohnungstür gedreht wurde.

O Gott, wenn das der Hausherr war! Wenn er sie in seiner Küche fand! Sekunden standen sie da wie zu Salzsäulen erstarrt. Dann atmete Isy auf. Das konnte nur Gummibärchen sein! Gummibärchen, der die Ohren gestrichen voll von Volksmusik hatte und ihren schmetternden Stars einschließlich der äußerst misstrauischen Frau Hinz entronnen war!

Doch zu ihrem Entsetzen waren es Männerschritte, die sich rasch näherten und im Arbeitszimmer des Autors verschwanden! Es klang eindeutig nicht nach Gummibärchen, aber auch nicht nach Herrn Rimpaus kraftvollem Gang.

Danach war nur noch das Rauschen des gestarteten Computers und das Klappern des Keyboards in der Stille der Wohnung zu hören. Wer zum Teufel drang da heimlich in die Wohnung des Krimiautors und seinen PC ein, während sie hier in der Küche in der Falle saßen?

»Was will der?«, flüsterte Tannhäuser und zog sein Handy aus den Jeans. »Los, wir rufen die Bullen und verschwinden!«

»Warte!«, zischte Isy. »Vielleicht sucht er dasselbe wie wir und wir erfahren endlich, was hier gespielt wird?«

»Und w-w-wenn er eine Pistole hat?«, stammelte Amanda.

Ehe Isy antworten konnte, schnappte die Wohnungstür erneut auf.

Dieses Mal war es wirklich Gummibärchen. Leise pfiff er die Erkennungsmelodie. *Sah ein Knab ein Röslein …*

Dann brach die Melodie plötzlich ab. Offenbar hatte ihr Mitschüler etwas anderes als eine Rose gesehen. Ein Stuhl fiel polternd um, ein Schrei und ein dumpfer Schlag folgten, dann krachte die Wohnungstür ins Schloss.

Niemand in der Küche hatte sich gerührt. Erst Amandas Wimmern brach den Bann. Seite an Seite stürzten Tannhäuser und Isy in den Flur, wo sie Gummibärchen reglos auf der Schwelle zum Arbeitszimmer fanden. Sein Gesicht hatte die Farbe von Hüttenkäse, der das Verfallsdatum längst überschritten hat.

»Hilfe, ein Arzt!«, quiekte Amanda, als Tannhäuser den Ohnmächtigen in die stabile Seitenlage brachte und Frau Hinz wütend an die Wohnungstür trommelte. »Was geht hier vor sich?«

»Hol kaltes Wasser und ein Tuch!«, wies Tannhäuser Amanda an.

Isy aber eilte ans Fenster des Arbeitszimmers. Keine Sekunde zu früh. In genau diesem Moment huschte der Fremde mit der Wollmütze aus dem Haus und eilte zu dem wartenden weißen Lieferwagen. Sie hatte also richtig vermutet! Und nicht nur das. Plötzlich fiel es ihr wie Schuppen von den Augen: Sie hatte diesen Mann schon einmal gesehen! Aber wo?

– 16 –

Es war ein gemütlicher Abend. Wenn man bedachte, wie aufregend der Nachmittag gewesen war. Ein neues Paket aus der Schweiz war gekommen. Isy und Amanda naschten Pralinen, Benedikt knabberte Toblerone und Isys Vater genoss Halbbitter mit Nuss. Die Katze schnurrte und Alfredo schnarchte unter dem Tisch, auf dem der Würfel und die Programmzeitschrift bereitlagen.

Vor einer Stunde war Dr. Schmieds Anruf in Amandas Ligurische Lasagne geplatzt, aber sie verzieh es ihm, weil er so froh war, dass Alfredo wieder aufgetaucht war. Von seinem Freund hatte er nichts gehört, weil er auf Reportage im schönen Amsterdam gewesen war.

»Erzähl ihm, dass ich Herrn Rimpau in der Markthalle gesehen habe!«, hatte Isy gerufen, Amanda hatte jedoch nicht reagiert. Für sie gehörte diese Begegnung ins Reich der Fantasie.

Nachdem der Journalist versprochen hatte sich wieder zu melden, aßen sie auf und zogen ins Wohnzimmer um.

Ob Amanda auch dieses Mal wieder gewann? Isy wünschte sich, dass sie *Aktenzeichen XY … ungelöst* sehen konnte. Der XY-Preis war hoch dotiert. Vielleicht gelang es Amanda und ihr ja mal, unter die Preisträger zu kommen? Hatten sie nicht schon oft Zivilcourage bewiesen? Sie hatten den Postraub in Altgrünheide aufgeklärt, das kostbare Gelege der Wanderfalken vor dem Schmuggel in die Emirate bewahrt, zwei Trickbetrügerinnen entlarvt und dem Islamischen Museum den Goldschmuck gerettet. Es wurde Zeit, dass das ZDF sie endlich wahrnahm!

Ihr Vater und ihr Bruder wollten natürlich andere Sendungen sehen. Benedikt brannte auf Fußball. Wie immer. Ihr Vater auf sein Politmagazin. Wie immer. Amanda wollte Liebe gucken. Auch wie immer.

»Ich schlage vor, wir wechseln die Regeln.« Lauernd blickte Benedikt in die Runde. »Heute gewinnt die niedrigste Zahl!« Als wäre es bereits beschlossene Sache, würfelte er zuerst. Es war eine Zwei.

Seinem Vater gelang auf Anhieb eine Fünf. »Geh schon mal zu den Nachbarn, Papa!«, lästerte Isy und zauberte – eine Vier. *Aktenzeichen XY … ungelöst* konnte sie vergessen!

Gespannt sahen alle zu Amanda, der Sechserwürflerin. Würde es Benedikt heute gelingen, sie mit diesem Trick aus ihrer Erfolgsserie zu würfeln?

Es war Amanda nicht anzusehen, was sie dachte. Ihr Würfel kullerte über den Tisch und blieb vor Benedikt liegen.

Wütend starrte der auf einen einsamen Punkt. »Kennst du den Spruch: *Der Gast und der Fisch stinken am dritten Tag?*«

Ehe Isy die Sprache wiederfand, war Amanda aufgesprungen. »Bin schon weg!« Laut knallte die Wohnungstür ins Schloss.

»Entschuldige dich bei ihr!«, schrie Isy ihren Bruder an und stürzte der Freundin nach. »Amanda! Amanda, warte!« Aber das Treppenhaus war leer. Mit klopfendem Herzen beugte sie sich über das Geländer. So eine Gemeinheit! Ihre beste Freundin zu vergraulen! Wo aber wollte Amanda jetzt hin? Nach Hause? Hatte sie überhaupt ihre Schlüssel dabei? Bedrückt schlich Isy in ihr Zimmer.

Nebenan stritten Vater und Sohn lautstark miteinander. Das Thema Fernsehen war anscheinend vergessen.

Auf Amandas Bett lag ihr gelber Pyjama. Ihre

Schminke stand noch im Bad. Ihre Schreibhefte gähnten einsam auf Isys Pult und außerdem hatte sie Äschylos vergessen. Sie würde wiederkommen!

Endlich wurde es nebenan still. Kurz darauf krachte die Tür zum zweiten Mal zu. Dieses Mal hinter Benedikt.

Isy beschloss Amanda anzurufen, aber sie meldete sich nicht. Ihr Handy war abgeschaltet.

Im Flur nahm Isys Vater die Leine, um mit Alfredo Gassi zu gehen.

»Ich komme mit!«, rief Isy.

Schweigend liefen sie durch den Abend. Wie selbstverständlich fanden ihre Schritte den Weg zu Amandas Haus. Die Fenster der meisten Wohnungen waren dunkel. Auch in Amandas Zimmer brannte kein Licht. Trotzdem fuhren sie mit dem Lift hinauf. »Es ist eine Traumwohnung!«, schwärmte Isy und klingelte hartnäckig. »Sechs Zimmer, zwei Bäder, alles todschick.«

»Aber deine Freundin ist viel allein, nicht wahr?«

Isy nickte. Ja, Amanda war viel zu oft allein. Vielleicht fühlte sie sich ja deshalb so wohl in ihrer WG? »Mach auf, Amanda!«, bettelte sie, aber Amanda öffnete nicht.

»Sie ist nicht da!«, stellte Isys Vater beunruhigt fest. Er trug die Verantwortung für die Freundin seiner Tochter. »Wir müssen zurück. Sicher steht sie schon vor unserer Tür.«

Aber Amanda stand nicht vor ihrer Tür. Wo zur Hölle mochte sie sein? Die Zeit verging wie Sirup.

Verzweifelt lauschte Isy auf jedes Geräusch. Endlich Schritte!

Es war Benedikt. Wortlos verschwand er in seinem Zimmer.

Bald darauf kam auch Amanda. Sie lächelte verklärt.

»Wo bist du gewesen?«, riefen Isy und ihr Vater wie aus einem Munde.

Amanda deutete mit dem Daumen über ihre Schulter. »Na, gegenüber. Bei Bo. Das ist ein brutal süßer Typ! Schade, dass er in eine andere Schule geht. Wir haben Tee getrunken und Sudokus gelöst. Das sind diese japanischen Zahlenrätsel.«

»Hör dir das an, Papa!«, rief Isy empört. »Sitzt drei Meter über den Flur und trinkt Tee! Und wir machen uns Sorgen!«

»Ist das etwa meine Schuld?«

»Nein. Benedikt wird sich für diesen Ausrutscher auch noch bei dir entschuldigen!« Isys Vater nahm Amanda in den Arm. »Du warst hier willkommen und du bist hier willkommen!«

»So schnell gebe ich auch nicht auf!« Amanda lächelte.

Danke, Papa, das hast du nett gesagt!, dachte Isy. Sie war auf einmal hundemüde. Was für ein Tag! Eigentlich hatte sie in Ruhe über einiges nachdenken wollen. Zum Beispiel, wo sie den Mann mit dem weißen Kastenwagen schon einmal gesehen hatte. Und sie hätte auch gerne gewusst, wer wohl die Mails in Herrn Rimpaus PC gelöscht haben könnte. Derselbe Typ vielleicht? Schließlich die wichtigste Frage, die sie heute lösen wollte: Was für eine Spur mochte es sein, auf die Herr Rimpau gestoßen war? Wem war er plötzlich gefährlich geworden? Stattdessen war der Abend gekippt!

Im Bad putzte Amanda sich die Zähne.

War ja voll krass, wie die ranging! Rückte einfach diesem Bo auf die Bude!

Isy fuhr Alfredo durchs Fell und schlüpfte ins Bett. Ich hätte ihn vor ihr warnen sollen, dachte sie verstimmt. Diese Frau kann eine Dampfwalze sein!

»Schläfst du schon?«, flüsterte die Dampfwalze und schüttelte ihr Kopfkissen auf. »Ich wollte dir was Wichtiges sagen.«

»Was denn? Dass du ihn geküsst hast?«

»Na, so schnell geht das nun auch nicht. Nein, es hängt mit Herrn Rimpaus Ketchup zusammen. Die Flasche war leer!«

»Die war bis zum Hals voll Ketchup! Das hab ich selbst gesehen!«

»Ja, dass sie voll rot war. Aber sie war … total leer!«

»Hat Tannhäuser sie nicht extra für dich aufgemacht?«

»Das ist es ja gerade!«

»Was willst du damit sagen …?« Isy richtete sich auf.

»Ich habe noch drei Flaschen geöffnet, als ihr euch um Hagen gekümmert habt. Und immer dasselbe: außen rot, innen Luft! Alles nur rotes Glas! Ich tippe auf Kundenbeschiss!« Amanda holte tief Luft. »In einer waren sogar kleine gelbe Pillen drin! Nimmt Herr Rimpau denn Pillen? Und meinst du, er würde sie in einer leeren Ketchupflasche aufbewahren?«

»Du hast Recht, es ist merkwürdig«, gab Isy zu. »Aber passiert jetzt nicht jeden Tag irgendetwas Merkwürdiges? Ich bin schon richtig gespannt, was morgen auf uns wartet!«

– 17 –

Am Morgen wartete die Lokalpresse vor der 7b auf sie. Sie war in Gestalt einer molligen Frau in einem schick geschnittenen, hellen Hosenanzug erschienen, die ihnen ein Aufnahmegerät vor die Nase hielt.

Auf dem Schulweg hatte Amanda Isy Bos Lebensgeschichte erzählt. Eltern geschieden, Vater Schwede, Mutter Krankenschwester. Sie waren kürzlich vom Tiergarten in den Ostteil der Stadt gezogen, weil die Mieten hier niedriger waren und Bo ohnehin seine alte Penne verlassen musste.

Wenn Isy auch tat, als interessierte sie das alles gar nicht, so fand sie die letzte Tatsache doch ziemlich spannend. »Ach, und warum ist er geflogen?«, fragte sie gerade, als die Reporterin »Ich bin Carla Henkel vom *Abendblatt*!« rief und ihnen die Hand schüttelte. »Eure Mitschüler haben mir verraten, dass ihr die super Idee hattet, aus der alten, verlassenen Schulbücherei ein Lesecafé zu zaubern.«

»Es war ihre Idee!«, betonte Amanda und zeigte auf Isy.

Die zuckte verlegen die Schultern. »Wir wollten etwas machen, um die Lesekompetenz der Berliner Schüler zu verbessern«, klärte sie die Reporterin auf. »Einer Mitschülerin fiel die alte Bücherei ein. Gummibärchen fand, dass heute schon ein besonderer Service zur Ausleihe von Büchern gehöre. Da war es nicht schwer, sich einen Treffpunkt für Schüler und Lehrer vorzustellen, ein Lesecafé mit Büchern und Kaffee. Eine Art Pisaria. Eigentlich hat mich meine Freundin inspiriert. Sie trinkt Kaffee wie ein Loch.« Isy grinste. »Die alte Bücherei bot sich an und jetzt machen alle mit.«

»Meine kleine Tochter hat auch ihr Lieblingsbuch, *Die Hasenschule,* gespendet. Wie weit seid ihr mit dem Projekt?«

»Es wurden massig Bücher abgegeben, Möbel fanden sich unter dem Dach und bald kommt ein PC. Fehlt nur der Espressoautomat.«

»Und der dazugehörige Kaffee natürlich!«, ergänzte Amanda.

Im Schulhaus klingelte es zum Unterricht.

Dr. Trisch bog mit einem Stapel Hefte um die Ecke. »Was ist hier los?«

»Wir geben ein Interview!«, antwortete Amanda wichtig.

»Und ich gebe in zwei Minuten eine Deutscharbeit!«

»Es geht um die Pisaria!«, erklärte Isy.

»Das kann man doch auch nach dem Unterricht machen!« Trischi blickte zu der Journalistin.

»Alles klar!« Carla Henkel nickte. »Treffen wir uns um zwei?«

»Um zwei in der Bücherei!« Isy blinzelte verschwörerisch. Dann fiel die Klassenzimmertür hinter ihr, Amanda, Dr. Trisch sowie dem Geist von Goethe und Schiller zu.

Es war schon spät und die alte Bücherei roch penetrant nach neuer Farbe, als das *Abendblatt* auftauchte und völlig ermattet »Sorry, Redaktionssitzung!« stöhnte.

Doch Isy sah aus dem Shopper verräterisch ein Preisschild von Escada lugen. Sicher hatte die Dame das Angenehme mit dem Nützlichen verbunden. »Toll, dass Sie über uns schreiben!«, lobte sie ehrlich. »Wir haben übrigens Ihren Kollegen Erich kennengelernt.«

»Der genießt jetzt seinen Ruhestand.« Carla Henkels Blick flog staunend durch den Raum. »Ganz schönes Aufgebot, was?«

»Es sind leider nicht alle gekommen. Wie immer!« Es klang verstimmt. Isy dachte an Gummibärchen und Tannhäuser, die erst alle in der Klasse von dem Arbeitseinsatz überzeugt und dann selbst gekniffen hatten. Vermutlich gaben sie in Bohnsdorf mal wieder die Maulwurfnummer! »Haben Sie denn keinen Fotografen mit?«

»Selbst ist die Frau!«, strahlte die Reporterin und begann zu knipsen.

Sie fotografierte Robert und Marc-Philipp beim Streichen der Wände, Rose, Henriette und Amanda beim Bemalen der Stühle, Binette beim Reinigen des Bodens und Boris Baumann, den lustigen Zeichenlehrer der 7b, beim Mischen der Farben. Er hatte ihnen sahniges Beige, Milchkaffeebraun, Gelb, Orange und ein paar Tupfen Hellblau vorgeschlagen. Sozusagen für die italienischen Momente im Schülerleben.

»Wir müssen auch an die Kleinen denken!«, überlegte Isy.

»Meine Tochter mag Fruchtmilch«, warf die Journalistin ein.

»Bloß keine Milchbar! Dann kommen die andauernd angekleckert!« Amanda malte gar nicht ungeschickt einen blauen Kringel um ein Stuhlbein. »Lieber ein Glas Bonbons.«

»Auch gut!« Carla Henkel verschwand im Nebenraum, um den Rest der 7b zu fotografieren, der unter der Leitung des hammerschwingenden Dr. Trisch zwei ausgediente Teile einer alten Küche in eine Espressobar verwandelte.

»Schreiben Sie, dass ich stolz auf meine Klasse bin!«, rief der Lehrer begeistert.

»Wird gemacht!«, versicherte die Journalistin. »Wann ist denn die Eröffnung? Das *Abendblatt* will natürlich dabei sein.«

»Der Termin steht noch nicht fest«, gestand Isy.

»Unser Festredner ist nämlich verschwunden«, platzte Amanda heraus. »Sie kennen doch Patrick Mortimer Rimpau?«

»Was? Der bekannte Krimiautor ist verschwunden?« Die Journalistin war plötzlich hellwach. »Wann? Wo? Wie?«

»Nicht verschwunden. Nur abgetaucht!« Isy lächelte sorglos.

Dabei trat sie Amanda unterm Tisch gegen das Schienbein. »Er hat sich in ein einsames Haus zurückgezogen. Er braucht diese Ruhe für die Arbeit an seinem neuen Roman ...«

»Bist du verrückt gegen mein Bein zu treten?«, brüllte Amanda erbost, als Frau Henkel gegangen war. »Es wird schon ganz blau!«

»Und bist du wahnsinnig, einer Reporterin zu verraten, dass Herr Rimpau verschwunden ist?«, schrie Isy zurück. »Willst du, dass es morgen in allen Zeitungen steht?«

Schon drehten sich einige nach ihnen um. In diesem Moment betraten Gummibärchen und Tannhäuser die Bücherei.

»Na, Stahlhelm gefunden?«, empfing Isy sie zornig. »Oder gleich ein schnuckeliges Sturmgewehr?«

»Nee, was viel Besseres! Genau den Kerl, der mich gestern niedergeschlagen hat.« Gummibärchen lächelte stolz. »Nun ratet mal, wo, Schwestern!«

– 18 –

Entgegen Isys Vermutung waren Hagen und Reginald nicht in Bohnsdorf gewesen, während alle anderen der 7b in der Pisaria schufteten. Es erschien ihnen wichtiger, den von Isy beschriebenen Stand in der alten Markthalle unter die Lupe zu nehmen. Lange war ihnen nichts Ungewöhnliches aufgefallen. Leute kamen und gingen, aßen hastig eine Currywurst oder ließen sie sich einpacken. Ware wurde angeliefert, Kartons mit frischen Würsten, Flaschen mit Mayo, Ketchup und Senf. Schließlich schloss der Stand und sie wollten schon in Richtung Schulbücherei aufbrechen, als Hagen plötzlich zusammenfuhr und auf einen Mann zeigte, der Leergut auf eine Karre lud. Er schien hier der Mann fürs Grobe zu sein. »Das ist er!«, hatte er Tannhäuser zugeflüstert. »Das ist der Kerl, der mich gestern niedergeboxt hat!«

»Er hat es mir nicht geglaubt.« Gummibärchen grinste und befühlte das breite Pflaster auf seiner Stirn.

»Ich glaube es immer noch nicht!«, nuschelte Tannhäuser.

»Beschreibt ihn doch mal!«, forderte Isy die Jungen auf.

Die vier waren die Letzten in der alten Bücherei. Alle anderen waren längst heimgegangen. Sie hatten das ausgelegte Papier vom Boden aufgesammelt, die Pinsel ausgewaschen und die Fenster aufgerissen, damit der Geruch der Farben verflog.

»Normaler Türke«, sagte Tannhäuser. »Mittelalter.«

»Mit so einer komischen blonden Strähne«, ergänzte Gummibärchen. »Macht ein bisschen auf schräg.«

»Bingo!«, rief Isy. »Das ist er! Den kenn ich!«

Alle starrten sie erstaunt an.

»Genau den hab ich gestern vor Herrn Rimpaus Haus aus einem weißen Kastenwagen steigen und später damit wieder wegfahren sehen. Da trug er allerdings eine Wollmütze. Sicher wegen der auffälligen Strähne. Seine Bewegungen waren steif, als ob er was an der Hüfte hätte. Jedenfalls ist es der Typ, den ich schon mal an dem Tag von Amandas Party an diesem Imbissstand gesehen habe, als ich nach Herrn Rimpau Ausschau hielt.«

»Eine Wollmütze hatte der Typ aber nicht auf, als er mich umgenietet hat!«, wandte Gummibärchen ein.

»Als du ihn gestern überrascht hast, mag er sie abgesetzt haben. Wer hockt schon mit einer Mütze am Computer?«

»Trotzdem!«, murmelte Tannhäuser. »Was hat der Typ vom Imbissstand mit Herrn Rimpau und seinem PC zu tun? Glaubt ihr vielleicht, der interessiert sich für Rimpaus Kriminalromane? Seid ihr wirklich sicher, dass es keine Verwechselung ist?«

Isy und Gummibärchen nickten synchron.

»Also, ich sehe da keine Verbindung«, beharrte Tannhäuser.

»Ich schon«, überlegte Isy laut. »Guck mal, Herr Rimpau hat den Stand zweimal observiert. Zumindest habe ich ihn zweimal dabei gesehen. Das muss doch einen Grund haben!«

»Vielleicht ist dieser Imbiss ja eine Agentenzentrale«, flüsterte Gummibärchen. »Geheimcode: Currywurst!«

Amanda stöhnte. »Hör auf, hör auf, ich kriege Hunger!«

Gummibärchen grapschte in seine Tasche. »Das Stichwort! Hab dir doch was mitgebracht, Bratwurst!« Er zog eine rote Flasche hervor. »Echt türkisches Ketchup! Sauscharf!«

»Für mich?« Amanda blinzelte ungläubig. »Ist auch was drin?«

»Was denkst du denn? Gerade dem Türken geklaut! Aus Rache!«

Während Tannhäuser seine Schnürsenkel band und »Verflixt, das stinkt drei Meilen gegen den Wind, aber trotzdem keine Spur!« stöhnte, drehte Isy unter Amandas Protest den Verschluss der Flasche auf. Jetzt würde man ja sehen, ob auch sie nur rot angemalt war! Erwartungsvoll hielt sie den Flaschenhals nach unten. Die Flasche war leer. »Bingo!«, triumphierte sie. »Wer sagt denn, dass wir keine Spur haben, Leute?«

– 19 –

In der Nacht träumte Isy von einem kleinen Haus. Fern jeder Ortschaft stand es einsam und verlassen hinter einer abweisend dichten Wand aus blaugrünen Tannen. An dem alten Zaun entdeckte sie ein Schild: *Eintritt verboten!* Alle aus ihrer Klasse waren plötzlich da. Isy fragte sich, ob sie vielleicht Wandertag hatten. Neugierig traten einige näher. Auch Isy und Gummibärchen pirschten sich trotz der Warnung ans Haus, wo sie die Nasen an das Küchenfenster pressten.

»Da ist ja Blut auf dem Fußboden!«, flüsterte Hagen.

Tatsächlich! Und jetzt wusste Isy auch, wo sie waren! »Amanda, Amanda!«, rief sie zum Zaun, wo die Freundin mit den anderen wartete. »Wir haben Herrn Rimpau gefunden!«

»Was ist?«, säuselte Amanda und hob verschlafen den Kopf. »Wen haben wir gefunden?«

Isy rieb sich die Augen. Hatte sie den Autor wirklich gefunden oder hatte sie es nur geträumt? »Hab ich im Schlaf gesprochen?«, fragte sie erstaunt.

»Gesprochen? Du hast total gebrüllt!« Amanda gähnte. »Ich habe auch geträumt. Von Frau Hinz. Wollten wir uns nicht bei ihr entschuldigen?«

»Später«, murmelte Isy, noch ganz in ihrem Traum gefangen. Es war ein einsames Haus und wir hatten Wandertag, dachte sie. Mit Gummibärchen aber hatte sie sich trotz des Verbotsschilds auf das Grundstück getraut und in das fremde Fenster gespäht! An was erinnerte sie das nur?

Unter dem prickelnden Strahl der Dusche, der auch den letzten Rest Schlaf vertrieb, durchfuhr es sie wie ein Blitz. Hatte Herr Rimpau nicht in jenem Herbst, in dem sie und Amanda das Schullandheim in Altgrünheide für die 7b flottgemacht hatten, im Nachbarort ein einsames Sommerhaus gemietet? Und waren sie und Amanda nicht eines Abends um das Blockhaus geschlichen und hatten in seine erleuchteten Fenster gespäht?

Sie rubbelte ihr Haar trocken und stürmte in die Küche. »Versuch dich zu erinnern, Mandi! Haben wir nicht Herrn Rimpau damals im Herbst im Nachbarort von Altgrünheide besucht?«

Amanda nickte. »Erbsensuppe!«

»Typisch! Du weißt immer nur, was es zu essen gab.«

»Ich meine, der Nebel war wie Erbsensuppe!«

Das stimmte. Es war eine ungemütliche Wanderung gewesen. Nebelschwaden hatten die Bäume und Büsche schemenhaft verändert, sie aufgeplustert und ihre Umrisse geheimnisvoll mit der Umgebung verschwimmen lassen. Auch die Geräusche hatte der Nebel verschluckt. Ein Wunder, dass sie das Haus damals überhaupt gefunden hatten.

»Hast du eine Ahnung, wo es gewesen sein könnte? Ungefähr?«

»Wozu willst du das wissen?«, fragte Amanda argwöhnisch.

»Weil Rimpau sich dort verborgen hält! Rufus

Schmied hat doch auch von einem einsamen Haus gesprochen.«

»Erst sagst du, er ist entführt. Jetzt hat er sich versteckt …«

»Weil ich ihn doch mit eigenen Augen gesehen habe!«

»Wofür du leider keine Zeugen hast!«, warf die Freundin ein.

Stumm lief Isy in ihr Zimmer, um eine Landkarte zu holen. Die breitete sie auf dem Küchentisch aus und zeigte auf zwei Pünktchen. »Eines dieser Dörfer muss es sein! Bollwitz oder Rollnitz. Sie liegen direkt neben Altgrünheide. Wir müssten nur wissen, in welche Richtung wir damals gegangen sind. Aber das finden wir heute Nachmittag raus!«

Amanda sprang so heftig auf, dass ihr Kaffee überschwappte. »Interessieren dich auch mal meine Sorgen? Meine Eltern kommen in vier Tagen zurück! Außerdem haben wir doch in der Pisaria zu tun! Was glaubst du, wie sauer Tannhäuser und Gummibärchen auf uns wären?«

»Müssen wir es ihnen denn auf die Nase binden?«, fragte Isy. »Wir können doch hinfahren, wo wir wollen!«

Sie war noch immer wütend, weil die zwei sich vor Lachen ausgeschüttet hatten, als sie die leeren Flaschen bei Herrn Rimpau und die leere Ketchupflasche vom Imbissstand als heiße Spur bezeichnet hatte. Dabei sah ein Blinder mit Krückstock, dass da was faul war! Wenigstens hatten sie sich bereit erklärt noch einmal eine Flasche Ketchup vom gleichen Stand zu klauen.

»Es geht um Herrn Rimpau! Hat er uns jemals hängenlassen? Wer hat uns denn aus der dampfenden Sauna befreit? Wer für uns das Schullandheim mit den Kunsträubern gestürmt? Wer unsere Doppelgängerinnen als Betrügerinnen enttarnt? Gib deinem Herzen einen Stoß, Mandi! Außerdem muss ich endlich wissen, ob er die Pisaria nun eröffnet oder nicht. Trischi sitzt mir schon im Genick.« Isy nahm Alfredos Leine. Der Hund musste noch Gassi gehen, bevor sie sich auf den Schulweg machten. »Wenn wir uns nach der letzten Stunde gleich in den Regionalexpress werfen, sind wir ruck, zuck in Altgrünheide. Von dort fährt dann alle halbe Stunde ein Bus.«

»Das kann er gern. Aber ohne mich!«

»Ist das dein letztes Wort?«

»Mein allerletztes! Ende, aus, Nikolaus!«

»Auch, wenn ich dir verspreche, dass wir Ruky besuchen?«

– 20 –

Enttäuscht stapften sie über die Landstraße. Es blies ein früher Herbstwind über die Felder und sie banden die Schals fester. Hinter ihnen lag schon das zweite Dorf, in dem sie sich vergeblich nach dem Schriftsteller erkundigt hatten. Weder die

Kassiererinnen im Supermarkt noch die netten Verkäuferinnen beim Bäcker, die Omis auf der Straße oder die Tankwarte kannten Patrick Mortimer Rimpau. Nicht einmal seine Bücher hatten sie gelesen.

Endlich tauchte das Ortsschild von Altgrünheide auf, wo sie dem Autor im Herbst vor zwei Jahren öfter auf der Post begegnet waren. Vielleicht war er ja wieder dort gewesen?

Altgrünheide war lang gestreckt wie ein Hasenrücken. Beschaulich lag es zwischen märkischen Feldern und Wäldern, Wiesen und Seen. Seine Häuser waren bescheiden gebaut. Die meisten von ihnen hatten ihr rotes Ziegeldach tief in die Stirn gezogen gegen Regen und Wind.

Isy entdeckte den Bäcker und die Fleischerei und gleich darauf das unansehnliche Gebäude mit der schwarzen Aufschrift PO T. Dort, wo früher einmal das große schwarze S für *Post* gestanden hatte, klaffte jetzt eine Lücke. Außerdem war das Amt heute geschlossen. Die Öffnungszeiten am Eingang verrieten es.

Bedrückt sanken die beiden Freundinnen auf die Steinstufen nieder.

»Ich hab mir eine Blase gelaufen!«, beschwerte sich Amanda.

»Tja, Ermittlungsarbeiten sind eben kein Zuckerschlecken! Übrigens, mir ist eingefallen, dass das Blockhaus in einer Datschensiedlung lag. Ich glaube, Gummibärchen war auch einmal mit. Mit einer Dose gefrorener Spaghetti unterm Arm …«

Amanda kicherte. »Datschensiedlung! Ihr Ossis!«

»Na schön, dann eben in einer Wochenendhaussiedlung«, korrigierte sich Isy, die gelegentlich Ausdrücke aus der DDR verwandte. Das lag einfach daran, dass sie in ihrem Umfeld noch immer gebräuchlich waren.

Zwei Omis fuhren auf blitzenden Bikes vorbei und beäugten sie neugierig. Ob sie in ihnen die beiden Heldinnen erkannten, die den Postraub vor zwei Jahren aufgeklärt hatten?

»In diesem Nest ermitteln!«, seufzte Amanda. »Was für ein toller Einfall von dir!«

»Hast du einen besseren?«

Amanda stand auf und strich ihre Jeans glatt. »Vielleicht. Wetten, dass sich Ruky erinnert, wo Herr Rimpau gewohnt hat!«

Isy nickte. Amanda hatte Recht. Außerdem wollte sie unbedingt zu Ruky. Sein Name war der Magnet gewesen, der Amanda erst in den Regionalexpress gezogen hatte! Ruky König, der coole Typ mit dem schwarzen Zopf, der seinen Kürbis zwecks Wachstum mit Haydn bespielte, im Schulgarten Hasch anbaute und manch einen Seat für eine flotte Spritztour geknackt hatte. Amanda war damals schwer in den süßen Halbkubaner verknallt gewesen!

Auch jetzt hinkte sie mit einem verklärten Lächeln durch den Ort.

Am Forsthaus, das seit Jahren ihr Schullandheim war, blieben sie stehen. Was hatten sie in seinen alten Backsteinmauern für aufregende Abenteuer erlebt! Genau genommen hatte ihre Karriere criminale hier begonnen! Jetzt tobten andere Klassen durch das Gebäude. Gewiss kochten auch sie sich Spaghetti, machten Wanderungen, lernten Tiere und Pflanzen der Mark Brandenburg kennen und graulten sich nachts vor den Geräuschen der Igel wie sie …

Ruky König wohnte nicht weit vom Schullandheim entfernt. Das war praktisch, weil seine Mutter das Haus verwaltete.

»Vergiss nicht, er ist mit Doreen zusammen!«, warnte Isy die stürmische Freundin, als sie an der Gartentür klingelten. Schließlich wussten sie beide, dass Ruky schon ewig mit der semmelblonden Bäckerstochter ein Paar war.

Dann kam auch schon Frau König aus dem Haus und legte die Hand über die Augen.

»Wir sind es, Frau König!« Isy winkte. »Isy und Chelsea.«

»Über euch habe ich doch gerade im *Abendblatt* gelesen!«, rief Rukys Mutter überrascht und lud sie gleich an den Küchentisch, wo sie ihnen Carla Henkels Artikel mit Fotos der 7b beim Umrüsten der Schulbücherei unter die Nase hielt. »Aber wieso heißt Amanda denn plötzlich Chelsea?«

»Wir leben doch in einem freien Land«, antwortete Amanda. »Bei uns in der Klasse nennt sich jetzt jede, wie sie will!«

»Aber du hast damit angefangen«, stellte Isy klar.

Es gab Tee und Kuchen von einem anderen Bäcker als Doreens Vater, denn Ruky ging nicht mehr mit Doreen, wie sie nun erfuhren.

Amanda schleckte die Neuigkeit wie Zuckerguss. »Wann kommt er denn heim?«, platzte sie ungeduldig heraus.

»Er lebt jetzt bei seinem Vater in Hamburg. Der handelt mit Zigarren.« Frau König zeigte Fotos, auf denen man sah, dass Ruky älter geworden war. Die neue Freundin war Kubanerin.

»Ein schönes Paar!«, sagte Amanda steif.

»Wissen Sie noch, wo Herr Rimpau gewohnt hat, als wir mit unserer Klasse damals im Schullandheim waren?«, fragte Isy, bevor sie sich verabschiedeten.

Doch Frau König erinnerte sich leider nicht.

Schweigend gingen sie zum Bahnhof.

»Er hat sowieso nie kapiert, was für eine tolle Frau du bist!«, versuchte Isy Amanda zu trösten, aber eigentlich hätte sie selbst Trost gebraucht. Ruky hatte ihnen also nicht helfen können. Ob sich wenigstens Hagen Golz erinnerte?

Im Zug ergatterten sie einen Fensterplatz und glitten auf sanften Schienen müde durch die Landschaft.

»Bo lässt sich auch nicht blicken«, seufzte Amanda gerade, als ihr Handy bimmelte. Sie warf einen Blick auf das Display. »Unser Klassengenie! Sprich du mit ihm.«

Isy nahm den Hörer. »Problemlösung Schütze/ Bornstein AG?«

»Wo bleibt ihr denn?«, schrie Tannhäuser.

Isy erklärte es ihm.

»Vielleicht ist es schlauer, den Laptop aus dem Computershop zu holen und darin nach einer Lösung zu suchen, als nach einem Geisterhaus in der Pampa?«, spottete das Genie. Dann wechselte es das Thema: »Neben mir steht ein Typ, der sagt, er heißt Rufus Schmied, hat einen supercoolen Espressoautomaten unterm Arm und fragt, wann ihr kommt? Er hat es eilig!«

»Sag ihm, wir fliegen!«, flötete Amanda entzückt.

– 21 –

Sie beeilten sich, so gut sie konnten, aber den edlen Spender der Kaffeemaschine trafen sie nicht mehr in der Pisaria an.

»Er hatte einen dringenden Termin«, richtete Tannhäuser aus.

»Bestimmt einen mit langen Beinen!«, lästerte Isy.

Amanda kicherte. Dann begann sie enthusiastisch um das Geschenk zu tanzen. Ruky, Bo und alle Männer dieser Welt waren vergessen! »Wow! Mit Düse zum Aufschäumen für Cappuccino! Wie neu!«

»Neu ist sie nicht. Er hat sie schon drei Jahre. Aber da er sich ohnehin eine neue kaufen will, meinte er, er könne das ebenso gut auch gleich tun. Schließlich diene es ja einem guten Zweck.« Tannhäuser zeigte seine Hasenzähne. »Da hab ich ihm natürlich nicht widersprochen. Wer ist der Typ eigentlich?«

»Ein Freund von Herrn Rimpau, Journalist. Er glaubt, dass Herr Rimpau nur irgendwo in Ruhe arbeiten will. Vor dessen Verschwinden waren sie noch im *Georgio* essen«, klärte ihn Isy auf. »Er sieht die Sache ziemlich entspannt. Allerdings haben wir ihm ja auch nicht alles erzählt!«

»Also, ich finde es gigantisch, dass er sich für uns von diesem Maschinchen getrennt hat«, unterbrach Amanda sie. »So ein nobles Teil ist schließlich nicht nur einfach eine Espressomaschine, meine Liebste, sondern ... Lifestyle.«

»Du musst es ja wissen!« Isy kräuselte die Lippen.

»Ja, und ich weiß noch mehr! Fusi Schmied ist ein Schatz! Vielleicht sollte ich mich in ältere Männer verknallen?«

»Der ist doch bestimmt schon dreißig«, knurrte Gummibärchen.

»Paläozoikum!«, nuschelte Tannhäuser verächtlich.

»Wir sollten ihn anrufen und uns bedanken!«, entschied Amanda und tippte hurtig die Nummer des edlen Spenders in ihr Handy.

Aber der hatte wieder den AB eingeschaltet. Dieses Mal war es Natalie, die er inständig bat ohne ihn nach Petersburg zurückzukehren. »Unsere

Temperamente passen einfach nicht zusammen«, murmelte er traurig. »Do swidanja!«

»Irgendwie finde ich ihn feige«, sagte Isy enttäuscht.

»Mir egal! Ich finde, er hat was!«, schwärmte Amanda.

»Ja, viel Geld!« Isy spazierte ins Nebenzimmer, wo Rose, Sophie, Robert und Camilla alias Binette mit Herrn Baumann die Grundierung der Kaffeebar abschlossen.

Rose sah verheult aus. Es hieß, dass sich ihre Eltern trennen wollten.

»Wow, das habt ihr supi gemacht!«

»Und ihr?« Angelina alias Saskia kam aus dem Waschraum und wedelte sich die Hände trocken. »Schönen Ausflug gehabt?«

»Ausflug? Du bist vielleicht gut! Wir waren für die Pisaria unterwegs. Weißt du, wo Pflaster ist? Chelsea hat sich eine Blase gelaufen.«

»Ich kümmere mich darum«, versprach Saskia und verschwand.

Isy atmete auf. Nach unbequemen Fragen stand ihr jetzt nicht der Sinn. Rasch machte sie sich daran, die leeren Regale wieder mit Büchern zu füllen, bis fast alle gegangen waren. Dann warf auch sie einen erschreckten Blick auf die Uhr. Was? Gleich sechs? Dann musste Alfredo schleunigst Gassi!

»Feierabend!«, meldete sich auch Chelsea alias Amanda. »Ich mach heute Pappardelle mit Pilzen. Mögt ihr das?«

»Wir mögen alles! Papa hat schon zwei Kilo zugenommen! Übrigens, hat sich Benni eigentlich bei dir entschuldigt?«

»Er hat mir einen Spezialdünger für Äschylos geschenkt.«

Typisch Benni, dachte Isy, als sie eine Hand auf ihrer Schulter spürte. Sie gehörte Dr. Trisch. »Der Direktor fragt, ob Herr Rimpau nun unser Lesecafé eröffnen wird.«

Isy nickte mit einem mulmigen Gefühl in der Magengegend. »Ja, äh, unbedingt! Es geht nur noch … um den Termin.«

»Bekomme ich noch vor den Herbstferien Bescheid?«

»Klar, ü-ü-übermorgen«, stammelte Isy verlegen. Was habe ich mir nur jetzt schon wieder eingebrockt!, schoss es ihr im nächsten Moment durch den Kopf.

»Morgen muss jemand den Laptop aus dem Computershop holen«, nuschelte Tannhäuser beim Abschied. »Wo war das gleich?«

Isy zuckte die Schultern. »Auf den Absender hab ich nicht geguckt. Wie sollte ich ahnen, dass einer die Mail löscht?«

»Ich schau in die Gelben Seiten«, versprach Reginald Häuser. »Bestimmt hat er ihn in seiner Nähe abgegeben.« Dann lief er mit Gummibärchen die Treppe hinab.

Isy schloss die Bücherei und beeilte sich beide einzuholen. »Na, hat es geklappt? Ich meine, habt ihr noch einmal Ketchup geklaut?«

»Ging nicht. Wir haben eine Flasche gekauft.«

»Und? Lasst euch doch nicht alles aus der Nase ziehen!«

»Alles Ketchup. Was sonst?«

Also keine heiße Spur? Das gab es doch nicht! Enttäuscht wandte sich Isy an Gummibärchen. »Du warst doch damals in Altgrünheide mit uns in Herrn Rimpaus Sommerhaus. Erinnerst du dich an das Dorf? War es Bollwitz oder Rollnitz?«

Gummibärchen grinste. »Hab ich Alzheimer? Ich weiß sogar noch, dass ihr Alfredo wegsperren musstet, damit ich Herrn Rimpau fesseln konnte, weil Amanda und du ihn für einen Posträuber gehalten habt! Und dieser Krimi lief in Bollwitz. Das Kaff vergesse ich nie!«

Offenen Mundes starrte Isy Gummibärchen an. Was sagte er da? Warum waren Amanda und sie nur so blöd gewesen? Warum hatten sie Alfredo nicht mitgenommen? Der Hund kannte das Haus. Er hätte es mit Sicherheit im Nachbarort gefunden!

– 22 –

Tannhäuser hatte Recht behalten. Der Computershop *Die schlaue Mouse* befand sich nur wenige Straßen von Herrn Rimpaus Wohnung entfernt in einem stillen Hinterhof. Er hatte ihn im Branchenbuch entdeckt und angerufen.

Jetzt standen sie vor der dunkelblauen Eingangstür und zögerten.

»Ob die uns den Laptop überhaupt aushändigen?«, zweifelte Isy. »Und was machen wir, wenn die Geld wollen?«

Aus den Augenwinkeln sah sie eine hochbeinige Katze über den staubigen Hof staksen. Ein Mädchen mit langem schwarzem Haar saß auf dem Rand eines Pflanzkübels und steckte die Nase in ein Buch. Schnurrend begann die Katze ihr Fell an seiner Jeans zu reiben. Sicher waren sie gute Bekannte.

Amanda hielt ihrer Freundin zwanzig Euro hin. Isy nahm sie. Dann drückte sie auf die Klinke. Tannhäuser folgte ihr.

Sie traten in einen schlecht gelüfteten Verkaufsraum, in dem ein Mann zu leiser Radiomusik einen Stapel Rechnungen sortierte. Auf seinem Shirt stand: *Die schlaue Mouse. Wir sind Tag und Nacht für Sie da! Schnell und preiswert!*

Als er Isy und Reginald bemerkte, hob der Mann fragend den Kopf.

»Tag! Wir möchten den Laptop von Herrn Rimpau abholen«, begann Tannhäuser. »Sie hatten ihn per Mail benachrichtigt.«

»Die Auftragsnummer oder eine Vollmacht bitte.« Die Stimme des Mannes klang leidenschaftslos. Der Name des Autors beeindruckte ihn nicht.

»Herr Rimpau hat uns leider nichts gegeben, denn er ist zurzeit nicht in Berlin«, mischte sich Isy ein. »So ein Autor muss nämlich in Ruhe schreiben können. Aber er braucht den Laptop dringend. Machen Sie doch bitte eine Ausnahme!«

»Geht nicht. Ihr seid nämlich schon die Zweiten, die den Acer ohne Vollmacht oder Auftragsnummer abholen wollen.«

Was? Schon die Zweiten? Isy und Tannhäuser tauschten einen verblüfften Blick.

Isy fasste sich zuerst. »Wann war das?«

»Gestern Abend. Der Kollege vom Spätdienst hat es erzählt.«

»Ein Türke?«, rief Tannhäuser wie aus der Pistole geschossen.

»Das hätte er mir gesagt. Türken kann er nicht leiden.«

»Türken haben auch Computer«, sagte Isy. »Oder ist Ihr Shop nicht für jedermann Tag und Nacht da? Schnell und preiswert?«

Der Mann lächelte so einladend wie das Matterhorn und damit schien er zu sagen: *Gib dir keine Mühe, Mädchen, bei mir erreichst du gar nichts!*

Im Nebenraum begann ein Telefon zu schrillen. Nach einer nervtötenden Minute schaute eine junge Frau mit einer lustigen, runden Brille herein. »Deine Frau, Rudi!« Behutsam schloss sie die Verbindungstür. »Kann ich helfen?«

»Wir wollen den Laptop von Patrick Mortimer Rimpau abholen«, sprudelte Isy hervor, bevor Tannhäuser das Wort ergreifen konnte. »Das ist der berühmte Krimiautor, aber das muss ich Ihnen ja nicht erzählen. Sie lesen doch bestimmt seine Bücher, oder?«

Die Frau strahlte. »Er hat mir schon zwei geschenkt! Er ist Kunde bei uns. Ich bin ein totaler Fan von ihm.«

Heimlich stieß Isy Tannhäuser an. Besser konnte es gar nicht laufen!

Durch das Fenster sahen sie Gummibärchen und Amanda über den Hof schlendern. Amanda streichelte die Katze.

»Ach, dann verstehen Sie sicher unser Problem! Wir kümmern uns nämlich zurzeit um Herrn Rimpaus Blumen und seine Post. Dabei haben wir auch die Mail von Ihrer Werkstatt gefunden.«

»Die hab ich ihm geschickt!«, unterbrach die Frau Isy.

»Ja, und nun möchten wir ihm den Laptop gern als Überraschung in sein Landhaus bringen, denn er braucht ihn dringend. Doch wir haben weder die Auftragsnummer noch eine Vollmacht dafür.«

Die Frau griff nach dem Auftragsbuch. »Ich erinnere mich. Der Kunde kam total im Stress hier angestürzt!« Ihr Finger fand den Eintrag. »Es ging um ungenaue Störungen im Wordprogramm. Er hatte sogar seinen USB-Stick stecken lassen, aber wir haben ihn ihm nachgebracht. Er war sehr zerstreut.«

»Rufen Sie ihn ruhig an«, schlug Isy unschuldig vor.

»Dann wäre es wohl keine Überraschung mehr, oder?« Lächelnd stellte die Frau Herrn Rimpaus Laptop auf den Tisch.

»Was macht das?«, fragte Reginald mit nervösem Blick zur Tür, aber Rudi telefonierte immer noch mit seiner Frau.

»Nichts! Wir haben ja auch nichts gefunden. Die Störungen scheinen verschwunden zu sein. Das kommt bei hochsensiblen Geräten schon mal vor. Bestimmt macht Herr Rimpau unsere kostenlose Durchsicht mit einem neuen, spannenden Krimi wieder gut.« Sie tippte mit einem verschwörerischen Kichern auf den Laptop. »Vielleicht steckt der sogar schon hier drin!«

– 23 –

Hoffentlich!, dachte Isy. Auf jeden Fall steckte etwas in dem Laptop, das auch andere Leute brennend zu interessieren schien. Was für ein Glück, dass der Kollege vom Spätdienst den Computer gestern Abend nicht voreilig aus der Werkstatt gegeben hatte! Wer auch immer scharf auf das Teil gewesen war – sie hatten es ihm vor der Nase weggeschnappt!

Am liebsten wäre Isy jetzt bei Gummibärchen und Tannhäuser gewesen, die bestimmt schon damit begonnen hatten, die Dateien des Laptops zu überprüfen. Aber Amanda hatte ja erst noch Hack für ihre Cannelloni im Supermarkt holen wollen. Verdrossen schob Isy den Einkaufswagen durch die Gänge, während die Freundin unverdrossen alles, was dick machte, aus den Regalen hineinschaufelte.

Als Amanda plötzlich zur Käsetheke durchstartete und Isy kaum hinterherkam, klirrte es gewaltig. Sie war in voller Fahrt in einen fremden Wagen gekracht. Erschrocken sah sie in Bos lachendes Gesicht. »Hi, Isy, wenn du mich nicht über den Haufen rennst, fährst du mich wohl um?«

Wenn das nicht voll peinlich war! Isy wurde kochend heiß.

»Ist ja nichts kaputtgegangen! Ist nur Knäcke drin. Du warst so in Gedanken. Hast du ein Problem?«

Eins? Hundert!, hätte Isy beinahe gerufen.

Da kam Amanda aus ihrem Parmesanparadies geschossen. »Booo!« Ihr Ausruf klang wie der klagende Ruf eines Vogels. Am liebsten wäre sie ihm wohl um den Hals gefallen. »Ich habe schon zweimal bei dir geklingelt! Wo warst du?«

Was? Amanda hatte zweimal bei dem Typen geklingelt? Nicht zu fassen, dachte Isy. Diese Heimlichtuerin!

Bo nahm ein Glas Heringe und stellte es in seinen Wagen.

»Ah, du kochst schwedisch?«, fragte Amanda neugierig.

»Ich koche gar nicht.«

»Und was ist das?« Sie zeigte auf den Fisch in Dillsoße.

»Na ja, ich mach nur Smörgåsbord. Das kann jeder Schwede.«

»Und was heißt Smörgåsbord?«, fragte Isy.

»Butterbrottisch. Der skandinavische Hit! Wir

sollten das mal testen.« Amanda stieß Isy an. »Sind wir eingeladen?«

Bo nickte verlegen.

»Super! Wann? Morgen vielleicht?«

»Morgen kommen doch deine Eltern zurück«, warf Isy ein.

Doch die Freundin winkte ungeduldig ab. »Ja, ja, ich hab's nicht vergessen. Ich backe ihnen sogar einen Kuchen. Aber jetzt fülle ich erst mal die Cannelloni! Also, abgemacht, Bo, morgen um halb sieben zum Smörgåsbord bei dir?«

»Was? Kuchenbacken willst du auch noch? Wir sind verabredet! Oder willst du die Jungen mit dem Laptop allein lassen?«

»Ich schaffe es nicht, Schatzi! Das wächst mir alles über den Kopf! Aber Hagen und Reginald ist es sowieso nur wichtig, dass du da bist.« Amanda grinste. »Hast du gewusst, dass sie die Urenkelin von Miss Marple ist, Bo?«

»Nee. Was ist denn mit dem Laptop?«

Amanda verdrehte die Augen. »Tja, es geschehen seltsame Dinge. Unser Freund, der Kriminalschriftsteller Patrick Mortimer Rimpau, ist verschwunden und Isy und die Jungen erhoffen sich nun Hinweise dazu aus seinem Laptop.«

Bo sah bittend zu Isy. »Kann ich nicht für Chelsea mitkommen? Es klingt voll spannend und mit Computern kenne ich mich aus.«

Das vergisst mir Amanda in hundert Jahren nicht!, dachte Isy halb erschrocken, halb belustigt, als sie mit Bo auf dem Weg zu Gummibärchen war.

Wo die Freundin doch wie der Teufel mit Bo flirtete! Wer weiß, vielleicht hätte sie ihn sogar zu ihren berühmten Cannelloni eingeladen, wenn Isy ihn ihr nicht »entführt« hätte?

»Was sucht ihr konkret?«, fragte Bo, der langbeinig und schmal war und die Blicke anderer Mädchen auf sich zog.

Es war einfach himmlisch, neben ihm durch die Stadt zu gehen. Ganz anders als mit Amanda. Viel prickelnder!

»Hach, wenn wir das wüssten! Es könnte ein Manuskript sein. Vielleicht hat er ja etwas beschrieben, das irgendwelche Machenschaften enthüllt. Als Krimiautor sind Verbrechen nun mal seine Welt. Außerdem hatte jemand seinen Hund entführt und ihn übers Internet gewarnt nicht mehr weiterzuschnüffeln. Konkreter ist er leider nicht geworden.« Isy erzählte von ihrer Bekanntschaft mit dem Schriftsteller und all den merkwürdigen Vorkommnissen, die passiert waren, seit Amanda und sie ihn zur Eröffnung der Pisaria einladen wollten. Sie redete und redete und plötzlich standen sie vor Gummibärchens Stahltür.

Hier im Kellergeschoss eines alten Plattenbaues hatte sich Hagen Golz ein gemütliches Quartier mit einem verstaubten Sofa, einem ausrangierten Schaukelstuhl und einem Fernseher eingerichtet. Ein Paradies der Stille, vier Stockwerke entfernt von seinen nervenden Geschwistern. Neu war nur das Poster eines nackten, tätowierten Frauenhinterns an der Wand hinzugekommen.

Die Jungen empfingen sie mit betretenen Gesichtern. Bos Anwesenheit störte sie nicht. Sie kannten ihn ja von der Vollmondparty. Was sie störte, war ihre Erfolglosigkeit.

»Nichts zu finden!«, teilte Tannhäuser mit. »Briefe, Artikel, Aufsätze über Kriminalliteratur. Aber kein Manuskript!«

»Vielleicht hat er es besonders gesichert«, überlegte Bo.

»Das haben wir auch schon vermutet, aber …«

»Hast du mal einen anderen Pfad versucht? Lass mich mal!« Tannhäuser überließ Bo den altersschwachen Wohnzimmerstuhl. Der jagte mit dem Cursor durch das Wordprogramm des Laptops. Er öffnete Dateien, Nebenpfade, klickte hierhin und dahin und rief plötzlich: »Hier könnte es sein!« Ein Fenster ploppte auf. »Habt ihr 'ne Idee, was der Mann als Passwort gewählt haben könnte?«

»Alfredo«, rief Isy spontan, »oder Mona, das ist seine Frau.«

Gummibärchen fragte, ob sie sein Lieblingsbier kannte.

»Rotwein«, sagte Isy.

Sie probierten alles durch. Auch die Automarke, den Namen seines Eau de Cologne und seiner geliebten Zimtkekse, seine Tabakmarke, seinen Geburtstag. Umsonst.

»Sein Hochzeitsdatum?«, erkundigte sich Bo, aber schnell wurde ihm klar, dass niemand in diesem Kreis es kannte.

»Jetzt kann es nur noch Jahrhunderte dauern!«,

grummelte Hagen. »Ich mach mich lang.« Sein altes Klappbett quietschte.

»Ketchup!«, schrie Isy plötzlich. »Dieser Fall hat irgendwie mit ... Ketchup zu tun!«

Gummibärchen tippte an seine Stirn. »Dieser ganze Tomatenwahnsinn kommt bloß von Amanda! Die und ihre Tomaten-WG!«

»Schreib bitte *Ketchup*, Bo«, beharrte Isy.

Bo gab *Ketchup* ein. Das Programm reagierte nicht. Resigniert machte er Tannhäuser Platz. Der starrte verbissen auf den Bildschirm. Keiner sagte ein Wort.

»Probier mal *Shift vier*«, durchbrach Bo nach einer Weile das Schweigen.

»Das Dollarzeichen?«

»Ja. Manche setzen vor das Passwort Zahlen oder Zeichen.«

Tannhäuser kniff die Augen zusammen. Das war ihm neu. Er probierte es trotzdem. Keine Reaktion.

»Kann man auch mehrere Dollarzeichen machen?«, fragte Isy.

»Wie viele willst du?«

»Fünf und ein T für tausend. Mir ist eingefallen, dass Herr Rimpau gern ›Das ist die Fünftausend-Dollar-Frage!‹ sagt. *Ketchup* würde ich als Passwort gern stehen lassen. Hm?«

Tannhäuser sah nicht gerade aus, als ob er viel von dieser Theorie hielt. Dennoch gab er alles gehorsam ein. Nichts!

Verzweifelt durchforschte Isy ihr Gehirn. Wo war der Fehler? Wo war der verdammte Fehler, der sich nicht zu erkennen gab? »Die Fünftausend-Dollar-Frage!«, wiederholte sie mehrmals laut. »Die Fünftausend-Dollar-Frage …«

Gummibärchen kämpfte mit einem Gähnkrampf.

»Versteif dich nicht darauf!«, warnte Bo. Aber er kannte Isys Hartnäckigkeit nicht!

»Es heißt doch: Die Fünftausend-Dollar-FRAGE! Also setz bitte noch ein Fragezeichen hinter die Dollarzeichen und das T«, bat sie Tannhäuser.

Der fixierte sie mit gefurchter Stirn. Ein sicheres Zeichen, dass sie ihn nervte. »Das glaubst du doch selbst nicht!«, nuschelte er. Mürrisch hackte er auf der Tastatur herum, um in der nächsten Sekunde wie elektrisiert aufzuspringen. »Bingo!«

Sie drängten sich um seine schmalen Schultern und starrten mit angehaltenem Atem auf den Monitor, auf dem langsam ein Dokument erschien. Sein Titel lautete: *Ketchup criminale.*

Sie hatten es geschafft!

– 24 –

Amanda öffnete ihnen die Wohnungstür in einem seltsamen Outfit. Meergrüne Schleier umschwebten ihre molligen Hüften, das Oberteil sah wie ein tief ausgeschnittenes, durchsichtiges Top aus. Es zeigte mehr, als es verhüllte.

»Was hast du denn an?«, staunte Isy. »Ein Faschingskostüm?«

Bo grinste. »Ist das die neue Schuluniform?«

»Das ist ein Negligé, ihr Banausen! Das trägt man in Rom zum Frühstück.«

»Und was trägt man in Rom zum Abendbrot?«, fragte Isy. »Ich habe nämlich voll Hunger!«

»Weiß ich nicht. Jedenfalls hat meine Mutter das Teil öfter zum Frühstück angehabt. Auf ihrer Hochzeitsreise. Das ist schon fünfzehn Jahre her, aber Negligés sind wieder in. Eigentlich wollte ich bloß wissen, ob ihr findet, dass es mir steht?« Mit einem koketten Seitenblick zu Bo verschwand Amanda, um sich wieder in ihre Jeans zu zwängen.

Bo beugte sich zu Isy und flüsterte: »Ich muss gehen!«

»Willst du nichts essen? Sie hat sicher Cannelloni aufgehoben.«

»Nein danke. Meine Mutter wartet. Gute Nacht, Isy!«

Sie war noch gar nicht dazu gekommen, davon zu träumen, als seine trockenen Lippen bereits ihre Wange wie der zarte Flügelschlag eines Vogels berührten. Dann fiel die Tür ins Schloss.

Erst jetzt wurde sie feuerbohnenrot. War ein Gutenachtkuss schon ein Kuss? Und machte er das mit jeder?

Amanda hatte ihr tatsächlich Cannelloni aufgehoben. Sie schmeckten überirdisch. Hatte sie jemals etwas Leckereres gegessen? Vielleicht hätte ihr ja heute sogar Hühnersülze geschmeckt, die sie sonst verabscheute. Bestimmt lag das an dem Gefühl des Triumphs, das Isy heiß durchströmte. Ihr

Kennwort hatte den Durchbruch gebracht! Sie hatten das Manuskript im Laptop gefunden, der sich jetzt in Tannhäusers Obhut befand! Außerdem hatte Bo sie geküsst! Wenn auch nur in aller Freundschaft. Oder? »Danke, dass du mir was aufgehoben hast!«

Amanda lächelte säuerlich. »Keine Ursache.«

Sie waren allein. Isys Vater half zwei Tage lang Omi im Garten und Benni besuchte einen Freund. Die Küchenuhr tickte laut. Die Freundin war nicht gerade gesprächig. Wahrscheinlich nahm sie ihr die Sache mit Bo übel. Dabei war es doch ihre Entscheidung gewesen. Wer hatte denn daheimbleiben und Kuchen backen wollen?

»Hast du den Kuchen für deine Eltern fertig?«

»Nicht mehr nötig.«

»Äh?« Isy ließ die Gabel sinken.

»Ich habe eine gute und eine schlechte Nachricht für dich. Welche willst du zuerst hören?«

»Egal.«

»Also gut.« Amandas Augen füllten sich mit Tränen. »Meine Eltern haben angerufen. Sie hatten heute Nachmittag einen Unfall. Mein Vater hat bei Basel eine Sau überfahren. Der BMW ist hin. Die Sau auch. Aber meine Eltern sind okay. Jetzt müssen sie erst mal den Versicherungskram klären. Auf jeden Fall kommen sie nicht vor nächster Woche zurück.«

Isy ergriff Amandas Hand. »Das ist ja wunderbar schrecklich!«

»Genau.«

»Und warum heulst du?«

Amanda kicherte. »Vor Freude!«

»Du bist wirklich unmöglich.« Isy seufzte erleichtert. »Dann kannst du also mitmachen?«

»Wobei?«

»Tannhäuser, Gummibärchen und ich wollen gleich morgen früh mit Alfredo und dem Laptop nach Bollwitz fahren! Wir nehmen uns ... äh ... frei.«

Amanda riss ihre blauen Augen auf. »Echt cool – schwänzen!«

Isy kratzte das letzte bisschen Tomatensoße vom Teller. »Klar. Ist doch für die Pisaria, oder?«

Der Meinung war Amanda auch. Mit den Resten des Schokoladenpäckchens aus der Schweiz verschwanden sie vor dem Fernseher. Amanda genoss einen irischen Rosamunde-Pilcher-Schmalzauflauf, während Isy die Nase in einen spannenden Krimi steckte. Nur ab und zu flogen ihre Gedanken über den Flur zu Bo.

Es war himmlisch ruhig im Haus, bis der scharfe Ton der Klingel das weiche Gewebe ihrer Gemütlichkeit zerriss. Wer konnte das jetzt noch sein?

»Das ist Bo!«, rief Amanda und stürzte wie elektrisiert in den Flur.

Doch vor der Tür stand kein Bo. Vor der Tür stand ihre Mitschülerin Rose Wikowski mit den braunen Rotkehlchenaugen und einer kleinen Reisetasche. »Könnt ihr mich in eurer WG aufnehmen?«, schluchzte sie. »Meine Eltern brüllen sich nur noch an. Das halt ich nicht aus!«

Ausgerechnet Rose! Die unscheinbare, langweilige Rose!

Das haben wir nun davon, dachte Isy, dass Amanda Bornstein überall das Wohnen in unserer WG in den höchsten Tönen preist! »Wir sind voll!«, sagte sie erschrocken.

»Nur für ein paar Tage ...«, bettelte Rose.

»Wir können sie doch nicht hängenlassen!«, protestierte Amanda und zog Rose in den Flur. »Du kannst dich ja nützlich machen. Wäschst du gern ab? Das wäre prima. Hier gibt es nämlich keinen Geschirrspüler!«

»Bist du vom Wahnsinn umzingelt?«, zischte Isy. »Wie soll ich denn das meinem Vater beibringen?«

– 25 –

Zum Glück verbrachte ihr Vater diese Nacht auf Omis Datsche und auch Benni sah Rose Wikowski erst, als sie ihm am anderen Morgen im himmelblauen Spitzen-BH blitzschnell die Badezimmertür vor der Nase zuschlug. Sein Schock war nur mit einem starken Kaffee zu beheben.

»Es ist uns ja selbst nicht recht«, flüsterte ihm Isy ins Ohr, »aber Rose hat Stress mit ihren Eltern. Wenn die sich wieder vertragen, zieht sie sofort zurück.«

»Bist du sicher? Vielleicht gefällt es ihr auch so

gut bei uns wie dieser Klette Amanda.« Benedikt grinste.

Er grinste das ganze Frühstück lang und Isy begann sich besorgt zu fragen, was hinter seiner Stirn vorgehen mochte? Würde er von nun an Spinnen fürs Badezimmer sammeln, Mäuse in ihre Betten schmuggeln oder einen fetten Regenwurm in die Erdbeermarmelade hacken?

Doch bevor sie sich diesen Horror näher ausmalen konnte, pfiffen Tannhäuser und Gummibärchen im Hof. Nichts wie los!

Isy wandte sich an Rose. »Du weißt Bescheid?«

Die nickte beklommen. »Ich entschuldige euch. Es ging euch die ganze Nacht schlecht. Ihr müsst heute das Bett hüten.«

Man sah ihr an, wie unbehaglich sie sich dabei fühlte. Aber für ein Nachtlager auf dem Sofa, ein leckeres Frühstück und die freundliche Aufnahme in ihre WG konnte Rose ruhig mal für sie beide schwindeln, fand Isy. Dann leinte sie Alfredo an und drückte der neuen Wohnungsgenossin die Hausschlüssel in die Hand. »Wenn mein Vater kommt, sag, du bleibst nur ein paar Tage. Deine Eltern haben eine … äh … Pilzvergiftung. Sie sind auf der Intensivstation.«

Rose nickte. »So giftig, wie die jetzt zueinander sind, könnte es glatt stimmen!«

Erleichtert verließ Isy mit Amanda das Haus. Wenigstens musste sie heute nicht Dr. Trisch begegnen! Wenigstens musste sie sich nicht schon wieder eine Ausrede einfallen lassen! Während ihre Klasse Vokabeln paukte, mathematische Nüsse knackte und sich ins gruselige Mittelalter begab, würden sie durch den Morgen düsen und endlich das einsame Haus finden.

Mit leicht erhöhtem Puls, zwei Paar Schmalzstullen, Hagen, Reginald, dem Schnauzer und dem Laptop im Gepäck brausten sie im morgenvollen Regionalexpress nach Altgrünheide und standen nach einer halben Stunde Fußmarsch vor einem Zaun, hinter dem ein einsames Blockhaus träumte.

Laut schlug Alfredo an.

»Brav!«, lobte ihn Isy, die das Haus wiedererkannte, und spähte nach dem Golf des Autors, aber die Einfahrt war leer.

Tannhäuser, der keine Klingel entdecken konnte, probierte die Türklinke. Es war abgeschlossen. Seine Augen maßen die Höhe des Zaunes. »Da müssen wir wohl rüber!«

»Mit dem?« Amanda sah an ihrem schicken Jeansrock herunter.

»Dann zieh ihn doch aus!« Gummibärchen grinste.

Zweifelnd sah sich Amanda um. Doch da es sich um eine abgelegene Wochenendhaussiedlung handelte und nur ein einsamer Punto mit zwei alten Damen vorbeizuckelte, riss sie sich schließlich den Rock herunter und landete auf der anderen Seite des Zauns. Dann folgten ihr Isy, Alfredo, Gummibärchen und zuletzt Tannhäuser mit dem Laptop. Dabei achteten sie auf Deckung durch Büsche und

Sträucher, während sie sich an das Haus heranpirschten.

Inzwischen rannte der Schnauzer mit großen Sprüngen zur Haustür und begann ungeduldig an ihr zu kratzen. Isy hätte gern gewusst, ob er sein Herrchen roch oder sich nur daran erinnerte, einen Herbst hier verbracht zu haben.

Neben ihr packten Gummibärchen und Tannhäuser ihr neues Spielzeug aus, ein Walkie-Talkie-Gerät, das sie sofort in Gang setzten. Es rauschte und knackte in der alten Ligusterhecke.

»Was soll das denn?«

»Wart's ab!«, murmelte Gummibärchen. Dann robbte er wie ein SEK-Mitglied über den Rasen und verschwand hinterm Haus. Eine Minute später meldete seine quakende Stimme: »Keine Auffälligkeiten. Zielperson noch nicht gesichtet. Roger.«

»Verstanden«, nuschelte Tannhäuser.

»Kann man das nicht auch ohne diese blöden Dinger feststellen?«, fragte Amanda nervös. »Einfach klopfen?«

»Und wenn Rimpau gefangen gehalten wird?«

»Dann haben sie uns schon über den Zaun klettern sehen.«

»Der ist vom Haus aus nicht einsehbar.«

Womöglich hatte Tannhäuser Recht, dachte Isy. Wer wollte ausschließen, dass Herr Rimpau eingesperrt war? Allerdings hatte sie das Gefühl, dass dies nicht der Fall war. Hätte sie den Autor sonst in der alten Markthalle sehen können? »Frag Gummibärchen, ob er in die Fenster gucken kann?«, schlug sie vor.

»Alles verhängt!«, quakte es prompt zurück. »Aber Jalousien sind nicht heruntergelassen. Sieht bewohnt aus. So eine richtig schöne, schöpferische Schriftsteller-Einsamkeit. Begebe mich jetzt zum Eingang. Könnt rauskommen! Over!«

»Verstanden. Roger.« Tannhäuser schaltete das Walkie-Talkie ab.

Isy erreichte die Haustür vor Gummibärchen und klopfte mehrmals kräftig an das Holz.

Alfredo winselte vor Ungeduld.

»Herr Rimpau!«, rief Isy. »Wir sind's! Alfredo ist auch mit!«

Nichts im Hause rührte sich.

»Vielleicht kann er gar nicht antworten. Vielleicht ist er gefesselt und geknebelt«, mutmaßte Amanda verzagt.

»Oder er ist bloß Brötchen holen«, warf Isy ein.

»Oder andere Leute haben das Haus gemietet«, brummte Hagen. »Wenn wir Gewissheit wollen, müssen wir hinein. Die Frage ist nur, wie?«

»Vergiss es! Vielleicht kommt ja noch jemand.« Tannhäuser stolperte mit dem Laptop aus dem Gebüsch. »Notfalls machen wir eben die Düse. Der Regionalexpress fährt jede Stunde!«

»Dann hau doch ab! Ich gehe hier nicht weg, bevor ich nicht weiß, ob Herr Rimpau hier wohnt«, verkündete Isy. Sie nahm einen alten Gartenstuhl und setzte sich in die Sonne, während Amanda an einer Birke lehnte und SMS in alle Welt sandte.

Sie saß auch noch dort, als sich der Himmel bezog und ein schwerer Landregen zu fallen begann. Erst als Gummibärchen, Tannhäuser und Amanda drohten allein zum Bahnhof zurückzugehen, gab Isy nach. Enttäuscht trat sie mit ihnen den Heimweg an.

– 26 –

Unterwegs redeten sie kaum ein Wort. Nur ab und zu fluchte Gummibärchen »Warum sind die Laptops bloß so schwer?« oder stöhnte Amanda »Blödes Kaff!«.

Isy konnte sich nicht vorstellen, wie es jetzt weitergehen sollte. Die Pisaria würde ein anderer Autor eröffnen müssen. Die Schulleitung würde sich nicht länger hinhalten lassen. Aber damit war Herr Rimpau ja noch immer nicht gefunden!

Ein Schrei riss sie aus ihren Gedanken: »Mein Handy!«

Die Leute im Bahnhof drehten sich nach ihnen um. »Es ist weg!«, heulte Amanda. »Es muss im Garten liegen!«

Entgeistert starrte Isy die Freundin an. Das Handy war Amandas Seele!

»Heiliger Strohsack! Bilde dir bloß nicht ein, dass wir noch mal zurückgehen, Bratwurst«, stöhnte Gummibärchen.

Natürlich stapften sie zurück. Der Einzige, den

das zu freuen schien, war Alfredo. Munter streifte er durch das nasse Gras und vollführte einen Freudentanz, als sie wieder vor dem Grundstück standen.

»Tja, wer weiß, wozu es gut ist«, philosophierte Tannhäuser.

»Müssen wir wieder alle über den Zaun?«, jammerte Amanda.

»Nee, ich geh allein!«, entschied Gummibärchen Flinker, als man es ihm zugetraut hätte, überwand er das Hindernis und verschwand.

Alfredo folgte ihm auf dem Fuße.

»An der Birke!«, rief Amanda aufgeregt. »An der Birke!«

Isy schaute in den verhangenen Himmel. Es tröpfelte. Es roch nach Herbst. Es roch nach Pilzen. Es roch nach Ferien!

Wenig später war Gummibärchen zurück. Schon von weitem schwenkte er das pinkfarbene Telefon. Alle atmeten auf. Am meisten Amanda. Sie ließ sich sogar herab Hagen zu umarmen. »Danke, Bärli! Hast was gut bei mir!«

Tannhäuser sah auf die Uhr. »Wenn wir den nächsten Zug …«

»Wo ist der Hund?«, fragte Isy dazwischen.

Alle sahen sich um. Ja, wo war Alfredo? Sie riefen seinen Namen. Wieder und wieder.

Endlich antwortete ihnen ein dumpfes Bellen auf dem Grundstück.

»Ich hol ihn!«, seufzte Isy. »Wer weiß, was er gefunden hat!« Sie kletterte über den Zaun und freute sich insgeheim, als sie Tannhäuser neben sich spürte.

Gemeinsam rannten sie um das Haus und fanden Alfredo jaulend auf der untersten Stufe einer Außentreppe, die zu einer schweren Eisentür führte.

»Sieh an, der Bursche weiß, wie man ins Haus kommt!« Reginald Häuser sauste hinab und rüttelte an der Tür. Quietschend gab sie nach.

»Hagen, Amanda, kommt her!«, schrie Isy.

Nacheinander folgten sie Alfredo durch die Kellerräume, bis sie die Treppe ins Innere des Hauses fanden. Sie konnten ihr Glück kaum fassen! Mit klopfenden Herzen betraten sie den Flur. Zuerst riefen sie Herrn Rimpaus Namen, dann stießen sie die Tür zum Wohnzimmer auf.

Ein eisiger Schreck verschlug ihnen fast den Atem. Was war passiert? Jemand musste in größter Eile den ganzen Raum durchwühlt haben! Schubfächer standen offen, Bücher waren aus den Regalen gerissen und lagen verstreut auf dem Boden herum. Vor dem Kamin entdeckte Isy zwischen achtlos hingeworfenen Zeitungen eine Pfeife aus edlem Holz. Das angebrochene Päckchen Tabak lag unter dem Couchtisch. Isy hob es auf. Es war Herrn Rimpaus Lieblingsmarke! Trotz des Chaos ringsum machte ihr Herz einen Hopser. Im ganzen Raum hing noch der vertraute Duft. Auch die graue Strickjacke, die aus dem Bauernschrank quoll, gehörte ihm. Brauchte es noch einen Beweis, dass Patrick Mortimer Rimpau nicht entführt worden war? Dass er sich hier versteckt hatte? Sie hatten ihn gefunden! Endlich!

»Boah! Ein Bruch!«, stellte Gummibärchen fest.

»Jemand muss die Polizei rufen!«, keuchte Amanda.

»Die ist das Letzte, das wir mit einem fremden Laptop in einem fremden Haus rufen sollten!« Tannhäuser zog die schmalen Schultern hoch. »Gibt es hier noch mehr Räume?«

»Links ist das Schlafzimmer, in der Mitte die Küche und daneben befindet sich der Arbeitsraum«, erinnerte sich Isy.

»Okay, wir sehen uns mal um!« Tannhäuser und Gummibärchen verschwanden, während Isy die Bücher aufzusammeln begann und Amanda den hechelnden Hund in den Garten entließ. »Er muss die Einbrecher vorhin an der Kellertür gerochen haben!«

Isy blinzelte überrascht. »Stimmt! Davor hat er die Tür gar nicht beachtet. Sie müssen in der kurzen Zeit, in der wir weg waren, durch den Keller gekommen sein. Aber das bedeutet ja«, sie presste die Hand auf den Mund, »dass der Einbruch gerade erst passiert ist?«

Dieser Meinung waren die Jungen dann auch.

»Zum Teufel!«, seufzte Gummibärchen, im Türrahmen lehnend. »Alle Räume durchwühlt! Ich möchte bloß mal wissen, was die eigentlich gesucht haben?« Im nächsten Augenblick spürte er kaltes Metall in seinen Rippen.

»Den Laptop, Freundchen!«, raunte eine Männerstimme. »Danke, dass ihr uns in dieses romantische Haus geführt habt!«

Während Gummibärchen Blut und Wasser zu schwitzen begann und Tannhäuser, Amanda und Isy auf dem Sofa zu Wachsfiguren erstarrten, glitt eine zweite Gestalt im schwarzen Kapuzenshirt und mit schwarzer Strumpfmaske in das Zimmer. Sie nahm Rimpaus Laptop vom Couchtisch. Keiner sagte ein Wort. Im Garten bellte Alfredo.

Isy sah alles wie im Film. Sie wollte aufspringen, schreien, der schwarzen Gestalt Herrn Rimpaus Laptop entreißen und dem Mann an der Tür den Revolver aus der Hand schlagen, mit dem er Gummibärchen bedrohte. Aber sie konnte es nicht. Eine unsichtbare Kraft wie von tausend Magneten bannte sie auf das blau-weiße Sofa.

Es war die Kraft der Angst.

Sie wagte es kaum, die anderen anzusehen. Amandas Augenlider flatterten. Hoffentlich behielt sie die Nerven! Tannhäuser machte ein Gesicht, als hätte man ihm junge Mäuse in Honig serviert, eine Spezialität der chinesischen Küche.

Doch wenn Isy schon keine Heldin sein konnte, dann wollte sie wenigstens die Täter beschreiben können. Der Mann an der Tür war ziemlich groß. So groß wie Trischi, etwa 1,85 Meter. Unter dem schwarzen Kapuzenshirt wirkte er schlank. An den Händen trug er auffallend kleine Handschuhe. Seine Turnschuhe aber waren sehr groß. Ganz anders der Typ, der den Laptop an sich gerissen hatte. Er wirkte kleiner und zierlicher unter dem weiten

Kapuzenshirt. Etwas irritierte Isy an ihm, aber sie wusste nicht, was. Außerdem sprach er kein Wort, sondern überließ das Reden seinem Kumpan.

Der mäßigte den Druck auf Gummibärchens Rippen. Durch die Maske klang seine Stimme merkwürdig gedämpft. »Ihr interessiert euch da für etwas, das ein paar Nummern zu groß für euch ist! Lasst es euch eine Warnung sein. Bei der nächsten Begegnung kommt ihr nicht so glimpflich davon!«

Laut schlug die Kellertür hinter den beiden zu.

Endlich kam wieder Leben in sie. Isy sprang auf. Alle sahen aus wie Ziegenkäse! Gummibärchen hatte es besonders erwischt. War das ein Wunder? Lautlos sackte er zusammen.

»Hol Wasser!«, fuhr Tannhäuser die schlotternde Amanda an.

Hatte sie diesen Satz nicht vor ein paar Tagen schon einmal gehört? Unsicher verschwand sie in der Küche.

»Die hatten sich im Keller versteckt!« Tannhäuser drehte Gummibärchen das zweite Mal in dieser Woche in die stabile Seitenlage.

Erst jetzt begriff Isy das ganze Ausmaß des Geschehens. »Was wird Herr Rimpau dazu sagen, dass sein Laptop weg ist?«, flüsterte sie verzweifelt.

»Er ist nicht weg!« Reginald Häuser grinste zufrieden. »Das war der alte Laptop meines Bruders. Totalschaden! Nur reiner Schrottwert. Glaubst du etwa, ich spaziere mit einem so wichtigen Manuskript durch die Welt?«

-27 -

Auf der Rückfahrt stellten sie die wildesten Vermutungen an. Nachdem alle Tannhäuser für seine geniale Idee ausführlich gelobt hatten, begannen sie zu überlegen, was der Maskierte gemeint haben konnte, als er sich bei ihnen dafür bedankte, dass sie ihn in das romantische Haus geführt hatten.

»Die müssen uns schon seit Berlin gefolgt sein«, behauptete Isy.

Gummibärchen bezweifelte das. Hätten sie es nicht merken müssen?

»Nicht wenn sie es geschickt angestellt haben«, widersprach Tannhäuser.

Isy nickte. »Sie wollten wissen, wo sich Herr Rimpau versteckt! Und den Laptop wollten sie sowieso.«

»Aber wie konnten sie ahnen, dass wir den Laptop haben und dass wir heute früh den Regionalexpress nach Bollwitz nehmen würden? Sind das vielleicht Hellseher?«, spottete Amanda.

»Die dürfen uns keine Sekunde aus den Augen gelassen haben«, wunderte sich Tannhäuser, während sich Gummibärchen an die Stirn tippte.

»Immerhin haben sie zugegeben, dass wir sie zum Blockhaus geführt haben. Mir kommt das einem Geständnis gleich, dass sie uns verfolgt haben«, pflichtete Isy Tannhäuser bei.

Auch darüber, wie sie nun weiter vorgehen sollten, waren sie sich nicht einig. Gummibärchen wollte den Imbissstand stürmen, Tannhäuser wollte ihn rund um die Uhr observieren, Amanda schrie nach der Polizei und Isy erinnerte alle an die Drohung, was passieren würde, wenn sie den Typen noch einmal begegneten. Es wurde beinahe ein Streit. Das waren die Nerven. Jetzt machte sich ihre Anspannung Luft.

Wie gut, dass Amanda Bos Einladung für den Abend zu einem Smörgåsbord einfiel. Vielleicht hatte ja Bo eine Idee.

Aber war es überhaupt eine Einladung gewesen? Hatte Amanda den Nachbarn nicht förmlich überrannt?, dachte Isy. Wie peinlich, wenn Bo das gar nicht ernst genommen hatte!

Doch Bo hatte die Einladung ernst genommen. Allerdings war er nicht auf fünf Personen und einen Hund gefasst. Überrascht blinzelte er über den Rand seiner blauen Schürze.

»Das ist Rose, unser neues WG-Mitglied!«, stellte Amanda ihre Mitschülerin vor. »Hagen und Reginald kennst du ja.« Sie streckte Bo eine große Schüssel hin. »Selbst gemacht!«

Erleichtert drückte Bo den Riesenberg Kartoffelsalat an sich. Er dirigierte sie alle in die Küche, wo sich die Mädchen sofort auf der Bank in der Essecke breitmachten.

Gummibärchen linste zu den Tellern mit den lecker belegten Broten. »Wie lange hast du denn in Schweden gelebt?«

»Fünf Jahre. Die Herbstferien verbringe ich immer dort.«

»Sind ja bald«, sagte Rose. »Kannst du noch Schwedisch?«

»Klar. Du auch. Oder kannst du nicht IKEA?«

Alle lachten.

»Und wo ist deine Mutter jetzt?«, fragte Isy.

»Hat Spätdienst.«

Während Amanda nach den gefüllten Eiern grapschte, schob Tannhäuser seinen Teller weg. »Wir brauchen Hilfe, Bo!«

Gummibärchen kaute an einem silbrig glänzenden Fisch. »Immerhin wäre ich heute beinahe erschossen worden!«

Bo verschluckte sich fast vor Lachen.

Doch als Tannhäuser berichtete, was sich in dem Bollwitzer Blockhaus zugetragen hatte, wurde er schlagartig ernst.

Auch Rose riss die Augen auf. »Ihr habt einen neuen Fall?!«

»Wir haben nichts und du hast auch nichts gehört, Rose!«, sagte Isy streng. »Aus unserer WG wird nichts ausgeplaudert!«

»Klar«, hauchte Rose eingeschüchtert.

»Hinter diesem Manuskript sind ja alle mächtig her!«, bemerkte Bo. »Um was es darin auch gehen mag, die Spur scheint zu diesem Imbiss zu führen. Allerdings könnt ihr euch dort nicht mehr blickenlassen. Sie kennen euch jetzt. Das Risiko wäre zu groß. Wenn ihr wollt, sehe ich mich mal dort um. Mich kennen sie nicht.«

Tannhäuser nickte. Es war die Antwort, die er erwartet hatte.

»Was stimmt denn nun mit diesen Ketchupflaschen nicht? Ich meine, es klingt irgendwie absurd. Ketchup ist doch das harmloseste Zeug, was es gibt, oder?«

Isy schob Alfredo unter dem Tisch ein Häppchen zu. »Eben! Den Verdacht haben wir schon länger. Es gibt zwei Sorten von Flaschen. Auf den einen steht *Ketchup*, auf den anderen noch der winzige Zusatz *Türkisch*. Die normalen Flaschen gelangen in den Verkauf, die mit dem Aufdruck *Türkisch* nicht. Sie sind leer. Zwar sind sie innen rot gefärbt, so dass sie aussehen, als wäre Ketchup drin, aber sie beinhalten nur Luft. Herr Rimpau hat einige davon in seinem Kühlschrank gebunkert. In einer bewahrt er Medizin auf. Kleine gelbe Pillen.«

Bo runzelte die Stirn. »Glaubst du das?«

Isy blinzelte entsetzt. »Du etwa nicht? Meinst du, es ist ... Rauschgift? Hölle! Hagen hat so ein leeres Exemplar erwischt, als er am Stand eine Flasche Ketchup für Amanda geklaut hat. Allerdings haben er und Reggi zwei Tage später dort eine Flasche gekauft, die ganz normales Ketchup enthielt ...«

Wie unabsichtlich legte Bo seine Hand auf die von Isy.

Rose sah es und Amanda sah es auch.

»Was meint denn ihr?« Bo blickte die beiden Jungs an.

»Rauschgift?« Gummibärchen griente. »Was für ein Thriller wird denn hier gedreht? *Schnee in der alten Markthalle?*«

»Rauschgift wäre hammerendgeil!«, fand auch Tannhäuser.

»Die Ketchupflaschen dienen als Trojanisches Pferd«, vermutete Bo. »Etwas soll darin geschmuggelt werden. Warum nicht die kleinen gelben Pillen? Und euer Krimiautor hat diesen Stand observiert?«

Isy nickte. Sie kostete von den Fleischbällchen, die Bo Köttbullar nannte. »Mindestens zweimal! Es ist sicher kein Zufall, dass er gerade *Ketchup criminale* schreibt, oder?«

»Kann man Rimpaus Flasche mit den gelben Pillen nicht mal besichtigen?«, drängte Bo. Ihn hatte wohl Jagdfieber gepackt.

»Nee!«, murmelte Amanda. »Frau Hinz lässt keinen mehr rein!«

»Was waren die Typen in Bollwitz für Landsleute?«

Isy lächelte Bo an. »Der Lange war Deutscher, ganz eindeutig. Aber der Kleine hat ja kein Wort gesprochen ...«

»Klar, weil er nicht verraten wollte, dass er Türke ist!«, platzte Gummibärchen heraus.

Isy lächelte. »Oder weil er nicht verraten wollte, dass er eine Frau ist?«

– 28 –

Die wichtigste Frage aber blieb: Wer war ihnen von Berlin bis nach Bollwitz gefolgt? Und wieso hatten sie es nicht bemerkt? Darüber zerbrachen sich alle den Kopf.

Auch Isy konnte den Gedanken nicht abschütteln. Unaufhörlich bedrängten sie Fragen, auf die sie keine Antwort wusste. Wie Amanda schon gesagt hatte, konnte doch niemand wissen, dass sie diesen Ausflug nach Bollwitz geplant hatten. Also musste sie jemand beobachtet haben, und das eine ganze Weile schon. Aber wer, aber wann, aber wo?

Mehrmals schon hatte Isy im Laufe des Abends versucht den Autor zu erreichen, dessen Telefonnummer sie sich vor dem Verlassen des Blockhauses aufgeschrieben hatte. Vergeblich!

Obwohl sie jetzt wusste, dass er lebte, frei war und Pfeife rauchte, machte sie sich trotzdem Sorgen. All seine Fantasie würde nicht ausreichen sich vorzustellen, was in dem Blockhaus während seiner Abwesenheit geschehen war! Sicher wäre es besser gewesen, ihm eine Nachricht auf den Küchentisch zu legen, statt das Sommerhaus völlig kopflos zu verlassen! Aber wenn man vom Rathaus kam, war man ja immer klüger.

Vielleicht konnte ihm sein Freund Rufus helfen? Isy wählte seine Nummer, aber wie häufig schaltete sich der AB ein. Diesmal wünschte er Teresa aus Graz alles Gute. »Wir sollten uns nicht mehr sehen. Schöne Frauen wie du müssen frei wie ein Schmetterling sein! You live forever in my heart ...«

»Sein Herz muss ein Hotel sein!« Isy grinste und sprach nach dem Piepton: »Hi, hier sind Isy und Amanda! Es ist echt dringend! Wir haben das einsame Haus gefunden!«

Danach spielte sie mit den Mädchen Karten, wobei Amanda kritisierte, dass die schwedische Küche wohl doch nicht mit der italienischen mithalten könne, bevor sie sich stundenlang schlaflos im Bett wälzte. Seit wann zum Kuckuck wurden sie verfolgt?

Sogar in ihre Träume hinein verfolgten Isy düstere Dämonen und sie erwachte viel zu früh aus einem bleiernen Schlaf und mit einer neuen Sorge. Was würde passieren, wenn die Brutalos entdeckten, dass sie den falschen Laptop erwischt hatten? Würden sie sich an Herrn Rimpau rächen, jetzt, wo sie endlich wussten, wo er zu finden war?

Ihr Herz klopfte aufgeregt. Das sah verdammt noch mal nicht gut für ihn aus!

Benommen vom Schlaf tappte sie barfuß in den Flur und wählte eine Nummer. Zu ihrer Überraschung wurde abgenommen. Sie musste leise sprechen, damit niemand in der Wohnung erwachte. Sie flüsterte eine Entschuldigung. Sie flüsterte eine Warnung. Sie flüsterte einen Treffpunkt und eine Zeit, und bevor sie die Füße richtig im Bett hatte, war sie wieder eingeschlafen.

»Ich habe von Bo geträumt«, erzählte Amanda beim Frühstück, während sie sich ungerührt von Benedikts hungrigen Blicken die letzten Blaubeer-Cornflakes in ihre Milch schüttete. »Wir waren im Kino und er hat mich ganz, ganz, ganz wild geküsst!«

»Ich hab von meinen Eltern geträumt«, sagte Rose leise.

»Und ich hab davon geträumt, dass ihr endlich alle abhaut!«, murmelte Benedikt. »War das ein schöner Traum!!!«

Und sie? Hatte sie auch geträumt, fragte sich Isy. Aber ja! Sie kleckste sich Honig auf ihr Hörnchen. »Ich glaube, ich habe geträumt, dass ich … mit jemandem telefoniert habe.«

»Wie aufregend!«, seufzte Amanda.

Und in genau diesem Augenblick durchfuhr es Isy wie ein Blitz. Himmel, was erzählte sie denn da? Das war doch gar kein Traum gewesen!

In der großen Pause trafen sich Isy und Amanda mit Tannhäuser und Gummibärchen unter der alten Kastanie.

»Ich hab mir was überlegt«, sagte Tannhäuser. »Ich schätze, man hat uns schon von der *Schlauen Mouse* an beschattet. Erinnert ihr euch? Am Abend vor unserem Auftauchen hatte bereits jemand in der Werkstatt nach Herrn Rimpaus Laptop gefragt. Ohne eine Vollmacht oder Auftragsnummer von dem Autor zu haben. Aber die haben den Laptop nicht rausgerückt!« Tannhäuser biss in ein Stück kalte Pizza. »Vielleicht haben die Interessenten beschlossen von da an schlau die *Schlaue Mouse* zu beobachten?«

»Das ist unlogisch!«, fiel ihm Gummibärchen ins Wort. »Woher sollten diese Leute uns kennen? Woher sollen die wissen, dass sie ausgerechnet uns den Laptop von Herrn Rimpau aushändigen?«

»Die haben eben auf volles Risiko gesetzt!« Isy zuckte die Schultern. »Natürlich gibt es in diesem Stadium der Ermittlung nicht auf alle Fragen eine Antwort.«

Amanda blinzelte verständnislos. »Wieso kann uns denn einer vor dem Shop beobachtet haben? Der Hof war doch leer?«

»Nicht ganz«, warf Isy ein. »Es war eine Katze da. Du hast sie selbst gestreichelt. Und ein Mädchen war auch da. Es hockte auf dem Rand eines Pflanzkübels und las in einem Buch. Dabei hätte es die *Schlaue Mouse* gut beobachten können ...«

»Ich habe kein Mädchen gesehen.« Amanda wandte sich zu Gummibärchen. »Du vielleicht?«

Der schüttelte den Kopf und beäugte Isys Pausenbrot.

»Leberwurst«, sagte Isy. »Willst du?« Sie gab es ihm. »Aber ich habe es gesehen! Es ist hübsch. Mit langen schwarzen Haaren. Vielleicht hatte es den Auftrag, zu warten, wer mit dem Laptop rauskommt, und sich dann an uns gehängt? Es ist vorstellbar, dass die Dunkelhaarige ihre Hintermänner informiert und uns nicht mehr aus den Augen gelassen hat.«

»Meinst du, dass sie uns heimlich nach Bollwitz gefolgt ist und die Komplizin des Maskierten war?«, fragte Tannhäuser.

»Dann müsste sie ja im gleichen Regionalexpress gewesen sein wie wir!«, rief Amanda. »Hat sie denn jemand gesehen?«

»Ich habe mindestens drei schwarzhaarige Mädchen gesehen!«, prahlte Gummibärchen. Er verstummte, als täte es ihm plötzlich leid, überhaupt etwas gesagt zu haben.

»Gib doch zu, dass du die Hübscheste heimlich mit meinem Handy fotografiert hast!«, feixte Tannhäuser.

»Hab ich nicht!«

»Klar, das machst du doch immer.« Grinsend zog Tannhäuser sein Handy aus der Hosentasche und überprüfte die letzten Fotos auf dem Display, während Gummibärchen rot anlief. »War es vielleicht die?« Tannhäuser hielt Isy ein Foto hin.

Die sah lange in das zarte Gesicht. Es gab keinen Zweifel: Es handelte sich um das Mädchen vom Hof der *Schlauen Mouse*!

– 29 –

Gummibärchen knipste heimlich hübsche Mädchen? Was für ein Glück für uns!, frohlockte Isy. Sie hatte mit ihrer Vermutung ins Schwarze getroffen! Fast war sie erschrocken, wie viel Bewegung auf einmal in den Fall gekommen war. Endlich trug ihr hartnäckiges Ermitteln Früchte!

Nun war es wichtig, einen kühlen Kopf zu behalten und nicht die Übersicht zu verlieren. Zum Beispiel wenn Trischi, der gerade auf sie zumarschierte, sie gleich fragte, wann Herr Rimpau die Pisaria eröffnete.

»Wann ist denn nun unser Autor zur Eröffnungslesung bereit?«, rief der Lehrer prompt. »Und woraus liest er?«

»Das, ähm, ist noch geheim! Aber er kommt sofort, wenn die Pisaria fertig ist«, meinte Isy überzeugend. »Wann hatten Sie denn so gedacht?«

»Tja, das ist die Frage!« Trischi rückte an seiner Brille. »Dank eures Eifers ist es ja schneller gegangen, als wir alle dachten, aber nun ist das Kollegium uneins. Einige sagen, noch vor den Herbstferien, andere meinen, danach.«

»Schaffen wir es noch vor den Ferien?«, fragte Isy. »Unsere Klasse würde die Pisaria gern vor den Ferien einweihen!«

»Das müsste zu schaffen sein«, kam es zögernd von ihrem Lehrer.

»Sagen wir doch gleich, am letzten Freitag vor den Ferien«, schlug Isy vor.

»Aber das geht doch nicht …«, begann Amanda und brach ab.

»Hast du nicht gehört!«, fragte Isy schroff. »Alle wollen es so! Die Malerarbeiten sind abgeschlossen. Heute Nachmittag kommt Sassis Oma mit dem PC. Henriettes Mutter bringt die neuen Vorhänge aus dem Stoffgeschäft, in dem sie arbeitet. Dr. Schmied hat uns die Espressomaschine gespendet und Robert wollte aus der Kneipe seines Vaters Tassen besorgen.«

»Wie habt ihr denn die Dienste geregelt?«, bohrte Trischi weiter.

»Welche Dienste?«

»Aber jemand muss doch hinter der Kaffeebar stehen, ihr Lieben! Und wie wollt ihr den Kaffee finanzieren? Was kostet denn ein Latte macchiato bei euch?«

Betroffen sahen sie einander an. An all das hatten sie noch nicht gedacht.

»Und wie soll das mit den Öffnungszeiten aussehen?«

Der harte Ton der Klingel zerschnitt das Stimmengewirr auf dem Hof. Die Schülergruppen ringsum lösten sich langsam auf.

Wieder schwieg Isy verlegen. Irgendwie waren sie immer damit beschäftigt gewesen, Herrn Rimpau zu finden und den alten Dampfer Schulbücherei wieder flottzukriegen.

»Während des Schulbetriebes geht es natürlich nicht!« Trischi sah auf die Uhr und lenkte seine Schritte Richtung Tür. »Was haltet ihr von einem

Nachmittag in der Woche? Mehr würde euch zeitlich zu sehr belasten.«

»Lösen uns die Lehrer auch mal ab?«

Der Klassenlehrer grinste. »Nur im Notfall. Wir kommen aber gern auf einen Cappuccino vorbei. Es ist euer Projekt! Mein Tipp: Sucht euch einen aktiven Rentner!«

Sie sahen ihm nach, wie er im Schulhaus verschwand. Wo sollten sie denn so schnell einen aktiven Rentner auftreiben?

Die letzten Unterrichtsstunden vergingen Isy viel zu langsam. Im Geiste räumte sie bereits daheim den Kühlschrank aus. Sie hatte nämlich noch eine Person zu versorgen! Allerdings musste sie sich eine gute Ausrede einfallen lassen. Das war insofern heikel, als Amandas Gutgläubigkeit rasch in Argwohn umschlagen konnte.

Aber alles ging gut. Die Freundin glaubte ihr, dass ihre Oma Lebensmittel brauchte. Dafür glaubte sie ihr nicht, dass die Pisaria schon in einer Woche eröffnet werden konnte. »Wie stellst du dir das vor? Wir haben Herrn Rimpau doch noch gar nicht gesprochen!«

Isys Antwort war ein geheimnisvolles Funkeln in den Augen. Dann legte sie Alfredo an die Leine und fuhr mit ihm nach Bohnsdorf, um bald darauf in den Römerweg einzubiegen. »Pass auf!«, sagte sie zu dem Hund. »Gleich wirst du eine Überraschung erleben!«

Es dauerte einen Moment, bis sie das Loch im

Zaun hinter dem roten Beerengestrüpp des Feuerdornes gefunden hatte und sich mit dem Schnauzer durchzwängen konnte. Der Rest ging blitzschnell. Ein leiser Pfiff ertönte und Alfredo schoss wie ein Pfeil auf den Mann im Schatten der Veranda zu.

War das eine Wiedersehensfreude! Herr und Hund umarmten einander, tanzten und balgten über den Rasen, bis ihnen die Puste ausging und ihnen Isys Anwesenheit wieder bewusst wurde.

»So sehen rettende Engel aus!«, sagte Herr Rimpau und gab Isy einen Kuss auf die Wange. »Wenn ich gewusst hätte, dass Alfredo bei dir ist, wäre ich beruhigt gewesen, ja, ich hätte sogar durchschlafen können! Dein Anruf heute Morgen hat mich unendlich froh gemacht! Tausend Dank!«

»Er war wohl seinen Entführern ausgerissen und saß bei Ihrer Nachbarin vor der Tür. Aber wir konnten Sie ja nirgends erreichen. Gefällt es Ihnen hier im Römerweg? Haben Sie den Schlüssel im Blumentopf gleich gefunden?«

»Ja, und ich habe mich sogar schon häuslich eingerichtet. Bist du sicher, dass die Besitzer nicht plötzlich auftauchen oder die Nachbarn die Polizei alarmieren?«

Isy warf einen Blick in die Nachbargärten. Sie wirkten verlassen. Unter der Woche standen die Häuschen meist leer. »Ganz sicher. Sie kümmern sich kaum. Aber falls Sie eine alte Gasmaske finden, die gehört Tannhäuser und Gummibärchen!«

Der Autor lachte. Doch seine Fröhlichkeit konnte Isy nicht täuschen. Er sah abgespannt und übermüdet aus. »Vielleicht sollte ich den Rest in London schreiben, jetzt, wo Alfredo wieder bei mir ist.«

»Bleiben Sie bloß hier! Wir brauchen Sie nämlich für eine Lesung am nächsten Freitag. Davon später.«

»Bist du überzeugt, dass dir niemand gefolgt ist?«

»Ja. Man hat uns zwar eine Weile verfolgt, aber jetzt glauben die wohl erst mal, dass sie alles haben, was sie wollten. Wer steckt denn bloß dahinter?«

Statt einer Antwort legte der Autor den Finger auf den Mund.

Seufzend reichte ihm Isy die Tüte mit den Lebensmitteln. »Sie dürfen das Haus jetzt ja nicht verlassen.«

»Wie kann ich das jemals wiedergutmachen?«, fragte Herr Rimpau gerührt und wies auf das Haus. »Komm, du hast sicher viel zu erzählen.«

Das hatte sie!

Sie setzten sich in die Küche und Isy begann von ihrer Idee, die alte Bücherei in eine Pisaria zu verwandeln, dem Wunsch der 7b, er möge das Lesecafé mit einer Lesung aus seinem neuen Buch eröffnen, und dem vergeblichen Klingeln an seiner Wohnungstür zu berichten. »Aber plötzlich glitt die Tür auf und wir begannen Sie zu suchen. Dabei entdeckten wir Blut auf dem Küchenboden und später auch noch diese merkwürdigen Ketchupflaschen im Kühlschrank. In Ihrem PC fanden wir die Mail mit der Drohung wegen Alfredo und eine Nachricht von der *Schlauen Mouse* wegen des Laptops. Wir holten den Rechner ab. Aber nicht nur wir waren scharf auf ihn, sondern auch die beiden, die uns heimlich nach Bollwitz gefolgt sind und dann bei Ihnen in dem Blockhaus eingebrochen sind. Aber die hat Reggi ganz schön gelinkt!« Isy nahm einen Schluck von Herrn Rimpaus berühmtem Zimttee. »Stellen Sie sich vor, die haben Gummibärchen mit einer Pistole bedroht, doch Tannhäuser hat ihnen den alten, kaputten Laptop seines Bruders, der in Boston studiert, angedreht. Cool, was?«

Herr Rimpau griff sich entsetzt an die Stirn. »Was? In dem Blockhaus wart ihr auch? Und ihr seid mit diesen Gangstern zusammengetroffen?« Er rang um Fassung. »Das hätte übel ausgehen können! Aber wo ist denn mein Laptop jetzt?«

»Nach wie vor bei Tannhäuser. Er bringt ihn Ihnen sicher heute Abend her. Ich regle das nachher mit ihm.« Isy setzte die Tasse ab und sah dem Autor fest in die Augen. »Haben Sie mich denn neulich in der Markthalle gar nicht bemerkt?«

Der Kriminalschriftsteller seufzte. »Doch, aber ich musste dich raushalten und das muss ich weiter. Bis es vorbei ist!«

»Sind Sie manchmal nachts heimlich in Ihrer Wohnung gewesen und haben Mails gelesen und gelöscht?«

Der Autor nickte.

»Und weiß jemand, wo Sie jetzt sind?«

»Nur mein Verleger.«

»Aber Ihr Freund Fusi macht sich auch Sorgen um Sie, und Ihre alte Nachbarin. Was ist denn mit der Polizei?«

»Die kriegen noch genug Arbeit. Die Recherchen sind beendet. Doch erst muss das Buch fertig sein. Dann klicken in Berlin einige Handschellen, das kannst du mir glauben!«

»Es geht um Ihr Manuskript *Ketchup criminale*, nicht wahr?«

Dieses Mal fiel dem Autor beinahe die Pfeife aus dem Mund.

»In die Datei sind wir mit Intuition gekommen. Wir wollten nur mal wissen, warum Ihr Laptop so interessant für andere Leute ist!« Isy hob beschwörend die Hände. »Sorry! Wir haben nichts gelesen. Kein Sterbenswörtchen. Ehrenwort!«

Der Autor nickte. »Ja, *Ketchup criminale* muss dringend fertiggestellt werden. Jetzt, wo ich weiß, dass Alfredo frei ist, kann ich endlich ungehindert weiterschreiben! Und stimmt, es gibt leider genug Leute, die interessiert daran sind, dass genau das nicht passiert.«

»Meinen Sie die Leute von dem Imbiss in der Markthalle?«

Herrn Rimpaus Gesicht wurde hart. »Ich meine, dass ihr euch von diesem Stand fernhalten sollt! Unbedingt! Hörst du? Erklärung folgt später. Versprichst du mir das, Isy?«

Isy sah aus dem Fenster, zu den langsam gelb werdenden Bäumen, zu der glänzend schwarzen

Amsel im Mistelstrauch. Es war alles so verdammt geheimnisvoll!

Sie versprach es.

Aber sie wusste, dass sie es nicht halten würde.

Die alte Schulbücherei war nicht wiederzuerkennen. Aus den verstaubten Räumen war ein Lesecafé mit frischen Farben, duftigen Vorhängen, einer schicken Kaffeebar und Regalen mit Hunderten von bunten Buchrücken geworden. Ihr Zeichenlehrer hatte vorgeschlagen einige der Bücherregale gleich als Raumteiler zu nutzen. Eine super Idee!

Während alle durcheinanderwuselten, betrachtete Isy andächtig »ihr« Werk. Würde es hier auch so aussehen, wenn die Schüler im Nachbarraum damals nicht zufällig diesen Kaffeekanon geübt hätten? Wenn Amanda nicht so eine Kaffeetante wäre? Das Leben bestand wirklich aus Zufällen!

»Na, so ein Zufall!«, sagte in diesem Moment eine Stimme hinter ihr. Sie drehte sich um und erkannte die Journalistin Carla Henkel vom *Abendblatt*. Der stand das Staunen ins Gesicht geschrieben. »Das ist ja nicht wiederzuerkennen!«

Isy nickte. »Wollen Sie zu uns?«

»Nein, ich will meine Tochter abholen, aber plötzlich hörte ich Stimmen unterm Dach und mir fiel eure Bücherei ein. Wann ist Eröffnung?«

»Nächste Woche Freitag. Direkt nach der letzten Stunde!«

Die Journalistin zückte den Kalender. »Der letzte Schultag?«

»Ich kann es ja noch nicht glauben«, sagte Amanda, die eben hinzutrat. »Wir haben noch immer keine einzige Kaffeebohne! Befindet sich unter Ihren Lesern denn keiner mit einer Kaffeerösterei, der uns ein wenig unter die Arme greifen könnte?«

Carla Henkel lächelte. »Ich bleibe dran. Die tolle Kaffeemaschine ist wohl auch gespendet worden?«

»Ja, von Ihrem Kollegen Dr. Schmied«, sagte Amanda stolz.

»Ach! Den habe ich doch gerade gestern erst bei unserem Jubilar Erich gesehen. Wir haben seinen Fünfundsechzigsten gefeiert.«

»Wie geht es ihm denn?«, erkundigte sich Isy.

Carla Henkel schmunzelte. »Er langweilt sich schrecklich!« Sie gab ihnen die Hand. »Bis nächsten Freitag!«

»Halt!«, rief Isy, bevor die Journalistin um die Ecke bog. »Trinkt er gern Kaffee?«

»Der Kornfeld? Wie ein Loch!«

»Dann hätten wir ein tolles Rezept gegen Langeweile für ihn!«

Carla Henkel nickte und schrieb ihnen seine Telefonnummer auf.

»Was meinst du damit?«, fragte Amanda, als die Journalistin gegangen war. »Wozu brauchen wir die Nummer von dem?«

»Na, zähl mal eins und eins zusammen!« Isy grinste. »Dieser Erich Kornfeld ist doch ein aktiver Rentner, oder? Wir bieten ihm einen Teilzeitjob in unserer Pisaria an. Er wäre der ideale Mann für uns und wir wechseln uns mit ihm ab. – Wo steckt eigentlich Reginald?«

Amanda machte eine Kopfbewegung zum zweiten Zimmer. »Der macht mit den anderen Sassis Computer fit. Sie haben sogar ein Programm gefunden, in dem sie die Bücher auflisten, um sie zu verwalten. Das kann aber noch Tage dauern.«

»Wo ist Rose?«

Die Freundin zuckte die Schultern. »Ach, die ist wieder sauer! Ich hatte ihr vorgeschlagen gemeinsam die Wohnung aufzuräumen und die Betten frisch zu beziehen, aber da kam urplötzlich die Wiederholung dieser tollen Serie dazwischen und …«

»… und du hast dich vor den Fernseher geknallt!« Isy grinste.

»Immerhin koche ich jeden Tag auch für Rose, oder? Und die haut vielleicht rein! – Aber mal was anderes. Sophie meint, dass wir ein paar Grünpflanzen an die Fenster stellen sollten. Sie will in der Klasse fragen, wer eine übrig hat.«

»Na, du zum Beispiel! Deinen Äschylos!«

»Was? Meinen Äschylos? Spinnst du?!«

»Ich weiß, dass du ohne ihn nicht leben kannst!« Feixend verschwand Isy im Nebenzimmer, wo sie Tannhäuser antippte.

»Was gibt's?«, nuschelte der unlustig.

»Herr Rimpau braucht seinen Laptop. Er muss dringend den Krimi zu Ende schreiben. Schaffst du das heute noch?«

Tannhäuser zwinkerte. »Äh! Das ist aber mal eine Meganachricht! Wo steckt er denn?«

»An einem … äh … geheimen Ort!«

»Und wie soll ich den finden?«

»Nimm die S-Bahn, Reggi, und düse Richtung Süden!«

»So weit? Dort liegt doch der Hund begraben!«, stöhnte Tannhäuser.

»Genau. Dort, wo der Hund begraben liegt – oder, besser gesagt, wo Leo begraben lag –, erwartet er dich!«

Eine lange Sekunde fixierte Tannhäuser sie mit empörtem Gesicht. »Ist nicht dein Ernst, oder?«

»Doch«, gestand Isy kleinlaut. »Wo sollte er denn hin? Wenn die Typen dahinterkommen, dass sie den falschen Laptop haben, werden sie doch zuerst ihn in die Mangel nehmen! Also musste er schnell aus Bollwitz weg und mir fiel nur eure Datsche ein, wo er in Ruhe unentdeckt arbeiten kann.«

»Und wie lange?«

»Nächste Woche will er fertig sein. Er meint, dass dann einige Handschellen in Berlin klicken werden.«

»Echt? Hat er gesagt, um was es geht?«

»Kein Wort!«

Tannhäuser sah auf die Uhr. »Wenn ich noch nach Bohnsdorf will, dann muss ich jetzt los! Es wird früh dunkel.«

Isy packte seinen Arm. »Hast du mal in sein Manuskript geguckt? Hast du was gelesen?«

»Nein. Irgendwie fand ich es nicht fair.«

– 30 –

»**Er fand es** nicht fair?« Auch Bo staunte. »Besser wäre es gewesen, er hätte kurz mal reingelesen. Dann wüssten wir jetzt wenigstens Bescheid!«

»Du hast Recht, aber er wollte Herrn Rimpaus Privatsphäre respektieren.« Isy machte dem Ehepaar aus dem dritten Stock Platz, das mit seinen vollen Einkaufstüten durch die Eingangstür drängte. »Wo willst du denn hin?«

»In die alte Markthalle. Mir ist da eine Idee gekommen. Ich will versuchen mich dort als Aushilfe zu bewerben. Dann bin ich ganz dicht an denen dran …« Bos Augen schimmerten meergrün und um seinen Mund lag ein angespannter Zug. »Nur so kriege ich raus, was läuft! Verstehst du?« Mit einer sanften Geste strich er Isy über die Wange. »Bis später!«

»Ja, bis später! Sei vorsichtig!« Lange sah Isy ihm nach. Sie hatte das Gefühl, als zöge es sie mit Macht zu diesem Jungen, doch andererseits sträubte sich alles in ihr. Sie hatte keine Zeit, sich zu verlieben! Sie musste sich um Herrn Rimpau kümmern! Sie musste sich um die Pisaria kümmern! Außerdem gab es da noch Amanda, die total in Bo verknallt war und heute zum Frühstück verkündet hatte, dass Bo sie im Traum wild geküsst habe.

Und wenn es nun gar kein Traum gewesen war?

Isy nahm eine Ansichtskarte ihrer Mutter aus dem Briefkasten und stieg mit Alfredo die Treppen hinauf. Herr Rimpau und sie waren übereingekommen, dass der Schnauzer noch eine Woche bei Isy blieb, da ein Hund auf dem Wochenendgrundstück zu sehr auffallen würde.

Kaum hatte Isy die Wohnungstür geöffnet, als die Freundin auch schon aufgeregt auf sie zugeschossen kam. »Weißt du, wer gerade angerufen hat? Rufus Schmied! Er wollte wissen, wo das einsame Haus liegt, und ich hab ihm die Adresse in Bollwitz gegeben. Ist das korrekt? Ich meine, wo er uns doch die Espressomaschine geschenkt hat. Außerdem ist er Herrn Rimpaus Freund und trifft ihn bestimmt an.«

»Es ist schon korrekt, aber Herr Rimpau wohnt nicht mehr in Bollwitz. Er ist aus Sicherheitsgründen umgezogen.«

Amanda guckte wie ein Luftballon, aus dem die Luft entwich. »Was? Woher weißt du das? Dann muss ich ihm ja Bescheid sagen, denn er will heute noch rausfahren!«

Während sie zu ihrem Handy eilte, begrüßte Isy die Katze und ging in die Küche, wo Rose mit grimmiger Miene Kartoffeln schälte. »Was gibt's denn Feines?«

»Musst du diese Sklavenhalterin fragen!«

»Du darfst dir nicht alles gefallen lassen von ihr!«

»Das sagst du so einfach! Heute Mittag habe ich die ganze Wohnung aufgeräumt, während sie ferngeglotzt und sich mit Chips vollgestopft hat.« Bei Rose kullerten die Tränen, die in letzter Zeit ohnehin locker saßen.

Isy gab ihr ein Tempo. »Haben sich deine Eltern wieder zusammengerauft?«

»W-w-weiß nicht!«

Im Nebenzimmer fluchte die Freundin. »Mist! Er hat schon wieder den AB eingeschaltet!« Plötzlich hörten sie Amanda losprusten. »Hört euch das an! Mi Tao soll allein nach Fukuoka fliegen! Weil er allergisch gegen Reis ist. – Wo liegt denn eigentlich dieses Nest?«

»In Japan«, schluchzte Rose, deren Lieblingsfach Erdkunde war. »1,3 Millionen Einwohner.«

Isy nahm ihr das Messer aus der Hand. »Soll ich schälen?«

»Ach, lass mal, ich bin gleich fertig.«

Im Flur raschelte es. Amanda schlüpfte in ihre Jacke. »Ich hab die Nase voll! Ich fahre jetzt hin! Kommst du mit, Isy?«

Rufus Schmied wohnte nobel. Sein Apartment lag nicht nur in einer feinen Gegend, es war auch mit italienischen Designermöbeln eingerichtet.

Zumindest behauptete Amanda das mit Kennerblick. »Ganz schön teurer Lebensstil!«

Isy ließ sich in einen Sessel rutschen und starrte auf einen riesigen Flachbildschirm, während Amanda die Dachterrasse mit ihrer attraktiven Bepflanzung und den lässigen Liegen inspizierte.

Ungeniert zog sie die Etiketten der bunten Kissen heraus. »Bassetti!«, murmelte sie. »Alles vom Feinsten!«

Isy wusste nicht, wer oder was Bassetti war. Viemehr interessierte es sie, warum nirgendwo Fotos von all den vielen Frauen zu entdecken waren, die ihn anhimmelten, oder wer die alte Dame war, die ihren Dahlienstrauß für Dr. Schmied in die Vase gestellt und ihnen Cappuccino serviert hatte. Doch außer »Moment!« war ihr nichts entschlüpft.

»Wo ist denn Herr Schmied?«, hatte Amanda höflich gefragt. »Where is Mr Schmied? Gde gospodin Schmied? Dónde está señor Schmied? Dov'è il signore Schmied?« Dann war auch sie mit ihrem Latein am Ende.

»Woher kannst du Russisch?«

»Von unserer neuen Putzfrau. – Und was, wenn Herr Schmied jetzt umsonst nach Bollwitz gedüst ist? Wo steckt Herr Rimpau überhaupt?«

»Auf Tannhäusers Datsche. Aber das darfst du keinem sagen!«

Ehe Amandas Mund zuklappen konnte, fiel die Wohnungstür ins Schloss.

Amanda stürzte auf die Terrasse. »Dort läuft sie!«, schrie sie empört.

»Ist ja krass, uns hier sitzenzulassen!«

»Vielleicht geht sie einkaufen? Vielleicht kommt er gleich?« Eine Weile hockte sich Amanda aufs Sofa, aber Rufus Schmied kam nicht.

Endlich brachen sie auf. Doch vorher wollte Amanda noch seine Küche inspizieren.

»Meinst du, das wäre ihm recht?«, fragte Isy zögernd.

»Du warst doch sogar in Herrn Rimpaus Schlafzimmer, oder?«

»Das hatte mit meinen Ermittlungen zu tun!«

»Und das mit meinen! Ich ermittle, ob er allergisch ist.« Amanda riss in der kleinen, aber effektiv eingerichteten Küche den Vorratsschrank auf. »Da ist es ja schon!« Ihr violett lackierter Zeigefinger deutete vorwurfsvoll auf einige Pakete Reis, die neben Linsen, Kartoffelpüree und Erbsen standen. »Uncle Ben's Langkornreis, italienischer Risottoreis und thailändischer Duftreis. Von wegen Reisallergie!«

»Der Baron von Münchhausen ist überführt!«, kicherte Isy.

Sie spülten die Kaffeetassen ab und legten einen Zettel auf den Tisch mit einem Gruß und einer Einladung zur Eröffnung der Pisaria.

Danach zog Amanda die Dahlien wieder aus der Vase und behauptete, es sei sowieso kein richtiger Besuch gewesen und sie könnten die Dahlien ebenso gut Herrn Rimpaus Nachbarin bringen. Eine Entschuldigung für die Rohrbruchnummer war ja schon lange fällig!

Sie warfen Dr. Schmieds edle Wohnungstür ins Schloss und fuhren zu Frau Hinz, bei der sie vergeblich klingelten. Vielleicht kaufte sie gerade eine Volksmusik-CD oder saß beim Arzt. Schließlich hängten sie ihr den Strauß mit einer Einladung zur Eröffnung der Pisaria an die Tür. Es war eben nicht ihr Tag!

Auf der Heimfahrt schwärmte Amanda von Rufus Schmieds Wohnung und der Ordnung in seiner Küche, während Isy sich bei dem Wort Ordnung ein Grinsen verbeißen musste. Sie dachte an den Vorratsschrank. Etwas war ihr für den Bruchteil einer Sekunde zwischen all den Paketen mit Nudeln, Reis und Suppen merkwürdig vorgekommen, aber da hatte Amanda auch schon mit einem Entzückensschrei diese schrille Pfeffermühle mit Licht auf dem Essplatz entdeckt und den Schrank zugeknallt.

Hatte sie sich vielleicht verguckt?

– 31 –

Herr Rimpau schrieb. Herr Rimpau schrieb, als wäre der Teufel hinter ihm her, und vielleicht war er es ja auch. Isolde Schütze, Amanda Bornstein, Reginald Häuser und Hagen Golz, seine Fans aus der 7b, sorgten jedenfalls dafür, dass er ungestört arbeiten konnte und ihn der Teufel nicht erwischte. Sie brachten ihm Brötchen, frische Milch und seine Zeitungen.

Außerdem regnete es zwei Tage Bindfäden. Das Laub in den Straßen wurde glitschig wie Seife, Erich Kornfeld nahm den Job in der Pisaria an, vor Amanda bremste an einer Ampel ein silbergrauer Jaguar und Rufus Schmied versuchte vergeblich inmitten eines gewaltigen Hupkonzertes die neue Adresse seines Freundes zu erfahren. Rose zog wieder nach Hause, denn sie wollte ihrer Mutter in der Zeit der endgültig beschlossenen Trennung eine Stütze sein, und Gummibärchen und Tannhäuser wollten Geld.

»Wir haben schon investiert!«, argumentierte Gummibärchen.

»In was denn?«, fragte Isy spöttisch.

»Fünfundzwanzig Euro für die Walkie-Talkies!«, nuschelte Tannhäuser. »War ein super Sonderangebot.«

»Für diese lächerliche Nummer, die ihr in Bollwitz abgezogen habt?«, staunte Amanda. »Ich lach mich schlapp!«

»Was heißt hier lächerliche Nummer? Immerhin habe ich mein Leben riskiert!«, knurrte Gummibärchen.

»Wenn wir Herrn Rimpau helfen, so machen wir das, ohne was dafür zu verlangen«, stellte Isy klar. »Er ist unser Freund!«

»Es tröstet uns, dass ihr keine Kohle braucht«, seufzte Tannhäuser.

Aber Gummibärchen legte ihm seine Pranke auf die Schulter. »Entspann dich! Vielleicht lassen die Bullen wieder was springen, wenn wir erst die Gangster haben.«

Es war Freitagabend und sie waren auf dem Weg in die alte Markthalle. Bo erwartete sie am Hintereingang im Schatten zweier Lkws. Es war ihm tatsächlich gelungen, den »Job« zu bekommen. Heute hatte er seinen ersten Probetag bestanden. Sie hatten versprochen ihn in den Herbstferien zu nehmen.

»Sie wissen ja nicht, dass ich dann in Stockholm

in den Schären sitze und mit meinem Vater angle!« Bo grinste.

»Und was musst du dort so tun?« Amanda lächelte ihr süßestes Lächeln. Verführerisch fuhr sie sich dabei langsam durch ihr blondes Haar. Marilyn Monroe wäre neidisch geworden!

Isolde Schütze aber blieb gelassen. Sie kannte die Freundin.

»Alles. Ausfegen, Kisten schleppen, überall mit anpacken.«

»Und? Hast du schon was rausgefunden?«, fragte Tannhäuser gespannt.

Bo nickte. »Ich hab mich ein bisschen mit dem Typen mit der blonden Strähne angefreundet.«

»Dem Türken?«, riefen Isy und Gummibärchen gleichzeitig.

»Karim ist Syrer. Er hat noch einen Kollegen, der schon grauhaarig ist. Der kommt aber aus dem Libanon und der Chef des Standes ist ein Deutscher.«

»Aber auf den getürkten Flaschen steht doch *Türkisches Ketchup*!«, beharrte Gummibärchen.

»Vielleicht deshalb?« Isy lachte.

»Wir müssen vor allen Dingen wissen, wer diesen Karim in Herrn Rimpaus Wohnung geschickt hat!«, nuschelte Tannhäuser.

»Hast du noch mehr von den leeren roten Flaschen entdeckt?«, fragte Amanda.

Bo schüttelte den Kopf. »Nicht eine! Nur normales Ketchup. Aber dienstags soll ich immer erst am Nachmittag kommen.«

»Hast du gefragt, warum?«

»Ja, aber Karim meint, wenn er so viele Fragen stellen würde wie ich, säße er schon längst auf der Straße!«

Tannhäuser nickte. »Sehr aufschlussreich.«

»Ich vermute, dass über Mittag, wenn die meisten Stände geschlossen haben, die trojanischen Pferde angeliefert werden. Natürlich werde ich am Dienstag pünktlich um die Mittagszeit mit Absicht versehentlich mal vorbeischauen ...« Bo sah beunruhigt zum Hintereingang. »Ich muss zurück! Die werden mich schon vermissen.«

Rasch hielt ihm Tannhäuser sein Fotohandy mit Gummibärchens Schnappschuss von der dunkelhaarigen Schönheit unter die Nase. »Merk dir das Gesicht. Die hängt mit drin.«

»Und geh kein Risiko ein, Bo!«, warnte Gummibärchen gutmütig.

»Wieso werden denn hier Pferde angeliefert?«, fragte Amanda.

– 32 –

Am Wochenende schliefen sie aus. Das war das Schönste an jedem Wochenende. Ausschlafen und lange frühstücken!

Auch an diesem Sonntagmorgen war es nicht anders. Allerdings hatte Amanda nach Roses Auszug ihre berühmten Nachtgespräche wieder aufgenommen und so fühlte sich Isy noch immer ein wenig müde, als sie beim Frühstück die hell glitzernden Kristalle auf dem Fensterbrett entdeckte. »Ups! Was ist das denn?«

»Es hat gereift!«, verkündete Benedikt mit vollem Munde. Es klang wie: »Es hat gereipft!«

»Da muss ich mir wohl nachher einen Koffer mit warmen Klamotten holen«, meinte Amanda.

»Das lohnt sich nicht«, beruhigte Benedikt sie. »Deine Eltern kommen doch nächste Woche sowieso zurück. Wenn du willst, helfe ich dir, deine Koffer nach Hause zu tragen.«

»Vielen Dank! Zu liebenswürdig!«

»Apropos zurückkommen!«, schaltete sich Isys Vater ein. »Mutti ist nächsten Sonnabend auch wieder da. Wir müssen uns um die Wohnung kümmern. Was haltet ihr davon, wenn wir uns morgen alle ans Fensterputzen machen?«

»Wenn's sein muss!«, murmelten Amanda und Benedikt. Sie schienen sich ausnahmsweise mal einig zu sein.

»Aber nur, wenn's nicht regnet«, warf Isy ein.

Eine Weile waren alle mit den knusprigen Brötchen beschäftigt. Isy probierte von einer Herbstmarmelade aus dem Supermarkt und Amanda strich auf alles ihr Ketchup.

Dann hob Benedikt den Kopf. »Ich weiß ja nicht, äh, was Mama dazu sagt, dass sich Amanda-Chelsea Bornstein scheinbar bis zur Silberhochzeit bei uns eingegraben hat, aber mit Alfredo ist sie bestimmt nicht einverstanden. Wann holt denn dieser komische Krimiautor seinen Hund endlich ab?«

»Nächste Woche, wenn sein Buch fertig ist und er unsere Pisaria eröffnet hat. Dr. Trisch meint, dass sogar jemand vom Senat kommt«, verriet Isy.

»Was soll das sein?«, fragte ihr Vater. »Eine, äh, Pisaria?«

»Sie peppen in der Schule die alte Bücherei auf …«, murmelte Benedikt.

»Was hat denn das mit dem Schiefen Turm von Pisa zu tun?«

»Ach, Papa, das erklär ich dir später! Jetzt müssen Amanda und ich los. Sie braucht wirklich eine warme Jacke.«

Isy borgte Amanda einen Schal, dann legten sie Alfredo an die Leine und eilten durch den frischen Vormittag. Windböen trieben die letzten Regenwolken fort und die Sonne wirkte kraftlos und blass. Amanda war ungewöhnlich schweigsam unterwegs. Vermutlich hatten sie Benedikts Bemerkungen tiefer getroffen, als sie zugab, doch als sie die Wohnung aufschloss, war sie plötzlich aufgekratzt und fühlte sich wieder daheim.

Auch Isy mochte Amandas Zuhause. Alles war groß und großzügig, durch die vielen Fenster fiel das milde Septemberlicht und mit einem entzückten Aufschrei begrüßte die Freundin den großen Flachbildschirm im Wohnzimmer.

»Hach, ich wusste ja schon gar nicht mehr, wie toll Fernsehen sein kann!« Sie nahm die Fernbedienung und stellte einen Sender ein.

Es lief eine neue Serie mit wilden Pferden und noch wilderen Mädchen. Eine Weile schauten sie zu. Pferde waren das Lieblingsthema Nummer eins der Mädchen in der 7b, doch Isy und Amanda gehörten diesem Club nicht an.

Als die Mittagsnachrichten begannen, ging Amanda in die Küche zu ihrem Espressoautomaten, der ein Zwilling von Dr. Rufus Schmieds edler Spende hätte sein können. »Cappuccino?«

»Nee, pack lieber ein paar warme Sachen ein!«

Amanda sauste in ihr Zimmer und nahm eine Strickjacke und einen Pullover aus dem Schrank. Als sie die in eine Tasche gestopft hatte, legte sie noch die langen Strassohrringe ihrer Mutter, einen Liebesroman und ihre Lieblings-CD dazu.

»Pack bloß nicht wieder deinen ganzen Haushalt ein!«, warnte Isy.

Aber die Räucherkerzen mussten unbedingt noch mit, fand Amanda, jetzt, wo es so früh dunkel wurde und die Nachmittage so melancholisch waren. Und der grüne Pfeffer, der die Speisen so raffiniert würzte, durfte auch nicht fehlen. Als alles verstaut war, sah sie sich noch einmal um. Ihr Zimmer war so geräumig, dass es ihr schien, als schliefe sie zurzeit mit Isy in einem Schneckenhaus. Auch ihren PC vermisste sie. Eigentlich hatte sie es doch wunderschön hier!

Sie vernahm einen Seufzer und merkte verwundert, dass es ihrer gewesen war.

Schließlich zog sie den Verschluss der Reisetasche zu. Sie hatte sich nun einmal für die WG entschieden!

In diesem Moment hörte sie den Schrei!

Erschrocken stürzte sie ins Wohnzimmer, wo Isy bleich wie ein Geist auf dem Sofa saß und auf das Fernsehbild starrte.

Amanda konnte gerade noch sehen, wie eine Trage in einen Krankenwagen geschoben wurde, der mit Blaulicht davonraste. »Was ist denn passiert?«

»Ich weiß es nicht!«, stammelte Isy. »Sie haben es eben in den Nachrichten gebracht! Eine unbekannte männliche Person Mitte vierzig ist zusammengeschlagen und bewusstlos auf einem Grundstück in Bohnsdorf ohne Papiere gefunden worden. Und weißt du, wie die Adresse des Grundstücks lautet?« Sie sah die Freundin mit zitternden Lippen an. »Römerweg 10!«

- 33 -

Es musste ja nicht Herr Rimpau sein! Es konnte doch jede andere männliche Person Mitte vierzig gewesen sein, oder? Berlin hatte dreieinhalb Millionen Einwohner, davon waren bestimmt eindreiviertel Millionen Männer.

Auf dem Weg zur Unglücksstelle machten sie sich gegenseitig Mut, aber sie ahnten, dass sie sich etwas vormachten.

»Macht euch nichts vor!«, empfing sie auch Tannhäuser im Römerweg 10. »Es kann nur Herr Rimpau sein!«

Er und Gummibärchen hatten dem Autor frische Brötchen und die Sonntagszeitung bringen wollen, als sie auf eine Gruppe aufgescheuchter Polizisten trafen, die das Grundstück durchstreiften. Geistesgegenwärtig hatte Reginald erklärt, der Sohn des Besitzers zu sein, der sich mit seinem Freund Hagen für einige Stunden Gartenarbeit gerüstet habe. Auf die Frage, ob ihm bekannt gewesen sei, dass in dem Wochenendhaus ein Unbekannter genächtigt habe, hatte er nur gleichmütig die Schultern gezuckt.

»Vielleicht 'n armer Penner«, hatte Gummibärchen hinzugefügt.

Schließlich war die Polizei wieder abgezogen und die Familie Häuser angerückt. Aufgeschreckt durch die Fernsehbilder waren sie nach Bohnsdorf geeilt, wo Reginald und Hagen ihnen das gleiche Märchen wie der Polizei erzählten. Das gute Märchen der Gebrüder Häuser & Golz von den fleißigen Helfern im Garten und dem armen, obdachlosen, unbekannten Mann.

Da in dem Haus nichts zu fehlen und alles nur wild durcheinandergeworfen zu sein schien, kehrten Häusers mit dem verwunderten Satz »Wie er nur den Schlüssel gefunden haben mag?« umgehend in die Stadt und ihren verdienten Sonntag zurück.

»Natürlich fehlt was!«, beendete Tannhäuser finster seinen Bericht. »Der Laptop!« Man sah ihm an, wie es an ihm nagte, dass er dieses Mal den Autor nicht hatte beschützen können.

»Nach der Erfahrung von neulich hat er bestimmt eine Kopie gemacht!«, rief Isy. »Wir müssen sie nur suchen!«

»Das haben schon andere getan! Seht es euch selbst an.«

Sie schleppten Amandas Reisetasche in das Haus und sahen es sich an. Tatsächlich! Hier hatte jemand gesucht – und hoffentlich nichts gefunden!

»Ich glaube nicht, dass er sie im Haus hatte.«

Alle blickten zu Isy.

»Lasst mich mal nachdenken ...«

»Vielleicht im Garten?«, fragte Amanda.

Tannhäuser schüttelte den Kopf. »Aber das hieße ja, die Nadel im Heuhaufen zu suchen! Das glaube ich nicht.«

»Ich auch nicht. Aber wie wäre es mit einer Nadel im Blumentopf?« Isy öffnete die Verandatür und lief auf die Rückseite des Hauses, wo sie den leeren Blumentopf vor dem Küchenfenster fand, in dem die Familie während ihrer Abwesenheit den Hausschlüssel aufbewahrte.

Ihr Herz machte einen Freudensprung. Sie hatte sich nicht geirrt! Ihre tastende Hand fand auf Anhieb den USB-Stick. Herr Rimpau hatte ihn sorgsam in Alufolie gewickelt und in ein Plastiktütchen zum Schutz vor Nässe gesteckt.

Ehrfürchtig betrachteten Gummibärchen, Tannhäuser und Amanda den Fund.

»Du hast wirklich ein kriminalistisches Näschen!«, sagte Reginald anerkennend, während ihr Gummibärchen derb auf die Schulter schlug.

Isy sah sie alle der Reihe nach fest an. »So, und jetzt heraus mit der Sprache! Wer hat gepetzt? Wer hat Herrn Rimpaus Versteck verraten? Einer von uns muss es gewesen sein. Auch, wenn er's ohne Absicht getan hat …«

Sie hielten alle ihrem Blick stand. Und sie waren empört.

Besonders Amanda. »Falls du an Herrn Rufus S. denkst – ich hab nichts gesagt! Vielleicht hätte ich es getan, aber er hatte Grün an der Ampel und sein Aufreißerschlitten durfte nicht halten.« Wie konnte Isy sie nur verdächtigen? Jeder von ihnen hatte doch um die Wichtigkeit der Geheimhaltung gewusst!

»Aber wie sollen sie ihn denn sonst gefunden haben?«, fragte Isy scharf. »Das ist ja schon direkt unheimlich.«

Niemand wusste eine Antwort darauf.

»Vielleicht werden wir alle längst rund um die Uhr von einer Mafia verfolgt?«, vermutete Gummibärchen.

»He, krieg jetzt bloß nicht eine Paranoia!«, nuschelte Tannhäuser.

»Wahrscheinlich können wir das im Moment nicht klären«, gab Isy zu. »Die Frage ist, wie geht es jetzt weiter?«

»Mit Herrn Rimpau oder der Pisaria?« Amanda krauste die Stirn.

»Mit Herrn Rimpau und der Pisaria!«, antwortete Isy.

»Herr Rimpau ist ja erst mal im Krankenhaus.«

Die Freundin prüfte den Lack ihres Daumennagels. »Bestimmt wird ihm geholfen!«

Isy zog ihre Jacke enger. Sie fror. Es gab keine Heizung in dem Häuschen. In der Spüle stand noch das Frühstücksgeschirr des Autors.

Alfredo schnüffelte unruhig auf dem Boden herum.

»Wieso hat er überhaupt jemandem die Tür geöffnet?«

»Er wird gedacht haben, dass wir es sind«, sagte Tannhäuser. »Hagen und ich wollten ihm frische Brötchen und die Zeitung bringen, allerdings haben wir uns etwas verspätet, weil der da ...«, er zeigte auf Gummibärchen, »... verpennt hat!«

»Ist sowieso nichts mehr zu ändern!«, stellte Amanda fest.

Niedergeschlagenes Schweigen breitete sich in dem klammen Raum aus.

Isy starrte aus dem Fenster. Ungünstiger hätte es wirklich nicht laufen können! »Auf jeden Fall wird jetzt alles rauskommen!«, seufzte sie. »Die Presse wird sich auf Herrn Rimpau stürzen, das Buch wird er so schnell nicht zu Ende schreiben können und die Polizei, die er unbedingt noch raushalten wollte, wird sich auch einschalten ...«

Niemand wagte zu fragen, was aus der Lesung am kommenden Freitag bei der Eröffnung der Pisaria werden würde. Die Antwort war doch so gut wie klar: Niemand würde lesen! Vielleicht konnte ja der Chor der Schule einspringen oder der Direktor persönlich mit einer freundlichen Rede?

»Zur Not könnte ich ja einen Vortrag über die Gesundheit aus der Tomate halten!«, schlug nun Amanda vor. »Da gibt es ganz neue Erkenntnisse. Tomaten können sich sogar freuen. Das haben ausländische Biogenetiker gerade herausgefunden.«

»Ich würde mich nicht freuen, wenn man mich zu Salat schneidet!«, witzelte Tannhäuser.

Und Gummibärchen motzte: »Langsam glaube ich, du hast selbst was an der Tomate!« Dann begann er die umgeworfenen Stühle wieder auf die Beine zu stellen.

Die anderen halfen ihm dabei.

»Amanda hat es nur gut gemeint!«, verteidigte Isy die Freundin. Sie steckte den Speicherstick ein und Tannhäuser verschloss die Haustür.

Stumm schlenderten sie zum Bahnhof zurück. Tannhäusers und Gummibärchens Zug kam zuerst. Sie wollten noch irgendwohin. Isy und Amanda mussten warten.

»Glaubst du, es geht ihm schlecht?«, fragte Isy vorsichtig. »Meinst du, sie würden uns zu ihm lassen?«

»Wir wissen doch gar nicht, wo er ist.«

»Das kann man herauskriegen. Wo sich Krankenhäuser befinden, ist ja kein Geheimnis!«

»Aber sie wissen dort doch noch gar nicht, wer er ist.«

»Das ist vielleicht sein Glück, Amanda!«

Die Bahn fuhr ein, doch Isy hielt Alfredos Leine und rührte sich nicht.

»Ich will nach Hause!« Amanda griff nach ihrer

Reisetasche und stieg in den Zug. »Ich sterbe vor Hunger! Komm endlich!«

»Jedes Krankenhaus hat ein Café. Fühle dich eingeladen!«

– 34 –

Es gab kein Herankommen an Herrn Rimpau. Nur für die nächsten Angehörigen, hieß es, und wer wusste schon, wer diese waren?

Sie hatten ihn auf die Innere Station gebracht, wo er zur Beobachtung in Zimmer drei lag. Ständig war eine Schwester in seiner Nähe und Isy kannte auch schon den langen, hageren Arzt, der alle paar Minuten in seinem weißen Kittel im Sturmschritt über den Flur geweht kam.

Dieses Mal fiel sie ihm endlich auf. »Suchst du jemanden?«

Isy nickte. Sie hatte sich auf diesen Augenblick vorbereitet. »In den Mittagsnachrichten … im Fernsehen …«

Der Arzt neigte den Kopf. »Ja?«

»Mein Vater … er ist heute Nacht nicht nach Hause gekommen.«

»Name?«

Isy nannte nun den Namen ihres Vaters. »Hans Schütze.« Das war die Wahrheit.

»Alter?«

»Siebenundvierzig.« Das war die Wahrheit.

»Größe?«

»Eins neunundsiebzig, glaube ich.« Das war die Wahrheit.

»Haarfarbe?«

»So dunkelblond und ein bisschen grau an den Schläfen.« Das war ebenfalls die Wahrheit.

Der Arzt sah in seine Unterlagen. »Die Angaben könnten stimmen. Er wurde ja ohne Papiere bei uns eingeliefert. Wir wollen sehen, ob er es ist.«

Er öffnete die Tür zu Zimmer drei, in dem Patrick Mortimer Rimpau unbeweglich und mit einem weißen Verband um die Stirn in seinem Krankenhausbett lag. Die Augen waren geschlossen.

Es war ein schönes Zimmer. Ebenerdig. Die Fenster gingen direkt auf einen Park. Wenn Herr Rimpau die Augen aufschlug, würde er einen wunderbaren Ausblick haben.

»Ist das dein Vater?«

Isys Antwort kam wie aus der Pistole geschossen. »Ja!« Dieses Mal war es nicht die Wahrheit. Doch die Lüge fiel ihr leicht. Schließlich mussten sie Herrn Rimpau helfen! »Ist er noch ohne Bewusstsein?«

»Nicht mehr. Er hat starke Beruhigungsmittel bekommen, damit er schläft. Schlaf fördert die Heilung.«

»Ist es schlimm?«

Der Arzt schüttelte den Kopf. »Keine Brüche, keine inneren Verletzungen. Wir haben ihn geröntgt. Nur ein Schock.«

»Kann er morgen nach Hause?«

»Zwei, drei Tage muss er noch zur Beobachtung bleiben. Das wird ihm guttun. Er braucht Ruhe. Wo ist deine Mutter?«

»Zur Kur. Sie kommt nächstes Wochenende wieder.«

Sanft schob der Arzt sie aus dem Zimmer und zog die Tür hinter ihnen zu. Er winkte einer fülligen dunkelhäutigen Schwester, die neugierig näherkam. »Das ist die Tochter des Verletzten aus dem Römerweg 10. Er heißt Hans Schütze. Bitte nehmen Sie die Adresse der Familie und alle weiteren Angaben für die Polizei auf, Schwester Aysche.«

»Komm mit!«, sagte die Schwester gemütlich und Isy folgte ihr in ein gläsernes Büro, wo sie nicht ohne Skrupel die Fragen der freundlichen jungen Frau beantwortete. Die strich ihr zum Abschied beruhigend die Hand. »Keine Sorge, dem Papa geht es bald wieder gut!«

»Hat er mal gesprochen? Ich meine, hat er was gesagt?«

»Nicht während meines Dienstes, aber meine Kollegin Lisa ...«, Schwester Aysche griff auf dem Schreibtisch nach einem Blatt und setzte sich eine kleine rosafarbene Lesebrille auf, »... hat hier etwas notiert.« Sie las mit klarer Stimme: »*Große Unruhe des Patienten, mehrmals die Worte ›USB-Stick‹ und ›Reinigung‹ verstanden, allerdings sehr undeutlich und wirr, es kann auch etwas anderes geheißen haben.*« Schwester Aysche lächelte. »Und? Kannst du damit was anfangen?«

Isy schüttelte den Kopf. Dann bedankte sie sich

und ging in das kleine Krankenhauscafé, wo Amanda inmitten vergipster Patienten und blumenbewaffneter Besucher gerade den letzten Fleischkrümel verschlang. »Warum hat mir keiner gesagt, wie lecker Krankenhausbuletten sind? – Hast du was erfahren?«

»Ich war sogar in seinem Zimmer!«

»Äh?«

Isy trank einen Saft und zahlte Amandas Bulette. Als sie das Café verließen, sah Isy eine Frau auf der Inneren Station verschwinden, der sie lieber nicht begegnen wollte. Es war Carla Henkel. Sicher versuchte sie für das *Abendblatt* herauszufinden, wer das Opfer vom Römerweg 10 war. Isy war sich sicher, dass ihr Schwester Aysche prompt das Märchen erzählen würde, das sie ihr gerade aufgetischt hatte. Rasch band sie Alfredo von dem Geländer am Eingang los und machte sich mit Amanda auf den Weg zum Bahnhof.

Unterwegs berichtete sie der Freundin von dem Besuch bei Herrn Rimpau.

»Was? Du hast gesagt, dass er dein Vater ist? Und das haben sie geglaubt? Ist ja ultracool!« Amanda schien sprachlos. »Aber was machst du, wenn's schiefgeht?«

»Ganz einfach: Wir waren niemals in dem Krankenhaus! Wir waren die ganze Zeit über in deiner Wohnung, haben warme Sachen eingepackt und ferngesehen. Du wärst mein Alibi.«

»Schon wieder?« Missmutig dachte Amanda an frühere Zeiten.

»Aber es geht ja nichts schief! Die Angaben treffen auf beide Männer zu. Fast zumindest. Allerdings, als mich Schwester Aysche nach seinem Beruf gefragt hat, wäre mir doch beinahe ›Kriminalschriftsteller‹ herausgerutscht!« Isy strich aufatmend ihre widerspenstigen Löckchen zurück. »Wie gut, dass alles nicht so schlimm ist, wie es ausgesehen hat! Mit etwas Glück könnte er es sogar schaffen, bis nächsten Freitag das Buch zu beenden!«

»Und wo soll er das tun, bitte schön? Im Krankenhaus?«

»Dort bestimmt nicht. Vielleicht fällt uns ja noch was ein. Aber zuerst müssen wir herausfinden, wer da gesungen hat. Wer zum Kuckuck konnte wissen, dass er im Römerweg untergetaucht ist?«

– 35 –

Die Antwort auf diese Frage kam in den Spätnachrichten.

Der Sprecher teilte mit, dass der Verleger Hans von P. am Nachmittag von seiner Haushaltshilfe im Arbeitszimmer seiner Zehlendorfer Villa gefesselt und geknebelt entdeckt worden war. Leider konnten die Kriminalbeamten den Mann nicht vernehmen, weil er noch unter Schock stand. Es folgte ein Foto des Verlegers, seine Kurzvita und sein Verlagsprogramm. Hans von P. gab erfolgreich literarisch hochwertige Kriminalliteratur heraus.

Alle fuhren erschrocken zusammen, als Isy jubelnd vom Sofa sprang.

»Ist dir jetzt klar, wer ihn verpfiffen hat, Amanda?«, schrie sie entzückt. »Nur sein Verleger wusste, wo er war! Das hat er mir selbst gesagt! Da hast du den Verräter!«

»Er hat es bestimmt nicht freiwillig getan. Sieh doch! Man hat ihn gefesselt, geknebelt und gequält«, warf Amanda ein.

»Stimmt, aber ich bin so froh, dass es keiner von uns war!«

»Du hast also gedacht, ich hätte es Rufus Schmied doch gesagt?«

Isy nickte zerknirscht. »Jein.«

Aber so erleichtert sie war, so geschockt war sie auch: Mit einer solchen unerbittlichen Härte gingen Herrn Rimpaus Feinde vor? Wie konnten sie ahnen, dass Hans von P. das neue Versteck des Autors im Römerweg 10 kannte? Da war eindeutig Insiderwissen im Spiel! Allerdings war es durchaus denkbar, dass dieser Karim wieder den Handlanger für Mister Unbekannt gespielt hatte, dachte Isy.

Auch die von Schwester Lisa notierten Worte »USB-Stick« und »Reinigung« beschäftigten sie noch lange, nachdem sie ins Bett gegangen waren. War der Autor verwirrt gewesen? Oder handelte es sich um eine Botschaft seines Unterbewusstseins?

Erst nach Mitternacht erlöste sie ein tiefer, traumloser Schlaf.

Am Morgen klingelte unaufhörlich das Telefon. Alle wollten wissen, was es mit dem Unfall im Römerweg auf sich habe, von dem die Morgenzeitung berichtete.

»Eine Verwechselung!«, beruhigte Isy Verwandte, Bekannte und Kollegen ihres Vaters und sogar ihre Mutter, die erschrocken aus ihrer Moorbadewanne anrief. »Plansch nur weiter! Da hat einer denselben Namen wie Papa.«

Was für ein Glück, dass ihr Vater heute Morgen eine halbe Stunde früher losgefahren war, um das Familienauto zur Durchsicht zu bringen. So bekam er von dem Trubel um seine Person überhaupt nichts mit.

Nachdem der erste Ansturm vorüber war, füllte Isy die Waschmaschine mit Wäsche. Dann half sie Amanda Äschylos einzupacken und in die Pisaria zu tragen. Es war sein erster Besuch in einer Bücherei. Kein Wunder, schließlich waren Kugelkakteen im Allgemeinen dort keine Kunden, dachte Isy belustigt.

Auch Jennifer Niemann alias Penelope und Sophie brachten wie versprochen Grünpflanzen mit. Robert spendierte eine üppige Dieffenbachia und Binette alias Camilla stellte eine prächtige weiße Chrysantheme auf das Fensterbrett. Mit den Pflanzen sah der Raum gleich viel anheimelnder aus.

»Äschylos ist aber nur eine Leihgabe«, stellte Amanda klar. »Nach der Eröffnung nehme ich ihn wieder mit.«

Sie gingen in die Klasse zurück, wo Isy Tannhäuser und Gummibärchen über all die Neuigkeiten unterrichtete.

»Bist du sicher, dass es sein Verleger war?«

»Passt doch zusammen! Die Polizei wird es herausfinden …«

»Wieso ist er bloß so schnell eingeknickt?«, fragte Tannhäuser.

»Du hast wohl noch nie kalten Stahl an deinen Rippen gehabt?«, knurrte Gummibärchen. »Verdammt unangenehmes Gefühl!«

»Dich wollte ich auch was fragen.« Isy beugte sich zu ihm. »In deinem Keller steht doch ein altes Klappbett. Kannst du es uns mal kurz für die Pisaria leihen? Heute noch?«

»Wieso? Willst du hier schlafen?«, staunte Gummibärchen.

Der Eintritt des Erdkundelehrers entband Isy einer Antwort.

Im Nu folgte ihm die 7b in die weiten Steppen Asiens, danach übte sie sich in deutscher Grammatik, in Englisch und Musik.

Nach der letzten Stunde waren Isy und Amanda mit Erich Kornfeld in der Pisaria verabredet, aber auf dem Weg unters Dach sah Isy einen Mann um die Ecke biegen, dem sie jetzt nicht über den Weg laufen wollte: den Direktor!

Also wartete sie mit Amanda im nächsten leeren Klassenraum, bis ihn der Flur verschluckt hatte. Dann machten sie sich erneut auf zu Erich Kornfeld.

Zu ihrer Verwunderung roch es schon auf der Treppe nach Kaffee. Der Rentner saß in einem fröhlich gelben Pullover am PC und war dabei, die Titel Hunderter Bücher einzugeben. Die Blubbergeräusche der Espressomaschine waren sein Hintergrundsound.

»Über Langeweile kann ich wirklich nicht mehr klagen«, stöhnte er glücklich.

»Wieso haben Sie unsere Maschine eingeweiht?«, entrüstete sich Amanda.

»Nur ein kleiner Testlauf. Ihr wollt euch doch am Freitag nicht blamieren, oder? Darum hab ich vorsorglich ein paar Böhnchen mitgebracht ...« Er zeigte auf eine Tüte Lavazza.

»Geben Sie doch zu, dass Sie es ohne Kaffee nicht aushalten!«, neckte ihn Isy. »Carla Henkel hat uns alles gesagt.«

»Diese Petze! Wollt ihr auch ein Tässchen?«

Während er ihnen zwei Cappuccino braute und ihr Duft den letzten Geruch frischer Farbe vertrieb, begann Amanda von Rufus Schmieds Wohnung und seinem Jaguar zu schwärmen. »Ihr Journalisten müsst ja ganz schön Kohle machen!«

»Manche sind eben sparsam, manche realistisch und manche leisten sich zu viel und stehen plötzlich vor einem riesigen Schuldenberg.« Der Rentner schmunzelte.

Aber Amanda entging seine feine Kritik. Sie hatte gerade eine SMS von Bo auf ihrem Handy entdeckt.

Isy stutzte. Bo und Amanda? Ach, so war das.

So war es nicht!

»Für dich, Frau Hauptkommissar!«, sagte Amanda säuerlich und reichte Isy das Handy.

Die las:

Hi, Isy!
Glaube, die Tochter des Libanesen
ist das Mädchen, das ihr sucht!
Bo.

»Schreib, dass er mit ihr flirten soll!«, forderte Isy ihre Freundin auf.

– 36 –

Nach dem Cappuccino verabschiedeten sie sich von Erich Kornfeld und gingen nach Hause, um Fenster zu putzen. Sie hatten es versprochen, auch wenn Amanda sich nicht mehr erinnern wollte.

»Ich habe noch nie Fenster geputzt!«

»Dann wirst du es lernen, Süße!«

Sie schafften genau zwei Fenster, dann begann es zu regnen. Wahrscheinlich hatte Amanda Petrus eine SMS geschickt!

»Was hältst du von Kino?«, fragte sie erfreut.

»Was hältst du von Krankenhaus?«, fragte Isy zurück. »In einer Stunde wird es dunkel und sein Zimmer liegt am Park.«

»Äh, was willst du damit sagen?«

»Nichts. Bloß mal sehen, was sich da machen lässt …«

»Ohne mich!«

»Sei kein Frosch! Herr Rimpau braucht uns jetzt. Stell dir vor, er kommt zu sich und alle reden ihn mit ›Herr Schütze‹ an. Dem hab ich vielleicht was eingebrockt!« Isy gluckste vergnügt. »Andererseits ist es der beste Schutz, den er haben kann, im Augenblick nicht der prominente Patrick Mortimer Rimpau zu sein!« Sie zog sich den Parka über und war froh, dass Amanda ihrem Beispiel folgte.

Kaum hatte sie die Wohnungstür ins Schloss geworfen, klebte Amandas Daumen bereits auf dem Türschild mit dem Namen Trohlin. Als sie Isys Blick bemerkte, wurde sie rot. »Vielleicht ist er schon da und kann uns was von der Zicke berichten.«

»Hätte das nicht bis nachher Zeit?«

Ungeduldig stand Isy auf dem Fußabtreter, bis ihnen eine verschlafene blonde Frau öffnete, die ein Gähnen nicht unterdrücken konnte. »Sorry, ich hab Nachtdienst gehabt ...«

»Wir sind Isy und Chelsea, ihre Nachbarn!«, schmetterte Amanda los. »Schön, dass wir uns mal kennenlernen. Ist Bo da?«

»Er ist zur Reinigung, um das Jackett seines Opas zu holen.«

»Reinigung!«, schrie Isy. »Jackett! Das ist es, Amanda!« Wie vom Teufel gejagt stürzte sie davon.

Erst an der Ampel holte Amanda sie keuchend ein. »Bist du vom wilden Affen gebissen?«

Isy antwortete nicht. Sie sprang in den nächsten

Bus und Amanda folgte ihr verwirrt. Wo wollte Isy denn hin? Das war doch nicht der Bus zum Krankenhaus?

»Ich möchte bloß wissen, warum ich mit einer befreundet bin, die Einfälle hat wie ein altes Haus!«, murmelte sie wütend, während sich der Bus durch die Rushhour quälte.

Endlich stieg Isy nahe Herrn Rimpaus Wohnung aus und bog in eine Seitenstraße ein, wo sie in einem Laden mit der Aufschrift *Reinigung* verschwand.

Jetzt verstand Amanda gar nichts mehr! Wozu in eine Reinigung fahren, die derart weit vom eigenen Wohnort entfernt lag?

Misstrauisch spähte sie durch die Scheiben und entdeckte Isy am Tresen, wo sie mit einer Angestellten diskutierte. Es schien um ein Jackett zu gehen, das sie Isy nicht überlassen wollte. Deren Argumente prallten offensichtlich an der Dame ab. Schließlich hängte die das Jackett wieder zurück. Dafür schob sie Isy ein Päckchen über den Tisch. Nach einem erneuten Wortwechsel unterschrieb die Freundin endlich einen Zettel und nahm das geheimnisvolle Päckchen in Empfang.

Stolz wie ein Spanier kehrte sie aus dem Geschäft zurück.

»Kannst du mir mal verraten, was das soll?«, machte Amanda ihrem Herzen Luft. »Wieso fahren wir durch halb Berlin in eine blöde Reinigung? Was hat denn das alles mit dem Jackett von Bos Opa zu tun?«

»Nichts!«

»Nichts?«

»Nichts! Aber es hat mich auf eine Idee gebracht. Herr Rimpau muss nach seiner Flucht aus der Wohnung in zwei Läden gewesen sein, während ihm seine Verfolger auf den Fersen waren. In dem Computershop, wo er vorübergehend den Laptop mit diesem gefährlichen Manuskript abgab, und in einer Reinigung, in die er sein Jackett trug, in dessen Tasche ein Speicherstick mit der Kopie von *Ketchup criminale* steckte. Jene Kopie nämlich, die sie ihm von der *Schlauen Mouse* noch nachgetragen haben, wie die Frau vom Shop Tannhäuser und mir stolz erzählt hat. Sie haben ihn für schusselig gehalten. Dabei hatte es zu seinem Plan gehört und er musste sich rasch etwas Neues ausdenken. Ich weiß nicht, wie er auf die Reinigung kam. Auf jeden Fall hatte er so dafür gesorgt, dass die beiden wichtigsten Dinge, die er für seine Arbeit brauchte, erst einmal in Sicherheit waren.«

»Woher weißt du denn das alles?«

»Ich weiß es gar nicht! Ich stelle es mir nur vor. So wäre es logisch! Erinnerst du dich, dass ich nach Rimpaus Verschwinden im Supermarkt, in der Apotheke und der Reinigung gefragt habe, wann man ihn dort zuletzt gesehen hatte? Hier in dieser Reinigung haben sie gleich gesagt, dass bei ihnen noch ein Jackett von ihm hängt. Vielleicht hat er darauf spekuliert, dass die Mitarbeiter den Stick in der Jackentasche finden und für ihn aufbewahren würden. Du glaubst gar nicht, was die Leute alles in ihren Taschen vergessen! Sogar ihre Gebisse!« Isy reckte den Hals. »Wie du siehst, habe ich den Speicherstick erobert. Das Jackett haben sie nicht rausgerückt. Seine Worte ›USB-Stick‹ und ›Reinigung‹ hatten also einen Sinn, ob er sich dessen bewusst war oder nicht. Übrigens, ich glaube, da kommt unser Bus!«

»Wieso *unser*? Der fährt ja in die falsche Richtung.«

»Wenn du ins Krankenhaus willst, ist es der richtige!«

»Will ich aber gar nicht!«, widersprach Amanda.

Und stieg ein.

37

Herr Rimpau hatte schon zu Abend gegessen. Auf seinem Nachtschrank stand noch das Tablett mit dem leeren Geschirr.

Als Isy in das Zimmer trat, leuchteten seine Augen auf.

»Gut, dass du kommst! Hier gibt es eine merkwürdige Verwechslung. Das Personal spricht mich beharrlich mit ›Herr Schütze‹ an.« Er lachte, als bemerkte er die Gleichheit der Namen erst jetzt. »Ich könnte also dein Vater sein.«

»Du bist es!«, sagte Isy eindringlich, denn hinter ihr stand Schwester Aysche.

Der Autor starrte sie wie vom Donner gerührt an.

»Hallo, wie geht es Ihnen, Herr Schütze?«, rief Amanda von der Tür.

»Seid ihr denn jetzt alle verrückt?«, staunte Herr Rimpau. »Bis gestern war ich noch Patrick Mortimer Rimpau, Autor gern gelesener Kriminalromane, Pfeifenraucher, Hertha-Fan und ganz bestimmt nicht der Vater dieses Mädchens!« Sein Finger deutete empört auf Isy.

»Das tut weh, Papa!«, flüsterte die.

Herr Rimpau gab einen kurzen, grunzenden Laut von sich.

Schwester Aysche zog Isy auf den Flur. »Du musst Geduld mit ihm haben! Dein Vater hat ein Trauma erlitten. Das wird schon wieder. Wer ist denn Patrick Mortimer Rimpau?«

»Ach, äh, sein Lieblingsautor. Er hat alle Bücher von ihm.«

»Aha!« Aysche verstand. Irgendwo schrillte ein Telefon. »Dann heitert mir mal den Patienten ein wenig auf. Bis zur Nachtruhe ist noch ein Stündchen Zeit. Ich bin nämlich allein auf der Station.« Sie eilte davon.

Isy und Amanda wechselten einen Blick. Wer würde so schnell helfen? Wer konnte Auto fahren? Wer war sein Freund?

»Rufus Schmied?«, fragte Isy spontan.

Amanda tippte seine Nummer in ihr Handy.

Natürlich meldete sich nur der AB. »Martina«, flüsterte Dr. Rufus Schmieds Stimme los, »mein

Mohnblättchen! Aus unserer Verabredung wird leider nichts.«

Amanda schlug die Augen zur Decke auf und wählte erneut. Dieses Mal hatte sie Glück. Zufrieden schwebten sie in Herrn Rimpaus Zimmer.

»Schwester Aysche meint, wir sollen Sie aufheitern!«

»Das tut ihr doch schon die ganze Zeit!«

»Entschuldigen Sie, aber ich fand es nicht gut, Ihren richtigen Namen anzugeben«, gestand Isy. »Wegen der Presse. Sie sind zu bekannt! Außerdem soll Sie doch keiner finden!«

Patrick Mortimer Rimpau betastete vorsichtig den Verband auf seiner Stirn. »Ich denke, das ist jetzt ziemlich egal. Wie es aussieht, kann ich das Buch sowieso nicht mehr beenden. Es wird Zeit, die Polizei zu rufen.«

»Sie können es beenden!« Isy griff in ihre Jackentasche. »Hier ist die neue Kopie von *Ketchup criminale* aus dem Blumentopf. Das haben Sie cool gemacht, da wäre sogar ich beinahe nicht draufgekommen. Und hier …«, sie suchte in ihrer anderen Tasche, »… ist der andere USB-Stick. Ich nehme an, es handelt sich um die alte Kopie von *Ketchup criminale.*«

»Woher …?«

»Sie haben selbst in der Bewusstlosigkeit noch die richtigen Tipps gegeben. Sie sind eben perfekt.«

»Ich fasse es nicht!«, stöhnte Patrick Mortimer Rimpau. »Fällt denn heute mein Geburtstag und Weihnachten auf einen Tag?«

»Vielleicht. Aber jetzt müssen Sie sich anziehen und mit uns aus dem Fenster klettern. Das ist nämlich eine Entführung!« Isy strahlte. »Trauen Sie sich das zu?«

Der Autor nickte.

»In zwanzig Minuten treffen wir uns hinter dem Park mit Ihrem Freund, dem Wirt. Signore Georgio hat versprochen uns mit seinem alten Punto aufzulesen. Hoffentlich ist er pünktlich.«

Signore Georgio war pünktlich, ahnungslos und gastfreundlich wie immer. Darum hatte er auch seine Frau Violetta gebeten einen Tisch in der Trattoria zu reservieren. Die Ablehnung seiner Einladung erschien ihm daher fast wie eine Kränkung. Doch er sah ein, dass nicht nur der Kopf, sondern auch die Hose und der Pullover des Autors bei dem Überfall im Römerweg zu viel abgekriegt hatten, um sich damit in ein Restaurant zu setzen.

Außerdem brauchte Herr Rimpau Ruhe. »Am besten, wir fahren in meine Wohnung.«

»Das wäre am schlechtesten!«, widersprach Isy. »Da sind Sie nicht sicher! Im Gegensatz zu Ihnen weiß ich nämlich, wer Ihre Adresse im Römerweg verraten hat. Das Fernsehen hat es gestern Abend gebracht: Ihr Verleger!«

Eine Weile war es still in dem kleinen Wagen. Dann klang tiefe Enttäuschung aus Patrick Mortimer Rimpaus Stimme. »Per favore, Georgio, fahr mich zum nächsten Revier!«

Isy spürte, dass der Autor drauf und dran war, alles hinzuwerfen. »Sie dürfen jetzt nicht aufgeben!«, flehte sie. »Die haben Ihren Verleger bedroht, sonst hätte er bestimmt nichts gesagt. Meinen Sie nicht, er will, dass Sie nun gerade dieses Buch beenden?«

»Und wo?«, fragte Herr Rimpau erschöpft. »Wo könnte ich die nächsten Tage vor Nachstellungen sicher sein?«

»Ich hätte da eine Idee!«, verriet Isy und nannte dem Signore eine Adresse, die Amanda ruckartig den Kopf herumwerfen ließ.

»Aber das ist ja unsere Schule!«, rief sie verblüfft.

Im Schulhaus brannte noch Licht. Der Schulchor übte in der Aula. Im Lehrerzimmer war Konferenz. Auch die Volleyballer trainierten noch in der Turnhalle.

Stumm folgte der Autor den Mädchen unters Dach, wo Isy die Bücherei aufschloss und auf den Lichtschalter drückte.

»Kannten Sie noch die alte Bücherei?«, wollte Isy wissen.

Der Schriftsteller schüttelte den Kopf. »Doch was ich jetzt sehe, ist sehr einladend. Sogar mit einer Espressomaschine!«

»Die ist von Ihrem Freund Rufus«, ließ sich Amanda vernehmen und schleppte ein altes Klappbett und eine karierte Decke herbei. »Das stand hinter der Tür, Isy. Hat das eine Bedeutung?«

Isy nickte. Gummibärchen hatte also Wort gehalten! »Es ist für Herrn Rimpau! Natürlich kein Wasserbett ...«

Der Autor lächelte schwach. »Aber wo kann ich arbeiten?«

Isy führte ihn in den Nebenraum, wo der Computer von Sassis Oma stand. »Er ist noch voll funktionsfähig. Einen Drucker gibt es auch. Hier können Sie *Ketchup criminale* völlig ungestört zu Ende schreiben.« Isy drückte dem Schriftsteller den Schlüssel in die Hand. »Kein Verbrecher dieser Erde sucht Sie in einer Schulbücherei. Übrigens können Sie sämtliche Annehmlichkeiten des Hauses nutzen. Sie dürfen sich nur nicht erwischen lassen!«

– 38 –

»**Was für Ideen** du hast!«, gähnte Amanda am anderen Morgen. »Erst entführen wir Herrn Rimpau und dann bringen wir ihn auch noch in unserer Schule unter. Wenn das mal gut geht!«

»Das geht gut!«, rief Isy und sprang unter die Dusche. Sie hatte so tief und so fest geschlafen wie lange nicht mehr. Endlich lief alles wie am Schnürchen! Bestimmt würde Herr Rimpau das Buch bis zur Eröffnungsfeier schaffen. Jetzt musste sie nur noch Amanda überreden sie nachher in die Markthalle zu begleiten. Doch ob die sich nach all den Tagen voller Stress dazu noch aufraffen würde?

Die Freundin schmierte Brote für den Autor, als

Isy an den Küchentisch kam. »Meinst du, er mag Schinken? Oder Käse? Und meinst du, dass er sich in sie … verliebt?«

»Herr Rimpau? In wen?«

Amanda errötete. »Bo natürlich. In diese Gangsterbraut. Immerhin hast du ihn ja aufgefordert mit ihr zu flirten.«

»Da hast du Recht! Wollte er nicht heute Mittag den Imbiss in der alten Markthalle unter die Lupe nehmen?« Isy grinste. Das ging ja leichter, als sie gedacht hatte! »Vielleicht solltest du dein großes buntes Tuch einpacken. Es kann nicht schaden, ein Auge auf ihn zu haben, Amanda! Die Tussi ist gefährlich! Aber wenn du willst … äh … komme ich mit.«

Amanda nickte dankbar. Dann tippte sie auf die Morgenzeitung. »Edelstahlmühlen mit Licht. Wie bei Rufus Schmied. Für nur zwölf Euro zehn. Ein Schnäppchen. Nur heute. Da muss ich hin!«

»Und was haben die Dinger für einen Sinn?«

»Sie sind praktisch. Man sieht genau, wo man hinstreut. Zum Beispiel bei einem Candle-Light-Dinner. Yippie, das ist das ultimative Weihnachtsgeschenk für meinen Dad!«

»Warum schenkst du ihm keine Taschenlampe?«

»Himmel, du verstehst wirklich nichts von Lifestyle!«

»Will ich auch gar nicht. Kommst du? Herr Rimpau hat Hunger!«

Herr Rimpau hatte tatsächlich Hunger. Er saß seit dem Morgengrauen am PC und trank schon den dritten Kaffee. Mit dem Verband um die Stirn und seinem Dreitagebart sah er ziemlich abenteuerlich aus.

»Was mich mal interessieren würde«, sagte Isy, während Amanda dem Autor fürsorglich einen Teller mit Schnittchen und Äpfeln belegte, »war das Ihr Blut in der Küche oder das Ihres Angreifers?«

»Meins. Ich hatte eins auf die Nase bekommen. Er wollte an die falschen Ketchupflaschen in meinem Kühlschrank. Er erhielt dafür einen Hieb ins Genick. Das genügte, um ihn abhauen zu lassen.«

»Und wer hat das alles wieder sauber gemacht?«

»Na, ich.«

»Sie? Aber dann müssen Sie doch ...«

»Ja, ich wollte gerade putzen und rettete mich hinter den Vorhang, als ihr plötzlich in meiner Wohnung aufgetaucht seid. Ich meine, es hätte ja auch der Typ mit der blonden Locke sein können, der noch einmal zurückgekehrt war.« Herr Rimpau biss herzhaft in ein Schinkenbrot. »Als ihr fort wart, hab ich das Blut aufgewischt, die neueste Fassung von *Ketchup criminale* auf den Laptop überspielt und im PC gelöscht. Ich wollte nach Bollwitz, da merkte ich, dass ich verfolgt wurde. Also versuchte ich den Wagen abzuhängen und brachte den Laptop mit der Kopie in die *Schlaue Mouse,* wo man mir leider den Speicherstick nachbrachte, den ich hatte stecken lassen. Als ich dann mit meinem wieder aufgetauchten Schatten an der Reinigung vorbeibrauste, kam mir eine Idee. Ich zog mein Jackett aus und trug es mitsamt dem Stick zum Reinigen. Die Leute kennen mich dort. Mir war klar, dass sie den Stick finden und für mich aufbewahren würden.«

»Genauso hat es sich Isy vorgestellt«, sagte Amanda bewundernd. »Exakt so hat sie es mir erzählt! Wort für Wort. Vielleicht wird ja doch noch was aus ihr!«

»Tja, ohne Fantasie sind auch die besten Kripobeamten nix!«, gab Isy stolz zu. »Wie sind Sie überhaupt auf diesen Imbissstand gekommen?«

»Sagen wir, ich habe einen Tipp erhalten.« Der Autor langte noch einmal zu. »Hm, köstlich! Was seid ihr doch für liebe Menschen.«

»Wir wollen ja auch was von Ihnen!«, rief Amanda aus dem Nebenraum. »Sie sollen doch am Freitag lesen! Bis dahin päppeln wir Sie aber noch richtig auf, nicht wahr, Isy?«

»Wie erklären Sie sich, dass überhaupt jemand davon wusste, dass Sie das Buch schreiben?«

Patrick Mortimer Rimpau lächelte nun traurig. »Tja, weil ich verraten worden bin! Verraten von einem Menschen, mit dem zusammen ich diese Idee hatte und die Story auch veröffentlichen wollte.«

Bevor Isy etwas entgegnen konnte, klingelte es zum Unterricht. »Lassen Sie ruhig abgeschlossen«, riet sie dem Autor. »Es gibt keinen anderen Schlüssel. Wir klopfen dann.«

Isy und Amanda rannten zu ihrem Klassenraum, aber plötzlich hielt Isy inne. »Wer war da noch mit von der Partie, Amanda? Wer ist der Verräter?«

– 39 –

In der alten Markthalle herrschte mittägliches Treiben. Es war nicht so turbulent wie am Morgen, nicht so hektisch wie am Abend, es war eher träge. Auch das an- und abschwellende Stimmengewirr war ungewohnt schwach. An den Ständen, die über Mittag geöffnet hatten, stopften junge Mütter und alte Paare Blumenkohl und blaue Trauben in ihre Tüten, ließen sich Rippchen abwiegen oder Zander schuppen. Es roch nach Gemüse und Fleisch, Äpfeln, Sauerkraut und Fisch.

Die beiden Freundinnen hatten nach Unterrichtsschluss noch eilig die Pfeffermühle für Amandas Dad erstanden, ja sie hatten sogar noch eine für ihre Oma gegrapscht, und nun waren sie atemlos am Imbissstand angelangt. Er war geschlossen.

Isy blickte sich um. Nichts zu sehen! Nicht mal eine Ketchupflasche. Und wo steckte überhaupt Bo?

Sie fanden ihn auf dem Hof, wo er hinter einem Stapel Kisten hockte und las. Er erkannte sie nicht. Wie sollte er auch in zwei türkischen Mädchen seine Nachbarinnen vermuten?

Wenigstens war er allein. Amandas Befürchtung, dass er nicht mehr aufhören konnte mit dem Flirten, war unnötig gewesen. Isy musste sich eingestehen, dass nicht nur die Freundin aufatmete.

»Hi«, sagte Bo plötzlich und legte überrascht die Hand über die Augen. »Kennen wir uns nicht?«

»Sag was auf Türkisch!«, flüsterte Isy.

»Istanbul!«, schrie Amanda. »Döner! Hamam! Wasserpfeife!« Sie brach ab.

Über den Hof kam ein kleiner weißer Kastenwagen gerast und hielt direkt neben Bo.

»He, was willst du hier?«, rief ein Mann mit scharfer Stimme und kletterte aus dem Fahrerhaus. »Du fängst doch erst in den Ferien bei mir an.« Er war groß, eins fünfundachtzig bestimmt. Seine Hände waren so auffallend klein, wie die Füße auffallend groß waren.

Erschreckt nahm Isy Amandas Arm. »Lass uns abhauen!«

In ihrem Rücken hörten sie Bos lässige Antwort. »Stimmt, Chef! Aber es war so langweilig und da dachte ich …«

»Mach nie die Töchter von Moslems an, hörst du? Ihre Brüder haben lange Messer!« Der Chef lachte. »Verschwinde, alter Schwede! Will dich hier nicht vor Montag früh sehen!«

»Okay, bis Montag, Chef!« Mit langen Schritten verschwand Bo in der Halle.

Isy und Amanda warteten am Blumenstand auf ihn, gut verdeckt von Schleierkraut und feuerroten Gladiolen.

»Wieso habt ihr euch denn verkleidet?«

»Das ist unsere türkische Nummer!«, sagte Amanda stolz.

Isy nickte. »Alles Tarnung! Zum Glück! Ich kenne nämlich den weißen Lieferwagen und den Typ kenne ich auch. Er war es, der Gummibärchen mit dem Revolver bedroht hat.«

»Krossnik?«, fragte Bo sauer. »Ihm gehört der Stand.«

»Passt doch prima. Was hat denn die Tochter des Libanesen so aus dem Nähkästchen geplaudert?«

»War schwer ranzukommen an sie, aber sie hat Verständnis für einen, der Geld braucht. Das braucht sie nämlich auch. Ihre Familie will in die Heimat zurück und sich dort irgendwie selbstständig machen. Nach der dritten Cola hat sie mir gesteckt, dass sie neulich ein paar Schüler beschattet und den Chef sogar bei einem Bruch begleitet habe. Das sei aber total harmlos gewesen, eine Art Racheaktion, weil man dem Chef den Laptop geklaut habe. Sie würde mich bei Gelegenheit für solche Jobs vorschlagen, die unter gut bezahlte ›Gefälligkeiten‹ fielen und kaum Ärger brächten. Schließlich seien die albernen Kids auch mit dem Schrecken davongekommen. Sie habe sich die ganze Zeit das Lachen verbeißen müssen!« Bo zuckte die Schultern. »So viel habe ich rausbekommen.«

»Alberne Kids? Meint die etwa uns?«, zischte Amanda. »Wie heißt denn die Schnalle?«

»Fatima.«

»Weiß sie, was in dem Laden läuft?«, fragte Isy.

»Bestimmt nicht.«

»Und ihr Vater? Und dieser Syrer?«

»Die wollen gar nichts wissen, solange ihre ›Gefälligkeiten‹ gut honoriert werden. Und Karim braucht eine neue Hüfte. Das kostet. Ich glaube, der arbeitet schwarz.«

»Das heißt also, dass Karim für seine neue Hüfte in Herrn Rimpaus Wohnung einbrechen und in den PC gucken musste?«, rief Isy. »Soll das eine Entschuldigung sein?«

»Eine Erklärung vielleicht. Es soll zeigen, dass Krossnik bewusst Leute an der Hand hat, die so dringend Geld brauchen, dass sie ein Risiko eingehen.«

»Das glaube ich auch.« Isy schnupperte.

Es roch noch immer nach Gemüse und Fleisch, Äpfeln, Sauerkraut und Fisch. Doch allmählich mischte sich der würzige Duft kross gebratener Wurst darunter. Die Pause am Imbissstand schien vorbei zu sein.

»Bevor wir es vergessen«, sagte Isy zu Bo, »du bist zur Eröffnung der Pisaria herzlich eingeladen, auch wenn du nicht auf unsere Schule gehst. Schließlich hast du uns geholfen!«

In diesem Augenblick wurde ein Karren mit Tomatenkisten vorübergeschoben.

Amanda bekam Stielaugen. »Das ist ja die späte Sorte Harzfeuer!«, rief sie begeistert. »Die ist oberlecker! Halt mal!« Sie drückte Isy den Beutel mit den Pfeffermühlen in die Hand und rannte dem Karren hinterher.

»Warum haben die dich denn vorhin weggeschickt?«, fragte Isy Bo.

Der lächelte sein süßes Lächeln. »Vielleicht weil sie die Kisten mit den trojanischen Pferdchen im Laderaum verstauen wollten. Die mögen keine Zeugen.«

»Meinst du, wir sollten das mal überprüfen?«

Bo zögerte. Der Gedanke schien ihm nicht zu behagen. »Nur wenn die Luft rein ist. Ich geb dir ein Zeichen.«

Er schlich zu dem Lieferwagen, der einsam in der milden Mittagssonne stand, aber im letzten Moment entdeckte er den Mann im Führerhaus.

Es war Karim. Als hätte er auf ihn gewartet, sprang er schwerfällig heraus. »Dich schickt Allah! Passt du ein paar Minuten auf den Wagen auf? Ich muss mal dringend für kleine Jungs!«

Er verschwand Richtung Eingang und Bo beugte sich über den Fahrersitz, um die Hintertüren zu entriegeln.

Dann winkte er Isy herbei. Wie der Blitz verschwanden sie in dem engen, stickigen Laderaum des Kastenwagens und schlugen die Türen hinter sich zu. Er war mit Leergut beladen. Kiste für Kiste prüften sie Flaschen und Gläser, bis Bo nervös auf die Uhr sah und »Komm endlich!« drängte.

»Eine Sekunde noch!«, bettelte Isy. Dann endlich schrie sie »Yippie!«, und deutete auf Flaschen mit dem Etikett *Türkisches Ketchup*. Sie hatte es gefunden!

In diesem Moment schwang sich der Syrer mit

der blonden Strähne auf den Fahrersitz und schlug die Autotür zu. In der nächsten Sekunde gab er auch schon Gas. Mit einem Ruck schoss der Wagen vom Hof. Geistesgegenwärtig drückte Bo Isy und sich selbst auf den schmutzigen Boden.

Wo, um Himmels willen, fuhren sie jetzt hin?

– 40 –

Der Schuppen war dunkel und kühl. Er roch nach altem Holz und feuchtem Karton. Nur durch einen Spalt in der Tür fiel spärliches Tageslicht. Isy hatte sich auf einen Sack in der Ecke gekauert. Ihr war schlecht vor Schreck.

Vor der Tür tobte Karim. Er schimpfte mit Bo, der an einem alten Auto lehnte, dessen Marke im Finstern nicht zu erkennen war. Bo vermutete, dass es sich um einen uralten Ford-Kombi handelte.

»Warum bist du mit der Kleinen in Lieferwagen gewesen, he? Warum machst du mir so einen Ärger?«

»Ich mache dir keinen Ärger! Wir wollten nur mal einen Augenblick ungestört sein. Verstehst du das nicht?«

»Ich verstehe, aber ich muss melden!«

»Musst du nicht!«

»Muss ich doch! Vielleicht wolltet ihr ja was klauen?«

»Was denn?«, fragte Bo wütend. »Leere Flaschen, Gläser oder Kartons? War doch nur Müll im Laderaum!«

»Egal. Ich muss Chef anrufen gehen. Selbst schuld.« Karims Schritte entfernten sich schleppend.

Er hatte sie nach einer halben Stunde Fahrt beim Ausladen des Lieferwagens entdeckt und trotz Bos freundschaftlicher Beschwichtigungsversuche in den alten Schuppen geschubst. Vielleicht hätten sie wegrennen sollen, aber Bo hatte bis zuletzt an die Macht seiner Worte geglaubt. Erst als Karim den schweren Riegel vor die Holztür geschoben hatte, war ihnen klar geworden, dass sie nun auf diesem verlassenen Bauernhof in der Falle saßen!

»Wir müssen hier raus!«, entschied Bo. »Bevor Krossnik kommt.« Dann begann er die Tür abzutasten. »Mann, ist das finster! Wenn wir wenigstens eine Taschenlampe hätten!«

»Komisch, heute früh habe ich Amanda noch vorgeschlagen ihrem Dad eine Taschenlampe zu kaufen, aber sie hat natürlich diese ultracoole Pfeffermühle für 12,10 Euro genommen. Zwei sogar. So ist sie nun mal«, seufzte Isy. »War eben ein super Schnäppchen!« Der Gedanke an Amanda beunruhigte sie. Was mochte die Freundin jetzt denken, wo sie und Bo wie vom Erdboden verschluckt waren? »Wenigstens wissen wir jetzt, wo die Gangster ihre falschen Ketchupflaschen hinbringen.«

Bo lachte. »Wir wissen zwar, wo sie das Zeug hinbringen, aber wo ist denn *wo*? Wo sind wir denn?«

»Nicht weit weg. Am Stadtrand irgendwo. Wir sind ja nicht lange gefahren und um Berlin gibt es jede Menge Dörfer ...«

»Hast du Angst?«

»Nee!«, behauptete Isy, obwohl ihr etwas mulmig war. »Ich bin nicht Chelsea. Die hat keine Nerven. Die muss man immer beruhigen.«

Auf dem Hof waren wieder Karims schleppende Schritte zu vernehmen. »Bo? Chef kommt persönlich. Aber erst gegen Feierabend. Hat noch zu tun. Müsst eben warten.«

»Ist in Ordnung, Karim. Es wird sich alles aufklären!«, beruhigte ihn Bo, während seine Hände die Scharniere der Tür abtasteten. Zu Isy gewandt flüsterte er: »Der wird sich wundern! Bald sind wir weg! Die Tür hält nicht mehr viel aus. Die Scharniere sind uralt. Wenn ich bloß mehr Licht hätte! Hast du nicht eben von einer Taschenlampe gesprochen?«

»Nein, von einer Pfeffermühle. Aber einer mit Licht. Amanda war ganz wild drauf. Der Verkäufer hat sie uns vorgeführt. Es ist nur ein winziges Lämpchen, aber man sieht genau, wo man hinstreut. Zum Beispiel bei Kerzenlicht.«

»Das ist ja auch total wichtig!« Bo grinste. »Und wo ist das Ding jetzt?«

Isy klopfte im Dunklen auf die Plastiktüte auf ihren Knien. »Zufällig hier. Amanda hat sie mir in die Hand gedrückt, weil sie Tomaten holen wollte.«

»Funktioniert die Mühle schon? Ist eine Batterie drin?«

»Eine Batterie und Pfefferkörner.«

Bo kam als schmaler Schatten auf sie zu. »Zeig mal her!« Er nahm Amandas Tüte und ging zu dem Lichtspalt in der Tür, um wenigstens das Nötigste erkennen zu können.

Isy hörte es knistern und rascheln. »Erzähl doch mal was.«

»Was denn?«

»Na, zum Beispiel, warum du von der Schule geflogen bist. Amanda hast du es auch erzählt. Was hast du denn Aufregendes gemacht?«

Bo schien jetzt die Mühle aus dem Karton gepackt zu haben. »War nicht so aufregend. Höchstens für die Lehrer. Mein Kumpel und ich hatten unsere Walkie-Talkie-Frequenz auf die Türschlösser ihrer Autos eingestellt.«

»Und?«

»Na ja, sie waren blockiert. Die gesamte Lehrerschaft stand schäumend auf dem Parkplatz und kam nicht vom Fleck!«

»Ist ja voll krass!«

»Meine Mutter war nicht amüsiert. Der Direktor auch nicht. Wir haben uns nicht entschuldigt. Da kam es zum Schulverweis.«

»Was hast du mit den Walkie-Talkies gemacht?«

»Deinem Freund Tannhäuser geschenkt, damals auf Amandas Vollmondparty. Er hatte sich brennend dafür interessiert.«

»Ist ja noch krasser!« Isy blieb vor Empörung beinahe die Luft weg. »Und von Amanda und mir wollten er und Gummibärchen fünfundzwanzig

Euro haben, weil sie die Dinger angeblich extra für unseren Fall gekauft haben!«

Bo kicherte leise. Ein Summen ertönte, ein feiner Lichtstrahl folgte. »Sie mahlt!«, rief er zufrieden. »Und sie leuchtet!« Im nächsten Moment nieste er heftig. »Der Pfeffer!«

»Reicht dir das Licht?«

»Hm.«

»Wenn nicht ... nimm doch beide. Amanda hat ja gleich zwei gekauft.«

»Okay, mit einer zweiten hätten wir doppelt so viel Licht.«

»Und was willst du denn sehen?«

»Eine große Werkzeugkiste zum Beispiel. Hier steht doch ein altes Auto. Da müsste doch irgendwo Werkzeug sein ...«

Während Bo die zweite Pfeffermühle in Gang setzte, erhob sich Isy und begann durch den Schuppen zu stolpern. Mühsam tastete sie sich mit den Händen vorwärts. Endlich stieß sie gegen eine Truhe oder schwere Kiste aus Holz. »Hier! Hier ist was, Bo! Das könnte es sein.«

Es war tatsächlich eine Kiste mit Werkzeug. Während die Mühlen im Duett Pfeffer und Licht streuten, entdeckten sie zwischen gewaltigen Niesanfällen den Wagenheber, den Bo gesucht hatte. Der Rest ging rasch.

Mit Hilfe des schwachen Lichtscheins gelang es Bo, den Heber exakt zwischen Schuppenwand und Scharnier anzubringen, die Kurbel zu drehen und innerhalb weniger Minuten die altersschwache Tür auszuhebeln. Krachend splitterte das morsche Holz.

Sie waren frei!

– 41 –

Sie waren frei und rannten! Sie rannten über Wiesen und Wege, bekamen Seitenstiche und sahen sich immer wieder hektisch nach Karim um, doch der Abstand zwischen ihnen und dem Syrer vergrößerte sich mehr und mehr.

Die schmerzende Hüfte hinderte Krossniks Vertrauten daran, sie einzuholen. Zu spät bemerkte er, dass es ein Fehler gewesen war, die beiden Jugendlichen zu Fuß zu verfolgen. Er hätte den Wagen nehmen sollen. »Euch kriegen wir noch!«, schrie er ihnen wütend nach.

»Und wir beweisen noch, dass ihr gelbe Pillen in die Flaschen füllt!«, rief Isy. »Der Staatsanwalt freut sich schon!«

»Jetzt hast du ihn gewarnt!«, keuchte Bo. »Das war unklug. Dass ihr Mädels immer so undiplomatisch sein müsst!«

Die nächste Viertelstunde liefen sie über eine Landstraße, bis sie auf das Ortsschild mit dem Namen Zepernick stießen.

»Dann sind wir ja noch im S-Bahn-Bereich!«, stellte Isy erleichtert fest. »Das ist die Strecke Bernau.«

In dem erstbesten Supermarkt teilten sie sich eine Familienflasche Coke und ließen sich den Weg zum Bahnhof zeigen.

Eine Stunde später platzte Isy hungrig wie ein Wolf in Amandas sizilianischen Nudelauflauf.

Mit finsterem Gesicht füllte die Freundin die Teller. »Was habt ihr euch gedacht mich so im Stich zu lassen? War es wenigstens schön?«

»Ja, superschön. So schön, wie es in einem kalten, finsteren Schuppen auf einem verlassenen Bauernhof bei Zepernick nur sein kann. Und wenn wir deine beleuchteten Pfeffermühlen nicht gehabt hätten, säßen wir immer noch dort fest.«

»Wovon redet ihr?«, wunderte sich Isys Vater. »Wolltet ihr nicht die Fenster putzen? Mutti kommt doch zurück.«

»Das schaffen wir schon noch«, versicherte Isy.

»Wieso seid ihr denn nach Zepernick gefahren?«, bohrte Amanda.

»Gefahren worden! Auf dem dreckigen Boden des weißen Lieferwagens.«

»Ist ja brutal!«

»Du sagst es.«

»Und wer hat euch gefahren?«

»Karim, aber er hatte keine Ahnung, dass wir in dem Auto steckten. Erst beim Ausladen hat er uns entdeckt und in einen Schuppen gesperrt. Zum Glück hat Bo einen alten Wagenheber gefunden und die Tür aufgebrochen.«

»Was habt ihr in dem Lieferwagen gewollt?«

»Wir haben die roten Flaschen gesucht – und gefunden!«

Amanda riss die Augen auf. »Echt? Da wird Herr Rimpau aber staunen!«

Herr Rimpau! Isy ließ die Gabel fallen. Himmel, den Autor hatte sie ja völlig vergessen! Der Mann würde am Verhungern sein! »Wollten wir ihm nicht Abendbrot bringen, Amanda?«

In aller Eile belegten sie ein paar dicke Scheiben Brot mit Salatblättern und Rührei. Dann waren sie auch schon aus der Tür, bevor Isys Vater fragen konnte, was denn jetzt wieder los sei.

Als sie aus dem Haus traten, goss es in Strömen. Aber das war nicht das Schlimmste. Das Schlimmste würde sein, wenn die Schule schon verschlossen war.

Die Schule war verschlossen!

»Und jetzt?«, fragte Amanda.

Schwarze, glitzernde Nässe perlte von der Schultür und verschmolz mit der Farbe des Abends.

Isy spürte, wie Wasser in ihre Schuhe drang. In der Eile war sie in Sandalen geschlüpft. Frierend studierte sie den Anschlag mit der Adresse des Hausmeisters für den Notfall. »Es ist ein Notfall!«, entschied sie und sie begaben sich drei Häuser weiter zu dem Block, in dem der Hausmeister wohnte.

»Meine Eltern sind einkaufen«, sagte das kleine Mädchen, das auf ihr Klingeln öffnete. »Aber in einer Dreiviertelstunde sind sie bestimmt zurück.«

»Es gießt!«, klagte Amanda. »In einer Dreiviertelstunde sind wir ertrunken!«

»In zehn Minuten hast du den Schlüssel wieder!«, versprach Isy. »In zwanzig, höchstens. Ich hab nämlich leider was Wichtiges in der Bücherei vergessen. Mein, äh, Matheheft.«

»Eigentlich darf ich das ja nicht.« Das Mädchen blinzelte. Dann gab es sich plötzlich einen Ruck und verschwand.

Sie blickten in einen blau gemusterten Flur und hörten die Waschmaschine schleudern, bis die Tochter des Hausmeisters mit dem Schlüssel zurückkehrte. »Beeilt euch bitte.«

Sie liefen zurück und stiegen die vertrauten Innentreppen wie Diebe im fahlen Schein der Außenbeleuchtung empor. Eine merkwürdige Scheu erlaubte es ihnen nicht, das Licht in dem finsteren Schulhaus einzuschalten. Und überhaupt! Was für eine ungewohnte Stille! Auch von Herrn Rimpau unterm Dach war nichts zu hören.

Hoffentlich ist er nicht weggegangen, dachte Isy und vernahm mit Erleichterung seinen festen Schritt nach ihrem Klopfen.

Er sah abgespannt aus. Wie sie erfuhren, hatte er den ganzen Tag geschrieben. Er behauptete sogar, keinen Hunger zu haben.

»Der Appetit kommt beim Essen!«, versprach Amanda und Isy tischte dem Autor erst Amandas Brote und dann die Geschichte von dem Lieferwagen und dem Bauernhof bei Zepernick auf.

Wenn Herr Rimpau sich auch fast vor Ärger verschluckte, als er hörte, dass sie ihr Wort gebrochen hatte, so musste er am Ende der Mahlzeit zugeben, dass das Abendbrot superlecker gewesen war und dass der Bauernhof bei Zepernick als Unterschlupf der Gangster das vorletzte Puzzleteilchen war, das ihm für seinen Krimi noch gefehlt hatte!

»Und was wäre das letzte?«

Herr Rimpau zog die Brauen ein wenig hoch, so dass der Stirnverband verrutschte. »Darüber denke ich noch nach. – Wer hat denn gewusst, dass ihr den Laptop aus der *Schlauen Mouse* holen wolltet, und Fatima damit beauftragt, erst den Computershop und dann euch zu observieren?«

»Nur Amanda, Tannhäuser, Gummibärchen und ich«, sagte Isy. »Es war Tannhäusers Idee. Er wollte in den Gelben Seiten nachgucken, welcher Computershop in Ihrer Nähe ist. Die Adresse der Werkstatt hatten Sie ja in Ihrem PC gelöscht. Erinnerst du dich, Mandi?«

Die nickte.

»Außer uns ist nur Bo eingeweiht und für den legen wir alle die Hand ins Feuer!«

»Trotzdem. Jemand muss Wind davon bekommen haben«, beharrte der Autor. »Durch einen Zufall vielleicht?«

- 42 -

Durch einen Zufall? Isy dachte in jeder freien Minute darüber nach, aber es gab kaum freie Minuten.

Am Mittwoch und am Donnerstag schäumte die Aufregung wie eine wilde Brandung über sie alle hinweg. Zwar war es vor den Ferien üblich, dass die Hektik Lehrer und Schüler gleichermaßen wie ein Bazillus überfiel, doch dieses Mal kamen zwischen den Unterrichtsstunden noch Absprachen und Chorproben wegen der Einweihungsfeier dazu, die Herrn Rimpau genervt auf den Dachboden flüchten ließen. Die Sekretärin stöckelte aufgeregt durch das Schulhaus, sie war für den reibungslosen Ablauf der Feier zuständig. Dr. Trisch feilte an seiner Eröffnungsrede und bat seine Schüler um Vorschläge. Carla Henkel vom *Abendblatt* brachte fünf Kilo brasilianische Espressobohnen angeschleppt als Geschenk von einem Leser, der anonym bleiben wollte, und ein Berliner TV-Sender inspizierte Räume und Lichtverhältnisse für zwei Minuten Direktübertragung von der Einweihung.

Tannhäusers und Gummibärchens Augen glänzten. Endlich war mal richtig was los!

Erich Kornfeld speiste die letzten Buchtitel in den Computer ein, während Herr Rimpau ungeduldig auf dem Dachboden auf und ab ging, der Direktor gab dem Berliner Rundfunk ein Interview und Rufus Schmied steckte seinen blonden Schopf mitten im Bauernkrieg in die 7b.

Isy durfte für fünf Minuten den Unterricht verlassen.

Der Journalist hatte sich an das Fenster gestellt. »Patrick ist also wieder aufgetaucht?«, fragte er erstaunt. »Kommt er tatsächlich zur Eröffnung der Pisaria?«

Isy nickte. »Er liest aus dem neuen Buch. Sie kommen doch auch?«

»Ja, aber wo kann ich ihn finden?« Dr. Rufus Schmied wirkte nervös. »In seiner Wohnung ist er nicht. In diesem Blockhaus in Bollwitz ist er auch nicht mehr. Ist es nicht merkwürdig, dass zwei kleine Mädchen offenbar seinen Aufenthaltsort kennen, aber sein Freund nicht?« Seine Finger trommelten auf das Fensterbrett.

Isy verstand. Er war gekränkt. Vielleicht sogar zu Recht. Warum meldete sich Herr Rimpau denn nicht bei ihm? Sollte sie Rufus Schmied jetzt sagen, gehen Sie nur die Treppe hinauf, Sie kennen ja den Weg: In der Bücherei unterm Dach sitzt Ihr Freund und schreibt seinen Krimi zu Ende? Wäre das Herrn Rimpau recht? Sollte sie … oder sollte sie nicht?

In diesem Moment öffnete sich die Klassenzimmertür. »Isy?«, rief der Geschichtslehrer mahnend.

»Ich komme!« Erleichtert merkte Isy, dass ihr das Auftauchen des Lehrers die Entscheidung abgenommen hatte. »Herr Rimpau hatte viel Ärger in der letzten Zeit. Es gab Einbrüche, Verrat und einen Überfall«, erklärte sie hastig. »Sogar sein Verleger ist bedroht worden. Schon deshalb will er sicher nicht, dass jemand weiß, wo er sich aufhält. Der Stoff, an dem er schreibt, ist nämlich … gefährlich.«

»Gefährlich? Inwiefern?«, fragte Rufus Schmied überrascht.

»Das weiß ich auch nicht genau. Aber er ist morgen um 13 Uhr in der Pisaria, da können Sie ihn fragen. Ich muss zurück. Übrigens, schade, dass Sie neulich nicht zu Hause waren. Amanda fand Ihre Wohnung supertoll!«

Er lächelte nicht. Er gab ihr nicht die Hand.

Betroffen spürte Isy, dass sie ihn enttäuscht hatte. Ihre Wangen brannten, als sie zu ihrem Platz ging. Hatte sie etwa gerade etwas verpatzt?

»Das hast du ja klasse gemacht!«, stöhnte auch Amanda, als sie von dem Gespräch erfuhr. »Erstens ist er ein Sponsor. Zweitens stell dir das mal andersherum vor: Du suchst mich verzweifelt, weil ich verschwunden und deine beste Freundin bin, und jemand gibt dir absichtlich nicht meine Adresse.«

»Das kann man doch nicht vergleichen!«, protestierte Isy. Doch im Innersten gab sie Amanda Recht. Heimlich beschloss sie den Journalisten am Nachmittag anzurufen und ihm zu sagen, wo er seinen Freund finden würde.

Dann widmete sie sich ihrem Lieblingsfach Deutsch. Trischi sprach über die deutsche Romantik, aber ihre Gedanken sprangen unruhig wie Jagdhunde hin und her. Seit dem Zwischenfall in

Zepernick ahnte sie, dass Herr Rimpau vor diesen Leuten möglicherweise nicht einmal morgen sicher war! Immerhin stand das Datum der Lesung mittlerweile in der Presse. Sie waren nun mal die erste Pisaria Berlins!

Doch wie sollte man verhindern, dass sich Karim und Co. unter die Gäste mischten?

Als es endlich zum Unterrichtsschluss klingelte, standen ganz andere Probleme an. Amanda und sie mussten dringend nach Hause. Es gab noch so viel zu tun! Ihre Mutter hatte es wirklich verdient, in eine einigermaßen ordentliche Wohnung heimzukehren. Aber alle wollten plötzlich noch etwas von ihr. Die Sekretärin Frau Klein wollte endlich Konkretes über die Länge der Lesung erfahren, ein paar Kids hatten ihr Lieblingsbuch gemalt und wollten ihre Bilder in der Bücherei aufhängen, Tannhäuser wollte wieder mal Geld für die Walkie-Talkies und Gummibärchen wollte das Klappbett zurück.

»Hat das nicht bis morgen Zeit?«, fragte Isy erschrocken. »Herr Rimpau braucht die Liege nur noch eine Nacht!«

»Herr Rimpau? Hat der nicht sein Bett im Krankenhaus? Oder ist er schon wieder zu Hause?«, nuschelte Tannhäuser streng. »Ich meine, du hast doch gesagt, alles ist okay. Das Buch wird fertig sein und er wird morgen lesen.«

Isy und Amanda wechselten einen Blick. Jetzt mussten sie mit der Sprache herausrücken. Schließlich hatten sie ihren Mitschülern den neuen Aufenthaltsort des Autors bisher verschwiegen.

»Herr Rimpau sitzt oben in der Pisaria und schreibt gerade die letzten Seiten.« Isy erzählte von der »Entführung« des Autors aus dem Krankenhaus, von ihrer Idee, ihn in der alten Bücherei unterzubringen, und von ihrer unfreiwilligen Gefangenschaft mit Bo in einer alten Scheune bei Zepernick.

Gummibärchen und Tannhäuser staunten mit offenen Mündern.

Tannhäuser fasste sich zuerst. »Müssen wir vielleicht damit rechnen, dass die Typen hier morgen aufkreuzen?«

»Ist nicht auszuschließen. Deshalb hab ich mir schon mal Gedanken gemacht«, gestand Isy. »Aber dazu brauche ich eure Hilfe!«

– 13 –

Gegen Morgen, als die Wolken über Berlin grau und schwer wurden und der Wind um die Häuser fuhr, träumte Isy, dass Herr Rimpau verschwunden war. Entsetzt stand sie mit Amanda in der alten Bücherei und suchte vergeblich nach dem Autor.

»Jetzt müssen wir aber endlich die Polizei rufen, Amanda!«, rief sie angsterfüllt und wollte zum Telefon laufen, aber ihre Füße blieben am Boden haften wie festgeklebt. »Ich klebe fest, Amanda!«

»Ich auch! Ich auch!«

Als sie der Albtraum endlich entließ, erwachte

sie mit dem Gefühl, dass heute alles schiefgehen würde. Nichts würde klappen! War Herr Rimpau nicht gerade verschwunden gewesen? Goss es nicht jetzt schon wie aus Kübeln? Trommelte der Regen nicht nahezu hinterhältig gegen die frisch geputzten Scheiben?

Sie drehte sich zu Amanda, aber die schlief wie ein Stein. Sie hatte gestern Abend noch ein langes Gespräch mit ihren Eltern geführt.

Leise schlich Isy in die Küche, wo zwei goldgelbe Käsekuchen in ihren blanken Formen auf dem Kühlschrank standen. Amanda hatte sie für ihre beiden Familien gebacken. Die Katze Selma saß mit begehrlichen Blicken davor, während Alfredo Isy mit der Nase anstupste. Das hieß auf Hundeart: »Guten Morgen!«

Im Badezimmer rauschte schon die Dusche. Das war Benedikt.

»Äh, du, was ich dich fragen wollte«, begann Benedikt, als er im Badetuch in die Küche schaute. »Wann haut denn Amanda nun endlich ab?«

»Wieso? Weil sie gestern beim Würfeln wieder gewonnen hat?«

»Ihre Eltern kommen doch morgen zurück. Und Mama auch.«

»Frag sie doch selbst«, murmelte Isy und schlug die Badezimmertür hinter sich zu.

»Was hast du für ein Gefühl?«, fragte Amanda mit den wie Regentropfen funkelnden, mütterlichen Strassclips an den Ohren. Nachdem die Freundinnen vor dem Spiegel endlich den Dresscode des Tages gelöst hatten, strebten sie nun mit sehr kurzen Röcken und sehr langen Wimpern unter Vater Schützes schützendem Herrenschirm der Schule entgegen.

»Kein gutes!«, seufzte Isy.

Sie hatte leider Recht. Denn Herr Rimpau schien tatsächlich verschwunden zu sein! Fassungslos liefen sie durch die Bücherei, in der plötzlich auch nicht die geringste Spur von dem Autor zu entdecken war. Es sah aus, als wäre Patrick Mortimer Rimpau nie hier gewesen. Sogar Gummibärchens Klappbett war weg.

»Mein Traum!«, schrie Isy. »Jetzt haben sie ihn!«

Sie stürzte zu dem Computer und stellte den Windows-Explorer ein. Nirgends fand sich ein Dokument mit dem Namen *Ketchup criminale*. Es musste gelöscht worden sein! Isys Herz trommelte wild. Was war passiert? War der Autor erneut Opfer eines Anschlages geworden?

»Und jetzt?«, fragte Amanda auch mit zittriger Stimme.

Isy schlug die Hände vors Gesicht. »Jetzt ist alles aus! Das kannst du mir glauben!«

An der Tür hüstelte höflich ein Mann. Es war Erich Kornfeld, einen bunten Herbststrauß im Arm. »Zur Eröffnung«, sagte er verlegen. »Gibt es hier auch eine Vase?«

»Ich hole eine von Frau Klein«, erbarmte sich Isy, lief ins Sekretariat und dem verkleideten Direktor direkt in die Arme.

»Das trifft sich gut«, meinte der aufgekratzt und zerrte am Knoten der ungewohnten Krawatte. »Bestell doch Herrn Rimpau bitte, dass ich ihn persönlich in meinem Zimmer begrüßen möchte, bevor der Trubel losgeht.«

Isy nickte. Für eine Antwort saß der Kloß in ihrem Hals zu fest. Dann brachte sie Erich Kornfeld die Vase und ging mit Amanda in ihre Klasse.

Die meisten hatten sich ein wenig aufgepeppt. Die meisten waren aufgeregt. Die meisten hatten überhaupt keinen Bock mehr auf Unterricht. Aber alle hielten durch! Sogar Isy, auch wenn es anscheinend die längsten Stunden ihres Lebens waren.

Als es zur großen Pause klingelte, stürzte sie an allen vorbei in die Bücherei. Heinzelmännchen, die im Nebenberuf Lehrer waren, hatten inzwischen eine Girlande um die Eingangstür geschlungen und ein Schild angebracht: *Erste Pisaria Berlins*. In den Räumen waren Stuhlreihen aufgestellt worden, vor denen – vertieft in ein Manuskript – an einem kleinen Tisch Patrick Mortimer Rimpau saß.

»Der Direktor möchte Sie sprechen. Sie haben uns vielleicht Sorgen gemacht«, schluchzte Isy. »Wir dachten schon das Schlimmste!«

Herr Rimpau, der ein Gentleman war, zog ein blütenweißes Taschentuch aus seinem Tweedjackett und reichte es ihr. »Ganz ruhig, meine Liebe. Ich bin nur rasch heimgefahren, um endlich zu duschen und die Kleidung zu wechseln.« Er hatte den Kopfverband abgenommen, sein Dreitagebart war verschwunden und in dem Tweedjackett sah er so lässig und gepflegt aus wie immer.

Hatten sie denn erwartet, dass er in Räuberzivil lesen würde?

»Sind Sie fertig geworden mit dem Buch?« Herr Rimpau nickte. »So gut wie. Gewöhnlich hat der Verlag ja noch Änderungswünsche, meist überarbeite auch ich noch mal, aber es spricht nichts dagegen heute daraus zu lesen.«

»Super, herzlichen Glückwunsch! Das war echt knapp!« Isy konnte schon wieder lächeln. »Wo ist denn das Klappbett?«

»Das hat sich Gummibärchen heute früh abgeholt.«

»Wie ist es? Wollen wir noch ein Tässchen Braunen trinken, bevor der Ansturm der oberen Zehntausend beginnt?«, ließ sich Erich Kornfeld von der Kaffeebar vernehmen. »Magst du lieber Cappuccino oder Espresso, Patrick?«

»Vielen Dank! Ich bin aufgeregt genug!«

»Da versäumst du was!« Erich Kornfeld klopfte auf den Automaten. »Ein Prachtstück! Was sich die Schulen heute leisten können!«

»Können sie gar nicht. Das ist ein Geschenk von Ihrem Kollegen Dr. Rufus Schmied«, klärte ihn Isy auf.

»Echt? Wie habt ihr ihm denn das Teil abgeschwatzt?«

»Das brauchten wir nicht! Amanda und ich saßen im Regionalexpress, als Tannhäuser anrief und vorschlug Herrn Rimpaus Laptop aus der Werkstatt zu holen. Und dabei sagte er, dass neben ihm gerade ein Mann steht, der einen Kaffeeautomaten für die Pisaria im Arm hält.« Isy grinste.

Gestern hatte sie noch zwei Stunden lang versucht den AB zu überwinden, um sich bei Rufus Schmied zu entschuldigen, aber immer wieder hatte er einer süßen Scarlett mit Schmeichelstimme versichert, dass seine Zuneigung für sie leider vom Winde verweht sei ... Jetzt wurde dieser Minnesänger auch noch literarisch!

Sie sah auf ihre Uhr. »Die letzte Stunde beginnt!«

»Stopp!«, rief der Autor, als Isy schon die Klinke in der Hand hielt. »Rufus hat also neben Reginald gestanden, als der vorschlug meinen Laptop aus dem Computershop zu holen?«

Das letzte Puzzleteilchen war gefunden! Sie begriffen es beide im gleichen Moment. Isy sah den Schmerz in Patrick Mortimer Rimpaus Augen.

Er hatte eine letzte Gewissheit erhalten. Und sie ahnte, dass dies kein schöner Moment für ihn war.

– 42 –

Eine Stunde später war die Pisaria zum Platzen gefüllt. Fast alle Stühle waren besetzt. In der ersten Reihe hatte der Bezirksbürgermeister neben dem Senatsvertreter für Bildungspolitik, Dr. Trisch und dem Gastautor Patrick Mortimer Rimpau Platz genommen. Hinter ihnen saßen Mütter und Väter aus den Elternbeiräten zwischen Schülerdelegationen aus allen Klassen. Für alle reichte der Platz leider nicht, aber die gesamte 7b und die komplette Lehrerschaft waren da.

Der Direktor fachsimpelte mit dem Direktor der Stadtbibliothek und die Leute vom RBB stellten Licht und Kameras ein. Carla Henkel sprach mit einigen Gästen und neben ihr interviewte ein Kollege vom Rundfunk Erich Kornfeld an der Kaffeebar. Der Pensionär genoss sichtlich die Aufmerksamkeit.

Gleich an der Tür hatte sich Reginald Häuser mit seinem Walkie-Talkie aufgebaut und musterte unauffällig die Besucher. Ab und zu knackte es in dem Gerät und Hagen Golz' kratzige Stimme ertönte. Er überprüfte am Schuleingang die Ankömmlinge. Alarm hatte er noch nicht gegeben.

Isy begrüßte gerade eine junge, attraktive Frau mit grünen Augen und kupferfarbenem Haar, als Bo ihr zuwinkte. Er trug ein schwarzes Hemd und sah so süß aus, dass Isy sich einen Augenblick heftig wünschte, ein Zauberer möge die Gäste der Pisaria für zehn Minuten auf die Venus zaubern und sie mit Bo ganz alleine lassen. Doch da gab Amanda schon aufgeregte Zeichen und Bo verschwand zwischen ihr und der strahlenden Hermine Hinz.

Isy führte in der Zwischenzeit ihre alte Bekannte zu einem der letzten freien Plätze. »Toll, dass Sie es einrichten konnten, doch noch zu kommen! Ich glaube, Sie werden hier gebraucht. – Wie geht es Ihnen und Moritz?«

Die junge Frau lachte. »Oh, uns geht es gut. Aber du bist ganz schön verliebt, oder?«

Isy hatte das Gefühl, mit Amandas Lieblingsketchup übergossen zu werden. »Woher …?«

Die Frau beugte sich an ihr Ohr. »Er ist ein Traumtyp, Isy! Ich kann dich gut verstehen.«

Dann begann der Schulchor mit dem Kaffeekanon von Mozart und Isy nahm bei Amanda in der letzten Reihe Platz, vor dem Fenster, an dem ihr Liebling Äschylos stand.

Alle sind gekommen, dachte Isy, bis auf einen!

Der platzte mitten in die Eröffnungsrede von Dr. Trisch und nickte dankbar, als Isy ihn auf den einzigen leeren Stuhl vor Amandas Nase dirigierte.

»Wir haben ihn extra für Sie freigehalten!«, flüsterte sie. Dann widmete sie sich wieder der Ansprache ihres Lehrers.

Der bedankte sich bei allen für die zahlreichen Buchspenden, bei seiner 7b und bei den Helfern aus anderen Klassen für den stets freudigen Einsatz bei der Neugestaltung der Bücherei. Und sie bekamen einen lang anhaltenden Beifall. Danach sprach der Bezirksbürgermeister, der übrigens der Meinung war, dass man die Schule für den nächsten deutschen Schulpreis vorschlagen sollte. Anschließend schwang der Herr vom Senat noch eine Rede und endlich begann Herrn Rimpaus Lesung.

Der Autor fing mit einem kurzen, spannenden Kapitel aus seinem neuen Roman an, der, wie er bereits im Vorfeld erklärt hatte, zu einem großen Teil auf Tatsachen beruhte. Während Herr Rimpau las, war es mucksmäuschenstill in dem Raum.

Bis jetzt war alles gut gegangen, dachte Isy erleichtert. Tannhäuser und Gummibärchen hatten kein verdächtiges Gesicht entdeckt.

Sie bemerkte, wie Amanda sie anstieß und auf die Frau mit den kupferfarbenen Haaren deutete. »Ist das nicht …?«

Isy nickte stolz und lächelte Herrn Rimpau zu.

Der schob das Manuskript beiseite und berichtete über die Entstehungsgeschichte des Krimis, die, wie er behauptete, mindestens so spannend sei wie der Roman selbst. »Eines Tages machte mich ein Kollege auf einen Imbiss in der alten Markthalle aufmerksam«, begann er und sie erfuhren, dass dieser, ein Journalist, den Tipp bekommen hatte, dass jener Wurststand vermutlich die Zwischenstation eines kleinen, florierenden Ringes für Diskothekendealer sei. Sie hätten erst darüber geschmunzelt, gestand der Autor, aber einige Wochen Recherche hätten sie leider eines Besseren belehrt.

Rot gefärbte, leere Flaschen mit der winzigen Aufschrift *Türkisches Ketchup* seien von diesem Stand vermischt mit echten Ketchupflaschen ohne diesen Aufdruck an einen unbekannten Ort geschafft worden, von dem er inzwischen wisse, dass es ein verlassener Bauernhof in der Umgebung Berlins sei. Mit gewissen Drogen gefüllt seien sie dann zur weiteren Verwendung an den Stand zurückgekehrt.

»Heute Morgen habe ich die Polizei informiert. Deshalb finden genau in diesen Minuten auf dem Bauernhof und parallel dazu am Imbissstand in der alten Markthalle Razzien der Drogenfahndung statt. – Nun zurück zu jenem Kollegen, mit dem ich anfangs die Idee hatte, das Buch zu machen. Ich schrieb, er fotografierte. Die Fotos waren als Beweismaterial gedacht. Es gelang uns, nach und nach die kleinen Fische und die größeren Bosse dieses schmutzigen, aber überaus einträglichen Geschäftes ausfindig zu machen. Wir hatten geplant mit der Veröffentlichung dieses Buches ihre Namen und Adressen der Polizei zu übergeben. Gleichzeitig wollten wir einen Abdruck in der Presse starten. Doch vor einigen Wochen verschwand plötzlich mein Hund und ein paar Tage später erhielt ich eine Drohung per E-Mail, die Arbeit an meinem Buch einzustellen, wenn ich ihn lebendig zurückhaben wolle. So stellte ich also das Schreiben ein. Zur weiteren Einschüchterung bekam ich von einem Fremden in meiner Wohnung noch eins auf die Nase …«

Nachdem der Autor alles über seine Flucht und seine hartnäckigen und skrupellosen Verfolger erzählt hatte, schloss er mit den Worten: »Gewisse Leute wollten eben mit Macht verhindern, dass dieses Buch geschrieben wird!«

Ein Raunen ging durch den Raum.

Herr Rimpau strich sich erschöpft die Haare aus der Stirn. »Ziemlich schnell war mir klar, dass ich verraten worden war. Es musste jemand sein, der mein Vorhaben genau kannte und auch das Geld der Gegenseite nicht verachtete, das man ihm für seine Informationen bot.« Der Autor sah in die Runde. »Dass *Ketchup criminale* heute Nacht von mir fertig geschrieben werden konnte, dass mir weitere brutale Überfälle erspart blieben, dass für mich liebevoll gesorgt wurde und dass mein Schnauzer Alfredo jetzt gesund und munter auf mich wartet – das alles verdanke ich der Zivilcourage und Tapferkeit meiner beiden Freundinnen, der Schülerinnen Isolde Schütze und Amanda Bornstein aus der 7b!«

Stolz grinsten Isy und Amanda einander an.

Jemand zog sie von ihren Stühlen, Blitzlichter flammten auf, Kameras surrten und Carla Henkel formte die Hände zum Trichter und rief, dass das *Abendblatt* ein Exklusivinterview mit ihnen und dem Autor wolle.

Alle klatschten.

»Reginald Häuser, Hagen Golz und Bo Trohlin haben auch mitgeholfen!«, rief Isy in die Menge.

Herr Rimpau nickte. »Selbstverständlich auch ihnen meinen herzlichsten Dank! Für euch alle gebe ich nach den Ferien ein Fest!«

»Das rockt!«, brüllte Amanda. »Am besten im *Georgio*!«

Dann las der Autor noch ein Kapitel, und als er geendet hatte, fragte eine piepsige Stimme: »Und wer hat Sie verraten?«

Aus der Reaktion der Mutter sah Isy, dass es sich bei der aufgeweckten Fragerin um die kleine Tochter von Carla Henkel handelte. Der Apfel fiel wirklich nicht weit vom Stamm!

»Nun, es muss jemand sein, dem mein Hund vertraute. Niemals wäre Alfredo mit einem Fremden mitgegangen! Das schränkt den Kreis der Täter stark ein. Es muss auch jemand sein, dem sein eigenes Wohl über das mit Drogen verführter und abhängig gemachter Jugendlicher geht. Ich vermute, es war mein Kollege und Freund, der die Beweisfotos gemacht hat. – Was haben sie dir denn für die Negative geboten, Fusi?«

Alle Köpfe flogen herum. Unruhe brach aus. Stimmengewirr erhob sich und Isy rief: »Da fällt mir etwas ein! In seinem Vorratsschrank in der Küche steht neben Linsen, Reis und Trockenpüree ein angebrochener Karton Frolic. Dabei hat er gar keinen Hund. Sicher findet die Spurensicherung Haare von Alfredo in seiner Wohnung.«

Jetzt verlor Rufus Schmied die Nerven. »Habt ihr mich deshalb besucht, um besser schnüffeln zu können, ihr Zicken?«, zischte er. Dann wandte er sich an den Autor. »Du weißt, was auf Verleumdung steht, Patrick? Du hörst über meinen Anwalt von mir!« Wütend sprang er auf und versuchte sich hastig durch die Stuhlreihen zu zwängen.

»Amanda!«, schrie Isy.

Die Freundin zögerte nur einen Moment. Dann griff sie blitzschnell hinter sich und ließ ihren Liebling Äschylos mit aller Wucht auf das Haupt des blonden Casanovas sausen. Wie ein gefällter Baum ging Dr. Rufus Schmied in die Knie.

Vielleicht war es ja tröstlich für ihn, von Beate Bündig, der hübschesten, rothaarigen Inspektoranwärterin der Berliner Kriminalpolizei, zur ersten polizeilichen Vernehmung abgeführt zu werden. Wo er doch so auf schöne Frauen stand!

– 45 –

Am anderen Morgen packte Amanda die Koffer. Auch zwei Flaschen Ketchup und ein Glas getrocknete Tomaten stopfte sie mit hinein. In wenigen Stunden würden ihre Eltern aus der Schweiz zurückkehren. Ihre WG-Zeit war um.

»Du musst nicht gehen«, versicherte Isy ihr sanft. »Nicht wegen mir.«

»Ich weiß«, sagte Amanda. Dann umarmte sie die Freundin.

»Das machen wir mal wieder!«, schlug Isy vor. »Nach dem Abi. Nach dem Studium. Nach …«

»… der Pensionierung. Das ist in!« Amanda kicherte.

Kaum war sie fort, klingelte es. Bo stand vor der Tür. Hinter ihm lächelte seine Mutter. Beide trugen Reisegepäck.

»Ja, dann gute Reise!«, murmelte Isy verlegen.

Bo nestelte einen Zettel aus seiner Hosentasche. »Hier, das ist meine Adresse in Stockholm. Für alle Fälle.«

Auf dem Papier stand: *Jag älskar dig!*

Das sollte eine Adresse sein? Ohne Hausnummer? Und so kurz? Aber was wusste sie schon von Schweden?

Es war bereits dunkel, ja, es ging auf Mitternacht zu, als Isy es nicht mehr in ihrem Bett aushielt. *Jag älskar dig!* Diese drei Worte piksten sie, stachelten ihre Neugier an, ließen sie nicht schlafen. Nein, das konnte nicht bis morgen warten. Das wollte sie jetzt wissen!

Auf Zehenspitzen schlich sie in den Flur.

Die Eltern lagen schon im Bett. Isy hörte ihre Mutter leise erzählen. Sicher sprachen sie über die Kur. Es war ein schönes Gefühl, dass sie wieder alle zusammen waren.

Ein wenig aber fehlte ihr Alfredo. Er war gestern Abend von seinem glücklichen Herrn abgeholt worden, nachdem dieser auf dem Polizeirevier noch einmal ausführlich seine Aussagen über den Ketchupfall gemacht hatte. Die ersten Dealer saßen bestimmt schon im Knast und bald würde sie alles in seinem Krimi nachlesen können …

Es dauerte einen Moment, bis sie im Schein der Taschenlampe die Nummer der schwedischen Botschaft im Telefonbuch fand. Einen Augenblick zögerte sie. Ob dort um diese Zeit überhaupt noch ein Mensch zu erreichen war?

»Den Botschafter bitte!«, sagte sie mutig, als sich eine Männerstimme meldete.

»Tut mir leid, Seine Exzellenz ist nicht mehr im Hause. Gibt es ein Problem? Kann ich helfen?«

»Ja«, flüsterte Isy und las dem Unbekannten Bos Zettel vor. »Können Sie Schwedisch?«

»Seit sechsundfünfzig Jahren.«

»Können Sie das bitte mal übersetzen?«

Eine Minute später schwebte sie auf rosa Wolken in ihr Bett.

Jag älskar dig – ich hab dich lieb!

Isy schickte einen Luftkuss nach Stockholm und schlief mit Bos Zettel unter dem Kopfkissen ein.

Sie schlief nicht lange. Um Mitternacht klingelte es Sturm.

Erschreckt fuhr sie aus den Kissen. Wer konnte das sein? Sie lauschte, aber ihre Eltern schienen nichts zu hören. Verstört stolperte sie in den Flur, wo aus dem Katzenkorb Selmas gelbe Augen funkelten.

Eine Sekunde später starrte sie ungläubig durch den Spion auf Amanda, deren Überraschungsauftritt zur Geisterstunde mit zwei prallen Koffern garniert war. »Du???«

»Kann ich reinkommen?«, schniefte die Freundin.

»Weißt du, wie spät es ist?« Bestürzt trat Isy beiseite.

Statt einer Antwort zerrte Amanda ihr Gepäck in die Wohnung.

»Was ist denn jetzt schon wieder passiert?«

»Meine Eltern wollen mir verbieten Nudeln zu essen! Diese Spießer! Nudeln hätten angeblich zu viele leere Kalorien. Stell dir das vor, ein Leben ohne Pasta!«

»Aber was willst du jetzt tun?«

»Wo ich kein freier Mensch sein kann, will ich nicht leben!« Amanda lächelte schlau. »Außerdem hast du doch diesen süßen Nachbarn, nicht wahr? Ich bleibe hier!«

In diesem Moment gab es einen Knall. Entsetzt merkte Isy, dass sie der Freundin soeben die Tür vor der Nase zugeschlagen hatte.

Im gleichen Moment hörte sie die Stimme ihrer Mutter: »Wach auf, wach auf, Isy, du träumst! Die Sonne scheint und du hast Ferien!«

ENDE – Winke, winke!

Wegmarken europäischer Zivilisation

Wegmarken europäischer Zivilisation

Herausgegeben von
Dirk Ansorge, Dieter Geuenich
und Wilfried Loth

WALLSTEIN VERLAG

Inhalt

DIRK ANSORGE / DIETER GEUENICH / WILFRIED LOTH
Vorwort 7

DIRK ANSORGE
Europa im Werden. Der Beitrag der Iren
zur karolingischen Reform 15

MEIKE WAGENER-ESSER
Die Reform von Cluny im gesellschaftlichen Zusammenhang
des 10. Jahrhunderts 39

WOLFGANG HARTUNG
Das 11. Jahrhundert als »Aufbruchsepoche« Europas 50

HANNA VOLLRATH
Die »Renaissance« des 12. Jahrhunderts 74

STEFAN ROHRBACHER
Zwischen Orient und Okzident. Blüte und Niedergang
der iberisch-jüdischen Kultur 87

UWE LUDWIG
Das Reich zwischen universalem Anspruch und territorialer
Wirklichkeit. Ansätze moderner Staatlichkeit im 13. Jahrhundert . 119

BURKHARD MOJSISCH
Der neue Begriff des Bewußtseins. Aristoteles-Rezeption
und Aristoteles-Transformation im 13. Jahrhundert 135

THOMAS SCHILP
Pest und Judenpogrome. Gesellschaftliche »Krisen«
in der Mitte des 14. Jahrhunderts 148

DIETER GEUENICH
Das 15. Jahrhundert – »Herbst des Mittelalters«
oder Beginn der Neuzeit? 162

Christine Tauber
»Uomo universale« oder »Uomo virtuoso«?
Zum Menschenbild der Renaissance 178

Eckehart Stöve
Das 16. Jahrhundert – eine verpaßte Chance der Toleranz? 204

Irmgard Hantsche
Die Auseinandersetzung zwischen Parlament und Krone
im England des 17. Jahrhunderts – Eine Vorstufe
für die Entstehung der westlichen Demokratien 219

Paul Münch
»Deutscher Fleiß«. Zur Konstituierung einer bürgerlichen
und nationalen Tugend 241

Lothar Bornscheuer
Die Aufklärung als Beginn der Moderne 260

Eberhard Isenmann
Die alteuropäische Ordnung und die Französische Revolution . . . 274

Dirk Blasius
Preußischer Staat und gesellschaftliche Moderne im 19. Jahrhundert 302

Peter Alter
Der Triumph des Nationalstaates 319

Jost Dülffer
Der Durchbruch der Moderne in internationaler Politik,
Wissenschaft und Kultur um 1900 334

Norbert Frei
Der Nationalsozialismus in seiner Epoche 356

Wilfried Loth
Europa seit dem Zweiten Weltkrieg. Spaltung und Einigung . . . 372

Personenregister 385

Die Autorinnen und Autoren 399

Vorwort

»[...] Es ist ein enormes, gewaltiges Bild, das seinesgleichen in der Weltgeschichte nicht hat. Wie einst Roms Staatsmacht sich alle das Mittelmeer begrenzenden Länder unterwarf, so zieht Europas Kultur über die ganze Erde hin. Nur wenige außereuropäische Kulturgebiete überdauerten diese Morgenröte. Im Strahlenglanze dieser Sonne verglühen die Sterne Persiens und Chinas [...]. Damit aber tritt die ganze Weltgeschichte in eine neue Phase.«

Geradezu militaristisch mutet der Überschwang an, in dem der deutsche Historiker Hans Kraemer im Supplementband seiner *Geschichte des XIX. Jahrhunderts in Wort und Bild* (Berlin 1900) den Kulturanthropologen und Forschungsreisenden Leo Frobenius die Pariser Weltausstellung des Jahres 1900 kommentieren läßt. Erblickt er doch in dieser Ausstellung den Ausdruck eines kulturellen und zivilisatorischen Missionsprojektes, das von den technischen, industriellen und wissenschaftlichen Standards Europas ausgehend in naher Zukunft den gesamten Globus überziehen werde. Was immer die Welt an Traditionen und Kulturen sonst noch zu bieten hat – es vermag vor der epochalen Macht und kulturellen Sendung Europas nicht zu bestehen.

Einhundert Jahre später, an der Schwelle zum dritten Jahrtausend, erscheint ein derart ungebrochenes Bewußtsein für die kulturelle und zivilisatorische Mission Europas unwiederholbare Vergangenheit. Zu deutlich stehen die Ambivalenzen der seither von Europa und von Nordamerika ausgehenden Globalisierungsbewegungen auf technischem, industriellen und wirtschaftlichem Gebiet vor Augen. Tatsächlich: diese Bewegungen haben eine globale Zivilisation der Ökonomie und der Kommunikation hervorgebracht. Doch um welchen Preis! Die globale Ausbeutung von Rohstoffvorräten, die Veränderung des Weltklimas, die sozialen Verwerfungen und Migrationsbewegungen, die Erosion traditioneller Bindungen weltweit sind nur einige, wenngleich herausragende Merkmale, die das auf die Pariser Weltausstellung von 1900 folgende Jahrhundert kennzeichnen. Von Europa gingen zwei weltumspannende Kriege aus, und mit den beiden Stichworten »Nationalsozialismus« und »Stalinismus« sind Brüche benannt, welche die abendländische Zivilisation zutiefst erschütterten. Das globale Nord-Süd-Gefälle konnte im Verlauf des 20. Jahrhunderts keineswegs abgebaut werden, sondern hat sich – besonders auch nach dem Ende des Ost-West-Konfliktes – weiter verschärft. Derzeit drohen ganze Erdteile, als »verlorene Kontinente« abgestempelt zu werden.

Diese Phänomene markieren das vorläufige Ende einer längeren geschichtlichen Entwicklung. Seit dem 19. Jahrhundert wurden durch die zunehmende Verbreitung von Kommunikationstechniken aller Art die Beziehungen zwischen Staaten und Gesellschaften auf fast allen Ebenen des täglichen Lebens in einer zuvor unbekannten Intensität vertieft. Heute, an der Schwelle zum 21. Jahrhundert, erfolgt der Austausch von Waren, Informationen, Weltanschauungen und Kulturgütern in einer globalen Perspektive. Diese Entwicklung wird von den »westlichen« Industrienationen Europas, Nordamerikas und Ostasiens dominiert. In den übrigen Regionen der Erde zeichnet sich in vielen Bereichen des täglichen Lebens eine »Verwestlichung« ab.

Gleichzeitig mit der globalen Diffusion westlicher Standards scheint jedoch die Identität des »Westens« prekär geworden zu sein. Was eigentlich unterscheidet die westliche Zivilisation von anderen Zivilisationen, wenn man von ihren ökonomischen und technologischen Errungenschaften absieht? Was ist – jenseits aller ökonomischen und technologischen Potenzen – ihr möglicher Beitrag zu einer im Entstehen begriffenen Weltgesellschaft?

In diesem Zusammenhang stellt sich auch die Frage nach der Identität *Europas* – und zwar auch im Unterschied zu jener Nordamerikas. Im Ringen um eine europäische Charta von Grundrechten wurde deutlich, daß es trotz aller nationalen Differenzen hinsichtlich des europäischen Selbstverständnisses nicht einfachhin möglich ist, die Präambel der amerikanischen Verfassung unverändert zu übernehmen. Dem stehen historische Entwicklungen und gewachsene Identitäten entgegen. Gerade dies aber sollte Europa doch eigentlich die Möglichkeit eröffnen, im Bewußtsein seiner eigenen Geschichte eine spezifische Gestalt gesamteuropäischer Identität zu entfalten.

Identität – auch die kollektive Identität von Kulturen und Zivilisationen – resultiert aus einem Sinnzusammenhang, den das menschliche Bewußtsein innerhalb einer Ereigniskette herstellt. Dies gilt für Individuen ebenso wie für Nationen, Staaten und Völker: soziale Identitäten bilden sich in einem Zusammenhang von Erzählungen und Traditionen, von Institutionen und Recht heraus. Ohne ein Wissen um das geschichtliche *Woher* kann die Frage nach der eigenen Identität nicht beantwortet werden. Angesichts der fortschreitenden Globalisierung der Welt stellt sich deshalb die Frage nach der Identität Europas als eine Frage nach den geschichtlichen Wurzeln europäischer Zivilisation.

* * *

Doch was heißt überhaupt »Zivilisation« – besonders auch in Abgrenzung zu dem bedeutungsnahen Begriff »Kultur«?

In seinem grundlegenden Werk »Der Prozeß der Zivilisation« machte der Kulturtheoretiker Norbert Elias bereits 1936 auf den Unterschied zwischen den Bedeutungen der Begriffe »Kultur« und »Zivilisation« im Englischen und Französischen einerseits sowie im Deutschen andererseits aufmerksam: Im englischen und französischen Sprachraum faßt der Begriff »Zivilisation« Elias zufolge »den Stolz auf die Bedeutung der eigenen Nation, auf den Fortschritt des Abendlandes und der Menschheit in einem Wort zusammen. Hier, im deutschen Sprachgebrauch, bedeutet ›Zivilisation‹ wohl etwas ganz Nützliches, aber doch nur einen Wert zweiten Ranges, nämlich das, was nur die Oberfläche des menschlichen Daseins umfaßt. Und das Wort, durch das man den Stolz auf die eigene Leistung und das eigene Wesen in erster Linie zum Ausdruck bringt, heißt ›Kultur‹.« Aus dieser Unterscheidung folgt auch eine inhaltliche Differenz: »Der französische und der englische Begriff ›Zivilisation‹ kann sich auf politische und wirtschaftliche, auf religiöse oder technische, auf moralische oder gesellschaftliche Fakten beziehen. Der deutsche Begriff ›Kultur‹ bezieht sich im Kern auf geistige, künstlerische, religiöse Fakten, und er hat eine starke Tendenz, zwischen Fakten dieser Art auf der einen Seite, und den politischen, den wirtschaftlichen und den gesellschaftlichen Fakten auf der anderen, eine starke Scheidewand zu ziehen« (Ges. Schriften 3, Bd. 1, S. 90).

Weder die verzweigte Bedeutungsgeschichte noch das oft subtile Zuordnungsverhältnis der Begriffe »Kultur« und »Zivilisation« in den verschiedenen Sprachfamilien Europas können im Rahmen dieses Vorworts auch nur einigermaßen sachgerecht entfaltet werden (vgl. hierzu etwa den aufschlußreichen Artikel »Zivilisation, Kultur« im Lexikon *Geschichtliche Grundbegriffe*, Bd. 7, Stuttgart 1992, S. 679-774). Nur *ein* Aspekt sei deshalb hier hervorgehoben, den auch Norbert Elias betont.

Nach Elias bezieht sich der Begriff »Kultur« im Deutschen meist auf Produkte des Menschen, die als vorhanden gelten können, auf Kunstwerke, Bücher, religiöse oder philosophische Systeme. Weil in all dem »die Eigenart eines Volkes zum Ausdruck kommt«, deutet Elias den Begriff »Kultur« im Sinne eines ausgrenzenden Begriffs. Demgegenüber lasse der Zivilisationsbegriff »die nationalen Differenzen zwischen den Völkern bis zu einem gewissen Grade zurücktreten; er akzentuiert, was allen Menschen gemeinsam ist« (a.a.O., S. 91).

In seinem Bestseller »The Clash of Civilisations« (1996; im Deutschen mit ausdrücklichem Bezug auf Elias als »Kampf der Kulturen« betitelt) hat der amerikanische Politologe Samuel Huntington gegen Francis

Fukuyamas These vom »Ende der Geschichte« (1992) behauptet, im 21. Jahrhundert werde die Weltpolitik nicht durch Auseinandersetzungen politischer, ideologischer oder wirtschaftlicher Natur bestimmt, sondern vom Konflikt unterschiedlicher »Kulturen« (civilisations). Wenn das vorliegende Buch schon im Titel unterstellt, daß es so etwas wie eine »europäische Zivilisation« gibt, so macht es sich damit Huntingtons These keineswegs zu eigen. Geht es im folgenden doch gerade nicht um eine »europäische Kultur« (im ausgrenzenden Sinne), die sich gegenüber einer »asiatischen« oder einer »afrikanischen Kultur« zu behaupten hätte. Die bloße Existenz von Differenzen als solchen ist sicher noch kein hinreichender Grund, Konflikte zu schüren und Fronten zu schaffen. Sie kann auch als bereichernd erfahren werden – dann nämlich, wenn die eigene Identität insoweit gefestigt ist, daß sie durch das Andere, ja Fremde nicht in Frage gestellt wird.

»Zivilisation« ist mit der Natur des Menschen keineswegs bereits gegeben und selbstverständlicher Besitz. Zutreffend hat Norbert Elias auf den Prozeßcharakter von »Zivilisation« aufmerksam gemacht. Sie ist in einem beharrlichen Prozeß der kollektiven »Selbstregulierung« zu erringen und zu sichern – und bleibt insofern ständig gefährdet und strittig.

Will man die Annahme nicht aufgeben, daß es ein Humanum gibt, das *alle* Menschen untereinander verbindet, dann kann, ja muß man daran festhalten, daß es auch zwischen unterschiedlichen Kulturen – und in einem weiteren Maßstab auch zwischen unterschiedlichen Zivilisationen – die Möglichkeit der Verständigung darüber gibt, was Menschen zuträglich ist – und was nicht. In einen solchen globalen Dialog aber hätte jede Kultur und jede Zivilisation das ihr Eigentümliche und Wertvolle einzubringen – nicht um die jeweils anderen Kulturen und Zivilisationen zu dominieren, sondern um in ihnen das möglicherweise weniger Entwikkelte zur Entfaltung anzuregen – wohl wissend auch darum, daß nicht immer alles zur gleichen Zeit möglich ist.

* * *

Vor dem Hintergrund solcher Überlegungen haben auf Einladung der Katholischen Akademie des Bistums Essen »Die Wolfsburg« in Mülheim an der Ruhr namhafte Wissenschaftlerinnen und Wissenschaftler der Universitäten Bochum, Duisburg, Essen, Köln und Bonn im Blick auf die zurückliegenden Jahrhunderte europäischer Geschichte »Wegmarken europäischer Zivilisation« zusammengetragen und diskutiert.

Wegmarken beschreiben nicht den ganzen Weg in seinem Zusammenhang; sie deuten aber an markanten Punkten die Richtung an, in die es weitergehen kann. Im historischen Rückblick verweisen Wegmarken auf Weichenstellungen in der politischen, gesellschaftlichen und kulturellen Geschichte Europas, die bis heute nachwirken und das Bewußtsein, die politische Praxis oder die gesellschaftlichen Realitäten bestimmen. Insofern dient der historische Rückblick nicht nur der Selbstvergewisserung. Er kann überdies den möglichen Beitrag der europäischen Zivilisation zu einer sich zunehmend global verstehenden Weltgesellschaft prägnanter beschreiben helfen. Der vorliegende Band will hierzu einen Beitrag leisten.

Ein Schwergewicht der Darstellungen liegt im Bereich der Geschichtswissenschaft. Aber auch Philosophie, Literaturwissenschaft und Theologie kommen zu Wort. Häufig wird die historische Darstellung mit dem Blick auf die Wirkungsgeschichte von Ereignissen verknüpft, um so deren bleibende Bedeutung aufzuzeigen – eine Bedeutung freilich, die in der Regel nicht ein für alle Mal gegeben ist, sondern stets neu angeeignet zu werden verlangt. Dieser Prozeß der Aneignung spiegelt sich nicht zuletzt in den immer wieder veränderten Perspektiven der Rezeptions- und Forschungsgeschichte wider. Auch diese finden in mehreren Beiträgen ihren Niederschlag.

Der »Prozeß der Zivilisation« schreitet zwar nicht ohne leitende Ideen davon voran, was Menschen angemessen ist. Seine Sicherung aber erfolgt nicht in einem idealen Raum, in Staatstheorien oder Utopien, sondern *innerhalb* der Geschichte – in Gestalt von Institutionen und politischen Konventionen, vermittels von Abkommen und Übereinkünften. Diese sind es, die Möglichkeiten individuellen und kollektiven Handelns eröffnen – auch mit Blick auf die jeweilige Zukunft einer Epoche. Entsprechend der leitenden Fragestellung nach dem Beitrag Europas für eine globale Zivilisation wird deshalb europäische Geschichte in diesem Buch nicht zuerst als eine Geschichte von Ideen oder als Kette von Ereignissen dargestellt, sondern als eine Geschichte von »Ideen in Geschichte«, als geistige Bewegungen in ihrem jeweiligen historischen Kontext, aus dem sie hervorgegangen sind und in dem sie sich entfalten konnten.

Aufgrund der Komplexität des Themas war eine auch nur annähernd vollständige Darstellung der Geschichte europäischer Zivilisation von Anfang an illusorisch. Sie war deshalb auch niemals angezielt. Statt dessen sollten einzelne Epochen exemplarisch vorgestellt und in ihrer fortwirkenden Bedeutung für die Gegenwart dargestellt werden. Gegenstand der Beiträge sind deshalb nicht die »res gestae«, die erzählende Auflistung vergangener Taten oder Ereignisse. Stets bleibt die Perspektive leitend, in welcher Beziehung das Vergangene mit dem Heute steht – und für das Morgen stehen könnte.

Wenn sich im Rahmen der Rückschau auf die gesamteuropäische Geschichte der Blick immer wieder auf die Verhältnisse in Deutschland richtete, so ganz einfach deshalb, weil die beteiligten Wissenschaftlerinnen und Wissenschaftler mit der Geschichte des mitteleuropäischen Raumes am besten vertraut sind. Damit ist über die Zugehörigkeit etwa des ausgesparten eurasischen Raumes zu Europa ebenso wenig negativ entschieden wie über die unstrittige Bedeutung Skandinaviens für die europäische Zivilisation.

Der zeitliche Rahmen der Beiträge läßt erkennen, daß in diesem Band die Geschichte Europas in etwa mit dem Beginn der Karolingerzeit datiert wird. Diese Abgrenzung ist ebenso anfechtbar wie nahezu jede andere auch; mehrere Beiträge befassen sich mit der Problematik der Datierung von Epochenschwellen. Daß die Geschichte Europas als eines einheitlichen Raumes mit den Karolingern beginnt, wird aber vielleicht doch akzeptiert werden können.

Die im vorliegenden Band versammelten Beiträge verstehen sich nicht in erster Linie als Wortmeldungen innerhalb ihrer jeweiligen fachwissenschaftlichen Diskussionsfelder. Aus diesem Grunde wurden keine Fußnoten eingefügt. Literaturhinweise am Ende der Beiträge sollen zum einen Zitate nachweisen, zum anderen interessierten Leserinnen und Lesern Hinweise für eine vertiefende Lektüre vermitteln. Bezugnahmen auf Literaturhinweise finden sich im fortlaufenden Text in Klammern.

Auf die Erstellung einer chronologischen Übersicht zur Geschichte Europas haben wir verzichtet. Dies nicht nur deshalb, weil im Einzelfall Datierungen unsicher sind, sondern vor allem auch deshalb, weil mit einer solchen Übersicht unvermeidlich zwischen wichtigen und weniger wichtigen Daten hätte unterschieden werden müssen. Gerade die neuere Geschichtsforschung hat jedoch wiederholt die Komplexität historischer Zusammenhänge ans Licht gebracht und dabei auch auf den ersten Blick recht unbedeutend erscheinende Ereignisse gewürdigt. Selbst ein Datum wie das »Revolutionsjahr« 1789 erscheint in dieser veränderten Hinsicht nicht mehr als eine historisch isolierte Zäsur, sondern als eingebunden in sich lange zuvor ankündigende soziale und politische Entwicklungen.

Das Namenregister am Ende des Bandes soll nicht nur das Auffinden bestimmter Personen erleichtern und helfen, Querbezüge zwischen den einzelnen Beiträgen herzustellen. Das Register versteht sich vielmehr als ein kleines – wenngleich unvollständiges – »Who is Who?« der europäischen Geschichte. Mancher Kurzcharakteristik wird durchaus widersprochen werden können. Gleichwohl schien uns der Nutzen eines etwas ausführlicher gehaltenen Personenregisters größer zu sein als seine mögliche Anfechtbarkeit, erlaubt es doch eine erste Einordnung von im laufenden Text oft nur knapp erwähnten Personen.

Vorlesungsreihe und Veröffentlichung der Vorträge wurden durch finanzielle Zuwendungen der Alfried Krupp von Bohlen und Halbach-Stiftung, der Duisburger Universitätsgesellschaft, des Fachbereichs 1 und des Rektorats der Gerhard-Mercator-Universität Duisburg sowie der Gesellschaft zur Förderung der Katholischen Akademie »Die Wolfsburg« ermöglicht. Allen Institutionen und Personen danken wir als Herausgeber im Namen aller Beteiligten ganz herzlich! Unser besonderer Dank gilt auch dem Wallstein-Verlag, der den Band in sein Programm aufgenommen und sein Entstehen mit großer Sorgfalt begleitet hat.

In einem Vortrag über den Pfeil als Geschoß und Bewegungsform, den Paul Klee am 3. April 1922 am Staatlichen Bauhaus in Weimar hielt, steht der Pfeil unter anderem für die Fähigkeit des Menschen, mit seinen Gedanken »geistig irdisches und überirdisches beliebig zu durchmessen im Gegensatz zu seiner physischen Ohnmacht«. Der durch den Pfeil symbolisierte Gedanke gilt Klee hier als das »Medium zwischen Erde und Kosmos« (zit. nach Jürgen Glaesemer [Hrsg.]: Paul Klee, Basel-Stuttgart 1979, S. 127).

Etwa gleichzeitig mit seinem Vortrag ist Klees Aquarell »Wandbild aus dem Tempel der Sehnsucht ↖dorthin ↗« entstanden, das wir als Vorlage für den Umschlag dieses Buches ausgewählt haben. Das Bild ist heute im New Yorker *Metropolitan Museum of Art* zu sehen. Auch hier dürften die Pfeile für die Kraft der Gedanken stehen, das Irdische mit dem Überirdischen zu verbinden. Was anderes ist die Sehnsucht? Als Titelbild für dieses Buch jedenfalls mag Klees »Wandbild aus dem Tempel der Sehnsucht« jene vielfältigen Bewegungen innerhalb der Geschichte Europas und der Welt symbolisieren, das Menschen Gemäße zu suchen und fortzuentwickeln.

Dirk Ansorge *Dieter Geuenich* *Wilfried Loth*

Dirk Ansorge

Europa im Werden

Der Beitrag der Iren zur karolingischen Reform

I. Die karolingische Reform

Wir schreiben das Jahr 795. Mühsam bahnt sich ein Trupp Berittener den Weg durch die ausgedehnten Wälder östlich der Maas. Frühmorgens sind die Reiter von Herstal aufgebrochen, einer kleinen, keineswegs aber unbedeutenden Pfalzanlage nahe dem heutigen Lüttich. Ihr Ziel: das königliche »palatium«, die Pfalz ihres Königs Karl zu Aachen. Fünf Jahre später, am Weihnachtstag des Jahres 800, wird sich Karl in Rom von dem soeben gewählten Papst Leo III. zum Kaiser krönen lassen. Dann wird diese Pfalz zu Aachen das politische und geistige Zentrum des Frankenreiches, ja des christlichen Abendlandes sein.

An der Spitze des Trosses reitet Alkuin, jetzt schon mehr als sechzig Jahre alt. Vor vierzehn Jahren, im Verlauf seines zweiten Italienzuges (781), hat Karl den Angelsachsen für sich gewinnen können. Alkuin gilt als der größte Gelehrte im Karolingerreich; in seiner Heimatstadt York verfügte er über eine der reichsten Bibliotheken seiner Zeit. Als Leiter der Hofschule Karls des Großen wird Alkuin zum einflußreichsten Ratgeber des Kaisers in Staats- und Kirchenfragen.

Der Weg ist mühsam, die alte Römerstraße von Bavai (Bagacum) nach Köln (Colonia Claudia Ara Agrippinensium) verwahrlost und verfallen. Wo ehedem römische Legionäre alljährlich die winterlichen Straßenschäden ausbesserten, haben seit Jahrhunderten Frost und Regen den alten Handelsweg zu einem holprigen Feldweg verkommen lassen.

Freilich: der Niedergang des Römischen Reiches ging mit einem erstaunlichen Wachstum der christlichen Religion einher. Diese hatte sich seit den Tagen des römischen Kaisers Konstantin anscheinend unaufhaltsam von den Ländern des Mittelmeerraums bis nach Gallien und Germanien hinein ausgebreitet. Zu Beginn des 7. Jahrhunderts erklangen vom Tigris bis zur Meerenge von Gibraltar, von Oberägypten bis nach Britannien in zahllosen Kirchen und Klöstern Hymnen und Gebete zur Ehre des christlichen Gottes. Nicht einmal die sog. Völkerwanderungen, das Vordringen der Vandalen, der Alemannen, der West- und der Ostgoten, hatte die Ausbreitung des Christentums hemmen können. Stammesfürsten wie etwa Chlodwig oder Theoderich ließen sich taufen, und zusammen mit ihnen nahmen ihre Völker das Christentum an. Erst eine neu entstandene Religion, der Islam, vermochte dieser Dynamik Einhalt zu gebieten.

Auf seinem Weg zu den Völkern im Norden Europas hatte das Christentum eine Kulturschwelle überschritten. Die Apostel hatten das Evangelium in den städtischen Metropolen des Römischen Reiches gepredigt: in Alexandrien, in Antiochien, in Ephesus, in Korinth, in Rom. Getragen von der Kultur des römischen Weltreiches blieb das Christentum in den ersten Jahrhunderten seines Bestehens eine Religion der Städte. In den Städten war das Christentum geprägt durch die hellenistische Kultur des Mittelmeerraumes und durch die griechische Philosophie.

Die christlichen Theologen der ersten Jahrhunderte waren gebildete Menschen, und wenn sie in ihren Schriften versuchten, den christlichen Glauben als die wahre Philosophie zu erweisen, so taten sie dies in Kenntnis und in Auseinandersetzung mit den bedeutendsten Philosophen ihrer Zeit. Nach der Anerkennung des christlichen Glaubens als *religio licita* unter Kaiser Konstantin (313) versammelten sich die Christen in großen Basiliken; dort feierten sie alsbald prunkvolle Liturgien, deren Riten teilweise dem kaiserlichen Hofzeremoniell entlehnt waren. Die Bischöfe waren Reichsbeamte; sie benutzten die kaiserliche Post, um sich zu den großen Konzilien zu begeben, wo um die Einheit des Glaubens ebenso wie damit um die Einheit des Reiches gerungen wurde.

Wie anders sah es demgegenüber wenige Jahrhunderte später im mittleren und nördlichen Europa aus! Nachdem das römische Verwaltungssystem unter dem Vordringen der germanischen Völker zusammengebrochen war, zerfiel auch die kulturelle und zivilisatorische Einheit des einstigen Weltreiches. An die Stelle des universalen römischen Rechtes trat regionales Stammesrecht (Angenendt, Frühmittelalter, 55f). Auf ungebahnten Pfaden durchzogen wagemutige Kaufleute schier endlose Wälder. Lasten wurden fast ausschließlich auf Flüssen transportiert. Jede Reise zu einem entfernteren Ort wurde zu einem lebensgefährlichen Abenteuer mit ungewissem Ausgang. Nahrungsmittel und Rohstoffe wurden innerhalb enger Grenzen umgeschlagen; der weiträumige Austausch von Gütern und Wissen kam fast vollständig zum Erliegen. Nur die bedeutendsten Bauwerke wie etwa die Kirchen und die Königspfalzen wurden noch aus Stein gefügt; sonst waren Holz und Lehm die verbreitetsten Baumaterialien.

Kurz vor Sonnenuntergang zeigt sich den Reitern unter der Führung Alkuins in einer Talmulde das ersehnte Ziel: die Pfalzanlage von Aachen. In der Mitte der Pfalz ist eine gewaltige Baustelle zu erkennen: die Palastkapelle. Schon seit fünf Jahren wird an ihr gebaut. Der monumentale Zentralbau mit seinem achteckigen, steilen Mittelraum und seinem doppelgeschossigen Umgang verdient schon als technische Leistung Bewunderung. Das Gewölbe des Aachener Doms wird für Jahrhunderte die weiteste und höchste steinerne Raumüberdeckung nördlich der Alpen bleiben.

Karl verfolgt mit dem Bau seiner Palastkapelle ein politisches Programm. Die Kuppel über dem Zentralraum symbolisiert die Welt; der Kaiserthron auf der Empore ist dem Thron Salomos nachgestaltet. Der hier thronende Herrscher ist das Abbild, der *Antitypos* des in der Kuppel dargestellten Allherrschers Christus. In lateinischen Hymnen läßt sich Karl als »neuer David« feiern, als Herrscher der Welt. Und wie einst König Salomon, so hat jetzt Karl dem allmächtigen Gott mit dieser Palastkapelle einen Tempel errichtet – so die von Alkuin verfaßte Weihe-Inschrift, die das Gesims zwischen Unter- und Obergeschoß zieren wird.

In ihrem achteckigen Grundriß wie in der doppelten Gliederung ihrer Emporen kopiert der Bau Karls die byzantinisch-kaiserliche Kapelle von San Vitale in Ravenna. Der alte Flottenstützpunkt an der Adria war im Jahr 402 durch Kaiser Honorius zur kaiserlichen Residenz für die westliche Reichshälfte erhoben worden. Aus Ravenna läßt Karl Säulen und das Reiterdenkmal Theoderichs nach Aachen schaffen. So symbolisiert die Palastkapelle ein politisches ebenso wie ein kulturelles Programm: Karl beansprucht, das Weltreich der Römer politisch zu beerben und es – darüber hinaus – durch den christlichen Glauben zu vervollkommnen.

Dieser Anspruch soll sich auch auf theologischer Ebene bewähren. Um den Preis einer durchaus anfechtbaren Argumentation sucht Karl in dem seit 726 im Osten des Römischen Reiches ausgetragenen Streit um die rechte Verehrung heiliger Bilder eine eigenständige Position gegenüber Byzanz zu beziehen. Sowohl in den *Libri Carolini* (789) als auch auf einer Reichssynode in Frankfurt (794) läßt Karl die Entscheidung des zweiten Ökumenischen Konzils von Nikaia (787) zurückweisen, wonach die Bilder deshalb verehrt werden dürfen, weil die ihnen erwiesene Ehre auf das Urbild zurückgehe. Beide Male steht die Theologie kaum verhüllt im Dienst der Politik. Nicht nur, weil in Byzanz seit 780 mit Irene eine Frau als Kaiserin regiert, nicht nur, weil Irene nach der Blendung ihres Sohnes Konstantin moralisch desavouiert ist, sondern vor allem aufgrund seiner mangelnden Rechtgläubigkeit hat das »Zweite Rom« den Anspruch auf die politische Führungsposition in der christlichen Welt verspielt.

Auch die Einfügung des »filioque« in das Glaubensbekenntnis – jenes Satzes, wonach der Heilige Geist nicht aus dem Vater allein, sondern aus dem Vater und dem Sohn gemeinsam hervorgeht – richtet sich zunächst und vor allem gegen Byzanz. Dieses will am Wortlaut des überlieferten Bekenntnisses festhalten. Karl hingegen wird im Jahr 809 die Einfügung des »filioque« durch eine nach Aachen einberufene Synode beschließen lassen – und dies gegen den erklärten Widerstand selbst der Päpste. Nicht einmal Leo III., den Karl zehn Jahre zuvor in Paderborn vor dessen römischen Gegnern in Schutz genommen hat, ist zur Aufnahme des Zusatzes in das offizielle Glaubensbekenntnis der römischen Kirche bereit – in Sorge um die Kircheneinheit und aus Rücksicht auf Byzanz.

Angesichts seiner bescheidenen Mittel scheint der mit dem Bau der Aachener Kaiserpfalz verbundene Anspruch Karls schier unglaublich. Mitten in den unwegsamen Wäldern Germaniens sieht er ein »neues Rom« entstehen, ein neues Zentrum der politischen Macht, das selbst das mächtige Byzanz überflügeln soll. Der Gedanke der *translatio imperii ad Francos*, der Übertragung der Reichsgewalt an die Franken, soll durch die Idee der *translatio artium*, die Übertragung der Wissenschaften vom Reich der Römer auf das Reich der Karolinger, vollendet und gefestigt werden (vgl. Worstbrock). Alkuin hat hierzu das Programm formuliert: Zugleich mit dem neuen Rom sieht er im Frankenreich ein neues Athen erstehen, ein schöneres Athen als das alte, nämlich veredelt durch die Lehre Christi (MGH Epist. IV, 279). Die *artes liberales*, die Sieben Freien Künste der Antike: Dialektik, Grammatik und Rhetorik sowie Arithmetik, Geometrie, Musik und Astronomie, sollen durch die Sieben Gaben des Heiligen Geistes vervollkommnet werden.

Für Karl ist das Römische Reich keineswegs untergegangen. Es lebt vielmehr in seinem Herrschaftsbereich fort. Ja, als legitimer Erbe der antiken Wissenschaften und im Glanz der christlichen Religion erstrahlt es heller denn je. Karls Anstrengungen zielen deshalb auf die Wiederherstellung und Neugestaltung des Römischen Reiches: die *reformatio imperii*. Immer wieder schärft er den Klöstern und den Hofschulen in seinem Reich das Studium der antiken Wissenschaften ein. Die *artes liberales* sollen mit der christlichen Glaubenslehre zu einer umfassenden Synthese des Wissens verschmolzen werden. Noch vor seiner Kaiserkrönung in einem »Bildungsbrief« (*Epistula de litteris colendis*; 784/85) und wenig später in einer »Allgemeinen Ermahnung« (*Admonitio generalis*; 789) ordnet Karl an, möglichst alle künftigen Seelsorger in den Freien Künsten zu unterrichten. Mit Hilfe der Wissenschaft sollen anschließend die Heilige Schrift und die kirchliche Überlieferung ausgelegt werden. Auf diese Weise soll die christliche Wahrheit unverfälscht hervortreten und allgemein verstanden werden können (vgl. Cristiani). Karl sieht den Herrscher des christlichen Imperiums dazu verpflichtet, mit den Mitteln der Politik die wahre Lehre zu schützen und den richtigen Kult zu gewährleisten. Denn nur dies, so seine Überzeugung, ermöglicht es den Menschen in seinem Reich, ihr Seelenheil zu erlangen.

Alkuin hatte hierzu nach 782 ein Bildungsprogramm entworfen, das in den folgenden Jahrzehnten für den Unterricht an den karolingischen Hofschulen maßgeblich bleiben sollte. Für die karolingischen Gelehrten bedeutete der Rückgriff auf die antiken Wissenschaften die unabdingbare Voraussetzung für die angestrebte Synthese von antiker Bildung und christlichem Glauben.

Wer aber vermochte diese Synthese zu leisten? Wer im Frankenreich verfügte mehr als dreieinhalb Jahrhunderte nach der Schließung der Akademie von Athen (529) über jene umfassende Bildung, die es ihm gestattete, die antiken Wissenschaften zu lehren und zugleich die christliche Lehre unverfälscht darzustellen? Woher konnte Karl jene Gelehrten nehmen, die es ihm erlaubten, seinen politischen Anspruch auch auf dem Gebiet der Kultur und der Bildung abzusichern?

II. Irland und der Kontinent

Alkuin, dessen Trupp im goldenen Schein der untergehenden Sonne soeben die Torumwallung der Aachener Pfalzanlage durchreitet, stammt ebenso wie die Missionare Willibrord und Bonifatius aus dem Reich der Angelsachsen. Diese hatten seit dem Ende des 7. Jahrhunderts weite Gebiete östlich des Rheins missioniert. Angelsächsische Missionare hatten dort zahlreiche Klöster und Bistümer gegründet. Ihre engen Verbindungen mit dem karolingischen Königshaus sicherte ihnen bis zu dessen Ende einen weitreichenden Einfluß auf das Frankenreich.

Die angelsächsischen Mönche waren jedoch nicht die ersten Missionare auf dem europäischen Kontinent. Schon zweihundert Jahre zuvor hatte es eine breite Missionsbewegung gegeben, die hauptsächlich von irischen Mönchen getragen worden war.

Irland war von den Wirren der Völkerwanderungen weitgehend unberührt geblieben. Außerhalb des römischen Imperiums gelegen, hatte sich hier seit dem Ende des 4. Jahrhunderts eine christlich-keltische Kultur eigener Prägung entwickeln können (vgl. McNally). Diese zeichnete sich dadurch aus, daß in ihr verschiedenste Einflüsse miteinander verschmolzen. Es ist nicht nur die alte keltische Kultur, die hier mit der christlichen Überlieferung zusammenfloß; darüber hinaus gelangten, über Fernkaufleute vermittelt, nordafrikanische, ägyptische und syrische Einflüsse auf die Insel. Auf zahlreichen frühmittelalterlichen Kunstwerken lassen sich diese Einflüsse ebenso ablesen wie die Kraft der irischen Kultur, sie sich schöpferisch anzuverwandeln.

Die irische Kirche, deren Anfang traditionell mit der Missionsreise des Briten (= Walliser) Patrick im Jahre 431 angesetzt wird, war eine monastisch geprägte Kirche. Anders als auf dem Kontinent bildete hier nicht der Bischof mit seiner Diözese das Zentrum kirchlichen Lebens, sondern das Kloster. Im 6. Jahrhundert entstand eine ganze Reihe berühmter Klöster: Kildare, Clonard, Klonmacnoise, Bangor, Durrow, Derry und Iona. Die Klöster waren durch eine streng asketische Lebensform geprägt. Neben dem Gebet bestimmten tägliche Bußübungen den Lebensrhythmus der Mönche. Im Volk wurden die Mönche aufgrund ihrer strengen Askese im Vergleich mit dem normalen Klerus als die besseren Fürsprecher vor Gott geschätzt. Von daher erklärt sich die für das frühmittelalterliche Irland kennzeichnende Unterordnung von Bischof und Diözesanstruktur gegenüber den Klöstern.

Die irische Klosterkirche entfaltete seit dem Ende des 6. Jahrhunderts eine bemerkenswerte missionarische Kraft. Bereits unter Kolumban dem Älteren (gest. 597) erfolgte die Missionierung der Pikten, der heutigen Schotten. Wenig später folgte die Missionierung der Angelsachsen. Fern der Heimat, ohne den Schutz ihrer klösterlichen Gemeinschaft setzten sich die Mönche auf ihren Missionsreisen vielfältigen Gefahren aus. War zuvor die Verbannung von der Insel eine der härtesten Strafen, die einen Übeltäter treffen konnten, so übernahmen die irischen Mönche in ihrem asketischen Eifer das Exil als freiwillige Lebensform. In der *consuetudo peregrinandi* erblickt der Reichenauer Abt Walahfrid Strabo eine Art »zweite Natur« der Iren (MGH Script. rer. merow. IV, 336). Das Vorbild dieser *peregrini* war Abraham, der auf Gottes Wort hin seine Heimat verlassen und nach Kanaan ausgewandert war (vgl. Gen 12,1-5).

Die Idee der *peregrinatio pro Christo*, der Pilgerschaft für Christus, führte immer wieder Mönche von den irischen Inseln auch auf den Kontinent. Zwischen 590 und 730 gründeten die irischen Wandermissionare im Frankenreich zahlreiche Niederlassungen. Der bedeutendste Vertreter dieser ersten wandermissionarischen Bewegung ist Kolumban der Jüngere (gest. 615). Im nordirischen Kloster Bangor erzogen, verfaßte er für seine Gründungen auf dem Kontinent eine Mönchsregel (regula monachorum), die älteste überlieferte irische Regel überhaupt. Kolumbans zweite Klostergründung auf dem Kontinent, das Kloster Luxeuil am Fuß der Vogesen im südlichen Elsaß (gegr. 592), wurde vorbildlich für die nachfolgenden irischen Gründungen auf dem Kontinent. Trotz der geforderten harten Disziplin erreichte Kolumban eine erstaunliche Wirkung: am Ende des 6. Jahrhunderts gab es in Gallien etwa 220 Klöster, die seiner Regel folgten; einhundert Jahre später waren es 550 (Angenendt, Frühmittelalter, 216).

Kolumban blieb nicht der einzige irische *peregrinus* auf dem Kontinent. Zu erwähnen sind die Gebrüder Fursa, Foillan und Ultan; sie gründeten vor allem im nordöstlichen Gallien zahlreiche Klöster. Eustasius, Kolumbans Nachfolger als Abt von Luxeuil, sowie der spätere Abt Agilus von Rebais missionierten in Bayern; der Ire Kilian wandte sich mit seinen Gefährten dem heutigen Mainfranken (Würzburg) zu.

Kolumbans Schüler Gallus, auf den das heutige St. Gallen zurückgeht, war selbst vermutlich kein Ire, sondern eher ein Franke oder, wie der Name andeutet, ein Gallorömer. Kein Schüler Kolumbans, aber doch ganz vom Geist Luxeuils erfüllt, war der Aquitanier Amandus; er missionierte fast überall in Europa, vor allem aber im heutigen Belgien. Auch Pirmin, wesentlich beteiligt an der Gründung der Abtei Reichenau (725), war zwar selbst kein Ire von Geburt, entstammte jedoch vermutlich dem iro-fränkischen Mönchtum und propagierte dessen Ideal der *peregrinatio*.

Gestalten wie Gallus, Amandus und Pirmin verdeutlichen den Widerhall, den die irischen Mönche und Missionare auf dem Kontinent fanden. Offenbar entsprach das Christentum der irischen Mönche mit seinem Synkretismus aus christlichem Glauben, antiker Kultur und archaischer Religiosität – hier vor allem sein Asketismus und seine Vorstellung vom »Gottesmann« (vgl. Angenendt, Religiosität, 160-166) – in besonderer Weise der religiösen und kulturellen Situation des Übergangs im Gallien und im Frankenreich des 7. Jahrhunderts.

Im 7. und 8. Jahrhundert reichte die Missionstätigkeit irischer Wandermönche bis hin zu den Alemannen in der heutigen Schweiz und den Langobarden im heutigen Italien. Der aus Burgund vertriebene Kolumban gründete gegen Ende seines Lebens das norditalienische Kloster Bobbio (612). Auf dem Kontinent entwickelte sich eine iro-fränkische Klosterkultur, die erst unter dem Einfluß der nachfolgenden angelsächsischen Mission in eine römisch-zentralistisch orientierte Diözesanstruktur umgewandelt wurde.

Andere kirchliche Einrichtungen hingegen, die die Iren auf den Kontinent brachten, sollten auch unter den Angelsachsen Bestand haben, ja von ihnen noch weiter verbreitet werden. Hierzu zählt etwa das Verfahren der Privatbeichte. War zur Zeit der Alten Kirche nach dem Bekenntnis der Sünden vor dem Bischof eine öffentliche Buße üblich, an deren Ende die Wiedereingliederung (*reconciliatio*) der Pönitenten in die Gemeinde stand, so propagierten irische und angelsächsische Missionare auf dem Kontinent seit dem 8. Jahrhundert das Sündenbekenntnis im Geheimen. Nach dessen Anhörung legte der Priester nach strengen, in sog. »Bußbüchern« (*poenitentiale*) festgesetzten Regeln bestimmte Bußleistungen fest, die im Anschluß an die Absolution abzuleisten waren. Hatte die Bußpraxis der Alten Kirche den gemeinschaftlichen Charakter von Schuld und Versöhnung betont, so hebt das Verfahren der Privatbeichte das individuelle Prinzip der Schuldhaftung hervor. Dieses Prinzip sollte für die abendländische Mentalitäts- und Geistesgeschichte grundlegend bleiben.

Die Menschen der Karolingerzeit waren sich der kulturellen und zivilisatorischen Leistungen bewußt, die sie den Iren verdankten. In ihren Augen konnte die Heimat dieser Mönche und Gelehrten geradezu verklärt erscheinen. So rühmt etwa in der Mitte des 9. Jahrhunderts der Autor eines dem heiligen Bischof Donatus von Fiesole (bei Florenz) zugeschriebenen Gedichtes Irland und die Iren mit überschwenglicher Begeisterung:

Der edelste Teil der Erde ist die ferne, westliche Welt,
deren Name in alten Büchern Scottia heißt,
Reich an Gütern, Silber, Juwelen, Tuch und Gold,
Dem Leibe bekömmlich, von der Luft her wie von der milden Erde.
Von Honig und Milch fließen Irlands liebliche Ebenen über,
An Seiden und Waffen, an Kunst und Menschen, von Früchten voll, [...]
Wert sind die Iren zu wohnen in diesem Land,
Eine Menschenrasse berühmt im Krieg, im Frieden und im Glauben.

Oder, im Versmaß des lateinischen Originals:

> Finibus occiduis describitur optima tellus
> Nomine et antiquis Scottia scripta libris.
> Dives opum, argenti, gemmarum, vestis et auri,
> commoda corporis, aere, putre solo.
> Melle fluit pulchris et lacte Scottia campis,
> Vestibus atque armis frugibus arte viris [...]
> In qua Scottorum gentes habitare merentur,
> Inclita gens hominum milite pace fide
> (MGH, Poetae lat. III,698).

Das Gedicht wendet sich bereits der Vergangenheit zu: jenen Jahrhunderten, die Irlands Ruhm als »Insel der Heiligen und Weisen« (James Joyce) begründeten.

Freilich: Noch Kolumban der Jüngere war 610 auf Betreiben der ostfränkischen Königin Brunichild »manu militari«, d. h. mit militärischer Gewalt, aus Burgund vertrieben worden. Wenngleich für dieses Vorgehen wohl auch politische Gründe mit verantwortlich waren – Kolumban hatte die Legitimität der unehelichen Söhne König Theuderichs bestritten, für den Brunichild die Regentschaft führte – so wurden doch auch unabhängig von solchen Motiven die Iren auf dem Kontinent noch lange als Fremde angesehen – was sie ja auch sein wollten. Dabei beschränkte sich die Präsenz der Iren im wesentlichen auf die von ihnen gegründeten Klöster. Diese waren zugleich Raststätten und Hospize für die irischen Pilger auf ihren Wegen nach Rom und Jerusalem. In der fränkischen Gesellschaft selbst blieben die irischen Mönche ein Fremdkörper. Noch Karl der Große wendet sich gegen »clerici« und »episcopi vagantes«, d. h. herumziehende Kleriker und Bischöfe, die offenbar dem Ideal der *peregrinatio religiosa* anhingen. Einen irischen Priester, der um 795 in Köln unliebsam aufgefallen war, läßt Karl kurzerhand in seine Heimat zurückschicken (vgl. MGH, Epist. IV, 131).

Erst mit Alkuins Schüler Josephus Scottus begegnet Anfang des 9. Jahrhunderts der erste Ire an einem karolingischen Königshof. Josephus wurde von Alkuin selbst am Hofe Karls eingeführt. Dies ist kein Zufall, denn der Angelsachse Alkuin hat die irische Gelehrsamkeit von Anfang an bewundert. In seiner Grabinschrift für den aus Irland stammenden Erzbischof Virgilius von Salzburg lobt Alkuin die »Mutter Irland« (mater Hibernia), die Virgilius durch ihre Weisheit genährt und erzogen habe: »Instituit, docuit studiis, nutrivit, amavit« (MGH Poetae I, 340).

Mit den Mönchen auf der Insel steht Alkuin in enger Verbindung. Einem von ihnen schreibt er: »An den Sohn der Heiligen Kirche, der sich auf der Insel Irland dem religiösen Leben und den Studien der Weisheit hingibt.« Alkuin beglückwünscht die irischen Mönche zu ihrem religiösen und intellektuellen Eifer. Dieser kommt nun auch dem Kontinent zugute. Denn Alkuins Ansicht nach sind »die überaus weisen Meister aus Irland und Britannien gekommen, um die Kirchen Christi voranzubringen« (MGH Epist. IV, 437).

Mit dieser Einstellung vermochte Alkuin in der Haltung des karolingischen Hofes gegenüber den Iren eine Wendung zum Positiven herbeizuführen. Irische Mönche werden fortan nicht mehr als Sonderlinge betrachtet; man erkennt vielmehr ihre Bedeutung für das politische, kulturelle und religiöse Programm der Karolinger.

Überhaupt wird man nicht unbedingt eine Kontinuität zwischen der ersten Phase der irischen *peregrinatio* in Mitteleuropa und der zweiten Phase annehmen dürfen. Seit der Zeit Karls des Großen treten Iren auf dem Kontinent nicht mehr als Missionare und Klostergründer in Erscheinung, sondern als Gelehrte und Lehrer. Als solche stehen sie in enger Verbindung mit der intellektuellen Oberschicht des Reiches. Auf dem Felde der Mathematik, der Astronomie und der Geographie verfügen sie über Kenntnisse, die sie weithin berühmt machen. Auch als Dichter treten die irischen Gelehrten hervor. Von Josephus Scottus sind mehrere Gedichte auf den König überliefert. Ein weiterer Hymnus stammt aus der Feder eines sonst unbekannten Hibernicus Exul, der nach 787 Karl den Großen für seinen Sieg über Tassilo III., den Herzog der Bayern, beglückwünscht. Auch aus der Feder Dungals, eines irischen Mönchs aus dem Königskloster von Saint-Denis nahe Paris, sind eine Reihe von Dichtungen erhalten. Dungal geht es in seinen Schriften insgesamt jedoch weniger um den Ruhm des Herrschers als um die Philosophie und die Freien Künste.

Dungals Gelehrsamkeit muß weithin bekannt gewesen sein; denn zweimal wendet sich Karl der Große in philosophischen Fragen an ihn. Die erste Anfrage (801) bezieht sich auf Fridugisus, einen Schüler Alkuins und später dessen Nachfolger als Abt von Tours. Fridugisus hatte sich in einem Traktat über die Natur des »Nichts« ausgelassen, aus dem Gott die Welt geschaffen hat. In einer zweiten Anfrage (811) sucht Karl von Dungal Auskünfte über die beiden Sonnenfinsternisse von 810 und 811 zu erlangen (MGH Epist. IV, 570-578).

Ob der Mönch Dungal von Saint-Denis mit jenem Dungal identisch ist, der im Jahr 825 der Kathedralschule von Pavia in Norditalien vorsteht, ist in der Forschung umstritten. Jedenfalls handelt es sich auch bei diesem Dungal um einen irischen Gelehrten. Dieser steht in Pavia an der Spitze eines Bildungszentrums, dem elf weitere Schulen untergeordnet sind. Eben dieser Dungal von Pavia wird zwei Jahre später für Ludwig »den Frommen« und seinen Sohn Lothar ein Gutachten erstellen, in dem er den ikonoklastischen Vorstellungen des Bischofs Claudius von Turin entgegentritt. Dabei verteidigt er mit der *peregrinatio* und der Verehrung des heiligen Kreuzes Elemente der frühmittelalterlichen Frömmigkeit, deren sich gerade die Iren in besonderer Weise angenommen hatten.

Unter den Söhnen Ludwigs des Frommen setzt sich der Einfluß irischer Gelehrter an den karolingischen Königshöfen fort. Vor allem Erzbischof Drogo von Metz, ein Sohn Karls des Großen, fördert die irischen Gelehrten auch im Mittelreich Lotharingien. Sedulius Scottus, der zwischen 840 und 850 auf den Kontinent gelangt, steigt zum Hofpoeten Lothars auf. Sedulius vergleicht die Iren mit den drei Weisen aus dem Morgenland, die der Heiligen Familie ihre Gaben darbringen. Die heilige Familie – das ist für Sedulius die Kirche. Und die Gaben – das ist für Sedulius die Weisheit, die Irland der Kirche – diesmal aus dem äußersten Westen – geschenkt hat (MGH Poetae III, 179f).

Die seit Karl dem Großen zunehmende Öffnung der karolingischen Könige gegenüber irischen Gelehrten setzt sich vor allem im Westreich unter Karl II. (»dem Kahlen«), einem Enkel Karls des Großen, fort. Im Rahmen der Auseinandersetzungen um die Nachfolge Karls noch zu Lebzeiten seines Sohnes Ludwig (»des Frommen«) schien Karls Reformwerk zunächst gefährdet. Der Vertrag von Verdun, in dem 843 das Frankenreich zu etwa gleichen Teilen unter Lothar, Ludwig (»dem Deutschen«) und Karl II. aufgeteilt wurde, führte jedoch zu einer vorläufigen Stabilisierung der politischen Verhältnisse. Vor allem Karl, dem die westliche Hälfte des Reiches zugefallen war, nutzte diese Stabilisierung dazu, den wissenschaftlichen Bemühungen in seinem Reich erneut Auftrieb zu verleihen.

Bald sind die irischen Gelehrten und Mönche aus dem geistigen Leben des westfränkischen Reiches nicht mehr wegzudenken. In einem seiner Gedichte rühmt der Benediktinermönch Heiric von Auxerre den Hof Karls des Kahlen als einen geistigen Mittelpunkt, um den selbst Griechenland Karl beneide. Dabei verweist Heiric – wahrscheinlich mit Blick auf seinen eigenen Lehrer Johannes Scottus Eriugena – ausdrücklich auf Irland, dessen Gelehrte trotz aller Gefahren der Seereise an die westfränkischen Gestade gelangt seien (MGH Poetae III, 429).

Karl schätzte die irischen Gelehrten, weil auch er erkannt hatte, daß sie aufgrund ihrer Bildung in der Lage waren, die karolingische Kultur den klassischen Einflüssen der Antike zu öffnen. Nur so schien ihm jene Synthese von antiker Wissenschaft und christlichem Glauben zu verwirklichen, die die Karolinger seit Karl dem Großen zu ihrem politischen, kulturellen und religiösen Programm erhoben hatten.

Unter Karl dem Kahlen wirkte der wohl berühmteste irische Gelehrte auf dem europäischen Kontinent: Johannes Scottus Eriugena. Schon sein erster Beiname »Scottus« verweist auf die irische Herkunft. Am liebsten aber läßt sich Johannes »Eriugena« nennen, »der in Irland Geborene«. Verkörperten die Wandermissionare mit ihrem »weißen Martyrium« Irland als die »Insel der Heiligen«, so steht besonders Johannes Scottus Eriugena für Irland als die »Insel der Weisen«. Aus seiner Feder stammt das wohl bedeutendste Werk der abendländischen Geistesgeschichte zwischen Boethius und Anselm von Canterbury: das monumentale fünfbändige Werk *Periphyseon*, »Über Naturen«.

III. Johannes Scottus Eriugena

Als Eriugena den Kontinent betritt, hat das irische Kulturleben auf der Insel selbst seinen Höhepunkt bereits überschritten. Die spektakulären Klostergründungen und Missionserfolge der Gefährten Kolumbans gehören der Vergangenheit an. Irland selbst wird seit dem ausgehenden 8. Jahrhundert zunehmend durch Überfälle der Normannen bedroht. 839 plündern die Normannen Dublin. Vermutlich in diesen Jahren gelangt Eriugena in das Frankenreich. Sein ehemaliger Schüler Prudentius, seit 846/7 Bischof von Troyes (gest. 861), bemerkt zur irischen Herkunft Eriugenas: »Dich allein hat Hibernia als den scharfsinnigsten von allen nach Gallien herübergesandt, damit jeder das, was er ohne dich nicht wissen konnte, durch deine Bildung erreiche« (PL 125, 1194A).

Die Bemerkung des Prudentius findet sich in einer Streitschrift gegen Eriugena; die Superlative sind ironisch gemeint. Überhaupt stammen die wenigen Nachrichten über Eriugena meist von fremder Hand (vgl. Brennan). Genaue Lebensdaten sind nicht überliefert; Eriugenas Geburts- und sein Todesjahr bleiben unbestimmt. Ebenso unsicher ist seine Identität mit einem gewissen »Johannes medicus«, der 845 in Laon erwähnt wird. In der dortigen Stadtbibliothek ist dessen Brief an einen »Dominus Winibertus« erhalten, in dem es um Studien zu Martianus Capella geht. Sollte der Adressat mit dem damaligen Abt des Klosters Schuttern bei Straßburg identisch sein, und sollte der Brief tatsächlich von Eriugenas Hand stammen (so Contreni, Irish Colony), so wären damit Verbindungen ins obere Rheintal angedeutet.

Die erste sichere biographische Notiz besitzen wir aus der Feder des damaligen Bischofs von Laon, Pardulus. Dieser wendet sich im Jahre 851 an einen irischen Gelehrten namens Johannes, der in *palatio regis*, am Hof des Königs, wohne (PL 121,1052A). Um welchen Hof es sich dabei handelt, ist nicht mehr zu klären. Denn Karl residierte, wie damals allgemein üblich, an verschiedenen Orten. Auch von Quiercy nahe Laon ist bekannt, daß dort irische Gelehrte zu Hause waren. Gleiches gilt von Reims, wo ein Ire namens Dunchad lebte und lehrte.

Nehmen wir an, die Bemerkung des Bischofs Pardulus beziehe sich auf Laon. Welche Aufgabe hatte Eriugena dort? Der Lyoner Erzdiakon Florus nennt ihn einen »scholasticus et eruditus«, einen gelehrten Schulmeister (PL 119,103A; vgl. PL 122,355A). Tatsächlich wirkte Eriugena zunächst als Lehrer der Freien Künste. Als solcher gehörte er wahrscheinlich zum Klerus, ohne jedoch eine der höheren Weihen empfangen zu haben. Prudentius stellt jedenfalls fest, Eriugena sei »durch keine kirchlichen Weihestufen ausgezeichnet« (nullis ecclesiasticis gradibus insignitus: PL 115,1043A). Immerhin zählen zu seinen Schülern Wicbald, der spätere Bischof von Auxerre, und Elias, der spätere Bischof von Angoulême. Besuchen wir also den Lehrer der Freien Künste in seiner Studierstube in Laon!

Der Lehrer

Wir schreiben das Jahr 845. Eine kärglich eingerichtete Studierstube im Königskloster St. Johannes-St. Maria in Laon. Entsprechend irischer Tradition verfügt das Kloster über sieben Oratorien; seit dem 8. Jahrhundert beherbergt es eines der größten Skriptorien im Karolingerreich. Gestampfter Lehm bedeckt den Boden der Stube; rußgeschwärzte Holzbalken tragen ihre Decke. Im Licht einer funkelnden Öllampe beugt sich der Magister Johannes, ein Mann in den Vierzigern, an seinem rohgezimmerten Stehpult über ein dickes Buch. Der Titel des Buches: *De nuptiis Mercurii et philologiae*, »Die Hochzeit Merkurs und der Philologie«. Verfaßt wurde dieses Buch vermutlich im 4. oder 5. Jahrhundert von einem gewissen Martianus Capella. Das Werk ist eine Art Handbuch oder Enzyklopädie der sieben Freien Künste, der *artes liberales*. Vor einem kleinen Kreis adeliger Zöglinge und Klosterschüler hat Eriugena das Werk heute nachmittag Vers für Vers interpretiert. Seine Erklärungen schwieriger Stellen und unbekannter Begriffe schreibt er jetzt an den Rand des Buches (*Annotationes*). Diese Art der Kommentierung, die Glossierung eines vorliegenden Textes, wird für die nachfolgende Scholastik wegweisend werden.

Eriugena erblickt in den Freien Künsten, den *artes liberales*, den Inbegriff der Wissenschaften. Mit ihrer Hilfe will er die christliche Lehre verstehen und auslegen. Sein Kommentar zu Martianus Capella verfestigt die Stellung der Freien Künste im karolingischen Schulbetrieb (vgl. Mathon). Die Art und Weise freilich, in der Eriugena die *artes* erklärt, wird den Wissenschaftsbegriff des frühen Mittelalters grundlegend verwandeln. Nicht mehr bloß die praktische Anwendbarkeit des *Quadriviums*, der Arithmetik, Geometrie, Musik und Astronomie also, steht im Mittelpunkt des Unterrichts. Vielmehr wird jetzt auch das *Trivium*: Dialektik, Grammatik und Rhetorik, unterrichtet. »Wissenschaft« bedeutet damit nicht mehr zunächst die Kenntnis von konkreten Dingen oder meßbaren Sachverhalten. Wissenschaft ist vielmehr die Kenntnis jener formalen Bestimmungen, denen Wissen genügen muß, um den Anspruch auf Wahrheit erheben zu können. Wissenschaft wird zur Wissenschaftlichkeit (vgl. Schrimpf).

Der Gutachter

Zehn Jahre später: Wir schreiben das Jahr 855. Der Ort: Die Kathedralkirche von Valence in Südfrankreich. Zahlreiche Bischöfe aus allen Diözesen der karolingischen Reiche haben sich im langgestreckten Kirchenschiff zu einer Synode versammelt. Unter ihnen: aus Westfranken der mächtige Erzbischof Hinkmar von Reims, aus Lotharingien sein Gegenspieler, Bischof Prudentius von Troyes, sowie der Erzdiakon Florus von Lyon. Nachdem die lateinischen Hymnen verklungen sind, beginnen die Synodalen mit ihren Beratungen. Zur Verhandlung steht ein Streit, der die kirchliche Welt seit geraumer Zeit in Aufregung versetzt. In allen

Klöstern, an allen Kathedralschulen wird vor allem ein Thema diskutiert: die Frage nach der Vorherbestimmung der Menschen zur ewigen Seligkeit oder zur ewigen Verdammnis. Gottschalk, zunächst Mönch in Fulda unter Hrabanus Maurus, seit 829 Mönch in Orbais, hatte diese Scheidung der Menschen unter den Begriff der »gemina praedestinatio«, der doppelten Vorherbestimmung zum Heil oder zum Unheil gefaßt.

Ausgangspunkt der Argumentation Gottschalks ist das menschliche Handeln. Alle verwerflichen Handlungen des Menschen können nach Gottschalk auf einen übermächtigen Triebimpuls zurückgeführt werden. Die bösen Handlungen des Menschen können so auf natürliche Weise erklärt werden. Anders die guten Handlungen des Menschen. Sie beruhen auf der vernünftigen Zügelung seiner Triebe. Wozu freilich der Mensch die Kraft zur Zügelung seiner bösen Triebe nimmt, ist empirisch nicht zu erklären. Gottschalk sieht hier Gott am Werk. Denn Gott hat den Sündenfall der Menschheit und das daraus resultierende Verfallensein der Menschen an ihre Triebe vorhergesehen. So bestand die Gefahr, daß die gesamte Menschheit der ewigen Verdammnis anheimfiele. Um dies zu verhindern, hat Gott einige Menschen zur ewigen Seligkeit bestimmt. Gott selbst vollbringt in diesen Auserwählten das Gute, das in ihren Handlungen zutage tritt. Zwar weiß niemand, ob er einer der Auserwählten ist. Wer jedoch getauft wurde und bis zu seinem Tod ein sittliches Leben führt, der darf darin ein Zeichen seiner Erwählung sehen.

Ob in der Tatsache, daß Gottschalk seinem Kloster schon als Kind versprochen worden war, der biographische Hintergrund für seine Prädestinationslehre vermutet werden darf? Jedenfalls war Hrabanus Maurus, der Abt seines Fuldaer Klosters, Gottschalks Theorie vehement entgegengetreten. In einer Gegenschrift argumentierte Hrabanus Maurus so: Wenn das endgültige Schicksal eines jeden Menschen bei Gott immer schon feststünde, dann hätte die persönliche Lebensführung keinen Einfluß mehr auf dieses Schicksal. Moral und Recht würden bedeutungslos. Die Kirche könnte die Menschen nicht mehr zu einem tugendhaften Leben führen, dessen Lohn die ewige Seligkeit wäre. Nein: Die Taufgnade befähigt den Menschen dazu, frei zwischen Gut und Böse zu wählen. Deshalb ist er für sein moralisches Handeln voll verantwortlich.

Hrabanus Maurus, inzwischen Erzbischof in Mainz, erreichte dort 848 auf einer Synode, daß Gottschalk wegen Häresie verurteilt und an seinen Metropoliten, den Erzbischof Hinkmar von Reims, ausgeliefert wurde. Hinkmar, der theologisch auf der Seite des Hrabanus Maurus stand, ließ Gottschalk ein Jahr später in Quierzy erneut verurteilen, mit Schreibverbot belegen und in Klosterhaft nehmen.

Mit der Verurteilung und Inhaftierung Gottschalks freilich war der Streit um die Prädestinationslehre keineswegs beendet. Namhafte Theologen verurteilten das autoritäre Vorgehen der kirchlichen Oberen. Fast alle bedeutenden Theologen im Karolingerreich greifen zur Feder: Hinkmar von Reims selbst, Paschasius Radbertus, der Abt von Corbie, Ratramnus, Theologe und Mönch in Corbie, Abt Lupus von Ferrières, Amalar von Metz, der Erzbischof von Trier, Erzbischof Amolo von Lyon und Bischof Prudentius von Troyes.

Auf Veranlassung Hinkmars und mit Billigung des Königs bittet Bischof Pardulus auch Eriugena um ein Gutachten zur Prädestinationsfrage. Hinkmar erhofft sich von Eriugena eine Bestätigung seines Vorgehens gegen Gottschalk. Genau diese Bestätigung aber erhält er nicht.

Eriugena bezieht vielmehr eine dritte Position. Für ihn ist die Rede von der göttlichen Vorherbestimmung wesentlich bildhaft zu verstehen. Sie ist eine Metapher, eine Weise, wie Menschen sich mit ihrem begrenzten Verstand Gottes Handeln vorstellen. Von einer zweifachen Vorherbestimmung könne schon deshalb nicht die Rede sein, weil Gott absolut einfach und ewig ist. Weil überdies das Böse jeglicher Substanz entbehre, vielmehr als »Beraubung des Guten«, als »privatio boni«, zu verstehen sei, sei die Rede von einer ewigen Verdammnis überhaupt abzulehnen. Die »Hölle« sei lediglich eine menschliche Vorstellung, kein lokalisierbarer Ort oder Zustand. Weil Gott unendliche, sich verströmende Güte ist, vollziehe sich die Strafe des Menschen allein in ihm selbst: in der Reue über das vollbrachte Böse.

Nach Eriugena gibt es also nicht nur keine doppelte Vorherbestimmung; es gibt vielmehr überhaupt keine Vorherbestimmung. Der Sündenfall, das Gericht und die Hölle sind Bilder für Zustände des moralischen Bewußtseins.

Ein Sturm der Entrüstung bricht los. Bischof Prudentius von Troyes, Eriugenas ehemaliger Schüler, verfaßt ein Gegengutachten. Am harschesten wird die Kritik durch den Lyoner Erzdiakon Florus vorgebracht. Wohl wissend, daß sich Eriugena der ungebrochenen Gunst seines Herrschers erfreut, wettert der wissenschaftliche Kopf der Kirche von Lyon: »Sitzt da doch ein solches Scheusal und Ungeheuer, das schon längst den Ohren der Gläubigen ferngehalten gehörte, stellt wissenschaftliche Erörterungen an, trägt so viele Unrichtigkeiten an Irrtum zusammen, so viele Schmähungen gegen den Glauben an die Wahrheit, und wird von keinerlei Wachsamkeit der Hirten der Kirche deswegen zurechtgewiesen oder gar verjagt!« (PL 119,126BC).

Eriugenas Auftraggeber Hinkmar kann sich nur so retten, daß er vorgibt, das Gutachten nicht gelesen zu haben, seine Amtsgeschäfte ließen ihm nicht die Zeit dazu. Auf mehreren Synoden wird schließlich nicht nur Gottschalks Prädestinationslehre, sondern auch Eriugenas Gutachten verurteilt. 855 in Valence und 859 in Langres sprechen die Bischöfe abfällig vom »irischen Brei« (pultes Scottorum), den Eriugena produziere. Mit ebendiesen Worten hatte viereinhalb Jahrhunderte zuvor der Kirchenvater Hieronymus den britannischen Mönch Pelagius wegen dessen Position im Gnadenstreit beschimpft (CSEL 59,4).

Die kirchlichen Verurteilungen richteten sich ebenso auf den Inhalt wie auf die Methode des Gutachtens. Denn von der ihr zugrunde gelegten Methode her ist Eriugenas Interpretation der Prädestinationslehre durchaus schlüssig. Seinen inhaltlichen Ausführungen stellt Eriugena jeweils ein eigenes Kapitel über die Methode der Theologie voran. Darin betont er, es sei die Aufgabe der theologischen Wissenschaft, dem wahren Glauben mit Hilfe der Regeln des Denkens die Form der Allgemeingültigkeit zu geben.

Entsprechend ersetzt Eriugena die bisherige Methode des Autoritätsbeweises durch einen Dreischritt. In einem ersten Schritt vergewissert er sich der biblischen Grundlagen der Prädestinationslehre. In einem zweiten Schritt formuliert er diese Lehre mit Hilfe der Regeln der Logik in der Form eines widerspruchsfreien Systems von Sätzen. Und erst in einem dritten Schritt erfolgt der Autoritätsbeweis: Die begrifflich formulierte Lehre wird durch Zeugnisse aus der kirchlichen Tradition bestätigt.

Auf diese Weise wird die Logik, die begriffliche Widerspruchsfreiheit, zum inneren Kriterium für die Wahrheit der christlichen Glaubenslehre. Gottschalk konnte sich für seine Theorie ausschließlich auf Schriften der Kirchenväter, vornehmlich des späten Augustinus stützen. Eriugena stützt sich auf die Regeln des vernünftigen Denkens. Auch hierin wird seine Methode wegweisend für die nachfolgende Scholastik.

Mit der Verurteilung seines Gutachtens in Valence wird ein wissenschaftstheoretischer und theologiegeschichtlicher Rückschritt vollzogen. Auf die Dauer jedoch läßt sich die Form des Autoritätsbeweises nicht halten. Spätestens mit Anselm von Canterbury (gest. 1109) wird die Vernunft als ein Instrument anerkannt werden, die innere Wahrheit des christlichen Glaubens zu erhellen.

Der Übersetzer

Offenbar haben die kirchlichen Verurteilungen Eriugenas Ruf am Hofe Karls des Kahlen nicht schaden können. Denn schon wenig später, wahrscheinlich noch im Jahre 859, betraut ihn der König mit der Übersetzung eines bedeutenden Werkes aus dem Griechischen ins Lateinische. Es sind dies die unter dem Pseudonym des Apostelschülers Dionysius vom Areopag (vgl. Apg 17,34) überlieferten Schriften zur *Himmlischen Hierarchie* und zur *Kirchlichen Hierarchie.* Diese Schriften sind vermutlich im 5. Jahrhundert in Syrien entstanden. Sie genießen seit dem Frühmittelalter apostolische Autorität. Aufgrund ihres kosmologischen Inhalts und ihres systematischen Charakters erscheinen sie vielen Theologen geeigneter als die biblischen Schriften, die Welt im ganzen zu erklären und in ein begriffliches System zu fassen.

Im Jahre 827 hatte eine Gesandtschaft des byzantinischen Kaisers Michael II. »des Stammlers« Ludwig dem Frommen ein Exemplar dieser Schriften geschenkt. Der Kaiser hatte das Werk dem Königskloster Saint-Denis bei Paris anvertraut. Unter der Leitung von Abt Hilduin wurde dort in den Jahren 832 bis 834/5 eine Übersetzung aus dem Griechischen ins Lateinische erstellt. Hilduins Übersetzung galt jedoch als kaum lesbar und in vielfacher Hinsicht als revisionsbedürftig. Aufgrund seiner Kenntnisse der griechischen Sprache beauftragt deshalb schon wenige Jahre später Karl der Kahle Eriugena mit einer erneuten Übersetzung.

Die Kenntnis der griechischen Sprache ist eines der auffallendsten Merkmale der irischen Gelehrten auf dem Kontinent. Ende des letzten Jahrhunderts hat Ludwig Traube hierzu seine berühmte »irische These« aufgestellt: »Wer in den Tagen Karls des Kahlen Griechisch auf dem Kontinent kann, ist ein Ire, oder zuversichtlich: es ist ihm die Kenntnis durch einen Iren vermittelt worden, oder das Gerücht, das ihn mit diesem Ruhm umgibt, ist Schwindel« (*O Roma nobilis*, 1892, 354). Für Traube stützt die Tatsache, daß Eriugena die areopagitischen Schriften für Karl übersetzt hat, ganz entschieden seine »irische These«. Denn für die erste Übersetzung macht er nicht Hilduin, sondern griechische Mönche verantwortlich, die in Saint-Denis gewirkt hätten.

Zwar gab es durchaus einige Griechen im karolingischen Reich; die Nachrichten hierüber aber sind spärlich. Tatsache ist jedenfalls, daß es insbesondere irische Gelehrte waren, die sich um die Kenntnis der griechischen Sprache bemühten. Man mag hierin ein Nachwirken jenes in Athen literarisch gebildeten Theodor von Tarsus erblicken, der seit 669 in päpstlichem Auftrag als Erzbischof in Canterbury wirkte und von dort aus die angelsächsische Kirche reformierte. Es ist bekannt, daß im 7. und 8. Jahrhundert – in Umkehrung der Bewegung des 6. und 7. Jahrhunderts – zahlreiche angelsächsische Mönche als *peregrini* in Irland weilten – unter ihnen auch Willibrord, der spätere »Apostel der Friesen« (vgl. Richter). Die rudimentären Kenntnisse des Griechischen, die diese Mönche auf die Insel mitbrachten, werden dort schon deshalb auf fruchtbaren Boden gefallen sein, weil Irland in dieser Zeit ein Zentrum der Bibelauslegung war. Reich illuminierte Evangelienhandschriften wie die Bücher von Durrow oder Kells zeugen von der Hochachtung, die irische Mönche der Bibel zollten.

In jedem Fall gab es in der Stadt Laon um die Mitte des 9. Jahrhunderts eine Art »irischer Kolonie« (Contreni), und die Stadt galt als ein Zentrum griechischer Gelehrsamkeit. Vor allem Eriugenas irischer Freund Martin, wie jener ein Lehrer der Freien Künste, suchte in Laon aus allen ihm erreichbaren griechischen Texten die Grammatik dieser Sprache zu rekonstruieren. Auf diese Weise wollte er das Griechische lehrbar und lernbar machen.

Karl der Kahle wußte sich die Griechischkenntnisse seiner irischen Gelehrten nutzbar zu machen. Von einer Übersetzung der areopagitischen Schriften konnte er sich nicht nur die Auferbauung der christlichen Religion (augmentum aedificationis catholicae fidei: MGH Epist. VI, 158) erhoffen, sondern auch eine sakrale Festigung seines Königtums. Denn Abt Hilduin von Saint-Denis hatte die Schriften nicht nur mit dem Apostelschüler vom Areopag zusammengebracht, sondern auch mit jenem legendären Märtyrer, der bereits Ende des ersten Jahrhunderts auf dem Mont-Martre bei Paris enthauptet worden sein soll (vgl. Loenertz). Die Identifikation dieser drei Personen: des Apostelschülers, des Märtyrers und des Verfassers der dionysischen Schriften, verschaffte den fränkischen Königen eine sakrale Autorität, die bis zu den Aposteln reichte.

Man kann sich deshalb das lebhafte Interesse vorstellen, das die karolingischen Könige an einer lesbaren Übersetzung dieser Schriften hatten. Obwohl Eriugena im Prädestinationsstreit mehrfach verurteilt worden war, wird er von Karl mit einer neuen Übersetzung beauftragt. Eriugena macht sich mit Eifer ans Werk. Bereits in seinem Prädestinationsgutachten hatte er für den fehlerhaften Umgang der Gelehrten mit der Prädestinationslehre nicht zuletzt deren Unkenntnis der griechischen Sprache verantwortlich gemacht. Zwar kritisiert der seinerzeit beste Kenner der griechischen Sprache im Westen, der päpstliche Diplomat und Bibliothekar Anastasius, die ihm schließlich nach Rom zugesandte Übersetzung als allzu wörtlich. Eriugenas Übersetzung mache eigentlich eine zweite nötig. Gleichwohl empfindet Anastasius es in einem Brief an Karl den Kahlen als durchaus bemerkenswert, daß ein, wie er sich ausdrückt, »Barbar vom Ende der Welt« so viel habe leisten können (MGH Epist. VII, 431f).

Eriugenas Übersetzung der areopagitischen Schriften bleibt für die weitere theologische Diskussion des Mittelalters grundlegend; erst im 13. Jahrhundert wird sie durch diejenige Wilhelms von Moerbeke abgelöst werden.

Wohl ermuntert durch den Erfolg seiner Übersetzung läßt Karl wenig später Eriugena das Hauptwerk eines weiteren griechischen Kirchenvaters übersetzen, die sogenannten *Ambigua* des Maximus Confessor. Maximus ist der führende theologische Denker des 7. Jahrhunderts. In seinen *Ambigua* hatte er unter anderem schwerverständliche Stellen aus dem Werk des Dionysius erläutert. Karl wie Eriugena konnten sich deshalb von einer Übersetzung der *Ambigua* weiteren Aufschluß über die teilweise als dunkel und unverständlich empfundenen Ausführungen des Areopagiten erhoffen.

Aus eigenem Antrieb übersetzt Eriugena kurz darauf ein weiteres Werk des Maximus Confessor: die *Quaestiones ad Thalassium*, ein exegetisches Werk. Es folgen eine kleine anthropologische Schrift des Gregor von Nyssa, eines kappadokischen Kirchenvaters des 4. Jahrhunderts, »Über die Erschaffung des Menschen«. Eriugena zitiert sie in der Regel als *De imagine*, »Das Bild«. Dieser Titel spielt auf den zentralen biblischen Gedanken der Gottebenbildlichkeit des Menschen an. Vermutlich hat Eriugena auch den *Ancoratus* übertragen, eine Schrift des Bischofs Epiphanius von Salamis auf Zypern über grundlegende Wahrheiten des christlichen Glaubens. Jedenfalls zitiert Eriugena in seinen Schriften häufig Stellen aus dieser Schrift in einer sonst unbekannten lateinischen Fassung. Aus den letzten Jahren seines Schaffens stammen eine Weihnachtspredigt über den Johannes-Prolog, ein fragmentarisch erhaltener Kommentar zum Johannes-Evangelium, eine Überarbeitung seiner Dionysiusübersetzungen sowie ein Kommentar zur *Himmlischen Hierarchie* des Areopagiten.

Die Mehrzahl dieser Übersetzungen dürfte Eriugena im Königskloster Saint-Médard vor den Toren der nordfranzösischen Stadt Soissons angefertigt haben. Dort, auf königseigenem Boden, ist er nach den Verurteilungen seines Prädestinationsgutachtens auf den Synoden von Valence und Langres vor den Nachstellungen seiner Gegner sicher (vgl. Schrimpf 1988, 160f).

Der Theologe

Wahrscheinlich in Saint-Médard bei Soissons verfaßt Eriugena zwischen 860 und 866 auch sein philosophisch-theologisches Hauptwerk. Es trägt den griechischen Titel *Periphyseon*, »Über Naturen«, und ist Eriugenas Freund Wulfad gewidmet, zunächst Abt in Montiérendon und seit 858 Abt in Soissons.

Eriugena entfaltet in *Periphyseon* in einer weitausgreifenden Auslegung der Schöpfungsgeschichte und der Paradieserzählung einen Begriff von der Wirklichkeit im ganzen. Entsprechend einer christlich adaptierten neuplatonischen Kosmologie geht die Schöpfung aus der ursprünglichen Einheit Gottes in die Vielheit der Körperdinge hervor. Die Vielheit des

Geschaffenen findet ihre Einheit in Jesus Christus, »in dem alles geschaffen ist« (vgl. Kol 1,16). Durch Christi Menschwerdung und Auferstehung wiederum wird der kosmische Prozeß der Rückkehr des vielen in die ursprüngliche Einheit Gottes eingeleitet. *Periphyseon* wird so zu einem Werk, in dem die Welt insofern zur Sprache kommt, als sie im Licht des christlichen Glaubens ihren Grund und ihr Ziel in Gott besitzt.

Periphyseon liegt der in Eriugenas Prädestinationsgutachten erstmals angewandte methodische Dreischritt von biblischer Begründung, begrifflicher Reflexion und Absicherung durch die kirchlichen Autoritäten zugrunde. Zunächst wird der biblische Text (hier Gen 1-3) mit Hilfe der allegorischen Methode in die Begriffssprache der Wissenschaft übersetzt. In einem zweiten Schritt wird der gedankliche Gehalt, der sich so ergibt, in eine logisch-schlüssige Form übertragen. Und in einem dritten Schritt wird durch die Anführung von Kirchenväter-Autoritäten nachgewiesen, daß diese logisch-schlüssige Form christliches Glaubensgut ist.

Eriugena prüft ständig die Entfaltung seiner Gedanken auf ihre logische Richtigkeit hin. Er argumentiert nicht mehr nur bewußt logisch, sondern vergewissert sich auch der wissenschaftlichen Zulässigkeit jeder Argumentationskette. Diese Vergewisserung erfolgt in der literarischen Form eines Dialogs zwischen Lehrer (*nutritor*) und Schüler (*alumnus*). In Rede und Gegenrede nähern sich die Dialogpartner der jeweils in Frage stehenden Sache an, ohne sie dabei doch jemals restlos begrifflich zu erfassen.

Als Form philosophischer Texte ist der Dialog bereits seit Platon bekannt; auch Alkuin hatte sich dieser literarischen Form bedient. Im Unterschied zur logischen Deduktion eines Sachverhaltes richtet sich der Dialog auf eine Sache, die als solche niemals erschöpfend zur Sprache gebracht werden kann. Damit entspricht der Dialog als Diskursform Eriugenas Grundannahme, daß die Substanz der Dinge menschlichem Erkennen entzogen bleibt. Dies ergibt sich für Eriugena aus dem theologischen Gedanken, daß die Welt Geschöpf ist. Weil die Welt im unsichtbaren Gott begründet ist, kann der menschliche Verstand die Dinge nie vollständig erfassen. Andererseits erkennt der Mensch gerade in der substantiellen Entzogenheit der Wirklichkeit Gott als den alles gründenden Grund. Die Wirklichkeit im ganzen wird so zur »Theophanie«, zur Erscheinung ihres selbst nicht erscheinenden göttlichen Grundes (Hoeps).

Entzogenheit Gottes, die Welt als Erscheinung – mit *Periphyseon* hat Eriugena der Wahrheit des christlichen Glaubens die ihr im Verständnis der karolingischen Gelehrten angemessene Form gegeben: die Form eines in sich widerspruchsfreien und allgemeinen Aussagesystems. In dieser Form ist die Wahrheit des christlichen Glaubens jedermann unmittelbar zugänglich, sofern er nur vernünftig denken kann – und dies auch will. Die wissenschaftliche Form, in die Eriugena den christlichen Glauben kleidet, ist so ein Reflex jenes *politischen* Anspruchs auf Universalität, den die karolingischen Herrscher seit Karl dem Großen erheben.

Für Eriugena schließen christlicher Glaube und wissenschaftliche Vernunft einander nicht aus. Sie erhellen sich vielmehr wechselseitig. So kann daher etwa dreihundert Jahre später der Kanonikus Hugo von St. Viktor (gest. 1141) in einem Büchlein, das er für das Studium an der von ihm geleiteten Pariser Stiftsschule verfaßt, Eriugena als die Gründergestalt der theologischen Wissenschaft des Mittelalters vorstellen: »Bei den Griechen ist Linus, bei den Lateinern Varro, für unsere Zeit aber Johannes Scottus der Theologe gewesen« (*Didascalicon de studio legendi* III, 2).

Der Dichter

Besuchen wir Eriugena ein letztes Mal, diesmal in Compiègne, der alten Residenz der merowingischen Könige. Wir schreiben das Jahr 867. Der Ort: ein Bauplatz inmitten der jetzigen Pfalzanlage Karls des Kahlen. Erkennbar sind die Fundamente eines Kirchenbaus: St. Maria von Compiègne. Vor zwei Jahren hat Karl angeordnet, in Compiègne eine neue Pfalzkapelle zu errichten. Der Bau solle sich die Kapelle von Aachen zum Vorbild nehmen. Die Fundamentsteine im Zentrum des Bauplatzes lassen bereits den achteckigen Grundriß erkennen. Karl wünscht sich die Kapelle von Compiègne als ein geistiges und geistliches Zentrum seines westfränkischen Reiches.

Die lateinischen Psalmen sind verklungen, ein sanfter Wind treibt die Weihrauchwolken in den nahen Wald. Die Morgensonne scheint warm auf den König und auf seinen Hofstaat. Stille legt sich auf die Baustelle; nur einige Vögel lassen sich vernehmen. Jetzt tritt der gealterte Eriugena hervor. Mit ungebrochen kraftvoller Stimme trägt er ein Gedicht auf die neue Kirche und den König vor: »Aulae sidereae ... – sternengleiche Hallen...« (MGH Poetae III/1, 550-552). Eriugena rühmt die Architektur des geplanten Kirchenraumes, besingt die Symbolik der Acht und wünscht dem Herrscher ein langes Leben. Das Gedicht läßt noch einmal jene sprachliche Kraft spüren, die so viele Verse auszeichnet, die Eriugena in den vergangenen Jahrzehnten auf Karl gedichtet hat.

Eriugenas Gedicht anläßlich der Grundsteinlegung für die Pfalzkapelle von Compiègne ist das letzte Lebenszeichen, das von ihm überliefert ist. Danach verlieren sich seine Spuren im dunklen. Einer Notiz des angelsächsischen Historikers Wilhelm von Malmesbury (gest. nach 1142), Eriugena sei gegen Ende seines Lebens nach England gegangen und habe in Malmesbury gelehrt, liegt wahrscheinlich Eriugenas Identifikation mit einem anderen Johannes zugrunde, der zur Zeit König Alfreds des Großen (gest. 899) in England lebte.

Ob Eriugena die Einweihung der Pfalzkapelle von Compiègne am 5. Mai 877 noch erlebt hat, ist ungewiß. Seine Gedichte jedenfalls wie die meisten seiner Schriften haben ihn überdauert. In ihm, dem *vir eruditissimus*, hat die bedeutende Tradition irischer Gelehrsamkeit auf dem Kontinent einen ihrer herausragendsten Vertreter gefunden.

Eriugena stand im Zentrum jener politischen und kulturellen Aufbrüche, die das 9. Jahrhundert kennzeichneten. Als herausragender Vertreter der karolingischen Reform vermittelte er die Gelehrsamkeit der griechisch-lateinischen Antike mit dem politischen, kulturellen und religiösen Anspruch der karolingischen Herrscher. Auf diese Weise trug er maßgeblich dazu bei, daß trotz aller politischen Differenzen der kulturelle und wissenschaftliche Austausch der Gelehrten im 9. Jahrhundert zu einer wesentlichen Grundlage europäischer Zivilisation werden konnte.

Abkürzungen

PL	Patrologia Latina
CSEL	Corpus Scriptorum Ecclesiasticorum latinorum
MGH	Monumenta Germaniae Historica

Literaturhinweise

799 – Kunst und Kultur der Karolingerzeit. Karl der Große und Papst Leo III. in Paderborn (Ausstellungskatalog, 3 Bde.), Mainz 1999.

Angenendt, Arnold: Das Frühmittelalter. Die abendländische Christenheit von 400 bis 900, Stuttgart – Berlin – Köln 1990.

– Die irische Peregrinatio und ihre Auswirkungen auf dem Kontinent vor dem Jahre 800, in: Die Iren und Europa, Bd. 2, 52-79.

– Die Christianisierung Nordwesteuropas, in: 799 – Kunst und Kultur der Karolingerzeit, Bd. 2, 420-433.

Ansorge, Dirk: Johannes Scottus Eriugena: Wahrheit als Prozeß. Eine theologische Interpretation von Periphyseon (Innsbrucker theologische Studien 44), Innsbruck 1996.

Beierwaltes, Werner: Eriugena. Grundzüge seines Denkens, Frankfurt/M. 1994.

Berschin, Walter: Griechisch-Lateinisches Mittelalter. Von Hieronymus zu Nikolaus von Kues, Bern – München 1980.

Bieler, Ludwig: Irland – Wegbereiter des Mittelalters, Olten – Lausanne – Freiburg 1961.

Brown, Peter: Macht und Rhetorik in der Spätantike. Der Weg zu einem »christlichen Imperium«, München 1995.

Contreni, John J.: The Irish »Colony« at Laon during the time of John Scottus, in: Jean Scot Erigène et l'histoire de la philosophie (Colloques internationaux du Centre national de la recherche scientifique 561), hrsg. v. René Roques, Paris 1977, 59-67.

Die Iren und Europa im früheren Mittelalter, hrsg. von Heinz Löwe (Veröffentlichungen des Europa-Zentrums Tübingen. Kulturwissenschaftliche Reihe), Stuttgart 1982, Bd. 2 (darin bes. die Beiträge von Arnold Angenendt, Walter Berschin, Pierre Riché, Michael Richter, Knut Schäferdiek und Reinhard Hoeps).

Hoeps, Reinhard: Theophanie und Schöpfungsgrund. Der Beitrag des Johannes Scotus Eriugena zum Verständnis der *creatio ex nihilo*, in: Theologie und Philosophie 67 (1992), 161ff.

Kahl, Hans-Dietrich: Die ersten Jahrhunderte des missionsgeschichtlichen Mittelalters. Bausteine für eine Phänomenologie bis ca. 1050, in: Schäferdiek (Hrsg.): Die Kirche des frühen Mittelalters, 11-76.

Loenertz, R.J.: La légende parisienne de S. Denys l'Aréopagite. Sa genèse et son premier témoin, in: Analecta Bollandiana 69 (1951), 217-237.

Le Goff, Jacques, Das alte Europa und die Welt der Moderne, München 1994.

Mathon, G.: Les formes et la signification de la pédagogie des arts libéraux au milieu du IXe siècle. L'enseignement palatin de Jean Scot Érigène, in: Arts libéraux et philosophie au Moyen âge (Actes du 4e Congrès International de Philosophie Médiévale), Montréal – Paris 1969, 47-64.

McNally, R.E.: Die keltische Kirche in Irland, in: Schäferdiek (Hrsg.): Die Kirche des frühen Mittelalters, 91-115.

Moran, Dermot: The Philosophy of John Scottus Eriugena. A Study of Idealism in the Middle Ages, Cambridge 1989.

Nagel, Helmut: Karl der Große und die theologischen Herausforderungen seiner Zeit (Freiburger Beiträge zur mittelalterlichen Geschichte 12), Frankfurt/M. u.a. 1998.

O'Meara, John J.: Eriugena, Oxford 1988.

Riché, Pierre: Die Welt der Karolinger (franz. 1963), Stuttgart, 2. Aufl. 1999.

Richter, Michael: Der irische Hintergrund der angelsächsischen Mission, in: Die Iren und Europa im früheren Mittelalter, Bd. 2, 120-137.

Schäferdiek, Knut: Columbans Wirken im Frankenreich (591-612), in: Die Iren und Europa im früheren Mittelalter, Bd. 2, 171-201.

Schäferdiek, Knut (Hrsg.): Die Kirche des frühen Mittelalters (Kirchengeschichte als Missionsgeschichte, Bd. 2,1), München 1978.
Schrimpf, Gangolf: [Art.] Johannes Scottus Eriugena, in: Theologische Realenzyklopädie 17, Berlin 1988, 156-172.
– Johannes Scottus Eriugena, in: Martin Greschat (Hrsg.), Mittelalter, Bd. 1 (Gestalten der Kirchengeschichte, Bd. 3), Stuttgart u.a. 1983, 113-122.
– Der Ursprung des mittelalterlichen Philosophiebegriffs in der karolingischen Kultur, in: Thomas von Aquin im philosophischen Gespräch, hrsg. von Wolfgang Kluxen, Freiburg – München 1975, 171-184.
– Das Werk des Johannes Scottus Eriugena im Rahmen des Wissenschaftsverständnisses seiner Zeit. Eine Hinführung zu Periphyseon (Beiträge zur Geschichte der Philosophie und Theologie des Mittelalters. Neue Folge 23), Münster 1982.
Worstbrock, Franz Josef: Translatio artium. Über Herkunft und Entwicklung einer kulturhistorischen Theorie, in: Archiv für Kulturgeschichte 47 (1965), 1-22.

Meike Wagener-Esser

Die Reform von Cluny im gesellschaftlichen Zusammenhang des 10. Jahrhunderts

Nicht unumstritten in der Geschichtswissenschaft ist, ob das 10. Jahrhundert wirklich den Schlußpunkt des Frühmittelalters markiert. Als Konsens kann jedoch gelten, daß in dieser Zeit einige bahnbrechende Weichenstellungen vorgenommen wurden, die für die Zukunft von entscheidender Wichtigkeit waren.

Innerhalb der christlichen Religionsgeschichte sind in dieser Zeit erhebliche Wandlungen und der karolingischen Reform folgende Normierungen festzustellen, die der Kirchenstruktur und dem Glaubensvollzug die Richtung wiesen. Gleichzeitig sind diese Wandlungen und Normierungen ein Reflex jener Mentalitäten, welche die Gesellschaft des 10. Jahrhunderts insgesamt bestimmten.

1. Stiftung der Abtei Cluny und Gründungsprivilegien

Was im Jahre 910 in der burgundischen Provinz geschah, erscheint auf den ersten Blick eher unspektakulär und für die damalige Zeit keineswegs unüblich: Herzog Wilhelm I. von Aquitanien (gest. 918) schenkte Abt Berno von Baume Land in Cluny zur Gründung eines Klosters. Und was ebenso üblich war, war die Bedingung, die Wilhelm an die Schenkung knüpfte. In dem neu zu gründenden Kloster sollte im monastischen Gebet seiner selbst, seiner Familie und seiner Vorfahren auf ewige Zeiten gedacht werden. Weiterhin sollte das Kloster zur Förderung des Glaubens bei seinen Untertanen wie auch zur Ehrung der Apostel Petrus und Paulus dienen, unter deren Patrozinium er die Gründung gestellt wissen wollte. Bemerkenswert neu für die Zeit war hierbei sicherlich, daß die Gründung Clunys nicht nur einem privaten, sondern auch dem allgemeinen Zweck dienen sollte, »den Bestand und die Unversehrtheit der katholischen Religion« zu gewährleisten; eine »derart umfassende, religiöse Begründung für eine Klosterstiftung kennen wir aus keiner früheren Urkunde« (Wollasch).

Die Klosterstiftung erfolgte in einer eher ungünstigen politischen und gesellschaftlichen Situation. Die äußeren Bedingungen waren bestimmt durch eine erneute Invasion fremder Völker in Frankreich. So fielen gegen Ende des 9. Jahrhunderts in Frankreich die Normannen und zu Beginn des 10. Jahrhunderts die Ungarn ein. Klöster wurden zerstört, oder die Ordensleute mußten ihre angestammten Klöster verlassen und sich in einer anderen Gegend niederlassen. Die inneren Bedingungen waren für das geistig-religiöse Leben ebenfalls ungünstig: So war etwa die Benediktsregel – jene Regel des Benedikt von Nursia (gest. um 547), der ein monastisches Leben zugrunde lag – in etlichen Diözesen völlig unbekannt. Bischöfe mußten sich hilfesuchend an fremde Bistümer wenden, um ein Exemplar dieser Regel zu erhalten. Des weiteren waren in einigen Klöstern als Klostervorsteher Laienäbte eingesetzt, die weniger Interesse am religiösen Leben als am wirtschaftlichen Erfolg des Klosters hatten. In der Regel handelte es sich bei diesen Vorstehern um Adelige, die dem Konvent nicht angehörten und damit die Klostergemeinschaft allein aus einem machtpolitischen Blickpunkt heraus vertraten – meistens, um die eigenen Interessen durchzusetzen und zu sichern. Daß es dazu kommen konnte, hatte seinen Grund in dem ungeheuren Reichtum, den einzelne Konvente während des 9. Jahrhunderts gewonnen hatten; die Gemeinschaften waren hierdurch auch für weltliche Herrscher interessant geworden.

Es scheint paradox, daß gerade in eine Zeit des niedergehenden klösterlichen Lebens eine bedeutende Klostergründung wie die in Cluny fällt. Aber – anders gewendet – rief die Zeit aus religiöser Perspektive nicht geradezu nach Reformen? Und so begann mit der Gründung der Abtei Cluny, wie aus der historischen Rückschau deutlich wird, etwas Neues. Als Grundlage der cluniazensischen Ordensregel diente die erwähnte Benediktsregel, die ein eher kurzes klösterliches Gebet vorsah und viel Wert auf Handarbeit legte (»ora et labora«). Cluny nahm hier eine erste Neuakzentuierung vor, indem es die Zahl der täglich zu verrichtenden Gebete beträchtlich erhöhte.

Hinter der zunehmenden Betonung des Gebets stand ein religiöses Konzept: Zum einen war die Gebetssteigerung eine deutliche Antwort auf die immer stärker voranschreitende Profanisierung des Klosterlebens. Diese wurde als deutlicher Mangel empfunden. Zum anderen verweist sie auf eine religiöse Grundeinstellung, die das gesamte Glaubensleben des Mittelalters entscheidend prägte: Was der Mensch vor Gott an Sündigem getan hat, verlangt nach Ausgleich. Ähnlich wie bei einer Waagschale, die auf der einen Seite mit den Missetaten belastet wird und ohne Ausgleich auf der anderen Schale in Schieflage gerät, verlangte Böses nach Ausgleich durch Gutes. Um also das Verhältnis der sündigen Menschheit mit Gott in der Waage zu halten und schließlich dem göttlichen Strafgericht zu entgehen, mußte Gott Gutes dargebracht werden. Dies konnte etwa durch Werke der Barmherzigkeit oder Messfeiern geschehen – und eben auch Gebete. Dabei kam es keineswegs darauf an, daß diese Gebete vom Sünder selbst verrichtet wurden. Dies konnten durchaus auch andere für einen tun. Aus der iroschottischen Tradition auf den europäischen Kontinent gekommen, gab es sogar bestimmte Verzeichnisse (»Poenitentiale«), die festlegten, welche Sünde nach welchem Ausgleich verlangte. Dieses Denken verweist auf den Zusammenhang von Gabe und Gegengabe (»do ut des«): So wie Gott keine Sünde unvergolten lassen könne, so bliebe vor ihm auch keine Gabe unbelohnt. So entwickelte sich das religiöse Leben immer stärker hin zu einer »gezählten Frömmigkeit« (Angenendt).

Überprüft man dieses religiöse Konzept an der Person Wilhelms von Aquitanien, so wird Folgendes deutlich: Indem er das von ihm gestiftete Kloster zum ewigen Gebet für seine Person verpflichtete, galten die Gebete der Mönche vor Gott als Ausgleich für seine Sünden. Und will man historisch lauter sein, wird man Wilhelm dieses Verhalten nicht als beabsichtigte religiöse Äußerlichkeit vorwerfen können. In seiner Epoche dachte und empfand der Mensch nicht individuell. Er verstand sich als Teil einer Familie, einer Sippe, eines Volkes. Wenn in diesem Sinne das »Ich« weit weniger Betonung als das »Wir« erfuhr, so vollzog man sein ganzes Leben – auch das religiöse – auf kollektive oder korporative Weise.

2. *Entwicklung des Ordo Cluniacensis*

In der Folgezeit entwickelte sich Cluny zu einem eigenständigen Orden, der für zwei Jahrhunderte sogar als der bedeutendste und größte des Abendlandes gelten kann. Günstig für sein Wachstum war, daß die Abtei Cluny sogleich Gründungsprivilegien erhielt. Herzog Wilhelm verzichtete auf alle Eingriffsmöglichkeiten in das Klosterleben, was für die damalige Zeit recht unüblich war. Mehr noch: Weder der König noch der Bischof besaßen irgendwelche Eingriffsrechte; das Kloster war allein dem Schutz des – damals freilich noch recht schwachen – römischen Stuhls unterstellt. Dieser Verzicht verhalf dem Kloster zu einer Unabhängigkeit (»Immunität«), die vermeiden sollte und auch vermied, daß das Klosterleben von außen und vor allem durch nicht-religiöse Instanzen beherrscht wurde.

Doch damit nicht genug. Cluny erhielt bei seiner Gründung die Privilegien der freien Abtwahl sowie der Exemtion, d. h. der Ausgliederung aus der gewöhnlichen Organisation der Kirche. Cluny war von Anfang seines Bestehens an auf eine besondere Art frei, und diese cluniacensische Freiheit (»libertas cluniacensis«) machte es möglich, daß sich aus einem einzigen Kloster in der burgundischen Provinz ein unabhängiger neuer Orden entwickeln konnte.

Dazu trug auch die verpflichtende Einführung der Benediktsregel bei. Diese traditionelle Ordensregel für die Klostergemeinschaft vorzuschreiben war keinesfalls innovativ, sondern ein Reformschritt hin zu den als verschüttet angesehenen Quellen (»ad fontes«). Er wurde verstanden als ein Schritt zurück *vor* eine Epoche des Niedergangs, vor jene Zeit nämlich, in der die Laieninvestitur für Klöster üblich war. Im 10. Jahrhundert meint also »Reform« gerade nicht einen vollständigen Neubeginn und einen Bruch mit jeglicher Tradition, sondern eher das erneute Bemühen um die Rückkehr zur bewährten Tradition, eine Wiederherstellung.

Es war also vor allem die Stabilität, die Cluny zu seinem großen Erfolg verhalf. Und neben den besonderen Freiheiten und der einheitlichen Benediktsregel trugen die langen Regierungszeiten der Äbte (»Abbatiate«) wesentlich zu dieser Stabilität bei. Abt Berno regierte Cluny von seiner Gründung bis 926; ihm folgten Odo (927-942), Aimard (942-948/954), Majolus (948/954-994), Odilo (994-1049) und Hugo (1049-1109). Gerade die drei letztgenannten Äbte hatten sehr lange Abbatiate und zeichneten sich durch eine geschickte Amtsführung aus. Nicht zuletzt dies verhinderte eine Erschütterung der Gemeinschaft durch häufige Leitungswechsel.

Wenn von Cluny gesprochen wird, meint man damit nicht allein das Kloster im gleichnamigen burgundischen Ort. Das Kloster erfuhr sogleich große Beachtung und entfaltete eine Strahlkraft, die in der ganzen westlichen Kirche ihre Spuren hinterließ. Aus der einen Klosteransiedlung entwickelte sich ein Verbund von Klöstern, die sich cluniazensisch nannten. Cluny entwickelte sich zur Großabtei, man könnte auch sagen zu einer Zentralabtei, dem weitere Klöster in unterschiedlicher Weise verbunden waren.

Dieses Prinzip des Zentralismus war – historisch betrachtet – neu. Es bedeutete, daß von der Abtei Cluny vorgenommene Neugründungen bzw. Klöster, die sich der Reform Clunys anschlossen, in einer Hinordnung zu Cluny als Mutterkloster existierten. Mit dem Zentralismusprinzip eng verbunden war die Idee des *Ordo Cluniacensis* als eines Klosterverbundes: Berno, der erste Abt Clunys, war bereits Abt von zwei Klöstern: Baume und Gigny. Beide standen bereits in der reformierten Tradition des Benedikt von Aniane (gest. 821). Als Berno zusätzlich Abt von Cluny wurde, bildeten seine drei Klöster so etwas wie einen reformierten Klosterverbund.

Bereits unter Berno erfolgten weitere Klosterneugründungen cluniazensischer Art. In seinem Testament legte Berno fest, daß drei dieser Klöster, unter ihnen auch Cluny, von seinem Nachfolger Odo geleitet werden sollten. Odo war es dann auch, der den Ausbau des Klosterverbundes rasch vorantrieb. Seit 931 besaß er die Voraussetzungen dazu, nämlich das päpstliche Privileg, Klöster zu reformieren und der Führung der Mutterabtei Cluny zu unterstellen. Dies geschah entweder mit der

Gründung von Prioraten durch Cluny selbst, durch den Anschluß einer Kommunität an Cluny oder indem sich ein Klosterherr an Cluny wendete. Mit der Zeit entstand somit in Westeuropa ein dichtes Netz von reformierten Klöstern, die alle in Verbundenheit und Zuordnung zu Cluny existierten. Auf dem Höhepunkt der Ausbreitungen unter Abt Hugo (1049-1109) standen so etwa 1200 Klöster in Westeuropa unter cluniazensischem Einfluß.

Es war auf diese Weise ein »an vielen Orten gelegenes Kloster« entstanden. Ja, man verglich das Entstandene gar mit dem menschlichen Leib und bezeichnete es als »corpus cluniacum«. Dabei war die Art der Angliederung an Cluny von unterschiedlicher Intensität. Die engste Anlehnung an Cluny besaßen die *Priorate*, d. h. Klöster, die Cluny unmittelbar unterstellt waren. Die Prioren dieser Gemeinschaften wurden vom Großabt in Cluny, dem Abt der Äbte (»abbas abbatum«), eingesetzt oder versetzt und waren diesem durch ein Handgelöbnis verpflichtet. Auch der einzelne Mönch war letztlich dem Abt von Cluny untergeben, der ihn innerhalb des Verbandes versetzen konnte. Eine Sonderstellung innerhalb dieses Systems nahmen die fünf Großpriorate ein, denen ihrerseits wieder Klöster unterstellt waren, welche damit in mittelbarer Abhängigkeit zu Mutterabtei Cluny existierten. Im Hinblick auf die Abhängigkeit von Cluny den Prioraten ähnlich waren die *inkorporierten Abteien*. Im Unterschied zu den Prioraten gab es in diesen Abteien eine historisch bedingte eigene Wahl des Abtes, so daß diese Gemeinschaften einen eigenen Abt und individuelle Sonderrechte im cluniazensischen Klosterverbund behielten. Wiederum in einer anderen Weise mit Cluny verbunden waren die *von Cluny kontrollierten Abteien*. Diese oftmals sehr großen Gemeinschaften (z. B. Vézelay, St. Germain in Auxerre) behielten ihre eigene Stellung in politischen und wirtschaftlichen Angelegenheiten bei; ihre Zugehörigkeit zu Cluny wurde allerdings dadurch gewährleistet, daß die Ernennung des Abtes durch Cluny erfolgte bzw. Cluny eine wesentliche Mitsprache bei der Ernennung gewährleistet wurde.

Die drei bisher genannten Gruppen bildeten den eigentlichen Klosterverbund von Cluny, den *Ordo Cluniacensis*. Eine Sonderrolle nahm noch eine vierte Gruppe von Klöstern ein, die zwar die *Consuetudines* (die »Lebensweise«) Clunys annahmen, jedoch keine formelle Übergabe an Cluny vollzogen. Aus diesem Grund rechnet man diese Gruppe nicht dem eigentlichen Klosterverbund zu.

Unabhängig davon jedoch, in welcher Abhängigkeit eine Gemeinschaft von Cluny aus lebte, war das Leben des gesamten Klosterverbundes nach den gleichen einheitlichen Gesetzmäßigkeiten geordnet. Als Grundlage diente zum einen natürlich die Befolgung der Regel Benedikts, der sich alle cluniazensischen Klöster verpflichtet fühlten. Zum anderen banden sich alle Gemeinschaften darüber hinaus an bestimmte, neben der Benediktsregel bestehende Lebensregeln, die sogenannten *Consuetudines* Clunys. Damit verband alle Klöster der cluniazensischen Reform neben der Abhängigkeit zum Mutterkloster das Prinzip »eine Regel – eine Lebensweise« (»una regula – una consuetudo«). Auch dieser Faktor wirkte zentralisierend und festigte die Stärke des cluniazensischen Klosterverbundes, d. h. seine Geschlossenheit nach innen wie nach außen.

Das hierarchische Zentralisationsprinzip war gerade im 10. Jahrhundert von besonderer Bedeutung. Während sich nämlich etwa in Deutschland unter den Ottonen die gesellschaftlichen Verhältnisse stabilisierten, zerfielen gerade zu dieser Zeit in Frankreich große politische und wirtschaftliche Einheiten (und in deren Folge auch kirchlich-monastische Strukturen). In dieser Situation war Einheitlichkeit nur durch strikte Zentralisierung zu erreichen.

3. Gebetssteigerung

Für Cluny und den *Ordo Cluniacensis* charakteristisch ist die Steigerung in vielen Bereichen. Bereits anhand der zahlenmäßigen Entwicklung des Konvents wird dies deutlich: Gehörten im Jahre 994, d. h. ein knappes Jahrhundert nach seiner Gründung, weniger als 100 Mönche der Abtei Cluny an, so stieg diese Zahl im Laufe des 11. Jahrhunderts auf 300 und in der Folgezeit immer weiter an – ein Zeichen für die enorme Attraktivität, die von Cluny ausging, vor allem aber auch ein Zugewinn an »Leistungskraft«: Viele Mönche konnten viele Gebetsleistungen erbringen.

Das Prinzip der Steigerung charakterisiert besonders die cluniazensische Liturgie. Ihre Wurzeln besaß sie vor allem in den Reformbestrebungen des bereits erwähnten Benedikt von Aniane. Dieser hatte im Unterschied zu den Festlegungen Benedikts von Nursia die deutliche Verlängerung der Liturgie gefordert, die er als Abbild des immerwährenden Gotteslobes am Ende der Zeit verstanden wissen wollte. Die Mönchsgemeinschaft sollte durch ständige Gebete das immerwährende Lob Gottes der Endzeit (»laus perennis«) vorwegnehmen. Nach der Reform Benedikts von Aniane hatte jeder Mönch täglich 138 Psalmen zu beten, wohingegen die ursprüngliche Benediktsregel nur 37 Psalmen vorsah.

Scheinen 138 Psalmen bereits ein kaum leistbares Gebetspensum gewesen zu sein, so übertraf Cluny dies noch bei weitem. Das Gebet ohne Unterlaß (vgl. 1 Thess 5,17 und Lk 18,1) war für einen cluniazensischen Mönch *der* Weg zur Vollkommenheit. Zur Regierungszeit des Abtes Hugo (1049-1109) war die Steigerung der Liturgie auf ihrem Höhepunkt angelangt. Täglich wurden zwei Hochämter und zahlreiche Privatmessen gefeiert; daneben gab es das gemeinsame Stundengebet der Gemeinschaft, das ebenfalls um mehrere Gebete und Psalmen erweitert war. An einigen Tagen im Jahr wurden in Cluny 215 Psalmen gebetet, mehr als der gesamte Psalter und mehr als fünfmal so viele Psalmen wie nach der Regel Benedikts von Nursia. Darüber hinaus las die Gemeinschaft innerhalb eines Jahres die gesamte Heilige Schrift einschließlich der erklärenden Texte der Kirchenväter.

Das enorme Gebetspensum, welches die Mönche zu bewerkstelligen hatten, führte dazu, daß neben dem Gottesdienst weniger Zeit für andere Tätigkeiten blieb; das ursprüngliche benediktinische Ideal von Gebet *und* Arbeit (»ora et labora«) wurde auf ein Übergewicht des Gebetes hin umgestaltet. Körperliche Arbeit entfiel deshalb weitgehend, wenngleich auch in Cluny, der christlichen Tugend der Barmherzigkeit gemäß, Arme gespeist wurden. Die Abtei nahm ihre karitativen Verpflichtungen sehr ernst, und pro Jahr wurden etwa 17.000 Speisungen vorgenommen.

4. *Totengedenken*

Mit den Psalmengebeten verbunden war das besondere Totengedächtnis, das in Cluny praktiziert wurde. Auch hier lag das Prinzip der Steigerung zugrunde. Die Tatsache, daß gerade die Klöster im 10. Jahrhundert besondere Orte des Totengedächtnisses waren, besitzt seine Grundlagen in der mittelalterlichen Gesellschaftsordnung. Diese Ordnung sah die Einteilung der Menschen in drei »Großgruppen« vor: in Beter (»oratores«), Krieger/Kämpfer (»bellatores«) und Arbeiter (»laboratores«). Alle drei Gruppen lebten in gegenseitiger Abhängigkeit voneinander und versahen Dienste füreinander. Die Aufgabe der Oratores war es, für die beiden anderen Gruppen zu beten. Von den anderen Gruppen empfingen sie dafür Schutz und Unterhalt.

Dieses Prinzip galt auch für Cluny. Grundidee war es, daß das Mönchsgebet eine Läuterung der Sünden im Jenseits bewirke. Hier sei daran erinnert, daß der Stifter Wilhelm von Aquitanien sich durch die Schenkung gerade das Gebet auf ewige Zeiten – also auch nach seinem Tode – sichern wollte. Besonders nach dem Moment des Todes sei die Seele besonderen Gefahren ausgesetzt, so glaubte man. Wenn sie den toten Leib des Menschen verlasse, gerieten gute und böse Mächte, besonders Dämonen, in einen Kampf um die Seele, um sie entweder in den Himmel zu geleiten oder in den Abgrund zu stürzen. »Daß die Seele nach dem Abscheiden entweder Engeln oder Dämonen zufällt und ihr darum eine gefährliche Reise bevorsteht, blieb [...] durchs ganze Mittelalter eine tröstende oder auch ängstigende Vorstellung« (Angenendt, Religiosität 671). Gebete und Seelenmessen vermochten – davon war man überzeugt – die Dämonen zu vertreiben. Und nach der Seelenreise, hiervon war bereits die Rede, dienten die Gebetsleistungen dem Ausgleich der Sündenstrafen der Verstorbenen.

Um die Vielzahl der Totengedächtnisse zu überblicken und vor allem am Todestag des Verstorbenen die entsprechenden Gebete und Seelenmessen verrichten zu können, war es notwendig, Gedenkbücher mit den Namen der Verstorbenen zu führen. Wenngleich das Totengedenkbuch der Großabtei verloren ist, so gibt es doch noch viele Zeugnisse aus cluniazensischen Prioraten. Allein das Gedenkbuch von Longpont enthielt 18.000 Namen, das von St.-Martin-des-Champs 30.000 (Angenendt, Religiosität 712). Das verschollene Gedenkbuch der Abtei Cluny wird diese Exemplare im Umfang sicherlich bei weitem noch übertroffen haben.

Diese Zahlen zeigen zum einen, wie sehr die Menschen der damaligen Zeit durch Gebetsstiftungen und Gebetsbünde eine Läuterung ihrer Sünden zu erlangen suchten und welche enorme Wirkung dem Gebet in den cluniazensischen Gemeinschaften beigemessen wurde. Zum anderen wird jedoch auch deutlich, wie sehr dieser Bedarf an Gebetsleistungen für das Seelenheil des Einzelnen dazu beitrug, daß die Gebetsleistungen für Totengedächtnisse immer mehr gesteigert wurden. Nicht grundlos geht das heutige Allerseelengedächtnis in der katholischen Kirche, das Gedächtnis aller Verstorbenen am 2. November, auf eine Praxis aus Cluny (ab 1030 für alle angeschlossenen Häuser eingeführt) zurück.

Selbstverständlich konnten in den Klöstern die Gebete für die Verstorbenen nicht allein an diesem einen Tag verrichtet werden; täglich wurde in Cluny für die Toten gebetet, ein Dienst, der den Mönchen einiges abverlangte: »Es begann schon vor der Matutin, dem klösterlichen Nachtgebet. Die vorab zu betende ›trina oratio‹ umfaßte dreißig Psalmen, von denen die ersten zehn den Toten galten. Wenn in der Hauptkirche die Matutin beendet war, formierte sich eine Prozession zur Marienkirche, wo nach den Laudes des Allerheiligen-Offiziums noch die Matutin und die Laudes des Allerseelen-Offiziums folgten, selbstredend für die Verstorbenen. Während der Prim rezitierte man die Namen der an dem betreffenden Tag Verstorbenen, dazu sechs Psalmen für ihre Seelenruhe. Im nachmittäglichen Stundengebet wurde, wie schon am Morgen bei den Laudes, die Vesper in der Marienkapelle zweimal wiederholt, wiederum aus dem Allerheiligen- und Allerseelen-Offizium. Täglich zweimal wurde – neben den Privatmessen der einzelnen Mönche – ein Konventsamt gefeiert, zuerst an einem Altar der Marienkirche als Morgenmesse, dargebracht wiederum für die Verstorbenen. Alles zusammengenommen bedeutete das eine Gebetslast, die in der Tat die Lebenden zu Toten machen konnte« (Angenendt, Religiosität 713).

Wie intensiv diese Gebetssteigerung in Cluny war, läßt sich aus heutiger Perspektive allenfalls noch erahnen, aus dem Verständnis von modernem religiösen Leben aber kaum mehr nachvollziehen. Für das Mittelalter war dies jedoch anders. Anders als heute war der Tod für einen mittelalterlichen Menschen allgegenwärtig, mitten im Leben war er vom Tod umfangen (»media vita in morte sumus«) – so eine Notker Balbulus von St. Gallen (ca. 840-912) zugeschriebene Antiphon aus dem 11. Jahrhundert. Diese Lebensempfindung basierte auf mehreren Faktoren: zum einen auf der – aus heutiger Sicht – geringen Lebenserwartung von etwa 35 Jahren. Die Kindersterblichkeit war hoch (nur etwa die Hälfte aller geborenen Kinder erreichte das Erwachsenenalter), für Frauen waren Schwangerschaften und Geburten lebensbedrohlich, Männer zogen in den Krieg und mußten körperliche Schwerstarbeit verrichten. Hinzu kamen Hungersnöte, Seuchen und andere Katastrophen, und überdies fehlte jede im engeren Sinne ärztliche Versorgung. Das gesamte Leben war sehr viel mehr von Schmerzen und Todesangst bestimmt als dies heute der Fall ist.

Durch die Omnipräsenz des Todes wird verständlich, warum der mittelalterliche Mensch alle Hoffnungen auf das jenseitige Leben bei Gott richtete. Denn dort gibt es keine Tränen mehr (vgl. Lk 6,21: »Selig, die ihr jetzt weint, denn ihr werdet lachen«). Somit richtete sich alles irdische Trachten in starkem Maße auf das Jenseits aus, und um ja das ewige Heil nicht zu gefährden, galt es bereits zu Lebzeiten jede erdenkliche Vorsorge für ein Engelsgeleit der Seele zu Gott zu treffen. Dazu bedurfte der Einzelne der Gemeinschaft, d. h. vor allem der klösterlichen Kommunitäten, die durch ihr immerwährendes Gebet dafür Sorge trugen, daß die eigene Seele auf ihrer Seelenreise von Engeln zu Gott geleitet und schließlich auch vor dem Gericht Bestand haben würde. Gerade Cluny bot durch die extremen Gebetsleistungen, die diese Gemeinschaft vollbrachte, eine größtmögliche Gewähr hierfür.

5. Schlußbetrachtung

Das 10. Jahrhundert rief geradezu nach religiöser Reform. Der religiöse Niedergang der Klöster, ihre reine Verwaltung durch nicht religiös ambitionierte Verwalter wie auch der Zerfall bestehender Strukturen bewirkte eine Hinwendung zurück zu den Quellen (»ad fontes«), zurück zu den unverfälschten Ursprüngen religiösen Lebens. Insofern ist es problematisch, von einer innovativen Kraft Clunys zu sprechen; eher trifft das

Wort Reform (»Zurückformung«) den Sachverhalt. Seine herausragende Stellung unter den Neugründungen des 10. Jahrhunderts verdankt Cluny zunächst der straffen Zentralstruktur, die ein schnelles Wachstum des Klosterverbundes ermöglichte, und den langen Regierungszeiten seiner Äbte, die Stärke nach innen wie nach außen bewirkte. Sodann verdankt Cluny seine Bedeutung der Steigerung von Liturgie und Gebet. Diese Steigerung antwortete auf die religiösen Bedürfnisse der Zeit, die man durch die Formel »viel hilft viel« charakterisieren könnte. Gesteigerte Gebetsleistungen, Totengedächtnisse und Almosen waren die logische Folge einer solchen Religiosität. Dankbar nahmen die Gläubigen die Gebetsleistungen der Mönche in Anspruch, denn höchstmögliche Gebetsleistungen – so glaubte man – boten auch die höchstmögliche Garantie dafür, dereinst das ewige Leben bei Gott zu erlangen.

Innerhalb der historischen Forschung ist oft diskutiert worden, inwieweit Cluny als Vorreiter der gregorianischen Reform zu gelten und welchen Einfluß die Gemeinschaft auf die weitere Entwicklung der Kirche im 11. Jahrhundert genommen habe. Zunächst ist nicht ohne weiteres ersichtlich, warum eine monastische Reform wie die cluniazensische eine Strukturreform der gesamten Westkirche bedingen sollte. Immerhin aber wurde 1073 mit Gregor VII. ein Mönch aus Cluny zum Papst bestimmt. Was der gregorianischen Reform indes als Vorbild gedient haben mag, ist das Prinzip der »libertas«: Während der cluniazensische Orden frei von vielen, zumal weltlichen Einflüssen war, so zielte die Stoßrichtung der gregorianischen Reform auf ähnliches: die Freiheit der Kirche von den Einflüssen weltlicher Macht.

In der Folgezeit gab es weitere große Reformbewegungen, wie z. B. die Zisterzienser oder die Franziskaner, die sich mitunter bewußt von den cluniazensischen Ideen abgrenzten. Diese Bewegungen stießen sich an den Auswüchsen, die die weitere Entwicklung Clunys zeitigte. Die Klöster des Ordens brachten es teils zu nicht unbeträchtlichem Reichtum. Die Abteikirche in Cluny war zur Zeit ihrer Entstehung die größte und prächtigste des Abendlandes; ihre Ausmaße waren so groß, daß die heutige Stadt Cluny geradezu in die Ruine der Ende des 18. Jahrhunderts zerstörten Kirche hineingebaut wurde.

Aber nicht allein an diesen äußeren Merkmalen nahmen die Gläubigen der späteren Zeit Anstoß. Seit dem 12. Jahrhundert sind in der westeuropäischen Mentalitätsgeschichte Individualisierungstendenzen festzustellen, der gerade die Gebetssteigerung, das Beten für andere und das Fehlen einer verinnerlichten Religiosität immer suspekter erscheinen lassen mußten.

Festzuhalten bleibt jedoch, daß die Gründung von Cluny den entscheidenden Anstoß zur Neubelebung des zuvor niedergegangenen Mönchtums geleistet hat. Sie hat damit zugleich der Entwicklung des monastischen Lebens in den nachfolgenden Jahrhunderten den Weg gewiesen. In seinem Bestreben, die Frömmigkeitspraxis einem geradezu »rationalistischen« Kalkül zu unterwerfen, hat Cluny weit über den kirchlichen Raum hinaus die Bewußtseinsgeschichte des Abendlandes geprägt. Und schließlich hat die cluniazensische »libertas« die Trennung von geistlicher und weltlicher Herrschaft vorbereitet. Diese Trennung, wesentliches Ziel auch der Kirchenreform Papst Gregors VII. und Gegenstand des Investiturstreits, der seinen symbolischen Höhepunkt im Gang Heinrichs IV. nach Canossa (1077) gefunden hat, bestimmt das Verhältnis von Kirche und Staat in Europa bis in die Gegenwart hinein.

Literaturhinweise

Angenendt, Arnold: Gezählte Frömmigkeit, in: Frühmittelalterliche Studien 29 (1995), 1-71.

– Geschichte der Religiosität im Mittelalter, Darmstadt 1997.

Bulst, Neithard: [Art.] Cluny A. Geschichte des Klosters Cluny und der Cluniazenser in Frankreich, in: Lexikon des Mittelalters, Bd. 2 (Stuttgart – Weimar 1983), Sp. 2172-2177.

Frank, Karl Suso: [Art.] Cluny, in: Theologische Realenzyklopädie, Bd. 8 (Berlin – New York 1981), 126-132.

Hallinger, Kassius: Gorze – Cluny. Studien zu den monastischen Lebensformen und Gegensätzen im Hochmittelalter, 2 Bde., 1950-51 (Neudr. 1971).

Hiestand, Rudolf: Einige Überlegungen zu den Anfängen von Cluny, in: Mönchtum, Kirche, Herrschaft 750-1000, hrsg. von Dieter R. Bauer u.a., Siegmaringen 1998, 287-309.

Kohnle, Armin: Abt Hugo von Cluny (1049-1109), Sigmaringen 1993.

Richter, Helmut (Hrsg.): Beiträge zu Gestalt und Wirkung der cluniazensischen Reform (Wege der Forschung 241), Darmstadt 1975 (reiche Bibliographie).

Tellenbach, Gerd: Libertas. Kirche und Weltordnung im Zeitalter des Investiturstreites, Stuttgart 1936 (Neudr. 1996).

Wollasch, Joachim: Cluny im 10. und 11. Jahrhundert, Göttingen 1967 (ausgewählte Quellen).

– Cluny – Licht der Welt. Aufstieg und Niedergang der klösterlichen Gemeinschaft, Zürich – Düsseldorf 1996.

Wolfgang Hartung

Das 11. Jahrhundert als »Aufbruchsepoche« Europas*

Zeitmarken von Wandel und Aufbruch

»Für die Zeit vom endenden 10. bis zum beginnenden 14. Jahrhundert bietet sich für den europäischen Aspekt keine treffendere Kennmarke als ›Aufbruch‹ an, da in dieser Epoche in einer gewaltigen Anstrengung alle die individuellen und gesellschaftlichen, materiellen und geistigen Kräfte entbunden und alle Bewegungen ausgelöst worden sind, die Europas eigenes Gesicht, seine spezifische Gesellschaft und Kultur geschaffen und geprägt haben.«

Mit dieser Feststellung leitete Karl Bosl 1980 sein Buch »Europa im Aufbruch« ein. Thema und Begriff »Aufbruchsepoche« spielten in seinen Werken, wie bei keinem anderen Historiker, eine zentrale Rolle.

Das 11. Jahrhundert ist vielfach als Epocheneneinschnitt des Mittelalters und in größeren Zusammenhängen auch der europäischen Geschichte gewürdigt worden. Manche Autoren verliehen ihm lediglich Etiketten; andere freilich – wie Karl Bosl und vor ihm Marc Bloch – begründeten ihre Auffassungen durch tiefangelegte Strukturuntersuchungen. Bloch analysierte und beschrieb 1939 in seinem großen Werk »La société féodale« das 11. Jahrhundert als den Übergang vom ersten zum zweiten Feudalzeitalter (premier âge féodal – deuxième âge féodal). In seiner Untersuchung über »Die mittelalterlichen Grundlagen des modernen Deutschland« überschrieb Geoffrey Barraclough 1953 das Kapitel über die Zeit von 1024 bis 1075 mit »Die Ära des Fortschritts und der Verheißung«.

Dies wird für den Wirtschaftshistoriker David Herlihy insbesondere an der ökonomischen Entwicklung deutlich: »Etwa vom Jahre Tausend an, vielleicht sogar früher, trat die Wirtschaft des Westens in eine Phase der mächtigen Expansion, die bis ungefähr 1300 andauerte.« Mit der Entdeckung und Ausformung der Individualität des Menschen, »The Discovery of the Individual« (1972), sah C. Morris die Zeit von 1050 bis 1200 treffend gekennzeichnet. »Das alte Europa, das im elften Jahrhundert in eine neue Welt aufbrach, setzte die wichtigste Potenz frei, die seine Zukunft bestimmte: das unfaßliche Individuum« – mit dieser Feststellung hebt Eberhard Straub zu Recht eine der größten »Kulturleistungen« des

* Als akademischer Lehrer hat Karl Bosl meine Vorstellungen von dieser Aufbruchsepoche nachhaltig geprägt. Ihm sei dieser Beitrag gewidmet.

Mittelalters hervor (Straub, 56). »Die Modernität des 11. Jahrhunderts liegt tatsächlich in dieser tiefgreifenden Umwälzung, die sich schließlich auf alle Aspekte der Zivilisation auswirkte, insbesondere auf die Verteilung von Macht und Reichtum sowie auf die Vorstellungen, die man sich von der Beziehung des Menschen zu Gott machte und folglich auf die Mechanismen der künstlerischen Schöpfung« (Duby, Zeit der Kathedralen, 59).

Selbstverständlich hat sich der »Aufbruch« des 11. Jahrhunderts in Europa nicht als Ereignis an einem festen Datum vollzogen. Vielmehr hat er als ein strukturverändernder Prozeß die vorhergehenden und nachfolgenden Zeiten miteinander verknüpft. »Zwar markiert das Millennium keine plötzliche oder radikale Neudefinition der Umrisse dieser Gesellschaft, doch ungefähr im 11. Jahrhundert begann in Westeuropa eine Epoche außerordentlich intensiver Kreativität« (Bartlett, Geburt Europas, 12).

Die archaische Zeit

Gehen wir in groben Umrissen von der Vorgeschichte und den Bedingungen aus, in denen der Aufbruch des 11. Jahrhunderts seine Wurzeln hatte. Die »archaische Epoche der europäischen Gesellschaft« ist durch eine relative Statik gekennzeichnet. Himmel und Erde wurden als unmittelbar miteinander verknüpfter, von Gott geschaffener Kosmos betrachtet. Die Ordnungsvorstellungen von Diesseits und Jenseits, von irdischem und göttlichem Ordo wurden nicht in Frage gestellt. Die Menschen, das Sein und das Handeln waren ihnen unterworfen. Glaube und Formen der Religionsausübung wurden zunehmend normiert. Theologische Streitfragen erreichten und berührten die Gläubigen höchstens am Rande. Sie verharrten in einfachen, von heidnischen Vorstellungen und magischen Praktiken durchsetzten christlichen Glaubensformen.

Diese archaische Epoche ist weitgehend bestimmt von allgemein akzeptierten sozialen und religiösen Haltungen und Einstellungen sowie von fehlenden alternativen Vorstellungen. Sie ist eine Zeit der Bewahrung und der Rezeption dessen, was die frühchristlichen theologischen Autoritäten wie etwa die Kirchenväter hinterlassen hatten. Die jeweilige Gegenwart wurde mit Hilfe althergebrachter Praktiken, geforderter Normen und gelieferter Modelle zu bewältigen versucht. Jegliches Handeln legitimierte sich allein durch solche Rückgriffe.

Ende der Invasionen

Mit dem 10. Jahrhundert ging in Mitteleuropa eine lange Phase der Beunruhigung und existentieller Krisen, die durch Angriffe von außen herangetragen wurden, ihrem Ende zu. Gleich einer belagerten Festung war das Land den zur Routine gewordenen Eroberungs- und Raubzügen ausgesetzt: Seit dem 9. Jahrhundert wurden insbesondere Italien und Okzitanien von muslimischen Seefahrern heimgesucht, die sich sogar an den Küsten niederließen und von dort tief nach Europa hinein vordrangen, die Rhône aufwärts nach Frankreich und sogar über die Alpen zum Bodensee. Erst ihre Vertreibung öffnete das Mittelmeer für die europäische Expansion.

Die Magyaren wüteten seit ihrer Niederlassung in der Tiefebene von Donau und Theiß (Pannonien) um 896 als barbarische Invasoren und bedrohten in Deutschland, Frankreich und Italien Kirche und Staat sowie die menschliche und zivilisatorische Existenz. Erst mit der Taufe König Stefans des Heiligen im Jahre 1000 und der nachfolgenden Christianisierung und Eingliederung in die europäische Welt setzte ein langfristiger Friedenszustand ein. Damit war – als »Nebenprodukt« – auch der Landweg über das Oströmische Reich nach Palästina freigeworden und wesentliche Voraussetzungen für die Massenwallfahrten und die Kreuzzüge geschaffen.

Die saisonal wiederkehrenden Raubfahrten der Wikinger brachten lange Phasen der Zerstörung, Gefangenschaft, Tod und Verderben über weite Teile Europas, bevor sie in den Landschaften ihrer Eroberung und Niederlassung – in Nordfrankreich seit 911, in Süditalien und Sizilien seit 1059 – ihre Herrschaften und Reiche gründeten. Im 11. Jahrhundert, spätestens seit der Eroberung des angelsächsischen England durch die Normannen, ist die europäische Epoche der Invasionen beendet. Für die Geschichte Englands bedeutet die Schlacht von Hastings 1066, die nachfolgende Eroberung und Errichtung eines normannischen Königtums, eine erhebliche Zäsur.

Die zivilisatorischen Wirkungen der verebbten Wanderzeit blieben nicht aus. »Um die Mitte des 11. Jahrhunderts kann man eine Reihe von sehr tiefen und grundsätzlichen Veränderungen beobachten, die ohne Zweifel durch das Ende der letzten Invasionen hervorgerufen oder möglich gemacht worden sind. Aber in dem Maße, in dem sie selbst das Ergebnis dieses großen Ereignisses waren, zeigen sie sich ihm gegenüber um einige Generationen verspätet« (Bloch, Feudalgesellschaft, 82).

Klima, Ernährung, Bevölkerung

Der Wandel von Strukturen wird nicht nur von historischen Ereignissen und Prozessen verursacht. Wir haben insbesondere von den französischen Historikern seit Marc Bloch gelernt, daß Natur und Klima erhebliche Einflüsse auf die Geschichte ausüben können. Das Klima stellt einen wesentlichen Faktor für Flora und Fauna und vor allem für den Menschen in seiner Lebenswirklichkeit und seiner wirtschaftlichen Existenz dar. Anbau und Anbaufläche, Qualität und Quantität sowie die Art der Produkte hängen in erheblichem Maße davon ab. Klima und Witterungsbedingungen bestimmten letztendlich den Umfang der in der vorindustriellen Zeit ohnehin nur knappen Nahrungsmitteldeckung und Ernährung. Die Saatmenge des Getreides erbrachte im Mittelalter lediglich einen zweieinhalb- bis dreifachen Ernteertrag. Nach Abzug des Saatgutes blieb selbst in guten Erntejahren keine angemessene Menge für Konsum und Notvorrat übrig. Somit konnte ein geringer Rückgang der Erträge Hunger und Fehlernährung bewirken. Der Not und dem Elend, von der Mißernte eines einzigen Anbauzyklus herbeigeführt, folgten wegen des mangelnden Saatgutes katastrophale Jahre. Es ist offensichtlich, daß Klima, Landwirtschaft, Ernährungslage, Siedlung und Bevölkerungsentwicklung in sehr engen funktionalen Zusammenhängen stehen.

Das 11. Jahrhundert war von einer relativ hohen Durchschnittstemperatur gekennzeichnet. Die Gletscher der Alpen, verläßliche Anzeigeinstrumente für klimatische Verläufe, waren auf Positionen zurückgewichen, die ungefähr denen der heutigen Warmzeit entsprachen. Schon in der Mitte des 10. Jahrhunderts setzte ein Klimaoptimum ein, welches bis in das 13. Jahrhundert, dem Beginn der kleinen Eiszeit, anhielt. Damit waren günstige Bedingungen für die Nahrungsversorgung und -vorsorge geschaffen und ein Bevölkerungswachstum ermöglicht.

Anbaufläche, Methoden und Technik in der Landwirtschaft

Die Zunahme der Bevölkerung seit dem Beginn des ersten Jahrtausends ist deutlich erkennbar, auch wenn wir lediglich über indirekte und punktuelle Hinweise verfügen. Dem Bevölkerungswachstum entspricht die erhebliche Erweiterung der Anbauflächen und der Landausbau allenthalben in Europa: durch Rodung in Schwaben wie in der Normandie, im Apennin wie im Allgäu; durch Landgewinnung an den Küsten wie im Binnenland, an der Nordsee wie in der Poebene. Vergrößerte Anbauflächen ernähren mehr Menschen – mehr Menschen bewirtschaften größere Flächen.

Neben der quantitativen Entwicklung erkennen wir auch einen qualitativen Wandel der Landwirtschaft. Dabei sind nicht so sehr neue Erfindungen als vielmehr die intensivere Nutzung von schon bereitstehender Technik und bekannten Methoden zum Einsatz gekommen. Die

Dreifelderwirtschaft mit Fruchtwechsel, mit alternierendem Anbau von Sommer- und Wintergetreide oder Gemüse, führte zu erheblichen Ertragssteigerungen je Ernte und zu jährlichen Mehrfachernten. Dadurch verkürzten sich die Abstände zwischen den Ernten und verringerte sich das Risiko eines ganzjährigen Ernteausfalls. Die landwirtschaftliche Arbeitskraft konnte geschont und auf mehrere Bearbeitungs- und Erntephasen verteilt werden. Eine Folge der Dreifelderwirtschaft war die Erweiterung und Spezialisierung der landwirtschaftlichen Produkte. Diese wurde nicht nur von den Erfordernissen der Märkte, sondern allein schon vom Ausbringen der Frühjahrssaat – Gerste, Hafer, Gemüse – einerseits und der Herbstsaat – Roggen und Weizen – andererseits bewirkt. Der Gewinn von Kohlenhydraten durch die Frühjahrssaat und von Proteinen durch die Herbstsaat bereicherte nicht nur den Teller, sondern förderte die Gesundheit und somit die Überlebenschancen in beachtlichem Maß. Freilich fand die Dreifelderwirtschaft in den verschiedenen Regionen Europas ganz unterschiedliche, in manchen Gegenden überhaupt keine Anwendung.

Unter den technischen Neuerungen ist besonders die weitere Verbreitung des Räderpfluges mit Sech und Streichbrett hervorzuheben. Dieser Pflugtyp war leichter zu lenken; das messerartige Sech ritzte den Boden schon vor der Pflugschar. Er pflügte tiefer, und das Streichbrett wendete die Scholle und lüftete die Erde. Die Erträge hoben sich merklich im Vergleich zu den primitiven Hakenpflügen, insbesondere auf harten und schweren Böden. Vor allem die zunehmende Armierung der Pflüge, der neu erfundenen Eggen und anderer landwirtschaftlicher Geräte und Werkzeuge mit Eisen steigerte die Produktivität erheblich. Auch die Anspannsysteme für Pferd und Ochse bzw. Rind mit Kummet oder Stirnjoch sowie die Hufeisen für die Pferde stellten entscheidende Verbesserungen dar und hoben Intensität und Geschwindigkeit von Transport und Arbeitsprozeß und damit die Produktivität um ein mehrfaches. Die Zugkraft eines Pferdes mit Kummet betrug das Vier- bis Fünffache gegenüber der Anschirrung mit Riemen an Hals und Brust. Überhaupt nahm die Verwendung von Pferden für Feldarbeit, Rodung und Transport zu. Ihren Bedarf an Kraftfutter deckte insbesondere der zunehmende Haferanbau. Leistung und »Kraftstoffverbrauch« eines Pferdes entsprachen denen von zwei Ochsen, Geschwindigkeit und Beschleunigung des Krafteinsatzes eines Pferdes waren jedoch weit überlegen.

Mit dem 11. Jahrhundert nahm die Nutzung der natürlichen Ressourcen erheblich zu, und es trat geradezu ein Boom der schon in der Antike bekannten Wassermühlen ein. Die Wassermühle ersparte Arbeitskräfte und Zugtiere und besaß darüber hinaus eine viel höhere Mahlkapazität als Hand- und Tiermühlen. Diese Zunahme der Mühlen und des damit verbundenen Mahlvolumens ist ein deutlicher Indikator für eine ansteigende demographische Entwicklung und zunehmende Verstädterung. Zwanzig Jahre nach der Eroberung Englands durch die Normannen (1066) zählte das *Domesday Book* 5624 Wassermühlen in England. Zunächst waren die Wassermühlen vor allem für das Mahlen des Korns im Einsatz. Sie wurden jedoch zunehmend als Energielieferanten und – nach Erfindung der Nockenwelle – auch als Maschinen zum Walken, Hämmern und Schmieden benutzt. Seit dem 11. Jahrhundert finden wir im Dauphiné und im Umkreis von Amiens Eisenhämmer. Die Zeit der Windmühlen setzte jedoch erst im 12. Jahrhundert ein.

Die Neu- und Fortentwicklungen in der Landwirtschaft des 11. Jahrhunderts machen deutlich, daß sie mit der demographischen Entwicklung eng zusammenhingen. Die Notwendigkeit, eine gewachsene Bevölkerung unterhalten zu müssen, ging einher mit zusätzlichen quantitativen und qualitativen Nahrungsanforderungen. Die Selbstversorgung der Stadtbewohner ging mit zunehmender Urbanisierung immer weiter zurück. Auch die steigenden und sich verfeinernden Konsumhaltungen der sogenannten »leisure-classes«, von Adel und Geistlichkeit, und ihrer höfischen Lebensform hoben die Nachfrage erheblich. Die zunehmende Abhängigkeit der leisure-classes und der Stadtbewohner vom (Zu-)Kauf landwirtschaftlicher Produkte schuf mit der schnellen Verbreitung von Märkten seit der Mitte des 10. Jahrhunderts für die landwirtschaftlichen Produzenten neue Chancen, Freiheiten und sozialen Aufstieg.

Vorstellungen von der Gesellschaft: Die Drei Ordnungen

Mit dem beginnenden 11. Jahrhundert wird uns ein Wahrnehmungs- und Deutungsschema der mittelalterlichen Gesellschaft vor Augen geführt, welches bis in das 18. Jahrhundert für die künftigen Vorstellungen und Theorien von der gesellschaftlichen Ordnung in Europa maßgeblich wurde. Bischof Adalbero von Laon belehrte um 1025 König Robert den Frommen in seinem *Carmen ad Rodbertum regem*: »Dreifach ist also das Haus Gottes, daß man eines wähnt: hier auf Erden beten (*orant*) die einen, andere kämpfen (*pugnant*), und noch andere arbeiten (*laborant*); diese drei gehören zusammen und ertragen nicht, entzweit zu sein; derart, daß auf der Funktion (*officium*) des einen die Werke (*opera*) der beiden anderen beruhen, indem alle jeweils allen ihre Hilfe zuteil werden lassen.« Auch Bischof Gerhard von Cambrai erklärte 1036 in einer Predigt die seit der Schöpfung bestehende Ordnung nach dem gleichen Schema, wonach »das Menschengeschlecht von Anbeginn der Welt in drei geteilt war, die Männer des Gebets (*oratoribus*), die Bauern (*agricultoribus*) und die Krieger (*pugnatoribus*)« (zit. nach Duby, Ordnungen, 16).

Otto G. Oexle sieht in der Lehre von den Drei Ordnungen und der darin enthaltenen »funktionalen Dreiteilung« einen »Indikator für soziale Vorgänge, ... gebündelt, pointiert und auf den Begriff gebracht« (Deutungsschemata, 100). War dieses Schema der Versuch, die sich wandelnde Gesellschaft wahrzunehmen, sie theoretisch zu erfassen und ihr Form zu geben? War es die Reaktion auf die mit Sorge betrachteten Veränderungen der Welt, auf das Herrschaftschaos des Feudalismus und das ohnmächtige Königtum in Frankreich? Diente es der Vergewisserung des Alten (so Duby, Kathedralen, 59f, 193f)? Die Vorstellungen von den Drei Ordnungen dürften in manchen Regionen Europas zu diesem Zeitpunkt von der Realität der wirtschaftlichen und gesellschaftlichen Entwicklungen schon überholt gewesen sein. Möglicherweise sind die Darlegungen Adalberos von Laon und Gerhards von Cambrai schon in apologetischer Absicht geschrieben, als Verteidigungslinie gegen aufziehende Neuerungen, gegen den beängstigenden, aus Italien, Okzitanien und Flandern heranziehenden Wandel, der die als gottgegeben angesehene kosmische Ordnung zu zerstören drohte. Allein schon der gedankliche Versuch, Kaufleute, Handwerker und andere, nicht agrarische »Berufe« mit der heilsgeschichtlich verankerten dreigeteilten Gesellschaftsordnung zu vereinbaren, stellte die Theologen vor unlösbare Probleme.

Aufbruch und Reorganisation der Gesellschaft

Aufbruch und Reorganisation kennzeichnen die mit dem 11. Jahrhundert beginnende Phase der Gesellschaftsgeschichte. In der Folgezeit sehen wir, daß sich mit der Auflösung archaischer Formen des Zusammenlebens eine Pluralisierung der Gesellschaft abzeichnet. Aus der *familia* – das ist der Verband von Hörigen in verschiedenen Funktionen, in abgestufter Leibeigenschaft unter einer adeligen oder geistlichen Herrschaft – und aus dem organisatorischen Verband, der *villicatio*, lösten sich neue, im System der Drei Ordnungen gar nicht vorgesehene soziale und wirtschaftende Individuen, Gruppen und Gemeinschaften. Aus der archaischen Struktur der *familia* erwuchsen Zunft, Gilde und Gesellenbruderschaft. Selbst die Kleriker- und Mönchsgemeinschaften stellen – inmitten einer wesentlich von adeligen Grundstrukturen geprägten Welt – im Grunde einen Ersatz für die natürlichen bzw. sozialen Gemeinschaften dar, aus denen ihre Mitglieder stammen.

Anfänge der Stadt

Henri Pirenne sah in den Prozessen der aufkommenden städtischen Gesellschaft nach der Jahrtausendwende einen der bedeutendsten sozialen Umbrüche mit weitreichenden Folgen für Europa: »Mit dem Entstehen eines Bürgerstandes scheint die Kultur aus einer Erstarrung zu erwachen, und ihre Differenzierung nimmt zu. Vom siebten bis zum elften Jahrhundert war die Entwicklung überall gleichförmig. Aber wie groß wurden die Unterschiede seit dem elften Jahrhundert!« (Geschichte Europas, 208). Auch Leonardo Benevolo sieht diese Entwicklungen geradezu als konstitutives Element der europäischen Geschichte: »Die europäischen Städte entstehen zusammen mit Europa, und in gewissem Sinne sind sie es, die Europa erst hervorbringen. Sie sind eine – vielleicht die hauptsächliche Ursache dafür, daß Europa sich als eine historische Einheit zu erkennen gibt« (Die Stadt, 13).

Noch nie zuvor und nie mehr danach wurden in Europa so viele Städte gegründet wie im 11. Jahrhundert. Das Prinzip der Selbstorganisation und der Autonomie unterscheidet die europäischen Städte des Mittelalters grundlegend etwa von den orientalisch geprägten Städten. Der politische und wirtschaftliche Aufschwung der oberitalienischen Städte Pisa, Genua, Venedig, Mailand steht im Verbund mit dem italienischen und mediterranen Wirtschafts- und Handelsraum. Diese und viele andere Städte bereiteten die Umbruchssituation des 11. Jahrhunderts in Europa vor. Die Gleichzeitigkeit der Erscheinungen im Süden und im Norden, in Niederlothringen und in Flandern, in Okzitanien, im Rhônetal, in Katalanien und in Ansätzen auch am Rhein und an der Donau, wo Wirtschaft und urbane Entwicklung die alten Strukturen aufzubrechen begannen, macht unübersehbar deutlich, daß die Dynamik des Aufbruches im 11. Jahrhundert nicht nur lokale oder regionale Räume erfaßte.

Das Bevölkerungswachstum, die Erschließung neuer Siedlungs- und Anbauflächen beim Landesausbau und bei der Kolonisation an der Peripherie des Altsiedellandes sowie die Vermehrung und Verdichtung von Siedlungen hatten eine erhebliche Zunahme von Menschen und Waren auf den Straßen zur Folge. Und wo nicht genügend Straßen vorhanden waren, wo neue Siedlungen erschlossen werden mußten, wurde das Verkehrsnetz erweitert.

Das Wachstum der Stadt und ihrer Bevölkerung läßt sich an den allenthalben beobachteten Stadterweiterungen und neuen Pfarrgründungen nachvollziehen – so etwa in Köln. Der sozial- und wirtschaftsgeschichtliche Entwicklungsstand sowie die topographischen Dimensionen Kölns, der größten Stadt Deutschlands im Mittelalter, darf jedoch nicht verallgemeinert werden. In dieser Zeit wurden Köln und viele ältere Siedlungen nicht nur vergrößert, sondern gelegentlich auch verlegt, wenn topographisch günstigere Lagen, die sich an der Hochwassergrenze, an Brücken und Straßen sowie an Verteidigungsaspekten orientierten, dies erforderten. In Köln etwa wurden zu dieser Zeit die Reste des ehemals römischen Hafens zugeschüttet, um Speicherplatz zu gewinnen. Im 10. und 11. Jahrhundert ist die Kölner Stadtfläche von ca. 80 ha auf ca. 200 ha angewachsen. Das Lindauer Damenstift veranlaßte um 1075 die Bewohner des Marktes Aeschach, auf dem ständig bedrohten und verwüsteten Festland nach einem festen Plan entlang einer Straßen- und Bebauungsachse auf die vorgelagerte Bodenseeinsel Lindau umzuziehen. Dazu mußten Wohn- und Nutzgebäude, Markt und Hafen sowie Kirche und Friedhof in den folgenden einhundert Jahren verlegt werden.

Etwa gleichzeitig gründete der Bischof von Lüttich planmäßig eine Marktsiedlung zu Huy an der Maas. Die *Libertas villae* für Huy aus dem Jahr 1066 stellte ein Privileg für die Bürger dar und belegt erstmals als »Ältester Freiheitsbrief im deutschen Reich« die kommunale Selbständigkeit von Stadtbewohnern für eine Stadt nördlich der Alpen. Turnhout, Lille, Douai, Utrecht, Saint-Omer, Tiel und viele andere Städte sind Entwicklungen in der flandrischen Landschaft dieser Zeit. War die Ummauerung von Kaufleuteniederlassungen im 10. Jahrhundert noch auf wenige exponierte Orte begrenzt wie etwa Köln (vor 948), Regensburg (917) oder Verdun (985), so verbreitet sich die städtische Umwallung im 11. Jahrhundert erheblich: Lüttich, Utrecht, Tournai, Douai, Arras, Mainz, Trier, Worms, Speyer, Straßburg und Augsburg. Kennzeichnend nicht nur für die schöpferische Energie, sondern vor allem für den geistigen und mentalen Impetus, der von den Stadtgründern und ihrer Zeit ausgeht, ist die geplante und genormte Stadtanlage. »In diesen neuen Städten und neuen Vierteln bekundet sich auch ein neuer städtischer Geist. Die regelmäßige, ring- oder häufiger noch schachbrettförmige Anlage zeigt eine Reifeperiode des städtischen Denkens, einen Willen zur Rationalisierung, der die geistigen Veränderungen … erahnen läßt« (Le Goff, Hochmittelalter, 51).

Die städtische Gesellschaft

Wir dürfen nicht davon ausgehen, daß die sich seit dem 11. Jahrhundert herausbildende Stadt und ihre Gesellschaft sich absolut und in allen ihren Merkmalen von dem sie umgebenden Land mit seinen Herrschafts-, Sozial- und Wirtschaftsstrukturen unterschieden hat. Denken wir allein an die unübersehbaren agrarischen Relikte in Gestalt bäuerlicher Betriebe innerhalb der Stadtmauer. Neben Grund und Boden traten zunehmend und bald überwiegend Geld und Ware als Wert- und Besitzobjekte bzw. als Kapital. Das zielgerichtete Erwerbsleben von Kaufleuten und Handwerkern wurde von der neu gewonnenen Verfügungsgewalt über Arbeitskraft, Arbeitsertrag und Eigentum – sogar über den Tod hinaus durch neues Erbrecht – stimuliert, die wirtschaftliche Dynamik in besonderem Maße durch die erlangte Freizügigkeit. Gleichheit vor Gericht, Momente der Selbstbestimmung, die Bildung von Körperschaften – dies alles ist auf die besonderen Erfordernisse der Handwerker und vor allem der Kaufleute abgestimmt. In prinzipiellen Lebensbedingungen, Rechts- und Besitzverhältnissen ist der Wandel unverkennbar. Vor allem die an der Person des Bürgers haftenden Eigenschaften erweisen nicht nur die Unterschiede zwischen Stadt und Land, sondern auch den Zuwachs zivilisatorischer Errungenschaften.

Die neu entstehende städtische Gesellschaft neigte zu rationaler Planung ihrer urbanen Welt. Die Kaufleute als dominante »Kernmannschaft« der Gründungs- und Ausbauphase brachten hohe Anteile ihrer Lebensinhalte, Sichtweisen und Interessen in die Stadtgesellschaft ein. Ihr gruppen- und berufsspezifisches Rechtsbedürfnis und Rechtsverständnis beeinflußten Ordnung und Orientierung in besonderem Maße. In der Stadt wurde erstmals für Laien ein Arbeitsethos entworfen, welches dem Wert des Arbeitens und der Qualität der Arbeit Sinn gibt. Die sich ausformende Mentalität des Bürgertums war nachhaltig von diesem Arbeitsethos gekennzeichnet. Sie achtete auf die Relation von Arbeit und Ertrag, nahm die Chancen wahr, welche die Organisation von Gemeinschaft und Wirtschaft und insbesondere das Denken und Wagen von Freiheit boten.

Das Zusammenwirken der Stadtbewohner, ihre politischen und sozialen Zusammenschlüsse und ihr Gemeinschaftsbewußtsein konkretisierten sich in der Durchsetzung ihrer Ziele. Deutlich sichtbar wird dies in den städtischen Unruhen des 11. Jahrhunderts, in Pavia 1024, in Cremona 1031, in Mailand seit 1045, in Le Mans 1070, in Köln 1074. Die Wormser Bürgerschaft, die verhältnismäßig früh eigenständiges korporatives Gewicht erlangte, vertrieb ihren Bischof und gewährte Kaiser Heinrich IV. 1073 in dessen schwerster Notlage ihren Schutz. In Mainz unternahmen Bürger, ebenfalls Anhänger Heinrichs, 1077 einen Aufruhr gegen Erzbischof Siegfried und den Gegenkönig Rudolf von Rheinfelden. Die kommunalen Bewegungen waren wie im kirchenreformerischen Umfeld vom Schlagwort der *libertas* geprägt. Wie Reformer und Königswähler forderten sie freie Wahlen von Doge, Bischof oder Graf – ein europaweites Phänomen: in Venedig 1027 bis 1032, in Mailand und Pisa 1081, in Brügge und Gent 1127. Im Jahr 1092 schließlich verzeichnen wir den ersten Städtebund – *coniuratio*/Schwurgemeinschaft – des Mittelalters zwischen Mailand, Lodi, Cremona und Piacenza; er richtete sich gegen Kaiser Heinrich IV.

Das in Städten des ausgehenden 11. Jahrhunderts massiv auftretende und in verschiedene Formen gekleidete Streben nach Autonomie ist Ausdruck der wirtschaftlichen Potenz und zugleich des sich steigernden Selbstbewußtseins der Bürger. In den alten und in den neuen städtischen Gebilden entstanden neue gesellschaftliche Typen, die sich in neuen sozialen Gruppen zusammenfanden. Sie drohten den alten Ordo zu sprengen, und vor allem dessen geistliche Repräsentanten, Vordenker und Normgeber fühlten sich zutiefst verunsichert und provoziert. Guibert von Nogent brachte kurz nach 1100 die negativen, stereotypen Auffassungen auf den Punkt: »Kommune, ein neumodisches, ein schlimmes Wort!« (zit. nach Le Goff, Hochmittelalter, 79).

Die genuin konservative Gesellschaftstheorie/-theologie ist aufgrund ihrer heilsgeschichtlichen Anlage derart strukturiert, daß die seit dem 11. Jahrhundert in Mitteleuropa zu verzeichnenden Phänomene gesellschaftlichen Wandels (zumindest theoretisch) damit unvereinbar erscheinen und mit Verdikten belegt werden. Davon sehen sich insbesondere auch die bedeutendsten Gruppen der im Entstehen begriffenen Stadtgesellschaft betroffen. Ihre Positionen erscheinen in dem Sinn prekär, als für die »Berufe« von Kaufmann und Handwerker und vor allem für ihre Arten des Gelderwerbes und somit für die entsprechenden sozialen Gruppen kein Platz im Ordo definiert zu sein scheint. Die theologischen Hüter des Ordo sehen Tätigkeit und Existenzbedingungen insbesondere der Kaufleute, aber auch der Handwerker mit z. T. ablehnender Skepsis: denn sie akzeptieren lediglich *oratores*, *bellatores* und *laboratores*, wobei letztere ausschließlich als bäuerliche oder zumindest der gottgewollten Adels- bzw. Kirchenherrschaft unterstellte Existenzen gedacht waren. Diese soziale Welt in *statu nascendi* bedurfte angesichts ihrer »revolutionären« Situation in einer »konservierenden« theologischen Sozialtheorie einer tragfähigen Legitimation, um vor Gott und den Theologen, aber auch vor den akzeptierten Mitgliedern der christlichen Gesellschaft bestehen zu können.

Individuen und Gruppen der Gesellschaft befanden sich seit dem 11. Jahrhundert auf der Suche nach einem Status, nach einem Platz im überlieferten bzw. im neu zu definierenden Ordo-System. Dieses Phänomen kennzeichnet in dieser Aufbruchsepoche Kirche und Welt, Papst, Kaiser und König, den Welt- wie den Mönchsklerus, vor allem aber die im Entstehen begriffenen Gruppen der Gesellschaft: Niederadel und Stadtbewohner. Die Suche nach einem Platz im Ordo stellt sich nicht nur als eine Aufgabe für den einzelnen, sondern auch für die kollektiven Gebilde, wie sie uns in geistlichen und laikalen Gemeinschaften, in Gruppen und Ständen begegnen. Für die soziale Orientierung ist es erforderlich, ein Bild von sich und von den »anderen« zu entwerfen, die eigene (Gruppen-)Existenz sowie die der »anderen« einzuordnen und vor allem gegeneinander abzugrenzen.

Die seit dem 11. Jahrhundert im gesellschaftlichen, wirtschaftlichen, geistigen, religiösen und mentalen Kontext der Städte vollzogenen Identifikationen stellen vielleicht das wichtigste dynamische Element für die Ausformung der spätmittelalterlichen und auch der frühneuzeitlichen Gesellschaft dar. Seit dieser Zeit wird die Zukunft der geistigen, religiösen, politischen und vor allem auch der wirtschaftlichen Entwicklungen Europas zunehmend in den Städten konzipiert.

Der neue Adel – die Ministerialität

Aus der *familia* hervorgehend, entwickelte mit den *Ministerialen* noch eine weitere gesellschaftliche Gruppe soziale Dynamik. Die Ministerialen verblieben jedoch überwiegend in der angestammten agrarisch-feudalen Lebenswelt und Ordnung – wenn wir von denjenigen absehen, die im Auftrag ihrer Herren Dienst in der Stadt leisteten. Manche dieser Aufsteiger dürften aus *Zensualen* hervorgegangen sein. Zensualen werden in einer Urkunde von 1033 definiert als Freie, die sich freiwillig dem Heiligen einer Kirche antrugen, oder als Unfreie, die nach ihrer Freilassung aus der Leibeigenschaft an eine Kirche übertragen wurden. Die Zensualen bewegen sich also auf einer Zwischenstufe zwischen Freiheit und Unfreiheit.

Manchen Mitgliedern der *familia* wurden von ihrem weltlichen oder geistlichen Grund- und Leibherrn Aufgaben wie Güter- und Abgabenverwaltung und zunehmend auch gerichtliche und militärische Funktionen zugewiesen. Diese in den Quellen gelegentlich als *maiores* (Meier) bezeichneten unfreien Inhaber von Hofstellen entfremdeten sich zunehmend ihrer ehemals bäuerlichen Rolle und wuchsen in eine Position hinein, in welcher sie mit sozial absteigenden Adeligen (Edelfreien) zusammentrafen: in der Dienstmannschaft oder Ministerialität.

Ihr Auftreten ist seit dem 11. Jahrhundert das von adeligen Herren: Sie erschienen als berittene Krieger mit deren Kampfformen und sprechen Recht. Im 12. Jahrhundert werden sie ihre Höfe verlassen, wie die Edelfreien Burgen bauen und Lehen empfangen. Unter Konrad II. wurden erstmals unfreie Dienstmannen unverzichtbare Stützen sogar des Königtums. Damit war der Aufstieg zur Reichsministerialität vorbereitet.

Obwohl die Merkmale der Unfreiheit für die Ministerialität auch weiterhin rechtserheblich waren, gelang es ihr, sich von den ehemaligen Standesgenossen im Hörigenverband abzuschichten. Das Selbstbewußtsein der Ministerialität wandte sich zum einen gegen das an die Scholle gebundene *opus servile*, den unehrenhaften Dienst der Leibeigenen der *familia*, zum anderen gegen den »von Hause aus« autonomen Adel, die Edelfreien, die den sozialen Aufstieg und Prestigegewinn mit Mißtrauen beobachteten und bekämpften. Rechtsstatus und Freiheit vieler adeliger Herren waren überdies wegen mangelnden Allods gefährdet. Im Versuch, ihre adelige Freiheit durch Dienst und Lehen zu erhalten, sahen sie sich in erniedrigender Konkurrenz zu den »Emporkömmlingen«.

Kein Wunder, daß der gesellschaftliche Aufstieg der Ministerialen vom Hochadel eifersüchtig beobachtet und ihre Mitglieder auf Distanz gehalten wurden. Der adelige St. Galler Mönch Ekkehard bringt das im 11. Jahrhundert trefflich zum Ausdruck:

> »Auf den Gütern begannen die Meier – von denen das Wort gilt: hält sie nicht Furcht in Bann, schwillt den Knechten der Kamm – blanke Schilde und Waffen zu führen, lernten Hörner mit anderem Klang als die übrigen Bauern zu blasen, hegten Hunde, zunächst um Hasen zu jagen, zuletzt aber nicht allein Wölfe, sondern sogar Bären und Eber zu hetzen. ›Die Keller (*cellerarii*)‹, sagten sie, ›mögen Höfe und Äcker bestellen! Wir wollen uns um unsere Lehen kümmern und der Jagd frönen, wie es Männern geziemt!‹« (Ausgew. Quellen zur deutschen Geschichte des Mittelalters 10, Darmstadt, 2. Aufl. 1989, 108ff).

Der Fortsetzer Ekkehards illustrierte den sozialen Aufstieg, den Ehrgeiz und das Gebaren der aus der Unfreiheit bzw. Abhängigkeit vom Kloster herstammenden Dienstmannschaft parteiisch und verurteilt ihn bitter: Die Lehensleute des Klosters St. Gallen hätten dessen Besitzungen unter sich aufgeteilt, die Ministerialen die besten Stücke aus den Gütern herausgeschnitten, die Keller (»Untermeier«) sich kirchliche Villikationsrechte nach Art von Lehen an sich gerissen und entgegen jeglichem Rechtsherkommen sich selbst gar mit dem Schwert umgürtet: »... *more nobilium gladium cingebant*« (*Casus Sancti Galli, Cont. II*: MGH, Scriptores II, 161).

Der Hochadel reagierte auch mit juristischen Schritten auf die »Usurpatoren«, weil er sich in seiner Standesehre, seiner Funktion, seiner Monopolstellung, in seiner Identität, in seinem *honor* schlechthin, gefährdet sah. Deshalb wurde z. B. Graf Sighard von Burghausen (Salzach) von Ministerialen auf dem Reichstag von Regensburg 1104 erschlagen. Er habe, berichten die *Annales Augustenses*, das den Ministerialen seit langem von ihren Dienst- und Lehensherren zugestandene Recht abstreiten und ihnen nehmen wollen (MGH, Scriptores III, 107).

Auf gesellschaftlicher und kultureller Ebene hingegen gelang der Ministerialität der Aufstieg. Ministeriale, Edelfreie und selbst Königssöhne werden sich im 12. Jahrhundert zum Ritterstand vereinen. Diesen Ritterstand zeichnet – zumindest theoretisch – nicht mehr allein das funktionale Merkmal einer berittenen Kriegerelite aus, sondern auch christliche Ethik sowie ein weltliches Normensystem mit wohlformulierten, als unabdingbar aufgefaßten Tugenden: *mâze, êre, milte, triuwe, staete, courtoisie/hövescheit.* Die Grundlage für eine spiritualisierte Auffassung von Adel wurde durch das kirchliche Ideal der *militia Christi* seit dem 11. Jahrhundert geschaffen. Bischof Bonizo von Sutri verpflichtete um 1190/95 die Ritter darauf, »für den Staat bis auf den Tod zu kämpfen« sowie »Arme, Witwen und Waisen zu schützen« (*Liber de vita christiana*, ed. Perels, 1930, VII, 28, S. 248).

Religion und Kirche in einer sich wandelnden Welt

Die Ideen und Ideologien der Klosterreform wurden im 11. Jahrhundert virulent und im christlichen Europa allenthalben präsent und wirksam. Die weiträumige Wirkung Clunys zeigt die Dynamik der Reformbereitschaft und die weiten Kreise, welche von den Reformgedanken erfaßt wurden. Wir sehen geradezu einen Christianisierungssprung. »Die Neuheit bestand darin, daß die Kirche nun dem gesamten Christenvolk nahelegte, es ihnen gleichzutun, sich denselben Regeln der Armut, der Keuschheit, des Friedens und der Abstinenz zu unterwerfen und genau wie sie allen fleischlichen Verlockungen dieser Welt den Rücken zu kehren. So sollte das endlich vollständig bekehrte Menschengeschlecht getrost dem Neuen Jerusalem entgegengehen können« (Duby, Zeit der Kathedralen, 105). Vor allem die Welt der Mönche sollte als Vorbild für die Laien gelten.

Zugleich verbreitete sich die Stimmung einer bereits gegenwärtigen Endzeit, die durch berufene und unberufene Prediger schon vor der Jahrtausendwende heraufbeschworen worden war. Einschlägige Werke bereiteten in Wort und Bild – so etwa die im Umkreis des Klosters Reichenau um die Jahrtausendwende geschaffene Bamberger Apokalypse – den geistigen Boden einer eschatologischen Grundstimmung vor: Der Hildesheimer Annalist bringt die chiliastischen Erwartungshaltungen zum Ausdruck: »Das tausendste Jahr übertrifft und übersteigt alles« (MGH, Scriptores III, 99f).

Nun, im 11. Jahrhundert, steigerten sich Drohung und Lamento zur Hysterie. Es fehlte nicht an göttlichen Zeichen dafür, daß eine neue

Phase, die letzte der Heilsgeschichte, angebrochen war. Radulf Glaber liefert uns eine Illustration dafür: »Dann, im achten Jahr nach dem Jahrtausend der Fleischwerdung des Herrn, geschah es, daß verschiedene Hinweise zur Entdeckung zahlreicher Heiligenreliquien führten, die bis dahin verborgen geblieben waren. Als ob sie lange auf eine glorreiche Auferstehung gewartet hätten und dann auf ein Zeichen Gottes der Betrachtung der Gläubigen zugänglich gemacht worden wären, um ihrem Geist so großen Trost zu spenden« (*Historiarum libri quinque*, hrsg. u. übers. von J. France, London 1989, III, 19, S. 127). Dachten hierbei die Zeitgenossen an die Ereignisse bei Jesu Tod und Auferstehung, die der Evangelist Matthäus überliefert? »Die Gräber öffneten sich, und die Leiber vieler Heiligen, die entschlafen waren, wurden auferweckt. Nach der Auferstehung Jesu verließen sie ihre Gräber, kamen in die Heilige Stadt und erschienen vielen« (Mt 27, 53).

Die Sehnsucht nach Zeichen des Himmels ließ verstärkt heilige Reliquien – oder was man dafür hielt – entdecken. Diese Auffindungen bestätigten wiederum die eschatologischen Erwartungshaltungen. Ademar von Chabannes überliefert für den Beginn des 11. Jahrhunderts, daß der religiöse Massenwahn bei einer Panik am Grab des heiligen Martial zu Limoges über fünfzig Todesopfer gefordert habe (*Historiarum Libri* III, MGH Scriptores IV, 138).

Kriegerkultur und Gottesfrieden

Angesichts der Verchristlichung des religiösen Empfindens und der vertieften Religiosität konnte es nicht ausbleiben, daß Kloster- und Kirchenreform auch die Welt erfaßten, so insbesondere in der damit verbundenen Friedensbewegung. Die Landschaften Burgunds, die mit ihrem geistigen und organisatorischen Zentrum Cluny seit der Mitte des 10. Jahrhunderts die Klosterreform vorangetrieben haben, brachten auch eine Bewegung hervor, welche die laute, kriegerische und blutige Welt der adeligen Fehden eindämmen, unbeteiligte Menschen schützen und bestimmte Tage und Lebensräume von kriegerischen Gewalttaten ausnehmen sollte. Verträge und Eide spiegeln die Grausamkeit und zerstörerische Gewalt der Fehdehandlungen. Ritter aus der Landschaft um Beauvais mußten 1024 schwören: »Ich will weder Ochs noch Kuh, nicht Schwein, Schaf, Lamm noch Ziege wegnehmen; weder den Esel noch das aufgesammelte Holz, das er trägt, oder die Stute und ihr ungezähmtes Füllen. Ich will weder den Bauern noch die Bäuerin, noch das Gesinde noch die Händler ergreifen, ich nehme ihnen ihre Taler nicht; ich will kein Lösegeld von ihnen fordern, und ich werde sie nicht ins Elend bringen, indem ich ihnen das, was sie haben, unter dem Vorwand des Krieges für den Lehensherrn wegnehme, und ich werde sie nicht auspeitschen, um ihnen das Lebensnotwendige wegzunehmen.«

In der vertraglichen Vereinbarung, Beschwörung und Verkündigung des Gottesfriedens sah vor allem die Weltkirche, vertreten durch Bischöfe und Äbte, Aufgaben und Ziele geistlicher, theologischer und weltlicher Natur. Die Kirchenfürsten unternahmen es auch, anstelle des französischen Königs zu handeln, der nicht imstande war, den erhabensten Aufgaben seines Amtes nachzukommen: Wahrung von *pax et iustitia*, von Friedens- und Rechtsordnung.

Diesen Zielen konnte sich auch der Adel auf Dauer nicht völlig entziehen. Im Rahmen des altüberkommenen Fehderechtes übte er bis dahin legitime Gewalt aus. Gegen dieses »Standesrecht« wandte sich nun die Friedensbewegung. Insofern stiegen Prestige und Rang der Bischöfe in Deutschland wie in Frankreich schon lange Zeit vor dem Investiturstreit. Deutschland wurde von der Gottesfriedensbewegung jedoch erst im ausgehenden 11. Jahrhundert erfaßt – zu einer Zeit eben, als das Königtum seiner Aufgabe als Friedensgarant nicht mehr nachkommen konnte.

Religiöse Bewegungen – Menschen suchen ihren Gott

Die Denkhaltungen der Menschen in der archaischen Epoche des frühen Mittelalters waren nicht rational und berechnend, sondern praktisch und »natürlich«; d. h., sie waren begrenzt vom engen Rahmen ihrer Lebenswirklichkeit, ihrer überwiegend agrarischen Lebensform. Sie dachten in Bildern und Symbolen, die für Dinge, Personen und Erscheinungen aller Art standen. Diese Menschen wurden von optischen »Ereignissen« gefesselt, belehrt und überzeugt. Die bildhafte Sprache vermittelte dieser frühen Welt christliche Glaubensinhalte. Kirchenmalerei, Bronzetüren und Skulpturen sind bildliche Konkretisierungen der Frohen Botschaft.

Erst um die Jahrtausendwende wurde die Predigt zu einem »Massenkommunikationsmittel«. Wir sehen, wie die Menschen zunehmend von religiösem Eifer und sogar von religiöser Erregung erfaßt wurden. Pilgerzüge wurden zu Massenbewegungen. Bischof Gunther von Bamberg soll um 1065 eine Massenwallfahrt nach Jerusalem organisiert haben, an der sich angeblich zwölftausend Pilger beteiligten. Das 11. Jahrhundert sah die ersten Wanderprediger, die ohne kirchlichen Auftrag und mit diffusen Lehren eine Art innerer Mission betrieben. Diesen Aposteln und ihren Verheißungen folgten nicht wenige Menschen – Männer und auffällig viele Frauen, viele Leute aus den Unterschichten – auf die Straßen und Plätze, ja sogar in die Waldeseinsamkeit Okzitaniens, auf der Suche nach alternativen Lebensformen und auf der Suche nach ihrem Gott, den sie in den Kirchen nicht finden konnten. Robert d'Arbrissel (um 1045-1116) etwa zog barfuß mit wallendem Bart durch Nordfrankreich und versammelte am Ende des 11. Jahrhunderts andere *pauperes Christi* um sich, die auf ihren irdischen Besitz verzichtet hatten. Auch für Norbert von Xanten (um 1080-1134) waren die Apostel das große Vorbild. Außer diesen beiden gelang es freilich nur wenigen, eine seitens der kirchlichen Autoritäten anerkannte Klostergemeinschaft zu gründen.

Die vielfältige und uns oft wirr erscheinende Suche nach dem Heil mündete in eine Vielzahl religiöser Bewegungen. Diese verkörperten Wandel und Umbruch der religiösen ebenso wie der gesellschaftlichen Normen und Strukturen und sollten vom 12. Jahrhundert an Kirche, Herrschaft und Gläubige erschüttern. Auf der Suche nach dem wahren Glauben und in der Nachfolge Christi nahmen viele das Schicksal einer Verurteilung als Ketzer in Kauf – nicht zuletzt für ihre harte Kritik an der Herrschaftskirche. In der Champagne, in Orléans, in Sens und in Arras, in Mainz und in Turin wurden seit der Jahrtausendwende Abweichler aus verschiedenen sozialen Schichten und ganz unterschiedlichem Bildungsstand entdeckt und als Häretiker ausgerottet.

Die Menschen schienen besessen von der Neugier auf den umfassenden, ungekürzten Inhalt des Evangeliums und begaben sich – einzeln und in Gruppen – auf die verschlungenen Wege zu Seelenheil und Erlösung. Bogomilen und Katharer, Waldenser und Humiliaten, Beginen, Begarden und Brüder vom Heiligen Geist – diese und ungezählte andere Bewegungen gaben der religiösen Heilssehnsucht dieser Zeit Ausdruck. Somit entstand ein Pluralismus von sehr verschiedenen religiösen Identitäten, Menschen-, Gottes- und Weltbildern. Neben dem römischen und dualistisch-gnostischen Weg taten sich zahlreiche Seitenpfade auf, die alle den gleichen hohen Rang der Wahrheit und der Heilsgewißheit für sich beanspruchten.

Die römische Kirche stand unter dem bis dahin ungekannten Druck, ihre Lehre umfassend zu überprüfen, neu zu formulieren oder zu bekräftigen. Sie mußte sich – angestoßen von den religiös bewegten Massen und ihren Denkern und Predigern – ihrer Kerninhalte neu vergewissern. Diese Notwendigkeit stand schon in der Mitte des 11. Jahrhunderts, in Auseinandersetzung mit der Mailänder Pataria, der ersten »religiösen Laienbewegung« des Mittelalters, vor aller Augen.

Erprobung des Neuen

Für das 11. Jahrhundert sind zahllose Kirchenneubauten bzw. -erweiterungen überliefert. So schwärmte Radulf Glaber um die Jahrhundertmitte:

»Als das dritte Jahr nach dem Jahr 1000 herankam, wurden fast überall, aber besonders in Italien und Frankreich, die Kirchen erneuert. Obgleich die meisten in sehr gutem Zustand waren und eine Erneuerung nicht notwendig gewesen wäre, waren alle christlichen Gemeinden mit ihren Nachbarn in einen wahren Wettstreit um die prächtigste Kirche getreten. Man könnte sagen, daß die Welt selbst sich schüttle, um ihre Baufälligkeit abzustreifen, und sich überall mit einem weißen Mantel von Kirchen zu bedecken« (*Historiarium libri quinque* III, 13, S. 115 und 117).

Nicht nur nach quantitativen Dimensionen, auch technisch und ästhetisch bewegen wir uns in einem Zeitalter der Neuerung, der Beschleunigung, des »take off« (Le Goff, 17). Das ausgehende 10. und das ganze 11. Jahrhundert bereiteten den Boden für die entstehende Romanik. Der damit verbundene »Bauboom« wurde zu einem wesentlichen Teil durch den religiösen Wandel verursacht. Die Endzeiterwartung und das Bedürfnis nach Heilserlangung setzten in bis dahin nicht gekanntem Ausmaß Kräfte und Mittel für fromme Stiftungen und damit für Investitionen in das gefährdete Seelenheil frei. Vergessen wir jedoch nicht, daß die Erweiterung von Kirchen auch einen konkreten Hinweis auf das beachtliche Bevölkerungswachstum darstellt, welches mit dem 11. Jahrhundert einsetzte.

Gläubige, Pilger, Kreuzfahrer

Die politische Vorgeschichte der Kreuzzüge begann in Italien und auf der Iberischen Halbinsel schon zu Beginn des 11. Jahrhunderts. Militärische Erfolge der expandierenden kleinen Königreiche Spaniens sowie der Normannen in Italien und Sizilien, weitreichende Eroberungspläne der Genueser, der Pisaner und der Venezianer für das Heilige Land und das Zusammenwirken mit Papst Sergius IV. stellten die Weichen für den ersten Kreuzzug. Auch gedanklich und theologisch wurden die Kreuzzüge schon zu dieser Zeit konzipiert, als Papst Sergius IV. im Jahre 1010 auf die Zerstörung der Grabeskirche zu Jerusalem durch den Kalifen al-Hakim reagierte:

»Jetzt, jetzt gewahrt den strengen Richter! Gedenket des Jüngsten Gerichts, indem ihr mit Christus alle Seligkeit genießen werdet, wenn ihr recht handelt! – Seid nüchtern! Wachet! Denn euer Feind, der Teufel, umkreist euch wie ein reißender Löwe, bereit, euch zu verschlingen. Widersteht ihm tapfer im Glauben! Der Glaube aber ohne Werke ist tot. Denn der rechte Glaube verlangt, Böses zu meiden, Gutes zu tun. Auf, meine Söhne, verteidigt Gott und erwerbt das ewige Reich!« (zit. nach Fried, 32)

Seit 1063 gestaltete sich die *Reconquista* auf der Iberischen Halbinsel auch theologisch zum Heiligen Krieg, als Papst Alexander II. den Rittern Segen und Ablaß versprach. Auch Rolandslied und Willehalmepos sind als frühe, zum Kreuzzug anfeuernde Heldendichtungen um diese Zeit entstanden, gewissermaßen als vorauseilende Symptome, welche künftige Entwicklungen vorwegnahmen. Bei der Massenwallfahrt des Bischofs Gunther von Bamberg 1065 soll der »Hymnus von Christi Wundertaten« des Scholastikers Ezzo gesungen worden sein, und zwar in der alle verbindenden Volkssprache!

Theologen und Geistliche des 11. Jahrhunderts sahen sich schon vor dem ersten Kreuzzug in einem eschatologischen Kriegszustand: »In unserer Zeit hat Gott einen heiligen Krieg begonnen«, schrieb Guibert von Nogent schon um 1090 (*Historia quae dicitur Gesta Dei per Francos*, I, 1: Recueuil des historiens des croisades. Historiens occidentaux, 5 Bde., Paris 1844-1896, Bd. 4, S. 124). Papst Gregor VII. und seine Nachfolger machten den Heiligen Krieg zum allgegenwärtigen Thema und Inhalt der Christenheit. Sie sahen sich legitimiert durch das von Gregor oft bemühte Zitat des Propheten Jeremia: »Verflucht, wer den Auftrag des Herrn lässig betreibt, ja, verflucht, wer sein Schwert abhält vom Blutvergießen« (Jer 48,10). Gregor selbst hat zu Beginn seines Pontifikates den Kreuzzugsgedanken ganz erheblich gefördert, als er plante, als *dux ac pontifex*, als päpstlicher Feldherr, eine Armee zur Entlastung der östlichen Christenheit nach Jerusalem zu führen.

Weniger die Tatsache, daß der erste Kreuzzug 1096 begonnen wurde, sondern mehr noch der epochale und heilsgeschichtliche Einschnitt, den die Zeitgenossen darin sahen, gibt der Zeit ihre Bedeutung. Für den Historiker Ordericus Vitalis (1075-1142) war der Kreuzzug »jene unverhoffte Verwandlung, die in unserer Zeit stattfand« (*Historia ecclesiastica* 9, 1. Hrsg. von M. Chibnall, 6 Bde., Oxford 1968-80, Bd. 5, S. 4). Nicht nur für die Auseinandersetzung mit den Muslimen, sondern auch mit dem Krieg gegen die Slawen wurde der erste Kreuzzug zur anstachelnden Herausforderung und zum heilsgeschichtlichen Vorbild. In einem Aufruf des Jahres 1108 aus der Kirchenprovinz Magdeburg wurden vom sächsischen Adel Kreuzzugstaten nach französischem Vorbild gefordert. Wir sehen Magdeburg mit Jerusalem und die Slawen mit den Muslimen als »unmenschliche Heiden« gleichgesetzt: »Rottet euch zusammen und kommt her, alle die ihr Christus und die Kirche liebt; und wie die Franken bereitet euch zur Befreiung Jerusalems. Unser Jerusalem, anfangs frei, ist zur Magd geworden …« (Ausgew. Quellen zur deutschen Geschichte des Mittelalters 2, 1. Darmstadt, 2. Aufl. 1984, Nr. 19). Der erste Kreuzzug, samt allen religiösen und theologischen Argumenten, die ihm vorausgegangen sind, erwuchs zum Exempel und zur heilsgeschichtlichen Begründung für künftige Unternehmungen.

Papst und König im Investiturstreit

Dem Investiturstreit schritt dieselbe Person voran wie den Vorgängen um die Auseinandersetzung und anschließende Trennung von Byzanz: der radikale Reformer Humbert da Silva Candida (gest. 1061). Dieser war als Kardinal-Legat maßgeblich beteiligt an der Bannung des Patriarchen Michael Kerullarios von Konstantinopel und an der Kirchenspaltung im Jahre 1054. Er radikalisierte mit seinem Werk *Tres libri contra Simoniacos* (»Drei Bücher gegen die Simonisten«, um 1058) die kirchliche Reformbewegung und blies zum Angriff gegen die Positionen und Vorstellungen von Königtum und Adel. Eine neue Ära zog herauf, in welcher die Kirche sich nicht mehr darauf beschränkte, sich selbst zu reformieren, sondern zunehmend versuchte, die Welt unter ihre Reform zu zwingen.

Vordergründig ging es im Investiturstreit um die Forderungen, die sich aus der kirchlichen Reformbewegung herauskristallisiert hatten. Der gemäßigte Kardinal Petrus Damiani (gest. 1072) formulierte sie vor, und der radikale Humbert von Silva Candida verarbeitete sie zu einer explosiven Mischung: Ausschluß der Simonie, Verbot der Laieninvestitur, strikte Einhaltung des Zölibats. Als Simonie wurde im Reformzeitalter nicht nur der Kauf geistlicher Ämter, sondern auch deren Annahme aus Laienhand bewertet; auf die Spitze getrieben bedeutete Simonie jegliches Mitwirken von Laien bei der Vergabe solcher Ämter. Laieninvestitur bedeutete die rechtswirksame Übergabe von Amts- und Herrschaftszeichen an einen Geistlichen, etwa einen Bischof oder Abt durch einen Laien, hier insbesondere durch den König. »Jede Revolution siegt mit ihrer neuen Sprache, mit ihren neuen (Schlag-)Worten, mit Hilfe derer sie Dinge zusammensieht, die man vor ihr nicht beachtet, zumindest für harmlos erachtet hatte« (Heer, Europäische Geistesgeschichte, 51f). Das trifft für den Begriff und die Forderung nach der *Libertas Ecclesiae* ebenso zu wie für den Schlachtruf »Simonie«, der zum Rammbock gegen das Staat-Kirche-System des frühen Mittelalters wurde.

Die reformkirchlichen Forderungen fanden in der Folge mit der Doktrin des *Dictatus Papae* von Papst Gregor VII. im Jahre 1075 einen Höhepunkt. Darin formulierte der Papst erstmals in der Geschichte der Kirche das Programm von der päpstlichen Weltherrschaft, vom Recht, den Kaiser abzusetzen und seine Anhänger vom Treueid zu lösen.

Im Kern führte die Kirchenreform zu einer Auseinandersetzung um die theologische, heilsgeschichtliche und auch politische Ortsbestimmung von *regnum* und *sacerdotium*, von weltlicher und geistlicher Herrschaft. Der Investiturstreit verdichtete sich zum Kampf zwischen Papst und Kaiser um das geistliche und um das weltliche Schwert – letztlich um den göttlichen Auftrag in der Heilsgeschichte. Gregor VII. sah den Papst im Besitz beider Schwerter (vgl. Luk 22,38); diese deutet er als das Schwert von Gottes Wort und als das Schwert des Petrus, mit dem die Sünder bestraft werden. »Außerdem rufen die Priester gegen boshafte und ungläubige Feinde Gottes das handgreifliche Schwert der Könige und Krieger zu Hilfe. Sie führen es nicht, verfügen aber darüber; denn dem heiligen Papst gebührt die von Gott gegebene Herrschaft über das christliche Volk« (Borst, 102).

Manche Theologen, wie der normannische Anonymus um 1100, bezogen Gegenposition zur radikalreformerischen Partei. Weil Christus dem Apostel Petrus befohlen habe, sein Schwert in die Scheide zu stecken, dürften auch die Geistlichen nicht zum Schwerte greifen. Dies sei allein dem König als Gesalbtem des Herrn erlaubt. Dessen Schwert sei zwar materieller Natur. Durch Weihe und Salbung des Königs sei dem Schwert jedoch geistlicher Rang verliehen. »Die Herrschaft des Königs ist die Herrschaft Gottes« (Borst, 103). Der Papst allein sollte nach Auffassung der Reformer berechtigt sein, kaiserliche Insignien zu tragen, der König hingegen seines sakralen Charakters entkleidet und zu einem bloßen *rex terrenus*, einem irdischen Laienkönig, herabgestuft werden.

Das Königtum als sakrale und theokratische Institution erfuhr durch Absetzung und Bann eine inhaltliche und heilsgeschichtliche Degradierung. In der Person Heinrichs IV. sieht sich der König sogar vom *Christus Domini* zum Antichrist uminterpretiert.

Die rationale Lösung, welche im ausgehenden 11. Jahrhundert eine Differenzierung nach *temporalia* und *spiritualia* vornahm, stellt einen wichtigen Meilenstein abendländischer Geistesgeschichte dar. Hier wird der neuzeitlichen Aufklärung hinsichtlich der begrifflichen und inhaltlichen Trennung von profaner und geistlich-religiöser Sphäre vorgearbeitet. »Diese religiöse Rationalität ist zugleich die erste Aufklärung europäischer Geistesgeschichte, der erste Durchbruch menschlicher Vernunft durch die Mauer archaischen Symbolglaubens und unkritischer Hinnahme« (Bosl, Mensch, 122).

Der theokratische Königsgedanke hatte seinen Kulminationspunkt in der Zeit Konrads II. und Heinrichs III. erreicht. In *ordines* und in der Geschichtsschreibung wird der König als *Christus Domini* und als *vicarius Christi* dargestellt und überhöht. Nachdem das hierokratische Königtum – nicht erst seit dem Investiturstreit – von den Forderungen nach kirchlicher Autonomie und Verbot der Laieninvestitur in Frage gestellt wurde, geriet es – nicht nur in Deutschland – in die Krise. Der sogenannte Auctor Gallicus übte 1047/48 in seinem Werk über die Papsterhebung *De ordinando pontifice* heftige Kritik an Kaiser Heinrich III., der 1046 auf der Synode von Sutri die Absetzung und Einsetzung der Päpste für sich beansprucht und ausgeübt hatte. Der Kaiser besitze nicht das Recht, Päpste abzusetzen, zu deren Einsetzung er schon nicht berechtigt sei.

Die Ausdifferenzierung zwischen *regnum* und *sacerdotium* ist in den Köpfen schon der Jahrhundertmitte in vollem Gang. Sie wartet geradezu darauf, in die Reformbewegung und in die Politik getragen zu werden. Etwa zur gleichen Zeit trat Bischof Wazo von Lüttich (1042-1048) seinem König Heinrich III. entgegen: zwar sei der König ebenso wie der Bischof Gesalbte, der König aber werde durch die Salbung zum Töten, der Bischof hingegen zur Spendung des Lebens legitimiert. Daher sei die Bischofssalbung höherrangig als die Königssalbung und die Rangordnung der Ämter zugunsten des Bischofs festgelegt.

Die innerstädtischen Kämpfe der Pataria mit sozialreligiösem Hintergrund in Mailand haben gezeigt, wie die ursprünglich monastische, dann kirchliche Reform auf die Welt wirkte, um dann – in völligem Widerspruch zu den ursprünglichen Zielen – erneut Kirche und Welt, Religion und Politik, religiöses Armutsideal und Herrschaftskirche in einem untrennbaren Knäuel zu verstricken. Die Mailänder Revolte der Pataria zwischen 1045 und 1059 stellte zugleich und in einem die politische Ordnung, die sozialen Strukturen sowie das religiöse Herkommen und die kirchliche Hierarchie in Frage. Sie ist Symptom einer sich dramatisch verändernden Religiosität, Wirtschaft, Gesellschaft und Mentalität, die das 11. Jahrhundert insgesamt als eine Aufbruchsepoche kennzeichnet.

Statt einer Zusammenfassung

»Im 11. Jahrhundert setzten gesellschaftliche Bewegung und geistiges, schöpferisches Erwachen, eine neue Dynamik und ein neuer Drang nach Expansion unter den sich differenzierenden Völkern Europas mit spürbarer Macht ein. Die archaische Einheit entfaltete sich zu einer Vielheit neuer individueller und nationaler Kräfte, die auf einem gemeinsamen Grunde ruhten und deshalb doch eine alles übergreifende Form der Kultur und Zivilisation ausprägten, für die Außenstehenden ein einheitliches Gesicht gewannen und bewahrten. Vielheit in der Einheit« (Karl Bosl, Europa im Aufbruch, 184).

Literaturhinweise

Barraclough, Geoffrey: Die mittelalterlichen Grundlagen des modernen Deutschland, Weimar 1953.

Bartlett, Robert: Die Geburt Europas aus dem Geist der Gewalt. Eroberung, Kolonisierung und kultureller Wandel von 950 bis 1350, München 1996.

Benevolo, Leonardo: Die Stadt in der europäischen Geschichte, München 1993.

Bloch, Marc: Die Feudalgesellschaft, Frankfurt/M. 1982 (La société féodale. Les classes et le gouvernement des hommes. 2 Bde. Paris 1939/40).

Borst, Arno: Barbaren, Ketzer und Artisten. Welten des Mittelalters, München – Zürich 1988.

Bosl, Karl: Die Grundlagen der modernen Gesellschaft im Mittelalter. Eine deutsche Gesellschaftsgeschichte des Mittelalters, 2 Bde. (Monographien zur Geschichte des Mittelalters 4), Stuttgart 1972.

– Europa im Aufbruch. Herrschaft, Gesellschaft, Kultur vom 10. bis zum 14. Jahrhundert, München 1980.

– Europa im Mittelalter. Weltgeschichte eines Jahrtausends, Wien – Heidelberg 1970.

– Mensch und Gesellschaft in der Geschichte Europas, München 1972.

Duby, Georges: Die Drei Ordnungen. Das Weltbild und der Feudalismus, Frankfurt/M. 1981.

– Die Zeit der Kathedralen. Kunst und Gesellschaft 980-1420. Frankfurt/M. 1980.

Erdmann, Carl: Die Entstehung des Kreuzzugsgedankens, Stuttgart 1935.

Fried, Johannes: »Die Liebe erkaltet«, in: Das 11. Jahrhundert. Kaiser und Papst, hrsg. von Michael Jeismann, München 1999, 13-34.

Grundmann, Herbert: Religiöse Bewegungen im Mittelalter (1935), Darmstadt 1977.

Heer, Friedrich: Europäische Geistesgeschichte von Augustin bis Luther, Stuttgart 1970.

Herlihy, David: The Economy of Traditional Europe, in: Journal of Economic History 31 (1971), 153-164.

Le Goff, Jacques: Das Hochmittelalter (Fischer Weltgeschichte 11), Frankfurt/M. 1965.

Morris, Colin: The Discovery of the Individual 1050-1200, London – New York 1972.

Oexle, Otto Gerhard: Deutungsschemata der sozialen Wirklichkeit im frühen und hohen Mittelalter. Ein Beitrag zur Geschichte des Wissens,

in: Mentalitäten im Mittelalter, hrsg. von František Graus, Sigmaringen 1987, 65-176.
Pirenne, Henri: Geschichte Europas. Von der Völkerwanderung bis zur Reformation, Frankfurt/M. (1956) 1982.
Straub, Eberhard: Alles gerät in Bewegung. Die Entdeckung des Raumes, des Reisens, der Naturbetrachtung und des Individuums, in: Das 11. Jahrhundert. Kaiser und Papst, hrsg. von Michael Jeismann, München 1999.

Hanna Vollrath

Die »Renaissance« des 12. Jahrhunderts

Das 12. Jahrhundert gilt heute in der Geschichtswissenschaft als eine Zeit, in der vieles von dem Gestalt angenommen hat, was die westeuropäische Gesellschaft bis zum Ende des 18. Jahrhunderts, der Zeit der großen westlichen Revolutionen, geprägt hat. Zur Kennzeichnung der Zeit wird häufig von der »Renaissance des 12. Jahrhunderts« gesprochen. Diese Bezeichnung wurde in den wissenschaftlichen Wortschatz von Charles Homer Haskins eingeführt. Er wählte 1927 für sein Buch den Titel *The Renaissance of the 12th Century.* In der Einleitung diskutiert er die Frage, die sich bei diesem Titel aufdrängt: Das 12. Jahrhundert war doch »tiefstes« Mittelalter. Wie kann für diese Zeit eine Bezeichnung angemessen sein, die von »der« italienischen Renaissance des 14./15. Jahrhunderts abgelesen ist? Diese »eigentliche« Renaissance empfand sich ja selbst als – wie das Wort sagt – Wiedergeburt, als Überwindung des Mittelalters. Das Mittelalter gleichsam überspringend, wollte man an die Antike anknüpfen und sich dort als dem Vorbild die Richtschnur für literarisch-künstlerisches Schaffen und philosophisch-historisches Denken holen. Wie kann man den Renaissance-Begriff auf dieses von Renaissance-Künstlern und Humanisten so verpönte Mittelalter anwenden? Haskins hat gezeigt, daß es eine ganz ähnliche Ausrichtung auf die Antike, nämlich auf die heidnische Antike, auch schon im 12. Jahrhundert gegeben hat, daß es auch im 12. Jahrhundert eine Art Wiederbelebung der antiken Klassiker in Latinität und literarischer Bildung, in Philosophie, Theologie und Jurisprudenz gegeben hat. Für ihn war das der Grund, den Renaissance-Begriff auf das 12. Jahrhundert anzuwenden.

Seit 1927 ist nun vieles von dem, was Haskins noch als unerforscht bezeichnen mußte, von der Geschichtswissenschaft aufgearbeitet worden. Je mehr aber das geistige Leben dieser Zeit erforscht, je mehr auch die Quellen ediert wurden, desto selbstverständlicher wurde die Bezeichnung »Renaissance des 12. Jahrhunderts«. Ja, je mehr sich die Forschung den Denkformen und Handlungsmustern dieser Zeit zuwandte, in desto mehr Lebensbereichen zeigte sich ein Wandel im 12. Jahrhundert, auch in den Lebensbereichen, die Haskins 1927 gar nicht berücksichtigt hatte, im Wirtschaftshandeln, in den Sozialbeziehungen, in der Art, Kriege zu führen, und überhaupt in der Politik. Heute besteht in der Forschung weitgehende Einigkeit darüber, daß nach der *Aufbruchsperiode* des 11. Jahrhunderts neue Ordnungen im 12./13. Jahrhundert Gestalt annahmen.

Diese Vorstellung hat sich so sehr durchgesetzt, daß viele Forscher das Mittelalter nicht mehr in Frühmittelalter, Hochmittelalter und Spätmittelalter einteilen, wobei das Spätmittelalter um 1500 mit der Reformation und der europäischen Expansion für beendet galt. Statt dieser älteren Einteilung gliedert man die europäische Vormoderne heute eher in ein *archaisches* Zeitalter, das man bis zur Mitte des 11. Jahrhunderts andauern und dann in die Aufbruchsepoche des 11. Jahrhunderts übergehen sieht. Beginnend mit der Renaissance des 12. Jahrhunderts sieht die Forschung heute ein alteuropäisches Zeitalter Gestalt annehmen. Selbstverständlich würde niemand bestreiten, daß es tiefgreifende Veränderungen im Laufe dieser langen Jahrhunderte vom 12. bis zum Ende des 18. Jahrhunderts gegeben hat. Dennoch sieht man in den Gesamtlebensumständen, in den Denk- und Handlungsmustern einen so tiefen Einschnitt um 1800, daß die Zeit davor als traditionsbestimmte Einheit erscheint.

Epocheneinteilungen klassifizieren mit Hilfe moderner Ordnungsbegriffe, d. h. mit Hilfe von Begriffen, die nicht aus den Quellen stammen. Durch Epocheneinteilungen eröffnen moderne Historiker einen Verstehenshorizont, in dessen Rahmen sie Quellen auslegen. Begriffe und Formulierungen wie »Renaissance des 12. Jahrhunderts« dienen als Werkzeuge, als Hilfsmittel, um eine Zeit zu charakterisieren, sie verstehbar zu machen. Deshalb kann man auch nicht sagen, daß eine Epocheneinteilung falsch, eine andere richtig ist. Vielmehr ist es eine Vorstellung, die sich in der Historikerschaft immer mehr durchsetzt, die Vorstellung nämlich, daß das 12. Jahrhundert nach der Aufbruchsperiode des 11. Jahrhunderts den Anfang des alteuropäischen Zeitalters darstellt.

Es können hier nicht alle Bereiche vorgestellt werden, in denen Forschungen der letzten Jahrzehnte grundlegende Neuerungen im 12. Jahrhundert zum Vorschein gebracht haben. Vielmehr soll an zwei Beispielen, exemplarisch also, gezeigt werden, worin sich dieses Neue erkennen läßt. Ich stelle dabei zum einen einige Grundgedanken der Intellektuellen der Zeit vor und zum zweiten in einem ganz anderen Bereich den Wandel des Rechts, der mit der mittelalterlichen Friedensbewegung verbunden war. In einem dritten knappen Abschnitt werde ich von diesen beiden Beispielen her auf anderes kurz hinweisen.

Peter Abaelard – ein Intellektueller im 12. Jahrhundert

Für die Darstellung des intellektuellen Klimas der Zeit gehe ich von Abaelard aus, denn an Abaelard läßt sich exemplarisch das Neue des 12. Jahrhunderts, das »Renaissancehafte« deutlich macht. Abaelard soll dabei für eine größere Gruppe von Männern (und Frauen?) stehen, für eine ganze Schicht von Intellektuellen, die diese Neuerungen hervorgebracht hat.

Über Abaelard sind wir recht gut informiert. Er hat nicht nur eine Reihe gelehrter Abhandlungen über philosophische und theologische Themen hinterlassen, sondern auch eine Autobiographie geschrieben, nämlich die berühmt-berüchtigte *Historia Calamitatum Mearum*, wörtlich übersetzt: Geschichte meiner »Kalamitäten«, Geschichte meines an Unglücksfällen reichen Lebens. Die *Historia Calamitatum* ist zusammen mit dem Briefwechsel zwischen Abaelard und Heloise überliefert. Der Briefwechsel besteht aus insgesamt acht Briefen, wobei der 1. Brief eben die *Historia Calamitatum* ist, auf die Heloise in einem Antwortbrief eingeht. Heloise – das war die Schülerin Abaelards, seine Geliebte, die Mutter seines Sohnes. Berüchtigt sind *Historia Calamitatum* und Briefwechsel, weil gegen beide schon im 19. Jahrhundert der Verdacht der Fälschung oder Verfälschung laut wurde, der nie mehr ganz verstummt ist. Die neuesten Untersuchungen bezeichnen sie allerdings als echt in dem Sinne, in dem Briefsammlungen des 12. Jahrhunderts echt waren. Die Forschung berücksichtigt nämlich heute bei der »Authentizitätsdebatte« um die Briefe von Abaelard und Heloise, daß Briefsammlungen, die im 12. Jahrhundert an Zahl stark zunahmen, alle für die Publikation überarbeitet wurden. Unter einer mittelalterlichen Briefsammlung darf man sich also nicht vorstellen, daß jemand Briefe zusammengesucht und sie dann wortwörtlich in einen Codex abgeschrieben hat. Vielmehr gehören Briefsammlungen in gewisser Weise zur autobiographischen Literatur. Sie sind Zeugnisse für die Art und Weise, wie eine Person durch ihre Briefe im Rückblick wahrgenommen werden wollte. In diesem weiteren Sinne gilt heute der Briefwechsel zwischen Abaelard und Heloise als echt, obwohl sich in diesem Falle leider nicht sagen läßt, wer die Briefe zusammengestellt, wer also das Leben der beiden im Rückblick im Stil eines Briefromans dargestellt hat.

Neu war zunächst einmal, daß Abaelard überhaupt eine Autobiographie schrieb. Die *Historia Calamitatum* war die erste Autobiographie des Mittelalters überhaupt. Bald folgten andere, sie war also im 12. Jahrhundert kein Einzelfall. In einer Autobiographie macht sich ein Mensch selbst zum Thema. Er wendet sich dem eigenen Ich zu. Vor dem 12. Jahrhundert werden einzelne Menschen dagegen als Exponenten einer Rolle dargestellt. Das gilt sogar für die Schilderung von Königen. Bei den Ottonen, den Saliern, ja sogar bei Karl dem Großen – trotz der Lebensbeschreibung des Einhard, die sich ja an antike Vorbilder anlehnt – ist es kaum möglich, individuelle Züge zu erkennen. Die Herrscher erscheinen vielmehr als Personifikationen von Königstugenden oder, wenn ein Geschichtsschreiber einem König feindlich gesonnen war, als Personifikation von Lastern. Nur ganz andeutungsweise lassen sich manchmal individuelle Eigenheiten erahnen. So erscheinen die Herrscher auch in der Buchmalerei. Das geht so weit, daß ein ganz junger König, wie z. B. Otto III., der im Alter von 22 Jahren starb, als alter, weiser Mann dargestellt wird, der nicht jugendlicher aussieht als sein Großvater Otto I., der 61 Jahre alt wurde. Als erstes Königsportrait, also als Darstellung mit individuellen Zügen, gilt der Cappenberger Barbarossakopf, und auch er entstand im 12. Jahrhundert.

Dieser Exkurs zu den Königsdarstellungen sollte zeigen, daß Abaelards *Historia Calamitatum* Ausdruck der Gesamtkultur des 12. Jahrhunderts und kein nur individuell zu erklärender Zufall war. Es läßt sich feststellen, daß bis zur Renaissance des 12. Jahrhunderts Menschen nicht als individuelle Persönlichkeiten dargestellt wurden, daß nicht das je einzelne Ich thematisiert wurde, sondern daß die Darstellung der Weltordnung zwischen Schöpfung, Sündenfall und Jüngstem Gericht vorrangig war, in der die Schilderung von Ereignissen und Personen dazu diente, den Ort der eigenen Zeit in der Heilsgeschichte zu bestimmen. Daß trotzdem auch im Frühmittelalter manche Geschichtsschreiber die Lust am Schreiben und Fabulieren überkam, sie also mehr mitteilten, als für die heilsgeschichtliche Standortbestimmung nötig war, zeigt, daß Geschichtsschreiber auch im frühen Mittelalter es eben liebten zu schreiben. Nichtsdestoweniger gilt, daß in Abaelards *Historia Calamitatum*, der ersten Autobiographie des Mittelalters, etwas zum Durchbruch kam, das sich wohl vorher angedeutet hat, aber nicht ausgesprochen war: Mein Ich, meine Leiden, mein schwieriges, von Unglücksfällen geprägtes Leben ist so wichtig, daß ich darüber schreibe, um es anderen mitzuteilen.

Abaelard teilt uns in seiner Autobiographie mit, daß er 1079 als ältester Sohn eines Ritters in der Bretagne geboren wurde und daß er auf sein Erbe um der gelehrten Studien wegen verzichtete. Auch das war ganz ungewöhnlich und neu. Daß nachgeborene Kinder aus religiösen oder aus Versorgungsgründen von den Eltern in ein Kloster gegeben, daß nachgeborene Söhne im Kindesalter zu Klerikern bestimmt wurden, war im früheren Mittelalter gang und gäbe. Bischöfe stammten in aller Regel aus Adelsfamilien. Bischof zu werden war also eine Möglichkeit einer Adelskarriere; der Clan trug dafür Sorge, daß in einem Gebiet, in dem die Familie mit Besitz und Ämtern bestimmend war, auch das Bistum in die Hand eines der Ihren kam. Daß aber ein adeliger Erstgeborener, daß der Erbe des Stammguts ohne Not und ohne religiöses Erweckungserlebnis Kleriker wurde, ohne hohe Kirchenämter anzustreben, sondern weil er studieren wollte, das war neu und ungewöhnlich.

Im 12. Jahrhundert gab es noch keine Universitäten. Wer gelehrte Studien betreiben wollte, konnte das entweder in einem Kloster oder an einer der Schulen tun, die zu den Kathedralen gehörten. Dazu mußte man in den Klerikerstand eintreten, und das tat Abaelard. Für einen Studenten genügten allerdings die niederen Weihen, für deren Inhaber das Zölibatsgebot nicht galt. Auch in dieser ungewöhnlichen individuellen Lebensentscheidung Abaelards wird wieder etwas von dem Neuen sichtbar, das die Renaissance des 12. Jahrhunderts ausmacht, denn am Individualfall Abaelard läßt sich die Wandlung des Bildungssystems im lateinischen Europa ablesen.

Im Frühmittelalter stand die »literarische« Bildung, also die durch *litterae,* die Buchstaben, vermittelte Bildung, ganz im Dienst der Religion. Das Christentum war eine Buchreligion. Kleriker und Mönche mußten um der Religion willen schriftfähig sein. Die weitaus meisten Handschriften aus dem früheren Mittelalter haben einen religiösen Inhalt. Dabei hatte man aus der Antike den Kanon der Schulbildung übernommen: das Schulpensum bestand aus den sieben sogenannten »Freien Künsten«, den *septem artes liberales.* Das waren die drei »redenden Künste«: Grammatik, Rhetorik und Dialektik, zusammengefaßt unter dem Namen *Trivium,* und die vier »rechnenden Künste«: Geometrie, Arithmetik, Astronomie und Musik, das *Quadrivium.* Für unseren Zusammenhang sind die drei redenden Künste des Triviums relevant. In der frühmittelalterlichen Klostergelehrsamkeit standen im Rahmen des Triviums Grammatik und Rhetorik ganz im Vordergrund. »Grammatik« war im wesentlichen das, was es heute noch ist: Deklination, Konjugation, Satzbau. Rhetorik war die Kenntnis und Anwendung der kunstmäßigen Gestaltung von Texten. Es wurden Redefiguren gelernt, die bei der Lektüre erkannt und nach den Regeln der rhetorischen Kunst angewandt werden sollten. Dabei ging es z. B. um das Erkennen und korrekte Anwenden von Topoi, von Gemeinplätzen oder von Metonymen, dem Austausch sachverwandter Begriffe, z. B. Waffen für Krieg, graue Haare für hohes Alter usw. Durch das Studium von Grammatik und Rhetorik sollten die Schüler lernen, Texte lesend zu verstehen und nach den Regeln der Kunst zu verfassen, und zwar im Prinzip Texte der christlichen Tradition.

Das war nicht das, was Abaelard anstrebte. Grammatik und Rhetorik waren für ihn nur Propädeutika, gleichsam Lernstoff der Grundschule. Er trat deshalb nicht in ein Kloster ein, der Hauptbildungsstätte des Frühmittelalters, sondern begab sich in die Kathedralstädte der Isle de France, nach Compiègne, Laon, Paris und Chartres.

Dabei war es keineswegs neu, daß sich an den Kathedralen Schulen etablierten, Kathedralschulen. Neben Klosterschulen hatte es immer schon Kathedralschulen gegeben, also Schulen, die zum Sitz eines Bischofs gehörten. In den Kathedralschulen des früheren Mittelalters unterrichtete ein Lehrer, der Domscholaster, einige wenige Schüler, eben den Priesternachwuchs. Oft waren es nicht mehr als 3 oder 4 Schüler, und wenn ein Scholaster starb, konnte es durchaus vorkommen, daß es die Schule für eine Weile gar nicht mehr gab. Die Kathedralschulen der Isle de France des 12. Jahrhunderts waren etwas ganz anderes. Dort lehrten weit berühmte Männer, die nicht nur etabliertes Wissen vermittelten, sondern über philosophische und theologische Grundfragen diskutierten. Der französische Historiker Jacques Le Goff hat sie als die ersten Intellektuellen des Mittelalters bezeichnet, weil es Männer waren, die mit Lehren ihren Lebensunterhalt verdienten. Sie mußten aktuell, spannend, aufregend sein, um Schüler anzuziehen, denn von deren Hörergebühren bestritten sie oft ihren Lebensunterhalt.

Diese Art des akademischen Lebens und Lernens war es, die Abaelard anzog. Er beschäftigte sich nicht mit den *litterae*, um Kleriker oder Mönch zu werden, sondern er wurde Kleriker, um studieren zu können. An den französischen Kathedralschulen des 12. Jahrhunderts herrschte ein völlig anderes geistiges Klima als in dem alten, wohlgeordneten, abgeschlossenen Klosterbetrieb. In den quirligen, dichtgedrängten, unruhigen aufstrebenden Städten waren die Studenten keine angehenden Mönche, die auf die geistliche Kontemplation hin erzogen wurden, sondern ein Haufen kritikfreudiger, daher auch oft respektloser junger Möchtegerngenies.

An diesen neuen Kathedralschulen vollzog sich im Rahmen des alten Triviums eine signifikante Schwerpunktverlagerung: die Dialektik (das meinte damals das gleiche wie Logik) gewann immer mehr an Bedeutung. Grammatik und Rhetorik blieben natürlich wichtig, aber eher so wie heute, wo Lesen und Schreiben ja auch zur ersten Grundschulausbildung gehören. Im 12. Jahrhundert aber wurde zusätzlich die Logik wichtig, die im früheren Mittelalter nur eine untergeordnete Rolle gespielt hatte. Auch die Logik gehörte zum »Grundstudium«, aber im 12. Jahrhundert setzte sich die Ansicht durch, daß die Studenten vor der Hinwendung zu höheren Studien nicht nur Lesen und Schreiben lernen mußten, sondern auch die Regeln der Logik beherrschen sollten. Logik bezeichnete damals wie heute die Summe der Regeln eines widerspruchsfreien Denkens, logisches Denken war und ist überprüfbar – regelhaftes, vom Verstand gelenktes Denken. Die These Abaelards und seiner Zeitgenossen war, daß Menschen die ihnen von Gott gegebene *ratio*, den Verstand, einsetzen sollten, um die Werke der Tradition gemäß den Regeln der Logik kritisch zu würdigen. Die Beherrschung der Logik wurde zur Vorbedingung auch für das Studium der Theologie. Wenn heute der Ausspruch aus dem 13. Jahrhundert zitiert wird, daß die Philosophie die Magd der Theologie sei, d. h., daß die Philosophie der Theologie untergeordnet zu sein hat, dann reagieren viele irgendwie herablassend und mitleidig: typisch mittelalterlich, die Philosophie hatte keinen eigenen Stellenwert, ihr wurde gegenüber der allbeherrschenden Theologie nur eine dienende Funktion, eben die einer (niederen) Magd, zugewiesen. Im 12. Jahrhundert meinte das etwas ganz anderes: Gewiß, die Philosophie hatte der Theologie zu dienen; aber daß man für Kenntnis und Erkenntnis der Glaubenswahrheiten überhaupt logisches Denken brauchte, daß der Beschäftigung mit der Theologie eine vorbereitende logische Schulung vorausgehen sollte, das war neu, war geradezu aufreizend. Natürlich blieben die christlichen Autoritäten, allen voran die Bibel, aber auch die Schriften der Kirchenväter, verbindlich. Aber das richtige Verständnis dieser heiligen Schriften sollte sich durch rationale Analysen erschließen. Die *ratio* aber war den Menschen von Gott gegeben, machte ihre Gottebenbildlichkeit und zugleich ihr Menschsein aus. Die Logik war *allen* Menschen von Gott gegeben, war also auch von allen Menschen erlernbar und handhabbar. Damit waren auch alle potentiell in der Lage, sich über die Glaubenswahrheiten selbst ihre Gedanken zu machen. Die neuen Intellektuellen debattierten über Gott und die Welt, und das öffentlich. Jede Marktfrau, so schrieb ein wegen dieses Treibens empörter Mönch, fühle sich aufgerufen und berechtigt, über die letzten und höchsten Dinge des christlichen Glaubens zu diskutieren. Die Theologie hatte die eingehegte Stille der Klöster verlassen. Ihr Ort war nun das soziale und mentale Klima der stürmisch expandierenden Städte, in denen sich bald die ersten Universitäten aus den Kathedralschulen zu entwickeln begannen.

Abaelard hat dieses Klima mit geprägt, dort entstanden seine Schriften. Ich werde hier kurz auf seine Ethik eingehen, denn an den Grundgedanken der Abaelardschen Ethik läßt sich wieder ein Wandel im Wahrnehmen und Denken erkennen. Außerdem erlaubt die Ethik einen guten Übergang zum zweiten Schwerpunkt dieses Beitrags, an dem andere Züge der »Renaissance des 12. Jahrhunderts« deutlich werden sollen: der Friedensbewegung und dem Wandel des Rechts.

Gesinnungsethik statt Tathaftung

Genauso, wie Abaelard im Mittelalter als erster eine Autobiographie verfaßt hat, so war er auch der erste, der eine Ethik schrieb. Der Kern jeder Ethik ist die Frage nach Gut und Böse: wann handelt ein Mensch gut, wann handelt er böse? Abaelards Antwort steckt schon im Titel seiner Schrift. Er nannte sie *Scito te ipsum*, »Erkenne dich selbst«. Das war das Motto des Orakels von Delphi. Indem Abaelard es als Titel seiner Ethik wählte, brachte er zum Ausdruck, daß der Mensch sich selbst, sein Inneres, sein Gewissen erforschen sollte, um zu wissen, was gut und was böse war. Im früheren Mittelalter war das ganz anders. Da galt ganz allgemein, daß die Taten, also das, was jemand getan hat, an sich entweder gut oder böse waren. In der Moral wie im Recht galt die reine Tathaftung. Für die moralische wie für die rechtliche Bewertung eines Tuns wurden nun Motive und Umstände irrelevant, die zu diesem Tun geführt hatten. Abaelard lag voll im Trend seiner Zeit, wenn er ausführte, daß nicht die Tat als solche ausschlaggebend für die Bewertung sein sollte, sondern daß es bei der moralischen Bewertung auf die innere Zustimmung zur Tat, auf die Gesinnung ankomme, aus der heraus die Tat getan wurde. Er ging aber über die Vorstellungen der anderen Denker seiner Zeit hinaus, wenn er behauptete, die Tat spiele überhaupt keine Rolle für die Frage nach gut und böse. Von dieser theoretischen Prämisse her kam er zu folgender provokanter Aussage: »Gott berücksichtigt *nur* die geistige Einstellung, nicht das, *was* getan wurde. … In ihren Taten sind sich Erwählte und Verworfene gleich, nur nach ihren Intentionen kann man unterscheiden, ob sie gut oder schlecht handelten.« Dann folgt ein Beispiel, mit dem er erläuterte, was er mit dieser allgemeinen Aussage meinte: »So sagen wir zwar landläufig, daß diejenigen, die Christus und seine Jünger verfolgten, Unrecht taten; sie hätten aber schwerere Schuld auf sich geladen, wenn sie sie gegen ihr Gewissen – *contra conscientiam* – geschont hätten«, denn, so hatte Abaelard zuvor erläutert, diese Verfolger hätten eine andere Religion gehabt, sie hätten sich deshalb nach Maßgabe *ihres* Gewissens keiner Schuld bewußt sein können. Im Gegenteil habe *ihr* Gewissen, das durch *ihre* Religion geprägt gewesen sei, die Verfolgung Christi geradezu verlangt.

Wenn man sich den zeitgeschichtlichen Kontext klarmacht, in dem Abaelard schrieb, dann wird das Provozierende dieses Beispiels noch deutlicher: Etwa 30 Jahre zuvor waren westeuropäische Heere zum 1. Kreuzzug aufgebrochen; sie hatten im Sommer 1099 Jerusalem in einem fürchterlichen Blutbad von den Muslimen erobert. Kreuzfahrer des 1. Kreuzzuges hatten Kreuzfahrerstaaten gegründet, die auf Nachschub und Unterstützung aus der westeuropäischen Heimat angewiesen waren. So gab es, ehe sich 1147 der 2. Kreuzzug in Bewegung setzte, viele kleinere Züge ins Heilige Land. Mit den Kreuzzügen entwickelte sich eine eigene religiöse Mentalität. Zum argumentativen Arsenal der Kreuzzugsprediger gehörte ein simples Freund-Feind-Schema. Wer nicht Christ war, war

Feind der Christen. Zu besonderen Haßobjekten wurden die Juden, die »eigentlichen Gottesmörder« – der 1. Kreuzzug war von den ersten großen Judenverfolgungen in Westeuropa begleitet –, aber auch alle anderen Nicht-Christen wurden nun allein durch ihre Existenz als »Feinde der Christen« angesehen.

In dieser religiös aufgeputschten Zeit nun bestand Abaelard auf der Bedeutung des eigenen Gewissens, bei dem er keinen Unterschied zwischen Christen, Juden, Muslimen und Heiden anerkannte. In einer späteren Schrift, einem (fiktiven) »Dialog zwischen einem (heidnischen) Philosophen, einem Juden und einem Christen«, machte er die Gleichrangigkeit der religiösen Gewissensentscheidung noch einmal eigens zum Thema. Auch das gehört zum Charakter des 12. Jahrhunderts: die Vielgestalt der Lebensäußerungen. Hier religiöse Emotion als mörderische Massenbewegung, dort erstmals die Begründung von religiöser Toleranz.

Friedensbewegung und Individualisierung des Rechts

Die Erwähnung der Gewissensmoral mit der Überwindung der reinen Tathaftung ist die Brücke zum zweiten Teil dieses Beitrags, der Friedensbewegung und dem Wandel des Rechts im 12. Jahrhundert. Im früheren Mittelalter war im Recht nicht das Konzept von Schuld und Strafe vorherrschend, sondern das von Rache und Buße. Wenn jemand einen Schaden an Leib, Gut, Leben oder Ehre erlitten hatte, dann hatte er mehrere Möglichkeiten, sich Genugtuung zu verschaffen. Er konnte den Versuch machen, den Schaden mit dem Verursacher friedlich zu regeln. Dabei agierten weder Schädiger noch Geschädigte allein, sondern immer mit Rat und Hilfe vor allem der Blutsverwandten, aber auch der geschworenen Freunde. Sie blieben friedlich, wenn es gelang, eine Entschädigung (Komposition) auszuhandeln. Für solche Entschädigungen gab es gewisse Richtsätze, so wie es heute noch bei Versicherungen üblich ist. Oft wurden Vermittler eingeschaltet, die die gegnerischen Clans zum Ausgleich zu bewegen versuchten. Manchmal fanden die Ausgleichsverhandlungen vor einem Gericht statt, aber auch der Graf als Richter hatte nicht die Aufgabe, mit der Schärfe des Gesetzes einen Täter seiner gerechten Strafe zuzuführen, sondern auch er fungierte als Vermittler bei Ausgleichsverhandlungen, die das Ziel hatten, die verfeindeten Clans zu befrieden. Allerdings brauchten sich weder Schädiger noch Geschädigter auf eine friedliche Konfliktbeilegung einzulassen. Obwohl alle frühmittelalterlichen Könige bemüht waren, friedliche Konfliktregelungen durchzusetzen, behielt in der Gesellschaft des früheren Mittelalters die gewalttätige Rache einen hohen Stellenwert. Rache hieß Fehde, Krieg gegen den Schädiger und die Seinen. Bei der Fehde galt das gleiche wie bei der Bußzahlung: nicht ein einzelner hatte dafür aufzukommen, sondern die dazugehörigen Clans. Oft dokumentierte man auch erst einmal durch gewalttätige Rachehandlungen die Entschlossenheit, den Konflikt durchzustehen, ließ sich aber dann doch auf Ausgleichsverhandlungen ein.

Friedensvermittlung, Buße und Fehde einerseits und Verbrechensbekämpfung durch Strafe andererseits gehören zu zwei verschiedenen Systemen der Konfliktregelung. Im ersten Fall bleibt die Konfliktbeilegung Sache der streitenden Parteien. Sie kommen zu einem friedlichen Ausgleich, falls beide Seiten das wollen und die Einigung gelingt, oder sie bekämpfen sich, bis dem Rachebedürfnis Genüge getan ist oder die Kräfte erschöpft sind. Der Handlungsspielraum der Richter, die als Vertreter der öffentlichen Gewalt in die Konfliktregelung eingriffen, bemaß sich nach der Kooperation der streitenden Parteien. Bei der Verhängung einer Strafe ist dagegen der Richter Herr des Verfahrens: er ahndet im Auftrag der öffentlichen Gewalt einen Rechtsbruch an einem Menschen, der einem anderen geschadet und dadurch den Rechtsfrieden aller gestört hat. Der Schädiger wird als Verbrecher aus der Gemeinschaft aller Rechtstreuen ausgegrenzt.

Bis heute gibt es die Streitfrage in der rechtshistorischen Forschung, ob es denn gar keine Strafjustiz im früheren Mittelalter gab, d. h., ob nicht auch im früheren Mittelalter bestimmte Taten nicht nur die streitenden Parteien etwas angingen, sondern von einer öffentlichen Instanz abgeurteilt wurden. Im Jahr 1951 hat der Jurist Viktor Achter ein Buch mit dem sprechenden Titel »Geburt der Strafe« veröffentlicht, und diese Geburt erkannte er im 12. Jahrhundert. Er vertrat also die Auffassung, daß es gar kein Strafrecht im früheren Mittelalter gegeben hat, daß mithin im 12. Jahrhundert ein Systemwechsel von der Kompositionsgerichtsbarkeit zur Strafgerichtsbarkeit vollzogen wurde. Heute gehen die meisten Forscher davon aus, daß einige wenige Taten, sogenannte Meintaten, auch im Frühmittelalter von einer Strafe durch die Rechtsgemeinschaft bedroht waren. Die überwiegende Mehrheit der Taten allerdings, einschließlich Tötung, Raub und Brandstiftung, die heute natürlich zu den Offizialdelikten gehören, waren Angelegenheiten der betroffenen Familienverbände. Der öffentliche Richter konnte wie viele andere Autoritätspersonen Vermittlungsdienste zur Wiedergewinnung des Friedens leisten, nicht aber autoritativ Recht sprechen.

Verschiedentlich wurde im früheren Mittelalter von Königen der Versuch unternommen, die zerstörerischen Fehden zu unterdrücken und Ausgleichsverhandlungen vor dem öffentlichen Gericht zur Pflicht zu machen. Im Frankenreich war es besonders Karl der Große (768-814), der dadurch zur Befriedung im Reich beitragen wollte. Der Erfolg der Bemühungen läßt sich sehr schwer abschätzen. Falls die Fehden wirklich abnahmen, brachte diese Politik längerfristig jedenfalls keine Veränderung.

Die Gottesfriedensbewegung wollte eine Eindämmung von Gewalttaten durch eine andere Methode erreichen: seit dem Ende des 10. Jahrhunderts beschlossen südfranzösische Bischöfe auf ihren Synoden, bestimmte Gewalttaten unter kirchliche Strafe zu stellen, vor allem unter die Strafe der Exkommunikation. Auch in der Kirche waren im früheren Mittelalter Kirchenstrafen nicht so selbstverständlich, wie man vielleicht annehmen könnte. Auch die Kirche war ja »barbarisiert«, d. h., sie hatte die Vorstellungen und Denkmuster ihrer nichtrömisch-barbarischen Umwelt in sich aufgenommen. Auch in der Kirche gab es Bußzahlungen; in den kirchlichen »Bußbüchern« gab es tarifierte Sätze und Listen mit Bußleistungen, die für einen Verstoß gegen kirchliche Gesetze zu erbringen waren.

Gerade bei der Kirche kann man sich den Unterschied zwischen Buße und Strafe sehr gut klarmachen. Bei einer Bußleistung war es gleichgültig, wer sie aufbrachte. So ist der Fall eines reichen Grundherrn überliefert, der als Kirchenbuße 30 Tage fasten sollte und die Ableistung dieser Buße unter seine Hörigen aufteilte. Wer als Bußleistung eine große Zahl von Gebeten zu sprechen hatte und damit vor seinem Tod nicht fertig wurde, konnte in der beruhigenden Gewißheit die Augen schließen, daß seine Verwandten den Rest übernehmen und damit sein Seelenheil sicherstellen würden. Was ist das für eine religiöse Mentalität, in der man auf diese Weise Sünden abrechnen konnte? Man wird sie sich wohl so zu erklären haben, daß man glaubte, mit Gott in Frieden oder in Feindschaft zu leben. Wer die Gebote Gottes übertreten hatte, machte sich Gott zum Feind; durch die Bußleistung, die Priester oder Bischöfe auferlegten, ließ sich der Friede wiederherstellen. Ganz parallel zu Fehde und Buße im weltlichen Bereich war es dabei unerheblich, wer die Bußleistung erbrachte. Bei der Bußleistung vertraute man einer Art »Heilungszauber«, durch den der gebrochene Friede wiederhergestellt, Gott wieder zum Freund wurde. Eine Exkommunikation war etwas völlig anderes. Indem der Priester kraft seiner Amtsgewalt die Exkommunikation aussprach, wurde ein einzelner als individueller Täter gestraft.

Die Gottesfrieden breiteten sich von Südfrankreich her über große Teile Westeuropas aus. Seit dem Ende des 11. und dann vor allem im 12. Jahrhundert übernahmen weltliche Herrscher die Grundidee, für bestimmte Gewalttaten Strafen zu verhängen. Weltliche Strafen waren vor allem peinliche Strafen, Körperstrafen bis hin zur Todesstrafe. Das war nicht mehr Sache der Familie, die gemeinsam die Komposition aufbrachte oder aber eine Fehde führte. Die Strafe wurde am individuellen Täter vollzogen. Die grausame Strafjustiz des Hoch- und Spätmittelalters erscheint uns heute als besonders barbarisch und archaisch. Wenn man sich aber klarmacht, daß Grundlage der Verbreitung der Strafen eine Form der Individualisierung war, dann wird deutlich, daß darin zugleich eine Abkehr von der Archaik lag. Fehde und Ausgleichsverhandlungen ließen ja dem Stärkeren viel mehr Raum, es galt viel mehr als in der Strafgerichtsbarkeit das Recht des Stärkeren, obwohl es natürlich gleichzeitig zu bedenken gilt, daß es bis zur »Gleichheit vor dem Gesetz« noch weit war und daß dieser Grundpfeiler des modernen Rechtsstaates auch immer wieder gefährdet war und ist.

Ausblick

Zusammenfassend kann festgestellt werden, daß sich im 12. Jahrhundert grundlegende Wandlungen in vielen Lebensbereichen vollzogen. Sie lassen sich mit den Begriffen Individualisierung, Rationalisierung, Differenzierung und Emotionalisierung charakterisieren. An den Beispielen der Ethik und des Rechts sollte die einsetzende Individualisierung deutlich werden. Eine Rationalisierung des Weltverständnisses war wesentlich der Hochschätzung der Dialektik zu verdanken. Wenn man sich klarmacht, daß die Schüler der Kathedralschulen nicht nur, wie früher, für den Kirchendienst ausgebildet wurden, sondern Stellungen in den Verwaltungen von Königen und Fürsten fanden, dann ist deutlich, daß über kurz oder lang auch Politik und Herrschaft davon beeinflußt werden würden. Eine Differenzierung läßt sich an der klareren Trennung von Kirche und weltlicher Herrschaft erkennen. Sie war das bleibende Ergebnis des Investiturstreits des 11. Jahrhunderts. Beide verfestigten sich zu eigenen Institutionen mit je eigenem Recht. Im Bereich der Kirche wurde im 12. Jahrhundert mit dem *Decretum Gratiani* von 1140 der Grundstein für das heute noch gültige kanonische Recht gelegt. Der Mönch Gratian hat in seinem *Decretum* eine Sammlung und Systematisierung der oft in sich widersprüchlichen traditionellen Kirchenrechtssätze nach den Regeln der Logik vorgenommen.

Aber auch jenseits von Kirche und werdendem Staat zeigt sich allenthalben, daß das Leben vielfältiger wurde: neben die Benediktinerklöster traten andere religiöse Lebensformen in Gestalt neuer Orden und auch alternativer religiöser Gemeinschaften. Neben die beherrschenden sozialen Gruppen von (kämpfendem) Adel und (arbeitenden) Bauern traten die Bürger der aufblühenden Städte, die vom Handel und vom differenzierten Gewerbe lebten und damit schon im 12. Jahrhundert einen Reichtum erwirtschafteten, der weit über dem vieler Adliger lag.

Von einer Tendenz zur Emotionalisierung im 12. Jahrhundert wurde nur indirekt gesprochen, als der Kreuzzug mit den religiösen Emotionen einer mörderischen Massenbewegung in Verbindung gebracht wurde. Aber auch Abaelards Briefwechsel mit Heloise hätte für das Thema Emotionalisierung einen großartigen und weit weniger problematischen Anknüpfungspunkt geboten. Beide schreiben über ihre Liebe, auch über ihre sexuellen Begierden in einer Offenheit und Intensität, die es früher nicht gegeben hat. Die Liebe wird nun ein großes Thema und gehört zum Kernbestand dessen, was wir »höfische Gesellschaft« nennen.

Ein Jahrhundert ist eine lange Zeit, und jedes Jahrhundert bringt natürlich Veränderungen. Außerdem richten sich Veränderungen nicht nach dem Anfang und dem Ende von Jahrhunderten. Die Wandlungsprozesse kamen mit dem Ende des 12. Jahrhunderts natürlich nicht abrupt an ihr Ende. Im 11. Jahrhundert verloren die traditionalen Lebensordnungen ihre unbezweifelte Gültigkeit, bündelte sich der »Streit um die rechte Ordnung der Welt« im Investiturstreit. Seit dem 12. Jahrhundert nahmen neue Ordnungen Gestalt an, Ordnungen, die für die westeuropäische Geschichte bis in die Neuzeit hinein Gültigkeit behielten.

Literaturhinweise

Abaelard, Peter: Die Leidensgeschichte und der Briefwechsel mit Heloisa, Heidelberg 1979.

Achter, Viktor: Geburt der Strafe, Frankfurt/M. 1951.

Angenendt, Arnold: Gezählte Frömmigkeit, in: Frühmittelalterliche Studien 29 (1995), 1-71.

Clanchy, Michael T.: Abaelard. Ein mittelalterliches Leben, Darmstadt 1999.

Duby, Georges: Frauen im 12. Jahrhundert, Frankfurt/M. 1999.

Hehl, Ernst D.: Kirche und Krieg im 12. Jahrhundert. Studien zu kanonischem Recht und politischer Wirklichkeit, Stuttgart 1980.

Keller, Hagen: Propyläen Geschichte Deutschlands, Bd. 2: Zwischen regionaler Begrenzung und universalem Horizont. 1024-1250, Berlin 1986 u. öfter (auch als Taschenbuch).

Kroeschell, Karl: Deutsche Rechtsgeschichte, Bd. 1: Bis 1250, Wiesbaden, 11. Aufl. 1999.

Le Goff, Jacques: Die Intellektuellen im Mittelalter, Stuttgart 1991.

Stefan Rohrbacher

Zwischen Orient und Okzident

Blüte und Niedergang der iberisch-jüdischen Kultur

Vorbemerkung

Wer auf ein Jahrtausend europäischer Geschichte zurückblicken will, tut sicher gut daran, auch die Geschichte der jüdischen Minderheit mit in den Blick zu nehmen – und zwar sowohl um ihrer selbst willen als auch deshalb, weil sie einen wichtigen Teil der allgemeinen abendländischen Geschichte darstellt. Sie ist mit ihr vielfältig verzahnt, aus ihr nicht wegzudenken und zugleich – das dürfen wir nicht vergessen – niemals *nur* aus der Perspektive dieser allgemeinen Geschichte, unter dem *alleinigen* Vorzeichen dieser Verzahnung zu betrachten, wenn wir sie umfassend verstehen wollen. So ist es gewiß von allgemeiner Bedeutung, etwa auf die vielfach kulturvermittelnde Funktion der jüdischen Minderheit zu sprechen zu kommen (und gerade bei unserem Thema wird dazu Gelegenheit sein) oder die Abhängigkeit jüdischer Existenz von den Rahmenbedingungen zu beleuchten, die von der jeweiligen Umgebungsgesellschaft bestimmt wurden, also das dialektische Verhältnis von Duldung und Intoleranz, von Nachbarschaftlichkeit und Anfeindung etwa als Gradmesser für die gesellschaftliche und politische Reife jener Länder herzunehmen, in denen Juden im christlichen Abendland Aufnahme gefunden hatten. Aber darin kann sich die Betrachtung nicht erschöpfen. Die Forderung ist richtig und wichtig, daß die jüdische Geschichte nicht separiert, sondern in einen jeweiligen weiteren historischen Kontext eingebettet werden soll; daß deutsch-jüdische Geschichte also in die allgemeine deutsche, europäisch-jüdische Geschichte, in die allgemeine europäische Geschichte integriert werden soll. Würde man aber nun die jüdische Minderheit einzig in ihrer Bezogenheit auf die nichtjüdische Umgebung, in der Interaktion mit der Umwelt und in den vielfachen Abhängigkeiten von äußeren Faktoren betrachten, dann blieben damit wichtige und reiche Belange jüdischer Existenz aus der Betrachtung ausgeblendet. Jüdische Geschichte ist Teil der allgemeinen Geschichte, aber sie erschöpft sich nicht in dieser Zugehörigkeit; sie stellt zugleich einen besonderen Bereich dar, der sich einem tieferen Verständnis ohne hinreichende Berücksichtigung auch seiner Eigengesetzlichkeiten verschließt.

So können wir auch nicht unbesehen jene Koordinaten auf die jüdische Geschichte übertragen, die unser Bild von der allgemeinen Geschichte strukturieren. Die geographischen und zeitlichen Räume, in denen wir uns im historischen Rückblick gemeinhin orientieren, mögen für die jüdische Minderheit unter Umständen ganz irrelevante Einheiten sein, oder sie mögen eine ganz andere Bedeutung besitzen. Über das Ende des Mittelalters im christlichen Abendland etwa besteht unter den Historikern sicher keine Einmütigkeit, aber doch ein gewisser Konsens darüber, daß die Zeit um 1500 als Epochenscheide zur frühen Neuzeit gelten kann: Der Untergang des Oströmischen Reichs, die Erfindung des Buchdrucks, die Entdeckung der Neuen Welt, die sich breiter manifestierende Kenntnis der Antike und die Wiederbelebung der antiken Wissenschaften, die allmähliche Herausbildung von Frühformen des »modernen« staatlichen Gemeinwesens – all diese um 1500 zu datierenden Ereignisse und Entwicklungen mögen insgesamt als hinreichende Anzeichen für etwas wesensmäßig Neues, für den Beginn der frühen Neuzeit genommen werden.

Für die jüdische Geschichte ist dagegen der Beginn einer solchen frühen Neuzeit sicher erst sehr viel später zu datieren; und es besteht heute weitgehende Einigkeit darüber, daß das jüdische Mittelalter erst in der Zeit der europäischen Aufklärung, in der Epoche von Akkulturation und Emanzipation sein Ende findet – in jener Zeit ab etwa 1780 also, in der sich die geistige, soziale und politische Sonderexistenz der jüdischen Minderheit außerhalb des christlichen Gesellschaftsgefüges allmählich aufgelöst hat und die ebenso vielfältigen wie schwierigen Prozesse einer Eingliederung in Gang kamen. Bis dahin, also bis ins ausgehende 18. Jahrhundert, sind die Juden in Europa gerade von jenen Veränderungen kaum berührt worden, die gut zwei Jahrhunderte zuvor bei den Christen das deutliche Empfinden einer eingetretenen »neuen Zeit« und eines zurückliegenden »mittleren Zeitalters«, eben des Mittelalters, genährt hatten.

Die Zeit um 1500 ist also im Hinblick auf die europäisch-jüdische Geschichte zumindest nicht in dem Sinn eine Zeit der Epochenwende vom Mittelalter zur frühen Neuzeit, wie sie das für die Geschichte des christlichen Abendlands ist. Aber es ist doch um 1500 etwas zu Ende gegangen, das uns fast synchron auch eine Zäsur für die jüdische Geschichte setzen läßt – nur daß diese Zäsur etwas völlig anderes bedeutet. Um 1500 nämlich endet die Geschichte der einst blühenden jüdischen Gemeinden, der maurisch-jüdischen Kultur auf der Iberischen Halbinsel, und es beginnt die Zeit der sefardischen, also aus Spanien und Portugal (hebräisch »Sefarad«) stammenden Diaspora – eine im Hinblick auf die allgemeine Bevölkerungs-, Siedlungs, Sozial- sowie Geistes- und Kulturgeschichte der Juden in ganz Europa überaus bedeutsame Entwicklung.

Fast mit einem Doppelschlag, der Vertreibung der Juden aus Spanien 1492 und aus Portugal 1497, verändern sich die Grundbedingungen der jüdischen Weltgeschichte; denn die Iberische Halbinsel war nichts weniger als das europäische Gravitationsfeld einer in erheblichem Maß arabisch akkulturierten mittelmeerisch-jüdischen Welt gewesen, in deren Einzugsbereich zu diesem Zeitpunkt annähernd acht Zehntel der jüdischen Weltbevölkerung lebten. In der Folge des Untergangs der iberisch-jüdischen Gesellschaft und Kultur verliert allmählich auch der vorderorientalisch geprägte Mittelmeerraum seine Dominanz in der jüdischen Welt – und eigentlich jetzt erst kann man, wie das ein populärwissenschaftlicher Buchtitel für eine sehr viel längere Zeitspanne in Anspruch nimmt, von einem »europäischen Zeitalter der Juden« (Friedrich Battenberg) sprechen.

Eine Epoche des harmonischen Miteinanders?

Sowohl den sefardischen Exulanten als auch vielen Historikern des 19. und noch des 20. Jahrhunderts war die Zeit der iberisch-jüdischen Kultur im islamischen Herrschaftsbereich das Goldene Zeitalter der jüdischen Diasporageschichte schlechthin, eine Epoche des harmonischen Miteinanders, gar der symbiotischen Verschmelzung der Kulturen und Religionen, eine Epoche, in der hervorragende jüdische Ärzte, Dichter und Politiker zu höchstem Rang und Ansehen aufsteigen konnten, in die engsten Zirkel auch der politischen Macht gelangten – ein ideales Zeitalter der Toleranz, in dem Dichtung, Wissenschaft, Philosophie blühten, und das um so heller in der Wahrnehmung erstrahlen mußte, als diese Erinnerungen kraß mit den Erfahrungen spätmittelalterlicher und frühneuzeitlicher jüdischer Existenz im christlichen Europa zu kontrastieren schienen. Und auch die Selbstwahrnehmung im Rückblick spielt hier eine Rolle, die gerade im 19. Jahrhundert von apologetischen Tendenzen mitbestimmt war angesichts einer scheinbar in traditionalistischem Beharren erstarrten, hoffnungslos rückständigen geistigen und kulturellen Welt des vormodernen, voraufklärerischen europäischen Judentums; um so wichtiger erschien die Möglichkeit, darauf zu verweisen, daß ja – unter günstigeren äußeren Bedingungen – schon eine großartige kulturelle und geistige Blüte erreicht worden war und daß jüdische Dichter, Denker und Wissenschaftler jeweils zu den führenden Vertretern ihrer Zunft gehört hatten, ehe christliche Unduldsamkeit dieser Blüte ein Ende setzte.

Aber auch wenn wir uns bemühen, solche Überhöhungen und Nivellierungen zu vermeiden, muß uns die iberisch-jüdische Erfahrung doch als in einem Maß von Toleranz und Interkulturalität, von Integration und Teilhabe bestimmt erscheinen, das sie als etwas Einzigartiges zumindest aus der *europäisch*-jüdischen Geschichte vor 1800 heraushebt. Freilich sind es nicht nur Toleranz und Interkulturalität, Integration und Teilhabe, sondern zugleich (und oft in widersprüchlichsten Mischungen) auch Unduldsamkeit und Segregation, Verfolgung und Selbstabschließung, die das Bild bestimmen. Zudem ist dieses Bild aufgrund der politischen und kulturellen Aufsplitterungen und Vermengungen auf der Iberischen Halbinsel während der längsten Zeit höchst unbeständig und vielfach in benachbarten Räumen zum gleichen Zeitpunkt sehr verschiedenartig. Und mitnichten verlaufen die Linien zwischen Toleranz und Unduldsamkeit, Teilhabe und Ausschließung entlang den Grenzen des muslimischen und des christlichen Herrschaftsbereichs.

Doch sind es in besonderer Weise die Gegebenheiten und Entwicklungen im islamischen, im maurischen Spanien, die den prägenden Hintergrund für die besondere iberisch-jüdische Erfahrung geben. Hier ist zunächst auf die gewaltigen Wanderungsbewegungen zu verweisen, welche die arabisch-islamische Eroberung fast ganz Spaniens ab dem Jahre 711 zur Folge hatte. Als ein klimatisch bevorzugtes Land mit seinen gebietsweise reichen Niederschlägen, mit seinen alten, großen Städten, mit seinen Kulturschätzen und wirtschaftlichen Reichtümern, mit den besonderen Möglichkeiten, die neu eroberte Provinzen stets zu bieten scheinen, besaß die Iberische Halbinsel eine enorme Anziehungskraft. Aus allen Gegenden des weiten islamischen Herrschaftsbereichs kamen Zuwanderer, die den verschiedensten Ethnien und höchst unterschiedlichen politischen und religiösen Lagern angehörten – unter ihnen nicht zuletzt auch Juden.

Der gesamte islamisch beherrschte Mittelmeerraum erlebte in dieser Zeit eine gewaltige Umschichtung der Bevölkerung, von der das jüdische Bevölkerungselement in besonderem Maß erfaßt wurde. Innerhalb weniger Jahrzehnte versank die große jüdische Gemeinde von Alexandria nahezu in die Bedeutungslosigkeit; gleichzeitig entstand mit dem neu gegründeten Kairouan im heutigen Tunesien eine Drehscheibe zwischen der östlichen und der westlichen islamischen Welt, eine rasch aufstrebende Metropole, in der in kürzester Zeit auch eine der bedeutendsten jüdischen Gemeinden in der damaligen Welt heranwuchs. Die wichtigste, größte Wanderungsbewegung aber führte Juden aus den islamisch-arabischen Räumen Nordafrikas und des Vorderen Orients auf die Iberische Halbinsel. Tatsächlich war es eine Vielzahl von Wanderungsbewegungen; denn diese Einwanderung erfolgte über Jahrzehnte und Jahrhunderte hinweg in Wellen, deren Verlauf von Verhältnissen und Ereignissen in den Ursprungsländern wie im Zielland abhängig war.

Unter der Dynastie der Omaijaden, deren Herrschaft in Spanien von 756 bis 1031 währte, erlebte das maurische Spanien, *al-Andalus*, seine wirtschaftliche, kulturelle und politische Blüte – eine Blüte, die Cordoba als muslimische Metropole gleichrangig neben Bagdad erscheinen ließ. Es war dies ein Goldenes Zeitalter auch für die Juden. Wenn sich ihr politisches, wirtschaftliches, soziales und religiöses Leben unter muslimischer Herrschaft in dieser Epoche weitgehend frei und sogar deutlich freier als das der Christen entfalten konnte, so hatte dies freilich zunächst wenig mit Toleranz oder gar Liberalität zu tun. In Spanien dominierte seit dem Machtantritt des zweiten Omaijaden-Emirs die islamische Rechtsschule der Malikiten (nach Malik ibn Anas, zw. 708/716-796), deren Lehren sich durch eine Tendenz zu Konservatismus und Rigidität auszeichneten. Zu den Bereichen, in denen die malikitische Rechtsschule zu besonderer Strenge neigte, gehörten jedoch alle Fragen um das Schutzverhältnis der nichtislamischen Minderheiten. Tatsächlich war religiöser Fanatismus in Spanien vielleicht sogar stärker ausgeprägt als in anderen Teilen der islamischen Welt; und dieser Fanatismus war keine Erscheinung an den Rändern von Staat und Gesellschaft. Er barg in sich durchaus das Potential zur Unterdrückung und Verfolgung der religiösen Minderheiten. Dennoch ist es während der gesamten Regierungszeit der Omaijaden nicht zu großen Religionsverfolgungen gekommen, und insbesondere die Juden lebten während dieser langen Epoche weitgehend ungestört. Sie erlitten, anders als die Christen, keine Verfolgungen durch die islamischen Herrscher, keine nachhaltige Bedrückung, es ergingen keine diskriminierenden Gesetze oder Erlasse, und es erfolgten keine gewaltsamen Angriffe durch den Pöbel gegen die Juden. Statt dessen erfreuten sie sich einer im wesentlichen unbeeinträchtigten organischen Entwicklung, eines blühenden sozialen und kulturellen Lebens inmitten einer diversifizierten, multikonfessionellen, urbanen Gesellschaft. Einzelne hervorragende Vertreter der jüdischen Gemeinschaft genossen sogar eine gewisse Teilhabe an der politischen Macht.

Die Hintergründe für diese besonderen Verhältnisse liegen wohl nicht zuletzt in dem Umstand, daß die jüdische Bevölkerungsgruppe sich aufgrund ihrer vergleichsweise geringen Zahl und mangels eigener politischer Ambitionen in stärkerem Maß in eine ungeteilte Loyalität zum Herrscher einbinden ließ als die vielfach in Intrigen und Revolten verstrickten christlichen oder gar muslimischen Gruppen. Nicht der Zustand gesicherter politischer Stabilität und gesellschaftlicher Harmonie, sondern gerade deren latente Gefährdung war es also, die der jüdischen Minderheit im maurischen Spanien der klassischen Epoche besonderen herrscherlichen Schutz zuwachsen ließ und ihr so eine außergewöhnliche Entfaltung ermöglichte.

Chasdaj ibn Schaprut

Als charakteristisch für dieses Goldene Zeitalter wird vielfach der Aufstieg des Chasdaj ibn Schaprut angesehen, des ersten bedeutenden jüdischen Politikers im muslimischen Spanien. Im Spanien des 10. Jahrhunderts war dieser fulminante Aufstieg eines Angehörigen der jüdischen Minderheit zu Macht und Einfluß allerdings noch eine hervorragende Ausnahmeerscheinung. Die große Zeit der jüdischen Hofleute in Spanien begann erst nach dem Zerfall des Omaijadenreiches; ihre hauptsächliche Blüte erlebten sie in den zahllosen kleinen islamischen Nachfolgestaaten und im erstarkenden christlichen Spanien. Doch mag Chasdaj ibn Shaprut (ca. 910-970/75) als ein Vorläufer dieser späteren spanischen »Hofjuden« gelten. Er hatte sich in Cordoba zunächst einen großen Namen als Arzt gemacht und war in dieser Eigenschaft auch am Palast des Kalifen Abd er-Rahmân III. an-Nâsir (912-961) angestellt worden. Es war nicht ganz ungewöhnlich, daß Hofärzten, zu denen im Lauf der Behandlung ein Vertrauensverhältnis entstanden war, durch den Herrscher auch höhere politische und administrative Positionen übertragen wurden; auch an nordafrikanischen Höfen waren gerade christliche oder jüdische Hof- und Leibärzte so bereits mehrfach in politisch wichtige Ämter und Funktionen gelangt. Abd er-Rahmân jedoch hatte Chasdaj ibn Schaprut das Zollamt anvertraut, das praktisch den gesamten Außenhandel des iberischen Omaijaden-Kalifats kontrollierte. Zudem gingen die diplomatischen Kontakte zu den christlichen Nachbarstaaten teilweise durch seine Hände. So führte er Verhandlungen mit byzantinischen Gesandten und dem Emissär Ottos des Großen wie auch mit dem König von León in Nordspanien, dem er eine Lehenshuldigung an den Kalifen abringen konnte. Obwohl ihm der formale Ministerrang verwehrt blieb, war er jahrzehntelang – von etwa 940 bis zu seinem Tode – eine der einflußreichsten Persönlichkeiten am Hof in Cordoba.

Nicht weniger bedeutsam als dieser Aufstieg in den hohen Staatsdienst erscheint die Tatsache, daß Chasdaj ibn Schaprut von Abd er-Rahmân zum Oberhaupt aller Juden in seinem Reich gemacht wurde, indem er ihm den Titel eines *Nasí*, eines Fürsten, verlieh. Als solcher konnte er die religiösen, sozialen und politischen Angelegenheiten der jüdischen Gemeinden intern mehr oder weniger autokratisch regeln und nach außen als ihr Vertreter fungieren. Die Rolle des Fürsprechers spielte er nicht nur für die Juden im eigenen Land. So setzte er sich auch für die Juden im byzantinischen Reich ein, die damals unter Kaiser Romanos I. Lakapenos (920-944) von Zwangstaufe und Austreibung bedroht waren; von einigen seiner Briefe in dieser Angelegenheit haben sich Fragmente erhalten.

Chasdaj ibn Schaprut war Höfling, Politiker und Diplomat, und auch seine überragende Bedeutung für die Ausprägung einer spezifischen iberisch-jüdischen Kultur erklärt sich wesentlich aus diesen Funktionen. Nach Art der gebildeten muslimischen Edelleute betrachtete auch er die großzügige Förderung von Wissenschaft und Literatur als ein Attribut seiner herausragenden Stellung, wobei sein Interesse freilich in erster Linie auf die Förderung der jüdischen Kultur gerichtet war. Zu den dringendsten Bedürfnissen der jüdischen Diaspora gehörte es stets, die maßgeblichen religiösen und religionsgesetzlichen Schriften zu erhalten. Für die Juden auf der Iberischen Halbinsel bedeutete das angesichts ihrer geographischen Randlage in der jüdischen Welt eine besondere Schwierigkeit und Herausforderung. So war es von äußerster Wichtigkeit, einwandfreie autorisierte Exemplare des Talmud aus Babylonien zu erhalten – zumal die Kenntnis der aramäischen Sprache in Spanien wenig verbreitet war und schon kleine Fehler in den vorhandenen Abschriften unüberwindliche Verständnisschwierigkeiten nach sich zogen. Ein zeitgenössischer hebräischer Dichter rühmt Chasdaj ibn Schaprut:

> Für die Schriftgelehrten schuf er Licht und Hilfe,
> seine Reichtümer gingen nach Sura,[1]
> und von dort kamen die Bücher,
> um sie die honigsüßen Gesetze zu lehren,
> und geradlinige Statuten, eindeutig und gerecht.

Aber Chasdaj ibn Schaprut ließ nicht nur den Talmud aus Babylonien beschaffen. Tatsächlich initiierte er mit seinen finanziellen und logistischen Möglichkeiten eine konzertierte und kontinuierliche Politik der Buchbeschaffung, in deren Zuge Emissäre mehr oder weniger ständig den Mittelmeerraum bereisten. Auch hierin folgte die jüdische Elite dem Beispiel der muslimischen Edelleute Spaniens, die überall in der islamischen Welt Bücher aufkaufen ließen; ein Wettstreit, der das ethnisch und kulturell zerrissene, abgelegene Spanien in ein Zentrum der arabischen Kultur verwandeln sollte und der tatsächlich zur Blüte einer besonderen spanisch-islamischen Kultur führte. Die Emissäre von der Iberischen Halbinsel kauften jedoch nicht nur Manuskripte auf, die ohnehin auf dem Büchermarkt feilgeboten wurden, sondern sie schufen einen solchen Markt, der sich dann naturgemäß weitgehend an den Bedürfnissen der potentiellen Aufkäufer orientierte. Das führte dazu, daß nicht nur Abschriften älterer und zeitgenössischer Werke angefertigt, sondern auch

1 In Sura befand sich eine der jüdischen Akademien Babyloniens.

Autoren angeregt wurden, bestimmte Werke zu verfassen. So kam es, daß mitunter Werke, die im Irak oder in Syrien verfaßt worden waren, in Spanien bekannt wurden, noch bevor sie in den islamischen Kernländern im Osten ihre Leserschaft erreichten; und so kam es auch, daß in Spanien die gelehrte und die schöne Literatur der gesamten islamischen Welt in einer Vollständigkeit zusammengeführt wurde wie nirgendwo sonst.

Entsprechende Ergebnisse zeitigten auch die Unternehmungen des jüdischen Diplomaten und Politikers: Auch sie schufen einen besonderen Büchermarkt in der jüdischen Welt, dessen Angebot seinen Absatz in erster Linie in Spanien fand. Freilich kamen nicht nur Bücher, sondern auch Gelehrte auf Veranlassung des Chasdaj ibn Schaprut nach Spanien. »Er stärkte die Säulen des Wissens und versammelte um sich Männer von Weisheit von Palästina bis Babylonien«, heißt es bei einem hebräischen Dichter. *Al-Andalus* wurde zur Hochburg jüdischer Gelehrsamkeit, in der Gelehrte aus aller Herren Länder dank des Mäzenatentums des *Nasí* ihren Studien nachgehen, ihre Bücher schreiben und ihre Schüler unterrichten konnten. So wurde innerhalb weniger Jahrzehnte das Profil der Judenheit im spanisch-islamischen Herrschaftsbereich grundlegend verändert. Aus den zwar zahlreichen und großen, aber doch eher an der Peripherie der jüdischen Welt gelegenen Gemeinden Spaniens, die aus den unterschiedlichsten Segmenten jüdischer Bevölkerung erwachsen waren und daher untereinander keinen spezifischen religiös-kulturellen Zusammenhang aufwiesen, wurde ein nicht nur demographischer, sondern auch geistiger, kultureller und religiöser Schwerpunkt der damaligen jüdischen Welt. Letztlich aber wurde durch diese Entwicklung das geistig-kulturelle Profil der iberischen Juden auch jenseits des islamischen Herrschaftsbereiches entscheidend geformt.

Wenn Chasdaj ibn Schaprut auch die Gründung eigener Talmudschulen in Spanien förderte, so wurde damit nicht zuletzt die Autonomie der iberischen Judenheit gegenüber dem babylonischen Vormachtanspruch besiegelt. Gerade in diesem Zusammenhang wird deutlich, wie getreulich die Politik des jüdischen Höflings im innerjüdischen Bereich die Politik seines Herrn, des Kalifen von Cordoba, widerspiegelte: Eine Politik, die auf die Autarkie des Reichs der spanischen Omaijaden gegenüber dem Machtbereich der verhaßten Abbasiden-Dynastie zielte. Tatsächlich war Chasdaj ibn Schaprut in vielem ein Abbild des Herrn, dem er diente. Die Historiker vor allem des 19. Jahrhunderts haben sein Bild häufig überhöht und in diesem ersten jüdischen Politiker von Rang in Europa den hochgelehrten, feinsinnigen, großzügigen Förderer von Literatur, Kunst und Wissenschaften gesehen, den ebenso einflußreichen wie treusorgenden Sachwalter und Fürsprecher der jüdischen Gemeinden gegenüber der islamischen Obrigkeit, den hochmögenden Vertrauten des Kalifen und den glänzenden Diplomaten, dessen Scharfsinn und Geschick allüberall in den höchsten Tönen gerühmt wurde. All dies war er wohl, aber in allererster Linie war Chasdaj ibn Schaprut ein Günstling des Kalifen und als solcher ein Machtpolitiker im Stil der islamischen Machtpolitiker seiner Zeit: Der *Nasí* der Juden im islamisch beherrschten Spanien war ein ebenso machtbewußter, oft hochfahrender und despotischer »Fürst« wie der Kalif, dessen Gunst er seine Macht verdankte; und wie dieser jederzeit jedwede Angelegenheit persönlich nach seinem Gutdünken entscheiden konnte und Ämter und Würden nach Belieben vergab und entzog, so traf auch der *Nasí* seine Entscheidungen aus eigener Machtvollkommenheit, förderte oder verwarf nach Belieben, was ihm gefiel oder mißfiel, ließ Günstlinge aufsteigen oder verstieß sie wieder. Und nicht zuletzt war seine innerjüdische Politik auf den persönlichen Machterhalt ausgerichtet, der in erster Linie dadurch zu sichern war, daß er sich dem Kalifen als nützlich und dauerhaft unentbehrlich erwies.

Die islamisch-jüdische kulturelle Symbiose

Die innerjüdische geistig-religiöse Entwicklung, in deren Zuge *al-Andalus* in der Zeit des Chasdaj ibn Schaprut zu einem Zentrum jüdischer Gelehrsamkeit wurde und sich von der Vormundschaft der Akademien Babyloniens emanzipierte, war nicht zuletzt von politischen Bedingungen und politischen Aspirationen bestimmt. In anderer Weise gilt das auch für die islamisch-jüdische kulturelle Symbiose, die zum hervorstechenden Merkmal des »Goldenen Zeitalters« der spanischen Judenheit wurde. Tatsächlich können wir wohl für keinen anderen Zeitraum und in keiner anderen Entität der jüdischen Diaspora in Europa vor dem 19. Jahrhundert eine annähernd so weitgehende Akkulturation ausmachen wie auf der Iberischen Halbinsel während des islamischen Hochmittelalters. Chasdaj ibn Schaprut, dessen Bibliothek 400.000 Bände umfaßt haben soll, sammelte nicht nur Bücher jüdisch-religiösen Inhalts, sondern zeigte sich auch – genau wie die muslimischen Großen seiner Zeit – als Liebhaber säkularer Literatur und Wissenschaften, und er ließ nicht nur rabbinische Gelehrte nach Spanien bringen, sondern sammelte auch, ganz im Stil seiner islamisch-arabischen Vorbilder, Poeten und Kundige der verschiedensten Wissensgebiete um sich.

In dieser Epoche des klassischen Islam erlebte die Iberische Halbinsel unter der Herrschaft der Mauren, also der arabisch- und berberischstämmigen Muslime, eine kulturelle Blüte, die das damalige europäische Kulturleben und den Lebensstil der Epoche bei weitem übertraf. Im

Zuge ihrer Eroberungen hatten die Araber hellenistische, persisch-sassanidische, römische und frühchristliche Kulturelemente assimiliert; und dieses vielgestaltige, in einer fruchtbaren Verschmelzung anverwandelte Erbe, an dem grundsätzlich die gesamte islamische Welt teilhatte, nahm im maurischen Spanien seine eigene, höchst originelle Färbung an. Die Kalifen und später, nach dem Verfall des iberischen Omaijaden-Reiches, die Könige der islamischen Stadtstaaten zeigten sich als aktive Förderer der Architektur, der Kunst, der arabischen Literatur, der Geistes- und Naturwissenschaften, und die kleineren Potentaten eiferten ihnen hierin nach. Das höfische Leben entwickelte eine Vorliebe für Dichtung und Musik – nicht von ungefähr sind die meisten »klassischen« Instrumente europäischer Musik arabischen Ursprungs und durch maurische Vermittlung ins christliche Abendland gelangt. Diese kulturelle Vermittlerrolle erweist sich auf fast allen Gebieten als für das mittelalterliche Europa bedeutsam. Cordoba, längst ein internationales Zentrum des Buchhandels und Sitz einer von nicht weniger als siebzehn Universitäten des maurischen Spanien, wurde zu einem Treffpunkt abend- und morgenländischer Wissenschaftler; von seinen vielen Bibliotheken stellte wohl allein jene des Kalifen schon alles bei weitem in den Schatten, was sich im christlichen Europa an Büchersammlungen finden mochte. Die weitgespannten ökonomischen und diplomatischen Beziehungen, die das islamisch beherrschte Spanien mit den Reichen im Norden Europas ebenso verbanden wie mit Zentralafrika, Indien und China, und eine ausgedehnte Reisetätigkeit von Kaufleuten, Gelehrten und Diplomaten förderten insbesondere die Geographie, die Astronomie, die Botanik und die Heilkunde. Auf allen diesen Gebieten war die spanisch-islamische Wissenschaft führend, ja vielfach dem Kenntnisstand des Abendlandes um Jahrhunderte voraus – es genügt hier der Hinweis, daß ein (übrigens jüdischer) Augenarzt aus dem maurischen Spanien im 14. Jahrhundert erfolgreiche Operationen am doppelten Star vornahm und daß in einer Zeit, in der die Pest im christlichen Europa noch als Gottesstrafe interpretiert oder auf Giftanschläge etwa der Juden zurückgeführt wurde, im maurischen Spanien das Wissen um die Übertragung von Krankheiten auf dem Wege der Ansteckung bereits geläufig war.

Längst war Arabisch die Alltagssprache auch der Juden im islamischen Machtbereich geworden. Der islamischen gebildeten Gesellschaft galten die Pflege der arabischen Literatur und die Beschäftigung mit arabischer Sprache und Grammatik für besonders vornehme Gegenstände intellektueller Betätigung. Im Umkreis des Chasdaj ibn Schaprut versammelten sich nun hebräische Dichter und Grammatiker, die erstmals die Entwicklungen arabischer Dichtung und Grammatik nachvollzogen und so die

Pflege der hebräischen Sprache wiederbelebten. Menachem Jakob ibn Saruq (ca. 910-970), der Schreiber des Chasdaj ibn Schaprut, verfaßte das erste Wörterbuch zur Bibel, das wissenschaftlichen linguistischen Gesichtspunkten gehorchte; sein Erzrivale Dunasch ibn Labrat (ca. 920-980) schrieb erstmals hebräische Gedichte in arabischem Versmaß, wie es dann allgemein üblich werden sollte. Tatsächlich folgte die aufblühende hebräische Poesie in jeder Hinsicht der arabischen, in Stil und Bildsprache wie in Metrum und Reimform. Neben religiöser Dichtung finden sich alle zeittypischen Spielarten der profanen Poesie: Loblieder auf den Herrscher und Gönner wie Klagen des wandernden Dichters darüber, daß ihm sein letzter Mäzen die Gunst entzogen hat; Trauergesänge beim Tod von Angehörigen des Herrn, Weisheitsgedichte, Wein- und Liebeslieder. Wir finden in diesen hebräischen Gesängen und Gedichten mehr oder weniger alle der damals landläufig gepflegten Gattungen arabischer Poesie: Die *Qatsida* mit ihrem stets gleichbleibenden Reim ebenso wie die erzählende Reimprosa der *Makame* oder das ursprünglich aus dem spanischen Volkslied übernommene Gürtellied mit der Wiederkehr von Reim und Metrum an Strophenanfang und -schluß. Vieles davon ist, wie auch in der arabischen Dichtung dieser Zeit, sehr konventionell gestaltet, aber einige dieser zahlreichen wetteifernden jüdischen Dichter brachten es zu großer Meisterschaft und schufen eine eigene dichterische Sprache.

Wenn diese jüdischen Dichter im höfischen Umkreis eine Weltläufigkeit bewiesen, die nicht hinter der ihrer muslimischen Kollegen zurückstand, so spiegelt dies auch die Übernahme des Bildungsideals der arabisch-islamischen Umgebungskultur durch die jüdische Oberschicht und damit eine tiefgreifende Veränderung des geistigen Horizonts. Denn bis dahin war jüdische Gelehrsamkeit so gut wie ganz auf den Bereich des Jüdisch-Religiösen beschränkt gewesen; und wie in der gesamten jüdischen Welt hatte das Studium des Talmud den Kern des akademischen Curriculums ausgemacht. Jetzt aber beschäftigte man sich im maurischen Spanien in den jüdischen Schulen und Akademien vornehmlich mit der Bibel, so wie man in den islamischen Schulen zuallererst den Koran studierte; man lernte hier Hebräisch, wie man dort die arabische Sprache studierte; und man befaßte sich mit der Liturgie und mit jenen religionsgesetzlichen Bestimmungen, die sich auf das alltägliche Leben auswirkten. Dies war ein sehr viel mehr auf die praktische Anwendbarkeit ausgerichtetes Lernprogramm, als man es irgend sonst in den jüdischen Gemeinden kannte und auf Jahrhunderte hinaus kennen sollte. Daneben aber studierte man in den jüdischen Schulen und Akademien oder aber bei Privatlehrern auch all jene Gebiete *säkularen* Wissens, deren Kenntnis den gebildeten Schichten der arabisch-islamisch dominierten

Gesellschaft als Ausweis einer vornehmen Erziehung galt: Mathematik, Astronomie, Medizin, Rhetorik, Physik, Poesie, Grammatik und Logik. Diese »griechischen« Studien, bei denen man sich häufig der arabischen Übersetzungen griechischer Klassiker bediente, haben die geistige Orientierung des sefardischen Judentums nachhaltig geprägt und ihm ein ganz anderes religiöses und kulturelles Profil gegeben, als es die Juden in anderen Teilen Europas aufwiesen, wo nach wie vor Gelehrsamkeit mehr oder weniger gleichbedeutend war mit Talmudgelehrsamkeit.

Wir können die Bedeutung dieser Sonderentwicklung im maurischen Spanien kaum überschätzen; aber wir sollten vor allem ihre sozialen, ökonomischen und politischen Hintergründe nicht verklären – und hier liegt vielleicht ein Hauptmißverständnis gerade im Hinblick auf die Situation der jüdischen Minderheit. Das »Goldene Zeitalter« von *al-Andalus* war golden für eine dünne Schicht der Herrschenden und jener, die unmittelbar oder mittelbar an ihrem Wohlergehen teilhatten. Es ist richtig, daß nicht nur Kunst und Wissenschaft, sondern auch Handel, Industrie und Handwerk eine Blüte erlebten; doch der Großteil der Bevölkerung konnte daran kaum partizipieren. Diese ethnisch und religiös so heterogene Bevölkerung war sozial sehr stark stratifiziert; einer schmalen Oberschicht stand ein nur in den Großstädten relativ starker Mittelstand und die große Masse der Unterschicht gegenüber. Auch für die Angehörigen der ethnischen und religiösen Minderheiten (die ja die zahlenmäßige Mehrheit im islamisch beherrschten Spanien stellten) erwies sich diese soziale Stratifikation nicht als vollkommen undurchlässig; aber wir dürfen bei allem nicht vergessen, daß wir hier zunächst von Entwicklungen des *höfischen* Lebens und seines unmittelbaren Umfelds sprechen, und die Zahl jener, die am Kalifenhof oder auch an den Höfen der Provinzresidenzen lebten, war naturgemäß gering – sehr gering, wenn hier die Rede von Juden sein soll.

Die prosperierende städtische Oberschicht, die dieses höfische Leben zu imitieren suchte oder doch deutlich unter seinem mittelbaren Einfluß stand, war in der jüdischen Minderheit sicherlich besonders stark vertreten; aber auch hier machte sie letztlich nur eine geringe Minorität aus. Hier sind die wohlhabenden Fernhändler zu nennen, die insbesondere mit Gewürzen und Seide aus Indien und China handelten; ferner die Wechsler, Steuereinnehmer und Bankiers – und wir sollten anmerken, daß Geldgeschäft und Kreditwesen im islamischen Hochmittelalter bereits äußerst entwickelt waren und daß all jene »modernen« Formen des Transfers von Schulden und Vergütungen wie Schuldbriefe, Wechsel und Kreditbriefe, die im christlichen Abendland erst sehr viel später Eingang fanden, sich hier schon ausgebildet hatten. Weiter müssen wir als Angehörige dieser prosperierenden Oberschicht die jüdischen Großgrundbesitzer nennen, die Pächter von Gütern und die Eigentümer der großen Weingärten, die gleichfalls in der Stadt wohnten und von hier aus die Bewirtschaftung ihrer Ländereien beaufsichtigten; und schließlich die angesehenen und wohlhabenden Ärzte und Wissenschaftler, die oft schon zum höfischen Umkreis gehörten.

In keinem dieser Felder ökonomischer Betätigung haben die Juden im maurischen Spanien jemals eine Monopolstellung eingenommen; und kein Bereich war ihnen tatsächlich verwehrt. Das gilt auch für die große Masse der jüdischen Bevölkerung, die ihr Leben im Handel, in allen Zweigen des Handwerks, in der Landwirtschaft und im Dienstleistungssektor zu fristen suchte: als Schuster, Schneider oder Weber, als Färber, Gerber, Tischler oder Maurer, als Bauern, kleine Viehzüchter oder auch Hirten, als Botengänger, Wasserträger oder Badehausdiener. Das höfische Leben, das unsere Vorstellung vom Goldenen Zeitalter des maurischen Spanien so sehr bestimmt, hat die Existenz dieser breiten mittleren und unteren Schichten wohl allenfalls in schwachem, fernem Abglanz berührt.

Salomon ibn Gabirol

Die Zeit zwischen 1000 und 1148 bezeichnen wir als die Goldene Epoche der hebräischen Literatur – und diese Bezeichnung verdankt sich fast völlig ihrer Blüte im maurischen Spanien, wo sich sowohl in den klassischen jüdischen Disziplinen als auch in jenen Wissenschaften, die von den Arabern gepflegt wurden, eine fieberhafte literarische Aktivität entwickelte. Was diese Epoche auszeichnete, war nicht nur die überlegene literarische Kunstfertigkeit ihrer hebräischen religiösen wie weltlichen Poesie und die beispiellose Ausweitung des kulturellen Blickwinkels auf alle Gebiete der Kunst und der Wissenschaft der Zeit, sondern auch der neue Geist einer vergleichsweise freien und rationalistischen Ausdeutung der heiligen Texte. Die arabischen Philosophen und Wissenschaftler brachten die Lehren der griechischen Philosophie mit der Offenbarung des Mohammed in Einklang; und so wurde in der gesamten islamisch beherrschten Welt auch für die Juden das philosophisch orientierte Studium ihrer geheiligten Schriften und Traditionen und die Verteidigung der rabbinischen Lehre von einem philosophischen Standpunkt aus zu einem Bestreben von höchster Bedeutung – wobei in der Verteidigung des Wahrheitsanspruchs der jüdischen Offenbarung rationalistische Tendenzen gleichermaßen wie antirationalistische Haltungen zum Tragen kamen. Nirgendwo zeigte sich dieser Widerstreit so deutlich wie in den jüdischen Schulen von *al-Andalus*. Freilich blieb die Beschäftigung mit der Philosophie nicht auf eine jüdische Religionsphilosophie im engeren Sinne beschränkt; vielmehr hatten jüdische Gelehrte auch einen wichtigen Anteil am universalen philosophischen Diskurs ihrer Zeit – und wo dies der Fall war, wird man naturgemäß kaum von einer »jüdischen« Philosophie sprechen können.

Nun gehörte zwar die Beschäftigung mit der Philosophie auch im maurischen Spanien selbstverständlich längst zum Kernbestand einer gediegenen Erziehung und Bildung von Muslimen, Christen und Juden; aber Philosophen hat die Iberische Halbinsel erst spät hervorgebracht. Der erste Verfasser philosophischer Werke in Spanien überhaupt war ein Jude, Salomon ibn Gabirol (ca. 1020-1057/58), der um die Mitte des 11. Jahrhunderts in Saragossa lebte – gut ein halbes Jahrhundert vor dem ersten muslimischen Philosophen der Iberischen Halbinsel. Salomon ibn Gabirol war seinen Zeitgenossen und der Nachwelt allerdings zunächst als einer der größten hebräischen Dichter bekannt; seinen Ruhm verdankte er in erster Linie seiner liturgischen Poesie, Meisterwerken dichterischer Prägnanz und Feinheit. Eines seiner bedeutendsten Gedichte findet sich bis heute in den Gebetbüchern der sefardischen Juden für den Versöhnungstag: Die Hymne *Keter Malchut*, eine philosophische Auseinandersetzung mit der Größe Gottes und der Bedeutungslosigkeit des Menschen.

Aber so berühmt der Dichter Salomon ibn Gabirol auch war, als Philosoph hatte er ein eigenartiges Schicksal: In der jüdischen geistigen Welt blieb er zu seiner Zeit weitestgehend unbekannt und wurde bald völlig vergessen. Im christlichen Abendland jedoch spielte sein ursprünglich in arabischer Sprache verfaßtes philosophisches Hauptwerk eine große Rolle, ohne daß man wußte, wem es zuzuschreiben war. *Mekor Chajim*, die »Quelle des Lebens«, ist ein im wesentlichen neoplatonisches Werk zur Kategorienlehre, über Materie und Form, über Aktualität und Potentialität, das freilich über neoplatonische Vorstellungen hinausgeht, indem es die Materie letztlich mit Gott identifiziert. Es geht hier um das Grundproblem des einen Gottes und der Vielfalt der Schöpfung – nach neoplatonischer Auffassung kann aus dem Einen nur Eines und nicht Vielfältiges hervorgehen. Neben einer mystischen Kosmologie und Metaphysik stechen insbesondere die starken pantheistischen Züge hervor – und das völlige Fehlen jeglicher Bezugnahme auf jüdische Schriften und Lehren. Als im 12. Jahrhundert im maurischen Spanien mit der systematischen Übersetzung arabischer philosophischer Schriften in das Hebräische begonnen wurde, blieb Salomon ibn Gabirols Hauptwerk unberücksichtigt; wohl deshalb, weil man damals mehr Wert auf aristotelische Philosophie legte, sicher aber auch deshalb, weil seine pantheistischen Tendenzen suspekt erscheinen mußten. Die arabische Fassung ist dann verlorengegangen; von einem hebräischen Werk, das wenigstens einen Auszug von *Mekor Chajim* enthielt, hat sich nur ein einziges Manuskript erhalten.

Allerdings gab es schon seit der Mitte des 12. Jahrhunderts eine vollständige Fassung, die eine weitere Verbreitung fand – aber ausschließlich in der christlichen Welt: Eine lateinische Übersetzung der arabischen Vorlage, *Fons Vitae*, in Toledo entstanden, gelangte in verschiedenen Abschriften unter anderem in die päpstliche Bibliothek, und die christlichen Scholastiker des 13. Jahrhunderts studierten sie eifrig. Salomon ibn Gabirols Hauptthese von einer universalen Materie, die aller Existenz außer jener Gottes zugrunde liege, wurde sogar zu einem Hauptstreitpunkt der beiden dominierenden christlichen Schulen dieser Zeit – der Dominikaner mit Thomas von Aquin an ihrer Spitze, die dieses unaristotelische Prinzip verwarfen, und der Franziskaner unter der Führung von Johannes Duns Scotus, die sich diese These zu eigen machten: »Ego autem redeo ad sententiam Avicembronis« (ich komme wiederum auf den Satz des Avicembron zurück), heißt es immer wieder bei Duns Scotus. Man hielt diesen arabischen Autor Avicembron oder Avencebrol für einen Muslim oder sogar für einen Christen, denn in seiner Identifizierung des göttlichen Willens mit der Weisheit und dem Wort Gottes und der Vorstellung von dem Wort Gottes als einer separaten Entität meinte man eine Entsprechung zu dem christlichen »logos« zu finden, dem zweiten Element der Dreifaltigkeit. Erst im 19. Jahrhundert entdeckte man, daß sich hinter diesem Avencebrol der jüdische Dichter und Philosoph Salomon ibn Gabirol verbirgt.

Vermittlung zwischen Orient und Okzident

Die Rezeptionsgeschichte des philosophischen Werks von Salomon ibn Gabirol ist sicher ungewöhnlich, aber sie verweist uns doch auf das, was in gesamteuropäisch-kulturgeschichtlicher Perspektive die wesentliche Bedeutung des maurischen Spanien – und in diesem Zusammenhang wieder die besondere Bedeutung der spanischen Juden – ausmacht: Die Brückenkopf- und Vermittlerfunktion zwischen dem islamisch-vorderorientalischen und dem christlich-abendländischen Kulturraum – wobei wir nicht vergessen dürfen, daß die gelehrte christliche Welt, die ja lateinischsprachig war, erst auf diesem Weg der Vermittlung auch wieder in engere Berührung mit dem Erbe der griechischen Antike kam.

Im 12. Jahrhundert gründete der Arzt Jehuda ibn Tibbon eine Übersetzerschule, die vornehmlich jüdische, aber auch muslimische Autoren sowie griechische Klassiker aus den arabischen Fassungen ins Hebräische übertrug und über mehrere Generationen hinweg florierte. Diese hebräischen Übersetzungen dienten wiederum vielfach als die Grundlage für Übertragungen ins Lateinische, die dann von christlichen und jüdischen Gelehrten im christlich beherrschten Nordspanien, in Frankreich oder Italien vorgenommen wurden. Tatsächlich haben wir uns die Grenzen zwischen dem islamischen und dem christlichen Herrschaftsbereich gerade in Spanien auch im Zeitalter der Reconquista, der fortschreitenden Rückeroberung der Iberischen Halbinsel durch die christlichen Mächte, als ausgesprochen durchlässig vorzustellen; und abgesehen davon, daß nun zunehmend Gebiete mit arabischsprachiger jüdischer Bevölkerung unter christliche Herrschaft gelangten, gab es auch eine bedeutende aktive Wanderungsbewegung jüdischer Bevölkerung aus dem islamischen in den christlichen Herrschaftsbereich. Die wesentlichen Ursachen dieser Entwicklung sind in den zerrütteten politisch-militärischen und ökonomischen Verhältnissen der von ständigen Bruderzwisten geschüttelten islamischen Zwergstaaten zu sehen. Die gebildete Schicht dieser arabischsprachigen Juden im christlichen Nordspanien eignete sich auch die lateinische Gelehrtensprache an und war so in der Lage, zum hauptsächlichen Übermittler antiken und islamisch-arabischen Wissens in diesem Bereich zu werden; und an dieser Übermittlertätigkeit zeigten gerade die christlichen Kirchenfürsten ein lebhaftes Interesse. Immer mehr spanische Juden zogen im 13. und 14. Jahrhundert auch nach Frankreich, Italien und Deutschland, um dort als Übersetzer zu arbeiten. Ihre Übersetzungen aus dem Arabischen ins Hebräische waren natürlich für ein *jüdisches* Publikum bestimmt, das auf diese Weise erstmals mit den Werken wichtiger jüdischer Autoren in Berührung kam, aber auch mit arabischen Philosophen, mit Aristoteles, mit medizinischen, mathematischen und astronomischen Schriften, schließlich auch mit Stoffen der schönen Literatur wie der Erzählung von Sindbad dem Seefahrer oder der Fabelsammlung *Kalîla wa-Dimna*, die dann auf diesem Wege auch ins christliche Abendland getragen wurden – *Kalîla wa-Dimna* etwa beeinflußte der Thematik und Struktur nach den altfranzösischen *Roman de Renart*, den *Conde Lucanór* des Spaniers Juan Manuel und noch La Fontaines Fabeln. Auch die wichtigen philosophischen und wissenschaftlichen Texte der Araber wurden häufig unmittelbar aus dem Hebräischen ins Lateinische weiterübersetzt und erreichten so auch die christliche Gelehrtenschicht. Es war also ganz wesentlich die Übersetzungstätigkeit der Juden, und in erster Linie von Juden aus dem maurischen Spanien, die im christlichen Abendland die Voraussetzungen für Renaissance und Hochscholastik schuf.

Samuel ibn Nagrela

Die Zeit des fortschreitenden Niedergangs des spanischen Omaijaden-Kalifats, an dessen Stelle eine wachsende Zahl rivalisierender muslimischer Diadochenreiche trat, war die Epoche des Aufstiegs eines spanischen »Hofjudentums« – einer jüdischen Elite, die an den zahlreichen muslimischen Höfen, insbesondere aber auch an den Residenzen des christlichen Nordens in mehr oder weniger einflußreiche Stellungen gelangte und zugleich die Führung in der jüdischen Gemeinschaft übernahm. Anders als noch zur Zeit des Chasdaj ibn Schaprut handelte es sich bei diesen »Hofjuden« nicht mehr um einzelne Ausnahmeerscheinungen, sondern um die Vertreter eines für ihre Epoche charakteristischen Typus.

Ein Zeitgenosse und Freund des Salomon ibn Gabirol war Samuel ibn Nagrela (993-1055), genannt *ha-Nagid* (»der Prinz«), dessen Gedichte zu den hervorragendsten Zeugnissen der gesamten hebräischen Literatur gehören und der seine glänzende politische Karriere am Hof des Königs von Granada als Schreiber begann. Im Jahre 1027 zum Wesir oder Minister ernannt, stand er in den kurz darauf folgenden Thronfolgewirren auf der richtigen Seite und wurde dafür zum Befehlshaber der Armee des Königs gemacht. Tatsächlich führte Samuel ha-Nagid die Truppen von Granada in zahllose Schlachten – nur kurzzeitig war er nicht in militärische Konflikte mit den christlichen oder muslimischen Nachbarn verwickelt. Seine langen Kriegsgedichte sind eine einzigartige Erscheinung in der hebräischen Poesie. Nach seinem Tod übernahm sein Sohn Josef sowohl sein Ministeramt als auch den militärischen Oberbefehl – beide waren wohl die einzigen Juden, die jemals eine muslimische Armee kommandiert haben. Freilich zeigt das Schicksal des Josef ibn Nagrela auch, welche Gefahren die exponierte Stellung dieser Hofjuden barg: Er wurde schließlich 1066 von muslimischen Verschwörern ermordet, und das blutige Ende dieses mächtigen und reichen Mannes, der zugleich als der oberste Repräsentant der Juden von Granada angesehen wurde, löste die erste blutige Judenverfolgung im maurischen Spanien aus.

Wenn Samuel ha-Nagid und sein Sohn seinerzeit am Hof des Königs von Granada in Amt und Einfluß aufeinanderfolgen konnten, so war das keine ganz einzigartige Erscheinung. Wie diese Ibn Nagrela, so waren in Granada und Sevilla auch die Ibn Esra, die Ibn Megasch und die Ibn Albalia über Generationen hinweg in hohen Ämtern und einflußreichen Positionen zu finden. Der unmittelbare Zusammenhang zwischen dem Aufstieg dieser einzelnen Personen und Familien bei Hofe und der andauernden Blüte des jüdischen kulturellen Lebens ist augenfällig: Denn wir müssen uns gegen alle romantisierenden Betrachtungen dieses »Goldenen Zeitalters« immer wieder daran erinnern, daß diese kulturelle Blüte außerhalb der eng umgrenzten höfischen Sphäre in den politischen, sozialen und ökonomischen Verhältnissen keine Entsprechung fand; und so war auch diese neue höfische Oberschicht mit dem von ihr unterhaltenen Umfeld die nahezu ausschließliche Trägerschaft dieser Blüte.

Jehuda ha-Levi

Diese jüdische Elite orientierte sich an dem biblischen Zeitalter jüdischer Macht und künstlerischer Schaffenskraft – auch vor diesem Hintergrund der Identifikation ist das Bemühen um die Wiedererlangung der Lebenskraft und Schönheit biblischer Poesie zu verstehen, das nicht nur zur Verfeinerung der Dichtkunst anspornte, sondern auch – parallel zu den Bemühungen der arabischen Philologen – zu einer wissenschaftlichen Beschäftigung mit der Morphologie des Hebräischen und sogar zu einer Vorwegnahme moderner Bibelkritik. Nicht zufällig also, sondern aus Gründen des Selbstverständnisses einer kulturtragenden höfischen Schicht sah die Judenheit im maurischen Spanien in der hebräischen Dichtung die höchste, edelste Form ihres kulturellen Schaffens – auch wenn uns vielleicht die religionsphilosophischen Leistungen als zumindest ebenso bedeutsam erscheinen mögen. Und nicht selten waren die Dichter zugleich auch Philosophen. So verhält es sich auch mit Jehuda ha-Levi (ca. 1075-ca. 1140), dessen poetisches Schaffen den Höhepunkt der spanisch-jüdischen hebräischen Dichtkunst markiert. Sein Lebensweg sei hier auch deshalb wenigstens in den gröbsten Zügen nachvollzogen, weil er uns beispielhaft vor Augen führt, welche Einschränkungen die Rede von dem Goldenen Zeitalter der spanischen Juden tatsächlich verlangt.

In Tudela geboren, kam Jehuda ha-Levi in jungen Jahren zum Studium nach Granada, doch die Stadt wurde 1090 von Berbern verwüstet. Er scheint dann in Lucena und in Sevilla als Arzt tätig gewesen zu sein, ehe er nach Toledo zog – also aus dem von Revolten und Fehden geplagten islamischen Süden in den christlichen Herrschaftsbereich, denn Toledo war inzwischen dem Königreich von Kastilien einverleibt worden. Doch wenig später, 1109, kam es in Kastilien zu einer allgemeinen Judenverfolgung, und Jehuda ha-Levi floh in das muslimische Cordoba. Die persönliche Erfahrung einer zunehmend gefährdet erscheinenden Existenz der jüdischen Minderheit auf der von Kämpfen und Krisen geschüttelten Iberischen Halbinsel mag dazu beigetragen haben, daß für ihn die Frage der Erlösung der Juden in den Vordergrund rückte. Er vertrat die Auffassung, daß diese Erlösung durch die Rückkehr in das Heilige Land zu erlangen sei – eine Vorstellung, die im jüdischen Spanien seiner Zeit keineswegs Gemeingut war und auf heftigen Widerspruch stieß. Am Ende seines Lebens machte er sich auf die Reise nach Jerusalem; wahrscheinlich ist er in Ägypten gestorben, auch wenn die fromme Legende ihn erst unmittelbar vor den Toren der Heiligen Stadt von einem muslimischen Reiter erschlagen läßt.

Jehuda ha-Levi war nicht nur der größte hebräische Dichter Spaniens, sondern auch einer seiner bedeutendsten Religionsphilosophen. Sein »Buch der Begründung und des Beweises zur Verteidigung des mißachteten Glaubens« ist unter dem Titel *Kusari* bekannt geworden, da die Bekehrung des Königs der Chasaren, eben des Kusari, zum Judentum seinen literarischen Rahmen bildet. In der Form eines Religionsgesprächs zwischen einem Vertreter der aristotelischen Philosophie, einem Christen und einem Moslem sowie einem (siegreich bleibenden) Juden entwickelt Jehuda ha-Levi hier eine religionsphilosophische Lehre, die den Zuständigkeitsanspruch der rationalistischen Philosophie für Fragen der Religion nicht gelten läßt: Die aristotelische Methode der Deduktion gilt allein für den Bereich der Physik, nicht für jenen der Metaphysik; das Verhältnis zwischen Gott und Welt (und somit auch die Schöpfung) kann die Philosophie nicht erklären. Nur die Religion ermöglicht Gemeinschaft mit Gott; freilich wurde dieses Vermögen durch die Ursünde verloren, aber den Nachkommen Jakobs wurde es erneut zuteil und wird seither durch das Judentum bewahrt. Von entscheidender Bedeutung ist die Hingabe des Menschen an seinen Schöpfer, wie sie nicht zuletzt in der genauen Beobachtung der religiösen Gebote ihren Ausdruck findet. Der *Kusari* des Jehuda ha-Levi hat große Popularität erlangt und bis in die heutige Zeit weite Verbreitung gefunden; seine Lehren haben auf die mystische Geheimlehre der Kabbala ebenso wie auf den osteuropäischen Chassidismus des 18. und 19. Jahrhunderts und selbst auf den deutsch-jüdischen Philosophen Franz Rosenzweig noch den größten Einfluß ausgeübt.

Abraham ibn Esra

Zur gleichen Zeit und unter denselben Umständen wie Jehuda ha-Levi verließ auch Abraham ibn Esra (1089-1164) die Iberische Halbinsel, aber sein Ziel war nicht die im Heiligen Land ersehnte Erlösung. Statt dessen reiste dieser Universalgelehrte zunächst nach Rom, dann finden wir ihn in Lucca, Pisa, Mantua, in Béziers in Südfrankreich, wo damals, um 1150, eine bedeutende jüdische Gemeinde bestand, in Narbonne, Bordeaux, Angers, Rouen und schließlich in London, wo er wohl starb. Bei diesem unsteten, ärmlichen Wanderleben soll er nicht weniger als 108 Werke verfaßt haben – auf dem Gebiet der Mathematik, der Astronomie, der Grammatik, der Philosophie. Seine eigentliche Bedeutung aber liegt zum einen in seinen Bibelkommentaren, zum anderen in den Wirkungen seiner Wanderungen: Denn tatsächlich hat Abraham ibn Esra das kulturelle Erbe der maurisch-spanischen Juden nach Italien, in die Provence und selbst nach England getragen; so sehen wir an verschiedenen der von ihm bereisten Orte wenig später Schulen der hebräischen Poesie im andalusischen Stil aufblühen. Seine Bibelkommentare schließlich wurden in späterer Zeit überaus beliebt, sie wurden nachgerade Gemeingut und sind es bis heute, wenngleich man ihre wissenschaftliche Bedeutung sicher erst in unserer Zeit erkannt hat: Abraham ibn Esra lehnte eine allegorische, philosophische Deutung der Bibel, wie sie seinerzeit unter dem Einfluß der arabischen Schulen populär geworden war, strikt ab und war statt dessen um den reinen Wortsinn bemüht. Dies führte ihn zur konsequenten Anwendung einer philologisch-kritischen Methode. Wenn sein Werk dennoch in manchen Passagen schwer verständlich erscheint, dann liegt das nicht zuletzt an den vorsichtigen Andeutungen, in die Abraham ibn Esra gerade jene Ergebnisse dieser Methode hüllt, die unser besonderes Interesse auf sich ziehen: Bestimmte Teile von Jesaja stammen nach seiner Auffassung erst aus der Zeit des Exils, auch einige Psalmen können nicht von König David stammen, und selbst den Pentateuch kann er nicht in allen Teilen Moses zuschreiben – Erkenntnisse, die der modernen Bibelkritik um Jahrhunderte vorauseilen.

Moses Maimonides

Mit Moses Maimonides (»Rambam«, 1135-1204) schließlich erreichen wir den Gipfelpunkt der mittelalterlichen jüdischen Religionsphilosophie – und zugleich das Ende der reinen andalusisch-jüdischen Tradition. Denn 1147/48 überrannten die Almohaden das islamische Spanien, eine nordafrikanische Berberdynastie, deren dogmatisches Sendungsbewußtsein wenig Raum für einen Fortbestand jener säkularen Lebensformen einer höfischen Oberschicht ließ, die bis dahin für das maurische Spanien so kennzeichnend gewesen waren. Vor allem aber zeigten sich die Almohaden gegenüber den nichtislamischen Minderheiten unduldsam. Die jüdischen Gemeinden Andalusiens wurden auf einen Schlag ausgelöscht oder doch auf eine kümmerliche Größe und fast völlige Bedeutungslosigkeit reduziert; Tausende flohen in den christlich beherrschten Norden

Spaniens, in die Provence oder, wie die Familie des Moses Maimonides, nach Nordafrika und Ägypten.

Maimonides hat die Iberische Halbinsel schon als Heranwachsender verlassen und in Fez und Fostat (Alt-Kairo) als Arzt und Gelehrter gewirkt, aber er kann nur vor dem Hintergrund des sefardischen, andalusisch-jüdischen Erbes verstanden werden, als dessen Vollender er in mancher Hinsicht gelten mag.

Ein Hauptwerk des Maimonides ist die *Mischneh Torah*, die »Wiederholung der Lehre«, eine großartige, vierzehn Bücher umfassende Systematisierung und Kodifikation des jüdischen Religionsgesetzes, die sich durch ihre Allgemeinverständlichkeit, ihre Klarheit und logische Anordnung auszeichnet. Sie ist auch deshalb von besonderer Bedeutung, weil in ihr die berühmten dreizehn Glaubensartikel formuliert sind, die als die bündige dogmatische Fixierung der Lehren des Judentums täglich beim Morgengebet gesprochen werden. Bis heute ist die *Mischneh Torah* das einzige umfassende Werk zum gesamten jüdischen Gesetz und aus keiner jüdischen Bibliothek wegzudenken.

Während die *Mischneh Torah* des Maimonides in der jüdischen Welt unangefochten blieb, hat sein philosophisches Hauptwerk Anlaß zu erbitterten Auseinandersetzungen gegeben: Der »Führer der Unschlüssigen« (um 1190), in dem Maimonides einen Ausgleich zwischen der aristotelischen Philosophie und den jüdischen Glaubenslehren sucht. Das hervorstechende Merkmal dieses großen Werks ist der Rationalismus, mit dem die grundsätzliche Übereinstimmung von Vernunft (Philosophie, Wissenschaft) und Glauben vertreten und die Befreiung des Menschen von Aberglaube und Irrationalismus angestrebt wird. Moses erscheint in dieser Perspektive als der Vermittler der wahren Philosophie; die Thora enthält ebenso die Grundlage für die wahre Gotteserkenntnis wie für die vollkommene Gesellschaftsordnung. Auch seine Lehre von der Vorsehung zeigt diese Ausrichtung auf den Intellekt des Menschen: Gegen die im Islam dominierende Vorstellung, daß die göttliche Vorsehung dem freien Willen des Menschen keinen Raum lasse, und gegen die philosophische These, daß es lediglich eine allgemeine Vorsehung gebe, die das Einzelgeschehen und das Einzelschicksal dem Zufall überlasse, spricht Maimonides von einer göttlichen Vorsehung, die den freien Willen des Menschen nicht einschränkt und in dem Maß den Einzelnen umsorgt, in dem sein Intellekt entwickelt ist. Ursprünglich in Arabisch verfaßt (*Dalâlat al-Hairîn*), wurde das Werk 1204 von Samuel ibn Tibbon ins Hebräische übersetzt (*Moreh Newuchim*). Doch auch für die lateinische Theologie und Philosophie des Hochmittelalters blieb »Rabbi Moses« bis ins 14. Jahrhundert hinein eine vielbeachtete Autorität; die

Lehrer der Hochscholastik hat er tief beeinflußt und die aristotelischen Vorstellungen etwa des Thomas von Aquin wie des Johannes Duns Scotus entscheidend mitbestimmt.

Der »Führer der Unschlüssigen« bezeichnet eine entscheidende Wegmarke der jüdischen Geistesgeschichte. Die rationalistische Religionsphilosophie des Maimonides, und schließlich das Verhältnis zwischen jüdischer Glaubenslehre und philosophischer Doktrin überhaupt, wurde zum Gegenstand einer Kontroverse, die ihren Ausgang in den 1230er Jahren in Toledo nahm und – in verschiedenen Wellen – die gesamte jüdische Welt, vor allem aber die europäische Judenheit erschütterte. Gewiß war die rationalistisch-philosophische Tradition ein Kontinuum des kulturellen Erbes der Juden im islamisch-arabisch dominierten Kulturraum; aber diese Tradition war niemals unangefochten geblieben und hatte immer wieder heftige Widerstände auf den Plan gerufen. Schon der erste spanisch-jüdische Philosoph, Salomon ibn Gabirol, wurde seinerzeit offenbar heftig befehdet. Mit Jehuda ha-Levi und seinem *Kusari* schließlich scheint im frühen 12. Jahrhundert eine neue Intensität des Disputs erreicht zu sein: Erstmals lernen wir hier einen wortgewandten, philosophisch ausgefeilt argumentierenden Antirationalismus kennen, der sich nicht gegen die spanische philosophische Tradition wendet, sondern gegen die Übernahme des radikaleren aristotelischen Rationalismus, der in dieser Zeit in Andalusien vorherrschend wurde. Den Anhängern dieser Lehren wiederum erschien die Methodologie der konservativen philosophischen Schule nur apologetisch, nicht philosophisch bestimmt. Sie dagegen erkannten nur die Notwendigkeit des stringenten philosophischen Denkens wirklich an; auch wenn sie sich bewußt waren, daß manche aristotelische Lehren in eklatantem Widerspruch zur jüdischen Glaubenslehre standen und, wie es einer von ihnen formulierte, »die Grundlagen des Gesetzes zerstören«, lehnten sie jegliches apologetische Bemühen strikt ab.

Das gilt in erster Linie für die kleineren Geister unter diesen jüdischen Aristotelikern, die sich mehr oder weniger ausschließlich in den Gleisen bewegten, die von der zeitgenössischen arabischen philosophischen Mode vorgegeben waren. Dagegen war für Maimonides wie auch für seinen Zeitgenossen, den Arzt, Philosophen, Historiker und Astronomen Abraham ibn Daud (ca. 1110-1180), die Versöhnung der jüdischen Glaubensdoktrin mit den Lehren der Philosophie das höchste Ziel. Gegen *diese* Position, die nicht außerhalb des jüdischen Glaubenszusammenhangs argumentierte, sondern die Gültigkeit der aristotelischen Lehren in bezug auf die jüdische Glaubenslehre postulierte, wandten sich nun jene, deren recht unterschiedliche Positionen man wenig exakt unter dem Begriff des Antirationalismus subsumiert hat.

In der großen Kontroverse um die Lehren des Moses Maimonides treffen die unterschiedlichen Strömungen eines im arabisch-islamischen Kulturkreis ausgeprägten jüdischen Erbes mit Vehemenz aufeinander; aber es ist bezeichnend für die Entwicklungen dieser Umbruchszeit, daß die »klassische« andalusisch-jüdische Position am entschiedensten nicht mehr von Gelehrten Spaniens vertreten wurde, sondern von den rabbinischen Autoritäten der jüdischen Gemeinden, die mittlerweile in der Provence aufgeblüht waren. In Narbonne und Lunel saßen nun die entschiedensten Parteigänger des Maimonides, und es schien ihnen nur natürlich, daß sie in den aufkommenden Disputen um dessen rationalistische Lehren ihre engsten Verbündeten in den Gelehrten von Katalonien, Aragón und Kastilien finden würden. Aber auch die spanischen Gemeinden waren längst zerrissen, und vor allem in Barcelona, in Gerona und Toledo stießen die Bemühungen provenzalischer Emissäre um eine Exkommunikation jener, die Maimonides schmähten, auf ein allenfalls laues Echo. Eine entscheidende Verschärfung des Konflikts war schließlich erreicht, als zwei der Werke des Maimonides den kirchlichen Behörden von Montpellier als gottesleugnerisch denunziert und den Flammen übergeben wurden – ein ungeheuerlicher Vorgang, der die Position der Antirationalisten zunächst diskreditieren mußte und die Anhänger der maimonidischen Lehren zu dem Versuch bewegte, ihre Gegner endgültig zu unterwerfen. Aber dieser erneute Feldzug traf gerade unter den rabbinischen Autoritäten Spaniens auf entschiedenen Widerstand und ist letztlich gescheitert. Im Ergebnis dieser Kontroverse um Maimonides ist die Beschäftigung mit der Philosophie und den weltlichen Wissenschaften ganz allgemein und mit der maimonidischen Religionsphilosophie im besonderen weithin und auf Jahrhunderte hinaus in weiten Teilen der jüdischen Welt in Mißkredit geraten.

Das Zeitalter der convivencia

Um 1150 war das Goldene Zeitalter der andalusischen Judenheit vorbei. Schon in der ersten Hälfte des 12. Jahrhunderts mehren sich die Anzeichen dafür, daß die jüdische Minderheit im islamischen Süden der Iberischen Halbinsel unter den indirekten Auswirkungen der verschärften islamisch-christlichen Konfrontation zu leiden hat. Berichte über Zwangsbekehrungen, über besondere Kleiderordnungen, gewaltsam geschlossene Synagogen und Vertreibungen sprechen für einen zunehmenden Fanatismus zumindest mancher der in Bedrängnis geratenen örtlichen und regionalen muslimischen Machthaber. Die Almohaden schließlich, die zur Jahrhundertmitte die Macht im muslimischen Süden an sich rissen, zwangen entgegen der islamischen Tradition Juden und Christen, zum Islam überzutreten oder auszuwandern.

Ein Großteil der jüdischen Bevölkerung hat sich damals, gemeinsam mit vielen Christen, in die christlichen Reiche von Aragón, Kastilien und Portugal gerettet oder ist in die Provence oder nach Nordafrika ausgewandert; andere waren formal zum Islam übergetreten, um bleiben zu können, hingen aber heimlich weiterhin dem Judentum an. Die ersten Kryptojuden auf der Iberischen Halbinsel lebten also nicht unter christlicher, sondern unter islamischer Herrschaft; und an verschiedenen Revolten gegen die Almohaden hatten diese heimlichen Juden wesentlichen Anteil. In späterer Zeit, nach dem Ende der Almohadenherrschaft, bildeten sich im Königreich von Granada, dem letzten Rückzugsgebiet der Mauren auf der Iberischen Halbinsel, erneut größere jüdische Gemeinden, die ein wechselndes Schicksal hatten; an die frühere Bedeutung des andalusischen Judentums konnten sie nicht mehr anknüpfen.

In seinem *Sefer ha-Kabbalah* (»Buch der Tradition«) schildert Abraham ibn Daud, selbst ein Flüchtling aus Andalusien, die Schrecken des Untergangs der eben noch blühenden Gemeinden, die panische Flucht vor den Almohaden in den christlichen Norden und das Gefühl der plötzlichen Entwurzelung, des Verlusts der eigenen Welt. Tatsächlich ist das »Buch der Tradition«, das die Wahrheit des jüdischen Glaubens durch den Erweis einer ununterbrochenen, bis auf Moses und Adam zurückreichenden Ahnen- und Tradentenkette zu untermauern sucht, zugleich Ausweis des Selbstgefühls der soeben exilierten andalusischen Judenheit: Für Abraham ibn Daud kreist die gesamte spanisch-jüdische Geschichte einzig um Andalusien, und seine Schilderung der Traditionskette gipfelt nach recht konventionellem Beginn in einer ausführlichen, hymnischen Würdigung der Leistungen, die in *al-Andalus* auf allen Gebieten hervorgebracht worden waren, in der Philosophie ebenso wie in der Bibelexegese, in der hebräischen Grammatik wie in der Dichtkunst; dies ist in seinen Augen die höchste Blüte, die jüdisches geistiges Leben erreicht hat, und nun ist diese Hochblüte jäh beendet, diesem geistigen Leben die Heimstätte genommen.

Abraham ibn Daud hat sein »Buch der Tradition« 1161 in Toledo geschrieben, der Hauptstadt des Königreichs Kastilien. Seine Traditionsgeschichte ist auch programmatisch zu verstehen – sie zeigt nicht nur auf, was verloren wurde, sondern verdeutlicht auch, woran anzuknüpfen wäre: Sie plädiert für den Versuch, das politische und kulturelle Erbe der andalusischen Judenheit im christlichen Spanien aufzugreifen. Tatsächlich wurden erhebliche Anstrengungen unternommen, das im muslimischen Spanien mit einem Schlag Zerstörte im christlichen Herrschaftsbereich wiederaufzubauen. Der bedeutendste dieser Versuche ist wohl in den Bemühungen zu sehen, die berühmte Talmudakademie von Lucena an anderem Ort wiederzuerrichten. Diese Versuche sind nur von sehr geringem unmittelbaren Erfolg belohnt gewesen. Aber während das andalusische Judentum nicht in das christliche Spanien transplantiert werden konnte, hat sein reiches kulturelles Erbe doch mittelbar eine entscheidende, ja weithin dominierende Wirkung entfalten können. Und so konnte schon im 13. Jahrhundert ein hebräischer Dichter wieder davon sprechen, daß Spaniens Luft »das Leben der Seelen« sei, eben weil hier das geistig-kulturelle Leben in einer Blüte stand, die in der jüdischen Welt sonst kein Gegenstück hatte.

In den langen Jahrhunderten der Reconquista erfuhren die Juden fast durchweg eine ganz andere Behandlung als die muslimische Bevölkerung jener Städte und Regionen, die an die christlichen Mächte fielen. Die Juden von Toledo haben nach der Eroberung der Stadt durch den König von Kastilien weiterhin in ihrem alten Viertel gewohnt, während die muslimische Bevölkerung geflohen war; die Juden von Tudela, das 1115 an Aragón fiel, durften gleichfalls in ihrem Viertel innerhalb der Stadtmauern bleiben, während die Muslime die Stadt verlassen mußten; und nachdem drei Jahre später auch in Saragossa so verfahren worden war, betrachtete man dies als das allgemein übliche Modell, das tatsächlich in fast allen Städten zur Anwendung kam. Nach der Einnahme von Tortosa wurde sogar nicht nur die ansässige jüdische Bevölkerung in ihren Rechten und Besitztümern belassen, sondern etwaigen jüdischen Neuansiedlern wurde eine weitere Privilegierung in Aussicht gestellt. Unangetastet blieb auch die Freiheit der Religionsausübung und die Autonomie der jüdischen Gemeinden, die lediglich der sehr losen Oberaufsicht eines königlichen Beamten unterstellt waren. Und auch in den christlichen Reichen stiegen jüdische Ärzte und Finanziers in hohe Positionen am Hof auf – als Steuereinnehmer, Diplomaten und Minister, die es in einigen Fällen sogar zu größerer Machtfülle brachten als ihre Gegenbilder im islamischen Andalusien. An deren herausragende innerjüdische kulturelle Rolle, die nur in der Einbettung der höfischen jüdischen Oberschicht Andalusiens in die maurische Kultur denkbar war, konnten die Hofjuden von Kastilien und Aragón freilich nicht mehr anknüpfen.

Wie keine andere Großstadt des christlichen Spanien war Toledo von dem Fortwirken des arabisch-islamischen kulturellen Erbes geprägt. Es sind vier Gruppen, deren unterschiedlich ausgeformte Koexistenz die Situation im christlichen Spanien über Jahrhunderte hinweg prägte: Die christliche Bevölkerung der nördlichen Reiche, die sehr bedeutende

Gruppe der Mozaraber, arabisierter Christen im ehemals islamischen Herrschaftsbereich, die Moriscos oder Mauren, also die muslimische Bevölkerung, und schließlich die Juden. Im 13. und 14. Jahrhundert war die vielleicht zehntausend Seelen zählende jüdische Gemeinde von Toledo wohl die größte in ganz Europa – ein zeitgenössischer Poet schildert die jüdische Einwohnerschaft begeistert als »Myriaden, wie die Pflanzen auf dem Felde« – und zudem vermutlich die wohlhabendste der Welt.

Toledo war nicht nur die Residenzstadt des mächtigsten der christlichen Königreiche Spaniens, sondern auch das Nervenzentrum der fortschreitenden Reconquista – und damit auch einer stark expandierenden Wirtschaftsmacht. Im 13. Jahrhundert aber erlangte die Reconquista einen neuen, entscheidenden Impetus; die Balance verschob sich nun rasch und eindeutig zugunsten der christlichen Kräfte. In der Schlacht von Las Navas de Tolosa wurde 1212 die militärische Macht der Almohaden gebrochen, 1236 fiel Cordoba, 1248 Sevilla; nur das maurische Königreich Granada konnte sich um den Preis der Lehnsabhängigkeit von Kastilien noch zweieinhalb Jahrhunderte länger halten. Unter König Ferdinand III. hatten sich 1230 die Königreiche Kastilien und León vereinigt, und Toledo war erneut zur in jeder Hinsicht bedeutendsten Stadt der Iberischen Halbinsel aufgestiegen – zur bevölkerungsreichsten Großstadt, zum stärksten politischen Machtzentrum und zum christlich-kirchlichen Mittelpunkt Spaniens, zum wirtschaftlichen Hauptknotenpunkt, zum Mittelpunkt von Gewerbe und Industrie, insbesondere von Waffenproduktion, Seide- und Wollindustrie, Gold- und Silberschmiedekunst. Unter Ferdinands Nachfolger Alfons X., dem Weisen (1252-1282), entwickelte sich die Stadt vollends zu dem wichtigsten europäischen Zentrum von Geist und Wissenschaft, dessen berühmte Übersetzerschule dem christlichen Abendland das Erbe der griechisch-römischen Antike und des arabischen Kulturkreises vermittelte.

Dies war die hohe Zeit der *convivencia*, des fruchtbaren Zusammenlebens und -wirkens christlicher, muslimischer und jüdischer Bevölkerungselemente, das die politischen, sozialen und geistig-kulturellen Verhältnisse in den Großstädten des christlichen Spaniens und insbesondere im alles überstrahlenden Toledo während des 13. und auch noch des 14. Jahrhunderts prägte. Wenn dabei der Einfluß des arabischen Kulturkreises über Jahrhunderte hinweg ganz allgemein sehr stark geblieben ist, so galt dies für die jüdische Bevölkerung fast in gleichem Maß wie für die muslimische Minderheit und zweifellos zumindest ebenso sehr wie für die große Gruppe der Mozaraber oder Mudéjares, der arabisierten Christen. Selbst in den Schriften eines jüdischen Autors, der aus dem niemals islamisch gewesenen äußersten Norden der Halbinsel stammt und sein ganzes Leben im christlichen Herrschaftsbereich verbracht hat, lassen sich zahlreiche arabische Einschübe, Worterklärungen und dergleichen finden, während sie keinerlei Spuren lateinischer oder romanischer Sprache aufweisen. Das heißt nicht, daß die Juden im Königreich Kastilien-León des Spanischen nicht mächtig gewesen wären; schon im 12. Jahrhundert haben jüdische Dichter in Toledo gefällige spanische Verse geschmiedet. Aber Arabisch war neben Spanisch und einem sich entwickelnden jüdisch-spanischen Soziolekt nach wie vor lebendige Alltagssprache, und es war vor allem nach wie vor die dominierende Wissenschaftssprache. Die fortlebende Tradition der arabischen Sprachpflege war von größter Bedeutung für das geistig-kulturelle Leben der spanischen Judenheit, ermöglichte sie doch den weiterhin ungeschmälerten Rückbezug auf die Traditionen des andalusischen Judentums ebenso wie auf das islamisch-arabische und das in arabischen Fassungen umlaufende griechisch-antike kulturelle Erbe, auf dem sie basierten.

Mit der besonderen Bedeutung Toledos im geistigen Leben des 13. Jahrhunderts verbindet sich eine entscheidende Wegmarke der *christlichen* Geistesgeschichte. Die philosophische Renaissance nämlich, die das christliche Abendland seit dem frühen 13. Jahrhundert erlebt hat, beruhte wesentlich auf der Einführung der bis dahin nur äußerst bruchstückhaft bekannten Werke des Aristoteles in lateinischen Fassungen – teilweise Übersetzungen griechischer Vorlagen, die nach dem Fall Konstantinopels an die Kreuzfahrer 1207 in die lateinischsprachige Welt gelangt waren, zum größeren Teil aber Übersetzungen der arabischen Fassungen, die längst im islamischen Kulturkreis kursiert hatten und nun in Toledo und auch andernorts von christlichen und jüdischen Sprachgelehrten in gemeinsamer Anstrengung systematisch bearbeitet wurden. Doch die aristotelischen Lehren, die nun mit Hingabe studiert wurden, mußten den Widerstand der Kirche hervorrufen. Die Ewigkeit der Welt, die Uniformität des Naturgesetzes, die Einheit des menschlichen Intellekts – das waren Prinzipien, die in Widerspruch zu christlichen Dogmen standen; und überdies betonten gerade die bekanntesten arabischen Kommentatoren des Aristoteles, denen man etwa an der Pariser Universität folgte, die aus den aristotelischen Lehren ableitbare Leugnung von göttlicher Vorsehung, Willensfreiheit und individueller Unsterblichkeit. Nach vergeblichen Versuchen, das Studium der Werke des Aristoteles über Physik und Metaphysik überhaupt zu verbieten, unternahmen es schließlich hervorragende christliche Gelehrte wie Albertus Magnus und Thomas von Aquin, die aristotelische Philosophie mit den Lehren des Christentums zu harmonisieren – und sie folgten dabei weitgehend dem Vorbild des Moses Maimonides, dessen »Führer der Unschlüssigen«

ihnen in vielen Belangen die zentralen Argumentationslinien vorgab und somit auf das christliche Denken der folgenden Jahrhunderte mittelbar einen wichtigen Einfluß ausübte.

Der Untergang der iberisch-jüdischen Gemeinden

Schon im 13. Jahrhundert setzte eine christlich-kirchliche Reaktion auf die zunächst sehr vorteilhafte politische und gesellschaftliche Position der jüdischen Minderheit in den christlichen Königreichen Spaniens ein, die vor dem Hintergrund einer gleichzeitig verschärften Polemik gegen den Islam und das arabische Erbe der *convivencia* allmählich weniger Raum ließ. Die diskriminierenden Vorschriften, die der Gesetzeskodex *Siete Partidas* von 1263 über die kastilische Judenheit verhängte, signalisieren bereits eine grundlegende Klimaänderung, wenngleich sie zunächst nur eingeschränkt zur Geltung kamen und der Umschwung hier vorerst noch weniger spürbar war als in Aragón. Um die Mitte des 13. Jahrhunderts wurden in Saragossa erstmals auf der Iberischen Halbinsel die Juden des Ritualmordes an Christen beschuldigt; wenige Jahre später verfügte Jakob I. von Aragón (1213-1276) erstmals eine allgemeine ersatzlose »Tilgung« aller Schuldforderungen jüdischer Gläubiger, und 1263 wurde der größte spanische Talmudgelehrte seiner Zeit, Nachmanides, in Barcelona zur öffentlichen Glaubensdisputation mit einem getauften Juden gezwungen. Wenig später wegen angeblicher Schmähung des christlichen Glaubens vor Gericht gestellt und zunächst zum Tode verurteilt, mußte er 1265 Aragón und die Iberische Halbinsel verlassen.

Zur gleichen Zeit wurde durch Papst Clemens IV. (1265-1268) der Aktionsradius der spanischen Inquisition ausgeweitet: Sie konnte nun nicht mehr nur der Ketzerei verdächtige Christen verfolgen, sondern auch getaufte Juden, die zu ihrem alten Glauben zurückgekehrt waren, und Juden, denen ein abträglicher Einfluß auf Christen und getaufte Juden angelastet wurde. Damit aber war in Spanien de facto auch die jüdische Gemeinschaft der Beobachtung durch die Inquisition unterworfen worden – eine kirchliche Sonderregelung, die letztlich zum Untergang der iberisch-jüdischen Gemeinden entscheidend beigetragen hat.

Dieser Untergang vollzog sich vorerst nur sehr allmählich und verlief zudem in den drei christlichen Königreichen Navarra, Kastilien-León und Aragonien nicht einheitlich. Von den blutigen Verfolgungen der Pestzeit, die seit 1348 die jüdischen Gemeinden im Süden Frankreichs und in Deutschland heimsuchten, wurden auch die Juden in Aragonien betroffen, während es in Kastilien-León der vergleichsweise stärkeren Zentralmacht gelang, die politisch und wirtschaftlich wichtigen jüdischen Gemeinden zu schützen. Allerdings wurden nun die Bestimmungen der *Siete Partidas* konsequent zur Anwendung gebracht, scharfe Bestimmungen gegen die jüdische Zinsnahme erlassen und die jüdischen Gemeinden weitgehend ihrer juridischen Autonomie beraubt.

Diese Maßnahmen waren nicht zuletzt auf den wachsenden Einfluß der antijüdischen kirchlichen Agitation zurückzuführen. Sie richtete sich in erster Linie gegen die Glaubensgefährdung, der sie die christlichen Gläubigen in Spanien durch die starke Präsenz nichtchristlicher Gruppen, vor allem aber der Juden, ausgesetzt wähnte. In einigen Diözesen ging man dazu über, die jüdische Bevölkerung turnusmäßig zum Besuch christlicher Gottesdienste zu zwingen, und der scharfe Tonfall der bei diesen Gelegenheiten gehaltenen Bekehrungspredigten trug viel zur Veränderung des öffentlichen Klimas bei. Nach dem Tod des Königs Johann I. von Kastilien kam es schließlich 1391 zu schweren Judenverfolgungen, die durch Predigten des Erzdiakons von Écija ausgelöst und durch das machtpolitische Vakuum begünstigt wurden. In Sevilla und Barcelona kam es ebenso zu blutigen Massakern wie auf den balearischen Inseln, in Gerona und Valencia, während die Juden von Tortosa zur Taufe gezwungen wurden; in zahlreichen Städten verwandelte man die Synagogen in Kirchen.

Die Verfolgungen von 1391 hatten die Zahl der jüdischen Gemeinden schlagartig verringert, und auch solche Zentren großstädtischen jüdischen Lebens wie jene zu Barcelona oder Valencia erreichten nie mehr annähernd ihre frühere Bedeutung. Stärker als durch Massaker waren sie durch Übertritte zum Christentum dezimiert worden. Die *conversos*, die zur christlichen Religion bekehrten oder auch gewaltsam zur Taufe gebrachten Juden, waren nach 1391 mancherorts sehr viel zahlreicher als die verbliebenen Bekenner des jüdischen Glaubens; gerade die Zwangsbekehrten stellten unter solchen Umständen vielfach eine distinkte Bevölkerungsgruppe dar, die von den Altchristen mit Argwohn betrachtet wurde. In erster Linie diesen *conversos* galt das Augenmerk der Inquisition; doch diese Aufmerksamkeit weitete sich alsbald auch auf die jüdischen Gemeinden aus, deren Einfluß die *conversos* endgültig zu entziehen waren. Zugleich mußten die von Missionseifer beseelten christlichen Prediger bestrebt sein, auch die jüdische Restbevölkerung für das Christentum zu gewinnen. Das agitatorische Auftreten von Wanderpredigern wie dem Bettelmönch Vincente Ferrer führte vielerorts zu Gewaltausbrüchen gegen die Juden und bereitete den Boden für einschneidende obrigkeitliche Zwangsmaßnahmen wie die Verweisung der Juden in separate Wohnviertel, besondere Kennzeichnung durch Kleidung oder Haar- und Barttracht, die Ausschließung von allen öffentlichen Ämtern und die Beschränkung auf einige wenige, eher marginale Bereiche von Handel und Handwerk in Kastilien-León (1412) und in Aragón (1413). Zahlreiche einst blühende Gemeinden lösten sich nun, wie jene von Barcelona und Valencia, ganz auf; insgesamt war die jüdische Bevölkerung Spaniens zu dieser Zeit bereits stark dezimiert und verarmt.

Die Zahl der *conversos* war mittlerweile – in allen sozialen Schichten – derart groß, daß die Unterscheidung zwischen Altchristen und solchen Neuchristen nicht nur vor dem Hintergrund der religiös-ideologischen Verunsicherung, sondern auch angesichts einer verschärften Konkurrenz im Ringen um sozialen Status sowie um wirtschaftliche und politische Entfaltungsmöglichkeiten zu einer Frage von höchstem gesellschaftlichen Interesse wurde. Auf dem Höhepunkt der Rebellion von Toledo erging 1449 ein Statut der Aufständischen, wonach alle Neuchristen für jegliches öffentliche Amt unqualifiziert seien. Die *limpieza de sangre* (»Reinheit des Blutes«) sollte fortan über die gesellschaftliche und politische Akzeptanz entscheiden. Tatsächlich wurde der Nachweis der rein christlichen Abstammung zunehmend zu einer Notwendigkeit des sozialen Überlebens; und die Bemühungen, jüdische Einflüsse aufzuspüren und auszumerzen, bereiteten den Boden für ein wild sprießendes Denunziantentum, dem neben *conversos* und deren Nachkommen zweifellos auch viele Angehörige altkatholischer Familien zum Opfer fielen.

Im Jahre 1474 bestieg Isabella I., »die Katholische«, den Thron von Kastilien. Ihre Heirat mit Ferdinand II., dem Thronanwärter von Aragón, führte nach dessen Krönung 1479 zur Vereinigung der beiden Reiche. Das Herrscherpaar baute in Kastilien ein zentralistisches Staatswesen auf, doch die intendierte Schaffung eines gesamtspanischen Königreichs stieß angesichts der komplizierten verfassungsmäßigen Verhältnisse auf erhebliche innenpolitische Widerstände. Ein Hauptübel, das es auf dem Weg zur Schaffung eines einheitlichen christlichen Reiches auf spanischem Boden zu beseitigen galt, sah das von politischem Machtwillen ebenso wie von christlichem Glaubenseifer durchdrungene Herrscherpaar in der judaisierenden Sonderexistenz der *conversos*. Schon 1478 hatten Ferdinand und Isabella das päpstliche Privileg zur eigenständigen Ernennung von Inquisitoren erhalten; und so entstand neben der fortbestehenden päpstlichen Inquisition ein ungleich mächtigerer Inquisitionsapparat unter staatlicher Kontrolle, der sich zu einem zentralen Herrschaftsinstrument entwickelte: 1480 wurde in Sevilla das erste kastilische Inquisitionsgericht geschaffen, drei Jahre später nahm der Inquisitionsrat seine Tätigkeit auf. Hatten ansonsten die kirchlichen Inquisitoren den verschiedenartigsten Ketzereien nachgespürt, so richtete sich der Spürsinn dieser spanischen Inquisition vor allem auf die *conversos*. Allein zwischen 1481 und 1488 sollen in Kastilien mehr als 700 Neuchristen als heimliche Juden enttarnt und verbrannt worden sein, während mehr als 5.000 nach verschiedenen Strafprozeduren in den Schoß der Kirche zurückkehren durften.

Seit 1483 wurden unter der Federführung der Inquisition die Juden sukzessive aus Andalusien vertrieben, um die Bekämpfung der jüdischen Häresie unter den *conversos* zu erleichtern. Der mächtige Großinquisitor Tomás de Torquemada zog mit seiner Behörde durch das ganze Reich, um die judaisierenden Ketzer aufzuspüren; aber damit und mit den erneuerten Bestrebungen zur Unterwerfung der letzten muslimischen Bastion auf spanischem Boden, zur endgültigen, umfassenden Christianisierung, wurde auch die Position der Juden immer prekärer. Torquemada bemühte sich vergeblich um einen päpstlichen Befehl zu ihrer Ausweisung. Als jedoch in den ersten Tagen des Jahres 1492 das maurische Königreich von Granada schließlich erobert war, wurde die Frage des einheitlichen Glaubensbekenntnisses erneut aufgegriffen. Doch nicht die Muslime, sondern die Juden wurden als Bedrohung der christlichen Glaubenseinheit empfunden, und so wurde im April 1492 das königliche Edikt verkündet, wonach alle Juden bis zum 31. Juli desselben Jahres Spanien zu verlassen hatten, sofern sie sich nicht taufen ließen. Am 1. August 1492 soll in spanischen Landen kein einziger bekennender Jude mehr zu finden gewesen sein; 1497 wurden die Juden auch aus Portugal verwiesen.

In der *convivencia* und ihrem Niedergang zeigt sich das Wechselspiel zwischen pragmatischen Orientierungen, die in Zeiten der relativen Prosperität und der ausgeglichenen politischen und religiös-kulturellen Kräftefelder eine weitgehende Toleranz gegenüber der Minderheit erlauben, und der Tendenz zur Selbstvergewisserung durch Abgrenzung und Ausschließung in Phasen der Instabilität und der Imbalance. In dieser Perspektive mag man der Blüte und dem Untergang der iberisch-jüdischen Kultur als wichtiger Wegmarke europäischer Zivilisation durchaus auch paradigmatischen Charakter zuschreiben.

Literaturhinweise

Ashtor, Eliyahu: The Jews of Moslem Spain, 3 Bde., Philadelphia 1973-1984, 2. Aufl. 1992.
Baer, Fritz: A History of the Jews in Christian Spain, 2 Bde., Philadelphia 1961-1966, 2. Aufl. 1978.
Battenberg, Friedrich: Das Europäische Zeitalter der Juden. Zur Entwicklung einer Minderheit in der nichtjüdischen Umwelt Europas, Bd. 1: Von den Anfängen bis 1650, Darmstadt 1990.
Carrete Parrondo, Carlos (Hrsg.): Creencias y culturas. Cristianos, judíos y musulmanes en la España medieval, Salamanca 1998.
Cooperman, Bernard Dov (Hrsg.): In Iberia and beyond. Hispanic Jews between cultures, Newark 1998.
Goetschel, Roland (Hrsg.): 1492. L'expulsion des juifs d'Espagne, Paris 1996.
Jiménez Lozano, José: Judíos, moriscos y conversos, Valladolid 1982.
Leroy, Béatrice: L'expulsion des juifs d'Espagne, Paris 1990.
Mann, Vivian B.: Convivencia. Jews, Christians and Muslims in Medieval Spain, New York 1992.
Menaca, Marie de: Histoire politique des juifs d'Espagne au Moyen âge, Nantes.
Millás y Vallicrosa, José Maria: Literatura hebraicoespañola, 2 Bde., Barcelona 1968.
Netanyahu, Benzion: Toward the Inquisition. Essays on Jewish and Converso History in Late Medieval Spain, Ithaca 1997.
Roth, Norman: Conversos, Inquisition and the Expulsion of Jews from Spain, Madison, Wis. 1995.
– Jews, Visigoths and Muslims in Medieval Spain. Cooperation and Conflict, Leiden 1994.

Uwe Ludwig

Das Reich zwischen universalem Anspruch und territorialer Wirklichkeit

Ansätze moderner Staatlichkeit im 13. Jahrhundert

Welche herausragenden Ereignisse und welche bedeutenden Persönlichkeiten haben das 13. Jahrhundert entscheidend bestimmt und geprägt? Auf diese Frage erhielte man in den verschiedenen Ländern Europas vermutlich höchst unterschiedliche Antworten: In England wäre es wohl der Hinweis auf die König Johann Ohneland (1199-1216) abgerungene Magna Charta von 1215, die »Große Freiheitsurkunde«, die das Verhältnis zwischen Königtum und Baronen auf eine neue Grundlage stellte, indem sie die Rechte der Krone zugunsten des Adels beschränkte – ein Dokument, das über seinen konkreten Zweck hinaus für die englische und europäische Verfassungsentwicklung grundlegende Wirksamkeit entfalten sollte.

In Frankreich dürfte an erster Stelle der »Sonntag von Bouvines« genannt werden, die »Geburtsstunde« des französischen Nationalbewußtseins: Am 27. Juli 1214 besiegte das aus Rittern und Bürgern zusammengesetzte Heer König Philipps II. von Frankreich (1180-1223) bei Bouvines östlich von Lille die Truppen der englisch-welfischen Allianz, des Bündnisses zwischen König Johann Ohneland und Kaiser Otto IV. Der Kaiser mußte das Schlachtfeld fluchtartig verlassen, während der französische Monarch, vom Volk umjubelt, als Triumphator nach Paris heimkehrte. Unter den Zeichen von Oriflamme und Lilienbanner kämpfend, waren den Franzosen der kaiserliche Fahnenwagen und der goldene Reichsadler – mit gebrochenen Schwingen – in die Hände gefallen: ein Bild voller Symbolgehalt. »Es steht fest, daß seither der Name der Deutschen von den Franzosen mißachtet wurde«, bemerkt der Petersberger Chronist. Philipp II. brachte sein herrscherliches Selbstverständnis und den gestiegenen Machtanspruch Frankreichs dadurch zum Ausdruck, daß er sich »Augustus« nennen ließ – eigentlich ein Titel, der dem römisch-deutschen Kaiser zukam. Zwar hatte der Kapetinger mit dem Sieg über Otto IV. den seit 1198 schwelenden deutschen Thronstreit zugunsten Friedrichs II. entschieden: Seinem staufischen Verbündeten ließ er bald darauf den wiederhergestellten Reichsadler überbringen. Der Kampf aber, den Philipp II. siegreich bestanden hatte, galt weniger dem östlichen Nachbarn als vielmehr dem englischen König, dem Neffen und

Alliierten des Welfenkaisers. Der Konflikt um die Herrschaft im Reich war nur ein Nebenschauplatz des englisch-französischen Krieges, der mit der fast vollständigen Verdrängung Englands vom Festland endete. Den größten Teil des kontinentalen, von der Normandie bis nach Aquitanien reichenden Lehnsbesitzes seines übermächtigen Vasallen Johann Ohneland konnte der französische Monarch nach dem Sieg über Welfen und Plantagenet der Krondomäne einverleiben – ein gewaltiger Machtzuwachs, der Frankreich zur führenden Kraft im Abendland werden ließ. Die Einsetzung von königlichen Amtsträgern, von *baillis* im Norden und von *sénéchaux* im Süden, erweiterte den Einfluß der Krone auf das gesamte Königreich.

Besonders tief verwurzelt im kollektiven Gedächtnis Frankreichs ist der Enkel Philipps II., Ludwig IX. der Heilige (1226-1270), unter dessen Herrschaft sich der Aufstieg der Kapetinger kontinuierlich fortsetzte. Auf den von Philipp II. geschaffenen Grundlagen hat Ludwig der Heilige in seiner viereinhalb Jahrzehnte währenden Regierungszeit die Zentralgewalt systematisch gestärkt, indem er die königliche Jurisdiktion auf die bisher von der Krone unabhängigen Lehnsherrschaften ausdehnte und durch Verwaltungsreformen die Einheitlichkeit und Effektivität der Administration im Königreich erhöhte. Dabei nutzte er den bereits von seinen Vorgängern instrumentierten Kult des Königtums, um den sakralen Charakter der französischen Monarchie und ihre gottgewollte Vorrangstellung nach innen und außen zu unterstreichen. In der Erinnerung gegenwärtig ist er jedoch vor allem aufgrund seiner Kreuzfahrten nach Ägypten (1248-50), ins Heilige Land (1250-54) und nach Tunis (1270).

In Italien hat man infolge der territorialen Zersplitterung des Landes im Mittelalter mit verschiedenen Auskünften zu rechnen: Im Süden der Apenninenhalbinsel und auf Sizilien darf man die Nennung Friedrichs II. erwarten, des Königs von Sizilien und römisch-deutschen Kaisers aus dem Geschlecht der Staufer, der beherrschenden Gestalt der ersten Jahrhunderthälfte nicht nur im ehemaligen Normannenreich Süditaliens. In Rom haben sich einige der Nachfolger Petri, der zu Beginn des Jahrhunderts amtierende Papst Innozenz III. etwa oder der um die Jahrhundertmitte wirkende Innozenz IV., ins kollektive Gedächtnis eingeprägt – Namen, die an das zähe Ringen zwischen päpstlicher und kaiserlicher Gewalt um die rechte Ordnung in Kirche und Welt denken lassen, Namen aber auch, mit denen die Verwirklichung der territorialen Herrschaftsansprüche des Papsttums in Mittelitalien, die Aufrichtung des bis ins 19. Jahrhundert existierenden Kirchenstaates aufs engste verbunden ist. In Venedig dagegen ist die Erinnerung an den hochbetagten Dogen Enrico Dandolo (1192-1205) lebendig geblieben, dessen Politik es maßgeblich zuzuschreiben ist, wenn der 4. Kreuzzug im Jahre 1204 zur Eroberung Konstantinopels und zur Begründung des lateinischen Kaiserreichs in Byzanz führte, ein Ereignis, das die venezianische See- und Handelsmacht auf dem Höhepunkt ihres politischen und wirtschaftlichen Einflusses im östlichen Mittelmeerraum zeigt, zugleich aber ein Schlag, von dem sich das Oströmische Reich auch nach der Restauration des griechischen Kaisertums im Jahre 1261 nicht mehr dauerhaft erholen sollte.

In Österreich würde als herausragende Gestalt des 13. Jahrhunderts ohne Frage König Rudolf von Habsburg genannt werden, der vornehmlich im Elsaß und im Aargau begüterte schwäbische Graf, den die Kurfürsten im Jahre 1273 zum römisch-deutschen König wählten und der seinem Geschlecht bald nach der Königserhebung im Kampf gegen Ottokar II. von Böhmen einen ausgedehnten Territorienkomplex im Osten des Reiches sicherte, nämlich Österreich, die Steiermark und Kärnten – Gebiete, in denen der Aufstieg des Hauses Habsburg zu imperialer Stellung seinen Anfang nehmen sollte.

In Deutschland ist König Rudolf von Habsburg weniger in der geschichtlichen Erinnerung präsent, obwohl ihm aus einer traditionellen Perspektive das Verdienst zukommt, jene etwa 25 Jahre währende Phase der deutschen Geschichte beendet zu haben, die fälschlicherweise als »königslose« Zeit, als Interregnum, bezeichnet wird. Eine viel größere Rolle spielt hier, wie schon ein Blick auf den Buchmarkt der vergangenen Jahre lehrt, Friedrich II., der letzte Staufer auf dem Kaiserthron, dessen Herrschaft sich von Sizilien bis an die Ostsee erstreckte und dessen universaler Anspruch das Reich auf den Gipfelpunkt seines äußeren Glanzes führte. Um so tiefer mußten viele Zeitgenossen und rückschauende Betrachter den Einschnitt empfinden, den die Absetzung Friedrichs II. durch Papst Innozenz IV. im Jahre 1245 und der Tod des Kaisers fünf Jahre später darstellten. Was nun kam, war aus einem Blickwinkel, der machtpolitische Kategorien zum bevorzugten, ja zum alleinigen Wertungsmaßstab machte, eine Periode des Niedergangs und des Verfalls: Das Reich und seine Träger, die Deutschen, büßten während des Interregnum und unter den nachfolgenden Königen aus wechselnden Häusern ihre Stellung als führende Kraft im Abendland ein, das römisch-deutsche Königtum mußte im Spannungsfeld zwischen Papsttum, fürstlichem Partikularismus und emporstrebenden Monarchien des Westens einen Autoritätsverlust ohnegleichen hinnehmen. Das Jahr 1250, das Todesjahr Friedrichs II., gilt denn auch bis heute in den meisten Gesamtdarstellungen zur deutschen Geschichte als Epochenzäsur zwischen Hoch- und Spätmittelalter, wenngleich die Forschung betont, daß das

Datum nur die Funktion eines eingebürgerten chronologischen Gliederungsbehelfs besitze und über die – im übrigen auf Deutschland und Italien beschränkte – politische Herrschaftsgeschichte hinaus keine Geltung als Indikator eines umfassenden Wandels um die Jahrhundertmitte beanspruchen könne.

So ist das 13. Jahrhundert insgesamt als eine Zeit des Übergangs bezeichnet worden, eine Aussage, die in ihrer Allgemeinheit ebensogut auf jedes andere Jahrhundert zutrifft und ihren erkenntnisfördernden Wert erst aus der Antwort auf die Frage bezieht, welches die großen Entwicklungslinien und grundlegenden Veränderungen sind, die den Zeitraum zwischen 1200 und 1300 charakterisieren. Die eingangs nur andeutungsweise vorgestellten Akteure und Ereignisse, die dem Jahrhundert ihren Stempel aufdrückten, lassen die Vielfalt und Komplexität des Zeitalters erahnen, von dem hier die Rede sein soll. Die unvermeidliche Beschränkung auf einige Wesenszüge und Grundtendenzen der Periode wird notgedrungen subjektiv sein, zumal der Blick kaum einmal über die Grenzen des römisch-deutschen Imperiums hinaus gerichtet werden kann. Dennoch scheint die Konzentration auf zwei miteinander zusammenhängende Komplexe sinnvoll zu sein, die die deutsche Geschichte im 13. Jahrhundert wesentlich bestimmt haben: das Verhältnis zwischen Papsttum und römisch-deutschem Königtum sowie die Entfaltung fürstlicher Landesherrschaft und die Ausbildung der Territorien.

Das Verhältnis zwischen Papsttum und römisch-deutschem Königtum

Das römisch-deutsche Reich unterschied sich von seinen Nachbarländern darin, daß es in einer besonderen Beziehung zur römischen Kirche und zum Papst stand: Die vom Papst vergebene Kaiserwürde, als deren Hauptaufgabe die *defensio ecclesiae Romanae*, der Schutz der römischen Kirche, angesehen wurde, war traditionell an die römisch-deutsche Königswürde geknüpft. Mit der Krönung zum Kaiser trat der deutsche König die Herrschaft im Imperium Romanum an, das nach allgemeiner Überzeugung von Gott zur Zeit des Kaisers Augustus gegründet worden war, um die christliche Botschaft bis an das Ende der Welt dringen zu lassen. Zugleich war dieses gottgewollte Reich nach verbreiteter Anschauung das letzte der vier Weltreiche, das bis zur Ankunft des Antichrist überdauern werde. Dem deutschen König als Kaiser und Nachfolger des Augustus kam demzufolge im göttlichen Heilsplan eine Funktion zu, die ihn weit über die anderen Monarchen des Abendlandes erhob und ihm eine universale Stellung zubilligte, die sich zwar nicht mit der politischen Realität deckte und auch kaum einmal in konkreten Weltherrschaftsplänen niederschlug, ihren Inhaber jedoch mit einer allseits anerkannten höheren Würde und Autorität ausstattete.

Die Anwartschaft des deutschen Königs auf die Kaiserkrone blieb bis in die zweite Hälfte des 13. Jahrhunderts unbestritten, und obwohl sich jetzt Stimmen zu Wort meldeten, die für eine Trennung der beiden Würden eintraten, wurde an der fest verwurzelten Tradition nicht gerührt. Mehrfach haben französische Könige im 13. und 14. Jahrhundert für sich oder für Angehörige Interesse an der Erlangung der Kaiserkrone bekundet. Aber es ist für die enge Verbindung von römisch-deutschem Königtum und Kaiserwürde bezeichnend, daß sie zu diesem Zwecke eine Kandidatur für den deutschen Königsthron betrieben. Die an der Kurie entwickelte Theorie der *Translatio Imperii*, der vom Papst vorgenommenen Übertragung des Kaisertums von den Griechen auf die Franken – zur Zeit Karls des Großen – und von den Franken auf die Deutschen – zur Zeit Ottos des Großen – bot zwar grundsätzlich eine Handhabe, den Deutschen die Herrschaft im Imperium Romanum wieder zu entziehen. Die Päpste haben von diesem Instrument allerdings in der genannten Richtung keinen Gebrauch gemacht. Statt dessen stützte sich das Papsttum auf die Theorie der *Translatio*, um das Verhältnis der beiden höchsten Gewalten, des Trägers des weltlichen und des Inhabers des geistlichen Schwertes, im Sinne päpstlicher Ansprüche auf Vorrang und Vormachtstellung zu definieren.

Am Anfang des 13. Jahrhunderts steht Papst Innozenz III. (1198-1216), der gelehrte Theologe und Jurist, der für den jetzt nicht mehr nur als Nachfolger Petri, sondern als Stellvertreter Christi auf Erden auftretenden Bischof von Rom die *plenitudo potestatis*, die Vollgewalt, in einer umfassenden Weise reklamiert. Der Papst hat seiner Auffassung zufolge beide Schwerter von Gott empfangen und das weltliche Schwert an den Kaiser delegiert. Der Kaiser übt demnach keine gottunmittelbare, sondern eine vom Papst als dem für die gesamte Christenheit verantwortlichen »wahren Kaiser« abgeleitete Herrschaft aus. Auf die Translationstheorie beruft sich Innozenz III., als er sich nach der 1198 erfolgten Doppelwahl in den deutschen Thronstreit zwischen Philipp von Schwaben (1198-1208) und Otto IV. (1198-1218) einschaltet: Da es der Papst gewesen sei, der das Imperium auf die Deutschen übertragen habe, und da der Papst den von den Fürsten gewählten König zum Kaiser kröne, stehe ihm bei der deutschen Königswahl ein Prüfungs- und Entscheidungsrecht zu. Aus der Verbindung von deutscher Königs- und römischer Kaiserwürde ergibt sich somit für den Papst die Pflicht, über die Eignung des Kandidaten zu befinden: Sein Urteil fällt zugunsten Ottos IV., des welfischen Thronprätendenten, aus.

Um die Mitte des Jahrhunderts, unter Innozenz IV. (1243-1254), erscheinen die Ansprüche des Papstes noch weiter gesteigert: Aus der päpstlichen Vollgewalt, der unter bestimmten Umständen ein Eingriffsrecht in die königliche Gewalt zusteht, ist eine Allgewalt des Papstes geworden, die sich prinzipiell auf geistliche und weltliche Angelegenheiten erstreckt. Die 1245 auf dem Konzil von Lyon verkündete Absetzung Kaiser Friedrichs II. fällt nach der Aussage Innozenz' IV. deswegen in die Kompetenz des Papstes, da dieser als Stellvertreter Christi mit all jenen Rechten begabt sei, die Christus selbst während seines irdischen Daseins zustanden.

Ende und Wendepunkt dieser auf eine allumfassende Begründung und Durchsetzung päpstlicher Gewaltenfülle zielenden Entwicklung ist am Übergang vom 13. zum 14. Jahrhundert der Pontifikat Bonifaz' VIII. (1294-1303), der in der Bulle *Unam sanctam* feststellt, die irdische Gewalt sei der geistlichen nach göttlicher Setzung untergeordnet, ja es sei für jedes menschliche Geschöpf heilsnotwendig, dem römischen Pontifex unterworfen zu sein. Gegenüber dem deutschen König Albrecht I., dem Sohn Rudolfs von Habsburg, hat Bonifaz VIII. auf seinem Recht insistiert, den Thronbewerber zu prüfen und ihm die Approbation zu erteilen. Unter Bezug auf die Translationstheorie hat er Albrecht daran erinnert, daß es dem Papst freistehe, das Imperium von den Deutschen auf jedes andere Volk zu übertragen.

Freilich war der Spielraum des Papstes angesichts der machtpolitischen Konstellationen wesentlich enger, als es diese hochtönenden Verlautbarungen vermuten lassen. Der heftige Konflikt mit dem französischen König Philipp dem Schönen (1285-1314), verschärft noch durch die Erklärung des Papstes, Frankreich sei von Rechts wegen dem römischen König und Kaiser unterstellt, mündete 1303 in das Attentat von Anagni: Von Parteigängern des französischen Monarchen überfallen und vorübergehend gefangengesetzt, ist Bonifaz VIII. wenige Wochen später gestorben. Seine hochfliegenden hierokratischen Entwürfe waren an der Wirklichkeit zerbrochen.

Das Verhältnis zwischen römisch-deutschem König und Papst ist freilich nicht losgelöst von den territorialen Interessen beider Seiten in Italien zu betrachten: Die expansive »Rekuperationspolitik« des Papsttums, das unter Innozenz III. seine unmittelbare Herrschaft über das von der tyrrhenischen zur adriatischen Küste reichende mittelitalienische Gebiet aufrichtete und den Kirchenstaat damit erst Wirklichkeit werden ließ, sowie der Anspruch auf die Lehnshoheit über das Königreich Sizilien bargen ein erhebliches Konfliktpotential in sich. Die am Ende des 12. Jahrhunderts von Kaiser Heinrich VI. herbeigeführte Vereinigung des Königreichs Sizilien, des normannischen Erbes seiner Gemahlin Konstanze, mit dem Imperium war den Päpsten ein Dorn im Auge, drohte doch die Umklammerung der kirchlichen Territorien von Norden und von Süden die Handlungsfreiheit des Papsttums empfindlich einzuschränken. Die Gefahr schien gebannt, als der dreijährige Friedrich II., der Sohn Heinrichs VI., im Jahre 1198 unter der Vormundschaft Innozenz' III. lediglich die Herrschaft in Sizilien antrat, dem Papst den Lehnseid leistete und auf den deutschen Königstitel verzichtete.

Entscheidend von den Besitz- und Hoheitsansprüchen der römischen Kirche in Italien war auch die Haltung Innozenz' III. im deutschen Thronstreit bestimmt. Die Anhänger Philipps von Schwaben verurteilten die päpstlichen »Rekuperationen« als Übergriffe auf Reichsrechte und kündigten den bevorstehenden Romzug des Staufers an, der mit der Königswahl bereits das Anrecht auf die – vom Papst lediglich durch den Formalakt der Krönung zu bestätigende – kaiserliche Würde erworben habe. Währenddessen trat der bereits von Heinrich VI. als Markgraf von Ancona eingesetzte Markward von Annweiler den Ausdehnungsbestrebungen des Papstes in Mittelitalien und Sizilien mit Waffengewalt entgegen. Die zahlenmäßig weitaus schwächere Partei Ottos IV. dagegen ging auf die Wünsche des Papstes ein, bat ihn um Bestätigung der Königswahl und um Kaiserkrönung und erkannte seine Ansprüche in Mittelitalien und Sizilien in vollem Umfange an. Otto IV. versprach unter Eid, den Papst bei der »Wiederherstellung« des Patrimonium Petri und bei der Durchsetzung seiner Hoheitsansprüche in Sizilien zu unterstützen.

Es konnte demnach nicht überraschen, wenn Innozenz III. an der Jahreswende 1200/01 in einer Konsistorialansprache, der berühmten *Deliberatio super facto imperii de tribus electis*, für den Welfen Otto und gegen die Staufer Philipp von Schwaben und Friedrich II. votierte. Von dem Welfen, so schien es, hatte die römische Kirche den größten Nutzen zu erwarten, da sich seine und des Papstes Interessen in Italien am wenigsten kreuzten. Dagegen ließ eine Anerkennung Friedrichs II. den Zusammenschluß Siziliens mit dem Imperium befürchten, während gegen Philipp der Vorwurf erhoben wurde, einem Geschlecht von Verfolgern der Kirche anzugehören. Das Argument, Philipp sei von der Mehrheit der Großen zum König gewählt worden, ließ Innozenz III. nicht gelten: Otto habe genauso viele, wenn nicht noch mehr Stimmen aus dem Kreise jener Fürsten auf sich vereinigt, denen die Königswahl in erster Linie zustehe. Zudem sei gegen Philipp einzuwenden, daß er seinem Bruder Heinrich auf dem Thron nachfolge und somit erbrechtliche Gesichtspunkte das Wahlrecht der Fürsten aushöhlen würden.

Die grundsätzlichen Aussagen des Papstes zur deutschen Königswahl, in denen erstmals bevorrechtigte Königswähler erwähnt, wenn auch nicht namhaft gemacht werden, und ebenso die von Innozenz angestellten Nützlichkeitserwägungen ließen die Anerkennung Ottos IV. als zwingend erscheinen. Allerdings war der Papst flexibel genug, um seine Entscheidung nicht für unumkehrbar zu halten und sie taktischen Erfordernissen und machtpolitischen Veränderungen anzupassen. Schon wenige Jahre nach der öffentlichen Stellungnahme für den Welfen wandte sich Innozenz Philipp zu, der trotz kirchlicher Bannung im Reich stetig an Zustimmung gewonnen und seinen Rivalen an den Rand politischer Bedeutungslosigkeit gedrängt hatte. Es kam zu Verhandlungen zwischen der Kurie und dem bisher verketzerten Staufer: Der Thronverzicht Ottos, die Anerkennung Philipps als König und seine Kaiserkrönung waren mit Rom bereits abgesprochen. Eine Tochter Philipps sollte einen Neffen Innozenz' III. heiraten, dem – wenn die überlieferten Nachrichten zuverlässig sind – mit Tuszien, Spoleto und der Mark Ancona die strittigen Gebiete Mittelitaliens als Reichslehen in Aussicht gestellt waren. Der gefundene Kompromiß wurde jedoch mit der Ermordung Philipps (1208), die Innozenz als Gottesurteil aufnahm, gegenstandslos.

Erleichterung empfand der Papst, als sich die Stauferfreunde jetzt Otto IV. anschlossen, dieser der römischen Kirche in unterwürfiger Weise seine Ergebenheit bekundete und seine früheren Zusicherungen, die mittelitalienischen und sizilianischen Interessen Roms zu respektieren, wiederholte. Innozenz sah sich jedoch in seinen Erwartungen getäuscht: Der bisher gegenüber päpstlichen Forderungen so nachgiebige und willfährige Welfe schwenkte unmittelbar nach der Kaiserkrönung von 1209 in die Bahnen der staufischen Sizilienpolitik ein, okkupierte Teile des von Innozenz III. erweiterten Kirchenstaates und drang nach Süden vor, um Sizilien seiner Herrschaft zu unterwerfen. »Das Schwert, das wir selbst geschmiedet haben, schlägt uns schwere Wunden«, schrieb der Papst an die deutschen Bischöfe. Innozenz III. mußte erneut einen Kurswechsel vornehmen, der im Widerspruch zu seinen in der *Deliberatio* dargelegten Auffassungen stand. Um der drohenden Zusammenführung Siziliens und des Imperiums in der Hand Ottos IV. zu begegnen, brachte er König Friedrich II. von Sizilien, seinen staufischen Lehnsmann, in Deutschland gegen den Welfen in Stellung – ein Manöver, das unter anderen Vorzeichen gleichfalls die Verbindung Süditaliens mit dem Römischen Reich zur Folge hatte. Der »puer Apuliae« hat sich mit Hilfe des süddeutschen Stauferanhangs und nicht weniger mit französischem Geld nördlich der Alpen rasch durchgesetzt, sein Rivale, Kaiser Otto IV., führte nur noch ein Schattendasein, seitdem er 1214 in der

Schlacht von Bouvines vom König von Frankreich vernichtend besiegt worden war.

Die Bemühungen des Papstes, Sizilien vom Reich zu trennen, scheiterten kläglich: Vergeblich ließ sich Innozenz III. versprechen, daß Friedrich gleich nach seiner Kaiserkrönung das Königreich Sizilien seinem unmündigen Sohn Heinrich (VII.) überlassen werde, für den ein der Kurie genehmer Mann die Verweserschaft übernehmen solle. Als Friedrich II. im Jahre 1220 in Rom zum Kaiser gekrönt wurde, lag die Wahl seines Sohnes Heinrich zum deutschen König nur wenige Monate zurück, die Vereinigung der beiden Kronen auch in der folgenden Generation war damit ausgemachte Sache. Es war nur ein bedeutungsloses Zugeständnis, wenn Friedrich dem Papst, der heftig gegen die Königserhebung Heinrichs protestiert hatte, zusicherte, daß Sizilien niemals staatsrechtlich zum Imperium gehören sollte.

Friedrich II. ist wohl derjenige deutsche Herrscher des Mittelalters, der am häufigsten den päpstlichen Bannfluch auf sich gezogen hat. Dagegen hat Friedrich selbst nie den Versuch unternommen, den Papst abzusetzen oder einen Gegenpapst aufstellen zu lassen. Vielmehr war es sein Ziel, ein Neben- und Miteinander der beiden höchsten Gewalten unter Anerkennung ihrer Gleichberechtigung zu erreichen. Das beliebte Sonne-Mond-Gleichnis, das die kuriale Seite im Sinne eines Vorrangs der geistlichen Gewalt – der Sonne – gegenüber der weltlichen Gewalt – dem Mond – deutete, legte er als Modell eines einträchtigen Zusammenwirkens der beiden von Gott auf Erden eingesetzten Herrschaften, des Kaisertums und des Papsttums, aus. Der päpstlichen Auffassung aber, das Oberhaupt der Kirche sei allein gottunmittelbar und universal, setzen Friedrich II. und seine Umgebung eine bis zur Christusparallele gesteigerte Kaiseridee entgegen, deren wichtigste Elemente Hans Martin Schaller herausgearbeitet hat: Der Kaiser ist *vicarius Dei*, ist Stellvertreter Gottes auf Erden; die Kaiserwürde stammt unmittelbar von Gott, der Papst hat dem von den deutschen Fürsten gewählten König nur die Weihe und den Titel zu geben; das Kaisertum ist universale Herrschaft, die sich über Deutschland, Burgund und Italien mit Rom und Sizilien erstreckt, den Inhaber der Kaiserwürde zugleich aber über alle anderen Monarchen stellt: Nur der Kaiser kann Fürsten zu Königen erheben; der Kaiser ist oberster Gesetzgeber, er ist *lex animata in terris*, das beseelte Gesetz auf Erden, und steht selbst über dem Gesetz; er ist der Anführer der Christenheit im Kampf gegen die Heiden und auf dem Kreuzzug.

In der Goldenen Bulle von Rimini hatte es Friedrich II. 1226 als die vornehmste Pflicht des Kaisers bezeichnet, die Grenzen der Christenheit auszuweiten, und dem Hochmeister des zum Kampf gegen die heidnischen Prussen berufenen Deutschen Ordens das zu erobernde Land an der Ostsee mit allen Rechten eines Reichsfürsten übertragen, da es zur »monarchia imperii« gehöre und damit in der Verfügungsgewalt des Kaisers stehe. Als ein von Gott durch ihn bewirktes Wunder betrachtete Friedrich II. die kampflose Einnahme Jerusalems auf dem Kreuzzug von 1228/29: In der Grabeskirche setzte er sich selbst die Krone des Königreichs Jerusalem aufs Haupt. Hatte Friedrich II. vor seinem Aufbruch ins Heilige Land an der Kathedrale von Foggia ein Relief anbringen lassen, das den Sieg Kaiser Konstantins über das Heidentum zeigte und den Anspruch des Staufers zum Ausdruck brachte, ein neuer Konstantin zu sein, so wurde er kurz nach seiner Rückkehr aus Jerusalem im apulischen Bitonto als König David gefeiert, das staufische Haus als Haus David gerühmt, als Kaisergeschlecht, das bis ans Ende der Welt herrschen werde.

Angesichts dieser in bisher unbekannte Dimensionen vorstoßenden Sakralisierung des Kaisertums mußte die 1245 von Innozenz IV. auf dem Konzil von Lyon verkündete Absetzungssentenz in den Augen Friedrichs II. und seiner Anhänger als ein Angriff auf die gottgewollte Ordnung erscheinen. Das Urteil, so erklärte Friedrich, sei nichtig, da der römische Kaiser *über* allen Gesetzen stehe und da ihm weltliche Strafen nur von Gott, nicht aber von Menschen, die er doch alle überrage, auferlegt werden könnten. Was nun folgte, war ein zähes Ringen um einzelne Machtpositionen in Deutschland und Italien, begleitet von einem propagandistischen Schlagabtausch bisher unbekannten Ausmaßes, ein Kampf, in dem die Kurie gegen den abgesetzten und als »Vorläufer des Antichrist« apostrophierten Kaiser den Kreuzzug predigen ließ. Den Zusammenbruch der staufischen Machtstellung und damit das Scheitern der universalen Kaiseridee führte jedoch erst der Tod Friedrichs II. im Jahre 1250 herbei.

Zwar konnten sich Konrad IV. und Manfred, die Söhne Friedrichs II., trotz des erbitterten Widerstands des Papsttums in ihrem sizilischen Erbreich durchsetzen. Doch die Kurie, die sich zunächst um englische Unterstützung gegen die in ganz Italien wieder an Macht und Einfluß gewinnenden Staufer bemüht hatte, gewann schließlich Karl von Anjou, den Bruder des französischen Königs, für ihre Pläne. Clemens IV., vormals am Hofe Ludwigs des Heiligen tätiger Jurist, belehnte Karl gegen das Versprechen, nicht nach der deutschen Königskrone und nach der Kaiserwürde zu streben, mit Sizilien und krönte ihn zum König. An der Spitze eines »Kreuzzuges« bereitete Karl der Stauferherrschaft in Italien ein Ende: Am 26. Februar 1266 verlor König Manfred bei Benevent Schlacht und Leben. Sizilien war endgültig vom Reich getrennt, die Vormachtstellung Frankreichs in Europa eindrucksvoll bestätigt. Nicht mehr als eine Fußnote zur staufischen Epoche in Süditalien war der Versuch Konradins, des Sohnes Konrads IV., das Blatt noch einmal zu wenden: Das Unternehmen endete mit der Hinrichtung Konradins auf dem Marktplatz von Neapel am 29. Oktober 1268.

Früher noch als in Italien hatten die Staufer ihre Herrschaft in Deutschland eingebüßt. Bereits vor dem Tode Friedrichs II. war auf päpstliche Intervention und mit päpstlichen Geldmitteln Heinrich Raspe, der Landgraf von Thüringen, von den Erzbischöfen von Köln, Mainz und Trier zum König gewählt worden (1246), dem schon nach Jahresfrist in Wilhelm von Holland (1247-1256) ein weiterer von der Kurie protegierter »Pfaffenkönig« auf dem Thron folgte. Das Papsttum tat damit seinen Anspruch, dem römisch-deutschen Königtum übergeordnet zu sein, auch in der Praxis kund. Der Graf von Holland, so hat Peter Moraw formuliert, »sollte weniger ein König für das Reich als für den Papst und die Wähler ... sein«. Heinrich Raspe und Wilhelm von Holland fanden nur in Teilen des Reiches Anerkennung, ebenso wie die beiden »Ausländer« Richard von Cornwall, der Bruder des englischen Königs, und König Alfons X. von Kastilien, die durch die Doppelwahl des Jahres 1257 auf den Thron gelangten. Während Alfons deutschen Boden kein einziges Mal betreten hat, kam Richard immerhin viermal für insgesamt vier Jahre ins Reich, wenngleich er sich nur in linksrheinischem Gebiet aufhielt.

Die Entfaltung fürstlicher Landesherrschaft und die Ausbildung der Territorien

Im Interregnum, wie die Epoche zwischen dem Ende der Staufer im deutschen Reich und der Königswahl Rudolfs von Habsburg (1273) mit einem problematischen Terminus genannt wird, entstand in Deutschland ein Machtvakuum, das durch den stetig schwindenden Einfluß der Zentralgewalt gekennzeichnet ist: Das Königtum rang, soweit es überhaupt Präsenz zeigte, viel mehr um Anerkennung und eine eigene Machtbasis, als daß es gestaltend in die Verhältnisse eingreifen konnte. Die Schwäche des Königtums war zugleich Ursache und Folge der wachsenden Fürstenmacht, insofern es einerseits die Formierung und den Ausbau der landesherrlichen Territorien akzeptieren und durch Privilegien und Wahlversprechen fördern mußte und andererseits die Fürsten durch die Besetzung des Throns mit »geeigneten« Kandidaten ein Wiedererstarken der Königsgewalt zu verhindern wußten. Gegenüber der faktischen Erblichkeit der Königswürde im Stauferhaus, von der noch Friedrich II. in seinem Testament ausgegangen war, setzte sich das Wahlprinzip durch, und zwar in Gestalt des Vorrechts eines kleinen Kreises von Fürsten, der sieben Kurfürsten. Bei der Doppelwahl des Jahres 1257 traten sie erstmals als alleinige Königswähler in Erscheinung: Die Erzbischöfe von Köln und Mainz sowie der Pfalzgraf bei Rhein entschieden sich für Richard von Cornwall, der Erzbischof von Trier, der Herzog von Sachsen und der Markgraf von Brandenburg votierten für Alfons X. von Kastilien. Die Stimme des Königs von Böhmen wurde für beide Kandidaten abgegeben.

Der »goldene König« Ottokar II. von Böhmen, der mächtigste der Reichsfürsten, hat aus der Thronrivalität des Engländers und des Kastiliers den größten Nutzen zu ziehen gewußt. Im Jahre 1262 erweiterte er seine Herrschaft über Böhmen und Mähren hinaus auf Österreich und die Steiermark, mit denen ihn Richard von Cornwall belehnte. Mit dem Anfall von Kärnten und Krain (1269) war im Südosten des Reiches ein weiträumiger Territorienkomplex entstanden, dessen Herr den Inhaber der römisch-deutschen Königswürde an Macht und Ansehen deutlich übertraf. Schon vorher hatte Richard von Cornwall Ottokar mit dem Reichsvikariat, der königlichen Stellvertretung, im rechtsrheinischen Deutschland betraut. Es ist nicht erstaunlich, wenn es Ottokar mit seinen territorialpolitischen Interessen für unvereinbar hielt, daß der Mainzer Erzbischof in den 60er Jahren die Königserhebung Konradins, des Enkels Friedrichs II., anstrebte: Ottokar erwirkte vom Papst das Verbot einer Neuwahl.

Es charakterisiert die gewandelten Machtverhältnisse im Beziehungsgefüge zwischen Papsttum, Königtum und Fürsten, daß Papst Gregor X. im Jahre 1273 den Kurfürsten die Anweisung erteilte, innerhalb einer bestimmten Frist einen neuen König zu bestellen, da er andernfalls das Kaisertum selbst besetzen werde. Die Kurfürsten – mit Ausnahme König Ottokars II. von Böhmen – einigten sich daraufhin auf die Wahl des Grafen Rudolf von Habsburg. Der Papst sorgte selbst für eine Verzichtserklärung des nominell immer noch amtierenden Alfons von Kastilien und approbierte den neugewählten König. Mit Rudolf von Habsburg beginnt die Reihe der »kleinen« Könige – um einen von Peter Moraw eingeführten Terminus zu benutzen –, eine Phase, die von 1273 bis 1313 reicht und die Regierungszeiten Rudolfs von Habsburg (1273-1291), Adolfs von Nassau (1292-1298), Albrechts I. von Habsburg (1298-1308) und Heinrichs VII. von Luxemburg (1308-1313) umfaßt. Allen diesen Herrschern ist gemein, daß sie keiner alten, traditionsreichen Dynastie entstammen, daß sie dem gräflichen Adel, nicht dem Reichsfürstenstand angehören, daß ihre Herrschaftsbasis und ihre Herrschaftsmittel viel zu beschränkt sind, als daß sie dem Reich modernere, staatliche Strukturen geben könnten, daß sie – als *reges Alamanniae*, wie sie tituliert werden – auf Deutschland verwiesen bleiben und Italien – bis auf Heinrich VII. – nicht betreten werden, daß sie im Vergleich zu anderen europäischen Monarchen, insbesondere jenen im Westen, als machtlos und rückständig erscheinen und daß sie schließlich – ebenfalls bis auf Heinrich VII. – die universale, übergeordnete Stellung des Papsttums zu akzeptieren haben. Es illustriert die in der Zeit des Interregnum und der »kleinen« Könige eingetretenen Veränderungen vielleicht am anschaulichsten, wenn im Kreise Karls von Anjou 1272 eine Kandidatur des französischen Königssohns Philipps des Schönen für den deutschen Königsthron erwogen wurde, da man für dessen Wahl »nur einige Deutsche«, nämlich die Kurfürsten, gewinnen müsse, und wenn im Jahre 1308 der eben genannte Philipp als König von Frankreich mit entsprechenden Geldmitteln die Erhebung seines eigenen Bruders zum deutschen König betrieb. Wenn sich die Kurfürsten anders entschieden, so nicht, weil sie einen »Ausländer« ablehnten, sondern weil sie Gefahren für ihren territorialen Handlungsspielraum fürchteten.

Anders als in den westlichen Monarchien hat sich moderne Staatlichkeit in Deutschland nicht auf Reichsebene, sondern im Rahmen des Territoriums entwickelt. Die Entfaltung der fürstlichen Landesherrschaft ist ein allmählicher Prozeß, der sich über Jahrhunderte bis in die Neuzeit hinein erstreckt, ein Vorgang, dessen Wurzeln und Triebkräfte nicht unumstritten sind. Die Umstände der Ausbildung der Landesherrschaft liegen in jedem Einzelfall anders, doch waren ihre Erfolgsaussichten dort am größten, wo ihr von Seiten der Inhaber konkurrierender Rechte nur geringer Widerstand begegnete, wo ein Landesherr energisch und aggressiv seine territorialen Interessen durchsetzte, wo dynastische Kontinuität über mehrere Generationen als Bezugspunkt der Entwicklung eines eigenen Landesbewußtseins dienen konnte. Man kann die Landesherrschaft mit Peter Moraw als Bündelung von Rechten in der Hand der Landesherren beschreiben: Dazu gehören die eigenen Erbgüter und die damit verbundene Herrschaft über Land und Leute; die vom König verliehene Hochgerichtsbarkeit; die niedere Gerichtsbarkeit mit Bußgefällen; die sogenannten Regalien, königliche Hoheitsrechte wie Markt, Zoll, Bergbaurechte, Münze und Geleit mit den daraus fließenden Einnahmen; die Kirchen- und Klostervogteien, Schutzrechte, die zur Arrondierung des Territoriums genutzt werden konnten; vor allem auch das Recht zum Landesausbau, d. h. zur Kultivierung und Besiedlung von bisher ungenutztem und nicht oder nur wenig bevölkertem Land. In diesen Zusammenhang gehört auch das Recht zur Städtegründung, von dem die Landesherren gerade im 13. Jahrhundert zur wirtschaftlichen Stärkung, aber auch zur administrativen Erfassung und militärischen Sicherung ihrer Territorien in erheblichem Ausmaß Gebrauch machten.

Dabei erwiesen sich die Gebiete im Osten des Reiches, von der Ostseeküste bis hinab an die Drau als besonders geeignetes Terrain, um durch gezielte Siedlungsmaßnahmen großflächige Landesherrschaften auf- oder auszubauen. Die deutsche Ostsiedlung des Mittelalters, deren Anfänge im 12. Jahrhundert liegen, erreicht im 13. Jahrhundert ihren Höhepunkt, erfaßt das östliche Mecklenburg und Pommern, das östliche Brandenburg und die Neumark am östlichen Ufer der Oder, das Deutschordensland und das Baltikum, die Mark Meißen und Schlesien, Böhmen, Mähren, die östlichen Teile des heutigen Österreich und Ungarn. Den Markgrafen von Brandenburg oder den Königen von Böhmen etwa bieten sich im Zuge der großräumigen Aufsiedlung und der planmäßigen Anlage von Städten weit günstigere Bedingungen zur herrschaftlichen Erfassung ihrer weiter nach Osten expandierenden Territorien als den meisten Landesherren im westlichen Altsiedelland. Hier ist von einer viel weitergehenden Aufsplitterung der Rechte in verschiedenen Händen auszugehen, so daß kartographische Darstellungen mit ihrer flächenhaften Einfärbung von Territorien häufig falsche Vorstellungen vermitteln. Aber auch für den kolonialen Osten gilt: Eine gleichmäßige Flächenherrschaft und einen einheitlichen Untertanenverband hat es im späten Mittelalter noch nicht gegeben. Erst in der Neuzeit hat sich die Landesherrschaft der erfolgreichen Territorialherren so weit zur Landeshoheit verdichtet, daß sie die eigenständigen Rechtskreise absorbiert und sich die bisherigen Inhaber dieser Rechte unterstellt hat.

Die Landesherrschaften waren an das Reich gebunden, die Landesherren durch Lehnsbande dem König verpflichtet. Aber die Schwächeperiode des Königtums im 13. Jahrhundert, die Abwesenheit Friedrichs II., dessen bevorzugtes Tätigkeitsfeld das Königreich Sizilien war, die Ohnmacht der Zentralgewalt in der Phase des Interregnum und der »kleinen« Könige haben die Machtstellung der Reichsfürsten gestärkt und die Ausbildung selbstbewußter Landesherrschaften begünstigt. Schon Friedrich II. hat diese Entwicklung anerkannt und den Verzicht des Königtums auf die Ausübung seiner Hoheitsrechte in den fürstlichen Territorien reichsgesetzlich verbrieft.

Um die Einwilligung zur Königswahl seines Sohnes Heinrich (VII.) zu erhalten, machte Friedrich 1220 den geistlichen Reichsfürsten in der *Confoederatio cum principibus ecclesiasticis* bedeutende Zugeständnisse, die ihren territorialpolitischen Bestrebungen entgegenkamen. Friedrich verzichtete auf das Recht, den beweglichen Nachlaß der geistlichen Fürsten einzuziehen (Spolienrecht); er verfügte, daß ohne Zustimmung der Kirchenfürsten in ihren Territorien keine neuen Zoll- und Münzstätten, keine Burgen und Städte errichtet werden dürften; er verbot die Aufnahme von Hörigen der geistlichen Fürsten in den königlichen Städten; er sagte zu, daß seine Amtsleute – außer anläßlich von Hoftagen – in den bischöflichen Städten keine Amtshandlungen vornehmen würden. Noch bedeutsamer als das »Bündnis mit den geistlichen Fürsten« war im Hinblick auf die Entfaltung der Landesherrschaft das 1231 König Heinrich (VII.) abgerungene und ein Jahr später von seinem Vater bestätigte *Statutum in favorem principum.* Die *domini terre*, wie sie hier erstmals genannt werden, ließen sich die Gerichtsbarkeit in ihren Territorien bestätigen und gegen Übergriffe seitens der königlichen Städte schützen; der König verzichtete auf die Errichtung neuer Burgen und Städte in fürstlichen Territorien und verpflichtete sich, neue Märkte nicht zum Nachteil der schon bestehenden einrichten zu lassen; er bekräftigte das Geleit- und das Münzrecht der Fürsten und verbot den königlichen Städten, Eigenleute der Fürsten als Bürger in ihren Mauern oder als Pfahlbürger außerhalb ihrer Mauern aufzunehmen. Die beiden Reichsgesetze von 1220 und 1231/32 gewährten den Fürsten kaum ein Recht, das sie nicht schon vorher besessen hätten. Es handelte sich, was nicht weniger wichtig war, um Garantien eines schon bestehenden Rechtszustandes, dessen Respektierung dem Reich die in der Kooperation von König und Fürsten begründete Ordnung erhalten sollte.

Das Territorium war aufgrund seiner vergleichsweise geringen Dimensionen weit eher als das Reich geeignet, Verwaltungsstrukturen auszubilden, die auch das flache Land erfaßten. Durch die Einrichtung von Ämtern wurde die herrschaftliche Durchdringung des Landes intensiviert, wurden erste Grundlagen für eine Vereinheitlichung im Sinne der Schaffung eines Untertanenverbandes und der Erringung eines fürstlichen Gewaltmonopols gelegt. Die Ämter, kleinräumige Sprengel, an deren Spitze vom Fürsten bestellte Amtleute oder Pfleger standen, dienten ebenso als Gerichts- wie als Steuererhebungsbezirke. Aus der Bede, einer seit dem späten 13. Jahrhundert vom Landesherrn geforderten »freiwilligen« Abgabe, entwickelte sich im Laufe der Jahrhunderte eine permanente allgemeine Steuer, die einen beträchtlichen Teil der fürstlichen Einnahmen ausmachen konnte und auf Vereinbarung mit den Landständen beruhte. Die Anfänge eines ständischen Mitspracherechts im fürstlichen Territorium lassen sich bis ins 13. Jahrhundert zurückverfolgen. Bereits König Heinrich (VII.) hatte es den Fürsten untersagt, neue Leistungen ohne Zustimmung der *maiores et meliores terrae* zu fordern. Zentrale der Verwaltung war der fürstliche Hof: Dem Landesherrn zur Seite standen schon im 13. Jahrhundert ein Rat und eine Kanzlei, die sich im Laufe der Zeit zu Institutionen verfestigten. Erste Ansätze einer Intensivierung schriftlicher Herrschaftspraxis werden im ausgehenden 13. Jahrhundert in der Anlage von Urbaren und Kopiaren faßbar, in denen die landesherrlichen Rechtstitel fixiert wurden.

Die Landesherrschaft übernahm »staatliche« Funktionen, die das anderweitig engagierte oder in seinen Eingriffsmöglichkeiten beschränkte Königtum nicht mehr wahrnehmen konnte. Die Fürsten sind so neben und mit dem König zu Trägern des Reiches geworden.

Literaturhinweise

Ehlers, Joachim / Müller, Heribert / Schneidmüller, Bernd (Hrsg.): Die französischen Könige des Mittelalters. Von Odo (888) bis Karl VIII. (1498), München 1996.

Grundmann, Herbert: Wahlkönigtum, Territorialpolitik und Ostbewegung im 13. und 14. Jahrhundert (1198-1378), in: Gebhardt. Handbuch der deutschen Geschichte, hrsg. von Herbert Grundmann, Bd. 1, Stuttgart, 9. Auf. 1970, 426-606.

Haverkamp, Alfred: Aufbruch und Gestaltung. Deutschland 1056-1273 (Neue Deutsche Geschichte, Band 2), München 1984.

Keller, Hagen: Zwischen regionaler Begrenzung und universalem Horizont. Deutschland im Imperium der Salier und Staufer 1024 bis 1250 (Propyläen Geschichte Deutschlands, Bd. 2) Frankfurt/M. – Berlin 1986.

Krieger, Karl-Friedrich: König, Reich und Reichsreform im Spätmittelalter (Oldenbourg Enzyklopädie Deutscher Geschichte, Bd. 14) München 1992.

Leuschner, Joachim: Deutschland im späten Mittelalter (Deutsche Geschichte, Bd. 3), Göttingen, 2. Auf. 1983.

Moraw, Peter: Von offener Verfassung zu gestalteter Verdichtung. Das Reich im späten Mittelalter 1250 bis 1490 (Propyläen Geschichte Deutschlands, Bd. 3), Frankfurt/M. – Berlin 1985.

Schaller, Hans Martin: Die Kaiseridee Friedrichs II., in: Stupor mundi. Zur Geschichte Friedrichs II. von Hohenstaufen (Wege der Forschung, Band 101), hrsg. von Gunther G. Wolf, Darmstadt, 2. Auf. 1982, 494-526.

Schubert, Ernst: Fürstliche Herrschaft und Territorium im späten Mittelalter (Oldenbourg Enzyklopädie Deutscher Geschichte, Bd. 35), München 1996.

Stürner, Wolfgang: Friedrich II., 2 Bde. (Gestalten des Mittelalters und der Renaissance), Darmstadt 1992/2000.

Burkhard Mojsisch

Der neue Begriff des Bewußtseins

Aristoteles-Rezeption und Aristoteles-Transformation im 13. Jahrhundert

Die Wiederentdeckung der Aristotelischen Schriften im lateinischen Westen zwischen 1125 und 1278 n. Chr. darf ohne Vorbehalt als weltgeschichtliches Ereignis angesehen werden. Diese Wiederentdeckung, die sich in einer geradezu gigantischen Übersetzungsleistung manifestiert, indem das gesamte *Corpus Aristotelicum* aus dem Griechischen oder Arabischen, Syrischen oder Persischen ins Lateinische übertragen worden ist, ermöglichte überhaupt erst eine einigermaßen zufriedenstellende Auseinandersetzung mit der Aristotelischen Philosophie im ganzen – aber eben auch nur eine *einigermaßen* zufriedenstellende Auseinandersetzung; denn die Übersetzer waren Übersetzer, keine Philosophen.

Eine rühmliche und daher nennenswerte Ausnahme bildete der Philosoph Anicius Manlius Severinus Boethius, der fast alle logischen Schriften des Aristoteles – ohne die *Analytica Posteriora* (die »II. Analytiken«) – ins Lateinische übersetzt und darüber hinaus zwei dieser Schriften, *Categoriae* (»Kategorien«) und *De interpretatione* (»Über die Auslegung«), kommentiert hat – abgesehen von eigenständigen Werken über Arithmetik, Ethik, Logik und Musik. Boethius gehört freilich nicht zur Gruppe der Übersetzer aus dem 12./13. Jahrhundert, sondern hat seine Aristoteles-Translationen und Aristoteles-Kommentare etwa um 510-522 n. Chr. konzipiert, also zur Zeit des Kaisers Theoderich. Dieser Boethius gilt in der Philosophiegeschichtsschreibung als »der letzte Römer«. Im Mittelalter waren seine Schriften freilich bekannt, besonders sein Hauptwerk, die *Philosophiae consolatio* (»Trost durch die Philosophie«).

* * *

Im Zusammenhang mit der zu erörternden Fragestellung sind drei Schriften des Aristoteles von Bedeutung, die Schrift über die *Kategorien*, die sowohl Boethius – wie bemerkt – als auch Wilhelm von Moerbeke im Jahre 1266 übersetzt haben, die Schrift »Über die Auslegung«, die ebenfalls Boethius und 1268 dann Wilhelm von Moerbeke übertragen haben, und die Schrift »Über die Seele« (*De anima*), die Jakob von Venedig zwischen 1125 und 1150, Michael Scotus zwischen 1220 und 1235 und Wilhelm von Moerbeke wahrscheinlich kurz vor 1268 übersetzt haben. Von allen drei Aristotelischen Werken existieren zur Zeit noch jeweils über 300 Manuskripte. Das Interesse an diesen Schriften war also kontinuierlich groß – bis heute.

* * *

Welches sind die zentralen Gedanken dieser drei Aristotelischen Werke?

In der Schrift *Categoriae* entwickelt Aristoteles seinen Substanz-Akzidens-Schematismus. Während für Platon das wesentliche Sein die Idee ist, begreift Aristoteles als wesentliches Sein die Substanz, die zwei Momente in sich vereinigt, Dies-da und Form zu sein. Etwas ist ein Dies-da durch die Form, das wesentliche Sein; gleichwohl ist der primäre Forschungsgegenstand des Aristoteles das Dies-da, auf das man zeigen kann: so dieses bestimmte Pferd da oder dieser bestimmte Mensch da. Der Begriff der Substanz meint somit primär ein singulär existierendes Seiendes, erst sekundär das, was dieses singulär existierende Seiende überhaupt erst zu einem Seienden werden läßt, die Form.

Die Akzidentien sind dann das, was die Substanz näherhin bestimmt. Das, was existiert, besitzt eine spezifische *Quantität*, ferner eine spezifische *Qualität*; das, was existiert, unterscheidet sich von allem, was es nicht selbst ist, ist jedoch auf es bezogen, und zwar durch die *Relation*; das, was existiert, ist im *Raum* anzutreffen, auch zu einer bestimmten *Zeit* und in einer bestimmten *Lage*; ferner *wirkt* es oder wird von etwas *affiziert*; schließlich eignet ihm eine äußere Gestalt – Aristoteles spricht davon, daß etwas etwas an sich hat, spricht von einem sog. *habitus*.

Gemäß diesen akzidentellen Gesichtspunkten ist jedes Seiende zu qualifizieren. Fundament dieser Akzidentien ist die Substanz, und zwar die singuläre Substanz. Die Akzidentien sind hingegen allgemein, weil sie vielem zukommen können; deshalb sind sie keine wesentlichen Bestimmungen. Wesentlich existiert allein die Substanz.

Vom Denken ist in diesen Zusammenhängen noch gar nicht die Rede. Daraus folgt: Die Kategorien, also die Substanz und die Akzidentien, beschreiben die Realität, wie sie gemäß Aristotelischer Ansicht *ist*. Daß das Denken für diese Beschreibung von Realität konstitutiv sein könnte, wurde von Aristoteles nicht erwogen.

In seiner Schrift »Über die Auslegung« findet sich folgender Schematismus: Dinge liegen vor; gewußt werden sie vom Denken und seinen Gedanken, wobei diese Gedanken Abbilder dieser Dinge sind. Zeichen für diese Abbilder sind die sprachlichen Äußerungen, Zeichen für diese Zeichen das Geschriebene. Denken wird von Aristoteles jedenfalls als sekundär gegenüber den Dingen begriffen, da Denken nur als Abbild dieser Dinge verstanden wird.

In seiner Schrift »Über die Seele« entfaltet Aristoteles eine Theorie passiver Intellektualität. Mag Denken auch immateriell, unvermischt mit den von ihm zu denkenden Inhalten und nicht im Sinne der Wahrnehmung erleidend sein – Denken ist gleichwohl passiv. Denken rezipiert, was erkannt werden kann. Bei Aristoteles besitzen stets die Dinge, die erkannt werden sollen, einen Vorrang vor dem Denken. Dieses zeichnet sich zwar durch seine Immaterialität gegenüber der Wahrnehmung und ihren Organen sowie Inhalten aus. Es soll dennoch aber passiv sein; denn alle Erkenntnisinhalte sollen nur gewußt werden können, indem passiv erkannt wird, was sich dem Denken präsentiert.

Freilich sollte dieses Denken nicht mit dem Wahrnehmen verwechselt werden können; deshalb schrieb Aristoteles dem Denken das nur scheinbar paradoxe Prädikat ›leidensloses Erleiden‹ zu; das Denken wird zwar von den Erkenntnisgegenständen affiziert, erleidet somit etwas, jedoch nicht so, wie ein Wahrnehmungsorgan etwas erleidet, dessen Funktion nämlich außer Kraft gesetzt wird, wenn es von einem übermächtigen Wahrnehmungsgegenstand affiziert wird; zu starkes Licht etwa blendet das Auge. Für das Denken aber gilt: Je erhabener der Denkgegenstand, desto besser wird er vom Denken erkannt.

Diese Prävalenz des Denkens gegenüber der Wahrnehmung gründet in seiner Stofflosigkeit, die gewährleistet, daß das Denken auch allgemeine Gegenstände erkennen kann. Singuläre Gegenstände in der natürlichen Wirklichkeit erkennt das Denken niemals ohne Wahrnehmung oder Vorstellung, die zurückbleibt, wenn der Wahrnehmungsvorgang abgeschlossen ist; allgemeine Gegenstände, also Begriffe, Sätze, Schlüsse oder Beweise, denkt das Denken ohne Rekurs auf Wahrnehmungen oder Vorstellungen. Das Denken ist für Aristoteles jedenfalls prinzipiell nicht an die Materie gebunden.

Zum leidenslosen Erleiden und der Stofflosigkeit des Denkens tritt noch die Unvermischtheit hinzu, ein Prädikat, das Aristoteles dem Denken zuschreibt, um anzuzeigen: Denken muß *alles* erkennen können; wäre es aber mit einem bestimmten Gegenstand vermischt, wäre es auf diesen Gegenstand festgelegt und somit nicht in der Lage, andere Gegenstände zu erkennen. Es bleibt jedoch: Der Intellekt ist in seinem Denk- und Erkenntnisvollzug passiv, also erleidend, wenngleich – wie erläutert – auf nicht-erleidende Weise.

In seiner späten Schrift »Über die Seele« entsprach Aristoteles somit seinem Erkenntnisideal: Erkenntnis ist nur möglich, weil es etwas gibt, das erkannt werden kann, dieses Erkennbare aber allem Denken und Erkennen vorausgeht.

* * *

Diesem ontologischen Dogmatismus, der unkritischen Setzung der Außenwelt, trat im Mittelalter Dietrich von Freiberg entgegen. Dietrich (Theodoricus de Vriberch; geb. um 1240, gest. um 1318/20) war Philosoph, Theologe und Naturwissenschaftler; er war einer der bedeutendsten Vertreter der deutschen Dominikanerschule im Mittelalter. Vom Ende der 1250er bis Ende der 1260er Jahre studierte er Philosophie und Theologie an uns unbekannten Studia der Dominikaner. Um 1271 war er Lesemeister am Konvent zu Freiberg. Von 1272 bis 1274 studierte er in Paris, lehrte 1280 als Lektor in Trier und 1293 als Bakkalaureus in Paris. Zwischen 1293 und 1296 leitete er als Provinzial die deutsche Ordensprovinz der Dominikaner. Im Anschluß an seine Promotion zum Magister der Theologie in Paris, und zwar im akademischen Jahr 1296/97, dürfte er dort eine Lehrtätigkeit als Magister actu regens ausgeübt haben. Zwischen 1303 und 1310 nahm er an mehreren Provinzial- und Generalkapiteln teil, so in Koblenz, Toulouse, Piacenza, Speyer und Zürich. Dann schweigen die Urkunden.

Dietrichs spezifische Autoritäten im Bereich der Philosophie waren Aristoteles, Augustin, Proklos, Dionysios Pseudo-Areopagites sowie die persisch-arabischen Aristoteleskommentatoren und Kosmologen; besondere Erwähnung verdient das anonym überlieferte »Buch über die Ursachen«, zu dem Dietrich einen noch verschollenen Kommentar verfaßt hat. Mit Albert dem Großen hat er sich wohlwollend-kritisch auseinandergesetzt; massiv ging er gegen Thomas von Aquin vor, besonders in der Frühphase seines Denkens. Sein Lebensweg war eng mit dem Meister Eckharts und Johannes Picardi von Lichtenbergs verwoben.

* * *

Dietrich verfolgte unter intellekttheoretischer Perspektive um 1280 in seiner Schrift *De origine rerum praedicamentalium* (»Über den Ursprung der kategorial bestimmten Realität«) nur ein Ziel: eine neue Theorie des Bewußtseins zu entwickeln, in der das Bewußtsein als konstitutiv-konstruktiv angesehen wurde. Damit wandte er sich gegen die Aristotelische Theorie der Passivität des Intellekts, um nicht etwa nur behauptend, sondern mit Gründen darzulegen: Konstruktivität als aktives Denken ist nicht nur in der Mathematik möglich und nicht nur im Bereich artifiziellen Denkens, wo etwa der Architekt den Plan eines Hauses konstruktiv entwirft und dann seinen Plan realisiert, sondern auch und gerade im Bereich der Metaphysik, der seit Aristoteles erhabensten Wissenschaft mit ihrem primären Gegenstand, dem Seienden als solchem.

Diesem Anliegen Dietrichs schienen seit alters folgende von ihm selbst angeführte Motive im Wege zu stehen:

- Der Intellekt ist eine passive Kraft (*virtus passiva*), die nicht wirkt, sondern vom zu erkennenden Gegenstand affiziert wird.
- Was vom Intellekt erkannt wird, ist ein Gedankending (*res rationis*), ein Inhalt von zweitem Bedeutungsgehalt, jedenfalls kein kategorial bestimmtes reales Seiendes.
- Der Gegenstand, der vom Intellekt erkannt wird, verbleibt im Intellekt, weil der Intellekt im Vollzug seines Erkennens in sich selbst verbleibt, ohne am Naturding (*res naturae*) etwas zu bewirken.
- Wird der Intellekt mit der Einbildungskraft (*imaginatio*) verglichen, ist offenkundig: Sowenig der reale Gegenstand in der Weise existiert, wie er durch die Einbildungskraft erfaßt wird, so wenig vermag der Intellekt durch seinen Erfassungsakt, durch sein Apprehendieren, dem Gegenstand Sein zu verleihen.

Was Dietrich an derartigen Bedenklichkeiten gestört hat, war die fehlende Einsicht in die konstruktive Kraft intellektualer Erkenntnis gerade im Bereich der Metaphysik.

Was aber bewirkt Intellektualerkenntnis im Blick auf das Seiende als Seiendes, wenn Erkenntnis – auch und gerade metaphysische Erkenntnis – nicht passiv, sondern konstruktiv sein soll, weil sie konstruktiv sein muß, da sie konstruktiv sein kann – das war das Problem, das sich Dietrich und dem er sich stellte. An eine Autorität konnte er bei seinem Lösungsversuch dieses Problems nicht anknüpfen – es gab keine. Sein Nachdenken über die konstruktive Effizienz intellektualer Erkenntnis war somit Nachdenken im Sinne produktiven Neudenkens.

* * *

Zur Vorbereitung seines Lösungsvorschlags wendet sich Dietrich der traditionell-aristotelischen Ursachentheorie zu. Ursachen implizieren entweder Möglichkeit oder Wirklichkeit; aufgrund schlechthinniger Möglichkeit ist die Materie von den anderen Ursachen, dem Ziel, der Form und dem Bewirkenden, unterschieden. Die Materie ist als in sich Unbestimmtes gleichwohl ein Bestimmbares, nämlich durch die Form; wenn Materie und Form aber zusammentreten, entsteht ein Drittes, ein aus Materie und Form Zusammengesetztes, das bereits erwähnte Dies-da, das singuläre Seiende. Dieses Zusammengesetzte ist teleologisch angelegt, also auf ein Ziel, seine höchste Vollkommenheit, ausgerichtet.

Materie, Form, Ziel – all diese Ursachen besitzen jedoch etwas, das ihnen vorausgesetzt ist: Die bestimmungslose Materie setzt die sie bestimmende Form voraus, damit es zum Zusammengesetzten kommt; das Ziel aber setzt das Zusammengesetzte voraus, weil es sonst nichts gäbe, das einem Ziel zustrebte. Einzig das Bewirkende, die *causa efficiens*, agiert, ohne etwas vorauszusetzen: Auf die Weise wirkenden Vollzugs (*executive*) bestimmt das Bewirkende dem Seienden die ihm innerlichen Prinzipien und konstituiert aus ihnen heraus das Seiende selbst.

Die Selbsttätigkeit des begründenden Vollzugs liegt aber nicht im Wesen der Form, da sie sich nicht selbst zur Materie zu bestimmen vermag, vielmehr hinsichtlich des sie Bestimmenden in der Möglichkeit verharrt, um ihre Bestimmungsfunktion auszuüben, somit wesentlich auf das Bewirkende hingeordnet ist. Für Dietrich ist daher die Form als Form zwar Aktualursache – dies im Gegensatz zur Materie; sie ist aber, um ihre Gestaltungsfunktion auszuüben, nach Möglichkeit wesentlich auf die Effizienzursache hingeordnet. Dieser wird dadurch im Gegensatz zur Theorie des Aristoteles eine ungeahnt größere Seinsmächtigkeit beigemessen.

Bei Aristoteles war die Form das die Materie Bestimmende, ohne etwas vorauszusetzen. Für Dietrich ist es die Wirkursache, die nichts voraussetzt, aber von der Form vorausgesetzt wird. Dietrich geht sogar so weit zu behaupten: *Alles*, was im Naturbereich aufgrund von Bewegung und Veränderung tätig ist, setzt die Wirkursache voraus – ein Gedanke, an dem Dietrich in dieser Rigorosität später nicht mehr festhält.

Jetzt bringt Dietrich den Intellekt – oder das Bewußtsein – ins Spiel: Dieser Intellekt weist zu den Dingen oder deren Washeiten einen wesentlichen Bezug auf; da er aber mit seinen Gegenständen nicht identisch ist, bleibt das Bezugsverhältnis zwischen Ursache und Verursachtem. Der Intellekt ist freilich ein unvergleichlich formaleres und einfacheres Seiendes, als es das ist, was von ihm erkannt wird, also sein Erkenntnisgegenstand. Das weniger Formale übt auf das mehr Formale jedoch nicht die Funktion einer Ursache aus. Also ist es der Intellekt, dem die Funktion der Ursache, der Effizienzursache, zuzuerkennen ist.

In seinem Erfassen unterscheidet sich der Intellekt deutlich von anderen erfassenden Seelenkräften. Mögen die wahrnehmenden und in der Folge die vorstellenden Seelenkräfte auch ihre Gegenstände voraussetzen – beim Intellekt ist es anders: Er ist als einfache Form insofern Erkenntnisprinzip, als dem Gegenstand die diesem Gegenstand eigentümlichen Prinzipien überhaupt erst bestimmt werden, aus denen er gemäß der ihm eigentümlichen Bestimmtheit ›Gegenstand‹ konstituiert wird und wodurch er erkennbar ist. Ein Gegenstand ist jedenfalls überhaupt erst Erkenntnisgegenstand, indem der materielose Intellekt sich seinen Gegenstand bestimmt, das heißt zugleich: das am Gegenstand zum Gegenstand werden läßt, wodurch er erkennbar ist. Dieser Gegenstand des Intellekts ist die Washeit des Naturgegenstandes oder das Ding, das durch diese Washeit zu einem Was wird.

Bereits gemäß Aristoteles wird der metaphysisch erkundbare Gegenstand in seiner Definition erfaßt. Dem stimmt Dietrich zu; er geht jedoch über Aristoteles insofern hinaus, als er konstatiert: Im Vorgang des Definierens ist der Intellekt nicht passiv – wie etwa andere Seelenkräfte gegenüber ihren Gegenständen passiv sind –, sondern konstitutiv-konstruktiv.

Dazu führt er das folgende wichtige Argument an:

»Außerdem stoßen wir in der Bestimmung des Menschen, nämlich in der Bestimmung ›vernünftiges Lebewesen‹, auf eine doppelte Unterscheidung: die eine, die zwischen den formalen Teilen, nämlich ›Lebewesen‹ und ›vernünftig‹, untereinander besteht; die andere, die zwischen dieser Bestimmung und demjenigen Naturding, für das dies die ihm eigentümliche Bestimmung ist, so dem Menschen, anzutreffen ist. Keine dieser Unterscheidungen aber trifft die Natur; denn die Tätigkeit des Naturdinges richtet sich nur auf das Naturding als solches. Diese Teile untereinander aber bilden zusammen mit dem zugrundeliegenden Naturding das eine Naturding. Derartiges stammt folglich vom Intellekt, der es unterscheidet und dadurch bewirkt: Bei Derartigem sind nämlich das Unterscheiden und das Bewirken identisch.«

Das bedeutet: Die Natur unterscheidet am Naturgegenstand nicht zwischen den Teilen seiner Washeit und zwischen Washeit und Was des Naturgegenstandes. Der Intellekt ist es vielmehr, der diese Unterscheidungen trifft und am Naturgegenstand zugleich das Unterschiedene miteinander verbindet, um so den Naturgegenstand zu einem durch seine Washeit als Was bestimmten Naturgegenstand überhaupt erst werden zu lassen.

Der Intellekt ist als Wirkursache somit das, was den Naturgegenstand überhaupt erst zu einem Erkenntnisgegenstand werden läßt, indem er dem Naturgegenstand die ihm eigentümliche Definition zuerkennt. Die Natur vermag jedenfalls nicht zu definieren. Gleichwohl ist der Naturgegenstand durch die Definition bestimmt, da sonst nicht gewußt werden könnte, was er ist. Indem der Intellekt dem Naturgegenstand dieses sein washeitliches Sein produktiv zuerkennt, konstituiert er den einen Naturgegenstand in seiner Washeit als Was.

Während Aristoteles jedenfalls nur konstatiert hat, ein Naturgegenstand bestehe aus Materie und Form, wobei seine Form in der Definition erfaßbar sei, zeigt Dietrich über Aristoteles hinaus, daß diese Form, die nur in Möglichkeit auf die Materie hingeordnet ist, den Intellekt voraussetzt, und zwar als Effizienzursache, indem der Intellekt es ist, der definiert und die Definition real am Naturgegenstand setzt, um den Naturgegenstand als ganzen, also gerade mit seiner und durch seine Form, zum Erkenntnisgegenstand werden zu lassen. Der Intellekt setzt somit real Seiendes, nicht bloß gedanklich Seiendes, indem er definiert.

Dietrich hat damit die Probleme, die sich ihm stellten und denen er sich stellte, beantwortet:

- Der Intellekt wird vom zu erkennenden Gegenstand nicht affiziert, ist also keine passive, sondern eine aktive, konstitutiv-konstruierende Erkenntnis.
- Was vom Intellekt erkannt wird, also in seinem Erkennen konstruktiv an Realität gewinnt, ist etwas Reales, nämlich die Substanz im Sinne formalen Seins; da das Naturding wesentlich durch dieses sein formales Sein begründet ist, ist es der Intellekt als Effizienzursache, der das Naturding in seinem formalen Sein überhaupt erst zu einem Erkenntnisgegenstand werden läßt.
- Insofern konstituiert der Intellekt nicht bloß reine Gedankendinge, also das, was allein im Intellekt verbleibt, sondern konstituiert wirklich Naturhaftes, das formale Sein des Naturgegenstandes. Er konstituiert zwar auch reine Gedankendinge, so die Elemente von Sätzen, aber eben nicht nur derartiges. Wichtiger ist, daß er natürliches Realitätshaltiges konstituiert.
- Auf jeden Fall ist der Intellekt mit seinem Erkennen nicht mit einer passiv-apprehensiven Erkenntniskraft wie der Vorstellung zu vergleichen. Die Wahrnehmung oder die Vorstellung – beides sind passive Seelenvermögen. Der Intellekt ist dagen aktiv-konstruktiv, ist Denken als konstitutives Bewußtsein.

Damit hat Dietrich mit aller Klarheit herausgestellt: Das menschliche Bewußtsein ist im Vollzug seines Erkennens nicht passiv, sondern aktiv, dies aber nicht etwa nur für intra-, sondern auch für extramentale Inhalte, indem dieses Bewußtsein die Definition an jedem Naturgegenstand setzt, der dadurch überhaupt erst zu einem Gegenstand der Erkenntnis wird.

Das ist nach der gerade abgeschlossenen Phase der Rezeption der Aristotelischen Schriften im Mittelalter ein neues Denken, das philosophisch nicht nur behauptend, sondern argumentativ verfährt. Das Resultat dieses neuen Denkens läßt sich in einem Satz so zusammenfassen: Wenn der Naturgegenstand nur gewußt werden kann aufgrund seiner Definition, diese Definition aber jedem Naturgegenstand innewohnt, weil sonst nicht gewußt werden könnte, *was* der Naturgegenstand ist, und wenn der Intellekt es ist, der allein definiert – nicht etwa die Natur als solche –, dann ist es der Intellekt, der die Naturgegenstände in ihrer Washeit und als Was konstituiert, der somit nicht etwa nur in ihm Verbleibendes, sondern Realitätshaltiges konstruiert, kurz: die formale Substanz des Naturdinges, aber diese als reale Kategorie.

Neben der Funktion des Intellekts in seiner Effizienzursächlichkeit besitzen für Dietrich auch die Erstursache, also Gott, und die Natur ihnen jeweils eigentümliche Funktionen: Gott ist die Ursache für Seiendes schlechthin; ohne ihn existierte nichts. Die Natur ist Ursache für alles materiebehaftete Seiende, also für alles, was individuell entsteht und vergeht. Gleichwohl hält er an seinem neuen Gedanken fest: Effizienzursache für das wesentliche Sein der Naturgegenstände ist und bleibt allein der Intellekt, das menschliche Bewußtsein. Diese Aufgabe, nämlich zu wissen, *was* etwas ist, nimmt dem Bewußtsein keine andere Instanz ab, weder Gott noch die Natur.

Freilich – und das ist das retardierende Moment in Dietrichs Intellekttheorie – ist es möglich, daß ein Naturgegenstand existiert, ohne vom Intellekt erkannt zu werden, indem ein solcher Naturgegenstand einzig von der göttlichen Ursache und der Natur verursacht wird. Gleichwohl aber gilt: Gegenstand der *Erkenntnis* ist ein Naturgegenstand nur dann, wenn das Bewußtsein als Effizienzursache die diesem Gegenstand eigentümlichen Prinzipien in und an diesem Gegenstand real begründet.

Dietrich war sich übrigens seiner neuen Theorie des Bewußtseins selbst voll bewußt; um die Innovativität dieser Bewußtseinstheorie anzuzeigen, prägte er sogar einen neuen Begriff: *ens conceptionale* – zu übersetzen mit: Bewußt-Sein. Dieses Bewußtsein ist sich nicht nur dessen bewußt, was es weiß, sondern weiß darüber hinaus, daß es weiß, was es weiß. Bewußtsein ist dann nicht mehr nur Bewußtsein, sondern Selbstbewußtsein, indem es sich seines faktischen Wissens bewußt ist und sich im Wissen dieses Wissens als Wissen seiner selbst begreift.

* * *

Mit dieser Theorie konstruktiv-effizienter Intellektualität blieb Dietrich ein Außenseiter mittelalterlichen Philosophierens. Sie wurde nicht einmal von seinem sonst getreuen Rezipienten Berthold von Moosburg geteilt. Berthold erklärt unzweideutig: Der Intellekt ist passiv; seine Inhalte sind Gedanken; Gedanken besitzen jedoch ausschließlich gedankliches Sein; das Sein der natürlichen Wirklichkeit ist ein Sein, das gedanklichem Sein total entgegengesetzt ist; gedankliches Sein und Sein in der natürlichen Realität sind zwei getrennte Seinsbereiche; auf keinen Fall vermag gedankliches Sein das Sein in der natürlichen Wirklichkeit – in welcher Hinsicht auch immer – irgendwie zu beeinflussen. Für Berthold ist der Intellekt somit passives Erkenntnisorgan und verbleibt beim Vorgang des Erkennens im Bereich gedanklichen Seins. Dietrichs Theorie konstitutiv-konstruktiver Intellektualerkenntnis fand bei Berthold jedenfalls keine Aufnahme mehr – weder bei Berthold noch bei einem anderen der nach Dietrich an Einfluß gewinnenden Theoretiker des Intellekts im Mittelalter –, was aus heutiger Sicht freilich zu bedauern ist.

* * *

Aber selbst Dietrichs Theorie konstruktiver Intellektualität ist in gewisser Hinsicht defizient: Intellektuale Konstruktivität wurde nicht konstruktiv genug gedacht, da sie sich an der metaphysisch begriffenen Kategorialanalyse des Aristoteles orientierte. Dietrich dachte zwar mit Aristoteles über Aristoteles hinaus, blieb aber dennoch in den Netzen der Aristotelischen Philosophie hängen. Denn wenn intellektuale Konstruktivität ein Prinzip von Philosophie überhaupt sein soll, darf der Intellekt sich nicht damit begnügen, für die Washeit, das Was und somit für metaphysisch begriffene Erkenntnis von Naturgegenständen begründende Funktion auszuüben. Der mögliche Intellekt schöpft unter inhaltlicher Perspektive seine ihm eigene Möglichkeit, das, was zu erkennen möglich ist, auch möglicherweise zu erkennen, so jedenfalls nicht aus.

Daß es dem Intellekt aber möglich ist, das, was möglich ist, möglicherweise zu erkennen, verdankt sich dem Prinzip der Philosophie schlechthin: der Möglichkeit als Möglichkeit. So ist alles determinierte Mögliche durch die Möglichkeit möglich. Kontingentes kann bereits von seinem Begriff her nicht sein; selbst Notwendiges kann auch nicht sein, wenn es nämlich nicht möglich ist; möglich aber ist nur das, was durch die Möglichkeit möglich ist.

Unmittelbar einleuchten dürfte jedenfalls, daß ein konstruktiver Intellekt, der nicht nur möglich, sondern gerade die Möglichkeit selbst ist, nicht nur die Washeit und das Was von Naturgegenständen aktiv ins Sein setzen kann; ein solcher Intellekt kann umfassender konstruieren, weil alles, was möglich ist, durch ihn als Möglichkeit prinzipiiert wird.

Daß der Intellekt aber die Möglichkeit selbst ist, liegt darin begründet, daß er die Möglichkeit als Prinzip seiner selbst erkennt; da Erkennendes und Erkanntes jedoch identisch sind – was besonders Aristoteles bereits betont hat –, ist der Intellekt als Erkennendes nichts anderes als sein Erkanntes, die Möglichkeit als Möglichkeit. Die Frage nach der Möglichkeit des Intellekts ist daher so zu beantworten, daß die Möglichkeit das eminenteste Objekt des Intellekts ist, da die Möglichkeit Prinzip des Intellekts ist, daß dieses Objekt, also die Möglichkeit, aber nichts anderes ist als der Intellekt selbst, weil das Objekt des Intellekts mit dem Intellekt identisch ist.

Es muß aber auch die Frage nach der Möglichkeit der Möglichkeit gestellt werden, ja sogar die nach der Möglichkeit der Möglichkeit der Möglichkeit. Die Antwort auf diese Frage kann nur lauten, daß, wenn so, und zwar legitimerweise, gefragt wird, sich der unendliche Regreß einstellt. Das Bemerkenswerte des unendlichen Regresses ist im Falle der Möglichkeit aber dies, daß sich dieser unendliche Regreß innerhalb der Möglichkeit selbst vollzieht; denn selbst die Möglichkeit der Möglichkeit ist eben wieder nur Möglichkeit. Gerade deshalb darf die Möglichkeit als Prinzip der Philosophie schlechthin angesehen werden, weil allein die Möglichkeit den unendlichen Regreß so in sich aufhebt, daß sie der unendliche Regreß ist. Die Philosophie der Möglichkeit ist somit auch Philosophie des unendlichen Regresses.

Wenn nun, wie bereits gezeigt, der Intellekt die Möglichkeit ist, die Möglichkeit aber mit dem unendlichen Regreß koinzidiert, dann ist auch der Intellekt dieser unendliche Regreß – wobei der Terminus ›Regreß‹ ersetzt werden kann durch den des Progresses: Die Regressivität des Intellekts ist dann seine Progressivität; das heißt: Der Intellekt erkennt prinzipiell alles, was erkennbar ist, und zwar *in infinitum*. Allein die Erkenntnis eines solchen Intellekts ist unrestringiert, frei, offen für alle möglichen Erkenntnisinhalte, da nicht antizipierbar ist, was je erkannt werden kann. Daß aber ins Unendliche erkannt werden kann, dafür ist Garant: der Intellekt als Möglichkeit.

Ein zentrales Motiv der Theorie intellektualer Möglichkeit ist darüber hinaus dies, daß eine Theorie des Intellekts als Möglichkeit sowohl Theorie des Bewußtseins als auch Theorie des Selbstbewußtseins ist – und das nicht etwa aufgrund dogmatischer Setzung, sondern aufgrund einsehbarer Begründung. Dazu nur folgende Reflexion: Als Möglichkeit ist der Intellekt Bewußtsein, als Möglichkeit der Möglichkeit aber Selbstbewußtsein, das sich bei der Begründung aller möglichen Erkenntnisinhalte seiner Funktion als eines Prinzips, nämlich der Möglichkeit, bewußt ist, ferner als Möglichkeit der Möglichkeit aber sich selbst als Ursache seiner selbst begreift.

Sowohl die antike Philosophie als auch die des Mittelalters kannten eine Theorie der Selbstverursächlichung. Aber allein im Rahmen einer Theorie der Möglichkeit ist eine solche Theorie auch zufriedenstellend legitimierbar. Die Frage nach der Möglichkeit der Möglichkeit hat zur Antwort: nichts anderes als Möglichkeit; wenn der Intellekt aber Möglichkeit und zugleich Möglichkeit der Möglichkeit ist, begreift er als

Möglichkeit der Möglichkeit sich als Möglichkeit; der Intellekt als Möglichkeit der Möglichkeit erkennt somit sich als Möglichkeit und ist gleichwohl nichts anderes als er selbst, nämlich Intellekt, da auch die Möglichkeit der Möglichkeit nichts anderes ist als Möglichkeit.

Daher begreift der Intellekt als Möglichkeit der Möglichkeit sich als Möglichkeit, begreift somit sich selbst und ist insofern Ursache seiner selbst, dies deshalb, weil die Möglichkeit der Möglichkeit Ursache der Möglichkeit ist. Im Bereich der Möglichkeit sind Ursache und Verursachtes – will man sich dieser Termini überhaupt noch bedienen – identisch, nämlich Möglichkeit; somit ist auch der Intellekt Ursache und Verursachtes, aufgrund ihrer Identität aber Ursache seiner selbst; dieser Intellekt ist insofern aber nicht nur Bewußtsein, sondern zugleich auch Selbstbewußtsein, weil er im Vollzug seines Erkennens sich als dieses Erkennen weiß.

* * *

Der Intellekt, wie ihn Dietrich konzipiert hat, vermag jedenfalls zu konstruieren, also washeitliches Sein in der Naturwirklichkeit zu begründen, und zwar so, daß durch diesen Begründungsakt etwas nicht bloß intramentale, sondern am und im Naturgegenstand als solchem sogar extramentale Realität gewinnt. Diese Dietrichsche Theorie ist gewiß ein wichtiger Schritt hin auf eine Theorie intellektualer Konstruktivität schlechthin. Der Begriff der Möglichkeit wurde von ihm jedoch nicht so durchdacht, wie er hätte durchdacht werden können. Nikolaus von Kues war es, der am Ausgang des Mittelalters in seiner Schrift *De apice theoriae* (»Über den Gipfel der theoretischen Philosophie«) den Begriff des *posse ipsum*, des *Könnens-selbst*, erfand, ohne freilich das Potential dieses Begriffs erschöpfend zu ermitteln. Bis heute fehlt eine Philosophie der Möglichkeit. Erst wenn sie in ausgearbeiteter Form vorliegt, läßt sich angemessen darüber urteilen, wie progressiv und begrenzt zugleich Dietrichs Theorie intellektualer Konstruktivität war.

Literaturhinweise

Dietrich von Freiberg: Abhandlung über den Ursprung der kategorial bestimmten Realität, Kap. 5, übers. von Burkhard Mojsisch, in: Bochumer Philosophisches Jahrbuch für Antike und Mittelalter, Bd. 2 (1997), Amsterdam – Philadelphia 1998, 157-185.

Dietrich von Freiberg: Abhandlung über den Intellekt und den Erkenntnisinhalt, übers. und mit einer Einl. hrsg. von Burkhard Mojsisch (Philosophische Bibliothek 322), Hamburg 1980.

Dietrich von Freiberg. Neue Perspektiven seiner Philosophie, Theologie und Naturwissenschaft, hrsg. von Karl-H. Kandler/Burkhard Mojsisch/Franz-B. Stammkötter (Bochumer Studien zur Philosophie, Bd. 28), Amsterdam – Philadelphia 1999.

Dod, Bernard G.: Aristoteles Latinus, in: The Cambridge History of Later Medieval Philosophy, Cambridge – New York – New Rochelle – Melbourne – Sydney 1982, 45-79.

Flasch, Kurt: Kennt die mittelalterliche Philosophie die konstitutive Funktion des menschlichen Denkens? Eine Untersuchung zu Dietrich von Freiberg, in: Kant-Studien 63 (1972), 182-206.

– Das philosophische Denken im Mittelalter. Von Augustin zu Machiavelli, Stuttgart 1986.

Glei, Reinhold: In carcere et vinculis? Fiktion und Realität in der *Consolatio philosophiae* des Boethius, in: Würzburger Jahrbücher für die Altertumswissenschaft. Neue Folge, Bd. 22, Würzburg 1998, 199-213.

Mojsisch, Burkhard: Die Theorie des Intellekts bei Dietrich von Freiberg, Hamburg 1977.

– Sein als Bewußt-Sein. Die Bedeutung des *ens conceptionale* bei Dietrich von Freiberg, in: Von Meister Dietrich zu Meister Eckhart, hrsg. von Kurt Flasch, Hamburg 1984, 95-105.

– Die neuplatonische Theorie der Selbstverursächlichung (*causa sui*) in der Philosophie des Mittelalters, in: Néoplatonisme et philosophie médiévale, hrsg. von Linos G. Benakis, Turnhout 1997, 25-33.

– The Theory of Intellectual Construction in Theodoric of Freiberg, in: Bochumer Philosophisches Jahrbuch für Antike und Mittelalter, Bd. 2 (1997), Amsterdam – Philadelphia 1998, 69-79.

Ruh, Kurt: Geschichte der abendländischen Mystik, Bd. III: Die Mystik des deutschen Predigerordens und ihre Grundlegung durch die Hochscholastik, München 1996.

Schulthess, Peter / Imbach, Ruedi: Die Philosophie im lateinischen Mittelalter. Ein Handbuch mit einem bio-bibliographischen Repertorium, Zürich – Düsseldorf 1996.

Sturlese, Loris: Dokumente und Forschungen zu Leben und Werk Dietrichs von Freiberg, Hamburg 1984.

Thomas Schilp

Pest und Judenpogrome

Gesellschaftliche »Krisen« in der Mitte des 14. Jahrhunderts

Die Pest, die Europa in der Mitte des 14. Jahrhunderts als eine das menschliche Leben in einem bislang ungeahnten Ausmaß bedrohende Seuche überzog, zählt zweifellos zu einer der ganz großen Katastrophen der europäischen Geschichte. Eindringlich schildern zeitgenössische Autoren die dramatische Ausbreitung der Pest vor allem in den dicht bewohnten Städten der Zeit. Eine der berühmtesten Darstellungen ist die von Giovanni Boccaccio (1313-1375) in der Einleitung zu seinem *Decamerone*. Boccaccio hatte die Pest in Florenz (1348) überlebt und schildert das Geschehen aus der Sicht und Perspektive des Augenzeugen. Dabei beschreibt er nicht nur den Verlauf der Krankheit; vielmehr stellt Boccaccio auch Überlegungen sowohl zu den Ursachen der Pandemie an als auch zu ihren Konsequenzen für die menschliche Existenz und für die sozialen Zusammenhänge.

Oft binnen weniger Stunden, so Boccaccio, wurden Menschen von der bislang unbekannten, ansteckenden, schmerzhaften und für lange Zeit (bis etwa 1720) unheilbaren Krankheit hinweggerafft. Als erstes Symptom, so führt Boccaccio in seiner detaillierten Beschreibung aus, zeigten sich Schwellungen unter den Achseln oder in der Leistengegend, die die Größe eines Apfels erreichen konnten und die daher Pestbeulen genannt wurden. Von hier aus breiteten sich die Pestbeulen rasch über den ganzen Körper aus. Weil dabei blaue und schwarze Flecken hinzutraten, wurde die Erkrankung von den Zeitgenossen auch als »Schwarzer Tod« bezeichnet. Kein ärztlicher Rat, keine Arznei konnten helfen. Fast alle von der Krankheit Befallenen starben innerhalb von drei Tagen nach dem Auftreten der ersten Symptome. Soweit Boccaccio.

Europa erlebte durch die pandemische Krankheit um 1350 ein Massensterben bislang ungekannten Ausmaßes – eines Ausmaßes, das auch der Moderne letztendlich unbekannt ist. Zwischen 1347, als vor den Tataren flüchtende Genuesen die Pest in Italien einschleppten, und 1350 erlag der Pest in Europa rund ein Drittel der Bevölkerung. Dies ist eine gigantisch anmutende Dimension. Allenfalls scheint heute ein ähnliches Massensterben durch die beiden Weltkriege des 20. Jahrhunderts und ihre Folgen erahnbar. Während des Zweiten Weltkriegs und in seiner direkten Folge kamen jedoch »nur« fünf Prozent der europäischen Bevölkerung ums Leben – darin eingeschlossen die Shoah und die Vertreibungen.

Zwar lag die absolute Zahl der Toten des Zweiten Weltkriegs und seiner Folgen weitaus höher als die Zahl der Pesttoten des 14. Jahrhunderts. Und nicht bestritten werden kann, daß der Tod für den einzelnen Menschen im Krieg oder im Konzentrationslager grausam genug ist. Dabei ist er nicht auf eine Naturkatastrophe, sondern auf ein bewußtes staatliches und menschliches Handeln zurückzuführen, das als fehlgeleitet verurteilt werden kann und muß.

Dennoch: Das Erlebnis der Pest um 1350 scheint für die Zeitgenossen noch einschneidender gewesen zu sein als die durch Menschen verursachten moralischen Katastrophen des 20. Jahrhunderts. Denn die Pest war im Mittelalter nicht zu erklären; es gab keine vernünftigen Gründe für das Auftreten der Seuche. Man konnte deshalb auch nichts gegen die Krankheit unternehmen. Nichts vermochte vor der Pest zu schützen. Nicht einmal die Flucht vor ihr bot Sicherheit, da die Seuche rasant und unberechenbar um sich griff. So blieb allein der Ausweg, die Pest gleichsam als von Gott zugelassenes Naturereignis hinzunehmen.

Die Geschichtsforschung hat sich lange Zeit vor allem darum bemüht, die realen Folgen der Pest in Gesellschaft und Ökonomie zu analysieren. Dies stößt auf Schranken; denn die Folgen des Schwarzen Todes sind insgesamt nicht statistisch erfaßbar. Deshalb bleiben nur Schätzungen und der Versuch, die Realität zu rekonstruieren.

Zweifellos war mit der Pest zunächst ein erheblicher Bevölkerungsrückgang verbunden. Dieser kann für das gesamte Europa jedoch nicht exakt quantifiziert werden. Zu unterschiedlich sind die regionalen Auswirkungen, zu unterschiedlich auch die Quellen über die Auswirkungen. Überdies sind die Quellen voller übertriebener Schilderungen. Diese Übertreibungen sollen das katastrophale Ausmaß der Pest literarisch hervorheben. So geht man gemeinhin für Florenz in der Mitte des 14. Jahrhunderts von rund 50.000 Einwohnern aus; nach dem Bericht des Boccaccio soll die Pest in Florenz jedoch 100.000 Menschen dahingerafft haben. Boccaccio stellt das selbst in Zweifel. Für die Gegend um San Gimignano in der Toskana hat man aufgrund exakter Steuerlisten für 1348 eine Pestmortalität von rund 75 Prozent festgestellt. Für viele Regionen Europas hingegen sind weder exakte Einwohnerzahlen noch genaue Zahlenangaben für die Mortalitätsrate überliefert.

Die vom Bevölkerungsrückgang ausgelösten wirtschaftlichen und sozialen Vorgänge lassen sich in der schriftlichen Überlieferung vielfältig erahnen. Zum Teil sind sie sogar deutlich erkennbar. Die Forschung hat diese Vorgänge in der Folge der Pest unter dem vielschichtigen Begriff der »Krise« des Spätmittelalters zusammengefaßt. Sie hat darunter zunächst die jenseits der Möglichkeiten persönlichen Verhaltens und der individuellen Einwirkung liegenden wirtschaftlichen Prozesse, sozialen Bewegungen oder konjunkturellen Abläufe verstanden. Erst in zweiter Linie, vor allem durch die Forschungen von Frantisek Graus, rückten die vielschichtigen Veränderungen im Denken und Fühlen der Menschen sowie die Änderungen von Verhaltensweisen ins Blickfeld der Analyse. Diese Dimension soll auch bei den nachfolgenden Ausführungen im Vordergrund stehen.

Nicht nur die ökonomischen und sozialen Verhältnisse, sondern vor allem auch das Denken und das Handeln der Menschen in der Mitte des 14. Jahrhunderts erfuhren durch die Pestkatastrophe einschneidende Veränderungen. Dies zeigt sich beispielsweise im Verhältnis zum Tod. Denn mit der Pestkatastrophe rückte das drohende Lebensende ohne die Chance der eigenen Vorbereitung in einer bislang ungeahnten Art in den Vordergrund der menschlichen Existenz und beherrschte das Denken und Handeln.

Die Pestzeit bietet damit für den Historiker auch Jahrhunderte später noch die Möglichkeit, in einer extremen Situation menschlicher Existenz das Denken und Fühlen sowie das daraus abgeleitete Handeln der Menschen zu rekonstruieren. Die Geschichtsforschung kann damit Deutungen des Mittelalters selbst im Grenzbereich zwischen Leben und Tod nachvollziehen.

Im folgenden sollen deshalb einige Aspekte der Pestzeit und ihrer Folgen für das Denken und Handeln der mittelalterlichen Menschen vorgestellt werden. Dabei geht es vor allem um die Ursachenerforschung des Mittelalters und ihre Umsetzung in soziales Handeln. Judenpogrome und Geißlerzüge sind erkennbare Dimensionen sozialen Handelns, neue und intensive Äußerungsformen der mittelalterlichen Frömmigkeit eine andere.

Die Sprengung sozialer Zusammenhänge

Die Grausamkeit des Schwarzen Todes ließ die Menschen verrohen. Soziale Zusammenhänge brachen abrupt auseinander; die Mentalität – das Denken und Fühlen der Menschen – geriet beim Nahen der Seuche erheblich ins Wanken. Auch dies hat Boccaccio in der Einleitung zum *Decamerone* eindrücklich beschrieben.

Die Fragen nach den Ursachen der Pest beantwortet er zweifach: Sie könne sich entweder der Einwirkung der Himmelskörper verdanken oder auf den gerechten Zorn Gottes zurückzuführen sein.

Das erscheint interessant: Die Deutung des bedrohlichen Geschehens als Strafe Gottes war für den mittelalterlichen Menschen naheliegend, aber nicht mehr der einzige Versuch, die Entstehung der Pest zu deuten. Die theologische Pauschaldeutung der Pestkatastrophe reichte dem Denken nicht mehr hin, man suchte nach anderen Erklärungen. Hierbei war die astronomische Deutung, die ungünstige Konstellation der Sterne, als Ursache der Pestkatastrophe wohl die häufigste Interpretation gebildeter Zeitgenossen. Offensichtlich erschien eine solche Erklärung vielen, ja wohl der Mehrheit als plausibel. Sie wurde mit aller Autorität auch von der medizinischen Fakultät der Sorbonne vorgetragen.

Doch kommen wir zurück zu den Überlegungen Boccaccios. Nichts half gegen die Seuche: die wiederholten demütigen Bittgebete oder Prozessionen der frommen Menschen nicht, kein ärztlicher Rat, keine Arznei. Die Gewalt der Pest – diesen Eindruck vermittelt Boccaccio nachhaltig – war so groß, daß sie sich so rasch verbreitete wie das Feuer auf ölgetränkten Dingen.

Die Pandemie verursachte nach seiner eindrücklichen Schilderung Ängste und Alpträume der Überlebenden, sie änderte das gewohnte System der sozialen Handlungen. Manche versuchten, der Pest auszuweichen: durch selbstgewählte Isolation etwa, durch maßvolle Ernährung oder andere Maßnahmen. Andere empfahlen und taten genau das Gegenteil; sie lebten in Saus und Braus, in jeder Hinsicht zügellos. Interessant an der Schilderung Boccaccios ist der Aspekt, auf den der zeitgenössische Autor nachhaltigen, vielleicht sogar den größten Wert legen wollte: die Sprengung sozialer Zusammenhänge in der Familie und innerhalb sozialer Gruppen.

Dies wird anhand von zwei Phänomenen illustriert: Boccaccio stellt zunächst fest, daß die Menschen sich allenthalben gegenseitig im Stich ließen – kein Nachbar kümmerte sich mehr um den anderen, ja selbst innerhalb der Familie ließ man sich jetzt im Stich, pflegte keine Kranken mehr, Eltern vernachlässigten angesichts der Bedrohung durch die Pest sogar ihre Kinder und umgekehrt, Familienbande wurden aufgrund des Umgangs mit der Seuche oft zerschlagen oder völlig zerstört.

Des weiteren verdeutlicht Boccaccio das ganze von ihm als schrecklich empfundene Ausmaß dieser Entwurzelungen der florentinischen Stadtgesellschaft an einem Phänomen, das heute auf den ersten Blick vielleicht ungewöhnlich erscheinen mag. Er konzentriert seine weiteren Überlegungen auf die Schilderung des Umgangs der Lebenden mit den Toten. Niemand, so Boccaccio, kam mehr im Hause des Toten am Totenbett zusammen, um die Trauer der Angehörigen zu lindern und Fürbitten für die Seele des Verstorbenen zu leisten; Kleriker traten nicht mehr an das Sterbebett, niemand aus der sozialen Gruppe des Verstorbenen trug mehr den Sarg im feierlichen Trauerzug zum Ort des Begräbnisses.

Je mehr die Pest tobte, desto mehr rückte die Gesellschaft von Gewohnheit und Tradition des Umgangs mit dem Tod ab. Die für das mittelalterliche Leben so zentrale Gemeinschaft der Lebenden und Toten, die grundlegend war auch für die Organisation sozialer Gruppen in der Stadt wie etwa der Zunft, der Familie oder der Bruderschaften, erschien durch die Pest gefährdet. Dadurch geriet das soziale Leben im Diesseits insgesamt ins Wanken. Eine Zunft etwa fühlte sich durch die Bedrohung der Pest in ihren innersten Werten in Frage gestellt. Denn die Gruppe der Handwerker eines Gewerbezweigs verstand sich im Mittelalter als eine Gemeinschaft der lebenden und der toten Mitglieder. Im gemeinschaftlichen Totengedenken stellte sich die Zunft als Gruppe auch für das diesseitige Leben her. Die praktizierte Gemeinschaft der Toten und der Lebenden war konstitutiv für ihr Selbstverständnis als soziale Gruppe.

Je länger die Pest dauerte, desto mehr wurden die Toten vernachlässigt – am Schluß warf man die Toten einfach auf die Straße, um sie hier liegenzulassen, bis sie entfernt wurden, um vor der Stadt in Massengräbern bestattet zu werden. Boccaccio beklagt den liederlichen Umgang mit den Toten durch die Lebenden und die Konsequenzen der Mißachtung von Jenseitsvorsorge und Totengedächtnis durch die Lebenden.

Die Schilderung dieser Phänomene illustriert für den mittelalterlichen Menschen die Bedeutung der Tradition, die Gefährdung und Bedrohung des Denkens und Handelns, ja des sozialen Lebens der Menschen durch die Pest.

Dies kann durchaus als ein wichtiges und wesentliches Phänomen der Krise des Denkens, Fühlens und Handelns der Menschen in der Mitte des 14. Jahrhunderts gefaßt werden. Interessant und typisch für die Vorstellungswelt der mittelalterlichen Menschen ist, wenn Boccaccio in seiner Schilderung den Umgang der Lebenden mit den Toten auf eine Stufe mit dem ins Wanken geratenen Umgang der Lebenden untereinander stellt, beide Phänomene also als gleichrangig bewertet.

Intensivierte Äußerungsformen der mittelalterlichen Frömmigkeit

Eine wesentliche und in der Folge der Pestepidemie allenthalben spürbare Änderung betrifft den gedanklichen Umgang der Menschen in der Mitte des 14. Jahrhunderts mit dem Tod und die daraus abzuleitenden Handlungen. Hierzu zählt zuallererst die immense Intensivierung von Akten der Jenseitsvorsorge vor allem in den Städten in den Jahren nach der Pestepidemie. Hieran waren alle sozialen Schichten in der Stadt beteiligt: Die Reichen stifteten mehr und intensiver, vor allem Altäre, umfangreiche Seelenmessen und Almosen zugunsten der Armen als Bußleistungen.

Doch auch die Mittelschichten, die bisher kirchlichen Institutionen weniger wiederkehrende Einnahmen für Messen, Anniversare und dergleichen gestiftet hatten, sind jetzt immer häufiger unter den Stiftern zugunsten des Seelenheils zu finden. Die Unsicherheiten des Umgangs der Gesellschaft, aber auch der engeren sozialen Gruppe mit dem Tod infolge der Pest führten auch zu intensiveren Bemühungen, für eine Grablege in einer Kirche oder jedenfalls in der Nähe des Chores zu sorgen, um die Vergegenwärtigung der Seele nach dem Tode in der Meßliturgie gesichert zu wissen. All dies ist in der Überlieferung nach 1350 deutlich zu spüren, ja es ist sogar statistisch zu erfassen.

Mit der Pest kommen verstärkt auch die sogenannten Totentänze in Wort und Bild auf. Sie mahnen vor den Folgen eines unvorbereiteten Todes, indem sie die unterschiedlichen Stände und Gruppen der mittelalterlichen Welt mit dem personifizierten Tod konfrontieren. Vor dem Tod sind alle gleich, es zählt nur noch das Leben mit seinen Sünden, die zu bereuen und dafür zu büßen zeitlebens möglich war. Ein Leben gemäß christlicher Maximen bereitet auf den Tod und den Weg ins Jenseits vor.

Es ist die Zeit, in der mit Bruderschaften auch vermehrt Laienvereinigungen gegründet werden, die ausschließlich den Zweck verfolgen, eine Gemeinschaft der lebenden und toten Bruderschaftsmitglieder herzustellen, damit keine Seele im Jenseits verlorengehen kann. Regelmäßig kommt die Bruderschaft zum Totengedenken in der von ihr gewählten Kirche zusammen. Bruderschaften können sozial gegliedert sein, sie können etwa die Mitglieder der Führungsschicht oder eine Gruppe von Handwerkern zusammenführen; sie können aber auch sozial völlig offen gestaltet sein, also von der Magd oder dem Knecht, von Tagelöhnern oder Gesellen bis hin zum Adel alle sozialen Gruppen einer Region umfassen.

In der Zeit nach der Pest entstehen vermehrt auch die sogenannten Elendsbruderschaften oder Elendsgilden, die seit der Jahrhundertwende um 1300 ganz vereinzelt aufkommen. Dies sind Organisationen für Arme, die sich dem Totenbegräbnis Armer, vor allem ortsfremder Toter, aber auch der Sorge und Pflege fremder Kranker und Armer widmen. Sie nahmen Reiche und Wohlhabende, aber auch Arme selbst in ihren Reihen auf. Neben der Zunft, dem korporativen Zusammenschluß der Meister eines Handwerks, schließen sich nach der Pest überall auch Gesellen eines Handwerks zu sozialen und religiösen Bruderschaften zusammen. Wir wissen von den Gesellenbruderschaften oft nur wegen der Auseinandersetzungen mit den Zünften um die spirituelle Selbstdarstellung der Gruppe von Gesellen eines Handwerks in der Liturgie der städtischen Pfarrkirchen, die ihnen streitig gemacht wurden.

Als im Frühjahr 1349 die Vorboten der Pest in Mitteleuropa eintrafen, tauchten Gruppen eigenartiger Personen auf. Zunächst bestanden sie nur aus Männern, erst später kamen Frauen hinzu: Mit besonderen Hüten versehen, auf denen ein rotes Kreuz angebracht war, unter eigenen Fahnen, mit Kerzen und Geläute, paarweise geordnet, zogen sie halbnackt und sich nach strengstem Ritual geißelnd vor allem im deutschsprachigen Raum umher. Nach der spektakulären Bußübung wurden sie als *flagellanten* oder *flagellatores*, volkssprachig als »Geißler« bezeichnet. Die berichtenden Quellen wie etwa die Stadtchroniken nennen sie oft in einem Atemzug mit der Pest, stellen sie zumindest in einen engen Zusammenhang mit dem Nahen der Seuche. Die Bewegung der Geißler, oft umherziehende Gruppen von bis zu tausend Personen, verwies auf die drohenden Strafen im Jenseits für die unbußfertigen Sünder, auf das drohende und nahe Weltgericht. Sie verknüpfte dieses Szenario in eindeutiger Weise mit der Pestepidemie als der Strafe Gottes für die unbotmäßige Menschheit. Die Bewegung erhielt sicher schon dadurch Attraktivität, daß im Angesicht des unvorhergesehenen Todes durch die heraneilende Pest nach dem öffentlich zur Schau gestellten Bekenntnis der Sünde und der ebenfalls öffentlichen Buße durch Geißelung der Meister der Flagellanten die Absolution erteilte.

Die Bewegung der Geißler beruhte auf dem ziellosen Herumirren – ein Herumirren ohne wesentliche eigene materielle Mittel zum Lebensunterhalt. Schon dieses Umherirren in der Fremde galt als eine Bußübung. Als Fremde in einer unbekannten Umgebung geißelten sich die Büßer zur Reinigung ihrer Seelen im Rahmen ihrer Prozessionen. Die öffentliche Zurschaustellung der Geißelung und Buße erhöhte nach der Vorstellung der Zeit die Bußleistung, da man sich öffentlich zur Schuld bekannte. Zudem wurde die Geißelung als eine Imitation des Leidenswegs Christi verstanden, und auch dies wurde als Bußübung hoch geschätzt. Eigenartig mutete aber sicher an, daß Laien und eben keine Kleriker die Züge und die Rituale der Geißlerzüge anführten. Daher wurden die Flagellanten bald als Ketzer, als Sekte verfolgt. Sie fielen in der Regel rasch der Pest zum Opfer, zumindest vermitteln die Quellen diesen Eindruck. Angesichts der nahenden Pest hatten die Geißler oft regen, ja massenhaften Zulauf – die Art der Buße und Sühne angesichts des massenhaften Todes durch die Pestpandemie ließ die Argumentation und das Handeln der Geißler vielen mehr als plausibel erscheinen. Fast scheint es, als hätten wir es bei den Geißlern mit einem Phänomen der Massenhysterie in einer extremen Situation menschlicher Existenz zu tun.

Judenpogrome

Dem Volk, den Massen scheint aber auch eine ganz andere Ursache der Pest eingeleuchtet zu haben: Die Ansteckung durch das Wasser, das man sich am Brunnen holte. Dieses Wasser als vergiftet anzunehmen war eine naheliegende Spekulation, wenn man sich auf die Erklärung der Übertragung der Seuche durch Ansteckung einließ, ohne aber aufgrund der Möglichkeiten der Zeit nähere Nachweise führen zu können. Und hier war rasch eine Gruppe als Sündenbock gefunden, die am Rande der christlich geprägten Gesellschaft lebte – die Juden. Die Pestepidemie war Auslöser des größten mittelalterlichen Judenpogroms im deutschsprachigen Raum. Zwar waren zuvor schon Juden aus England (1290) etwa oder Frankreich (1236 aus den Nord- und Westprovinzen; 1321/22 aus dem Languedoc, Berry und Alpenvorland) vertrieben worden, und es liegt hier sicherlich keine Sonderentwicklung des deutschsprachigen Raumes vor. Die Judenpogrome anläßlich der Pestepidemie sind aber wohl jener Aspekt, der die intensivsten Wirkungen bis in die Moderne hinein aufweist.

Die Geschichte des 20. Jahrhunderts hat veranschaulicht, wie die Feindschaft gegen die Juden der älteren Vergangenheit, des Mittelalters – nach einer Zeit der relativen Verdrängung seit der Judenemanzipation des 19. Jahrhunderts –, wieder aktualisiert und verschärft worden ist. Bei näherem Hinsehen taucht in der Shoah eine Vergangenheit auf, die auf grausame Weise die Gegenwart einholte. Vieles an Urteilen aus mittelalterlicher Zeit wurde durch den nationalsozialistischen Staat in neuer Form aktualisiert und in grausamer Perversion praktisch umgesetzt.

Judenfeindschaft stand sicher nicht am Anfang der mittelalterlichen Entwicklung. Bis in das 11. Jahrhundert hinein scheint das Verhältnis zwischen Juden und Christen bei aller religiösen Problematik eher gut gewesen zu sein. Juden hatten im frühen und hohen Mittelalter zum Teil sogar eine geradezu privilegierte Stellung inne, denn aufgrund ihrer die gesamte damalige Welt umfassenden Verbindungen und Beziehungen waren sie die bevorzugten Händler der Herrschaften für Luxuswaren; sie waren auch als Gelehrte, Goldschmiede und Ärzte tätig.

Die positiv zu bewertende Situation änderte sich im 11. Jahrhundert: Die christliche Frömmigkeit wandelte sich, orientierte sich zunehmend christologisch und neutestamentlich. Konsequenz und Pendant der Frömmigkeit war ein christlicher Fundamentalismus und religiöser Fanatismus, der sich gegen Juden, das Anders-Sein der Anders-Gläubigen, richtete und den Kreuzestod Christi als den jüdischen Mord an Jesus Christus brandmarkte.

Die christliche Reformgesinnung jedenfalls rief auch die Kreuzzugsbewegung des ausgehenden 11. Jahrhunderts hervor, die zum ersten mittelalterlichen Judenpogrom überregionalen Ausmaßes führte. In dessen Verlauf wurden 1096 auch die großen jüdischen Gemeinden in den rheinischen Bischofsstädten weitgehend zerschlagen. Seitdem erfolgte die erzwungene, mehr oder weniger kontinuierliche Nordost-Wanderung des aschkenasischen Judentums.

Seit dem ersten Kreuzzug sollte die Judenfeindschaft, die Gefährdung und Verfolgung der Juden für Jahrhunderte nie vollständig zum Erliegen kommen. Im 12. Jahrhundert begegnete nördlich der Alpen erstmals eine Judenverfolgung wegen einer Ritualmordbeschuldigung, die in der Anklage wegen Hostienfrevels im 13. Jahrhundert sakramentalisiert wurde. Alle Einwendungen der Kurie und kirchlicher Vertreter konnten keine Beendung der Verfolgung aus den genannten Motiven bewirken. Die Ritualmordbeschuldigung von Juden in Lauda bei Tauberbischofsheim sowie in Fulda im Jahre 1235 führte in der folgenreichen Konsequenz zur Kammerknechtschaft der Juden, denn Kaiser Friedrich II. (1220-1250) hat die Vorwürfe gegen die Juden im Prozeß klären lassen und die Juden freigesprochen. Er unterstellte die Juden als Sondergruppe jedoch dem Schutz von Kaiser und Reich, was eine finanzielle Sonderbelastung der Juden für diesen Schutz bedingte. Diese Sonderbelastung wurde rasch zu einem fiskalischen Instrument – Verpfändungen und Vergabe des Rechtes an Dritte waren die Folge. Langfristig betrachtet wurden Juden endgültig als eine besondere Gruppe an den Rand der christlichen Gesellschaft gedrängt – und dies wurde im Denken von Christen für Jahrhunderte gleichsam einzementiert.

Die mittelalterliche Geschichte des Kredits und des Zinses ist von kirchlicher Verbotspolitik geprägt, die die Zinsverurteilungen der antiken Moralphilosophie mit biblischen Argumenten fortsetzt. Die kirchliche Gesetzgebung beginnt mit den Verboten des Zinsnehmens durch Kleriker (314/315). Die karolingische Gesetzgebung weitet dieses Verbot auf die Welt der Laien aus. Während des Hochmittelalters wurden die Strafen für die Leihe von Geld gegen Kapital verschärft, Zinsnehmer als Häretiker eingestuft (so etwa auf dem Konzil von Vienne 1311-12). Die mittelalterliche Welt hat zahlreiche Strategien zur Umgehung dieser Verbote entwickelt: Wechselgeschäfte, Warenkredite und vor allem den Rentenkauf, der der Leiheform der heutigen Hypothek vergleichbar ist.

Als verhängnisvoll sollte sich erweisen, daß im 12. und 13. Jahrhundert jüdische Kaufleute mehr und mehr auf den Geldhandel abgedrängt wurden: Das Reformpapsttum hatte das kanonische Zinsverbot für Christen erheblich verschärft und in der Folge den Geldhandel fast ausschließlich auf die jüdische Minderheit beschränkt. All dies rief antijüdische Tendenzen der christlichen Umwelt und Stigmatisierungen hervor, die sich seit den Kreuzzugspogromen als Vorurteile verfestigten und verstärkten, ja immer wieder zu regionalen Ausschreitungen führten. Auf seiten der Juden entwickelte sich sozusagen als Gegenstück ein Bewußtsein der Minderheit, die als Schicksalsgemeinschaft, vom Leiden geprägt, zu endogenen Abkapselungen führen sollte; dies wiederum affirmierte ihren Status als marginalisierte Minderheit.

Den Gipfel erreichten Verfolgung, Vertreibung und Tötung von Juden in der Mitte des 14. Jahrhunderts im Rahmen der Pestpogrome: Juden wurden wegen vermeintlicher Brunnenvergiftung verfolgt und ermordet. Sobald das Nahen der Seuche als Gerücht umlief, wurden die Juden als Verursacher durch Brunnenvergiftung verdächtigt, die von Haß und Rachegelüsten gegen die christliche Umwelt getrieben seien. Häufig wurde Juden der Prozeß gemacht; sie wurden nach dem Prozeß zum Tode verurteilt oder vertrieben und enteignet, und dies oft, bevor die Pest überhaupt die Tore der Stadt erreicht hatte. Nur in einigen Fällen kam es zu Pogromen im engeren Wortsinne, zu durch Massenangst motivierten Ausschreitungen.

In Dortmund etwa scheint die Vertreibung der Juden regelrecht inszeniert worden zu sein: Am 28. Juni 1350 einigten sich der Dortmunder Stadtrat und die Grafen von der Mark auf einer Schiedsverhandlung zu Hörde über die Verteilung des Eigentums – zu gleichen Teilen – der Dortmunder Juden; die Juden waren entweder bereits inhaftiert worden oder sollten wohl noch inhaftiert werden. Die Inhaftierung wurde von den Zeitgenossen sicher als Präventivmaßnahme gegen die drohende Brunnenvergiftung der Juden verstanden und begründet. Am 11. November 1350 quittierte Graf Engelbert von der Mark der Stadt eine Zahlung von 350 Mark, die vermutlich aus der Verteilung des Eigentums der Juden in Dortmund resultierten. Der Chronikbericht des Johann Nederhoff erscheint glaubhaft in der Aussage, daß die Dortmunder Juden nach der Enteignung nicht getötet, sondern vertrieben wurden. Ganz ähnlich wurde auch in den anderen Städten Westfalens verfahren: Für Bielefeld, Hamm, Herford, Lemgo, Lübbecke, Minden, Münster, Coesfeld, Paderborn, Soest und Warendorf liegen schriftliche Nachrichten über jüdische Märtyrertode, Pogrome, Vertreibungen und Verfolgungen vor.

Für Duisburg erfahren wir von dem Judenpogrom zur Pestzeit nur durch eine Stadtrechnung aus Wesel: Sie notiert 1350 den Lohn für einen Boten, der in Duisburg in Erfahrung bringen sollte, ob man von den in Duisburg verbrannten Juden etwas über das Gift herausbekommen habe, durch das die Pest in die Städte der Umgebung Einzug gehalten hätte.

Offensichtlich folgte man also auch in Duisburg im Vorfeld der Pest der grausamen Strategie, durch Verbrennung der Juden das Übergreifen der Pest auf die Stadt zu verhindern. Das Duisburger Beispiel zeigt auch deutlich die Schwierigkeit für den Historiker, ein solches Thema zu bearbeiten: Die Quellen sind mehr als fragmentarisch, erteilen nur Andeutungen und sind fast immer aus der Perspektive eines falsch verstandenen Christentums geschrieben.

Zusammenfassend läßt sich feststellen: Der mehr oder weniger latente Haß gegen die Juden gelangte zum Ausbruch, als die Pest die sozialen Beziehungen und Bindungen in Frage stellte – Beziehungen, die das Mittelalter anders als die Moderne erlebte und deutete. Durch das Massensterben waren nur noch Massenbestattungen im unchristlichen Sinne möglich, die Mentalität und die Deutung des Mittelalters, die konstitutive Gemeinschaft der Lebenden und Toten und damit die menschliche Gesellschaft gerieten im Rahmen der epidemischen Bedrohung ins Wanken, wie dies Boccaccio in der Einleitung zum *Decamerone* anhand der florentinischen Stadtgesellschaft so nachdrücklich beschrieben hat.

Trotz der Grausamkeit der Vertreibung und Ermordung der Juden in der Mitte des 14. Jahrhunderts und ihren folgenreichen Wirkungen lassen sich die Pestpogrome kaum mit der gezielten Vernichtungspolitik der NS-Diktatur vergleichen: Erhob das moderne Terrorregime die Ermordung der Juden zu einem regelrechten nationalistisch und rassistisch begründeten Staatsprogramm, so kann davon im Mittelalter nicht die Rede sein. Habgier etwa, die die Liquidierung der jüdischen Gläubiger als opportun erscheinen ließ, wurde auf der Basis der Judenfeindschaft eines falsch verstandenen Christentums zu einer Triebfeder, die antijüdische Vorurteile und den Judenhaß verstetigte.

Ähnlich wurde die mit der Pestepidemie in vielfacher Hinsicht verknüpfte Existenzbedrohung mit der Judenfeindschaft in verhängnisvoller Weise verbunden. Der Kölner Erzbischof z. B. hatte als Diözesanherr den Grafen von der Mark und die Reichsstadt Dortmund wegen ihres schändlichen Bündnisses und ihrer Vergehen gegen die Juden exkommuniziert, ohne daß dies jedoch Folgen gehabt hätte.

Durch die Pestkatastrophe ist die abendländische Gesellschaft Europas in der Mitte des 14. Jahrhunderts in mehrfacher Hinsicht in eine Krise geraten. Diese Krise wurde durch den äußeren Einfluß einer Pandemie bedingt. Sie betraf sicherlich und einschneidend das Wirtschaftsleben, meint also auch eine Krise im modernen Sinne. Die Krise reichte aber tiefer. Sie berührte die Fundamente des Zusammenlebens. Sie erschütterte die Grundlagen des Fühlens und des Denkens der mittelalterlichen Menschen in allen Bereichen des täglichen Lebens. Dieser Krise war nicht so leicht beizukommen. Sie war sehr langfristig angelegt und reicht bis weit in die Neuzeit hinein.

Pestwellen überzogen Europa bis ins 18. Jahrhundert hinein, wenngleich nicht mehr in dem Ausmaß des 14. Jahrhunderts. Die Krise des 14. Jahrhunderts offenbarte jedoch aufgrund eines zuvor ungeahnten physischen wie psychischen Ausnahmezustands auf grausame Weise die Grenzen menschlicher Belastbarkeit in Extremsituationen. Sie offenbarte zugleich die Grenze der Toleranz gegenüber Andersgläubigen. Diese mußten rasch als Sündenbock herhalten. Klaus Bergdolt hat dies im Resümee zu seiner Studie über die Pest »die ›Psychopathologie‹ des Schwarzen Todes« genannt.

Und schließlich tritt mit der Erfahrung der Pest am Ende des Mittelalters das Leben als biologische Lebensspanne in den Blick. Die Kirche, von 1305/09 bis 1376 Werkzeug französischer Politik in Avignon und von 1378 bis 1414 gespalten im Großen Abendländischen Schisma, vermochte eine Orientierung über den Tod hinaus zunehmend weniger glaubhaft zu verkündigen. An die Stelle der mittelalterlichen Ewigkeitshoffnung trat die Wahrnehmung des Lebens als »letzter Gelegenheit« (Marianne Gronemeyer). Angesichts der radikalen Bedrohung des Lebens und der Erfahrung seiner Befristung wurden Sicherheit und Beschleunigung zu vordringlichen Aufgaben der Weltverbesserung: Sicherheit, um dem Einzelnen angesichts vielfältiger Bedrohung durch Krankheit und Krieg wenigstens durchschnittliche Lebensspanne zu garantieren, und Beschleunigung, um die unerträgliche Kluft zwischen den Möglichkeiten der Welt und der befristeten Zeit, die dem Einzelnen zu ihrer Nutzung zur Verfügung steht, zu verringern. In der zweiten Hälfte des 14. Jahrhunderts verbreiten sich mechanische, die Stunden schlagende und später auch mit Zifferblättern versehene öffentliche Turmuhren in ganz Europa; kleinere Uhren finden sich zunehmend auch in Privathäusern.

Daß die der menschlichen Vernunft so unbegreifliche Pest nicht mehr zunächst als ein göttliches Strafgericht, sondern als die Wirkung der Gestirne oder als das verbrecherische Werk von Juden oder anderen gesellschaftlich marginalisierten Gruppen gedeutet wurde, veranschaulicht den Grad, in dem die Gesellschaft des 14. Jahrhunderts beginnt, die Sinnvorgaben des Mittelalters und seinen religiösen Kosmos hinter sich zu lassen. Der Tod wird nicht mehr als »Sold der Sünde« (Paulus) verstanden, sondern als die Konsequenz einer entfesselten Natur oder als die Tat einer als verbrecherisch eingestuften gesellschaftlichen Randgruppe. Wer von ihm ereilt wird, stirbt nicht mehr in der sinnstiftenden Geborgenheit der »communio sanctorum«, sondern als radikal Vereinzelter, als Individuum – und dies, ohne daß dem Sterbenden in seinem nur allzu oft einsamen und erbärmlichen Sterben irgendeine Form von Einzigkeit verliehen würde. Der Tod wird als eine fundamentale Kränkung menschlicher Existenz erfahren. Um vor ihm bestehen zu können, wird sich der Mensch gegenüber dem Tod behaupten müssen. Er wird gegen den Tod »anleben« müssen. Das Entstehen neuer Gemeinschaften in der zweiten Hälfte des 14. Jahrhunderts war *eine*, zugleich sehr vorläufige Antwort auf die kollektive Erfahrung des Todes durch die Pest. Langfristig wird jedoch die Beherrschung der Natur zum beherrschenden Programm der Neuzeit. Nicht zuletzt auf diesem Weg tritt aus der gesellschaftlichen »Krise« des 14. Jahrhunderts allmählich der Mensch der europäischen Moderne hervor – mit all seinen Ambitionen und Ambivalenzen.

Literaturhinweise

Ariès, Philippe: Geschichte des Todes, Deutsch von H.H. Henschen und U. Pfau, München 1985.

Bergdolt, Klaus: Der Schwarze Tod in Europa. Die Große Pest und das Ende des Mittelalters, München 1994.

Boccaccio, Giovanni: Poesie nach der Pest. Der Anfang des Decameron, Italienisch – Deutsch, neu übersetzt und erklärt von K. Flach (ecerpta classica X), Mainz 1992.

Bulst, Neithard: Der Schwarze Tod. Demographische, wirtschafts- und kulturgeschichtliche Aspekte der Pestkatastrophe von 1347-1352. Bilanz der neueren Forschung, in: Saeculum 30 (1979), 45-67.

Delumeau, Jean: Angst im Abendland. Die Geschichte kollektiver Ängste im Abendland im Europa des 14.-18. Jahrhunderts, 2 Bde., Hamburg 1985.

Dieckhoff, Reiner: Antiqui – moderni. Zeitbewußtsein und Naturerfahrung im 14. Jahrhundert, in: Anton Legner (Hrsg.): Die Parler und der schöne Stil 1350-1400. Europäische Kunst unter den Luxemburgern. Ein Handbuch zur Ausstellung des Schnütgen-Museums in der Kunsthalle Köln, Köln 1978, 67-96.

Graus, František: Pest – Geissler – Judenmorde. Das 14. Jahrhundert als Krisenzeit (Veröffentlichungen des Max-Planck-Instituts für Geschichte 86), Göttingen, 2. Aufl. 1988.

Gronemeyer, Marianne: Das Leben als letzte Gelegenheit. Sicherheitsbedürfnisse und Zeitknappheit, Darmstadt 1993.

Menneken, Kirsten / Zupancic, Andrea: Jüdisches Leben in Westfalen, Essen 1998.

Oexle, Otto Gerhard: Die Gegenwart der Toten, in: Death in the Middle Ages, hrsg. von H. Braet und W. Verbeke (Mediaevalia Lovaniensia Series 1,9), Löwen 1983, 19-77.
Schilp, Thomas (Hrsg.): Himmel, Hölle, Fegefeuer. Jenseitsvorstellungen und Sozialgeschichte im spätmittelalterlichen Dortmund (Veröffentlichungen des Stadtarchivs Dortmund 12), Essen 1996.
Zinn, Karl Georg: Kanonen und Pest. Über die Ursprünge der Neuzeit im 14. und 15. Jahrhundert, Opladen 1989.

Dieter Geuenich

Das 15. Jahrhundert – »Herbst des Mittelalters« oder Beginn der Neuzeit?

> »Es muß zwischen 1906 und 1909, wahrscheinlich 1907 gewesen sein, in den Nachmittagsstunden …, da spazierte ich zuweilen ein Stück vor die Stadt [Groningen; D.G.] hinaus, die damals noch auf allen Seiten unmittelbar in das weite, frische Groninger Land überging. Auf einem solchen Spaziergang längs dem Damsterdiep oder in seiner Nähe – an einem Sonntag, dünkt mich – ging mir die Einsicht auf: das späte Mittelalter ist nicht Ankündigung eines Kommenden, sondern ein Absterben dessen, was dahingeht« (S. VII).

Mit diesen Worten erinnerte sich der niederländische Kulturhistoriker Johan Huizinga (1872-1945) später jener Situation, in der er den zündenden Gedanken zur Konzeption seines berühmt gewordenen Buches faßte, das als eines der großen historiographischen Leistungen des 20. Jahrhunderts klassischen Rang erlangt hat und dessen Titel seitdem immer wieder zitiert wurde: *Herbst des Mittelalters* (erschienen 1919).

Der Sicht Huizingas, der – in zeitlicher Nähe zum ersten Weltkrieg – den Vorgang des »Sterbens und Werdens« von der Natur auf die Kulturgeschichte übertrug und im Spätmittelalter »das Ableben überreifer Kulturformen« erkennen zu können glaubte (S. XIII), ist von der jüngeren Forschung widersprochen worden. Diese sieht im späten Mittelalter durchaus »Erneuerungskräfte« am Werke, Kräfte, die in die Neuzeit hinüberführen (Rapp, 287, Angenendt, 68). Was ist es denn, was mit dem Ende des Mittelalters »dahingeht«, was »abstirbt«? Was macht demnach den »Geist des Mittelalters« aus? Was bestimmt dieses *medium aevum*, diese »mittlere« Epoche zwischen der Antike auf der einen Seite und dem Humanismus und der Renaissance auf der anderen Seite, die schließlich zur Aufklärung führen?

Erst, wenn wir die Kräfte und die Geisteshaltung benannt haben, welche die mittelalterliche Gesellschaft und ihr Denken bestimmt haben, kann eine Antwort auf die Frage geben werden, ob das 15. Jahrhundert als »Herbst des Mittelalters« zu charakterisieren ist oder als der Beginn der Neuzeit. Erst dann können wir konkret in den Blick nehmen, was einerseits alles um 1500 abstirbt, zu Ende geht, verwelkt – und was das Spätmittelalter andererseits an Keimen in sich birgt, die in den folgenden Jahrhunderten, die wir »Neuzeit« zu nennen gewohnt sind, aufgehen werden und die möglicherweise bis in unsere Gegenwart hineinwirken.

Abgrenzung des Mittelalters

Kennzeichnend für das Mittelalter ist – zum ersten – das Zusammenwirken und Zusammengehen von geistlicher und weltlicher Gewalt – beginnend mit dem 1. Konzil von Nicäa im Jahre 325, das unter dem Vorsitz des Kaisers Konstantin Glaubensfragen entschied. Unter Konstantin und am Ende dieses 4. Jahrhunderts, als unter Kaiser Theodosius dem Großen die Glaubenseinheit, manifestiert in der Staatskirche, zum Fundament der Reichseinheit wurde (380), fand die Grundlegung jener Einheit von *regnum* und *sacerdotium*, von Staat und Kirche, statt, die das gesamte Mittelalter – trotz allen zum Teil auch heftigen Auseinandersetzungen zwischen diesen beiden Gewalten – bestimmte. Der Dualismus von Staat und Kirche, personifiziert durch Kaiser und Papst, ist eine der Konstanten, die das Mittelalter als einheitliche Epoche kennzeichnen – jedenfalls im Blick auf unsere abendländische Geschichte. Denn in der Tat zerbricht diese Einheit am Ende des Mittelalters; zumindest wird das Papsttum durch die Reformation nachhaltig in Frage gestellt. Damit hätten wir – mit der Bezweiflung der verbindlichen Lehrautorität des Papsttums durch Martin Luther – eine Zäsur um 1500 benannt, die es uns erlaubt, vom Ende einer Epoche, eben der des Mittelalters, zu sprechen. Wir werden allerdings zu prüfen haben, ob diese Kritik am Papsttum nicht bereits vor Martin Luther einsetzt, ob – mit anderen Worten – die Keime dazu nicht schon im 15. Jahrhundert auszumachen sind.

Ein weiteres Kennzeichen des Mittelalters ist durch den *Raum* gegeben, auf den wir blicken, wenn wir die Geschichte von 300 oder 500 bis 1500 beschreiben und analysieren wollen. Von der Antike zum Mittelalter wechselte die Bühne, die Schauplatz der abendländischen Geschichte Europas war, vom Mittelmeerraum – von Athen, Rom und Byzanz – in die Region nördlich der Alpen. Dieser nordalpine Raum, in dem nicht nur die politischen und kirchenpolitischen Entscheidungen getroffen wurden, sondern in dem auch das geistige Leben – etwa in den Universitäten von Paris bis Prag, von Cambridge bis Krakau – und der Handel in den Hansestädten gewichtige Zentren besaßen, verlor wiederum um 1500 seine zentrale Bedeutung, als infolge der Entdeckung Amerikas (1492) und weiterer überseeischer Gebiete zunehmend außereuropäische Territorien in den Blick kamen und neue Handelsbeziehungen geknüpft wurden.

Eine zweite Zäsur also wird um 1500 erkennbar, die das Heraufziehen einer neuen Zeit ahnen und ein völlig neues Weltbild entstehen läßt. Dieses kann mit dem Stichwort »Kopernikanische Wende« hier nur angedeutet werden. Die Erfindung des Buchdrucks in der zweiten Hälfte des 15. Jahrhunderts, landläufig verbunden mit dem Namen Johannes

Gutenberg, führte zu völlig neuen Möglichkeiten in der Verbreitung von Ideen. Sie sind in etwa vergleichbar mit den neuen Möglichkeiten, die uns heute die Kommunikationstechnik vom Fernsehen bis zum Internet bietet: Um 1500 gab es in Europa bereits über tausend Druckereien mit über 35.000 Druckerzeugnissen und einer Gesamtauflage von rund zehn Millionen Exemplaren. Welche Bedeutung die Erfindung des Buchdrucks für die Ausbreitung des Ideenguts der Reformatoren hatte, ist oft genug dargestellt und betont worden: Gegen Ende des Jahres 1520 zirkulierten bereits rund eine halbe Million Luther-Schriften! Das Heranrükken der Türken und die Vertreibung der Araber aus Spanien sind weitere Ereignisse, die von den Zeitgenossen als Zäsuren empfunden wurden, und vieles könnte hinzugefügt werden, das den Einschnitt um 1500 noch deutlicher hervortreten ließe.

Das Spätmittelalter

Huizingas *Herbst des Mittelalters* ist voll von Beispielen, die einen kulturellen Niedergang und ein Erstarren der Formen insbesondere in der Kunst des burgundisch-französischen Raumes aufzeigen. Aber auch die Aushöhlung des Rittergedankens, die Sinnentleerung religiöser Praktiken und gesellschaftlicher Formen werden als Symptome für seine These aufgelistet, daß im Spätmittelalter nur noch die hohlen Formen ohne lebenskräftige Inhalte übriggeblieben seien: »Es ist eine böse Welt. Das Feuer des Hasses und der Gewalt lodert hoch empor, das Unrecht ist mächtig, der Teufel bedeckt mit seinen schwarzen Fittichen eine düstere Erde. Und in Bälde wartet der Menschheit das Ende aller Dinge. Aber die Menschen bekehren sich nicht; die Kirche kämpft, Prediger und Dichter klagen und mahnen vergebens« (S. 35). Und an späterer Stelle: »Alles scheint Entartung und Verfall« (S. 461).

In der Tat läßt sich diese »Weltuntergangsstimmung« des Spätmittelalters auch aus zeitgenössischen Zeugnissen belegen. »Ich bekenn abermal wie vormals«, schreibt ein Mann namens Johann Denck im 15. Jahrhundert,

> »das ich befinde, das ich von natur an leib und seel ungesund, vergifft und fiebrig bin in der warheit, und alles das ich in dem ungesund, vergifft und fiebrig bin in der warheit, und alles das ich in dem ungesund, vergifft und fieber an leib und seel isse, vertreybt mir die krankheit nit sonder mehret sy nun«. – »Es ist in summa alles verloren mit der welt, sunderlich mit dieser ungelaßnen letsten, man laß sy nur jren weg anhin gan, es hilft doch weder crisam noch tauff, biß sy selbs zu trimmern wirt gan« (Leuschner, 29).

Man hat vom »Verlust der Mitte« im Spätmittelalter gesprochen, von »Uneinheitlichkeit, Stillosigkeit und Zerrissenheit«. Und es fällt nicht schwer, auffallende Parallelen zu unserer Zeit zu entdecken. Gilt doch auch diese gemeinhin als Krisenzeit, und es ist wohl kein Zufall, daß unsere Gegenwart ebenfalls oft mit »Spät«-Attributen benannt wird: Es ist von der »spätbürgerlichen« Gesellschaft die Rede, von unserer Zeit als der des »Spätkapitalismus«. Auch unserer Gesellschaft ist eine gewisse Endzeitstimmung nicht fremd, auch wenn sie sich mehr auf das Szenario einer Umweltkatastrophe als auf das »Jüngste Gericht« bezieht. Auch in unserer Zeit ist ein Zerbrechen überkommener Wertvorstellungen spürbar, ohne daß eine allgemein anerkannte neue Wertordnung schon erkennbar wäre.

Aber vielleicht gilt für unsere Zeit auch, was für die des Spätmittelalters hier zu zeigen sein wird: daß sie in vielem noch dem Altüberkommenen verbunden und verhaftet ist, aber auch bereits Wesensmerkmale einer neuen Zeit, vielleicht auch eines neuen Wertesystems aufweist, ohne daß dieses schon fest umrissen werden könnte.

Diese in vielen Bereichen sich geradezu aufdrängenden Gedanken der Parallelität zwischen dem 15. Jahrhundert und unserem anbrechenden 21. Jahrhundert sollen an dieser Stelle nicht weiterverfolgt werden. Blikken wir deshalb wieder auf das ausgehende Mittelalter: »Die Physiognomie des Zeitalters ist die eines von zahllosen Linien kreuz und quer durchfurchten, eines zerrissenen Antlitzes«, so beschreibt Michael Seidlmayer das Gesicht des Spätmittelalters (S. 60). »Eine nervöse, nicht selten fiebrig erregte Unruhe erfaßt das Zeitalter«, fährt er fort, »eine unablässige Betriebsamkeit und Geschäftigkeit erfüllt es.« Es mangelt also nicht an Aktivität, »aber die schöpferisch gestaltende und vorwärtstreibende Kraft geht diesen Epigonen ab, und in all den verwirrend vielen Möglichkeiten des Lebens, die sich nun aufgetan hatten, vermögen sie nicht mehr Linie und Richtung zu halten, sie zerfasern und zersplittern nur alles wieder«. Dieses Zeitalter ist in unablässiger Bewegung – und kommt doch nicht weiter. Es »tritt auf der Stelle«, wie Hermann Heimpel es einmal ausdrückte.

Die Menschen des 14. und 15. Jahrhunderts sind keineswegs schlechter als die Menschen anderer Jahrhunderte; sie sind nur, wie Seidlmayer es formulierte, in ihren »gemeinmenschlichen Trieben und Leidenschaften entbundener, haltloser geworden, weil eben die Formen und Bindungen aller Art zuviel an Kraft verloren haben, ohne noch einen genügend wirksamen Ersatz finden zu können«. Daher vermochte sich der Mensch des ausgehenden Mittelalters so ungehemmt nach allen Richtungen zu verausgaben in jener »zügellosen Extravaganz und Entflammbarkeit des

Gemütes« (Huizinga). Dieser Wesenszug kennzeichnet das 15. Jahrhundert vor allen anderen Jahrhunderten. »Es ist ein ganz emotional bestimmtes Geschlecht; darin liegt seine Stärke, der seine großen, vor allem künstlerischen Schöpfungen zu danken sind, – und seine Schwäche! Denn für diesen übermäßigen inneren Kräfteverschleiß muß es bei all seinem strotzenden Vitalismus mit einer wachsenden seelischen Labilität und Gefährdung bezahlen, wie sie in solchem Maße anderen, gesetzteren Zeitaltern erspart geblieben sind« (Seidlmayer, 71).

»Verlust der Mitte«, »Zerfall der Wertordnung«, »Leere«, »ausgehöhlte Formen ohne lebendigen Inhalt«, »Epigonentum« sind die Schlagworte, die das Urteil über das Spätmittelalter im allgemeinen und über das 15. Jahrhundert im besonderen prägen. Wie die Kunstwissenschaft sah auch die Literaturwissenschaft Züge deutlicher Dekadenz in den Werken des 15. Jahrhunderts (Stadelmann, Huizinga). Dennoch, so sehen wir heute deutlicher, gibt es auch im 15. Jahrhundert bereits »Erneuerungskräfte« (Rapp, 287) – Kräfte, die in die Neuzeit hinüberführen, und Errungenschaften, die bis in die Gegenwart fortwirken.

Keime und Wurzeln des Neuen

Dies dürfte unmittelbar einleuchten beim Blick auf die *Stadt* des Mittelalters und die städtische Gesellschaft, die der wirtschaftlichen Krise des Spätmittelalters mit neuen Wirtschaftsformen begegnete. Erinnert sei nur an das Aufkommen der Geldwirtschaft – verbunden etwa mit den Namen der Fugger und Welser in Augsburg, der Tucher und Imhof in Nürnberg, die große Handelsgesellschaften gründeten und das Wirtschaftsvolumen trotz allgemeiner Krisen noch erweiterten. Derart gerüstet stiegen diese Handelsgesellschaften dann auch in den Überseehandel des 16. Jahrhunderts ein. Parallel zu modernen Wirtschaftsformen bildete sich auch eine neue Wirtschaftsethik heraus, die in Italien von Bernhardin von Siena und Antonin von Florenz, in Deutschland von Tübinger und Ingolstädter Theologen im Umkreis der Fugger, etwa von Johannes Eck, propagiert wurden. Die Zünfte schlossen sich rechtlich und gesellschaftlich ab und sicherten sich so ihren festen Anteil am stadtwirtschaftlichen Gesamtprodukt (Meuthen, 22) – was allerdings häufig nicht ohne Konflikte vonstatten ging.

Auch die *Universitäten* verdanken ihre Entstehung dem Spätmittelalter. Nach den frühesten Gründungen in Paris und Bologna, wo schon bald fünftausend bis sechstausend Studierende gezählt wurden, entstanden in der zweiten Hälfte des 14. Jahrhunderts im Südosten des Reichsgebietes Universitäten in Prag, Krakau und Wien. Seit den 80er Jahren kamen im deutschen Sprachgebiet Heidelberg (1386), Köln (1388), Leipzig (1409), Rostock (1419), Löwen (1425), Freiburg (1455), Greifswald (1456), Basel (1459), Mainz (1476), Tübingen (1477) und Wittenberg (1502) hinzu – um nur einige der wichtigsten Universitätsgründungen zu nennen.

Die Handelsgesellschaften mit ihren weiträumigen Wirtschaftsbeziehungen bezeugen ebenso wie die in verschiedene »nationes« gegliederten Universitäten ein weiteres Element neuzeitlichen Lebens: die zunehmende *Mobilität*, die nun weitere Bevölkerungsschichten erfaßte. Zugleich ist auch eine größere soziale Mobilität erkennbar, da Bildung, erfolgreiche Handelsgeschäfte usw. sozialen Aufstieg möglich machten. Es sind also auch gesellschaftliche Veränderungen – nicht nur in den Stadtgesellschaften – zu konstatieren, die sich oftmals nicht ohne – mitunter auch gewaltsame – Auseinandersetzungen mit den beharrenden Kräften durchzusetzen vermochten.

Das Spätmittelalter als »Krisenzeit«

Gleichwohl ist nicht zu bestreiten, daß das Spätmittelalter als eine »Krisenzeit« anzusehen ist. Dabei datiert die Forschung die eigentliche Krise inzwischen mehr ins 14. Jahrhundert als ins 15. Jahrhundert. Jedenfalls ist ein »Krisengefühl«, ein »Krisenbewußtsein« der Menschen – nicht zuletzt im Gefolge der großen Pestwellen – nicht zu übersehen.

Dieses »Krisenbewußtsein« ist allerdings zu trennen von den tatsächlichen Krisen, deren Bedeutung und Ausmaß in der Forschung durchaus unterschiedlich bewertet werden (Graus). Unzweifelhaft gab es eine »Agrarkrise« und einen Bevölkerungsrückgang, die zur Aufgabe von bereits kultivierten Anbauflächen und von Siedlungen führten, die verlassen und zu »Wüstungen« wurden.

Mit dem Schlagwort »Strukturkrise« werden in der Forschung nicht nur die Krise in der Struktur der landwirtschaftlichen Produktion, in der Struktur von Handel und Wirtschaftsformen, nicht nur die »monetäre Krise« bezeichnet, sondern auch die krisenhaften Erscheinungen in der städtischen Gesellschaftsstruktur, in den Stadt-Land-Beziehungen, innerhalb des Adels (»Adelstrukturkrise«), insbesondere aber auch die Krise in der Verfassung des Reiches, die man durch die noch zu erwähnenden Reichsreformen zu meistern suchte, und vor allem die Krise in Religion, Kirche, Kurie und Papsttum, der die Kirchenreform dienen sollte.

Der Blick auf diese zahlreichen genannten Krisen und auf die Reformen, auf die noch näher einzugehen ist, macht deutlich, daß das Modewort »Struktur« und das damit zusammengesetzte Wort »Strukturkrise«

die Unterschiedlichkeit der einzelnen Krisen und ihrer Ursachen mehr verdecken als aufdecken (Meuthen, 128).

Hinzu kommt, daß es von unserer eigenen Geschichtsauffassung abhängt, wie die nicht zu bestreitende »Krisen«-Zeit des 14./15. Jahrhunderts zu bewerten ist. Gehen wir von einer evolutionistischen Geschichtsinterpretation aus, so wird man die Krisen zwar nicht leugnen, sie aber im Zusammenhang mit der aufbrechenden Neuzeit sehen. Der evolutionistische Blick sieht eine durchgehende Entwicklung über das Spätmittelalter hinweg oder doch zumindest aus der »herbstlichen« Vollendung zugleich auch schon das Neue hervorwachsen. Hingegen läßt die zyklische Geschichtsauffassung eine hochmittelalterliche Blüte im herbstlichen Absterben – sozusagen an »Altersschwäche« – im Spätmittelalter zugrunde gehen. Diese zyklische Vorstellung, die sich am Ablauf der Jahreszeiten in der Natur orientiert und diese auf Völker und Kulturgemeinschaften überträgt, »ist der Ausdruck … einer Geschichtsauffassung, die sich von der evolutionistischen Auffassung, die das 19. Jahrhundert beherrscht hatte, markant unterscheidet« und die, wie František Graus herausgearbeitet hat (S. 5f), erst nach 1945 voll zur Geltung kam, wenn auch Marc Bloch und andere bereits vor dem 2. Weltkrieg ähnliche Vorstellungen äußerten (Meuthen, 121).

Wenn von der »Krise« oder den »Krisen« im Spätmittelalter gesprochen wird, ist der verwendete Krisenbegriff, wie Erich Meuthen (S. 121) deutlich gemacht hat, zweideutig: Einerseits bezeichnet er, insbesondere im Blick auf die wirtschaftliche Entwicklung, einen »plötzlichen Zusammenbruch mit nachfolgender Depression«; andererseits beinhaltet er im allgemeinen die »Möglichkeit zu einer irgendwie gerichteten, also auch positiven Wende«. Letzteres wird insbesondere bei der Betrachtung der sozialökonomischen Entwicklung im 15. Jahrhundert offenkundig.

Allerdings kann weder von einem kontinuierlichen noch von einem regional gleichermaßen ablaufenden Prozeß der Krisenentwicklung und der Krisenbewältigung die Rede sein. Das Bild ist vielmehr nach Zeit, Ort und Lebensbereich sehr uneinheitlich. Nach František Graus ist von einer »Fülle sich gegenseitig potenzierender« einzelner Krisenerscheinungen auszugehen, die insgesamt ein »Krisengefühl« hervorriefen.

Krise und Reform der Kirche

Wenden wir uns nun exemplarisch der Krise innerhalb der Kirche zu und den Versuchen, diese durch eine Kirchenreform – noch vor der Reformation durch Martin Luther und die Reformatoren des 16. Jahrhunderts – zu meistern.

Nach dem oben Gesagten ist es verständlich, daß die schmerzlich empfundenen Unzulänglichkeiten und kaum erträglichen Auswüchse und Niedergangserscheinungen in der Amtskirche auf die Menschen des 14. und 15. Jahrhunderts, die in den geschilderten Krisen, von der Pestwelle bis zur Weltuntergangsstimmung, auf die Kirche als Autorität und Heilsinstitution blickten, besonders provozierend wirken mußten. In der immer noch hierarchisch strukturierten spätmittelalterlichen Welt fiel der kritische Blick der Christen vor allem auf die Spitze der kirchlichen Hierarchie, auf den Papst. Um so enttäuschender war es für die Menschen jener Zeit, daß von der Kirche als Institution kein Beistand und keine Linderung der vielfachen seelischen Nöte zu erwarten waren, da die höchste Autorität der römischen Kirche seit 1378 im *Großen Schisma* in ein Doppelpapsttum gespalten war. Ein Jahr zuvor noch, 1377, hatte man gehofft, daß das Papsttum mit Gregor XI. endlich aus der »Babylonischen Gefangenschaft« in Avignon nach Rom zurückgekehrt sei. Da wählten die Kardinäle in Rom Urban VI., bezeichneten ihn aber schon bald darauf als regierungsunfähig und wählten noch im selben Jahr im neapolitanischen Fondi Clemens VII., der aber vor seinem Rivalen, der nicht aufgab, wieder nach Avignon in den Schutz Frankreichs flüchten mußte.

Für den einzelnen Gläubigen gab es in dieser Situation, in der sich beide Päpste darauf beriefen, rechtmäßig gewählt zu sein, und die »Obödienz«, das heißt die Anhängerschaft des jeweiligen Rivalen, mit dem Bann belegten, keine eindeutigen Kriterien, den rechtmäßigen Papst als solchen zu erkennen.

In der Christenheit regten sich aber von Anfang an Kräfte, welche die Einheit zu bewahren bzw. wiederzuerlangen suchten und den mit dem Glaubens- und Heilsverständnis nicht zu vereinbarenden Skandal des Schismas zu beseitigen trachteten. Daß dies erst nach mehreren Jahrzehnten auf dem Konzil zu Konstanz (1414-1418) gelang, wo sich sogar drei Päpste gegenüberstanden, lag unter anderem daran, daß – im Gegensatz zu früheren Kirchenspaltungen – zunächst keine handlungsfähige politische Kraft vorhanden war, die erfolgreich hätte einschreiten können. Im Gegenteil: Auch die politischen Kräfte strebten unter König Wenzel (1378-1400) auseinander und gegeneinander.

In dieser verfahrenen Situation meldeten sich die Verfechter eines korporativen Verfassungsprinzips zu Wort, das in den Städten, Universitäten und anderen Gemeinwesen des Spätmittelalters bereits erfolgreich erprobt worden war. Als repräsentatives und ausführendes Organ dieses korporativen Prinzips – das sich übrigens zeitgleich auch in den Bemühungen um eine Reichsreform Geltung verschaffte – sollte innerhalb der

Kirche das Konzil dienen. Die Beseitigung des skandalösen Doppel- bzw. sogar Dreier-Papsttums durch ein Konzil war aber zunächst nur einer von mehreren Wegen, auf dem man zur angestrebten Einheit zu gelangen versuchte. Nachdem die *via facti*, die gewaltsame Beseitigung eines der Päpste, nicht zum Erfolg geführt hatte, erarbeitete man an der Universität Paris drei friedliche Wege (*viae*), die aus dem Dilemma herausführen sollten (Meuthen, 75):

1. die *via cessionis*: der freiwillige Rücktritt beider Päpste,
2. die *via compromissi*: die Bereitschaft beider Päpste, das Urteil einer einvernehmlich vereinbarten Kommission anzuerkennen,
3. die *via concilii*: die Entscheidung durch ein Konzil, falls die beiden ersten Wege nicht zum Ziel führen sollten.

Um den erforderlichen Druck auf die beiden Päpste zu bewirken, erschien zusätzlich der Entzug des Gehorsams beiden gegenüber (*via subtractionis*) ratsam. Schließlich ist noch die *via conventionis* zu erwähnen, die eine direkte Übereinkunft beider Kontrahenten vorsah. Dieser Weg, den Papst Benedikt XIII., der Nachfolger Clemens VII., vorschlug, führte jedoch auch nicht zum Erfolg. So versprach allein der Weg über die Entscheidung durch ein allgemeines ökumenisches Konzil einen Ausweg aus der Notsituation, in die die Kirche geraten war.

Wie aber sollte ein solches Konzil, das über den rechtmäßigen Papst zu entscheiden hat, zusammengesetzt sein? Als Versammlung von Bischöfen, denen man die volle kirchliche Entscheidungskompetenz übertrug (»Episkopalismus«), oder als Zusammenschluß aller geistlichen und weltlichen Obrigkeiten – oder gar als Versammlung des Kirchenvolks, wie es die radikalen Vertreter des Konziliarismus forderten? Zweifellos mußte, wenn es einen Ausweg aus der entstandenen Notsituation geben sollte, die Superiorität des Konzils von allen anerkannt werden. Dabei konnte man sich auf die Theorien eines Marsilius von Padua und eines Wilhelm von Ockham berufen, und schon um 1380 konkretisierten Heinrich von Langenstein und Konrad von Gelnhausen die Notstandstheorie zu einer Konzilstheorie, die später von Pierre d'Ailly und Jean Gerson theologisch untermauert wurde.

Es waren Kardinäle aus beiden Obödienzen, die auf dem Konzil zu Pisa 1409 zur Tat schritten und gemäß der *via concilii* verfuhren: Sowohl Gregor XII. als auch Benedikt XIII. wurden abgesetzt, und der Philosoph Peter Philargi von Candia wurde als Alexander V. zum Papst gewählt. Da die beiden abgesetzten Päpste ihre Ansprüche aber nicht aufgaben und auch ihre Anhängerschaften nicht gänzlich verloren, gab es statt zwei nun drei Konkurrenten um den Stuhl Petri.

Wie verworren sich die Situation für die Zeitgenossen darstellte, wird deutlich, wenn man sich vergegenwärtigt, daß es im Jahre 1410 nach dem Tode Ruprechts von der Pfalz auch kurzfristig drei gewählte deutsche Könige gab, die sich als rechtmäßig erachteten: Wenzel, der zwar 1400 abgesetzt worden war, dies aber nicht akzeptierte, dessen Stiefbruder Sigismund, der von einer Gruppe von Kurfürsten 1410 gewählt wurde, und dessen Vetter Jobst von Mähren, dem ein anderer Teil der Kurfürsten seine Stimme gegeben hatte. Drei Könige und drei Päpste – wie sollte man dieser Situation Herr werden, und von wem konnte eine Konfliktlösung erwartet werden?

Es war König Sigismund, auf den sich alle Hoffnungen richteten, nachdem Jobst von Mähren 1411 gestorben und eine Übereinkunft mit dem abgesetzten Wenzel gelungen war. In der Tat veranlaßte Sigismund 1414 als römischer König Papst Johannes XXIII., den Nachfolger Alexanders V., ein allgemeines Konzil nach Konstanz einzuberufen, auf dem der Einfluß der Kardinäle, deren Engagement in Pisa ja letztlich erfolglos geblieben war, zurückgedrängt wurde. Die konziliaristische Idee schien sich nun gegenüber dem Episkopalismus in der Kirche durchzusetzen. Abgestimmt wurde auf dem Konstanzer Konzil nach »Nationen«; so sollte weder den Kardinälen ein Vorrang noch den stets in deutlicher Überzahl befindlichen italienischen und französischen Bischöfen die Mehrheit zugestanden werden. Allerdings waren die »Nationen« – die italienische, französische, deutsche, englische und seit 1416 die spanische – weder durch ihre Sprache noch durch ihre Staatsangehörigkeit bestimmt. Zur deutschen Nation gehörten beispielsweise auch Schotten, Dänen, Böhmen, Polen, Ungarn und Vertreter des Deutschen Ordens.

Es ist hier nicht möglich und auch nicht sinnvoll, den Verlauf des Konstanzer Konzils nachzuzeichnen. Das Problem der drei miteinander konkurrierenden Päpste wurde, nicht zuletzt dank des persönlichen Einsatzes König Sigismunds, gelöst, indem Johannes XXIII., der das Konzil einberufen hatte, und Benedikt XIII. abgesetzt und Gregor XII. zum Verzicht gedrängt wurde. Nachdem so das Schisma beseitigt war, wurde in einem neu festgelegten Wahlverfahren, an dem neben den Kardinälen je sechs Deputierte der fünf Nationen teilnehmen sollten, der Kardinal Odo Colonna als Papst Martin V. gewählt.

Wichtiger ist in unserem Zusammenhang die grundsätzliche Frage der Kirchenverfassung, die in Konstanz und dann nochmals zugespitzt auf dem folgenden Konzil zu Basel (1431-1449) erörtert wurde. Sie stellte sich den Konstanzer Konzilsteilnehmern in besonderer Dringlichkeit, da sie nach der Absetzung des Papstes, der das Konzil einberufen hatte, die rechtliche Basis zu verlieren drohten. Ausdrücklich legte man in einem

1415 erlassenen Konzilsdekret deshalb die Superiorität der im Heiligen Geist versammelten Generalsynode über den Papst fest. Dieses – in üblicher Weise nach den Anfangsbuchstaben benannte – Dekret *Haec sancta* betonte, daß dieses Konzil unmittelbar von Christus selbst Gewalt habe und daß ihm deshalb jeder – auch der Papst! – in Sachen des Glaubens (*causa fidei*), in Sachen der Schismabeseitigung und Kircheneinheit (*causa unionis*) und in Sachen der Kirchenreform (*causa reformationis*) Gehorsam schulde.

Wenn auch die dringend notwendige Kirchenreform (*causa reformationis*) und wichtige Glaubensfragen (*causa fidei*) – insbesondere die theologische Auseinandersetzung mit den Thesen des Jan Hus und John Wyclif – nicht die erwartete und dringend erforderliche Beachtung und Behandlung erfahren hatten, wertete die europäische Christenheit das Konstanzer Konzil als großen Erfolg, da die Einheit der Kirche (*causa unionis*) wiederhergestellt war. Dies war durch die Festlegung der Superiorität des Konzils über den Papst, die allein einen Ausweg aus dem Schisma bot, gelungen. Allerdings sollte dieser Beschluß auch für alle folgenden rechtmäßigen allgemeinen Konzilien Geltung haben, und dies war offensichtlich der Grund, warum die Kardinäle ihm ihre Zustimmung verweigerten. Sie erkannten, daß dieses situationsbedingte Dekret in Konstanz sehr wohl die einzige und richtige Lösung darstellte, um die Kirchenspaltung zu vermeiden. Sie sahen aber zugleich die Gefahren, die eine prinzipielle Superiorität des Konzils über den Papst für künftige Entscheidungen in sich barg, und schreckten vor einer solch radikalen Neuerung zurück. Denn das Dekret *Frequens*, das 1417 noch vor der Wahl des neuen Papstes beschlossen worden war, sah vor, daß nach dem Ablauf von fünf Jahren, darauf nach weiteren sieben und schließlich dann alle zehn Jahre ein allgemeines Konzil einberufen werden müsse, um die Kirchenreform voranzutreiben.

Es kam bekanntlich anders: Martin V., der von der Konstanzer Konzilsversammlung gewählte neue Papst, ließ das nächste Konzil, das gemäß den Bestimmungen des Dekrets *Frequens* 1423/24 in Siena zusammentrat, handstreichartig auflösen, als es versuchte, das Superioritätsdekret von 1415 zu erneuern. Nur widerstrebend und unter dem Druck der öffentlichen Meinung berief er für 1431 das nächste Konzil nach Basel ein. Der Versuch seines Nachfolgers, Eugens IV., das Basler Konzil aufzulösen, bewirkte das Gegenteil: Der Papst mußte sich dem von einer erstaunlichen Konzilsbegeisterung ergriffenen Kirchenvolk beugen, und aus der vorgesehenen Periodizität wurde in Basel eine fast zwei Jahrzehnte währende Permanenz (Meuthen, 78). In diesen Jahren wurde die Konzilssuperiorität gemäß dem Dekret *Haec sancta* als verpflichtender Glaubenssatz für alle Christen verkündet. Als die Versammelten schließlich die Einkünfte der Kurie kürzen wollten, kam es zur Spaltung. Der Papst erklärte das Konzil für aufgelöst, während die hartnäckig verbleibenden Konzilsteilnehmer Eugen IV. absetzten und einen neuen Papst einsetzten – allerdings ohne nachhaltigen Erfolg. Nach mehrfachen Unterbrechungen und Versuchen, das Konzil nach Ferrara, Florenz und Rom zu verlegen, obsiegte schließlich das Papsttum, nachdem auch Kaiser Sigismund 1437 gestorben war.

Reform der Strukturen von Kirche und Reich

Die konziliare Idee aber lebte in der Kirche weiter fort – wenngleich sich das hierarchische Prinzip des Papsttums letztendlich durchsetzte und zu einem übersteigerten Papalismus entwickelte. Auch der Ruf nach Reform an Haupt und Gliedern, und zwar in Kirche und Reich, verstummte nicht mehr. Nikolaus von Kues, Konzilssekretär zu Basel, »der wohl bedeutendste deutsche Philosoph des Mittelalters« (Leuschner, 217), veröffentlichte 1433/34 seine Schrift »Über die allgemeine Eintracht« (*De concordantia catholica*), in der er ähnlich lautende Reformvorschläge für Kirche und Reich entwickelte. Wie in der Kirche Konzilien, so müßten auch im Reich periodisch tagende Reichsversammlungen zusammentreten, auf denen sich die geistlichen und weltlichen Reichsfürsten mit dem Kaiser treffen und beraten sollten.

Schon das *Avisamentum pro reformatione sacri imperii*, eine Denkschrift aus der Zeit des Konstanzer Konzils, enthielt den Vorschlag, dem Kaiser einen Reichsrat an die Seite zu stellen, so wie der Papst vom Kardinalskollegium beraten werde. Dieser Reichsrat sollte einerseits bestimmte Verwaltungsfunktionen wahrnehmen, das Gerichtswesen verbessern helfen und den Kaiser in Reichsgeschäften unterstützen, ihn andererseits aber auch in wichtigen Angelegenheiten kontrollieren. Gemäß dem Leitsatz: Was alle berührt, muß von allen gebilligt werden, sollten nach Nikolaus von Kues an den jährlich nach Frankfurt einzuberufenden Reichsversammlungen nun aber nicht nur die Reichsfürsten, sondern auch Vertreter des städtischen Bürgertums teilnehmen.

Impulse zur Reform der Kirche gingen indessen nicht nur von den Reformkonzilien aus, sondern auch von Diözesan- und Provinzialsynoden sowie von den Landesherren, die sich nicht selten persönlich um die Reform der Klöster bemühten. Mehr als Papst und Kurie waren Fürsten, Städte und Gemeinden bestrebt, ihren Einfluß zum Wohle der Kirche geltend zu machen – bis in die Gestaltung der Gottesdienste hinein. An diese Reformbemühungen konnten sowohl die Reformation als auch die spätere katholische Reform in hohem Maße anknüpfen. Diese »Vorläufer der Reformation« sind in der Kirchengeschichtsschreibung lange Zeit zu wenig beachtet worden (vgl. Angenendt, 69ff). »Man neigt heute sogar dazu, die Reformation wie die katholische Reform aus dem frömmigkeitsgesättigten Boden des 15. Jahrhunderts herauswachsen zu sehen« (Meuthen, 89). Die Mißstände, an denen die Reformatoren zu Recht Anstoß nahmen, sollen damit nicht geleugnet werden. Beides, Mißstände und Ringen um Reform, finden wir im 15. Jahrhundert, und dieser Gegensatz scheint geradezu kennzeichnend für diese Epoche zu sein.

Wenn wir im Voraufgehenden auf die zahlreichen Reformansätze und Reformimpulse hingewiesen haben, die im 15. Jahrhundert zu beobachten sind, so sollen damit keineswegs die Verdienste Martin Luthers geschmälert werden. Diese sind heute auch von katholischen Kirchenhistorikern anerkannt: »In großem Maße werden innerkirchliche Mißstände zugegeben, wird zugleich der Reformation eine positive Kraft zuerkannt, besonders der Gestalt Luthers« (Angenendt, 69). Schon 1939 stellte der katholische Kirchenhistoriker Joseph Lortz fest: »Die gewaltige Änderung, welche die Reformation im Gesamtbestand des europäischen Daseins – kirchlich, religiös, wissenschaftlich, politisch und auch wirtschaftlich – bedeutet, ist zu einer Hälfte das Ergebnis einer seit rund 1300 angelegten Verschiebung und Zersetzung. Der andere Teil heißt Luther« (Lortz, 7).

Die »Verschiebung und Zersetzung«, von denen Lortz hier spricht, waren von der Amtskirche selbst verursacht worden, und zwar durch ein »doppeltes Versagen des Papsttums«, das durch das »Verspielen seiner universalen Führungsaufgabe und die dadurch heraufbeschworene partikularistische Konziliaridee« einerseits und »durch die persönliche Unsittlichkeit der Renaissance-Päpste« andererseits bewirkt wurde (Angenendt, 69).

Nur von »Zersetzung« zu reden und darin die alleinige Ursache für die Reformation und Glaubensspaltung zu sehen, würde bedeuten, das Ringen um Reform und um eine neue Kirchenverfassung im Spätmittelalter zu ignorieren. Der offensichtlichen Reformunfähigkeit der kirchlichen Amtsträger standen, wie gesagt, Erneuerungbewegungen von verschiedener Seite gegenüber: Volksfrömmigkeit, Ordensreform, *Devotio moderna* sind hier ebenso zu nennen wie Konzilstheologen vom Schlage eines Pierre d'Ailly oder Nikolaus von Kues. Aber auch auf das kirchliche Engagement der Landesherren und Städte wurde bereits hingewiesen.

Schließlich ist das 15. Jahrhundert auch die Epoche, in der sich der frühneuzeitliche *Staat* herausbildete, wenn auch in Deutschland weniger auf der Ebene des Reiches als vielmehr im Bereich der Landesfürsten. Auch hier sind Wurzeln und Keime zu erkennen, die sich als zukunftsträchtig erwiesen und in die Neuzeit führten. Die Durchsetzung des Verbots privater und öffentlicher Fehden, der Aufbau eines durchgreifenden Gerichts- und Polizeiwesens, die Beseitigung des kirchlichen Rechts auf Sondergerichtsbarkeit und Exemtion, die Bemühungen um Steuergerechtigkeit und Sozialfürsorge und vieles andere mehr führten zugleich zu einem Anwachsen der Verwaltung und schriftlichen Administration in den Städten und in den Territorien der Landesherren, deren Eigenständigkeit gegenüber dem Kaiser deutlich zunahm.

Aber auch auf der Ebene des Reiches verdichtete sich die Verwaltungstätigkeit, und die Schriftlichkeit nahm sprunghaft zu. Während von Karl IV. (1346-78) ca. 10.000 Urkunden bekannt sind, wird die Zahl der für Maximilian I. (1493-1519) anderthalb Jahrhunderte später ausgestellten Urkunden auf über 100.000 geschätzt (Moraw, 41). Die immer wieder geforderte Reichsreform wurde jedoch erst gegen Ende des 15. Jahrhunderts wirklich in Angriff genommen. Der Reichstag versammelte sich seit 1495 (Worms) regelmäßig, und auch das Reichskammergericht wurde von nun an zur festen Einrichtung.

Ausblick

Zusammenfassend läßt sich feststellen, daß es in der zweiten Hälfte des 14. und im Verlauf des 15. Jahrhunderts in vielen Lebensbereichen Veränderungen und Zäsuren gibt, die so nachhaltig und einschneidend wirkten, daß man mit einigem Recht vom Entstehen einer neuen Lebenswelt, eines neuen Welt- (und Kirchen-)Bildes, vom Anbrechen einer neuen Zeit sprechen kann. Solche Veränderungen und Zäsuren lassen sich in unterschiedlichen Bereichen – in der Kirche, im Reich, in der Wissenschaft, in den wirtschaftlichen und gesellschaftlichen Strukturen, in der Kunst, in der Literatur usw. – feststellen. Sie setzen ein mit der durch die Pestwelle von 1348/49 ausgelösten Krise, mit der Agrar- und Wirtschaftskrise, mit dem Schisma von 1378, mit der Königsabsetzung Wenzels 1400 und enden 1517 mit Luthers 95 Thesen.

Diese Veränderungen und Zäsuren, so nachhaltig und einschneidend sie auch im einzelnen sein mögen, vollziehen sich aber auf dem Hintergrund einer mehr oder weniger kontinuierlichen Entwicklung – ja, sie selbst treiben diese Entwicklung nicht unwesentlich voran. Neue Strukturen entstehen, wo sich die alten nicht mehr als lebensfähig erweisen. Wenn sich auch viele der in Angriff genommenen Reformen nicht – oder nicht sofort, sondern erst später – durchsetzen und durchführen ließen, so erscheint das Urteil Heimpels, dieses Zeitalter »trete auf der Stelle«, doch wohl kaum gerechtfertigt. Denn viele Keime, die in dieser unruhigen, »fiebrigen« Zeit gelegt wurden, aber noch keine Wurzeln zu schlagen vermochten, sind erst später aufgegangen.

Es erscheint ebenso einseitig, das 15. Jahrhundert als »Herbst des Mittelalters« zu bezeichnen, wie es wiederum einseitig wäre, es nur als »Frühling der Neuzeit« zu etikettieren. Die grundlegende Eigenschaft dieser Epoche sei ihre Vielfalt, hat Francis Rapp hervorgehoben, die sich nicht in einer noch so breiten Synthese erfassen lasse. Vielleicht sollten wir das 15. Jahrhundert nicht einseitig vom Mittelalter oder von der Neuzeit aus betrachten, sondern es als Jahrhundert der Mitte, der Vermittlung zwischen Mittelalter und Neuzeit verstehen. Auf jeden Fall erscheint es für uns Heutige in seiner verwirrenden Vielfalt als ein höchst interessantes und faszinierendes Jahrhundert.

Literaturhinweise

Andreas, Willy: Deutschland vor der Reformation. Eine Zeitenwende, Stuttgart, 7. Aufl. 1959.

Angenendt, Arnold: Geschichte der Religiosität im Mittelalter, Darmstadt 1997.

Baethgen, Friedrich: Schisma und Konzilszeit, Reichsreform und Habsburgs Aufstieg (Gebhardt, Handbuch der deutschen Geschichte, Bd. 6), Stuttgart 1970.

Die Welt zur Zeit des Konstanzer Konzils. Reichenau-Vorträge im Herbst 1964 (Vorträge und Forschungen 9), Konstanz – Stuttgart 1965.

Graus, František: Das Spätmittelalter als Krisenzeit. Ein Literaturbericht als Zwischenbilanz, Prag 1969.

Heimpel, Hermann: Das deutsche Spätmittelalter. Charakter einer Zeit, in: Historische Zeitschrift 158 (1938); wiederabgedruckt in: Ders., Deutsches Mittelalter, Leipzig 1941, 105-126.

Heimpel, Hermann: Das Wesen des deutschen Spätmittelalters, in: Archiv für Kulturgeschichte 35 (1953), 29-51; wiederabgedruckt in: Ders., Der Mensch in seiner Gegenwart, Göttingen, 2. Aufl. 1957, 109-135.

Huizinga, Johan: Herfstij der middeleeuwen, erschien erstmals 1919 und wurde in zahlreiche Sprachen übersetzt: ins Englische (1924), Schwedische (1927), Spanische (1930), Französische (1932), Ungarische (1937), Italienische (1940), Finnische (1951), Japanische (1958), Polnische

(1961) und Portugiesische (1962). Die deutsche Übersetzung (1924) war die erste, der mehrere Auflagen folgten.
Das dem Beitrag voranstehende Zitat ist dem Vorwort des Herausgebers der 11. Auflage, Kurt Köster, entnommen: Huizinga, Johan: Herbst des Mittelalters. Studien über Lebens- und Geistesformen des 14. und 15. Jahrhunderts in Frankreich und in den Niederlanden, hrsg. von Kurt Köster (Kroeners Taschenausgabe Band 204), Stuttgart 1975.

Leuschner, Joachim: Deutschland im späten Mittelalter (Deutsche Geschichte, Bd. 3; Kleine Vandenhoeck-Reihe 1410), Göttingen 1975.

Lortz, Joseph: Die Reformation in Deutschland, 2. Bde. (1939), 6. unveränd. Neuausg. Freiburg/Br. 1982.

Meuthen, Erich: Das 15. Jahrhundert (Oldenbourg Grundriß der Geschichte, Bd. 9), München, 3. Aufl. 1996.

Moraw, Peter: Organisation und Funktion von Verwaltung im ausgehenden Mittelalter (ca. 1350-1500), in: Deutsche Verwaltungsgeschichte, Bd. 1, Stuttgart 1983, 21-65.

Rapp, Francis: L'Eglise et la vie religieuse en Occident à la fin du Moyen Age, Paris 1971.

Reform von Kirche und Reich zur Zeit der Konzilien von Konstanz (1414-1418) und Basel (1431-1449). Konstanz-Prager Historisches Kolloquium (11.-17. Oktober 1993), hrsg. von Ivan Hlavácek / Alexander Patschovsky, Konstanz 1996.

Schmeidler, Bernhard: Das spätere Mittelalter als ein Zeitalter der Auflösung und der Vorbereitung: Die Welt als Geschichte 2, 1936, 349-367.

Seidlmayer, Michael: Weltbild und Kultur Deutschlands im Mittelalter: Handbuch der deutschen Geschichte, hrsg. von Leo Just, Bd. 1, Konstanz 1957.

Stadelmann, Rudolf: Vom Geist des ausgehenden Mittelalters. Studien zur Geschichte der Weltanschauung von Nikolaus Cusanus bis Sebastian Franck (Deutsche Vierteljahrsschrift für Literaturwissenschaft und Geistesgeschichte, Buchreihe 15), Halle 1929 (Neudruck Stuttgart 1966).

Christine Tauber

»Uomo universale« oder »Uomo virtuoso«?
Zum Menschenbild der Renaissance

1. Burckhardt und die Folgen

Unser Bild der Renaissance und des Renaissancemenschen ist maßgeblich vom 19. Jahrhundert geprägt, im Guten wie im Bösen. Das Buch, das wie kein anderes die Sicht auf die Renaissance bis heute beeinflußt hat – Jacob Burckhardts *Cultur der Renaissance in Italien* – erschien 1860. Das spezifisch Neue an Burckhardts Verwendung des Begriffs der Renaissance, der ursprünglich aus Frankreich stammt, ist seine Anwendung auf Italien, wo nach Burckhardt die Wiege des modernen Menschen zu suchen ist. »Modern« ist der Italiener des 15. Jahrhunderts, weil er eine distanzierte, wissenschaftlich-objektive Sicht auf die Welt und auf sich selbst entwickelt:

> »Im Mittelalter lagen die beiden Seiten des Bewußtseins – nach der Welt hin und nach dem Innern des Menschen selbst – wie unter einem gemeinsamen Schleier träumend oder halbwach. Der Schleier war gewoben aus Glauben, Kindesbefangenheit und Wahn; durch ihn hindurchgesehen erschienen Welt und Geschichte wundersam gefärbt, der Mensch aber erkannte sich nur als Rasse, Volk, Partei, Korporation, Familie oder sonst in irgendeiner Form des Allgemeinen. In Italien zuerst verweht dieser Schleier in die Lüfte; es erwacht eine *objektive* Betrachtung und Behandlung des Staates und der sämtlichen Dinge dieser Welt überhaupt; daneben aber erhebt sich mit voller Macht das *Subjektive*, der Mensch wird geistiges *Individuum* und erkennt sich als solches« (KdR, 123).

Mit dieser bereits sprichwörtlich gewordenen, auf Jules Michelet zurückgehenden These Burckhardts von der »Entdeckung der Welt und des Menschen« setzt sich die Renaissanceforschung bis heute auseinander – kritisch, differenzierend zumeist, jedoch in den Grundlinien nach wie vor zustimmend. Burckhardts Text wurde erst zögerlich, dann aber fulminant rezipiert: Er erfuhr zwischen 1860 und 1895 (innerhalb von 35 Jahren) nur fünf, zwischen 1896 und 1908 (in nur 12 Jahren) sechs Neuauflagen. Nach den enttäuschten deutschnationalen Hoffnungen nach 1848 und nach dem Rückschlag, der der Hochstimmung der Reichsgründung von 1871 gefolgt war, flüchtete sich das deutsche Bürgertum in rückwärtsgewandte Utopien, die ihre Protagonisten bevorzugt in der bürgerlichen Kultur der Renaissance suchten. Die italienische, aber auch die deutsche Renaissance wurden als Vorbilder einer bürgerlichen Bewegung rezipiert, als eine Zeit, in der Emporkömmlinge ohne Abstammung ihre Macht durch Bildung und schöngeistige Umgebung zu legitimieren vermochten. Man identifizierte sich mit den Condottieri einerseits, die bevorzugte Helden in Renaissancedramen abgaben, mit den Humanisten andererseits. Der wohl bekannteste Verfasser von Renaissancenovellen war der Graf Gobineau, der in seinen historischen Szenen die Zeit Cesare Borgias, Julius' II., Savonarolas und Michelangelos wiederaufleben ließ.

Auf den ersten Blick scheint es dem Leser nur schwer verständlich, wie es den Renaissanceadepten der Jahrhundertwende gelingen konnte, die differenzierte *Cultur der Renaissance* für ihre legitimatorischen Zwecke auszuschlachten – betont doch Burckhardt immer wieder die Schattenseiten der von ihm als bedrohlich empfundenen Modernität in ihrem Einfluß auf Politik und Kunst. Die Auflagenzahlen der *Cultur der Renaissance* scheinen sich umgekehrt proportional zur Genauigkeit der Textlektüre gesteigert zu haben: Die Wiederentdeckung der Antike, die Entwicklung der Wissenschaften zur Zeit der Renaissance, die Pflege der lateinischen Gelehrsamkeit durch die Humanisten waren für die Renaissancisten von geringem Interesse, statt dessen legte man Wert auf das Heraufkommen großer Einzelpersönlichkeiten und berauschte sich am kraftstrotzenden, amoralischen, vitalen und antichristlichen Übermenschen jenseits von Gut und Böse. Nicht der *uomo universale e singolare*, der nach Burckhardt gleichzeitig immer ein *uomo piacevole* (KdR, 145) war, faszinierte den Leser der Jahrhundertwende, sondern der in der *Cultur der Renaissance* eher periphere, skrupellose, jenseits aller ethischen und moralischen Verpflichtungen rücksichtslos handelnde Tat- und Gewaltmensch, der Virtuose des Verbrechens, der pervertierte Auswuchs des Persönlichkeitskults. Burckhardts »Gewaltmensch« in der *Cultur der Renaissance* ist aber eben nicht Cesare Borgia, sondern Leon Battista Alberti, ein »wahrhaft Allseitige[r]« (KdR, 130), der seine »höchst intensive Willenskraft« (KdR, 132) zur ordnenden, künstlerischen Gestaltung nutzte und mit seiner Schrift *Trattato del governo della famiglia* »das erste Programm einer vollendet durchgebildeten Privatexistenz« (KdR, 126) lieferte, indem er das Hauswesen »als ein geordnetes, ja als ein Kunstwerk« (KdR, 374) schilderte.

»Der« allseitig gebildete Italiener der Renaissance zeichnet sich durch dieselben Strukturmerkmale aus wie der in Burckhardts Vorstellung ideale Künstlertypus, der, humanistisch gebildet und erzogen, seine neugewonnene Freiheit nicht zu Willkürakten der Beliebigkeit nutzt, sondern sich freiwillig unter die guten und wahren Kunstgesetze stellt, um harmonisch geordnete, organische Kunstwerke hervorzubringen. In der *Cultur der Renaissance* wird der *uomo universale* folgendermaßen charakterisiert:

»Ein sehr geschärfter kulturgeschichtlicher Blick dürfte wohl imstande sein, im 15. Jahrhundert die Zunahme völlig ausgebildeter Menschen schrittweise zu verfolgen. Ob dieselben das harmonische Ausrunden ihres geistigen und äußeren Daseins als bewußtes, ausgesprochenes Ziel vor sich gehabt, ist schwer zu sagen; mehrere aber besaßen die Sache, soweit dies bei der Unvollkommenheit alles Irdischen möglich ist. [...] Wenn nun dieser Antrieb zur höchsten Ausbildung der Persönlichkeit zusammentraf mit einer wirklich mächtigen und dabei vielseitigen Natur, welche sich zugleich aller Elemente der damaligen Bildung bemeisterte, dann entstand der ›allseitige Mensch‹, l'uomo universale [...]« (KdR, 128).

Peter Burke hat treffend bemerkt, daß man diesen *uomo universale* der Renaissance als Idealtypus betrachten muß, als ein Lebensideal, dem »der« Mensch »der« Renaissance nachzueifern versuchte – im vollen Bewußtsein, daß es sich hierbei um ein selbstgeschaffenes Konstrukt von Idealität handelt. Lorenzo der Prächtige, der sich noch auf dem Totenlager ein langes Wortgefecht mit Savonarola liefert (von Thomas Mann in seinem Jugendwerk »Fiorenza« eindringlich geschildert), oder Franz I., der (wie es ein Gemälde von Ingres will) den sterbenden Leonardo da Vinci in den Armen hält: Das sind halb legendarische, halb authentische Szenen, die die ganze Spannweite und Widersprüchlichkeit solcher Selbstinszenierungen oder ihrer späteren Stilisierungen in der Rezeption der Renaissance durch das 19. Jahrhundert ausmalen.

Um nicht demselben Fehler einseitiger Verallgemeinerungen zu verfallen wie die Renaissancisten, sollen im folgenden schlaglichtartig fünf Einzelpersönlichkeiten vorgestellt werden, die einerseits als Individuen im Sinne Burckhardts auftreten, andererseits in ihrem Blick auf die Welt und den Menschen idealtypisch für fünf verschiedene Facetten »des« Renaissancemenschen stehen. In aperçuhaften und keineswegs erschöpfenden Kurzcharakteristiken soll vor allem der Aspekt der bewußten Selbstgestaltung des eigenen Lebens in den Vordergrund treten, ein basso continuo künstlerischer Lebensgestaltung, der mir konstitutiv für die Renaissancekultur scheint.

2. Francesco Petrarca: ästhetisierte Natur

Auf den 26. April 1336, sozusagen an der Schwelle zur Neuzeit, datiert Petrarca, den Burckhardt als einen der »frühesten völlig modernen Menschen« tituliert (KdR, 277), einen Brief, den er tatsächlich erst 17 Jahre später, 1353, verfaßt hat. Er schildert hier ein spektakuläres Ereignis: die Besteigung des Mont Ventoux in Südfrankreich. Die Forschung ist sich bis heute uneinig, ob diese Bergbesteigung tatsächlich stattgefunden hat oder von Petrarca frei erfunden wurde. Mir scheint dies eine müßige Frage, denn wäre eine fiktive Schilderung des Aufstiegs nicht ein fast noch spektakuläreres Zeugnis für den ästhetisierenden Einsatz von Landschaftsschilderung und somit für ein gewandeltes Naturempfinden als die »nur« realistische Beschreibung einer wirklichen Besteigung? Die nach allen Regeln der Kunst literarisch überformte Schilderung des Ereignisses setzt mit der Behauptung ein, zweckfreier Neugierde zu folgen:

> »Den höchsten Berg dieser Gegend, den man nicht unverdientermaßen Ventosus, den Windigen nennt, habe ich am heutigen Tag bestiegen. Dabei trieb mich einzig die Begierde, die ungewöhnliche Höhe dieses Flecks Erde durch Augenschein kennenzulernen.«

Den entscheidenden Anstoß, das Unternehmen tatsächlich in Angriff zu nehmen, gibt in gut frühhumanistischer Manier die Lektüre eines antiken Textes:

> »Nun aber faßte ich den Entschluß, endlich einmal auszuführen, was ich täglich hatte ausführen wollen, besonders nachdem mir tags zuvor, als ich römische Geschichte beim Livius nachlas, zufällig jene Stelle vor Augen gekommen war, wo Philipp der Macedonierkönig [...] den Berg Hämus in Thessalien besteigt. Denn er hatte der Fabel Glauben geschenkt, man könne von seinem Gipfel zwei Meere schauen: das Adriatische und das Schwarze Meer.«

Der bislang fehlende zeitliche Freiraum wird geschaffen und ein Termin für die Unternehmung festgesetzt, an dem Petrarca und sein jüngerer Bruder aufbrechen. Ihre – im Rückblick des Textes als typisch jugendlich charakterisierte – ungerichtete Neugier (»sola videndi insignem loci altitudinem cupiditate ductus«) wird noch weiter angestachelt durch die warnenden Worte eines »uralten Hirten«, der, literarischen Topoi folgend, behauptet, den Berg in seiner Jugend ebenfalls bestiegen zu haben – mit dem ernüchternden Resultat, »nichts von da heimgebracht« zu haben »als Reue und Mühe und von Felskanten und spitzem Dorngestrüpp zerrissenen Leib und Rock«. Der Aufstieg selbst ist gespickt mit allegorischen Abkürzungspfaden, dreimaligen Anläufen und einer Meditation über die steinigen Wege des Lebens. Erst dann gelingt der direkte Aufstieg zum höchsten Gipfel, wo der Umschlag in ein genuin ästhetisches Erleben erfolgt:

»Zuerst stand ich, durch einen ungewohnten Hauch der Luft und durch einen ganz freien Rundblick bewegt, einem Betäubten gleich. Ich schaute zurück nach unten: Wolken lagerten zu meinen Füßen, und schon sind mir Athos und Olymp minder unglaublich geworden, da ich das, was ich über sie gelesen und gehört, auf einem Berge von geringerem Rufe zu sehen bekommen. Ich richte nunmehr meine Augen auf die Seite, wo Italien liegt, nach dort, wohin mein Geist sich so sehr gezogen fühlt. Die Alpen selber – eisstarrend und schneebedeckt –, über die einst der wilde Feind des Römernamens hinüberzog, der wenn wir dem Gerücht Glauben schenken wollen, die Felsen mit Essig sprengte – sie erschienen mir greifbar nahe, obwohl sie durch einen weiten Zwischenraum getrennt sind.«

Wie Ulrich Oevermann gezeigt hat, ist ästhetische Erfahrung, also Handeln, das in nichts als Wahrnehmung besteht und dessen Zielgerichtetheit sich in der Wahrnehmung von etwas erschöpft, durch die dialektische Struktur von Muße und aus dieser resultierender Krise gekennzeichnet. Durch die kurzzeitige Suspendierung des Subjekts von Entscheidungszwang und Begründungsverpflichtung, die sonstige, nichtkünstlerische Lebenspraxis prägen, wird in der Muße derjenige Freiraum geschaffen, der die autonome ästhetische Erfahrung ermöglicht. Sie wird bei Petrarca ausgelöst durch den sich weitenden Blick in die horizontale Tiefe des Raumes, der dem Blick in die vertikale Tiefe folgt, und den Karlheinz Stierle als konstitutiv für die Neuartigkeit der ästhetischen Erfahrung Petrarcas herausgearbeitet hat. Gleichzeitig nutzt Petrarca den zeitlichen Freiraum und die räumliche Sondersituation, um sich halb träumerisch auf sein eigenes Inneres zu wenden und seine Vergangenheit Revue passieren zu lassen:

»Dann ergriff eine andere Überlegung Besitz von meinem Geist und brachte mich von der Betrachtung des Raumes auf die der Zeit. Ich sagte nämlich zu mir selbst: ›Heute erfüllt sich das zehnte Jahr, seit du nach Abschluß der kindlichen Studien aus Bologna auszogst, und – o unsterblicher Gott! o unwandelbare Weisheit! – wie vielen und wie großen Wandel deiner Sitten hat doch die Zwischenzeit gesehen!‹ [...] Ich freute mich über meinen Fortschritt, beweinte, was ich noch unvollendet gelassen, und bejammerte die allgemeine Wandelbarkeit des menschlichen Tuns; und so schien ich gewissermaßen vergessen zu haben, an welch einen Ort ich gekommen sei und zu welchem Zweck. Endlich aber verabschiedete ich meine Sorgen, für die ja ein anderer Ort passender sein mochte, schaute um mich und sah nun wirklich das, was zu sehen ich hergekommen war.«

Der eigentliche Moment des Umschlagens in ästhetisches Erleben wird in dieser Schilderung charakteristischerweise als nicht-kommunikabel ausgespart. Petrarcas Bruder hat an dem Akt ästhetischer Autonomieerfahrung nicht teil, denn er gönnt sich nicht die alles entscheidende Muße:

»Man mahnte mich, die Zeit dränge zum Abmarsche, denn schon neige sich die Sonne und der Bergschatten wachse in die Länge, und nun wandte ich mich, gleichsam erwacht, um und blickte zurück gen Westen. Der Grenzwall der gallischen Lande und Hispaniens, der Grat des Pyrenäengebirges, ist von dort nicht zu sehen, nicht daß meines Wissens irgendein Hindernis dazwischenträte – nein, nur infolge der Gebrechlichkeit des menschlichen Sehvermögens. Hingegen sah ich sehr klar zur Rechten die Gebirge der Provinz von Lyon, zur Linken sogar den Golf von Marseille, und den, der gegen Aigues-Mortes brandet, wo doch all dies einige Tagesreisen entfernt ist. Die Rhône lag mir geradezu vor Augen.«

Mit Oevermann zu sprechen: »Die selbstgenügsame Wahrnehmungshandlung ist nun genau ein Ort, an dem d[as] Subjekt sich gewissermaßen freiwillig in die potentiell zur Krise sich öffnende Kontemplation begibt.« Diese strukturelle Umschreibung von ästhetischer Erfahrung sagt noch nichts über die *inhaltliche* Ausprägung der nachfolgenden Krise aus. Es kann sich hierbei ebenso um die auf Verstehen oder Genuß ausgerichtete Betrachtung eines Kunstwerkes, also z. B. eines Gemäldes, wie um die Transformation von Natur in ästhetisch betrachtete Landschaft handeln. Bei Petrarca scheint die Krise durch die selbstgenügsame Kontemplation der umgebenden Landschaft ausgelöst zu sein; ihre ästhetische Umsetzung erfährt sie dann in der literarischen Beschreibung dieser Krisenerfahrung, die in der autobiographischen Konstruktion zum allegorischen Übergang von Naturerfahrung zur Gotteserfahrung stilisiert wird. Die Beschreibung des krisenhaften Umschlags beginnt mit einem »Tolle, legge« in Potenz:

»Dieweil ich dieses eins ums andere bestaunte und jetzt Irdisches genoß, dann nach dem Beispiel des Leibes auch die Seele zum Höheren erhob, schien mir gut, in das Buch der Bekenntnisse des Augustin hin-

> einzusehen. […] Zufällig aber bot sich mir das zehnte Buch dieses Werkes dar. […] Ich rufe Gott zu Zeugen […], daß dort, wo ich die Augen zuerst hinheftete, geschrieben stand: *Und es gehen die Menschen, zu bestaunen die Gipfel der Berge und die ungeheuren Fluten des Meeres und die weit dahinfließenden Ströme und den Saum des Ozeans und die Kreisbahnen der Gestirne, und haben nicht acht ihrer selbst.* Ich war wie betäubt, ich gestehe es, und bat meinen Bruder, der weiter zu hören begierig war, mir nicht lästig zu fallen, und schloß das Buch im Zorne mit mir selbst darüber, daß ich noch jetzt Irdisches bewunderte. Hätte ich doch schon zuvor – selbst von den Philosophen der Heiden – lernen müssen, daß nichts bewundernswert ist außer der Seele: Neben ihrer Größe ist nichts groß. Da beschied ich mich, genug von dem Berge gesehen zu haben, und wandte das innere Auge auf mich selbst, und von Stund an hat niemand mich reden hören, bis wir unten ankamen.«

Und doch: Erst der Rundblick, der die bislang als bedrohlich empfundene Natur in (Kultur-)Landschaft transformiert, macht die Selbstreflexion des betrachtenden Subjekts möglich – die Krisenerfahrung ist zugleich ästhetische Erfahrung und Subjektivitätsartikulation. Erst das ästhetische Erlebnis des Landschaftsbildes regt einerseits zum Nachdenken über Zeit und Raum, Individuum und Gott, andererseits zur Vergegenwärtigung der eigenen Motive für das Unternehmen Ventoux-Besteigung an. Zum Bindeglied zwischen Subjekt und Gott wird hierbei die Vorstellung eines geordneten Kosmos, dessen genießende Betrachtung die Seele des Menschen notwendig zur Meditation über die göttlichen Wunder zurückführt. Burckhardt hat in einem Vortrag »Über landschaftliche Schönheit« 1859 davon gesprochen, daß Petrarca »den Naturgenuß enge mit dem geistigen Genuß« verflechte und daß »das Panorama« für ihn das »Postulat eines noch unbestimmten Dranges« darstelle – eines Dranges, der ihn zuerst auf sich selbst zurückwirft, dann aber transzendiert wird, da Petrarca zwar einen Blick zum sich weitenden Horizont des neuzeitlichen Subjektverständnisses wagt, aber noch nicht über die erkenntnistheoretischen und ästhetischen Mittel verfügt, um die Grenzen des mittelalterlichen Weltbildes ganz zu überschreiten.

3. Niccolò Machiavelli: Virtuosität der Macht

Machiavelli geht von einer anthropologischen Prämisse aus, auf der sein gesamtes Politik- und Geschichtsverständnis beruht. Seine durch und durch pessimistische Anthropologie ist geprägt von der egoistischen menschlichen »ambizione«, dem Ehrgeiz, der nur durch soziale Zwangsmechanismen gebändigt werden kann und durch reine Habitualisierung zeitweise in sozialkonformes Verhalten verwandelt wird: »Und da nun die Menschen immer schlecht sind, wenn man es nicht versteht, sie zu zwingen, gut zu sein, so wird ein Fürst, der nicht Menschenkenner ist, übel fahren«, so lautet das lakonische Fazit im *Principe* (S. 116). »Die Natur des Menschen ist aber einmal so beschaffen, daß man sich nur durch Macht vor ihr sichern kann« (S. 130), heißt es in den *Discorsi sopra la prima deca di Tito Livio*, und an anderer Stelle: »Alle Schriftsteller, die sich mit politischen Dingen beschäftigt haben, stimmen darin überein, und die Geschichte belegt es durch eine Menge Beispiele, daß, wer einer Republik Verfassung und Gesetze gibt, alle Menschen als böse voraussetzen und unterstellen muß, daß sie so oft ihre üblen Neigungen zeigen werden, wie ihnen Gelegenheit dazu geboten wird« (S. 137). Der Mensch wird betrachtet als eine Art Zwitterwesen mit halb menschlichen und halb tierischen Eigenschaften, wobei das eine so unverzichtbar für sein Überleben ist wie das andere: »Dies wollten uns die Alten unter dem Bilde des Achilles und anderer Fürsten vorstellen, von denen sie erzählen, sie seien dem Kentauren Chiron zur Erziehung übergeben worden. Dies will nichts anderes sagen, als daß, weil der Lehrer halb Tier und halb Mensch war, auch dessen Schüler beide Eigenschaften annehmen mußten, weil die eine ohne die andere nicht lange bestehen könne« (S. 96).

Burckhardt hat Machiavellis Haltung in der *Cultur der Renaissance* treffend charakterisiert:

> »Seine Gefahr liegt *nie* in falscher Genialität, auch nicht im falschen Ausspinnen von Begriffen, sondern in einer starken Phantasie, die er offenbar mit Mühe bändigt. Seine politische Objektivität ist allerdings bisweilen entsetzlich in ihrer Aufrichtigkeit, aber sie ist entstanden in einer Zeit der äußersten Not und Gefahr, da die Menschen ohnehin nicht mehr leicht an das Recht glauben, noch die Billigkeit voraussetzen konnten« (KdR, 80).

Ein derartig resignatives Menschenbild läßt sich in der Tat nur verstehen vor dem Hintergrund einer tiefen Krisenerfahrung, die bei Machiavelli eine doppelte ist – Herfried Münklers Machiavelli-Deutung trägt nicht von ungefähr den Titel *Die Begründung des politischen Denkens der Neuzeit aus der Krise der Republik Florenz*. Machiavelli sieht einerseits Italien und insbesondere Florenz seit dem Einmarsch der Franzosen 1494 als Spielball der europäischen Mächte; andererseits hat auch seine eigene politische Karriere mit der Rückkehr der Medici ein jähes Ende gefunden. Von 1498 bis 1512 war er Sekretär der zweiten Kammer und des Rates der Zehn gewesen, hatte aktiv die republikanische Politik von Florenz als enger Vertrauter von Piero Soderini mitgestaltet. Am 7. November 1512 hatten ihn die Medici aller Ämter enthoben, im Frühjahr 1513 stand er sogar unter Verschwörungsverdacht, wurde inhaftiert und gefoltert, bis er sich im Frühsommer ins Exil auf sein Landgut S. Andrea bei San Casciano zurückziehen konnte. Der berühmte Brief an den florentinischen Botschafter in Rom, Francesco Vettori, vom Dezember dieses Jahres, reflektiert seine Verbitterung über die ihm verordnete *vita contemplativa*, die jedoch trotz ihres aufgezwungenen Charakters Freiraum für literarische Produktion schafft:

> »Ich wohne auf dem Lande und bin nach meinem letzten Unglück, alles zusammengerechnet, nicht zwanzig Tage in Florenz gewesen. [...] Welches Leben ich seitdem führe, sollt Ihr hören. Ich stehe mit der Sonne auf und gehe in ein Gehölz, das ich aushauen lasse, dort bleibe ich zwei Stunden [...] mir mit den Holzhauern die Zeit zu vertreiben, die immer Neckereien haben, entweder untereinander oder mit den Nachbarn.«

Abgesehen von einem kurzen, geisterquickenden Intermezzo am Mittag, wenn Machiavelli sich ein wenig Lektüre gönnt – Dante, Petrarca, Tibull oder Ovid, denn die Mittagsstunde ist nur für Liebesdichtungen geeignet –, ist die *vita activa* des Nachmittags erneut von banalen Beschäftigungen geprägt:

> »Nach Tische kehre ich ins Wirtshaus zurück; dort sind gewöhnlich der Wirt, ein Fleischer, ein Müller sowie zwei Ziegelbrenner. Mit ihnen vertiefe ich mich den Rest des Tages über ins Criccaspiel oder Trictrac: Es entstehen tausend Streitigkeiten; der Ärger gibt tausend Schimpfreden ein. [...] In diese Gemeinheit eingehüllt, hebe ich den Kopf aus dem Staub hervor und spotte meines tückischen Geschicks, zufrieden, daß es mich auf diese Weise tritt, weil ich sehen will, ob es sich dessen nicht schämt.«

Erst der Abend bringt den ersehnten Moment der inneren Ruhe. An die Stelle der Geschäftigkeit tritt jetzt die wahre Muße der Kontemplation, des Zwiegesprächs mit den »Alten«:

> »Wenn der Abend kommt, kehre ich nach Hause zurück und gehe in mein Arbeitszimmer. An der Schwelle werfe ich die Bauerntracht ab, voll Schmutz und Kot, ich lege prächtige Hofgewänder an und, angemessen gekleidet, begebe ich mich in die Säulenhalle der großen Alten. Freundlich von ihnen aufgenommen, nähre ich mich da mit der Spei-

se, die allein die meinige ist, für die ich geboren ward. Da hält mich die Scham nicht zurück, mit ihnen zu sprechen, sie um den Grund ihrer Handlungen zu fragen, und ihre Menschlichkeit macht, daß sie mir antworten. Vier Stunden lang fühle ich keinen Kummer, vergesse alle Leiden, fürchte nicht die Armut, es schreckt mich nicht der Tod; ganz versetze ich mich in sie. Weil Dante sagt, es gebe keine Wissenschaft, ohne das Gehörte zu behalten, habe ich aufgeschrieben, was ich durch ihre Unterhaltung gelernt, und ein Werkchen *De principatibus* geschrieben, worin ich die Fragen über diesen Gegenstand ergründe, so tief ich kann [...]. Einem Fürsten, besonders einem neuen Fürsten, dürfte [es] willkommen sein« (S. 434f).

Das hier erwähnte »Werkchen« ist selbstverständlich nichts anderes als der hinlänglich bekannte Text, der später unter dem Titel *Il Principe* (»Der Fürst«, geschrieben 1513; 1515/16) erscheinen sollte. Eine historisch denkende, an den *exempla* der Alten orientierte Politikberatung für einen erhofften »principe nuovo« will dieser Text sein, die dem Adressaten möglichst viele praktische Handlungsanweisungen geben möchte, um dem »tückischen Geschick« Paroli zu bieten.

Für Machiavelli ist an die Stelle Gottes eine geschichtsimmanente Notwendigkeit getreten, die er mit dem Begriff der »Fortuna« belegt. Demgegenüber steht die individuelle »virtù« des Menschen, ein schwer übersetzbarer Begriff, den Wolfgang Kersting folgendermaßen umschrieben hat: »Virtù ist eine durch vorausgesetzte politische Ziele – seien diese der Herrschaftserrichtung und -stabilisierung zugeordnet oder durch das Ethos und die bürgerliche Lebensordnung der Republik definiert – geordnete und geleitete psychologisch-charakterliche Vortrefflichkeit, die teils auf angeborenen und nicht beeinflußbaren energetisch-pragmatischen Fähigkeiten und teils auf erlernbaren oder verbesserbaren intellektuell-pragmatischen Fähigkeiten basiert« – man könnte verkürzt sagen: halb Charisma, halb Erziehung. Und diese Erziehung möchte Machiavellis Text leisten. In einer durch und durch pragmatischen Rationalitätschancenstatistik schreibt er dementsprechend im 25. Kapitel des *Principe* »Von Fortunas Einfluß auf die Dinge der Welt und wie man ihr widerstehen kann«:

»Es ist mir nicht unbekannt, daß viele die Meinung hegten und noch hegen, die Welt werde völlig von der göttlichen Vorsehung und dem Glücke regiert, so daß menschliche Klugheit nichts dagegen ausrichten könne – woraus dann folgt, daß man sich bloß dem Spiele des Schicksals und des Zufalls überlassen muß, ohne sich um irgend etwas anderes zu bekümmern. Man hat in unseren Zeiten so große Veränderungen gesehen, und noch täglich geschieht so viel gegen die allgemeine Erwartung, daß dieser Glauben sich täglich mehr verbreitet; ich selbst finde mich daher, sooft ich daran denke, halb und halb geneigt, demselben Beifall zu geben. Da wir aber doch die Freiheit des Willens nicht verloren haben, so könnte man vielleicht sagen, die eine Hälfte unserer Handlungen hänge vom Schicksal (*fortuna*) ab, die andere aber oder etwas weniger sei unserem freien Willen (*virtù*) überlassen. [...] Ich bin überzeugt, daß dem das Glück geneigt ist, der sein Verhalten den Zeitumständen anpaßt« (S. 118f).

Der ideale *homo politicus* ist für Machiavelli ein »uomo virtuoso«, dessen modellhaftes Leben als Biographie zwischen Virtù und Fortuna er in *Das Leben Castruccio Castracanis aus Lucca* geschildert hatte. Dieser »uomo virtuoso« ist weniger tugendhaft als virtuos: Er verfügt über einen denkbar breiten und flexiblen Handlungsspielraum, wobei Charakterlosigkeit als habituelle Offenheit unabdingbar ist. Daher muß der *uomo virtuoso* auch lernen, *nicht* gut zu handeln, um sich zu erhalten – ein realpolitischer Rat, der dem *Principe* den Ruf eines »Fürstenzerrspiegels« eingebracht hat. Machiavellis Geschichtskonzeption ist einem wellenförmigen Ablauf verpflichtet, wie ihn die *Discorsi* zeichnen. Der *Principe* wäre dann zu lesen als eine Momentaufnahme der Machtkonzentration gewissermaßen auf dem Wellenkamm. Somit scheint es in Machiavellis Konzeption nicht nur *ein* Rad der Fortuna zu geben, sondern gleich mehrere, die nacheinander oder auch nebeneinander ablaufen. Der *principe nuovo* als Schicksalsbezwinger muß sich virtuos von einem Rad zum andern schwingen und dabei möglichst die jeweilige Aufstiegsphase des Rades abpassen.

In diesem Zusammenhang ist es interessant, daß sich die Ikonographie zur Darstellung von Fortuna gerade in der Renaissance charakteristisch wandelt. Das gesamte Mittelalter hindurch dominiert zur Darstellung des Schicksals das Rad, wie man es zum Beispiel an der Fassade von S. Zeno in Verona findet. In prognostizierbar festgelegten Bahnen erfolgt hier auf jeden Aufstieg notwendig der Abstieg, dem allerdings ebenso notwendig wieder ein Aufstieg folgt – und dies ist auch das Schema, das bei Machiavelli weiterhin vorherrscht, da es zugleich die Voraussetzung der Möglichkeit ist, aus der Vergangenheit überhaupt Lehren für die Zukunft zu ziehen. Im 16. Jahrhundert wird die Ikonographie des Rades überlagert von einem anderen Modell, das für größere Offenheit, damit aber auch für größere Unsicherheit steht. Fortuna wird als Schiff symbolisiert, das von einem unwägbar blasenden Wind, der sich jederzeit in einen Sturm oder in eine Flaute verwandeln kann, aufs offene Meer getrieben wird.

Machiavelli befindet sich mit seiner politischen Theorie am Übergang vom Mittelalter zur Neuzeit. Die noch ganz scholastisch anmutenden Distinktionen der Typen von Fürstentümern im *Principe* stehen einer säkularisierten Herrschaftskonzeption gegenüber, die in einer Politikwelt, aus der die göttliche Legitimation *per definitionem* ausgeschlossen wird, neue, rein rationale Formen der Herrschaftsbegründung zu schaffen versucht. Das verbindende Strukturmoment zwischen der alten und der neuen Welt ist der Versuch, Ordnung in eine als krisenhaft-chaotisch empfundene historische Situation zu bringen. Der von Machiavelli erdachte Staat weist ein fast mechanistisch anmutendes, von Burckhardt in diesem Sinne als »Uhrwerk« (KdR, 80) bezeichnetes Höchstmaß an Strukturiertheit und Geordnetheit auf. Der politische *uomo virtuoso* sichert jeden seiner Schritte auf der Karriereleiter der Macht durch ordnendes Neustrukturieren, durch eine wohlkalkulierte Ästhetik der Macht ab. Dies meint Burckhardt, wenn er von den italienischen Staaten der Renaissance und zuvorderst von der Republik Florenz als »Kunstwerken« spricht: von »bewußte[n], von der Reflexion abhängige[n], auf genau berechneten sichtbaren Grundlagen ruhende[n] Schöpfungen« (KdR, 83).

4. Pico della Mirandola: der Mensch als Schöpfer

Von der potentiellen Offenheit zur Selbstschöpfung ist das Menschenbild in einem Text geprägt, der bereits rund dreißig Jahre vor dem *Principe* verfaßt wurde. Könnte man Machiavellis Prinzip in der Formel des menschlichen »Alles-haben-Wollens« fassen, so ist es nach Wolfgang Kersting bei Pico della Mirandola ein »Alles-sein-Können«, das den Menschen ausmacht.

Pico, Graf von Mirandola und Concordia, gehörte dem Kreis der Literatenhumanisten an, die sich in der 1459 durch Cosimo de' Medici in Florenz gegründeten platonischen Akademie versammelten – Marsilio Ficino und Angelo Poliziano wären als weitere Hauptexponenten dieser spekulativen Variante des Humanismus zu nennen. Renaissancehaftes Selbstbewußtsein manifestiert sich bei Pico bereits in dem hypertrophen Vorhaben, einen internationalen Philosophenkongreß in Rom einzuberufen, der sage und schreibe 900 Thesen, die *Conclusiones philosophicae, cabalisticae et theologicae* diskutieren sollte, die der gerade Dreiundzwanzigjährige zu Fragen der Naturgeschichte und der Metaphysik, der theologischen Dogmatik und der Magie, der Astronomie und der Philosophie aufgestellt hatte. Vom umstürzlerischen Protestpotential dieser Thesen geben schon drei Beispiele einen Begriff: eine der Thesen bestreitet die Transsubstantiation, eine andere deutet das Meßopfer rein symbolisch, und eine dritte wendet sich gegen Kreuzes- und Bilderanbetung – Ansätze, die die These vom christlichen Humanismus als (nicht immer erasmisch-irenischer) Alternative zur Reformation nicht unplausibel erscheinen lassen. Doch der von Pico geplante Kongreß fand nie statt. Eine Untersuchungskommission der Kurie erklärte dreizehn Thesen für verdächtig, sieben davon sogar für ketzerisch. Pico versuchte eine Selbstverteidigung in der 1487 verfaßten *Apologia*, was jedoch nur zur Folge hatte, daß die restlichen 887 Thesen ebenfalls verworfen und ihre Publikation untersagt wurde. Die berühmte Rede *De hominis dignitate*, von Pico 1486 als Eröffnungsrede für diesen Kongreß konzipiert, wurde erst 1496, zwei Jahre nach dem Tod ihres Verfassers, von seinem Neffen Gian Francesco Pico im Rahmen der postumen Gesamtausgabe seiner Schriften publiziert.

Das Thema der menschlichen Würde hatten bereits mehrere Autoren vor ihm behandelt: Im Mittelalter war die menschliche Würde, die *dignitas hominis* in der Gottesebenbildlichkeit erkannt und stets in einem Atemzug mit der *miseria hominis* genannt worden. Gianozzo Manetti hatte dann als einer der ersten, in seinem Text *De dignitate et excellentia hominis* von 1452, die gebildete Kultur (im Gegensatz zur ungeformten Natur) als Zeichen der menschlichen Würde, den Menschen als Schöpfer der Welt der Kunst und alles Geformten gefeiert, eine Eloge, die in den Sätzen kulminierte:

> »Nostra namque, hoc est humana, sunt, quoniam ab hominibus effecta, quae cernuntur, omnes domos, omnia oppida, omnes urbes, omnia denique orbis terrarum aedificia [...]. Nostrae sunt picturae, nostrae sculpturae, nostrae sunt artes [...], nostrae scientiae: Unser nämlich – und damit menschlich – sind, weil offensichtlich von Menschen hervorgebracht: alle Häuser, alle großen und kleinen Städte, überhaupt alle Gebäude des Erdkreises [...]. Unser sind die Bilder, unser die Bildwerke, unser sind die Künste [...], unser die Wissenschaften« (III, 20).

Pico geht in seiner Konzeption noch einen Schritt weiter – einen entscheidenden Schritt, der Burckhardt dazu bewogen hat, die Rede über die Menschenwürde »eines der edelsten Vermächtnisse der Kulturepoche« der Renaissance zu nennen (KdR, 330). Der Sinn und Zweck des Menschen wird hier in ihn selbst verlegt. Sein einziger Zwang »ist der Zwang zum Freisein, der Zwang, sein eigenes Geschick zu wählen, sich mit den eigenen Händen den Altar des Ruhmes zu errichten oder die Ketten der Verdammnis zu schmieden«, wie Eugenio Garin es formuliert hat. Pico hat eine Vision vom Menschen, der von Gott in die Möglichkeiten, aber zugleich auch Gefahren der Autonomie freigesetzt wird. Gott ist hierbei zwar nach wie vor der *artifex*, der kunstvolle Schöpfergott, der als Bildhauer den Menschen nach seinem Bilde erschafft (Gen 1,26f), aber er schafft ihn gleichsam als »autonomes Kunstwerk«: als eine vollkommen zukunftsoffene, nicht festgelegte Kreatur, die dann selbst wieder – in einer sehr eigenwilligen Form der *imitatio dei artificis* – zu einem Künstler werden muß, um sich auszubilden. In diesem selbstbildenden, kreativen Akt besteht für Pico die Gottesebenbildlichkeit des Menschen; man findet hier, wie August Buck herausgestellt hat, die »höchste Steigerung des individuellen Selbstbewußtseins in der Erkenntnis der Gottesähnlichkeit der Seele, die das Universum in sich aufnimmt«. Aus diesem Menschenbild erklären sich Picos heftige Invektiven gegen die zeitgenössische Astrologie, die den Charakter des Menschen und sein Schicksal aus stellaren Konstellationen heraus für prognostizierbar und damit festlegbar hielt. In seiner Rede entwirft er eine neue Version der Genesis:

> »Schon hatte der höchste Vater und Schöpfergott (*pater architectus deus*) dieses Haus der Welt, das wir hier sehen, den hocherhabenen Tempel seiner Göttlichkeit nach den Gesetzen geheimer Weisheit kunstvoll errichtet. Die Gegend oberhalb des Himmels hatte er mit Geistern ausgestattet, des Himmels Sphären mit unsterblichen Seelen belebt und die schmutzigen und unreinen Bereiche der unteren Welt mit einer Schar von Lebewesen aller Art gefüllt. Doch als das Werk vollendet war, da wünschte sein Erbauer (*artifex*), es sollte jemanden geben, die Einrichtung des großen Werkes zu beurteilen, seine Schönheit zu lieben, seine Größe zu bewundern.«

Die Motivation, den Menschen zu schaffen, besteht nach Pico also darin, daß Gott – eitel wie jeder Künstler – sich einen reflektierenden und bewundernden Betrachter seines Kunstwerks wünscht:

> »Deswegen dachte er, als alles schon vollendet war [...] zuletzt daran, den Menschen zu erschaffen. Doch gab es unter den Urbildern keines, wonach er den neuen Sprößling hätte formen könne, auch fand sich in den Schatzkammern nichts, das er dem neuen Sohn als Erbgut hätte schenken können, und nirgends auf der ganzen Welt gab es noch einen Platz, auf dem dieser Betrachter des Universums sitzen konnte. Schon voll besetzt war alles und alles an die obersten, die mittleren und untersten Rangordnungen verteilt.«

Alle anderen Kreaturen – von den Tieren bis zu den Engeln – sind an eine feste, neuplatonische Stufenfolge und Rangordnung gebunden. Der

Mensch hingegen ist in Picos Schilderung des Schöpfungsaktes das genuin Neue, die *creatio ex nihilo*, die in ihrer spezifischen Form (so die ironische Pointe) hauptsächlich aus »Platzmangel« vollzogen wird:

> »So traf der beste Bildner (*optimus opifex*) schließlich die Entscheidung, daß der, dem gar nichts Eigenes gegeben werden konnte, zugleich an allem Anteil habe, was jedem einzelnen Geschöpf nur für sich selbst zuteil geworden war.«

Aber kein bloßes Mischwesen ist das Resultat, sondern eine Schöpfung von ganz neuer Qualität, hierin dem Kunstwerk vergleichbar:

> »Also nahm er den Menschen hin als Schöpfung eines Gebildes ohne besondere Eigenart, stellte ihn in den Mittelpunkt der Welt und redete ihn so an: ›Keinen bestimmten Platz habe ich dir zugewiesen, auch keine bestimmte äußere Erscheinung und auch nicht irgendeine besondere Gabe habe ich dir verliehen, Adam, damit du den Platz, das Aussehen und alle die Gaben, die du dir selbst wünschst, nach deinem eigenen Willen und Entschluß erhalten und besitzen kannst. Die fest umrissene Natur der übrigen Geschöpfe entfaltet sich nur innerhalb der von mir vorgeschriebenen Gesetze. Du wirst von allen Einschränkungen frei nach deinem eigenen freien Willen, dem ich dich überlassen habe, dir selbst deine Natur bestimmen. In die Mitte der Welt habe ich dich gestellt, damit du von da aus bequemer alles ringsum betrachten kannst, was es auf der Welt gibt. Weder als einen Himmlischen noch als einen Irdischen habe ich dich geschaffen und weder sterblich noch unsterblich dich gemacht, damit du wie ein Former und Bildner deiner selbst (*ut tui ipsius quasi arbitrarius honorariusque plastes et fictor*) nach eigenem Belieben und aus eigener Macht zu der Gestalt dich ausbilden kannst, die du bevorzugst. Du kannst nach unten hin ins Tierische entarten, du kannst aus eigenem Willen wiedergeboren werden nach oben in das Göttliche‹« (S. 7-9).

Die nicht stillstellbare Bewährungsdynamik der menschlichen Lebenspraxis (Oevermann), die im christlichen Mythos mit dem Moment des Sündenfalls einsetzt, wird hier bereits in den Schöpfungsmythos verlegt. Indem Gott den Künstler-Menschen bereits im Schöpfungsakt in die absolute Autonomie entläßt, verschärft sich das Bewährungsproblem für das moderne Subjekt drastisch. Es scheint, als wolle Pico die existentielle Zuspitzung, die er dem Schöpfungsmythos in seiner neuen Version verleiht, dadurch erträglicher machen, daß er abschließend die Rede Gottes ironisch kommentiert: »Wer wollte dieses unser Chamäleon nicht bewundern?« (S. 11).

Ernst Cassirer hat in seinem schönen Vortrag über Pico von 1938 zu Recht darauf hingewiesen, daß dieser Text nicht nur die Genesis neu erzählt, sondern auch implizit eine Kunsttheorie entwickelt, die auf die Autonomie eines Bildhauers wie Michelangelo zugeschnitten scheint, der ja die Nachahmungsästhetik in Richtung einer Geniekonzeption aufbrach, die ihre Regeln frei aus sich selbst heraus entwickelte. Auch für Burckhardt konnte gerade Michelangelo »der moderne Künstler in vorzugsweisem Sinne heissen«, weil er subjektiv, und darin »das gerade Gegentheil der Alten«, mit seiner ungezügelten Einbildungskraft neue Kunstgesetze schuf: »Seine Phantasie ist nicht gehütet und eingeschränkt durch einen altehrwürdigen Mythus; seine wenigen biblischen Figuren gestaltet er rein nach künstlerischer Inspiration und seine Allegorien erfindet er mit erstaunlicher Keckheit« (*Cicerone*, 667).

Picos Freiheitsbegriff einer ununterbrochenen Kreativität, die das Individuum auf sich selbst anwendet, ermöglicht nicht nur eine neue Form von Individualität, er postuliert sie als unerläßlich und hat darin weitreichende Konsequenzen: In einer solchen Konzeption absoluter Individualität kann es keine Ketzer mehr geben. Jedem Denker als eigenständigem, nach künstlerischen Regeln ausgeformtem Mikrokosmos muß sein individuelles Recht zugestanden werden. Alle Autoritäten der Vergangenheit – seien sie christlich oder heidnisch – haben das gleiche Gewicht. Philosophie wird damit zum polyperspektivischen Blick auf die eine Wahrheit. Der Vorwurf des Synkretismus, der Pico häufig gemacht wurde, ist damit hinfällig. Ob Platon oder Aristoteles, Scholastik, Averroismus oder Neuplatonismus, die hermetischen Schriften, die Kabbala oder die Kirchenväter – der *uomo universale* muß sie alle studieren, um vielleicht irgendwann einmal in die angestrebte »concordia philosophiae« einmünden zu können. 900 Thesen zur dialektischen Entfaltung des göttlichen Kosmos erscheinen unter diesem Aspekt gar nicht mehr als so viele:

> »Die nämlich, die sich irgendeiner philosophischen Richtung angeschlossen haben, und etwa Thomas folgen oder Scotus, die jetzt in den Händen der meisten sind, die können freilich ihre Bildung bei einer Diskussion auch nur weniger Thesen auf die Probe stellen. Ich aber nahm mir vor, mich auf niemandes Wort einschwören zu lassen, sondern auf alle Lehrer der Philosophie mich zu verlegen, alle ihre Schriften zu prüfen und alle ihre Schulen kennenzulernen. Ich mußte über alle sprechen, um nicht, wenn ich die Lehre eines einzelnen verteidigt, die übrigen aber dabei hintangesetzt hätte, den Anschein zu erwecken, von jener abhängig zu sein« (S. 51).

5. Baldassare Castiglione: der Höfling als Schauspieler

Bereits zu Lebzeiten wurde Federigo da Montefeltro, Herzog von Urbino, von den Zeitgenossen als *uomo universale* gepriesen. Pedro Berreguete hat ihn 1477 zusammen mit seinem Sohn Guidobaldo janusgesichtig porträtiert: Noch in Bein- und Armschienen, den Helm aber bereits abgelegt, ist Federigo – halb Feldherr, halb Hieronymus im Gehäuse – in seine Lektüre vertieft. Er verdiente als einer der erfolgreichsten italienischen Condottieri des 15. Jahrhunderts sein Geld, das er dann hauptsächlich in Kunst verwandelte. Sein Palast in Urbino zeugt bis heute von seinem exquisiten Geschmack, den der große Büchersammler und Mäzen in der Zurückgezogenheit seines *Studiolo* in kontemplativen Stunden kultivierte. Er war nicht nur für Vespasiano da Bisticci, den Autor der *Lebensbeschreibungen berühmter Männer und Frauen der Renaissance*, sondern für das gesamte 15. und 16. Jahrhundert der Prototyp des idealen Fürsten und Hofmanns.

Es erstaunt angesichts dieses vorbildlichen Urbinaten nicht, daß Baldassare Castiglione seine Salongespräche über den perfekten Hofmann in Urbino ansiedelt. Die fiktiven Gespräche spielen im Jahr 1507. Dem 1482 verstorbenen Herzog Federigo ist mittlerweile sein kränklicher Sohn Guidobaldo nachgefolgt, verheiratet mit der urbanen Elisabetta Gonzaga, die in Castigliones *Libro del Cortegiano* das Zentrum einer allabendlichen Gesprächsrunde bildet. An den vier Abenden, die Castiglione schildert, beherrscht ein Thema das geistreiche Gespräch: die Frage, »was zur Vollkommenheit der Hofmannskunst gehört« (I.12). Giuliano de' Medici, Pietro Bembo, Federico Fregoso, Cesare Gonzaga und Bernardo Bibbiena – um nur einige wenige Mitglieder dieses illustren Salons zu nennen – entfalten in ihren Gesprächen voller Witz und Geist das Idealbild eines Hofmanns und der von ihm zu verkörpernden Tugenden. Neben den Kanon der christlich angereicherten platonischen Kardinaltugenden treten hier neue Tugendvorstellungen, die der spezifischen Situation des italienischen Höflings der ersten Hälfte des 16. Jahrhunderts angepaßt sind. Nach dem französischen Einmarsch 1494 läßt sich in Italien – wie Peter Burke herausgearbeitet hat – eine Refeudalisierung der Gesellschaft bemerken, die zu einer Aufwertung der Fürstentümer zuungunsten der freien Stadtrepubliken führt. Diese gesellschaftliche Veränderung wirkt sich auch auf die Situation der Höflinge aus. Castiglione versucht ihre soziale Stellung in seinem Text von vorneherein abzusichern:

> »Ich will also, daß unser Hofmann adelig sei und aus edelbürtiger Familie stamme; denn einem Unadeligen sagt man viel weniger Schlechtes nach, wenn er in der Ausübung tugendhafter Handlungen fehlt, als

> einem Adeligen, der beim Abweichen vom Wege seiner Vorfahren den Namen der Familie befleckt und nicht nur keinen Ruf erwirbt, sondern den schon erworbenen verliert [...]. Um aber zu Einzelheiten zu kommen, so halte ich dafür, daß der hauptsächliche und wahre Beruf des Hofmanns das Waffenhandwerk sein muß« (I.14; 17).

Doch hatte inzwischen der städtische Humanismus gewisse Wissensstandards gesetzt, die auch an den Höfen nicht mehr unterschritten werden konnten. Der *Cortegiano* propagiert daher das Ideal der »arma et litterae«, des gleichermaßen im Waffenhandwerk wie in der Bildung perfekten Hofmanns: »Außer der Güte aber, meine ich, sind der wahre und hauptsächliche Schmuck des Herzens bei jedem die Wissenschaften, obgleich die Franzosen nur den Adel der Waffen kennen und alles übrige für nichts achten [...]. Ich möchte, daß [der *italienische* Höfling] in den Wissenschaften mehr als mittelmäßig gebildet sei, wenigstens in jenen Studien, die man die humanistischen nennt, und daß er nicht nur von der lateinischen, sondern auch von der griechischen Sprache Kenntnis habe [...]. Er sei in den Dichtern und nicht weniger in den Rednern und Geschichtsschreibern erfahren und auch im Schreiben von Versen und Prosa geübt, vornehmlich in unserer Vulgärsprache [dem Toskanischen]« (I.42; 44). Angespielt wird hier auf das neue, stark ethisch aufgeladene Bildungsideal der *studia humanitatis*, das den mittelalterlichen universitären Bildungskanon der *septem artes liberales* mit seiner mehr formallogischen Ausrichtung zunehmend ablöst.

Auch beim Höfling ist die Allseitigkeit der Befähigungen ausschlaggebend – allerdings bei gleichzeitiger Beibehaltung der Angemessenheit, des aristotelischen Maßes der Mitte. In diesem Sinne – und nicht etwa als Mittelmäßigkeit – hat man den Begriff der »mediocrità« zu verstehen, der im Cortegiano mehrfach vorkommt, wenn zum Beispiel von einer »gewissen Stufe menschlichen Mittelmaßes« (II.22), von einer »gewissen Gleichmäßigkeit bescheidenen Putzes« (II.27) oder sogar von einer mittleren Körpergröße des idealen Hofmanns die Rede ist, der »weder zu klein noch zu groß« sein dürfe (I.20); im zweiten Buch heißt es zusammenfassend: »Es ist also etwas durchaus Sicheres, sich in der Art seines Lebens und Sprechens stets mit einem gewissen anständigen Mittelmaß zu beherrschen« (II.41). Ethik und Ästhetik sollen in diesem kunstvollen höfischen Leben zur Deckung kommen – die »grazia«, die Anmut des Verhaltens, steht demzufolge ganz oben auf der Liste der zu beherzigenden Verhaltensmaßregeln. Doch der neue Zentralbegriff, den der *Cortegiano* in die traditionellen Tugendkataloge einführt, ist die (sehr schwer zu übersetzende) »sprezzatura«. Sie meint eine gewisse Nonchalance, eine unaufdringliche Art und Weise, in der der perfekte Hofmann seine durch Kunst sublimierte Natur unter Beweis stellt – Peter Burke hat treffend vorgeschlagen, den Begriff, der für ihn eine kulturelle Praktik der Renaissance bezeichnet, mit »coolness« wiederzugeben. »Sprezzatura« ist eine Haltung auch im ästhetischen Sinne, wie sie Raffaels Castiglione-Porträt spiegelt, mehr vielleicht noch das Bildnis, das Tizian von ihm gemalt hat. Im *Cortegiano* wird die »sprezzatura« als »regola generale« des Verhaltens eingeführt:

> »Da ich aber schon häufig bei mir bedacht habe, woraus die Anmut (*grazia*) entsteht, bin ich immer, wenn ich diejenigen beiseite lasse, die sie von den Sternen haben, auf eine allgemeine Regel gestoßen, die mir in dieser Hinsicht bei allen menschlichen Angelegenheiten, die man tut oder sagt, mehr als irgendeine andere zu gelten scheint: nämlich so sehr man es vermag, die Künstelei als eine rauhe und gefährliche Klippe zu vermeiden und bei allem, um vielleicht ein neues Wort zu gebrauchen, eine gewisse Art von Lässigkeit (*sprezzatura*) anzuwenden, die die Kunst verbirgt und bezeigt, daß das, was man tut oder sagt, anscheinend mühelos und fast ohne Nachdenken zustandegekommen ist. Davon rührt, glaube ich, großenteils die Anmut her. Denn jeder weiß um die Schwierigkeit bei seltenen und wohlgelungenen Dingen, wogegen Leichtigkeit dabei größere Bewunderung erregt. […] Man kann daher sagen, daß wahre Kunst ist, was keine Kunst zu sein scheint; und man hat seinen Fleiß in nichts anderes zu setzen, als sie zu verbergen« (I.26).

Dies könnte ebensogut die Regieanweisung für einen begabten Schauspieler wie für einen tugendhaften Hofmann sein. Der Höfling wird hier zum Virtuosen der Selbstinszenierung, er macht sein Leben zu einem Kunstwerk auf der Bühne des Hofes. Er ist durch und durch artifiziell, ohne dabei affektiert zu sein, wie der französische Höfling, der in den Gesprächen am Hof von Urbino das Gegenbild zum perfekten italienischen *Cortegiano* abgibt. Er muß virtuos seine Rollen zu wechseln verstehen, wie die Situation es erfordert: Er muß sich »gleichsam in eine andere Person verwandeln« (I.20). Ein gewisses Maß an Täuschung seiner Umgebung wird ihm zugestanden, damit er seine Rolle perfekt erfüllen kann. Burckhardt weist hier auf eine systematische Schwierigkeit hin:

> »Für die Höfe, im Grunde aber noch vielmehr um seiner selbst willen bildet sich nun der Cortigiano aus, welchen Castiglione schildert. Es ist eigentlich der gesellschaftliche Idealmensch, wie ihn die Bildung jener Zeit als notwendige höchste Blüte postuliert, und der Hof ist

mehr für ihn als er für den Hof bestimmt. Alles wohl erwogen, könnte man einen solchen Menschen an keinem Hofe brauchen, weil er selber Talent und Auftreten eines vollkommenen Fürsten hat, und weil seine ruhige unaffektierte Virtuosität in allen äußern und geistigen Dingen ein zu selbständiges Wesen voraussetzt. Die innere Triebkraft, die ihn bewegt, bezieht sich, obwohl es der Autor verhehlt, nicht auf den Fürstendienst, sondern auf die eigene Vollendung« (KdR, 361f).

Damit diese Perfektion der Persönlichkeit nicht zum reinen Selbstzweck des *l'art pour l'art* verkommt und bei Hofe eher lästig wird, hat Castiglione im vierten, allerdings erst in einer späteren Redaktionsstufe des Textes hinzugefügten Buch den Hofmann als idealen Berater und im Idealfall – wie Aristoteles für Alexander den Großen – als Erzieher des Fürsten (*cortegiano o institutor del principe*) gezeichnet. Dieser Hofmann ist das Gegenbild aller Hofschranzen und Schmeichler: »Das Ziel des vollkommenen Hofmanns nun, von dem bisher noch nicht gesprochen wurde, besteht nach meinem Dafürhalten darin, sich mit Hilfe der ihm von diesen Herren zugeschriebenen Eigenschaften derart das Wohlwollen und das Herz des Fürsten, dem er dient, zu gewinnen, daß er diesem die Wahrheit über alles, was ihm zu wissen zukommt, ohne Furcht oder Gefahr des Mißfallens sagen kann und stets sagt.« Die wahre Frucht der Hofmannskunst bestehe darin, »den Fürsten zum Guten zu führen oder ihm dabei zu helfen und ihn vom Schlechten abzuschrecken« (IV.5). Die humanistische Bildung humanisiert den Gebildeten, so daß er ethisch anleitend und erzieherisch tätig werden kann.

6. Benvenuto Cellini: der romantische Künstler

Benvenuto Cellini ist das genaue Gegenteil eines ethisch vorbildlichen Menschen. Aber in ihm, dem tatsächlichen (bildenden) Künstler, schießen die vielfältigen, bisher skizzierten Charakteristika zusammen: Er ist *artifex*, *sculptor*, *uomo virtuoso* und *uomo universale* in einem. Allerdings hat an diesem Künstlerbild erneut das beginnende 19. Jahrhundert mit seinem Pathos des autonomen Künstlertums kräftigen Anteil. Betrachtet man unter sozialhistorischen Aspekten die Rolle des Künstlers in der Renaissance, so wird schnell deutlich, daß das aus den Fesseln von Auftraggeberschaft und Patronage befreite Künstlerindividuum, das genialisch-stilprägend sich über die Konventionen der Zeit frei hinwegsetzt, eher eine Seltenheit ist. Im 15. Jahrhundert, dem Zeitalter der bahnbrechenden, vor allem von Florenz ausgehenden Neuerungen in Perspektive, Proportion und Antikenrezeption ist der Begriff des »artista« in den

Quellen noch nicht zu finden. Der Künstler ist ein zünftisch gebundener Handwerker, ein *artifex* im mechanisch-ausführenden Sinne, jemand, der in den *artes mechanicae* bewandert und zumeist als Individuum kaum faßbar ist, da er in einer korporativ verfaßten Werkstatt arbeitet. Nicht einmal eine eigene Zunft haben die Künstler, sie sind wegen der für ihr Metier benötigten Farbstoffe den Ärzten und Apothekern zugeordnet, und Kunstwerke werden noch zu 90 Prozent nach ihrem Materialwert bezahlt – die Entlohnung der genuin künstlerisch-kreativen Leistung liegt zumeist bei unter 10 Prozent des Gesamtwertes.

Erst im 16. Jahrhundert gelingt es einigen wenigen dieser Handwerker-Künstler, sich aus den engen Bindungen an Werkstatt einerseits, Patronage und Auftraggeberschaft andererseits zumindest teilweise zu befreien: Michelangelo wäre hier an erster Stelle zu nennen, wobei der emanzipatorische Akt – schenkt man Vasari und seinen Schilderungen in der Michelangelo-Vita Glauben – von ständigen Reibereien mit seinem Hauptauftraggeber, dem Papst, begleitet war. Trotz aller Selbstbehauptungsakte des autonomen Künstlers hat Michelangelo sich allerdings nie gänzlich von seiner lukrativen mäzenatischen Quelle gelöst. Dies hätte ihm die materielle Basis entzogen.

Die Aufgaben, die der Hochrenaissancekünstler zu bewältigen hat, sind so vielzählig, daß er fast notgedrungen zum *uomo universale* wird: Er soll nicht nur alle drei Kunstgattungen – Architektur, Skulptur und Malerei – beherrschen, er wird auch als Festungs- und Stadtbaumeister und -verteidiger sowie als Organisator von Festzügen engagiert, soll gleichzeitig noch Kunsttheoretiker, Musiker und Erfinder sein, ein *artifex polytechnes*, wie Leonardo da Vinci ihn vielleicht in Reinform darstellte. Eugenio Garin schreibt hierzu:

> »Charakteristisch für den *uomo universale* der Renaissance ist, daß für ihn zwischen den einzelnen Wissensgebieten und Bereichen menschlichen Wirkens keine klaren Grenzen mehr bestehen. So werden seine Bilder zu philosophisch-politischen Abhandlungen oder, wie im Falle Raffaels, zu einem Mittel, Diogenes Laertius und das Leben der Philosophen zu illustrieren. Sein Traktat über die Sittenlehre erhält die Form eines Gedichts; seine Abhandlung über Architektur wird zu einem Buch über den Staat, und ein Werk über Malerei nimmt einmal die Gestalt einer philosophischen Abhandlung, ein anderes Mal die einer Studie über die Grundlagen der *perspectiva* an« (*Der Mensch der Renaissance*, S. 190).

Renaissancemalerei erschöpft sich allerdings nicht in der Illustration von Traktaten; das Kunstwerk selbst wird in der Renaissance zum Ort der theoretischen Reflexion über die Produktionsmöglichkeiten von Kunst, zum Medium der Selbstvergewisserung des Künstlers in seinem sich zunehmend autonomisierenden Rollenverständnis.

Benvenuto Cellini, der hier als Prototyp des Hochrenaissancekünstlers vorgestellt werden soll, kommt im Gegensatz zu Leonardo und Michelangelo in Vasaris Künstlerviten nur am Rande vor. Er hat sich selbst in seiner Autobiographie *Vita di Benvenuto Cellini orefice e scultore fiorentino da lui medesimo scritta, nella quale molte curiose particolarità si toccano appartenenti alle arti ed all'Istoria del suo tempo* ein Denkmal gesetzt. Erschienen ist diese erste große Künstlerautobiographie erst 1728. Sie hat daher bezeichnenderweise auch erst im ausgehenden 18. Jahrhundert, dem Jahrhundert der Autobiographik par excellence, Furore gemacht, vor allem durch Goethes Übertragung ins Deutsche von 1796/97, die als Gesamttext 1803 erschien. Wie der Titel des Textes schon andeutet, wird hier die Geschichte eines Goldschmiedes (*orefice*) erzählt, der zum Bildhauer (*scultore*) aufsteigt. Von zentraler Bedeutung sowohl beim künstlerischen Schaffensakt als auch bei der Abfassung dieses autobiographischen Feuerwerks ist die realitätsschaffende Rolle, die der Phantasie, der *immaginazione* des Künstlers zukommt. So spielen in Cellinis Text – wie übrigens auch in der berühmten Autobiographie des Renaissancearztes Girolamo Cardano – Träume und Visionen eine tragende Rolle. Und Cellini ist es bis heute gelungen, Kunstwissenschaftler ins Brot zu setzen, die sich nach wie vor bemühen, die vielen in seiner Autobiographie beschriebenen (und größtenteils rein fiktiven) Kunstwerke nachzuweisen, die sich erstaunlicherweise in keinem Museum erhalten haben.

Etwas detaillierter soll hier abschließend auf eine Szene eingegangen werden, in der die Selbststilisierung Cellinis zum autonomen Künstler ihre Apotheose erfährt. Im Prinzip folgt sein erzähltes Leben dem Schema, das auch die meisten von Vasaris Künstlerviten prägt: Nach jahrelanger, mühsamer Lehrzeit werden erste Anzeichen des späteren Talents dadurch deutlich, daß der geniale Jungkünstler seinen Meister überbietet, worauf der Durchbruch in die völlige Emanzipation folgt. Cellini akzeptiert in seinem künstlerischen Aufstieg eigentlich überhaupt nur einen Lehrer und Kollegen als Vorbild, nämlich Michelangelo. Mit allen seinen Dienstherren – Papst Paul III., König Franz I. von Frankreich und Herzog Cosimo I. de' Medici – stellt er sich auf eine Stufe und führt ständig ostentative Akte der Selbstbehauptung durch, die zumeist in Zerwürfnissen enden. Doch der Höhepunkt seiner künstlerischen Autonomiedemonstration, zugleich der Höhepunkt seiner gesamten Autobiographie, findet sich im 6. Kapitel des 4. Buches, das dem dramatischen Bronzeguß seines *Perseus* gewidmet ist. Diese Szene wird so stark wie möglich instrumentiert: Der Herzog prophezeit, daß der technisch innovative Guß nie gelingen könne – »Benvenuto! die Figur kann dir nicht von Erz gelingen; denn die Kunst erlaubt es nicht« (S. 386). Cellini verweist – wenig bescheiden, wie es die Art dieses »Erzgießers und Erzaufschneiders« (Norbert Miller) ist – auf den bereits gelungenen Guß des Medusenhauptes: »Dies war ein sehr schwerer Guß, wobei ich getan habe, was niemand vor mir in dieser verteufelten Kunst leistete« (S. 387). Die Werkstatt selbst ist vom Feuer bedroht, ein furchtbares Gewitter mit Sturm und peitschendem Regen setzt ein. Der gegen die Naturgewalten kämpfende Künstler wird von einer gefährlichen, fiebrigen Krankheit niedergeworfen: »Ich empfinde ein größeres Übel, als jemals in meinem Leben und gewiß in wenigen Stunden wird es mich umbringen« (S. 390). Ein Mitarbeiter stürmt ins Krankenzimmer und beklagt den mißlungenen Guß – dies freilich bringt Benvenuto augenblicklich wieder auf die Beine: »Sobald ich die Worte dieses Unglücklichen vernahm, tat ich einen solchen Schrei, daß man ihn hätte im Feuerhimmel hören mögen. Ich stand vom Bett auf, nahm meine Kleider und fing an sie anzulegen, und wer sich näherte mir zu helfen, Mägde oder Knabe, nach dem trat und schlug ich, dabei jammerte ich, und sagte: o! ihr neidischen Verräter! dieses Unheil ist mit Fleiß geschehen, und ich schwöre bei Gott, ich will es wohl heraus bringen, und ehe ich sterbe, will ich noch ein Beispiel auf der Welt lassen, daß mehr als einer darüber erstaunen soll« (S. 391). Das apokalyptische Szenario wird noch dadurch verstärkt, daß der Deckel des speziell für diesen Zweck neu errichteten Ofens wegen der zu großen Hitzeentwicklung mit einem furchtbaren Knall platzt und das unerläßliche Zinn der Legierung verbrennt. Jetzt aber kommt die Stunde des Genies, das in einem prometheischen Akt den Guß vollendet – eine Szene, die nicht von ungefähr den Höhepunkt im zweiten Finale von Hector Berlioz' Oper *Benvenuto Cellini* bildet:

> »Da ich aber bemerkte, daß das Metall nicht mit der Geschwindigkeit lief als es sich gehörte, überlegte ich daß vielleicht der Zusatz durch das grimmige Feuer könnte verzehrt worden sein, und ließ sogleich meine Schüsseln und Teller von Zinn, deren etwa zweihundert waren, herbeischaffen, und brachte eine nach der andern vor die Kanäle, zum Teil ließ ich sie auch in den Ofen werfen, so daß jeder nunmehr das Erz auf das beste geschmolzen sah, und zugleich bemerken konnte, daß die Form sich füllte. [...] Dann ging ich froh und gesund zu Bette, es waren zwei Stunden vor Tag, und, als wenn ich nicht das mindeste Übel gehabt hätte, war meine Ruhe sanft und süß« (S. 393).

Das Kunsthandwerk (die Zinnteller) wird der Vollendung der wahren Kunst geopfert. Und so gelingt in der Selbstdarstellung Cellinis im Jahr 1549 der Guß der angeblich ersten vollplastischen Freiskulptur der Renaissance. Der Perseus, der der Medusa das Haupt abschlägt, wird zugleich in Cellinis *Vita* zur Metapher für den autonomen Künstler. Cellini war geradezu prädestiniert, um für das 19. Jahrhundert zum Vorläufer für das eigene Konzept vom romantischen Künstler zu werden. Hierbei tritt der professionsgeschichtliche Aspekt des Aufstiegs vom *artifex* zum *artista* in den Hintergrund, der neue Akzent liegt jetzt auf der Autonomie in rein künstlerischer Hinsicht: Bei Berlioz sind es nicht nur Teller und Schüsseln, die eingeschmolzen werden, sondern Cellini wirft alle seine vorher entstandenen Kunstwerke ins Feuer, um das absolute Meisterwerk zu schaffen. Mit Burckhardt zu sprechen: »Cellini ist ein Mensch, der alles kann, alles wagt und sein Maß in sich selber trägt. Ob wir es gerne hören oder nicht, es lebt in dieser Gestalt ein ganz kenntliches Vorbild des modernen Menschen« (KdR, 311).

Literaturhinweise

Zu Abschnitt 1:

Burckhardt, Jacob: Die Kultur der Renaissance in Italien, Stuttgart, 10. Aufl. 1976.

– Der Cicerone. Eine Anleitung zum Genuss der Kunstwerke Italiens, Stuttgart 1986.

Der Mensch der Renaissance, hrsg. von Eugenio Garin, Frankfurt/M. 1996.

Buck, August: Die Rangstellung des Menschen in der Renaissance: *dignitas* und *miseria hominis*, in: Archiv für Kulturgeschichte 42 (1960), 61-75.

Burke, Peter: Die Renaissance in Italien. Sozialgeschichte einer Kultur zwischen Tradition und Erfindung, Berlin 1984.

– Individuality and Biography in the Renaissance, in: Die Renaissance und die Entdeckung des Individuums in der Kunst. Die Renaissance als erste Aufklärung, Bd. 2, hrsg. von Enno Rudolph, Tübingen 1998, 65-78.

– Die europäische Renaissance. Zentren und Peripherien, München 1998.

Tauber, Christine: Jacob Burckhardts ›Cicerone‹. Eine Aufgabe zum Genießen, Tübingen 2000.

Zu Abschnitt 2:

Petrarca, Francesco: An Francesco Dionigi von Borgo San Sepolcro in Paris, in: Ders.: Dichtungen. Briefe. Schriften, Auswahl u. Einl. von Hanns W. Eppelsheimer, Frankfurt/M. 1980, 88-98.

Groh, Ruth / Groh, Dieter: Petrarca und der Mont Ventoux, in: Merkur 46 (1992), 290-307.

Oevermann, Ulrich: Krise und Muße. Struktureigenschaften ästhetischer Erfahrung aus soziologischer Sicht. Unveröffentl. Vortragsmanuskript, 19.6.1996 [download: http//www.rz.uni-frankfurt.de/~hermeneu/bib_oev.htm].

Ritter, Joachim: Landschaft. Zur Funktion des Ästhetischen in der modernen Gesellschaft, in: Ders., Subjektivität. Sechs Essays, Frankfurt/M. 1974, 141-163; 172-190.

Stierle, Karlheinz: Petrarcas Landschaften. Zur Geschichte ästhetischer Landschaftserfahrung (Schriften und Vorträge des Petrarca-Instituts Köln 29), Krefeld 1979.

Zu Abschnitt 3:

Niccolò Machiavelli: Politische Schriften, hrsg. von Herfried Münkler, Frankfurt/M. 1990.

Buck, August: Machiavelli, Darmstadt 1985.

Kersting, Wolfgang: Niccolò Machiavelli, München 1988.

Münkler, Herfried: Machiavelli. Die Begründung des politischen Denkens der Neuzeit aus der Krise der Republik Florenz, Frankfurt/M. 1984.

Zu Abschnitt 4:

Pico della Mirandola: Oratio de hominis dignitate. Rede über die Würde des Menschen. Auf der Textgrundlage der Editio princeps hrsg. u. übers. von Gerd von der Gönna, Stuttgart 1997.

Manetti, Giannozzo: Über die Würde und Erhabenheit des Menschen, übers. von Hartmut Leppin (Philosophische Bibliothek 426), Hamburg 1990.

Buck, August: Christlicher Humanismus in Italien, in: Ders. (Hrsg.): Renaissance – Reformation. Gegensätze und Gemeinsamkeiten (Wolfenbütteler Abhandlungen zur Renaissanceforschung 5), Wiesbaden 1984, 23-34.

Cassirer, Ernst: Giovanni Pico della Mirandola. A Study in the History of Renaissance Ideas, in: Renaissance Essays, ed. by Paul Oskar Kristeller / Philip P. Wiener, Rochester, 2. Aufl. 1992, 11-60.

Garin, Eugenio: Der italienische Humanismus, Bern 1947, 92-136.

Oevermann, Ulrich: Ein Modell der Struktur von Religiosität, in: Monika Wohlrab-Sahr (Hrsg.): Biographie und Religion. Zwischen Ritual und Selbstsuche, Frankfurt/M. 1995, 27-102.

Rudolph, Enno: Die Entdeckung des Individuums in der Philosophie der Renaissance. Ein Dialog mit Ernst Cassirer über Cusanus, Pico della Mirandola und Pomponatius, in: Romantik und Renaissance. Die Rezeption der italienischen Renaissance in der deutschen Romantik, hrsg. von Silvio Vietta, Stuttgart – Weimar 1994, 15-32.

Zu Abschnitt 5:

Castiglione, Baldesar: Das Buch vom Hofmann, übersetzt u. erl. von Fritz Baumgart, München 1986.

Vespasiano da Bisticci: Große Männer und Frauen der Renaissance. Achtunddreißig biographische Porträts, ausgewählt, übers. und eingel. von Bernd Roeck, München 1995.

Burke, Peter: Die Geschicke des »Hofmann«: zur Wirkung eines Renaissance-Breviers über angemessenes Verhalten, Berlin 1996.

Zu Abschnitt 6:

Leben des Benvenuto Cellini, Florentinischen Goldschmieds und Bildhauers, von ihm selbst geschrieben. Übersetzt und mit einem Anhang herausgegeben von Goethe, in: Johann Wolfgang Goethe: Sämtliche Werke nach Epochen seines Schaffens. Münchner Ausgabe, Bd. 7, hrsg. von Norbert Miller und John Neubauer, München 1991 [mit der Einleitung von Miller, 721-781].

Giorgio Vasari: Leben der ausgezeichnetsten Maler, Bildhauer und Baumeister, hrsg. von Ludwig Schorn u. Ernst Förster, 6 Bde., Stuttgart; Tübingen 1832-1849 [Neudr., hrsg. von Julian Kliemann, Worms 1988].

Baxandall, Michael: Die Wirklichkeit der Bilder. Malerei und Erfahrung im Italien des 15. Jahrhunderts (engl. 1972), Frankfurt/M. 1987.

Hösle, Johannes: Mythisierung und Entmythisierung in den literarischen Selbstdarstellungen der Renaissance (Cellini, Cardano, Montaigne), in: Neohelicon 3 (1975), 109-127.

Miething, Christoph: Virtù als Fortuna. Zur ›Vita‹ des Benvenuto Cellini, in: August Buck (Hrsg.): Biographie und Autobiographie in der Renaissance, Wiesbaden 1983, 73-90.

Misch, Georg: Geschichte der Autobiographie, Bd. IV/2, Frankfurt/M. 1969.

Eckehart Stöve

Das 16. Jahrhundert – eine verpaßte Chance der Toleranz?

Einleitung

Wenn ich die Kirchengeschichte in Form eines Märchens darzustellen hätte und Kindern die Reformation – wie man protestantischerseits sagt – bzw. die Glaubensspaltung – wie man traditionell katholischerseits sagt – zu erläutern hätte, so würde ich auf die ganz unausweichliche Frage, warum Gott, wo er doch seine Kirche so sehr liebt, die Aufspaltung in Konfessionen zugelassen habe, unverzüglich antworten: Gott hat die Kirchenspaltung zugelassen, um seinen lieben Christen Gelegenheit zu geben, sich in Toleranz zu üben. Die Chancen, die Gott ihnen bisher eingeräumt hatte, dadurch daß er die Juden, sein auserwähltes Volk, unter ihnen hat wohnen lassen, haben die Christen nicht nur ungenutzt verstreichen lassen, sondern auch noch große Schuld auf sich geladen. Toleranz jedenfalls haben sie nicht dabei gelernt. Da mußte Gott nun schon zu einem stärkeren Mittel greifen und die Kirchenspaltung eintreten lassen.

Es ist nämlich etwas ganz anderes, ob der Glaubensfeind weit weg oder wenigstens in einem eigenen ausgegrenzten Quartier wohnt oder aber in ganz unmittelbarer Nachbarschaft, ja sogar unter dem gleichen Dach mit mir; denn dann muß ich, auch wenn der Pfarrer am Sonntag in der Predigt Häresie als etwas ganz Unanständiges, etwas Schreckliches, Unreines, Giftiges, Pestartiges in den gräßlichsten Farben schildert, mit ebendiesem von der Pest befallenen Menschen einen Modus vivendi in den vielen kleinen Dingen des Alltags finden.

Und genau das war in so manchen Adelsfamilien und in vielen bikonfessionellen Reichsstädten an der Schwelle zur Neuzeit der Fall. In solchen Situationen erfahre ich dann im Laufe der Zeit, daß der Nachbar, obwohl er ja, da er die konsekrierte Hostie anbetet und die Heiligen verehrt, wegen solcher abergläubischen Scheußlichkeiten unweigerlich in die Hölle kommen muß, ansonsten aber ein ganz normaler Mensch und kein Monster ist, ja sogar ganz vernünftig zu argumentieren vermag, und sich bei Auseinandersetzungen in den kleinen Dingen des Alltags absolut fair verhält. Hingegen meine geliebten Glaubensgenossen, die Gott für die ewige Seligkeit auserwählt hat, es oft genug an brüderlicher Liebe mangeln lassen.

So lerne ich, daß vieles, was nicht zusammenpassen dürfte, sich sehr wohl gut verträgt, und vieles, was eigentlich gut zusammenpassen, ein

Herz und eine Seele sein sollte, so überhaupt nicht miteinander auskommt. In diesem Moment kommt es darauf an, ob ich die mir geschenkten Gottesgaben, die Vernunft und den festen Glauben, recht gebrauchen und in ein richtiges Verhältnis zueinander zu setzen vermag. Gelingt mir das nicht, so verliere ich nicht nur das eine oder das andere, sondern beides zusammen.

Nun wird es allmählich zu schwierig, die Geschichte weiter in Märchenform zu packen. Ich kehre deshalb zu mir vertrauteren Darstellungsformen zurück.

Darstellungen des 15. Jahrhunderts verweisen oft auf die Janusköpfigkeit, die Doppelgesichtigkeit jenes Jahrhunderts: Einerseits ›Herbst des Mittelalters‹, andererseits Ankündigung von neuen Umwälzungen wie Reformbewegungen, Renaissance und Humanismus. Eine ähnliche Doppelgesichtigkeit läßt sich wohl in jedem Jahrhundert ausmachen. Im 16. Jahrhundert springen die Gegensätze aber geradezu ins Auge.

Auf der einen Seite Rechtssicherheit durch die Landfriedensordnung, die Kaiser Maximilian I. 1495 auf dem Wormser Reichstag verkündete, Formulierung eines *ius publicum*, eines Völkerrechtes, Religionsfrieden im Reich nach dem Augsburger Reichstag von 1555 (»cuius regio eius religio«), nach den grausamen Hugenottenkriegen in Frankreich endlich ein Religionsfriede auch ohne Lösung der Wahrheitsfrage (Edikt von Nantes 1598), die Erschließung neuer Kontinente (erste Erdumseglung durch die Flotte des Portugiesen Fernão de Magalhães 1519-1521), Revolutionierung des mittelalterlichen Weltbildes durch die Hinwendung zu einem heliozentrischen Weltbild (Nikolaus Kopernikus: *De Revolutionibus Orbium Coelestium*, 1543 veröffentlicht), die literarische Vernetzung durch das im Jahrhundert zuvor erfundene Medium, den Buchdruck, die Bildungsexpansion durch städtische und fürstliche Schulen, durch Universitätsneugründungen, vor allem aber durch die Ordensschulen der Jesuiten und Oratorianer, und – last but not least – die rasante Belebung der historischen Forschung.

Auf der anderen, der negativen Seite sind aber nicht zu übersehen: Zunächst das frappierendste Übel der frühen Neuzeit, Hexenwahn und Hexenverfolgung, sodann der Völkermord in Amerika, Judenvertreibung, Scheiterhaufen für Häretiker, Bücherverbrennungen, Inquisition, Zensur, Verbot glaubens- und sittengefährdender Bücher (*Index librorum prohibitorum*, 1559), Aberglaube in allen Schattierungen.

Die Doppelgesichtigkeit ist also kein Jahrhundertspezifikum, weder des 15. noch des 16. Jahrhunderts. Insbesondere im Jahrhundert der Kirchenspaltung ist die Versuchung aber besonders groß, sich entweder in der Vielfalt der Aspekte zu verlieren oder in groben Pinselstrichen zu vereinfachen, konfessionalistisch zu glorifizieren oder zu dämonisieren. Um die Vielfalt der historischen Phänomene zu strukturieren, soll die nachfolgende Darstellung in drei thematisch-chronologischen Blöcken eine mögliche Antwort auf die Frage vorbereiten, ob das 16. Jahrhundert als eine verpaßte Chance der Toleranz gelten muß oder nicht.

I. Aufbruch und Katastrophe in den 20er Jahren

Beginnen wir mit dem Jahr 1520. Die Frankfurter Kaiserwahl im Juni 1519, bei der der Enkel des im Januar verstorbenen Kaisers Maximilian I. gegen den ausdrücklichen Willen der römischen Kurie als Sieger hervorgegangen ist, hat die Humanisten, die progressiven Intellektuellen jener Zeit, zumindest im Heiligen Römischen Reich in Euphorie versetzt. Auch Martin Luther, der umstrittene Wittenberger Mönch und Professor, läßt sich von dieser Welle mitreißen und ruft 1520 die Angehörigen des »christlichen Adels« auf, als Christen das christliche Werk der Reform nicht zu versäumen und die römische Mißwirtschaft endlich zu beenden. Luther erklärt dabei Karl V. zum Hoffnungsträger der Reformbewegung: »Gott hat uns ein junges, edles Blut zum Haupt gegeben und damit viel Herzen zu großer guter Hoffnung erweckt.« Vor allem der Ablaßhandel war für diese Intellektuellen der schlagendste Beweis dafür, wie moralisch und spirituell verkommen Rom ist.

Bei dieser Vogue des Aufbruchs fließt vieles zusammen: das nun schon seit Jahrzehnten auf den Reichstagen gesammelte Belastungsmaterial, die sogenannten *Gravamina Nationis Germaniae* gegen die römische Kurie, ein humanistisch gefärbter Nationalismus, wie er bei Ulrich von Hutten am ausgeprägtesten in Erscheinung tritt, die *bonae litterae*, das Bildungsideal des Erasmus von Rotterdam, auf das sich zu dieser Zeit noch alle berufen konnten. Die unter der Federführung des Ingolstädter Theologieprofessors Johannes Eck zustande gekommene römische Verurteilung Luthers und die Publikation der Bannandrohungsbulle *Exsurge Domine* (1520) änderte zunächst an der euphorischen Stimmung wenig. Eine Verurteilung, die auch solche Sätze wie: »Haereticos comburi est contra voluntatem Spiritus« (»Daß Häretiker verbrannt werden, ist gegen den Willen des Heiligen Geistes«: Satz 33) als häretisch, skandalös oder fromme Ohren beleidigend bezeichnet, klingt nicht sehr überzeugend – zumal im Zeitalter des Humanismus. Das *Roma locuta, causa finita* – der Anspruch der römischen Kurie also, strittige Fälle in Fragen des Glaubens, der Sitten oder der Kirchenordnung abschließend zu entscheiden – galt im Alltag nicht sehr viel. So wurde auch nach vollzogenem Kirchenbann und trotz des erbitterten Widerstandes des römischen Legaten Hieronymus

Aleander Luther 1521 vor den Wormser Reichstag, das höchste Organ des Reiches, geladen, damit die Stände sich ein eigenes Urteil bilden sollten. Nach dem vorläufigen Scheitern einer politischen Lösung des Konfliktes spiegelt sich in den abschließenden selbstbewußten Worten Luthers vor Kaiser und Reich nicht nur die Rückendeckung des humanistisch geprägten Hofes des sächsischen Kurfürsten Friedrich der Weise wieder, sondern auch ein Selbstbewußtsein, auf der Höhe seiner Zeit zu stehen:

> »Weil Eure geheiligte Majestät und Eure Herrschaften es verlangen, will ich eine schlichte Antwort geben, die weder Hörner noch Zähne hat: wenn ich nicht durch das Zeugnis der Heiligen Schrift oder vernünftige Gründe überwunden werde [*nisi convictus fuero testimoniis scripturarum aut ratione evidente*] – denn weder dem Papst, noch den Konzilien allein vermag ich zu glauben, da es feststeht, daß sie wiederholt geirrt und sich selbst widersprochen haben –, so halte ich mich überwunden durch die Schrift, auf die ich mich gestützt habe, so ist mein Gewissen im Gotteswort gefangen, und darum kann und will ich nichts widerrufen, weil gegen das Gewissen zu handeln weder sicher noch lauter ist. Gott helfe mir. Amen!« (Weimarer Gesamtausgabe [WA] 7, 838).

Evangelium und Vernunft, Frömmigkeit und Gelehrsamkeit, moralische Integrität und reines Gewissen – all das, was bei Erasmus »Philosophia Christi« genannt wurde, trägt die reformatorische Bewegung auch weiterhin, trotz des kaiserlichen Ediktes gegen den Ketzer. Das gilt insbesondere für die Auseinandersetzung Luthers mit seinem Doktorvater, dem Professorenkollegen Andreas Bodenstein, nach seinem Heimatort Karlstadt genannt. Karlstadt war zum Protagonisten der Neuerer in Wittenberg geworden, nachdem Luther aus politischer Klugheit heraus auf der Wartburg untergetaucht war. Gegen die fundamentalistische Bibelauslegung Karlstadts, der das reformatorische *sola-scriptura*-Prinzip buchstäblich nimmt und eben nicht »ratione evidente« filtert, gegen dessen biblizistisch begründeten Bildersturm, wendet sich Luther eben aus Gründen der natürlichen Vernunft und Einsicht. In den berühmten *Invocavit*-Predigten des Jahres 1522 verurteilt Luther die fundamentalistische Bilderstürmerei aufs schärfste und bindet erneut Heilige Schrift und vernünftige Einsicht zusammen.

Gleiches läßt sich auch von weiteren markanten Schriften der nächsten Jahre sagen: *Daß eine christliche Versammlung oder Gemeinde Recht und Macht habe, alle Lehre zu urteilen und Lehrer zu berufen, ein- und abzusetzen, Grund und Ursach aus der Schrift* (1523), eine Art »hohes Lied« auf das allgemeine Priestertum aller Getauften, oder *Von weltlicher Ober-*

keit, wie weit man ihr Gehorsam schuldig ist (1523), wo Luther seine Zwei-Reiche-Lehre exponiert. Diese Schrift leistet ein Doppeltes, nämlich die Bergpredigt als durchaus vereinbar mit einer vernünftigen Politik zu erweisen und zugleich die Unabhängigkeit des Gewissens bei aller Gehorsamspflicht gegenüber obrigkeitlichen Stellen zu wahren.

Noch eine weitere kleine Schrift sei genannt: *Der 127. Psalm ausgelegt an die Christen zu Riga und Livland* (1524), wo politische Klugheit, politische Entscheidungen in absoluter Unabhängigkeit von der Religion zu fällen, empfohlen wird – worauf der theokratische Fanatiker Thomas Müntzer in seiner im Juli 1524 auf dem Allstedter Schloß vor Herzog Johann von Sachsen, dem kursächsischen Thronfolger und Bruder Friedrichs des Weisen, gehaltenen »Fürstenpredigt« nur mit der Mobilisierung des alten Ketzerrechtes antworten konnte.

Das Scheitern dieser humanistischen Verbindung von Evangelium und Vernunft, Frömmigkeit und Gelehrsamkeit, moralischer Integrität und reinem Gewissen, das Scheitern der *Philosophia Christi*, läßt sich chronologisch sehr gut fixieren. Es ist das Jahr 1525, das Jahr des Bauernkrieges und das Jahr der Schrift Luthers gegen Erasmus von Rotterdam: *De servo arbitrio*, »Vom unfreien Willen«. Mit diesen Ereignissen, einem politischen und einem literarischen, hat die reformatorische Bewegung ihre Unschuld verloren. Von Stund an treten Vernunft und Offenbarung, Evangelium und natürliche Moral auseinander. Der Traum von einer großen umfassenden Erneuerung zerspringt in eine Vielzahl sich untereinander befehdender Richtungen. Von Stund an muß man sich entscheiden: für Luther oder für Erasmus, für die Wittenberger oder für Rom, für die Deklassierten oder für das Establishment.

Und doch bleibt noch vieles offen. Bis in die 60er Jahre des Jahrhunderts gibt es kirchliche und politische Kreise, die die Kirchenspaltung – die ja keiner gewollt, weil jeder den anderen für sich vereinnahmen wollte – nicht akzeptieren wollten und einen Weg der Mitte, eine *via media*, zu gehen versuchten. Doch ist der Enthusiasmus der Frühzeit in der Katastrophe von 1525 begraben. Der Traum vom institutionsfreien, authentischen christlichen Leben ist vorbei. Die evangelische Bewegung ist gespalten in einen gemäßigten und in einen radikalen Flügel. Der gemäßigte Flügel koaliert mit dem altgläubigen Lager in Krisenzeiten und läßt vor den gemeinsamen Interessen politischer Stabilität und Solidarität den dogmatischen Dissens in den Hintergrund treten. Dynastische und wirtschaftliche Interessen haben allemal wenig Rücksicht auf konfessionelle Überzeugungen genommen.

Was nun folgt, hat wenig zu tun mit einer spontanen, enthusiastischen Bewegung. Strategische Überlegungen und sozialdisziplinarische Maßnahmen wie Visitationen, diplomatische Absprachen, Strukturmaßnahmen bestimmen die Landschaft. Eine gemeinsame Referenz in Form der »ratio evidens« wird nicht mehr beschworen, wohl aber eine des politischen Interesses, angefangen vom Reichstag zu Speyer 1526 bis hin zu dem von Augsburg 1555. Von diesem gemeinsamen Interesse her wurde alles, was nicht fürstlich approbiert war, als Sektiererei verfolgt. Die Religionsgespräche, in der Hoffnung der Annäherung allenthalben organisiert, folgen alle der gleichen Dramaturgie: Mühsam wird ein weitreichendes Einvernehmen gefunden und dem Gewissen abgerungen; ein einziger kontrovers gebliebener Gegenstand reicht jedoch aus, um den Konsens aufzukündigen, und den Kontrahenten, mit dem man zwar zu 99 % einig ist, in 1 % aber anderer Meinung, in den tiefsten Schlund der Hölle zu verdammen.

Die Angelegenheit hätte sich vielleicht in einem Patt austariert, vielleicht hätte unter fürstlichem Druck die Einheit doch noch auf einer reformkatholischen Ebene realisiert werden können, hätte es nicht am kaiserlichen Hof die seit den Zeiten des Großkanzlers Mercurino Gattinara kursierende Wahn-Idee einer *monarchia universalis* gegeben. Die Idee einer weltumspannenden Herrschaft ist zwar nicht neu, hat aber durch den aus der klugen Heiratspolitik Maximilians sich ergebenden dynastischen Zufall (Burgund, Spanien – Kastilien und Aragon, die angegliederten Reiche in Italien, die Eroberungen in Amerika, das Heilige Römische Reich Deutscher Nation) unmittelbare Nahrung gefunden. Es genügt, diesen dynastischen Zufall als göttliche Schickung zu interpretieren, und schon setzt man das Wohl des ganzen Staates daran, jene göttliche Schikkung einzuklagen. Das tragische Scheitern jener großartigen Idee der Weltherrschaft, des *dominium mundi*, ist zugleich die Geburt einer neuen Ordnung, einer Konstellation, die dem Pluralismus und der Toleranz eine neue Chance einräumt. Dies ist das Thema des zweiten Kapitels.

II. Gemeinwohl vor Wahrheit

Wir springen ins Jahr 1547. Der französische König Franz I. hat 1544 im Frieden von Crépy seine Niederlage gegenüber Karl V. eingestanden und sich den dynastischen imperialen Vorstellungen gebeugt. Im Frühjahr 1547 waren die protestantischen Fürsten in der Schlacht bei Mühlberg vernichtend geschlagen und die führenden Repräsentanten in kaiserlichen Gewahrsam genommen worden. Tizians berühmtes Bild im Prado mit dem Kaiser zu Pferd und in glänzender Rüstung fängt das kaiserliche Erfolgsgefühl treffend ein. Zugleich war endlich, 1545, in Trient, auf kaiserlichem Boden also, das Konzil zusammengetreten, das eine gründliche

Kirchenreform bringen und die zerbrochene Einheit wiederherstellen sollte. Während nun die protestantischen Theologen teils in Anpassung an den kaiserlichen Reformkatholizismus sich übten, teils der Fahne aufrechter Märtyrergesinnung sich verschrieben, machte in Rom der Farnese-Papst Paul III. dem Kaiser einen Strich durch die Rechnung. Die Einheit der Kirche mit dem Verlust der *libertas ecclesiae* zu bezahlen, das war ihm ein zu teurer Preis. Handstrichartig verlegte er das Konzil 1547 von Trient nach Bologna, auf päpstlichen Boden. Der kaiserliche Wunsch, notfalls mit Gewalt die kirchliche Einheit zu erzwingen, war damit zerstoben.

Wenige Jahre später, nach der Wahl des prokaiserlichen Kardinals Giovanni Maria Monte zum Papst Julius III. im Jahre 1550, kam erneut Bewegung in das suspendierte Konzil, das wiederum nach Trient zusammengerufen wurde. Diesmal waren dank kaiserlichen Druckes auch die Protestanten, zumindest diejenigen, die nicht im Exil den Märtyrer spielen wollten, beteiligt. Wiederum ist es die *libertas*-Idee, die den Kaiser um seinen Erfolg bringt. Diesmal wird sie nicht von kirchlicher Seite erhoben, sondern aus dem Lager der Fürsten erschallte die antikaiserliche Freiheitsparole. Karl V. hatte auf dem Höhepunkt seiner Macht, nicht nur gegen den Widerstand der Fürsten des Reichs, sondern auch gegen erheblichen Widerstand in seiner eigenen Familie, der *Casa d'Austria*, die sogenannte *spanische Sukzession*, einen Wechsel zwischen Spanien und Österreich in der Kaiserwürde, durchgesetzt. Von der politischen Propaganda geschickt zum »viehischen spanischen Servitut« gemünzt, die Erinnerung an die Arroganz und Brutalität der Zigarren rauchenden spanischen Reiter in schwarzer Rüstung aus der Zeit des Religionskrieges wach haltend, wurde die Politik Karls V. angeprangert.

So fanden sich die deutschen Fürsten bereit, mit dem Erzfeind des Kaisers, dem französischen König, ein Bündnis einzugehen. Der Kopf dieser Fürstenverschwörung war ein junger sächsischer Fürst, Moritz von Sachsen, der gerade erst (1547) vom Kaiser zum Kurfürsten erhoben worden war. Wegen seiner prokaiserlichen Option im Religionskrieg war er von den Protestanten als »Judas von Meißen« verunglimpft worden. Er genoß das kaiserliche Vertrauen und hatte kaiserliche Truppen zur Verfügung, um das im Schmalkaldischen Krieg ausgesparte Magdeburg zur letztendlichen Übergabe zu zwingen. In einer Blitzaktion wendete Moritz von Sachsen seine Truppen aber gegen den in Innsbruck weilenden Kaiser, der sich zur Flucht über die Alpen nach Villach veranlaßt sah. Das Gerücht von der Fürstenrevolte verbreitete sich schnell, und das in Trient versammelte Konzil stob auseinander.

Der Erfolg der Fürstenrevolte ist dem moderaten Kriegsziel zu verdanken, das der Anführer, Moritz von Sachsen, sich setzte:

1) Befreiung der inhaftierten protestantischen Fürsten, insbesondere die seines Schwiegervaters, des Landgrafen Philipp von Hessen;
2) Beseitigung der spanischen Sukzession zugunsten der pro-österreichischen Regelung;
3) Freistellung der Religionsfrage im Sinne des Speyerer Reichstagsabschieds von 1544.

Diese Ziele konnten im Passauer Vertrag von 1552 durchgesetzt werden. Das entsprechende Einverständnis mit den Vertretern der österreichischen Linie, mit König Ferdinand und dessen Sohn Maximilian II., hat sich leicht ergeben. Der Kaiser selbst hielt sich zurück in der Hoffnung, durch einen militärischen Schlag gegen Frankreich das Rad noch einmal, wie schon so oft, zu seinen Gunsten zu wenden. Doch die Belagerung von Metz – im Vertrag von Chambord hatten die revoltierenden Fürsten Frankreich die Schutzherrschaft über die Reichsbistümer Metz, Toul und Verdun angetragen – war ein Fehlschlag. Karl zog sich in seine Heimat nach Flandern zurück und ließ das Reich zu einer Beute plündernder Truppen werden. Die neue Autorität, Kurfürst Moritz von Sachsen, fiel, kaum 30jährig, bei dem Versuch, Ordnung zu stiften, nach der gewonnenen Schlacht bei Sievershausen einem Anschlag zum Opfer. So dauerte es noch über zwei Jahre, bis die fürstliche Selbsthilfe auf dem Augsburger Reichstag 1555 zum Erfolg führte und die Anarchie im Reich beendete.

Zentrales Thema in Augsburg war – Friede im Reich. Es wurde ein umfassendes Instrumentarium geschaffen, die *Augsburger Landfriedensordnung*, um im Reich in effektiver Weise Rechtssicherheit und Frieden durchzusetzen. Die Religionsfrage war ein essentieller Teil dieser neuen Friedensordnung:

> »Und damit sölcher fried auch der spaltigen religion halben, wie aus hievor vermelten und angezogenen ursachen die hohe notturft des heiligen reichs Teutscher nation erfordert, desto bestendiger zwischen der Röm. Kei. Mai., uns, auch churfürsten, fürsten und stenden des heil. reichs Teutscher nation angestelt, aufgericht und erhalten werden möchte, so sollen die Kei. Mai., wir, auch churfürsten, fürsten und stende des heil. reichs keinen stand des reichs von wegen der Augspurgischen confession und derselbigen lehr, religion und glaubens halb mit der tat gewaltiger weiß uberziehen, beschedigen, vergewaltigen oder in anderere wege wider sein conscienz, gewissen und willen von dieser Augspurgischen confessions religion, glauben, kirchengebreuchen, ordnungen und ceremonien … tringen oder durch mandat oder in einiger anderer gestalt beschwären oder verachten, sondern … rüg-

> lich und friedlich bleiben lassen ..., alles bei Kei. und Kö. würden, fürstlichen ehren, waren worten und peen des landfriedens ...« (§ 3).

Die Durchsetzung von Wahrheit und die Verhinderung von Irrtum ist, wenn sie zu Zwangsmaßnahmen greift, künftig Unrecht und soll von Rechts wegen geahndet werden. Eine weitere Bestimmung formuliert entsprechend die Friedensgarantie für die Altgläubigen, also die römisch verbliebenen Stände. Gegen den Willen der Theologen wurde von den Diplomaten dieses Instrument durchgesetzt.

Das absolut Neue in der damaligen Situation ist, daß man zum ersten Mal damit rechnet – zumindest zum ersten Mal die Eventualität formuliert –, die Kirchenspaltung könne von Dauer sein; auch für diesen Fall soll der Frieden gelten:

> »Wo dan solche vergleichung durch die wege des generalconciliuns, nationalversamblung, colloquien oder reichshandlungen nit erfolgen würde, sol alsdann nichts destoweniger dieser friedstand in allen oberzelten puncten und articuln bei kreften biß zu endlicher vergleichung der religion und glaubenssachen bestehn und pleiben; und sol also hiemit obberürter gestalt und sonst in alle wege ein bestendiger beharlicher unbedingter, für und für, ewig werender fried aufgericht und beschlossen sein und pleiben« (§ 12).

Wie schwer man sich damit tat, diese Eventualität ins Auge zu fassen, kann man der Formulierung entnehmen, die die Spaltung als Dauerzustand nur in paradoxen Wendungen auszudrücken vermochte.

III. Die Respektierung des Gewissens, oder: Der brandenburgische Religionsfriede am Niederrhein

Am Niederrhein treffen wir, um ein halbes Jahrhundert verschoben, auf eine dem Reich in gewissem Sinne analoge Situation. Die humanistische Politik der *via media*, die die Regierung Johanns III. und die ersten Jahrzehnte der Regierung Wilhelms V. prägte, hatte hier ein Klima geschaffen, das der Aufbruchsstimmung der 20er Jahre im Reich durchaus vergleichbar ist. Auch kirchenpolitisch lassen sich Vergleiche zwischen der Relation von Reichsständen und Kaiser einerseits, Landständen und herzoglicher Regierung andererseits ziehen. Um seine militärischen und politischen Ziele zu erreichen, brauchte der Kaiser das Geld der Fürsten und der Reichsstädte. Um die Stände kooperationsbereit zu stimmen, machte der Kaiser Zugeständnisse, eben auch Zugeständnisse auf religiösem Gebiet. In der Geldknappheit des Hofes lag auch in den niederrheinischen Herzogtümern die Chance der Landstände. Sie setzten, wie ein halbes Jahrhundert zuvor, ihr Steuerbewilligungsrecht ein, um sich Freiraum für religiöse Überzeugung zu erkaufen.

Auch zu dem Ausgang dieses ständischkaiserlichen Tauziehens auf Reichsebene läßt sich eine Parallele am Niederrhein finden. Ebenso wie Moritz von Sachsen durch seinen kühnen Putsch gegen den Kaiser neue Verhältnisse schuf, die den Weg für die konfessionsparitätischen Vereinbarungen des Augsburger Religionsfriedens bahnten, so hat die vereinigte brandenburgisch-pfalz-neuburgische Besitzergreifung der Herzogtümer nach dem Tod des dem Wahnsinn verfallenen Prinzen Johann Wilhelm im Jahre 1609 faits accomplis geschaffen. Was der Augsburger Religionsfriede für das Reich, waren die sogenannten Reversalien von 1609 am Niederrhein. Dabei handelt es sich um geheime Zusatzabkommen zwischen Fürsten und Landständen, die auf dem Revers, der Rückseite, eines Dokuments festgehalten wurden.

Zwar wurde noch Jahrzehnte um die rechte Auslegung der Reversalien zwischen dem protestantischen Brandenburg und den seit 1614 katholischen Pfalz-Neuburgern gerungen – im Vertrag von Xanten fielen Kleve, Mark und Ravensberg an den calvinistischen Johann Sigismund von Brandenburg, Jülich und Berg an den katholischen Pfalzgrafen Wolfgang Wilhelm – ebenso wie im Reich, wo die Konfessionsparteien durch eigenwillige Interpretation und durch Umgehung der Bestimmungen sich Vorteile zu verschaffen suchten, die Friedensregelungen selbst aber nie ernsthaft in Frage gestellt wurden – auch von der Kurie nicht –, so wurden auch die Reversalien selbst, bei allem Streit um ihre Auslegung, von den Possedierenden, also Brandenburg und Pfalz-Neuburg, nie ernsthaft zur Disposition gestellt.

Die Reversalien waren jedoch nicht ein simples Remake des Augsburger Religionsfriedens. Die Zusicherung der Possidierenden an die Stände gehen weit über die Augsburger Vereinbarungen hinaus. In Augsburg einigten sich altgläubige und lutherische Fürsten, die sog. Augsburger Konfessionsverwandten, darauf, daß sie für die Zeit, bis die kirchliche Einheit wiederhergestellt sei, die Konfessionsverschiedenheit nicht zur Begründung politischer und militärischer Zwangsmaßnahmen mißbrauchen wollten. Beides, die Eingrenzung des Friedens auf Altgläubige und Lutheraner und die Perspektive: »bis zur endlichen Vergleichung«, machte am Niederrhein um 1609 keinen Sinn mehr. Waren es hier doch die Reformierten, die die Seele des Widerstandes gegen den gegenreformatorischen Druck des Hofes waren – von den Täufern, die in den lutherischen Glaubensartikeln als häretisch ausgegrenzt und von den Gutachten Wittenberger Theologen als Staatsfeinde inkriminiert wurden, ganz abgesehen. Auch die Perspektive eines ›endlichen Vergleichs‹ entsprach nicht mehr der nachtridentinischen Epoche.

Die neue Formel, die man am Niederrhein für die Bestandsgarantie der abweichenden Konfession verwendete, lautete: »... Niemanden in seinem Gewissen zu turbiren, zu molestiren noch zu betrueben.« Im Revers des Markgrafen Ernst von Brandenburg und des Pfalzgrafen Wolfgang Wilhelm für die Stände des Herzogtums Jülich vom 21. Juli 1609 heißt es entsprechend:

> »Die Catholische Römische, wie auch alle andere christliche Religion wie sowol im Römischen Reich als den vorstehenden Fürstentumb Cleve und Graffschaft von der Marck in offentlichen Gebrauch und Übung auch in diesem Fürstenthumb Julich an einem jeden Ort offentlich zu üben und zugebrauchen, zuzulassen, zu continuiren und zu manuteniren, und druber Niemand an seinem Gewissen noch Exercitio zu turbiren, zu molestiren noch zu betrüben« (Keller III, 144).

Ein entsprechendes Revers war kurz zuvor auch den clevisch-märkischen Landständen am 14. Juli 1609 ausgestellt worden.

Die Gewissensformel war bereits von Wilhelm V. um 1560 benutzt worden (Keller I 93). Ihr Vorteil war es, daß sie vermied, bestimmte konfessionelle Denominationen explizit ein- bzw. auszugrenzen. So waren – bei gutwilliger Interpretation – letztlich auch die Täufer eingeschlossen, ein für das Reich in dieser Zeit unerhörter Vorgang.

Die Überzeugung, daß Frieden, Prosperität des Landes, dynastische Stabilität höhere Güter als religiöse Wahrheit sind, wird oft als Gesinnungsschwäche oder Opportunismus stigmatisiert. Es wird dabei übersehen, daß eben in dieser Überordnung des politischen Interesses und in der Privatisierung der religiösen Überzeugung der Schlüssel zur Überwindung des zerstörerischen konfessionellen Konfliktes lag.

Auch wenn der Sorge um die politische Stabilität der Vorrang eingeräumt wird, so befinden wir uns aber noch in einer Zeit, die durch und durch religiös geprägt ist und in der es an Beispielen nicht mangelt, für die religiöse Überzeugung vielerlei Nachteile auf sich zu nehmen. Es ist also von einem Gewissenskonflikt zwischen Frömmigkeit und politischer Verantwortung auszugehen. Dieser Konflikt konnte nun entweder pragmatisch-opportunistisch oder selbst wiederum religiös gelöst werden. Beide Wege wurden im 16. Jahrhundert beschritten. Religiös war der Konflikt nur zu bewältigen, wenn die ›innere Wahrheit‹ der Religion den äußeren, rituellen und zeremoniellen Frömmigkeitspraktiken übergeordnet blieb. Dies war von Anfang an das Anliegen eines Erasmus von Rotterdam. Dafür hat er geschrieben, deswegen blieb er allen Religionsparteiungen fern.

Die Idee, daß Toleranz ein Gemeinwesen nicht destabilisiert – wie die gegenreformatorische Propaganda es gerne wahrhaben möchte –, sondern vielmehr im Interesse sozialer Stabilität geradezu geboten ist, eine solche revolutionäre Idee vermochte erst das 17. Jahrhundert zu formulieren und argumentativ plausibel zu machen. Dies ist die große Leistung des niederländischen Philosophen Baruch Spinoza und seines *Theologisch-politischen Traktats* von 1670. Das Programm dieser in vielerlei Hinsicht außergewöhnlichen Schrift geht aus dem Untertitel hervor: »Abhandlungen, in denen gezeigt wird, daß die Freiheit zu philosophieren nicht nur unbeschadet der Frömmigkeit und des Friedens im Staat zugestanden werden kann, sondern daß sie nur zugleich mit dem Frieden im Staat und mit der Frömmigkeit selbst aufgehoben werden kann.«

IV. Rückblick und Ausblick

Was hat das 16. Jahrhundert geleistet, was ist der Ertrag, wo sind seine Schwächen, was bleibt für die folgenden Jahrhunderte noch zu tun – wenigstens in der Perspektive des Theologen, nicht des Ökonomen, des Politikers, des Kunsthistorikers oder des Allgemeinhistorikers. Diese würden von ganz anderen Dingen sprechen: von den geographischen Entdeckungen und den Erfindungen, vom Buchdruck, von der humanistischen Gelehrsamkeit, von den heute noch faszinierenden Leistungen der Renaissance, von dem neuen Weltbild, von dem neuen Menschenbild. Aufgabe des Kirchenhistorikers hingegen ist es zunächst, die christliche Religion und deren Auswirkungen auf die Gesellschaft zu untersuchen.

In dieser Perspektive sind unter den *positiven* Errungenschaften des 16. Jahrhunderts an erster Stelle zu nennen:

- Die zunehmende Verrechtlichung der Gesellschaft, die Emanzipation des Rechts und der Politik von Moral und Religion, kurz, von der Wahrheitsfrage.
- Die Beseitigung des Fehdewesens in der Landfriedensordnung von 1495 ist der Eckstein, auf dem das Jahrhundert ruht. Der allgemeine Landfriede ist dann auch die Basis, die die verschiedenen religiösen Stillhalteabkommen und schließlich den Religionsfrieden von Augsburg 1555 trägt.
- Die Überordnung des Gutes des Friedens über das Gut der Wahrheit ist auch der Geist, der die übrigen Friedensschlüsse in Religionsdingen trägt, sei es – hier in nationaler Begrenzung ausgespart – das Edikt von Nantes (1598) oder – nur kurz gestreift – die brandenburgischen Reversalien an die niederrheinischen Stände (1609).

- Der Verrechtlichung des politischen und kirchlichen Lebens ist es zu danken, daß die Reformation nach dem Scheitern der euphorischen humanistischen Anfänge nicht in einen brutalen Fundamentalismus abgesunken ist – und dies, obwohl Ansätze dazu überreich vorhanden waren.

Eine stattliche Reihe weiterer Erfolge ließe sich leicht zusammenstellen: Der Aufschwung der Gelehrsamkeit (Humanismus), die Pflege der *bonae litterae,* der Ausbau des Schulwesens an städtischen oder landesherrlichen Schulen, an Fürstenschulen, bei den Jesuiten und Oratorianern, die Katechetisierung des Landes und die Kontrolle durch Visitationen, die Erweiterung der Welt, die kopernikanische Wende und manches andere mehr.

Negativ hingegen sind zu vermerken:

- Die fortdauernde Befangenheit im Aberglauben, im Teufels- und Engelsglauben, der einerseits die Geborgenheit des Gebets, andererseits aber auch die Qual der Höllenängste aus sich herauszusetzen vermag.
- Das Verharren im magischen Weltbild und in astrologischer Verstiegenheit, und dies trotz der Entdeckungen des Kopernikus.
- Eine stupende Gelehrsamkeit, jedoch keine historisch-kritische Forschung im eigentlichen Sinne – dazu fehlten die Errungenschaften der empirischen Naturwissenschaften.
- Der fortgesetzte Antijudaismus; denn das humanistische Ideal des *ad fontes* (»zurück zu den Quellen!«) hatte nur ansatzweise ein neues Verhältnis zu den Juden (Reuchlin, Cajetan) gebracht; verbreiteter war Ablehnung und Ausweisung. Erst die folgenden Jahrhunderte, Pietismus und Aufklärung, bringen hier die überfälligen Kurskorrekturen – und dies meist auch nur teilweise.
- Die Hexenprozesse, die eben nicht dem »dunklen Mittelalter«, sondern der »hellen« frühen Neuzeit angehören.
- Die Inquisition, die 1540 als zentrale römische Behörde reorganisiert wurde.

Die letzten beiden Beispiele zeigen, daß die Juridifizierung der Gesellschaft, auch wenn sie zur Humanisierung der Gesellschaft unbedingt notwendig ist, für die Durchsetzung eines menschenwürdigen Lebens nicht ausreicht. Ebenso wie die Technik zum Wohle der Menschheit wie auch zu ihrer Zerstörung eingesetzt werden kann, so kann das segensreiche Werkzeug des Rechtes zu den abscheulichsten Bestialitäten verwendet werden. Dafür sind beide Beispiele, die Hexenprozesse und die Inquisitionsprozesse, typisch. Inquisition und Hexenprozesse sind zwar juristisch geregelte, also rationale Verfahren, und keine Pogrome oder Exzesse blutrünstiger Gewalttäter. Wenn jedoch die Grundannahmen irrational sind, so lassen sie sich auch nicht durch ein noch so durchrationalisiertes Verfahren humanisieren, und hier hatte das 16. Jahrhundert noch einen erheblichen Nachholbedarf.

Ist das 16. Jahrhundert eine verpaßte Chance der Toleranz? Es gibt leider viele Beispiele, die dazu drängen, diese Frage zu bejahen. Dennoch kann das 16. Jahrhundert auf manches mit Recht stolz sein. Ein Problem allerdings ist bis heute unverdaut geblieben: das Vorurteil, daß der Einheit ein höherer Wert beigemessen werden müsse als der Vielheit. Sollten wir nicht endlich versuchen, uns auch dieses Vorurteils zu entledigen, und anfangen, die Kirchenspaltung nicht als Unglück, sondern als Segen zu begreifen? Dies ist wohl das geheime Vermächtnis dieses Jahrhunderts.

Literaturhinweise

Aland, Kurt: Hilfsbuch zum Lutherstudium, Bielefeld, 4. Aufl. 1996.

Bornkamm, Heinrich: Das Problem der Toleranz im 16. Jahrhundert, in: Ders., Das Jahrhundert der Reformation (it 713), Frankfurt/M. 1983, 342-379.

Brandi, Karl (Hrsg.): Der Augsburger Religionsfriede vom 25. September 1555, Göttingen, 2. Aufl. 1927 (Text der *Landfriedensordnung*: S. 32-52).

Keller, Ludwig: Die Gegenreformation in Westfalen und am Niederrhein. Actenstücke und Erläuterungen, III. Teil (Publikationen aus den K. Preußischen Staatsarchiven 62), Leipzig 1895.

Lohse, Bernhard: Martin Luther. Eine Einführung in sein Leben und sein Werk, München, 3. Aufl. 1997.

Luttenberger, Albrecht Pius: Glaubenseinheit und Reichsfriede. Konzeptionen und Wege konfessionsneutraler Reichspolitik 1530-1552 (Kurpfalz, Jülich, Neubrandenburg), (Schriftenreihe der Historischen Kommission bei der Bayerischen Akademie der Wissenschaften 20), Göttingen 1982.

Moeller, Bernd: Deutschland im Zeitalter der Reformation (Deutsche Geschichte 4), (Kleine Vandenhoeck Reihe 1432), Göttingen, 4. Aufl. 1999.

Rabe, Horst: Deutsche Geschichte 1500-1600: Das Jahrhundert der Glaubensspaltung, München 1991.

– Reich und Glaubensspaltung, Deutschland 1500-1600 (Die neue deutsche Geschichte 4), München 1989.

Schindling, Anton / Ziegler, Walter (Hrsg.): Die Territorien des Reichs im Zeitalter der Reformation und der Konfessionalisierung, Bd. 3: Der Nordwesten, Münster, 2. Aufl. 1995.

Schmidt, Martin: Die Grundlage der Toleranz in der Reformation, in: Evangelische Unterweisung 1955, 153-164.

Schulte, Christian: Versuche konfessioneller Neutralität im Reformationszeitalter. Die Herzogtümer Jülich – Kleve – Berg unter Johann III. und Wilhelm V. und das Fürstbistum Münster unter Wilhelm von Ketteler, Münster 1995.

Smolinsky, Heribert: Kirchengeschichte der Neuzeit I (Leitfaden Theologie 21), Düsseldorf, 2. Aufl. 1997.

Irmgard Hantsche

Die Auseinandersetzung zwischen Parlament und Krone im England des 17. Jahrhunderts – Eine Vorstufe für die Entstehung der westlichen Demokratien

Einleitung

Jede Generation setzt ihre eigenen Schwerpunkte. Und nicht immer erweist sich das, was eine Generation als besonders wichtig befindet, auch als dauerhafte und allgemein anerkannte Bedeutsamkeit. So war sicherlich die erste Hälfte des zweiten Jahrtausends unserer Zeitrechnung vorwiegend vom Christentum geprägt, in erheblich stärkerer Weise jedenfalls als die zweite Hälfte. Die mittelalterlichen Menschen haben sich wohl kaum vorstellen können, daß das Christentum einmal entwichtigt werden würde, daß es nicht mehr die alleingültige Grundlage des menschlichen Zusammenlebens und des Lebensgefühls in Mitteleuropa ist. Würden wir heute eine Umfrage veranstalten, was denn das vorherrschende und wesentlich bestimmende Element in unserem Dasein ist, so würde die Antwort wohl kaum lauten: ›das Christentum‹. Was bekämen wir aber zur Antwort? Ist es »Kapitalismus«, »Anspruch auf Freiheit«, »Individualität«, »Mobilität«, »Technisierung der Welt«, ja sogar »Computerisierung«? Oder gar »Angst vor der Zukunft«? Zu hoffen ist, daß als Antwort auch »Demokratisierung« genannt würde, und zwar nicht allein bezogen auf die Staatsform, sondern auf das alltägliche Zusammenleben von Menschen insgesamt.

Unser Leben wird so weitgehend von demokratischen Strukturen bestimmt, daß wir uns dessen kaum noch bewußt sind. Natürlich gibt es soziale Unterschiede – und zwar in recht erheblichem Umfang. Weitgehend, wenn auch nicht ausschließlich, hängen sie von unseren finanziellen Grundlagen und Möglichkeiten ab. Aber: wir gehen in dieselben Kindergärten und Schulen, ja man muß sagen, wir alle gehen zur Schule, und zwar in öffentliche Schulen; selbst die Vermögenden können nicht ausschließlich auf Privatunterricht ausweichen. In der Ausübung von Berufen und Ämtern sind wir keinerlei Standesschranken mehr unterworfen; wir müssen nicht festen Kleiderregeln folgen, es sei denn denen, die wir uns selbst setzen oder die unser Beruf verlangt; wir alle zahlen Steuern, wenn auch in sehr unterschiedlicher Höhe. Wir sind alle in gleicher Weise dem Gesetz unterworfen und haben verfassungsmäßig dieselben

Rechte. Wir alle dürfen wählen und uns wählen lassen. Die meisten von uns nehmen das alles als völlig selbstverständlich. Dabei zeigt ein kurzer Blick in die Geschichte, daß dies nicht immer so war; vor gar nicht so langer Zeit waren die angeführten Beispiele nicht die Regel, sondern höchstens eine Ausnahme.

Französische und amerikanische Revolution als Wegbereiter der Demokratie

Gefragt nach den Ursachen für die derartige Demokratisierung unseres Lebens, wird häufig auf die Französische Revolution von 1789 verwiesen. Es ist eine bekannte und zugleich allgemein anerkannte Tatsache, daß sie eine einschneidende Zäsur in Europa hervorgerufen hat. Im Rheinland war das besonders stark zu spüren. Indem die Ideologen oder, neutraler ausgedrückt, die geistigen Vordenker der Revolution die Begriffe ›Freiheit, Gleichheit und Brüderlichkeit‹ zur Forderung erhoben und indem diese Forderungen politisch und militärisch von Frankreich aus ins restliche Europa getragen wurden, hat die Französische Revolution die überkommenen Staatswesen und ihre Gesellschaftsstrukturen kräftig durchgepustet und in vielerlei Hinsicht verändert. Der Weg für Neues wurde frei, wenn auch nicht ohne Widerstand des *ancien régime*.

Nun war es nicht die Französische Revolution, die erstmals den absolutistischen Fürstenstaat angriff und Freiheit für die Staatsbürger forderte. Sie war vielmehr stark von den Gedanken der amerikanischen Unabhängigkeitserklärung des Jahres 1776 beeinflußt, in der die Überzeugung verkündet wurde, daß alle Menschen gleich geschaffen und von ihrem Schöpfer mit gewissen unveräußerbaren Rechten ausgestattet seien, zu denen Leben, Freiheit und das Streben nach Glück gehörten, und daß es die Aufgabe von Regierungen sei, diese Rechte zu sichern. Die Unabhängigkeitserklärung fährt fort, daß die Regierungen ihre gerechte Gewalt aus der Zustimmung der Regierten ableiten. Sie sagt weiterhin, wann immer irgendeine Regierung diese Grundsätze mißachte, sei es das Recht des Volkes, die Regierung zu ändern oder abzuschaffen und eine neue Regierung einzusetzen, die die erklärten Ziele besser zu sichern verspräche. Mit diesen Worten war ein wichtiger Bestandteil der modernen Demokratie umrissen, nämlich der Wille und das Wohl des Volkes als Grundlage für ein repräsentatives Regierungssystem – wobei ›Volk‹ jedoch nicht näher definiert wurde.

Auseinandersetzung zwischen Parlament und Krone in England

Bereits mehr als hundert Jahre vor der amerikanischen Unabhängigkeitserklärung mit ihrer Zurückweisung willkürlicher Herrschaft durch den Monarchen waren politische Interessengruppen und ihre geistigen Protagonisten in England gegen den absolutistischen Herrschaftsanspruch ihres Königs vorgegangen. Diese Auseinandersetzungen gipfelten in den vierziger Jahren des 17. Jahrhunderts im englischen Bürgerkrieg, den die Königsgegner gewannen. Nach der Hinrichtung Karls I. im Januar 1649 begann dann eine über zehnjährige Phase von republikanischen Verfassungsexperimenten, die jedoch allesamt scheiterten. 1660 kehrte England folgerichtig zur monarchischen Staatsform zurück. Allerdings schien bereits zu diesem Zeitpunkt die Wahrscheinlichkeit gering, daß der königliche Absolutismus in England die Rechte des Parlaments würde beseitigen können. Endgültig wurde das wechselvolle Ringen zwischen Parlament und Krone dann 1688 durch die sogenannte Glorreiche Revolution zugunsten des Parlaments entschieden. Der markanteste Beweis dafür ist die ein Jahr später (1689) verabschiedete *Bill of Rights*, die – gegenläufig zu den meisten anderen Staaten Europas – in England die Gefahr des Absolutismus endgültig bannte und die Grundlage zur konstitutionellen Monarchie legte.

Die Vorgänge, die ich gerade mit wenigen Worten skizziert habe, werden gemeinhin als Begründung angeführt, wenn England als das Mutterland des Parlamentarismus und der modernen Demokratie bezeichnet wird. Dieser innere Zusammenhang ist jedoch nur bedingt richtig. Die beschriebenen Ereignisse in England haben zwar besonders auf die amerikanische Entwicklung befruchtend gewirkt und von dort aus weiteren Einfluß gewonnen, aber das englische Parlament des 17. Jahrhunderts war nicht mit unseren gegenwärtigen Parlamenten vergleichbar. Auch gab es im England jener Zeit keine Demokratie im heutigen Sinne, nämlich als gleichberechtigte Teilnahme aller Staatsbürger an der politischen Gestaltung des Staates – bzw. die nach dem Gesetz gewährte Möglichkeit dazu. Denn die damaligen Zielsetzungen entsprachen selbst in ihren radikalsten – heute würden wir sagen in ihren fortschrittlichsten – Ausprägungen nicht den Maßstäben, die wir heute an Demokratie anlegen. Und die minimale Verwirklichung dieser Ideen im 17. Jahrhundert vergrößert noch mehr die Distanz zu unseren heutigen Idealen. Dennoch kann kein Zweifel darüber bestehen, daß die Vorgänge und Entwicklungen in England nicht nur auf verfassungspolitischem Gebiet außergewöhnlich waren, sondern auch von höchster Bedeutung in Hinblick auf die Entstehung der modernen parlamentarischen Demokratie.

Daher lohnt sich eine Rückbesinnung. Es wird sich dabei an manchen Stellen zeigen, daß viele Elemente der modernen parlamentarischen Demokratie – zumindest in Ansätzen – bereits im England des 17. Jahrhunderts zu beobachten waren. Außerdem kann deutlich werden, daß etliche Probleme sich bis zum heutigen Tag kaum geändert haben. Auch jetzt noch sind Verfassungsfragen häufig zugleich Kämpfe um Machtpositionen, sie sind eng verbunden mit sozioökonomischen Bedingungen und lösen nicht selten auch ein Ringen um wirtschaftliche und gesellschaftliche Interessen aus.

Begonnen hatte der Konflikt zwischen Parlament und Krone schon während der Regierungszeit Königin Elisabeths I. (1559-1603), deren Staatskunst den Konflikt jedoch noch überspielen konnte. Erst unter der Regierung ihres Nachfolgers, des Stuartkönigs Jakob I. (1603-1625), brach er deutlich sichtbar aus und erreichte unter dessen Sohn und Nachfolger Karl I. (1625-1649) seinen Höhepunkt im englischen Bürgerkrieg. Es sind die letzten Jahre dieses Bürgerkriegs und die ersten Jahre des darauffolgenden Interregnums (1649-1660), die uns im Hinblick auf demokratische Ideen und vordemokratische Institutionen besonders beschäftigen müssen. Viele Autoren sprechen in diesem Zusammenhang sogar schon von *Demokratie* oder wenigstens von einer *demokratischen* Entwicklung. Der Hauptgrund dafür ist, daß sich in der Zeit von ca. 1647 bis 1653 Stimmen erhoben – in erster Linie von seiten der Leveller (Gleichmacher) und der Digger (Gräber) –, die eine Volksvertretung auf breiter Basis forderten. Erreicht werden sollte diese nicht nur durch eine Änderung des Wahlrechts zugunsten einer erheblich größeren Wählerschicht, sondern auch durch gleichzeitige soziale Reformen.

Diesen Ansätzen war jedoch kaum Erfolg beschieden, wie noch zu zeigen sein wird. Statt dessen blieb die englische Gesellschaftsstruktur weitgehend unangetastet, trotz der revolutionären Ereignisse, die in der Hinrichtung Karls I. und in der Abschaffung der Monarchie gipfelten. Und auch die Staatsform wurde bald wieder in die alten Bahnen gelenkt. Denn schon während der Cromwell-Ära, also formell gesehen noch zur Zeit des Commonwealth, d. h. der englischen Republik, wurde durch das Protektorat wieder eine Art monarchischer Verfassung geschaffen. Die Zeit schien noch nicht reif zu sein für eine Demokratie, und selbst eine maßvolle Berücksichtigung demokratischer Bestrebungen beschwor die Gefahr von Anarchie und sozialem Umsturz herauf. Es ist bezeichnend, daß die einflußreichsten Kreise, die ursprünglich vehement für die Einschränkung der königlichen Macht und sogar für die Abschaffung der Monarchie plädiert hatten, nämlich die im *House of Commons* und in Offizierspositionen der Armee vertretenen Schichten, 1660 für die

Restauration der Stuarts und damit für eine Wiederherstellung der alten Verfassungsform sorgten.

Spurensuche nach demokratischen Elementen

Einige Marksteine in den eben angedeuteten historischen Abläufen sollen schrittweise etwas näher beleuchtet werden. Ziel dieses Vorgehens soll sein, zumindest Vorformen der Demokratie im England des 17. Jahrhunderts aufzuspüren, wenn es schon nicht möglich sein dürfte, echte und in die Wirklichkeit umgesetzte demokratische Strukturen im modernen Sinne zu entdecken. Diese Spurensuche ist in vier Abschnitte gegliedert:

1. Bemühungen des Unterhauses vor Ausbruch des Bürgerkrieges um eine Verfassungsreform
2. Parteiungen in der Auseinandersetzung zwischen Parlament und Krone
3. Charakterisierung der Hauptgruppen in den Auseinandersetzungen
4. Verfassungsversuche und verfassungspolitische Vorschläge während des Interregnums.

1. Bemühungen des Unterhauses vor Ausbruch des Bürgerkrieges um eine Verfassungsreform

Ein wegweisender Schritt bei diesen Bemühungen war die *Petition of Right* des Jahres 1628. Sie war die gemeinsame Antwort von Unter- und Oberhaus auf mehrfache Versuche des Königs, ohne Zustimmung des Parlaments Steuern und Abgaben zu erheben. Es ist nicht dieser Anlaß, der uns hier besonders interessieren muß, auch nicht die Berechtigung der Beschwerde oder die Form, in der sie vorgetragen wurde, sondern einige weitergehende Forderungen in dieser Petition, die durchaus schon einer Einklagung von Grundrechten nahekommen. Denn die Abgeordneten weisen ganz generell auf das *Habeas Corpus*-Prinzip hin, das erstmals in der *Magna Charta* von 1215 aufgestellt worden war. Während die mittelalterliche Urkunde jedoch das Recht von der Freiheit der Person und die Bestimmungen über Inhaftierung noch ausschließlich auf den Adel bezieht, wird der *Habeas Corpus*-Gedanke in der *Petition of Right* des Jahres 1628 ganz allgemein formuliert. Denn es wird für jeden Verhafteten gefordert, die Rechtmäßigkeit des Haftbefehls von einem Gericht prüfen zu lassen.

Allerdings muß deutlich gesehen werden, daß der Anlaß für diese Forderung der Parlamentsabgeordneten ausschließlich königliche Übergriffe gegen Angehörige ihrer eigenen Gesellschaftsschichten waren, also gegen den Adel und gegen das im Unterhaus vertretene wohlhabende Bürgertum. Außerdem muß die Frage gestellt werden, inwieweit das Unterhaus überhaupt das Volk widerspiegelte oder vertrat. Denn das Wahlrecht besaßen nur die Engländer, die ein Einkommen aus Landbesitz von mindestens vierzig Schilling pro Jahr hatten, und das traf nur auf etwa 25 Prozent der (männlichen) Einwohner zu. Und selbst wer über das Wahlrecht verfügte, war häufig durch besondere Sozialstrukturen in seiner Entscheidung abhängig von Großgrundbesitzern oder mächtigen Kaufleuten.

Was in der *Petition of Right* also als allgemeine Forderung aufgestellt wurde, diente in erster Linie den adeligen und bürgerlichen Führungsschichten und hatte noch nicht das gesamte englische Volk im Auge. Demokratie kann ich hier genauso wenig erkennen wie wenige Jahre später im ›großen Protest‹, der *Grand Remonstrance* (Dezember 1641), in der das *House of Commons* u. a. vom König verlangte, nur Minister einzustellen, denen das Parlament seine Zustimmung gegeben hatte. Denn das Parlament war nicht demokratisch, sondern eher oligarchisch zusammengesetzt. Eingeschränkte Interessen verfolgten auch die *19 Prepositions* vom Juni 1642, die in noch sehr viel schärferer Form als die *Petition of Right* und die *Grand Remonstrance* die königlichen Rechte zu beschneiden versuchten. Wenngleich sie auch an der Monarchie grundsätzlich festhielten, so wollten sie doch dem König wesentliche Rechte nehmen, die traditionsgemäß zur königlichen Prärogative gehörten. Dazu gehörten die Auswahl seiner Berater, die Entscheidung über wichtige Angelegenheiten des Staates, der Oberbefehl über das Heer und die Befehlsgewalt in Festungen und Schlössern, die Erziehung oder Verheiratung seiner Kinder und die Entscheidung in Religionsdingen. Damit zielten die *19 Prepositions* eindeutig auf die Beendigung des Absolutismus, eines königlichen Absolutismus wohlgemerkt; denn es erhebt sich die Frage, ob statt dessen nicht ein parlamentarischer Absolutismus eingeführt werden sollte. Dieser aber wäre der Absolutismus der herrschenden Schicht in England gewesen und mitnichten die Souveränität des Volkes.

2. Parteiungen bei der Auseinandersetzung zwischen Parlament und Krone

Es wäre zu einfach, wollte man bei dieser Auseinandersetzung zwischen Parlament und Krone einfach von Anhängern des Königs und des Parlaments sprechen. Wie so häufig waren auch hier die Fronten nicht klar getrennt, sondern es gab unterschiedliche Strömungen, deren Ausrichtung mehrfach einem Wechsel unterworfen war und die sich teilweise in ihren Zielen berührten. Spätestens ab 1642 können wir nicht von einem homogenen Parlament sprechen; denn auch die ›Parlamentspartei‹ hatte sich gespalten, zumindest aber zerstritten. Der Dualismus zwischen Parlament und Krone war also sehr viel komplexer geworden, und das sollte sich im Verlauf des Bürgerkriegs noch verschärfen, indem zunehmend Parlamentarier auf die Seite des Königs wechselten, da sie mit der wachsenden Radikalität der ›Hardliner‹ im Unterhaus, wie sie z. B. in den *19 Propositions* zum Ausdruck kam, nicht einverstanden waren. Im bewaffneten Kampf gegen den Monarchen sahen sie ebenfalls einen Verfassungsbruch, der zu einer politischen Destabilität führen und zudem noch negative wirtschaftliche Auswirkungen auf sie haben konnte.

Außerdem entzündeten sich die Auseinandersetzungen nicht nur an politisch unterschiedlichen Meinungen, sondern mindestens in gleichem Umfang auch an religiösen bzw. konfessionellen Gegensätzen. Es ist hier nicht der Ort, auf das komplizierte Konfessionsspektrum Englands im 17. Jahrhundert einzugehen, das auf allen Seiten – und auch dies war zeittypisch – durch Unduldsamkeit und nicht etwa von religiöser Toleranz geprägt war. Indem auch im Parlament unterschiedliche protestantische Richtungen vertreten waren – Katholiken waren im Unterhaus ausgeschlossen – und indem die Religion eine wichtige Funktion im öffentlichen Leben besaß, führten konfessionelle Grundüberzeugungen leicht zu politischen Ausrichtungen. Daß religiöse Fragen in der englischen Revolution eine so große Bedeutung besaßen, hing zum Teil auch damit zusammen, daß die Kirche weithin als wichtigstes Instrument politischer Herrschaft und sozialer Kontrolle betrachtet wurde und daß Kirche und Staat identischen oder zumindest vergleichbaren Ordnungsprinzipien unterlagen. Allerdings war die Religion nicht nur eine vorwärtstreibende Kraft, sondern sie hat auch zersplitternd gewirkt und zur Spaltung der Parlamentspartei beigetragen. Dabei waren es im allgemeinen nicht die überzeugten Mitglieder der anglikanischen Kirche, sondern die Puritaner, die sich auf Dauer gegen den König stellten. Besonders die puritanischen Prediger verstanden sich als Gegner des Stuart-Regimes und sorgten von der Kanzel aus als Multiplikatoren für die Verbreitung revolutionärer Ideen. Neben den Predigern war es besonders die Druckerpresse, die mit einer Flut von Flugblättern, Broschüren und Zeitungen die Bevölkerung zu beeinflussen suchte.

Bei diesen Bemühungen war es nicht nur ein Nebeneffekt, sondern das Ziel, auch den gemeinen Mann zu überzeugen und für eine Parteinahme zu motivieren. Dieses Vorgehen führte oft zu einem nicht beabsichtigten Demokratisierungseffekt, indem sich nun z. B. Handwerker und Soldaten angesprochen fühlten und ermutigt wurden, bei Themen mitzureden, die zuvor den sozial Höhergestellten vorbehalten waren. Religion und soziale Emanzipation standen daher in einem engen Zusammenhang, und die Religion bot die Möglichkeit, die angeborene soziale Benachteiligung zu kompensieren. Das darf jedoch nicht darüber hinwegtäuschen, daß gerade der Puritanismus durch den von ihm stark betonten Erwähltheitsgedanken fundamentale Gleichheit negierte und sogar elitäre Elemente betonte.

3. Charakterisierung der Hauptgruppen in den Auseinandersetzungen

Wegen ihrer großen Heterogenität müssen wir uns die Gruppierungen etwas näher ansehen, die als Gegner des Königs den Bürgerkrieg ausfochten; nur bei ihnen – und nicht bei den Royalisten – können wir unter Umständen demokratische Ideen finden. Das Spektrum ist hier sehr breit. Denn nach der anfänglich ziemlich einheitlichen Zielsetzung, die überkommene Verfassung Englands zu verteidigen und die absolutistischen Bestrebungen des Königs sowie seine Übergriffe gegen das Parlament abzuwehren, kristallisierten sich im Laufe der Jahre immer stärker unterschiedliche Sonderinteressen heraus. Es wird sich zeigen, daß sich politische Gesichtspunkte eng mit militärischen und religiösen verbanden und daß Gruppeninteressen auch abhängig von der sozialen Schichtung waren.

Ich möchte insgesamt vier Gruppen unterscheiden, dabei jedoch nur auf die beiden letzten ausführlicher eingehen:

(a) Presbyterianer
(b) Independente
(c) Leveller
(d) Digger

(a) Presbyterianer

Zu den Presbyterianern gehörten die führenden Wirtschaftskreise Londons und damit die städtische Oberschicht. Ihre Bezeichnung ist konfessionspolitisch bestimmt und drückt die Gegnerschaft zur anglikanischen Staatskirche und die Anlehnung an das calvinistisch geprägte schottische Kirchenwesen aus. Doch diese zunächst rein konfessionelle Abhebung beinhaltet zugleich auch eine politische Zielsetzung. Während die anglikanische Kirche eine Bischofskirche war, besaß die presbyterianische nicht eine derartig hierarchisch aufgebaute Struktur, sondern war durch die synodale Gliederung eher republikanisch konstruiert. Im Gegensatz zu den Anglikanern erkannten die Presbyterianer nicht den König als Oberhaupt der Kirche an. Bei der engen Verflechtung von Religion und Politik im 17. Jahrhundert hatte eine Opposition gegen die anglikanische Staatskirche damit zugleich politische Auswirkungen und richtete sich gegen den königlichen Absolutismus. Ein Zeitgenosse brachte dies bereits vor dem Bürgerkrieg auf einen einfachen Nenner: *No bishops, no king.*

Doch die Presbyterianer wandten sich nicht nur gegen den königlichen Absolutismus, sondern auch gegen alle Bestrebungen, die politische Macht auf eine breitere Grundlage zu stellen und dabei neue soziale Schichten einzubeziehen. Ihre Staatsauffassung kann am ehesten als oligarchisch bezeichnet werden. So ist es verständlich, daß die Presbyterianer im Verlaufe des Bürgerkriegs eine Wendung vollzogen und einen Ausgleich mit dem König anstrebten, um die mit der zunehmenden Radikalisierung verbundene Möglichkeit einer Verbreiterung der Machtbasis zu verhindern.

(b) Independente

Die Independenten (Unabhängigen), zu denen auch Cromwell gehörte, bildeten die Gruppe, die am stärksten und erfolgreichsten gegen die Royalisten kämpfte und schließlich den Sieg errang. Sie traten für die Abschaffung der Monarchie und die Einführung der Republik ein, ein Ziel, das sie mit der Hinrichtung Karls I. am 30. Januar 1649 und mit der danach erfolgten Gründung des *Commonwealth* erreichten.

Die Independenten wandten sich zwar gegen die anglikanische Staatskirche und den neu entstehenden presbyterianischen Dogmatismus, aber sie vertraten auch weitgehend den Gedanken konfessioneller Toleranz, ohne diese jedoch den Katholiken (›Papisten‹ im damaligen Sprachgebrauch) zuzugestehen. Verbunden mit der für das 17. Jahrhundert erstaunlich liberalen Haltung in Konfessionsfragen war ein Streben nach politisch-sozialer Gleichberechtigung, von der jedoch die besitzlosen Unterschichten ausgeschlossen werden sollten. Henry Ireton, Schwiegersohn Oliver Cromwells, begründete diese Haltung, indem er sagte, nur wer im Staate über Besitz verfüge, habe auch ein Interesse daran, den Staat zu bewahren, und daher solle nur derjenige auch politische Rechte erhalten.

Innerhalb des Parlaments verfügten die Independenten zwar über keine Mehrheit, aber dennoch wurden sie im Verlauf des Krieges zum Hauptfaktor in der englischen Politik. Ihre Macht beruhte auf der Unterstützung durch die *Gentry* (Landadel), aber auch durch bürgerliche Kreise. Ihr Instrument war die von Cromwell geschaffene *New Model Army*, deren äußeres Kennzeichen das kurzgeschnittene Haar war, durch das sich diese *Roundheads* auch äußerlich von den gegen sie kämpfenden Royalisten (*Cavaliers*) unterschieden. Grundlegend neu und sicherlich ein wichtiger Faktor für den Erfolg dieser Armee war, daß in ihr weder der soziale Stand (Adel) noch die Konfession (auch Sektierer waren geduldet) für die Aufstiegschancen und damit auch für die Qualifikation als Offizier entscheidend waren, sondern allein militärische Fähigkeiten. Hierin ist durchaus ein demokratisches Element zu erkennen.

Je länger der Bürgerkrieg dauerte, um so deutlicher wurde es, daß die verfassungspolitische Frage nicht vom Parlament, sondern von der Armee entschieden werden würde. Das heißt, die Armee verselbständigte sich und wurde von einem Instrument des Parlaments zu einem eigenständigen Akteur, der nun auch die politische Initiative übernahm. Dabei ging die Führung nicht unbedingt vom Offizierskorps aus, sondern auch von den Mannschaften, die sich zum Teil eine Art Räteorganisation gaben. Mit ihren Delegierten, die sie in den einzelnen Truppenteilen wählten, den sogenannten *agitators*, übten die Mannschaften Druck auf die Armeeführung aus, um das Unterhaus ganz aufzulösen oder aber wenigstens eine ›Säuberung‹ durchzuführen. Dieser Forderung kam die Armee dann auch nach, indem sie im Dezember 1648 die presbyterianischen Mitglieder aus dem Parlament entfernte (*Pride's Purge*), so daß nur noch das sogenannte Rumpfparlament (*Rump*) übrigblieb als willfähriges Instrument, um den König abzuurteilen.

Haben wir es bei diesen Vorgängen mit einer demokratischen Strömung zu tun oder mit dem Anfang einer Militärdiktatur? Es kann kein Zweifel darüber bestehen, daß spätestens seit 1647 die Armee die bestimmende Kraft in England war, und zwar bis zur Restauration von 1660. Das spricht für ein Militärregime. Diese These wird unterstützt durch die Tatsache, daß sehr bald die Offiziere die Macht in die Hand nahmen und den einfachen Soldaten die Mitwirkung beschnitten. Andererseits muß gesehen werden, daß die Entstehung dieser Militärregierung nicht durch einen Offiziers-Coup erfolgte, sondern durch eine breit angelegte Bewegung von unten. Wichtig erscheint mir, daß das Militär von den einfachen Soldaten als Instrument gesehen wurde, um ihnen zu politischen – und das heißt in erster Linie zu zivilen – Rechten zu verhelfen.

Obwohl die Erfolge der einfachen Soldaten, vertreten durch die *agitators*, nicht von Dauer waren und ihr Einfluß bereits während des Interregnums beendet wurde, zeigen sich hier schon Vorboten von demokratischen Strukturen, pikanterweise im Zusammenhang mit der Entstehung einer Militärherrschaft.

Daß nicht das Ergebnis allein über die Bedeutung von Entwicklungen entscheidet, zeigt sich meiner Meinung nach auch bei den Levellern und den Diggern.

(c) Leveller

Schon ihr Name war Programm: ›Gleichmacher‹; und gelegentlich sind sie als ›extreme Demokraten‹ bezeichnet worden. Dieser Begriff ist jedoch meiner Meinung nach problematisch. Die Leveller rekrutierten sich aus den sogenannten kleinen Leuten, z. B. den Londoner Handwerkern,

Meistern wie Gesellen, die durch die wirtschaftliche Polarisierung im 17. Jahrhundert zunehmend ihre geschäftliche Unabhängigkeit verloren hatten und unter die Herrschaft großer kapitalistischer Kaufleute geraten waren. Doch ihre Anhängerschaft war auch unter den kleineren Kaufleuten sowie in den Mannschaften der Armee zu finden. Insgesamt gesehen gehörten die Leveller nicht zu den Mittellosen, doch sie litten zunehmend unter der hohen Steuerlast, die der Bürgerkrieg mit sich brachte. Für die herrschenden Schichten waren sie ein Unruhepotential, besonders in den Londoner Vorstädten, ihrer Hochburg. Der Magistrat ging daher häufig gerichtlich gegen sie vor, und die zahlreichen Flugschriften der Leveller, in denen sie für ihr Programm warben, enthalten viele Klagen über Unterdrückung und ungerechtes Vorgehen der Behörden.

Nun verhielten sich die Leveller ihrerseits auch nicht gerade duldsam gegenüber Andersdenkenden. Ihre Sprache war scharf, besonders wenn sie gegen das Parlament und die Macht der Monopole im staatlichen Leben gerichtet war. Das beweisen z. B. die Äußerungen von John Lilburne, des wohl bekanntesten Levellers, der mehrfach auf Befehl des Parlaments inhaftiert wurde. Obwohl sie sich selbst oft als Benachteiligte und Verfolgte fühlen mußten, waren die Leveller dennoch nicht für eine allgemeine Gleichmacherei. Sie plädierten sogar für eine Sozialdisziplinierung, nämlich in Hinblick auf die noch unter ihnen stehenden Gesellschaftsgruppen, besonders die Besitzlosen.

Auch das Wahlrecht sollte nach Auffassung der Leveller nicht der gesamten (männlichen) Bevölkerung zugestanden werden, sondern nur den ›Freigeborenen‹ (*freeborn Englishmen*), die vorwiegend ökonomisch definiert wurden. Denn die geplante Regelung sah vor, die Besitzlosen vom Wahlrecht auszuschließen. Hier besteht nur ein Gradunterschied zu Henry Iretons Auffassung, daß allein denjenigen ein Mitspracherecht im Staat zukäme, die durch persönliches Eigentum einen Anteil am Staat besäßen. Zu den Ausgeschlossenen gehörten nach Ansicht der Leveller nicht nur Almosenempfänger, sondern auch Dienstboten in Haushalt, Handel, Handwerk und Landwirtschaft. Ihre Begründung war, diese Gruppen seien wirtschaftlich abhängig und würden daher traditionsgemäß vom Haushaltungsvorstand vertreten wie Frauen und Kinder auch. Wären die Ideen der Leveller verwirklicht worden – was nicht der Fall war –, so hätte sich dennoch die (männliche) Wählerschaft zumindest verdoppelt, während das von ihnen abgelehnte allgemeine Wahlrecht für Männer sie vervierfacht hätte.

Obwohl das ›Volk‹ im politischen Sinne also auch für die Leveller nicht alle in England lebenden Menschen umfaßte, wandten sie sich dennoch nicht nur im ökonomisch-gesellschaftlichen, sondern auch im politisch-verfassungsrechtlichen Bereich gegen jede Art von Monopolisierung. Sie waren der Auffassung, daß die Souveränität des Parlaments nur durch die Tatsache gerechtfertigt werden könne, daß die eigentliche Souveränität beim Volke selbst liege. Damit aber müsse das Parlament eine wahre Volksvertretung sein bzw. werden, und die Freiheiten des englischen Volkes, die seit der normannischen Eroberung unterdrückt worden seien, müßten wiederhergestellt werden. Die Tatsache, daß die Leveller statt Parlamentssouveränität die Volkssouveränität forderten, zeigt sehr deutlich, wie wenig sie sich durch das Parlament vertreten fühlten, mehr noch, wie stark sie den Machtmißbrauch der Abgeordneten fürchteten. Daher plädierten sie für die Einrichtung von Kontrollen; dazu sollten dienen: kleine überschaubare Wahlkreise und eine Stärkung der lokalen Ebene, kurze Legislaturperioden, die Rotation der Abgeordneten und die Möglichkeit ihrer Anklageerhebung und Abwahl, eine gewisse Gewaltenteilung sowie die Dezentralisierung der Verwaltung bei gleichzeitiger Stärkung der Individualrechte.

Aus diesen Vorstellungen leiteten die Leveller dann noch weitergehende Folgerungen für die englische Verfassungs- und Sozialstruktur ab. Sie forderten nicht nur, wie bereits dargelegt, eine erhebliche Ausweitung des Wahlrechts, die Beseitigung der Monarchie und des Oberhauses, sondern auch die Abschaffung der Staatskirche und des Zehnten, religiöse Toleranz (mit Ausnahme von Katholiken und Anglikanern), eine allgemeine Rechtsreform, das Verbot von Zünften und Kartellen (*trading companies*), die Wiedereinrichtung von Allmenden und juristische Garantien für Pächter.

Nach modernen Maßstäben vertraten auch die Leveller zwar noch nicht wirklich demokratische Ideen, doch finden sich bei ihnen zweifellos schon wichtige Ansätze dazu, z. B. die Forderung von Freiheitsrechten und immerhin wenigstens Vorstufen zum allgemeinen Wahlrecht. Das ist sicherlich auch ein Grund für das Unverständnis und für die Ablehnung, die ihnen von den führenden Kreisen Englands im 17. Jahrhundert entgegengebracht wurde. Denn während für Mitteleuropäer des ausgehenden 20. Jahrhunderts die Forderungen der Leveller durchaus berechtigte Ziele darstellen, empfanden die Zeitgenossen die Leveller als eine radikale Gruppierung, die das gesamte englische Gesellschaftssystem gefährdete. Es ist daher kein Wunder, daß die Leveller nicht nur von Royalisten und Presbyterianern, sondern zunehmend auch von den Independenten bekämpft wurden.

Es war besonders die Angst des um den Bestand der überkommenen Sozialstruktur bangenden Besitzbürgertums, die zur Unterdrückung der Leveller gegen Ende der 40er Jahre führte. Aber auch die Spitze der

Armee fürchtete die Leveller, deren Agitation unter den Mannschaften sie als Aufruhr betrachtete. Der zitierte Ausspruch von Henry Ireton legt deutlich Zeugnis davon ab, daß die traditionellen, aber auch die infolge des Bürgerkriegs neu etablierten Schichten ihren wirtschaftlichen wie machtpolitischen Besitzstand gegenüber den Begehrlichkeiten der gesellschaftlich Schwächeren verteidigen wollten. Aus Angst vor sozialen Unruhen, für die es bei der äußerst schlechten wirtschaftlichen Lage Englands zur Zeit des Bürgerkriegs viele Anlässe gab, sind die Leveller sicher radikaler dargestellt worden, als sie es in Wirklichkeit waren. Wir jedenfalls empfinden heute ihr Manifest des Jahres 1647, in dem sie ihr Programm formulierten, weniger revolutionär, als es die Zeitgenossen taten.

Dieses *Agreement of the People* war zugleich die Antwort der Leveller auf die Verfassungsvorschläge der Armee, die als *Heads of the Proposals* drei Monate zuvor veröffentlicht worden waren. Während die Armee zu diesem Zeitpunkt die Monarchie noch nicht abschaffen wollte, plädierten die Leveller dafür, auf das Königtum und das Oberhaus zu verzichten. Die Souveränität sollte in die Hände des Unterhauses gelegt werden, das nach dem von ihnen geplanten erweiterten Wahlrecht zu konstituieren sei und das dann das Rumpfparlament ersetzen sollte. Doch um Machtmißbräuche zu verhindern, mußte nach dem Willen der Leveller die Souveränität selbst dieses reformierten Verfassungsorgans eingeschränkt werden. Sie forderten daher, das Parlament dürfe die religiöse Toleranz, die – mit den genannten Einschränkungen – für die Leveller eine Grundvoraussetzung war, ebenso wenig antasten wie die Freistellung von der Wehrpflicht, die ihnen aus wirtschaftlichen Gründen erforderlich schien. Wie die genannten Klauseln zeigen, mißtrauten die Leveller nicht nur dem König, sondern auch der Institution des Parlaments, und dafür gab es nach den Erfahrungen der 40er Jahre ja auch Gründe. So ist der Plan verständlich, von vornherein auch die Macht der Abgeordneten zu kontrollieren und zu beschränken, selbst wenn diese infolge der Ausdehnung des Wahlrechts in erheblich stärkerem Maße als die Mitglieder des Rumpfparlaments eine Volksvertretung darstellten.

Bezogen auf Religionsfreiheit und Wehrpflicht drängen sich hier Parallelen, aber auch Unterschiede zur Gegenwart auf. Nach dem Grundgesetz der Bundesrepublik Deutschland (Art. 4 und 12a) sind Religionsfreiheit und die Verweigerung der Wehrpflicht aus Gewissensgründen Grundrechte; sie gelten für alle und sind uneingeschränkt. Dagegen ist es sicherlich nicht möglich, bereits beim *Agreement of the People* generell von der (geplanten) Einführung von Grundrechten als einem wesentlichen Bestandteil der Demokratie zu sprechen. Aber ein Anfang war gemacht, bzw. wäre gemacht worden, wenn die Pläne der Leveller allgemeine Zustimmung gefunden hätten und verwirklicht worden wären.

(d) Digger

Als letzte Gruppe sollen die Digger behandelt werden, die sich selbst *True Levellers* nannten. Beide Bezeichnungen lassen Rückschlüsse auf ihr Programm zu. Indem sie sich in Abhebung gegen die Leveller als die ›wahren Gleichmacher‹ bezeichneten, nahmen sie für sich ein größeres Maß an Radikalität in Anspruch. Das Wort ›Digger‹ beschreibt ihre Methode: sie gruben das Gemeindeland um, das sie sich widerrechtlich angeeignet hatten, und machten es – da es sich überwiegend um Brache handelte – auf diese Weise urbar. Dort lebten sie dann in einer Art Agrarkommune. Ihr Anführer war Gerrard Winstanley, der kleinbürgerlicher Herkunft war, von dessen Biographie wir ansonsten jedoch verhältnismäßig wenig wissen.

Die eigentliche Bedeutung der Digger für unser Thema liegt nicht in ihren ›kommunistischen‹ (im Sinne des Urchristentums und nicht des Marxismus) Aktivitäten, sondern in den Schriften Gerrard Winstanleys, die alle aus den wenigen Jahren zwischen 1649 und 1652 stammen. Besonders in seinem letzten und umfangreichsten Werk, *The Law of Freedom in a Platform: or True Magistracy Restored* (Das Gesetz der Freiheit als Entwurf: oder Die Wiederherstellung wahrer Obrigkeit, 1652), entwarf er eine Art kommunistischer Utopie. Winstanley widmete das Buch Oliver Cromwell, der als General zu diesem Zeitpunkt längst faktisch die Macht in England innehatte, obwohl trotz der Einführung der Republik im Jahre 1649 die verfassungsrechtliche Absicherung von Cromwells Machtfülle noch nicht erfolgt war. Daher machte sich Winstanley Hoffnung auf Einflußnahme – vergeblich, wie sich sehr bald herausstellte; die Zeit der Leveller und Digger war vorüber. Spätestens ab 1653, als mit dem *Instrument of Government* das englische Commonwealth eine zentralistisch-republikanische Verfassung erhielt, gab es dann keinerlei Machtbasis mehr für soziale und radikalpolitische Neuerungen. Doch zu diesem Zeitpunkt war Winstanley bereits verstummt.

Wie die Leveller verabscheute Winstanley die Monarchie und stand auch dem überkommenen Parlament ablehnend gegenüber. Nach seiner Auffassung hatte sich in England trotz der Einführung der Republik im Jahre 1649 kaum etwas geändert, besonders nicht in bezug auf die gesellschaftlichen Strukturen. Für ihn bestand das Grundübel des englischen Staatswesens hauptsächlich in der merkantilen Praktik des Kaufens und Verkaufens, das trotz der durch den Bürgerkrieg erfolgten Besitzumschichtungen erhalten geblieben sei. Im Kaufen und Verkaufen läge auch der Grund für Kriege, und bevor dieser »Schwindlertrick« nicht »zum Kehricht königlicher Macht« geworden sei, würden die Völker niemals lernen, ihre »Schwerter zu Pflugscharen« und ihre »Spieße zu Sicheln« zu machen und das Kriegführen bleibenzulassen. Das schrieb er zu einer Zeit, als viele Angehörige der Armee für billiges Geld Ländereien enteigneter Royalisten gekauft, die *New Model Army* unter Cromwell siegreich Kriege gegen Irland und Schottland geführt hatte und die Seestreitkräfte erfolgreich im Krieg gegen die Niederlande standen. Kein Wunder, daß Winstanley bei den führenden Kreisen Englands nicht auf positive Resonanz stieß.

Dabei lehnte Winstanley Privateigentum nicht grundsätzlich ab; den Besitz von Grund und Boden schloß er jedoch aus, da dieser die wesentliche Machtgrundlage darstelle und daher Allgemeinbesitz sein müsse.

Nun kann kein Zweifel darüber bestehen, daß einerseits der bei weitem überwiegende Teil der englischen Bevölkerung keinen Anteil am Grund und Boden hatte und daß andererseits der Grundbesitz eine wesentliche Grundlage für politische Macht der herrschenden Schichten in England darstellte, zumal gerade das wirtschaftlich prosperierende Londoner Bürgertum seine Gewinne vorwiegend in Landbesitz anlegte. Der Besitz von Grund und Boden stellte zudem, wie bereits ausgeführt, auch die Vorbedingung für das Wahlrecht dar. Hier zeigte sich Winstanley also als ein scharfsinniger Beobachter seiner Zeit, aber auch als ein unrealistischer Wunschdenker. Indem er seine Gedanken zudem ideologisierte, radikalisierte er sie zugleich und rührte damit an der Grundlage der englischen Verfassung. Das tat er um so mehr, als er sich nicht nur gegen die Großgrundbesitzer wandte, sondern auch gegen die reichen Freisassen, also die freie Bauernschaft.

Daß Winstanley bei der gedachten praktischen Durchführung in seinem utopischen Staatswesen zunächst keinen Zwang ausüben wollte, sondern auf die Überzeugungskraft setzte, ändert nichts an seiner dogmatischen Grundablehnung. Er war nicht nur ein engagierter Streiter für den sozialen Ausgleich innerhalb des bestehenden Gesellschaftssystems, sondern wurde zu einem ›kommunistisch‹ geprägten Protagonisten, der das gesamte Gesellschaftsgefüge Englands verändern wollte. Sein Scheitern war damit vorprogrammiert. Auswirkungen auf spätere Denkmodelle hatten seine Ideen übrigens ebenfalls nicht, er geriet einfach in Vergessenheit. Auch Marx und Engels kannten seine Schriften nicht. Die Wissenschaft hat sich frühestens am Ende des 19. Jahrhunderts mit ihm beschäftigt, und selbst da nur marginal. 1941 wurden seine Werke erstmals gesammelt herausgegeben, aber erst nach dem Zweiten Weltkrieg ist er stärker ins Blickfeld der Forschung getreten, besonders – wenn auch nicht ausschließlich – innerhalb der marxistisch beeinflußten Geschichtswissenschaft; die erste deutschsprachige Gesamtausgabe erschien 1983 in Leipzig.

Einen Einfluß auf die Herausbildung der Demokratie hat Winstanley also offenkundig nicht gehabt. Dennoch scheint er mir ein äußerst interessantes Beispiel dafür zu bieten, in welcher Fülle und in welcher Bandbreite verfassungspolitische Ideen und Experimente als Vorstufe für demokratische Strukturen aus dem Konflikt zwischen Parlament und Krone im England des 17. Jahrhunderts hervorwuchsen.

4. Verfassungsversuche und verfassungspolitische Vorschläge während des Interregnums

Es mag verwundern, daß bisher nicht auf Oliver Cromwell eingegangen worden ist, der doch, wie allgemein bekannt, eine Schlüsselfigur, wenn nicht überhaupt *die* Schlüsselfigur im Bürgerkrieg und während des Interregnums war. Er wurde zwar im Zusammenhang mit den Independenten genannt, denn zu diesen gehörte er, und auch in bezug auf Winstanley erwähnt, aber seine Rolle während der verfassungspolitischen Entwicklung ist bisher nicht angesprochen worden. Das soll nun geschehen.

Die überragende politische Machtstellung verdankte Cromwell seinen militärischen Innovationen und Erfolgen, die hier unberücksichtigt bleiben sollen. Uns interessiert nur, welche Konsequenzen er aus dieser Machtstellung zog in Hinblick auf mögliche demokratische Tendenzen und auf wen er sich dabei stützte. Grob gesprochen haben wir es hier mit einer Entwicklung zu tun, die sich von einer republikanisch bestimmten Ausgangslage hin zu monarchischen Strukturen entwickelte, ja sogar zu einer ›Monarchie ohne König‹; dabei spielte das Militär stets eine wichtige Rolle, während das Parlament zunehmend an Bedeutung verlor.

Die Ausführungen über die Leveller haben gezeigt, daß eine Verbreiterung der Machtbasis die Gefahr einer Radikalisierung in der Politik und sogar Ängste vor einer Anarchie hervorriefen. Es galt daher, eine verfassungspolitische Konstruktion zu finden, die zwar den Ergebnissen des Bürgerkrieges Rechnung trug, die aber dennoch Stabilität in England garantierte. Sehr früh erkannte Cromwell, daß das Rumpfparlament diese Lösung nicht vollbringen würde. Es war 1648 durch eine Säuberungsaktion der Armee (*Pride's Purge*) entstanden, und mit seiner Hilfe war der König verurteilt und die Republik eingeführt worden. Nun aber zeigte es sich *nicht* kooperativ im Sinne der Armee, ja es stellte sich sogar gegen sie, da es die Errichtung einer Militärdiktatur befürchtete. Cromwell löste das *Rump* daher auf und ersetzte es im Juli 1653 durch das sogenannte Parlament der Heiligen (*Barebone's Parliament*), das sich jedoch politisch als inkompetent erwies. Bereits im Dezember 1653 wurde es wieder aufgelöst.

(a) Das Instrument of Government

Im Dezember 1653 versuchte daraufhin die Armee unter Cromwells Führung, selbst die innenpolitische Situation in feste Bahnen zu lenken, und zwar mit Hilfe eines eigenen Verfassungsentwurfs. Dieses *Instrument of Government* ist das wohl wichtigste konstitutionelle Dokument aus der Zeit des Commonwealth und markiert den Wendepunkt von der revolutionären Phase zur Rückkehr in die gewohnten konstitutionellen Bahnen. Das *Instrument of Government* war der Versuch der mehr konservativen Generäle, einen *modus vivendi* zwischen der Armee und den Wählern zu finden. Auch hier wurde die Veränderung des Wahlsystems angepeilt und sogar durchgeführt. So wurde die Anzahl der Grafschafts-Sitze erhöht, und viele kleine und bedeutungslose Gemeinden (*rotten boroughs*), die meist ohnehin nur von einer Familie kontrolliert wurden und deren Rechte aus dem Mittelalter herrührten, verloren ihr inzwischen anachronistisches Mandat. Im Gegenzug konnten aufblühende und wirtschaftlich bedeutsame Städte ohne weit zurückreichende historische Tradition nun erstmals einen Abgeordneten stellen. Von diesen Änderungen profitierten z. B. Manchester und Leeds, die vorher nicht im Parlament vertreten gewesen waren, obwohl Manchester 1650 immerhin schon 10.000 Einwohner hatte und damit die siebtgrößte Stadt Englands war, während Leeds als zehntgrößte Stadt 9.000 Einwohner aufwies.

Das *Instrument of Government* zielte nicht auf so eine breite Basis ab, wie die Leveller sie wünschten, aber doch auf die Schaffung einer unabhängigen Mittelklasse. Trotzdem verringerte sich die Anzahl der Wahlberechtigten eher, als daß sie sich vergrößerte. Denn die für das Wahlrecht notwendige Besitzgrundlage wurde in der Weise geändert, daß nicht mehr Landbesitz mit einem Jahreseinkommen von vierzig Schilling als Voraussetzung des Wahlrechts verlangt wurde, sondern Besitz ganz allgemein (also nicht nur Landbesitz) – allerdings im Werte von zweihundert Pfund. Zwar nicht zahlenmäßig, aber vom System her wurde das Wahlrecht damit dennoch auf eine breitere Basis gestellt. Denn nun konnten auch Handwerker und Kaufleute stärker als zuvor an der politischen Mitwirkung beteiligt werden.

Ganz im Sinne der Armee, besonders der Generäle, stärkte das *Instrument of Government* die Exekutive auf Kosten der Legislative:

– Es legte eine Amtsperiode auf Lebenszeit fest. Das heißt, obwohl das Parlament alle drei Jahre zusammentreten sollte, hatte es dennoch nicht viel Macht über die Exekutive. Auch Cromwell wurde Protektor auf Lebenszeit.

- In der Verfassung wurde ein Heer von 30.000 Mann festgeschrieben. Damit wurde das traditionelle Geldbewilligungsrecht des Parlaments beschnitten, was selbst die Stuartkönige nicht erreicht hatten.
- Dem Parlament wurde weitgehend die Entscheidungskompetenz in Religionsfragen genommen, indem ein recht beträchtliches Ausmaß an Toleranz gesetzlich verankert wurde.

Keiner dieser drei Punkte fand die Zustimmung des Parlaments, als es 1654 zusammentrat – und das, obwohl viele gewählte Mitglieder wegen ihrer oppositionellen Haltung von der Armee bereits vor der Konstituierung ausgeschlossen worden waren. Daraus wird ersichtlich, daß auch während der Phase des Commonwealth kein Parlament bereit war, sein Geldbewilligungsrecht aufzugeben. Und auch auf die Einschränkung der Glaubensfreiheit wollte das Parlament nicht verzichten, denn zu groß war die Angst, radikale Sekten könnten die überkommene Gesellschaftsstruktur unterminieren. So war es nur konsequent, daß Cromwell auch dieses Parlament 1655 auflöste, bevor es einen eigenen Verfassungsentwurf vorlegen konnte.

Die Folgejahre bis zur Rückkehr der Stuarts waren dann gekennzeichnet von einer zunehmend konservativen Haltung. Faktisch, wenn auch nicht verfassungsrechtlich, wurde wieder die Monarchie eingeführt, mit Oliver Cromwell als *Lord Protector* auf Lebenszeit; er erhielt zudem das Recht, seinen Nachfolger zu bestimmen (*Humble Petition and Advice*, Mai 1657). Daß er die ihm angebotene Krone nicht annahm, geschah wohl allein aus Rücksicht auf die Armee. Denn sie war und blieb der Rückhalt für jedwede Politik während des gesamten Interregnums; sie war es auch, die zwei Jahre nach Oliver Cromwells Tod 1660 die Rückkehr der Stuarts in die Wege leitete.

(b) James Harrington

Die Wiedereinführung der Monarchie war eine realpolitische Lösung der Probleme und vermutlich der einzige Weg, um einen erneuten Bürgerkrieg zu vermeiden. Aber sie stieß nicht nur auf das Mißtrauen derjenigen, die wie die Leveller und Digger aktiv für soziale Änderungen eingetreten waren. Sie rief vielmehr auch Enttäuschung bei den politischen Denkern hervor, die unter Rückgriff auf antike Vorbilder sich um eine republikanische Staatsverfassung bemüht hatten. Charakteristisch für diese Vertreter der ›politischen Wissenschaft‹ war, daß sie zwar auch von praktischen Vorgaben der englischen Verhältnisse ausgingen, sich dennoch aber sehr stark von theoretischen Grundsätzen und Konstruktionen leiten ließen.

Stellvertretend für diese Gruppe soll wenigstens noch kurz auf James Harrington (1611-1677) eingegangen werden, der dem Landadel (*Gentry*) angehörte, akademisch gebildet war, aber keine Stelle im öffentlichen Leben bekleidete und aufgrund seines Vermögens auch keinem Broterwerb nachgehen mußte. In seinem Hauptwerk, der 1656 erschienenen *Oceana*, hat er sich nicht nur Gedanken gemacht über die Gründe, die zum englischen Bürgerkrieg führten, sondern er hat mit diesem Werk zugleich auch einen bis in alle Einzelheiten ausgefeilten, aber letztlich doch utopischen Entwurf für einen englischen Verfassungsstaat geliefert. Obwohl dieser Entwurf nie verwirklicht worden ist, hat er dennoch nicht nur die politische Ideengeschichte bereichert, sondern auch praktische Auswirkungen gehabt: die in der amerikanischen Verfassung verankerten *checks and balances* wie auch das parlamentarische Rotationsprinzip gehen auf Harrington zurück.

In seinem Verfassungsentwurf legt Harrington den Plan einer völligen Neuordnung des englischen Parlamentswesens vor. Zwar will er das traditionelle bikamerale System wieder einführen, von dem England 1649 mit der Abschaffung des *House of Lords* abgegangen war, aber er gibt ihm eine ganz neue Struktur. Das neue Oberhaus soll nicht mehr eine auf Zugehörigkeit zum hohen Geburtsadel beruhende Institution sein, sondern einen Senat darstellen und eine Wahlversammlung sein wie das Unterhaus, das den Charakter eines *House of Representatives* hat. Beiden Kammern wäre somit nicht nur eine indirekte Wahl ihrer Mitglieder durch das Volk gemeinsam, sondern sie wären auch beide der – auf venezianischem Vorbild beruhenden – Ämterrotation unterworfen. Durch sie will Harrington erreichen, daß jährlich ein Drittel der Abgeordneten ausscheidet und durch die gleiche Anzahl Neugewählter ersetzt wird. Dem Senat wird durch die Verfassung die Aufgabe und das ausschließliche Vorrecht der politischen Beratung und des Entwerfens von Gesetzen vorbehalten, über deren Annahme oder Ablehnung dann allein das Unterhaus zu entscheiden hat, ohne jedoch vorher die Gesetzesvorlagen selbst diskutieren zu dürfen. Die beiden Häuser besitzen bei Harrington also streng getrennte Funktionen. Auf diese Weise hoffte er, mögliche Eigeninteressen und selbstsüchtige Ziele der beiden Kammern zu neutralisieren und eine Überschreitung des jedem Haus zugeteilten Maßes an Macht zu verhindern.

Auch Harrington sah eine Vermögensqualifikation als Grundlage für die Wahlberechtigung vor. Voraussetzung war, wie bei den Levellern, wirtschaftliche Unabhängigkeit. Jeder, dessen Einkommen in einer Löhnung bestand – und das war das Gros der englischen Bevölkerung –, war von vornherein von den staatsbürgerlichen Rechten und Pflichten ausgeschlossen und besaß weder das passive noch das aktive Wahlrecht. Durch Änderung der Besitzverhältnisse war jedoch problemlos ein Aufstieg in die Gruppe der Wahlberechtigten möglich, aber gleichermaßen konnte auch ein Abstieg erfolgen. Es war ausschließlich der Vermögensstatus, der darüber entschied, ob man Bürger war oder nicht. Dabei war es gleichgültig, ob das Einkommen aus Grundbesitz oder aus Handel und Gewerbe stammte.

Die Abgeordneten wurden darüber hinaus noch einer weiteren Vermögensqualifikation unterworfen. Denn der Senat war ausschließlich Bürgern mit einem Mindesteinkommen von einhundert Pfund vorbehalten; das *House of Representatives* (Unterhaus) hingegen sollte sich zu vierzig Prozent ebenfalls aus dieser Gruppe zusammensetzen, zu sechzig Prozent aber aus der zahlenmäßig weitaus überwiegenden Schicht der Bürger mit weniger als einhundert Pfund Jahreseinkommen.

Diese engen Besitzbestimmungen erinnern in gewisser Weise an das Drei-Klassen-Wahlrecht, und sie entsprechen sicherlich nicht unseren heutigen Vorstellungen von Demokratie. Aber wie die Parallelen bei den Levellern und bei Henry Ireton zeigen, lagen sie im Trend der damaligen Zeit, und wir sollten daher nicht zu streng urteilen. Denn daß es überhaupt möglich war, aus den Verhältnissen, in die man hineingeboren war, durch Fleiß, Tüchtigkeit und sicher auch durch eine große Portion Glück herauszukommen, daß man also die vorgegebenen und festen gesellschaftlichen Schranken überwinden konnte und auch bei einer Herkunft aus einfachen Verhältnissen den Status eines Bürgers mit allen politischen Rechten erlangen konnte, das war für die Zeit des 17. Jahrhunderts alles andere als selbstverständlich; es zählte zu den ganz seltenen Ausnahmen.

Fazit

Allein die Tatsache, daß in England um die Mitte des 17. Jahrhunderts der Stuart-Absolutismus abgewehrt wurde, zeigt, wie stark die politischen Verhältnisse dort von neuen, ja in vielerlei Hinsicht unerhörten Entwicklungen geprägt waren. Verglichen mit anderen europäischen Staaten dieser Zeit kündigten sich hier schon moderne Strukturen an. Dennoch finden wir noch keine Demokratie im modernen Sinn. Das liegt grundlegend daran, daß sich die damals aktiven politischen Gruppen allesamt noch nicht mit einem allgemeinen, gleichen Wahlrecht anfreunden konnten, wenngleich sie auch eine Erweiterung des Wahlrechts vorsahen und dabei zum Teil ebenfalls soziale Schranken aufzuheben trachteten. Außerdem zeigte sich, daß die alten gesellschaftlichen Strukturen trotz des Bürgerkriegs und trotz der Abschaffung der Monarchie noch so gefestigt waren, daß eine Durchsetzung der neuen Ideen weitgehend scheiterte.

Daß die vielfältigen Vorschläge und Ideen nicht verwirklicht wurden oder – wie im Fall des *Instrument of Government* – scheiterten, ist nicht zu leugnen. Dennoch ist allein schon die Tatsache, daß viele Gruppen oder Individuen ausgefeilte Entwürfe vorlegten und damit allesamt eine neue Ordnung anstrebten, ein Beweis dafür, daß ein neues Denken eingesetzt hatte, das die alten Traditionen grundsätzlich hinterfragte und von einem Aufbruch zu anderen Ufern kündete. Darin zeigt sich auch eine bisher in dieser Weise nicht artikulierte Form des Selbstbewußtseins von Gruppen, die zuvor gar nicht oder nur teilweise an der Ausübung der Macht beteiligt waren. Ein Wesensmerkmal dabei ist, daß die überragende Bedeutung des Geburtsadels, zu dem ja auch der König gehörte, in Frage gestellt wurde. Damit war ein wichtiges Stück auf dem Weg zur Demokratie zurückgelegt. Insofern hat die Auseinandersetzung zwischen Parlament und Krone im England des 17. Jahrhunderts, die der Auslöser für die Entstehung der vielfältigen verfassungspolitischen Entwürfe war, zumindest Vorstufen der westlichen Demokratien gezeitigt. Die Demokratie in unserem Sinne hat sie allerdings noch nicht hervorgebracht; aber das konnte im Zeitalter des Absolutismus wohl auch nicht erwartet werden.

Literaturhinweise

Quellen:

Gardiner, Samuel Rawson: The Constitutional Documents of the Puritan Revolution 1625-1660, Oxford 1889.

Harrington, James: The Common-wealth of Oceana, hrsg. von S. B. Liljegren, Heidelberg 1924.

Prall, Stuart E.: The Puritan Revolution, A Documentary History, London 1968.

Sharp, Andrew (Hrsg.): Political Ideas of the English Civil Wars 1641-1649. A Collection of Representative Texts with a Commentary, London 1983.

Winstanley, Gerrard: Gleichheit im Reiche der Freiheit. Sozialphilosophische Pamphlete und Traktate, hrsg. von Hermann Klenner, Leipzig 1983.

Literatur:

Dow, F. D.: Radicalism in the English Revolution (= Historical Association Studies), London 1984.
Greyerz, Kaspar von: England im Jahrhundert der Revolutionen 1603-1714, Stuttgart 1994.
Hantsche, Irmgard: James Harrington und das Problem des englischen Bürgerkriegs, Köln 1968.
Hill, Christopher: The Century of Revolution. 1603-1714, Edinburgh 1962.
– The World Turned Upside Down. Radical Ideas during the English Revolution, London 1973.
Richardson, R.C.: The Debate on the English Revolution, 3rd edition, Manchester 1998.
Schröder, Hans-Christoph: Die Revolution Englands im 17. Jahrhundert, Frankfurt/M. 1986.
Wende, Peter: Probleme der englischen Revolution, Darmstadt 1980.

Paul Münch

»Deutscher Fleiß«

Zur Konstituierung einer bürgerlichen und nationalen Tugend

Daß die Deutschen fleißig sind, gilt als ausgemacht. Demoskopische Umfragen haben gezeigt, daß das Selbstbild der Deutschen in dieser Frage seit langer Zeit stabil ist. Mit großer Beständigkeit und ungebrochener Ethnozentrik bescheinigen sich die Bewohnerinnen und Bewohner der Bundesrepublik mit ihrem Fleiß eine quantitativ und qualitativ besondere Arbeitskraft, die sie zu einem der wirtschaftlich führenden Länder auf der Welt gemacht habe. Das berühmte, gegenwärtig leicht verblassende Signet »Made in Germany« hat nie nur das qualitativ herausragende Produkt handwerklicher oder industrieller Fertigungstechnik bezeichnet, stets wurde es auch als Ausweis einer exklusiven, den Deutschen in ganz besonderer Weise eigenen Arbeitsmentalität verstanden. Arbeit und Fleiß als typisch deutsche Eigenschaften: Diese Einschätzung strahlt in weite Bereiche aus. Wenn die deutsche Fußballnationalmannschaft gewinnt, sind das bezeichnenderweise oft »Arbeitssiege« – gegen spielerisch überlegene Mannschaften.

Auch außerhalb ihrer Grenzen gelten die Deutschen als ausgesprochen fleißig, rührig, umtriebig und effektiv. Doch der Blick von außen ist nicht nur positiv, er richtet sich oftmals auch auf die unheilvolle Rolle des deutschen Fleißes, der deutschen Gründlichkeit und der deutschen Ordnungsliebe, auf jene Sekundärtugenden also, die im Laufe einer wechselvollen Geschichte nicht nur positive, sondern oft genug auch höchst negative Folgen zeitigten. Unvergessen ist die zynische Devise mancher nationalsozialistischer Konzentrationslager: »Arbeit macht frei!« (vgl. Brückner).

Die besten Deutschen scheinen die Schwaben zu sein. Mit ausgeprägtem Stammesstolz pochen sie darauf, einem unablässig tätigen, umtriebigen Menschenschlag anzugehören, der seinesgleichen in Deutschland nicht hat. Wenn man einen Vertreter dieses süddeutschen Stammes fragt, was er tue, antwortet er: »Schaffe, schaffe!«. Auf die Frage: »Wie geht's?« kann man im Schwabenland mit der leicht wehleidigen, doch stereotypen Antwort rechnen: »Älleweil vil z'doe« oder: »Emmer viel Gschäft«. «So, au schaffe!« begrüßt man einen, den man bei der Arbeit sieht. Man drückt damit aus, daß er – wie der Grüßende selbst – zu den »rechten« Menschen gehört, daß man, wie es die Sprache seismographisch genau festhält, seine »Recht-Schaffenheit« anspricht und würdigt. »Die isch a arge Schaffere!«: Ein größeres Lob kann man einer Schwäbin – zumal auf dem Land – kaum zollen. Wenn ein junger Mann heiratet, so gilt als größter Vorzug seiner Braut ihre Arbeitskraft: »Dia ka schaffe!« Selbst die Feststellung: »Sie sehet aber au arg abgschafft aus!« soll für eine echte Schwäbin ein Kompliment sein. Man kann die Würde eines Schwaben nicht stärker anzweifeln, seine Identität nicht tiefer verletzen, als wenn man von ihm sagt, man sehe ihn nie beim »Schaffe«, oder was vielleicht noch schlimmer ist, man sehe ihn nie »zum Schaffen gehen«. Arbeitslosigkeit ist deswegen im Schwabenland – mehr als in anderen Regionen – nicht bloß ein sozialer, sondern geradezu ein moralischer Makel. Schon ein Mann, der einen geistigen Beruf ausübt, der nicht »ens Gschäfft« geht, macht sich verdächtig: »Wer woiß, von was der leabt?« Thaddäus Troll, von dem diese Beobachtungen stammen, berichtet von einem Journalisten, der nicht sagt, er gehe auf die Redaktion, sondern: »ens Gschäfft«. Unter der Bezeichnung »Redaktion« könnten sich die Mitbürger vielleicht einen Ort vorstellen, an dem nicht genug geschafft würde (vgl. Troll, 64f).

Schwäbische Arbeit muß, wenn sie Anerkennung finden soll, gesehen und sie darf auch gehört werden. Es ist nicht schlecht, wenn man sie mit den Händen tut und wenn man dabei schwitzt. Und besser, sie verursacht Lärm, als daß sie nur im Kopf stattfindet. Rein geistige Beschäftigungen sind den Schwaben jedenfalls so wenig geheuer wie scheinbar zwecklose Aktivitäten. Bis in die siebziger Jahre hinein konnte es sich kein Dorfschullehrer an einem schönen Sonnentag leisten, in seinem Garten auf einer Liege zu liegen, nicht einmal zur Lektüre: Er hätte bei den Bauern als typischer Beamtenfaulpelz gegolten. Selbst Spazierengehen – einfach so und ohne irgendeine »schaffige« Nebenabsicht – war verdächtig. Der Schulmeister tat, wenn er dies beabsichtigte, gut daran, zur Vortäuschung seiner stets wachen wissenschaftlichen Neugier wenigstens eine Tasche, am besten aber eine Botanisiertrommel, bei sich zu tragen.

Dies hatte Folgen für die ganze Familie. Eine Lehrerstochter aus Strümpfelbach soll, wie die Volkskundlerin Christel Köhle-Hezinger bezeugt, stets eine kleine Hacke, ein »Häckle«, sichtbar mit sich geführt haben, um ihre im protestantisch-pietistischen Württemberg noch verdächtigeren kleinen Ausflüge als Grabpflegegänge zum Friedhof zu kaschieren (mündliche Mitteilung). Hierzu paßt die Bemerkung des Schriftstellers Otto Rombach, der einmal erzählt, die Tatsache, daß er mitunter eigenhändig seinen Garten mähe, imponiere seinen Mitbürgern weit mehr als Zahl und Erfolg seiner Bücher. Es verwundert nicht, daß »Kehrwoche« und »Putzteufel« im Schwabenland eine exklusive Heimstatt gefunden haben.

Arbeit scheint der Schwaben zweite Natur, ihr idealer Lebenszweck zu sein. Doch das schlichte Wort »Arbeit« reicht nicht aus, wenn die Vertreterinnen und Vertreter dieses Menschenschlages ihre permanente Umtriebigkeit beschreiben. Der Schwabe »schafft«. Das »Schaffen« verleiht seiner Tätigkeit einen exklusiven Glanz, es verbindet ihn mit Gott, der bekanntlich die Welt »erschaffen« hat. »Schaffe« ist nicht einfach »arbeiten«, es ist Teil des besonderen Anspruchs der Schwaben, mit ihrem unablässigen Werkeln und Tun gewissermaßen am göttlichen Schöpfungswerk teilzuhaben. Weil dies auch für die katholischen Oberschwaben gilt, darf sich Adam bereits in der aus dem Jahre 1743 stammenden schwäbischen »Schöpfung« des Obermarchtaler Prämonstratenserpaters Sebastian Sailer nicht auf die faule Haut legen. Im schwäbischen Paradies gilt die Arbeitspflicht schon vor dem Sündenfall. Unmißverständlich mahnt Gott Vater:

> Doch ois thue i dier eidinga:
> du sollescht itt müessig dohinna umspringa.
> Schaffa, schaffa dös muescht,
> und wenn da dös thuescht,
> so bin i mit dar z'frieda ufs Härle.

Aufsässig fragt Adam:

> Dös ischt mier a wunderlis Mährle.
> Wer sait, daß i mueß?

Doch Gottvater beendet den Disput ohne Zugeständnisse:

> Narr, i hau dar desweaga geaba Händ und Füaß,
> auch grade und g'sunde Glieder (Schriften 15).

Wir lernen daraus, daß der Schwabe und die Schwäbin nicht wie die übrigen Menschen arbeiten, um zu leben, sondern leben, um zu »schaffen«. Der Lebenswert eines Schwaben bestimmt sich für seine Landsleute aus seiner permanenten Umtriebigkeit, die von ihm bis über den Tod hinaus gefordert wird. Den gescheiterten Selbstmordversuch eines Schwaben kommentierte sein Weib sarkastisch: »Des dät dir so passe! En da Sarg neiliege ond nix do!«

Sind die Deutschen tatsächlich fleißiger als andere Völker, und gelten die »schaffigen« Schwaben zu Recht als Musterdeutsche? Oder rechnet man Deutsche und Schwaben vielleicht nur deswegen zu den Fleißbolden, weil sie sich unablässig eine besonders erfindungsreiche Arbeitsamkeit attestieren, um sich und ihre Produkte weltweit, werbegeschickt und lautstark als Früchte eines spezifisch deutschen oder schwäbischen

Fleißes zu präsentieren? Ich stelle diese Frage als Historiker, nicht als Philosoph, Theologe, Soziologe oder Sozialpsychologe. Historiker sind, wie das Friedrich Schlegel einmal treffend ausgedrückt hat, »rückwärts gewandte Propheten«. Sie analysieren nicht die sich rasch wandelnde Gegenwart, und sie machen nur selten Projekte für eine ungewisse Zukunft. Ihre Profession ist die Erforschung der Vergangenheit, deren spezifische Rekonstruktion allerdings Gegenwart und Zukunft ganz wesentlich beeinflussen kann. Weil der Historiker mit dem Goetheschen Faust weiß, daß es meist bloß »der Herren eigner Geist« ist, »in dem die Zeiten sich bespiegeln« (vgl. Münch 1998, 18), besitzt die moderne Geschichtswissenschaft – im Unterschied zu manchen Zeitgeistwissenschaften – eine gehörige Portion Mißtrauen gegen endgültige und einfache Antworten. Der Historiker ist gewissermaßen ein professioneller Skeptiker, voller Argwohn gegenüber Erklärungen, die von einer unveränderlichen menschlichen Natur ausgehen. Stets beachtet er die sich wandelnden Koordinaten von Raum und Zeit, in denen sich menschliches Leben abspielt. Weil die Welt von ihrem Anbeginn an unentrinnbar dem zeitlichen Wandel unterworfen ist, meinen manche Historiker mit einem gewissen Hochmut sogar, alles sei nur historisch erklärbar.

Auf unser Thema angewandt heißt das, daß der deutsche und der schwäbische Fleiß keineswegs zu den besonderen nationalen oder regionalen Urtrieben gehört. Ein Fleiß-Gen, das den Deutschen und den Schwaben exklusiv eigen wäre, hat man bislang nicht isolieren können. Der augenfälligste Beweis für die Historizität, also die Zeit- und Raumabhängigkeit des Fleißsyndroms, ist die Tatsache, daß die Deutschen und Schwaben noch gar nicht so lange als Vorbilder eines musterhaften Fleißes fungieren. Genaugenommen hängt den Deutschen das Fleiß-Image erst seit etwa 200 Jahren an, als der Philosoph Immanuel Kant seinen Landsleuten kollektiv bescheinigte, sie zeichneten sich vor anderen Völkern durch »Fleiß, Reinlichkeit und Sparsamkeit« (Münch 1984, 12) aus. Der Schweizer Johann Caspar Lavater war sich zu Ende des 18. Jahrhunderts sicher, das »Fleißige, Bestimmte, Faltende, Ordnende des deutschen Nationalcharakters« (ebd.) sogar in den Physiognomien seiner nördlichen Nachbarn ausmachen zu können. Wenn man zuvor, also etwa im 16. oder 17. Jahrhundert, die Eigenheiten des deutschen Nationalcharakters durchmusterte, dann bescheinigte man den Deutschen meist Biederkeit und Ehrlichkeit, die mit einem schon damals vielfach gerühmten Kampfgeist gepaart erschienen. Doch nicht Fleiß galt als hervorstechendstes Merkmal deutscher Art, sondern die Liebe zum Alkohol. Friedrich Schillers Jugendfreund Johann Wilhelm Petersen veröffentlichte noch 1782 in Leipzig anonym ein Buch mit dem Titel »Geschichte der deutschen National-Neigung zum Trunke«, das zeigt, daß auch zur Zeit Kants die Deutschen noch eher als »versoffen« denn als »fleißig« galten. Der besondere schwäbische Fleiß dürfte eher noch jünger sein.

Welche Interessen und Kräfte standen hinter den Verfleißigungskampagnen, deren es bedurfte, um eine lässige, die Zeitökonomie mißachtende Gesellschaft auf den Weg der Arbeit zu bringen? Wie wurden aus den faulen und versoffenen Deutschen des 16. Jahrhunderts und aus den Bewohnern der Gegend zwischen Stuttgart und dem Bodensee die vielgerühmten Muster des Fleißes? Um diese Fragen zu beantworten, sollen zunächst die drei wichtigsten Kräfte, die den Verfleißigungsprozeß vorangetrieben haben, betrachtet werden: Religion, Staat und Gesellschaft. Eine weitere Überlegung soll zeigen, mit Hilfe welcher Medien und Strategien die Verfleißigung durchgesetzt wurde. Abschließend geht es um die problematische Rolle der Verfleißigung in einer von Arbeitssucht und permanenter Arbeitslosigkeit gleichermaßen bedrohten Gesellschaft.

Religion und Konfession

Die aus dem Raum der christlichen Kirche dringenden Aufforderungen zur Arbeit zählen zu den ältesten Verfleißigungspostulaten unserer Kultur. Jeder kennt die aus der Erbschuld erwachsende biblische Verpflichtung zu mühsamer Arbeit: »Im Schweiße deines Angesichts sollst du dein Brot verdienen« (Gen 3,17). Nur am Sabbat darf der Mensch ausruhen, an den übrigen sechs Tagen soll er, wie die Bibel lehrt, arbeiten und alle seine Werke tun. Jüdische und christliche Lehrschriften und Sentenzen verbreiteten das Arbeitsgebot und gossen es in Sentenzen und Sprichwörter. Auch die frühmittelalterliche Theologie betonte die Pflicht zur Arbeit, wenngleich – etwa in der Benediktinerregel – Arbeit stets mit dem Gebet verschwistert sein sollte. Die klösterliche Lebensform erforderte beides, das »ora et labora«, um den Weg der Vollkommenheit zu gehen. Die scholastischen Theoretiker des Hoch- und Spätmittelalters erhoben den Fleiß nicht zu einer der Kardinaltugenden, aber sie ächteten den Müßiggang, in dem sie die »acedia«, die Trägheit, in die Liste der sieben Todsünden einreihten.

Unter dem Einfluß stadtbürgerlicher Ideale begann die Theologie schon vor der Reformation eine wachsende Hochschätzung weltlicher Berufsarbeit zu zeigen. Nicht nur den geistlichen Virtuosen, also den betenden, singenden und meditierenden Mönchen und Nonnen, sondern jedem und jeder, die ihrer alltäglichen Berufsarbeit mit Ausdauer und Perfektion nachgingen, eröffnete sich nun der Weg zum Heil. Selbst die geringste Hausarbeit einer Magd galt dieser Anschauung zufolge vor

Gott nicht weniger als die angestrengte und weltabgewandte Askese des Ordensmannes oder der Ordensfrau. Beide Wege, derjenige der sinnenden Maria nicht weniger als derjenige der tätigen Martha, erschienen von nun an als gleichwertig.

Die Theologie des späten Mittelalters nahm mit der Aufwertung der weltlichen Berufsarbeit schon einiges vorweg, was kurz darauf lautstark und unisono von den evangelischen Reformatoren gefordert wurde. Diese gingen allerdings noch weiter. Sie hoben die in ihren Augen unproduktiven, einer äußerlichen Werkfrömmigkeit huldigenden Klöster auf und erklärten, nur mit ausdauernder und treuer Arbeit in jedem Beruf, wie gering er auch sei, könne das Heil errungen werden. Johann Pezzl, ein scharfzüngiger Wiener Publizist des ausgehenden 18. Jahrhunderts, sagte über die Reformation, sie habe wohl die Klöster aufgehoben, dafür aber die ganze Welt in ein Kloster verwandelt. So überspitzt dieses Urteil auch klingt, es trifft etwas Wesentliches. Für den evangelischen Christen war Arbeit künftig gewissermaßen der Königsweg zum ewigen Heil. Arbeit erhielt eine exklusive Würde, auch wenn – rein dogmatisch gesehen – für den evangelischen Christen natürlich Glaube und Gnade vor allen anderen Heilswegen rangierten.

Aus dieser Hochschätzung weltlicher Berufsarbeit durch die Protestanten haben manche schließen wollen, im Raum der evangelischen Kirchen habe sich eine weit aktivere Arbeitshaltung entwickelt als in katholischen Städten und Ländern, oder simpel ausgedrückt: Protestanten seien fleißiger und produktiver als Katholiken. Bekannt geworden ist vor allem die These Max Webers, der im Jahre 1904/5 eine Studie publizierte, um die nun bald 100 Jahre gestritten wird. Weber band protestantische Ethik und kapitalistischen Geist zusammen und behauptete, bei den asketischen Strömungen des Protestantismus – dem Calvinismus, dem Pietismus, dem Methodismus und dem Täufertum – habe sich eine ganz spezifische, auf den weltlichen Berufserfolg konzentrierte Ethik entwikkelt. Er sah darin eine der bedeutendsten Antriebskräfte des modernen Kapitalismus. Insbesondere im Calvinismus und seinen Denominationen, wo die Lehre von der doppelten Prädestination dem Menschen jede Heilssicherheit raube, nähmen die Gläubigen, um nicht zu verzweifeln, den weltlichen Berufserfolg als Zeichen ihrer Erwählung. Dies wirke im Arbeitsleben als Antriebsmotor zu kontinuierlicher Aktivität und forciere die Ausschöpfung aller Kraftreserven.

Diese Annahme, der zufolge die Protestanten ihren katholischen Glaubenskonkurrenten an Fleiß überlegen und deswegen im Endeffekt auch wohlhabender seien, ist allerdings weit älter als Weber. Lange vor dessen aufsehenerregenden Thesen hatte die aufklärerische Kritik die katholische religiöse Praxis als verschwenderisch und unproduktiv gebrandmarkt. So fragte etwa im Jahre 1772 eine anonyme Schrift: »Warum ist der Wohlstand der protestantischen Länder so gar viel größer als der katholischen«? Sie bilanzierte auf Heller und Pfennig, auf Stunde und Minute die Geld- und Zeitverschwendung katholischer Religiosität, den Abfluß von Geldern nach Rom, die ungenutzten Vermögen der toten Hand, den Zölibat der Priester, der das Bevölkerungswachstum hemmte, ganz besonders aber den opulenten katholischen Feiertagskalender.

Auch viele andere Zeitgenossen bestätigten, daß die überzähligen katholischen Feiertage in der Tat ein enormes Produktionshemmnis darstellten und – im Vergleich mit den protestantischen Ländern – offensichtlich gewaltige volkswirtschaftliche Verluste verursachten. Aus den vielen auch von protestantischer Seite aufgestellten Schadensbilanzen des ausgehenden 18. Jahrhunderts, die den mit jedem Feiertag verbundenen Verlust im nationalen und internationalen Vergleich hochrechneten, zitiere ich nur eine einzige Stimme. Im Jahre 1773 leitete der lutherische Pfarrer Johann Friedrich Mayer den Unterschied zwischen reichen Protestanten und armen Katholiken ausschließlich aus der Differenz in der Anzahl der Feiertage ab:

> »Der Catholicke hat jährlich 120. Ruhetäge: der Protestant hat ihrer nur 60; dergestalt, daß der erste den dritten Theil des Jahres, der ander nur den sechsten Theil desselben müßig ist. Der catholische Ackersmann vermisset also den Gewinn aus 60. Tägen, den der protestantische machet, und da der catholische an den Feyertägen von 60 Tägen in den Wirthshäusern schmauset, oder festlicher zu Hause isset, trinkt, und sich kleidet, Besuche annimmt oder gibt und dergleichen, so ist unterdessen der Protestante mit seinem Alltagsbrot zu frieden und arbeitet sich weniger schadhaft in seinem alltäglichen Kittel. Der Catholicke also gewinnt 60 Täge nichts, und verzehrt vorzüglich 60 Täge hindurch; da der Protestante 60 Täge gewinnt, und durch keine feyerliche Ausschweifung etwas verliert« (Münch 1994, 115).

Während des Kulturkampfes, der in der zweiten Hälfte des 19. Jahrhunderts zwischen der protestantisch geprägten deutschen Reichsregierung und der katholischen Kirche ausbrach, erlebten die aufklärerischen Stereotype des faulen Katholiken und fleißigen Protestanten eine enorme Renaissance, nun überdies verquickt mit nationalen Vorurteilen, die den Katholiken wegen ihrer Bindung an Rom die Staatstreue absprachen. Max Webers Studie erscheint als verspäteter Beitrag zu dieser Auseinandersetzung, während welcher der berühmte Wissenschaftler seine Parteinahme als reichstreuer Deutscher, Protestant und Bürger kaum verleugnen kann.

Wenn man diese Traditionslinien im Auge behält, wird man die inzwischen arg angestaubte Weber-These nicht mehr allzu ernst nehmen können. Die Forschung hat gezeigt, daß die Unterschiede in der Wirtschaftsethik der katholischen, lutherischen und calvinistischen Kirche nicht so gravierend gewesen sind, daß sich daraus die von Weber behaupteten Differenzen entwickelt hätten. Vielleicht war der Produktivitätsvorsprung der evangelischen Länder in Deutschland deswegen größer, weil sich die lutherische, insbesondere aber die zwinglische und calvinistische Spielart des Protestantismus von Anfang an in den wirtschaftlich entwickelteren urbanen Zentren entfaltete, während der Katholizismus vielfach die Religion der ländlichen Regionen blieb. Alle Untersuchungen weisen darauf hin, daß die unterschiedliche wirtschaftliche Entwicklung der deutschen Regionen von vielen Faktoren abhängig sein konnte, von der Bodenbeschaffenheit, dem Klima, den Bodenschätzen, der geographischen Lage, der politischen und sozialen Verfassung. Die Konfession spielte in diesem Faktorenbündel entweder keine oder nur eine sekundäre Rolle.

Am deutlichsten zeigt die rasche Industrialisierung des 19. Jahrhunderts, daß die angenommenen Differenzen in der Wirtschaftsethik der Konfessionen die Entwicklung nicht meßbar beeinflußten. So erschienen von der evangelischen württembergischen Metropole Stuttgart aus die Katholiken Oberschwabens als rückständig, verschlafen und faul, doch die verspätet einsetzende Industrialisierung entfaltete sich hier keineswegs mit geringerer Produktivität, sobald die dafür notwendigen Investitionen getätigt waren. Das Konfessionsstereotyp des faulen Katholiken und des fleißigen Protestanten war Munition in den Händen der verfeindeten Konfessionen, nicht mehr. Tatsächlich unterschieden sich die Konfessionen um die Mitte des 19. Jahrhunderts in ihrer Wirtschaftsmentalität kaum. Beide waren längst verfleißigt – gewiß auch aufgrund konfessioneller Vorgaben, aber weit mehr aufgrund staatlicher und gesellschaftlicher Initiativen.

Verfleißigungsfaktor »Staat«

Wer die Ebene konfessioneller Polemik verläßt, der erkennt bald, daß es politische Kräfte waren, die seit dem ausgehenden Mittelalter die entscheidenden Initiativen bei der Modernisierung der Gesellschaft ergriffen. Schon vor der Reformation begannen zunächst die Städte, dann das Reich und schließlich auch die Länder dem Produktionsfaktor »Arbeit« einen wachsenden Stellenwert zuzumessen. Erkennbar wird das an der Bettelgesetzgebung, insbesondere an Mandaten gegen »starke«, also arbeitsfähige Bettler, denen man das Betteln strikt untersagte und die, sofern sie nicht selbst eine Tätigkeit aufnahmen, in Arbeits- und Zuchthäuser eingesperrt wurden. Solche Anstalten, die ihren Insassen die rechte Arbeitshaltung zu vermitteln suchten, entstanden seit dem Ende des 16. Jahrhunderts auch in Deutschland. Das Motto der 1622 gegründeten Hamburger Anstalt lautete bezeichnenderweise: »Labore nutrior, labore plectior« – »Durch Arbeit werde ich ernährt, durch Arbeit büße ich« (Münch 1998, 376).

Da die wirtschaftliche Produktivität jener Zeit fast völlig auf tierischer und menschlicher Muskelkraft basierte, gab es für die Staaten nur zwei Wege, zu wirtschaftlicher Prosperität zu gelangen. Der erste Weg zielte auf die Erhöhung der Bevölkerungszahl, was durch die Aufnahme von Zuwanderern vielfach geschah, oft genug unter Mißachtung der konfessionellen Uniformität. Von Friedrich II. von Brandenburg-Preußen stammt der Satz, dem vermutlich manche Deutsche heute nicht mehr zustimmen würden: »Alle Religionen seindt gleich und guht, wan nuhr die leute, so sie profesiren, Erlige leute seindt, und wen Türken und Heiden kähmen und wollten das Land pöpliren [bevölkern], so wollen wir sie Mosqueen und Kirchen bauen« (Mendelssohn Bartholdy, 107). Man erkennt hier deutlich das konfessionsneutrale Interesse des Staates an der Förderung der Wirtschaft.

Der zweite Weg, der in allen Ländern, die wirtschaftlich vorankommen wollten, beschritten wurde, versuchte, die Arbeitskraft der Bevölkerung zu steigern. Hierbei nahm man ebenfalls keine Rücksicht auf etwaige konfessionelle Bedenken. Sowenig der Staat heute auf die Einsprüche der Kirchen hört, wenn es um die Abschaffung eines Feiertags zur Finanzierung der Pflegeversicherung geht, so wenig ließen sich die absolutistischen Landesherren von den Protesten ihrer Untertanen beeindrucken, als sie in der zweiten Hälfte des 18. Jahrhunderts darangingen, eine Reihe katholischer Feiertage aufzuheben. Die minutiösen Berechnungen des Schadens, den jeder Feiertag für die Ökonomie eines Landes bedeutete, zeigen, daß man durch die Streichung mehrerer Feiertage einen statistisch meßbaren wirschaftlichen Zugewinn erhoffte. Da die Reduktion der Feiertage, die überall vorgenommen wurde, dem merkantilistischen Kalkül, das auf eine aktive Handelsbilanz zielte, nicht genügte, ging man ergänzend dazu über, auch die Arbeitsmentalität der Bevölkerung anzufeuern. Die Wirtschaftstheoretiker der Zeit erkannten, daß nicht nur durch zu viele Feiertage »das Genie des Volkes zum Fleiß und Arbeitsamkeit verdorben« (Münch 1988, 30) würde, sie vermißten generell die »Begierde und Fähigkeit, sich durch Geschicklichkeit, Fleiss und Arbeitsamkeit untereinander hervorzutun« (Münch 1993, 65 Anm. 58). Einer der berühmtesten Kameralisten, Johann Heinrich Gottlob von Justi, konstatierte im Jahre 1761: »In allen Ländern, wo der Nahrungsstand eine schlechte Beschaffenheit hat [...], befindet sich alles in einer gewissen Schläfrigkeit und Trägheit. Man begnügt sich mit denen, durch die Gewohnheit einmal eingeführten, Nahrungs- und Bearbeitungsarten [...]. Niemand klügelt neue und vorzügliche Bearbeitungsarten zu erfinden, und niemand giebt sich Mühe, vorzügliche Geschicklichkeiten zu erwerben« (ebd.).

Was Justi hier ansprach, war das Konzept der »Industrie«, die Theorie einer über den traditionellen Berufsfleiß hinausgehenden Arbeitsmentalität, die man nun als »erste[s] und wichtigste[s] Beförderungsmittel eines blühenden Nahrungsstandes« (Münch 1984, 285) einschätzte. Unter dem aus dem Lateinischen und Französischen übernommenen Wort »Industrie« verstand man »den Begriff eines erfinderischen Fleißes, wobey man alle Vortheile seiner Kunst oder seines freyen Gewerbes zu der Absicht anwendet, sich vermittelst seiner Arbeit ein solches Aequivalent zu verschaffen, wodurch sich alle Bedürfnisse befriedigen lassen« (ebd., 284). Die Förderung dieses erfinderischen Fleißes auf allen Ebenen führte – lange vor der eigentlichen Industrialisierung – zu einer »Industrialisierung des Bewußtseins« (Wolfgang Dreßen). Sie bildete die Voraussetzung für die erfolgreiche Durchführung landwirtschaftlicher Reformen, doch ohne »Industrie« wären auch Reformen im Handwerk und der Aufbau einer florierenden manufakturiellen Produktion nicht möglich gewesen. Was aber wohl noch wichtiger ist: Ohne das »industrialisierte Bewußtsein«, ohne die Verfleißigung der deutschen Mentalität hätte auch die im Vergleich zu Westeuropa verspätete Durchführung der modernen Industrialisierung in der zweiten Hälfte des 19. Jahrhunderts nicht so rasch voranschreiten können. Noch vor dem ersten Weltkrieg hatte das deutsche Kaiserreich mit England in der industriellen Produktion gleichgezogen, obwohl seine industriell-technische Modernisierung fünfzig bis siebzig Jahre später als im britischen Königreich begonnen hatte. Ohne eine vorangehende mentale Aufrüstung, die in allen Schichten nicht nur den Fleiß, sondern auch die begleitenden Tugenden der Ordnung und Sparsamkeit eingeübt hatte, wäre diese rasche Entwicklung wohl kaum denkbar gewesen.

Der besondere Fleiß des Bürgertums

Die Konfessionen und die frühmodernen Staaten hatten mit der religiösen Fundierung des Berufsgedankens und der merkantilistischen Betonung des Produktionsfaktors »Arbeit« den Verfleißigungsprozeß vorangetrieben. Daß jedoch die kirchlichen und staatlichen Kampagnen von der Gesellschaft nicht abgelehnt, sondern akzeptiert wurden, hing damit zusammen, daß die seit dem 18. Jahrhundert in den Vordergrund drängende und schließlich führende gesellschaftliche Kraft das Programm der Verfleißigung nicht nur unterstützte, sondern als Zentrum des eigenen Emanzipationsprozesses begriff. Das Bürgertum etablierte sich als eine neue, progressive Schicht, deren geistige Ziele die traditionellen gesellschaftlichen Kräfte – Adel, Klerus und Bauern – geistig bald dominierte. Gelehrte, Ärzte, Juristen, Lehrer, aber auch Literaten und Künstler bildeten seine Avantgarde, deren dynamische Wertvorstellungen den Wertekanon der alten Ständegesellschaft zunehmend unterhöhlten. Bildung, Vernunft, Humanität, Toleranz, Tugend, aber auch unternehmerischer Wagemut, Leistungsdenken und erfinderischer Fleiß bildeten die wichtigsten Elemente der bürgerlichen Integrationsideologie. Das neue Bürgertum, das sein Leben nicht – wie Adel und Bauerntum – auf immer wieder weitervererbten Besitz gründen konnte, war gezwungen, sich in jeder Generation seine Position in der Gesellschaft durch Leistung neu zu erarbeiten. Gegenüber adliger Arroganz und Arbeitsverachtung verwiesen die Bürger auf ihren aus rastloser Tätigkeit und demonstrativ hervorgekehrter Tugendhaftigkeit resultierenden moralischen Vorrang. Friedrich Schiller sang im »Lied von der Glocke« (1799):

> Arbeit ist des Bürgers Zierde,
> Segen ist der Mühe Preis;
> Ehrt den König seine Würde,
> Ehret uns der Hände Fleiß.

Die bürgerliche Tugendlehre, die sich mit hegemonialem Anspruch bald zu einer allgemeinen Gesellschaftstheorie erweiterte, erklärte eine geregelte Arbeit und ausdauernden Fleiß zunehmend zum Ausweis jeder ordentlichen Existenz: »Wer nicht arbeitet, soll auch nicht essen!« Als vollwertiges Mitglied der menschlichen Gesellschaft galt schließlich nur noch derjenige, der sich seinen Lebensunterhalt selbst verdiente und mit seiner Arbeit den gemeinen Nutzen mehrte. »Selbst ist der Mann«: Diesem Sprichwort, das von der Selbstverantwortlichkeit des Menschen ausgeht, gab erst das aufklärerische Bürgertum seine emanzipatorische Qualität. Künftig sollten nicht mehr der Stand, in den man hineingeboren wurde, sondern die individuelle Leistung die Position des Menschen in der Gesellschaft bestimmen.

Erziehung zu Fleiß und Arbeitsfreude

Den von Kirche, Staat und Gesellschaft unisono verfolgten Verfleißigungsprozeß trieben Texte aller Art voran: Erbauliche Predigten, gelehrte

Traktate, aufmunternde Sprichwörter, lehrreiche Fabeln, moralische Beispielerzählungen, fiktive Texte, Beschreibungen nachahmungswerter Exempel aus Mythologie und Geschichte, Gedichte und Lieder. Weil sich das Verfleißigungsprogramm vor allem an die handarbeitenden, in der Regel ungebildeten und oft nicht einmal lesefähigen Schichten der Gesellschaft richtete, spielten über die pädagogischen Institutionen und Medien hinaus vorliterarische Vermittlungsformen eine bedeutsame Rolle. Die unterschiedlichen Folgen von Fleiß und Müßiggang wurden immer wieder ins Bild gesetzt, am bekanntesten ist wohl William Hogarths Kupferstichreihe »Industry and Idleness« aus dem Jahre 1747 geworden. Manche Memorierverse und gereimten Sprüche sind bis heute im kollektiven Gedächtnis haftengeblieben. »Ohne Fleiß kein Preis« oder das geflügelte Wort aus Schillers »Lied von der Glocke«: »Von der Stirne heiß, rinnen muß der Schweiß«. Ebensowenig vergessen ist die aus Bibel und Antike überlieferte Sentenz: »Müßiggang ist aller Laster Anfang.« Theologen bemühten in Predigt und Katechese stets eine Exempelgalerie besonders fleißiger Heiliger. Als unerreichte Muster fungierten die neben der Wiege webende oder spinnende Gottesmutter und der rastlos zimmernde Josef, als Beispiel für Kinder das fleißig mithelfende Jesusknäblein. Seit dem späten Mittelalter erhielten sämtliche Berufe ihre speziellen Vorbilder im Himmel, heilige Schutzpatrone und leuchtende Vorbilder aller irdischen Branchen: Wendelin und Isidor für Bauern und Hirten, Urban für Winzer, Gertrud für Gärtner, Barbara für Bergleute, die heilige Notburga für Dienstmägde und weitere mehr.

Mehr als Knaben und Männer traf Mädchen und Frauen das Verfleißigungsgebot. Müßiggang galt bei Männern als häßlich, »bey dem schönen Geschlechte« aber als »unerträglich und weit gefährlicher« (Schenda 1989, 197). Da Eva der Schlange im Paradies erlegen war, standen Frauen generell im Ruf einer leichteren Beute des Teufels. Wie manches biblische Beispiel lehrte, zumal die Geschichte Potifars (Gen 39,7-20), konnte nur andauernde Beschäftigung eine schwache Frau vor den Nachstellungen des bösen Feindes bewahren. Frauen mußten, selbst wenn keine unaufschiebbare Arbeit drängte, zu unablässiger und sogar sinnloser Tätigkeit angehalten werden. Der weniger anfällige Mann hatte stets dafür zu sorgen, daß seine Frau nicht in die Fänge Satans geriet. 1681 empfahl der viel gelesene pietistische Theologe Christian Scriver: Ein »Weibsbild müsse nicht müssig seyn, wenn es auch einen Lappen von einem Kleide abschneide und wieder darauff setzen solte, wo es sonst nichts zu tun hätte« (ebd., 195).

Doch nicht nur beim Nichtstun boten sich Frauen als offene Einfallstore des Teufels dar, auch wenn sie arbeiteten, schien es geraten, das »laborare« mit dem »orare« zu verbinden. Im »Guldenen Himmelsschlüssel«

des Kapuziners Martin von Cochem, dem populärsten Gebetbuch des katholischen Barock, gab es für alle typischen weiblichen Verrichtungen im Haus kleine Stoßgebete, die beim Nähen, Spinnen, Waschen und Kehren an Maria, die vorbildliche Hausfrau und Mutter Jesu, erinnern sollten, zum Beispiel: »Dir zu Lieb und Ehren, O Jesu! will ich die Wäsch verichten: lasse dir dise meine Arbeit bestens gefallen. Mit der Meynung, mit welcher deine Mutter gewaschen hat, O Jesu! wasche ich zu deiner grösern Ehr. O Jesu! gleichwie ich die Tücher säubere, also säubere meine Seel von aller Unreinigkeit« (Münch 1998, 357).

Das Ideal der unermüdlich tätigen Frau blieb auch das Leitbild der bürgerlichen Gesellschaft des 19. und 20. Jahrhunderts. Ohne masochistische weibliche Arbeitswut, der jede Minute freier Zeit wie eine Strafe erschien, ging es dabei nicht ab. In dem 1854 von dem Theologen Christian Gottlob Barth verfaßten Lebenslauf der Hofapothekerin Maria Moser aus Herrenberg lesen wir: »Von Jugend auf war sie so an beständige Thätigkeit gewöhnt, dass ihr eine einzige Stunde Müssiggang wie Kerkerstrafe vorkam« (Schenda 1989, 197). Um 1800 erklärte der Philosoph Christoph Meiners den perfektionierten Frauenfleiß gar zur deutschen Nationaltugend. Mochten deutsche Frauen und Mädchen »in Rücksicht auf Sauberkeit in der Pflege des Cörpers« (Münch 1998, 338) auch weit hinter Engländerinnen und Französinnen zurückstehen, in den sogenannten weiblichen Arbeiten und der Haushaltungskunst ließen sie sich von niemandem übertreffen, selbst zu Gesellschaften nähmen sie stets ihr Strickzeug oder andere Arbeiten mit. Während die Männer sonntags im Wirtshaus sitzen, stickt die deutsche Musterfrau ein Sofakissen mit der Aufschrift: »Nur ein Viertelstündchen«.

Doch so ausdauernd Frauen auch gewesen sein mochten, von den Männern hätten sie allemal noch etwas lernen können. Die hervorragendsten Muster des Fleißes und die grimmigsten Workahclics entsprangen exklusiv dem männlichen Geschlecht. Mag, wie es der schwäbischste unter den Klassikern im »Lied von der Glocke« formulierte, »die züchtige Hausfrau« noch so geschäftig im Hause walten und »ohn' Ende die fleißigen Hände« regen, die Tätigkeit des Mannes überragt die weibliche Geschäftigkeit allemal, denn er »muß hinaus ins feindliche Leben, muß wirken und streben und pflanzen und schaffen«. Der Mann wirkt, strebt, pflanzt und schafft. Das »Schaffen«, das Schiller zweifellos dem Sprachgebrauch seiner Heimat entlehnt hat und das den Menschen am göttlichen »Schaffen« teilhaben läßt, wandelt sich nun von der schwäbischen zur spezifisch männlichen Tugend.

Wie brachten die professionellen Verfleißiger, die Pfarrer und Lehrer, ihre Botschaft an die Kinder? Nicht nur über Fleißmedaillen, Fleißbildchen und Fleißtafeln, die den kleinen Heldinnen und Helden der Arbeit zu Lob und weiterem Ansporn gereichen sollten, auch nicht nur über mahnende Sprichwörter. Gemäß dem alten Motto »Verba docent, exempla trahunt« – »Worte belehren, Beispiele verführen« – boten die Schul- und Lesebücher seit dem 18. Jahrhundert eine Fülle nachahmenswerter Vorbilder und Beispiele rastlosen Fleißes. Kaum ein Lebenslauf, der den Wert eines Menschenlebens nicht auch am Ideal eines nie erlahmenden Fleißes gemessen hätte. Der Volkskundler Rudolf Schenda hat eine beeindruckende Liste von berühmten »Erz-Fleisslingen« zusammengestellt. Hierzu zählt Kaiser Joseph II., der um 5 Uhr aufstand und bis tief in die Nacht hinein tätig war, Friedrich der Große, dessen Tag um 4 Uhr begann, Napoleon I., der nachts kaum einige Stunden Ruhe fand, Albrecht von Haller, der zu Pferde, bei Tisch, auf der Straße las, schließlich Plinius der Jüngere, der überhaupt nicht schlief (Schenda 1989, 200). Die Exzesse bürgerlichen Fleisses, die manchen zum »Märtyrer der Arbeit« (Maurer 397ff.) machten, muten nicht weniger komisch an.

Nicht nur die Großen der Welt und die Bürger gaben Vorbilder rastlosen Fleißes ab, bald standen in den pädagogischen Schriften auch Beispiele aus den bäuerlichen Schichten bereit, um zur Verfleißigung aller Stände beizutragen. Berühmt geworden ist der Schweizer Bauer Jakob Gujer, Kleinjogg genannt, den eine deutsche Sammlung von Lebensläufen (1780/81) als arbeitswütigen Landmann vorstellt:

> »Kleinjoggs Fleiß ist so besonders groß, daß seine Neider ihm daraus ein Verbrechen machen. Sie schelten ihn einen Erdenmann, der sich fast zu Tode arbeite und seine Hausgenossen zu gleicher Arbeitsamkeit anhalte. Die Stunden, darinnen er vom Feldbau müßig ist, ja selbst die schlaflosen Nächte, wendet er zu nützlichen häuslichen Arbeiten an. Alle diejenigen Tage des Winters, an welchen er auf seinen Feldern Schaden verhüten und Nutzen schaffen kann, braucht er dazu, und verschwendet sie nicht, wie von vielen geschieht, im Müßiggang oder wenige bedeutenden Handarbeiten. Die Arbeit ist so sehr seine Freude, daß er immer sagt: ich finde, daß ich niemals glücklicher, gesunder und vergnügter bin, als wenn ich meine Arbeit verrichte« (Münch 1998, 339).

Die Geschichtsschreibung lieferte Leitbilder kollektiver Verfleißigung und geglückter staatlicher Feldzüge gegen den Müßiggang. Ägypter, Athener, Spartaner, Römer, schließlich auch die Chinesen boten nachahmenswerte Beispiele für die erfolgreiche Verfleißigung ganzer Völker. Wo die Exempel von Menschen und Staaten nicht ausreichten, verwies man auf die nie untätige, stets betriebsame Natur. Sonne, Mond und

Sterne waren in steter Bewegung, und sogar bei den unvernünftigen Kreaturen ließ sich rechter Fleiß abschauen. Geschäftige Haselmäuse und kunstfertige Spinnen, allen voran aber Ameisen und Bienen dienten als Lehrmeister unermüdlicher Arbeitsfreude. Von der Bibel, die den Faulen bereits an die Ameise verwies – »Geh zur Ameise, du Fauler / betrachte ihr Verhalten, und werde weise« (Spr 6,6) –, bis zu Christan Gotthilf Salzmanns »Ameisenbüchlein« aus dem Jahre 1806 zeichnete man die Ameisen als Muster sorglichen Fleißes. Übertroffen wurden sie nur von den Bienen, die den Ertrag ihrer Arbeit mit den Menschen teilten. Die Beispielkraft der Ameisen und Bienen überragte alle, weil sie unermüdlich rackerten und als gehorsame Untertanen in hierarchisch geordneten Staaten lebten. Rudolf Schenda hat ihre besondere pädagogische Attraktivität unnachahmlich charakterisiert: »Bienen summen, aber sie murren nicht; Ameisen bauen Bastionen, aber sie belagern keine Bastille« (Schenda 1986, 98).

Ohne Frage war die Verfleißigung der Deutschen eine notwendige Voraussetzung des enormen industriell-technischen Aufschwungs seit dem 19. Jahrhundert. Vielleicht war Deutschland, das nicht wie andere Staaten auf reiche Kolonien als billige Rohstofflieferanten zurückgreifen konnte, mehr als diese Länder auf die Aktivierung des Produktionsfaktors »Arbeit« angewiesen, wenn es im internationalen Wettbewerb mithalten wollte. Ganz sicher sind Arbeitsamkeit und Fleiß schon immer »Tugenden« jener benachteiligten Landstriche gewesen, die sich die Annehmlichkeiten der Modernisierung nur um den Preis erhöhten Arbeitseinsatzes leisten konnten. Allein im Schlaraffenland, das nur eine »Ökonomie des Schenkens und Empfangens« (Richter, 36) kennt, kommt man ohne Arbeit aus, ist der Faule König. Dort aber, wo man – wie in manchen deutschen Mittelgebirgsregionen – von widrigen geographischen und ökologischen Faktoren abhängig war, zwang die Mangelökonomie zur Verfleißigung. Der ausgeprägte Hang zum Tüfteln und Ausprobieren, der sich angeblich bei vielen Schwaben zeigt – von Johannes Kepler, Philipp Matthäus Hahn bis hin zum Grafen Zeppelin, Robert Bosch und Gottlieb Daimler –, mag einen Stimulus auch in der Rohstoffarmut der Region zwischen Neckar und Bodensee gehabt haben. Freilich ist die Standortfrage nur einer unter vielen Faktoren, welche die deutsche und schwäbischer Verfleißigung tatsächlich vorangetrieben haben könnten. Ein anderer mag im Erbrecht begründet gewesen sein – gerade im Falle Württembergs. Das Prinzip der Realerbteilung, das schließlich die Erbteile so klein machte, daß man sich notwendigerweise daneben etwas hinzuverdienen mußte, ist als Verfleißigungsanreiz sicher nicht ganz von der Hand zu weisen. Und solange die Gegenprobe nicht ergibt, daß der

Pietismus die evangelischen Württemberger zu notorischer Faulheit erzogen hat, kann auch er als eine der legitimen Wurzeln schwäbischen Fleißes gelten.

»Workaholism« und Arbeitslosigkeit

Die lange Geschichte der Verfleißigung, die untrennbar mit der erfolgreichen Modernisierung der westlichen Gesellschaften verbunden ist, weist auch eine Kostenseite auf, deren negative Begleiterscheinungen gegenwärtig zu kulminieren scheinen. »Wir arbeiten uns noch zu Tode« (Fassel), so lautet der Titel einer einschlägigen Publikation, der die Folgen der Übersteigerung des Arbeitsgedankens in drastischer Weise benennt. »Workaholism« als Bezeichnung der Arbeitssucht und »Workaholic« als Name des Arbeitssüchtigen sind deutliche Signale für eine neue Art von Krankheit, die auch als »Managerkrankheit« bekannt ist. Sie scheint »Besserverdienende« eher als Fließbandarbeiter zu befallen. Im Unterschied zu anderen Süchten – Alkoholismus, Eßsucht, Nikotin- oder Rauschgiftabhängigkeit – besitzt diese pathogene Begleiterscheinung der modernen Industrie- und Informationsgesellschaft ein hohes gesellschaftliches Prestige. Von der Genese her ist sie ja nichts anderes als eine überperfektionierte Tugend. Der Zwölf- bis Vierzehn-Stunden-Tag des Workaholic gilt als Ausweis beneidenswerter Leistungskraft und Lebenstüchtigkeit, auch wenn der Arbeitssüchtige seinen Beschäftigungsdrang kaum lustvoll, sondern eher zwanghaft und auf Kosten seiner privaten sozialen Umwelt auslebt. Die Symptome des »Workaholism«, die oft erst beim Zusammenbruch als Folgen der Arbeitssucht diagnostiziert werden, sind physischer und psychischer Art: Allgemeine Erschöpfung, Herz/Kreislauf-Leiden, Kopfschmerzen, Konzentrationsstörungen, Depressionen und Ängste.

Workaholics, die der »Droge Arbeit« verfallen sind, stellen nur die eine Seite der modernen Arbeitswelt dar. Die andere, nicht weniger pathogene, zeigt eine wachsende Zahl von Menschen, denen die berufliche Beschäftigung ausgegangen ist. Für sie ist Müßiggang nicht mehr aller Laster, sondern aller Tage Anfang, ob sie es wollen oder nicht. In einer Welt, die als künftigen Normalzustand die 35-Stunden-Woche ansteuert, in der aber inzwischen Millionen Frauen und Männer unfreiwillig mit einer Null-Stunden-Woche zurechtkommen müssen, kann die Erziehung zur »Industriosität«, der man sich in Deutschland und im Schwabenland seit Jahrhunderten widmet, nicht einfach unreflektiert fortgeschrieben werden. Zumal Langzeitarbeitslosen ist – realistisch gesehen – die Chance der Rückkehr in die Beschäftigung meist für immer verstellt. Was sollen sie mit der ihnen von der Gesellschaft aufgebürdeten Freizeit, die ihnen weit über das von der Gewerkschaft geforderte Maß zufließt, anfangen? Müßte man sie nicht, anstatt sie für neue Arbeitslosigkeiten umzuschulen, für ein lebenswertes Leben jenseits der Arbeitswelt vorbereiten, aus dem möglicherweise kreative Ansätze zu neuer Tätigkeit erwüchsen? Dies ist kein Plädoyer für eine generelle Entfleißigung der Gesellschaft, vielleicht aber doch für eine behutsame Abkehr von der Erziehung zur »Industriosität« (Narr).

Es ist nicht nötig, im Gefolge Friedrich Schlegels eine romantische »Theorie des Müßiggangs und der faulen Künste« zu propagieren oder mit Marxens Schwiegersohn Paul Lafargue pathetisch das »Recht auf Faulheit« einzuklagen. Doch manches spricht dafür, sich wieder auf die aus der Mode gekommenen Ideale einer sinnerfüllten »Muße« oder einer recht verstandenen »Vita contemplativa« zu besinnen. Die wachsende Komplexität unserer Arbeitswelt fordert, soweit sich das absehen läßt, in Zukunft wohl noch enger qualifizierte und noch stärker fachbezogene Spezialisten. Sie werden aber – ebenso wie die Arbeitslosen – unabdingbar einer Gegenwelt zum rein Zweckhaften bedürfen, sie werden geradezu notwendig auf die wiederzuentdeckenden Felder der »Muße« verwiesen sein, wenn ihr Leben nicht im sinnentleerten Hamsterrad enden soll. Sonst bliebe nur die fatale Wahl zwischen dem Ausschluß von »lebendige[r] Arbeit« und einer im Überfluß zur Verfügung stehenden, aber »enteignete[n] Zeit« (Negt).

Literaturhinweise

Arendt, Hannah: Vita activa oder vom tätigen Leben, Stuttgart 1960.

Bienert, Walter: Die Arbeit nach der Lehre der Bibel, Stuttgart 1954.

Bollnow, Otto Friedrich: Wesen und Wandel der Tugenden, Frankfurt/M. u.a. 1958.

Brückner, Wolfgang: »Arbeit macht frei«. Herkunft und Hintergrund der KZ-Devise, Opladen 1998.

Conrady, Karl Otto (Hrsg.): Das große deutsche Gedichtbuch, Frankfurt/M. 1987.

Conze, Werner: [Art.] Arbeit, in: Geschichtliche Grundbegriffe, Bd. 1, hrsg. von Otto Brunner / Werner Conze / Reinhart Koselleck, Stuttgart 1974, 154-215.

Dreßen, Wolfgang: Die pädagogische Maschine. Zur Geschichte des industrialisierten Bewußtseins in Preußen-Deutschland, Frankfurt/M. 1982.

Eulen, Focko: Vom Gewerbefleiß zur Industrie. Ein Beitrag zur Wirtschaftsgeschichte des 18. Jahrhunderts, Berlin 1967.

Fassel, Diana: Wir arbeiten uns noch zu Tode. Die vielen Gesichter der Arbeitssucht, München 1989.

Köhle-Hezinger, Christel: Evangelisch – Katholisch. Untersuchungen zu konfessionellem Vorurteil und Konflikt im 19. und 20. Jahrhundert vornehmlich am Beispiel Württembergs, Tübingen 1976.

König, Michael: Der industriöse Mensch. Die Industriepädagogik des 18. Jahrhunderts als ein Spiegel der Pädagogik der Gegenwart, Frankfurt/M. u.a. 1984.

Maurer, Michael: Die Biographie des Bürgers. Lebensformen und Denkweisen in der formativen Phase des deutschen Bürgertums (1680-1815), Göttingen 1996.

Mendelssohn Bartholdy, Gustav (Hrsg.): Der König. Friedrich der Große in seinen Briefen und Erlassen, sowie in zeitgenössischen Briefen, Berichten und Anekdoten, Ebenhausen 1912.

Mommsen, Hans / Schulze, Winfried (Hrsg.): Vom Elend der Handarbeit. Probleme historischer Unterschichtenforschung, Stuttgart 1981.

Münch, Paul (Hrsg.): Ordnung, Fleiß und Sparsamkeit. Texte und Dokumente zur Entstehung der »bürgerlichen Tugenden«, München 1984.

– Fêtes pour le peuple, rien par le peuple. »Öffentliche« Feste im Programm der Aufklärung, in: Dieter Düding / Peter Friedemann / Paul Münch (Hrsg.): Öffentliche Festkultur. Politische Feste in Deutschland von der Aufklärung bis zum Ersten Weltkrieg, Reinbek 1988.

– Welcher Zusammenhang besteht zwischen Konfession und ökonomischem Verhalten? Max Webers These im Lichte der historischen Forschung, in: Hans-Georg Wehling (Hrsg.): Konfession, eine Nebensache? Politische, soziale und kulturelle Ausprägungen religiöser Unterschiede in Deutschland, Stuttgart u.a. 1984, 58-74.

– The Thesis before Weber. An Archeology, in: Hartmut Lehmann / Günther Roth (Hrsg.): Weber's Protestant Ethic. Origin, Evidence, Contexts, Cambridge/Mass. 1993, 51-71.

– Die Kosten der Frömmigkeit. Katholizismus und Protestantismus im Visier von Kameralismus und Aufklärung, in: Hansgeorg Molitor / Heribert Smolinsky (Hrsg.): Volksfrömmigkeit in der Frühen Neuzeit, Münster 1994, 107-119.

– Lebensformen in der Frühen Neuzeit 1500-1800, Berlin 1998.

Narr, Roland: Abkehr von der Erziehung zur »Industriosität«?, in: Utz Jeggle / Gottfried Korff / Martin Scharfe / Bernd Jürgen Warneken (Hrsg.): Volkskultur in der Moderne. Probleme und Perspektiven empirischer Kulturforschung, Reinbek 1986, 109-121.

Negt, Oskar: Lebendige Arbeit, enteignete Zeit, Frankfurt/M. – New York 1984.

Paulus, Nikolaus: Die Wertung der weltlichen Berufe im Mittelalter, in: Historisches Jahrbuch 32 (1911), 725-755.

(Petersen, Johann Wilhelm): Geschichte der deutschen National-Neigung zum Trunke, Leipzig 1782.

Pieper, Josef: Muße und Kult, München 1961.

Richter, Dieter: Schlaraffenland. Geschichte einer populären Phantasie, Köln 1984.

Sebastian Sailers Schriften im schwäbischen Dialekte. Gesammelt und mit einer Vorrede versehen von Sixt Bachmann. Faksimile-Ausgabe von Franz Georg Brustgi, Reutlingen 1976.

Schenda, Rudolf: Die Verfleißigung der Deutschen. Materialien zur Indoktrination eines Tugendbündels, in: Utz Jeggle / Gottfried Korff / Bernd Jürgen Warneken (Hrsg.): Volkskultur in der Moderne. Probleme und Perspektiven empirischer Kulturforschung, Reinbek 1986, 88-108.

– Fleissige Deutsche, fleissige Schweizer. Bemerkungen zur Produktion eines Tugendsyndroms seit der Aufklärung, in: Hans-Jürg Braun (Hrsg.): Ethische Perspektiven: »Wandel der Tugenden«, Zürich 1989, 190f.

Stanzel, Franz K.: Europäer. Ein imagologischer Essay, 2. Auflage, Heidelberg 1998.

Treiber, Hubert / Steinert, Heinz: Die Fabrikation des zuverlässigen Menschen. Über die »Wahlverwandtschaft« von Kloster- und Fabrikdisziplin, München 1980.

Troll, Thaddäus: Deutschland deine Schwaben im neuen Anzügle, Hamburg 1978.

Vontobel, Klara: Das Arbeitsethos des deutschen Protestantismus von der nachreformatorischen Zeit bis zur Aufklärung, Bern 1946.

Weber, Max: Die protestantische Ethik, Teil 1. Eine Aufsatzsammlung, hrsg. von Johannes Winkelmann, Hamburg, 3. Auflage 1973.

Wiedemann, Konrad: Arbeit und Bürgertum. Die Entwicklung des Arbeitsbegriffs in der Literatur Deutschlands an der Wende zur Neuzeit, Heidelberg 1979.

Lothar Bornscheuer

Die Aufklärung als Beginn der Moderne

Aufklärung und Rationalismus / »Moderne« und »Postmoderne«

Gewöhnlich nennt man das 18. Jahrhundert das »Zeitalter der Aufklärung«, obwohl der Prozeß der Aufklärung unbestritten schon in der ersten Hälfte des 17. Jahrhunderts beginnt: mit der Wissenschaftskritik eines Bacon und dem Rationalismus eines Descartes, mit der Revolution der Mathematik und der Naturwissenschaften und insbesondere mit der schrittweisen Rezeption des kopernikanischen Weltbildes. Und wenn man bedenkt, daß Kopernikus seine zentrale heliozentrische These schon vor 1514 schriftlich niedergelegt hatte und daß sein Hauptwerk *Über die Umläufe der Himmelskörper* noch in seinem Todesjahr 1543 erschienen ist, dann wird man darauf aufmerksam, daß die Wurzeln der naturwissenschaftlichen Aufklärung sogar bis in das Zeitalter der Renaissance zurückreichen.

Parallel dazu vollzog sich, ebenfalls schon im 16. Jahrhundert mit Denkern wie Machiavelli und Bodin beginnend und im 17. Jahrhundert durch die Schriften eines Thomas Hobbes erheblich radikalisiert, auch in den Bereichen von Politik und Staat, Gesellschaft und Wirtschaft, Ethik und Völkerrecht ein grundlegender Normenwandel. Aufs Ganze gesehen trat damit an die Stelle des aus dem Mittelalter überkommenen sozialreligiösen *Ordo*-Bewußtseins, das alle Lebensbereiche der alteuropäischen Ständegesellschaft umfaßte, ein völlig neues kulturanthropologisches Selbstverständnis.

Zu dem langfristigen Prozeß der Überlagerung des christlich-religiösen Welt- und Menschenbildes durch das moderne naturwissenschaftliche Weltbild und durch die säkularisierte Ethik des Naturrechts und der Menschenrechte gehörte seit der Wende zum 18. Jahrhundert eine in Deutschland besonders intensiv geführte akademische Debatte über die »Vorurteile«. Und mit dieser Vorurteils-Kritik wurde im Prinzip schon die emanzipatorische Aufklärungsbewegung eröffnet. Trotzdem kristallisiert sich in Deutschland für das Programm einer fortschreitenden Reflexion und kritischen Neubestimmung aller Grundbegriffe, die für »klare und deutliche« Erkenntnisse notwendig sind, sowohl in der »Gottes Gelahrtheit« als auch in der »Welt-Weißheit«, erst seit der Mitte des 18. Jahrhunderts der Begriff »Aufklärung« heraus.

Seinen komplexen Bedeutungsgehalt erhielt der deutsche Aufklärungs-Begriff, für den es in den anderen europäischen Sprachen keine unmittelbare Entsprechung gab, erst seit den 1780er Jahren, und zwar durch eine breite publizistische Diskussion anläßlich der in der *Berlinischen Monatsschrift* 1783 aufgeworfenen Grundsatz-Frage: »Was ist Aufklärung?« Zu den ersten und einflußreichsten Antwortschreiben von 1784 gehörten die der damals bedeutendsten deutschen Aufklärungsphilosophen Moses Mendelssohn und Immanuel Kant. Beide bezogen den Aufklärungsbegriff primär »auf das Theoretische«, »auf vernünftige Erkenntnis«, auf den »Verstandes«-Gebrauch (Kant) und auf die »Aufklärung durch die Wissenschaften« (Mendelssohn). Und doch war beiden Denkern auch daran gelegen, den Prozeß der »Aufklärung« zugleich in einen umfassenden kulturanthropologischen und kulturhistorischen Zusammenhang zu integrieren und dem langfristig gedachten historischen Prozeß des »Aufklärens« eine emanzipatorische Funktion zuzusprechen für die »Bestimmung des Menschen als Mensch« (Mendelssohn) und als eines mündigen, sich selbst bestimmenden Individuums (Kant).

Aus diesem Horizont heraus meint noch heutzutage die These: die Aufklärung sei der Beginn der *»Moderne«*, keinesfalls nur einen zeitlich begrenzten Wandel des Welt- und Menschenbildes in den Köpfen von Philosophen und Akademikern des 18. Jahrhunderts, sondern einen tiefreichenden mentalitätsgeschichtlichen und realgeschichtlichen Veränderungsprozeß, der in den letzten zweieinhalb Jahrhunderten die europäische Kultur zutiefst revolutioniert und die gesamte sogenannte »westliche« Zivilisation hervorgebracht hat.

Dazu gehören neben dem schon im 17. Jahrhundert einsetzenden Siegeszug des modernen, vermeintlich »wertfreien« Rationalismus in allen Wissenschaften und kulturellen Bereichen auch alle dadurch ausgelösten technologischen Neuerungen und insbesondere der im letzten Drittel des 18. Jahrhunderts einsetzende Beginn der sogenannten industriellen Revolution. Andere bekannte Paradigmen für den Beginn der Moderne im Zeitalter der Aufklärung sind die Entstehung der bürgerlichen Öffentlichkeit während des 18. Jahrhunderts und die aktive politische Emanzipation des Bürgertums seit der Französischen Revolution, was beispielsweise auch die Herausbildung des nationalen Verfassungsstaates und des politischen Parteienwesens einschloß.

In den letzten drei Jahrzehnten hat sich das Nachdenken über »Aufklärung« und »Moderne« durch eine breite internationale und interdisziplinäre Theoriebildung zur sogenannten *»Postmoderne«* erheblich intensiviert und zugleich vereinseitigt. Es ist der cartesianische Rationalismus, mit dem die Postmodernisten in kritischer Absicht den Beginn und den Grundcharakter der gesamten Moderne identifizieren. Ihr Credo lautet, dieser alles beherrschende und egalisierende Rationalismus der »neuzeitlichen und aufklärerischen Moderne« habe als Erklärungs-

und Orientierungsmethode seit langem alle philosophische Dignität verloren.

Einer der Haupttheoretiker des Postmodernismus ist der Franzose Jean-François Lyotard, und einer seiner kompetentesten deutschen Interpreten (Wolfgang Welsch) meint, die postmodernistische Position reiche eigentlich weit in die Epoche der Moderne selbst zurück, nämlich in die Tradition der Rationalismuskritik und der allgemeinen Kultur- und Gesellschaftskritik, die die Aufklärungsbewegung tatsächlich schon seit dem frühen 18. Jahrhundert begleitet hat, etwa in den Schriften eines Vico und eines Rousseau, eines Hamann und eines Schiller, ganz zu schweigen von der Aufklärungskritik seit der Romantik. Nicht zuletzt könne man Lyotards Position auch als eine Fortsetzung der Selbstkritik der Moderne seitens der avangardistischen Strömungen des 20. Jahrhunderts betrachten, so daß der Postmodernismus nicht eigentlich eine Ablösung von der »Moderne« bedeute, sondern lediglich eine »radikalmoderne« Position. Im Gegensatz zu den universellen Geltungsansprüchen des Wahrheitsideals und des Methodendenkens des modernen Rationalismus plädiert der Postmodernismus seinerseits für einen unaufhebbaren Normen-Pluralismus und Partikularismus und – in der Nachfolge Nietzsches – für eine konsequente ethische »Indifferenz« im Sinne einer prinzipiellen Austauschbarkeit aller Werte.

Mit ihrer Kritik an der »Ideologie der Überlegenheit der Vernunft« (Zygmunt Baumann), an der Herrschaft der Ratio über die Dinge und über die Menschen, bewegen sich die Postmodernisten auf einer Spur, die schon Horkheimer und Adorno in ihrer kulturkritischen Schrift *Dialektik der Aufklärung* (1947) angelegt hatten. Schon dort wurde die Epoche der Aufklärung bis zu Bacon und Descartes zurückdatiert, und die Hauptthese der beiden Autoren lautete: in dem »instrumentellen« Rationalismus der europäischen Aufklärung liege zugleich die tiefste Wurzel des politischen Totalitarismus des 20. Jahrhunderts. Wörtlich: »Die Aufklärung verhält sich zu den Dingen wie der Diktator zu den Menschen. Er kennt sie, insofern er sie manipulieren kann.«

In striktem Gegensatz zum Postmodernismus und zu dieser Radikalformel seiner philosophischen Lehrer hält Jürgen Habermas, der vornehmlich die Entstehung der bürgerlichen Öffentlichkeit während des 18. Jahrhunderts und deren emanzipationsphilosophische Ansätze im Blick hat, das durch die Aufklärung begründete *»Projekt der Moderne«* noch keineswegs für abgeschlossen. Dafür hat er in der Ausgabe der Wochenzeitung *Die Zeit* vom 29. April 1999 eine instruktive Problemanalyse am Beispiel des Kosovo-Kriegs geliefert.

Im Rahmen einer eingehenden Erörterung der NATO-Positionen im Kosovo-Krieg unter staatspolitischen, völkerrechtlichen und moralischen

Aspekten schlägt Habermas die Institutionalisierung eines »Weltbürgerrechts« vor, durch das für die »Menschenrechtspolitik« der UNO ein weiterer Spielraum geschaffen werden sollte. Denn die »Menschenrechtspolitik« der UNO werde bislang durch das Prinzip der Nichteinmischung in die inneren Angelegenheiten eines Staates erheblich eingeschränkt, weil es in der UNO-Generalversammlung – dem Repräsentationsorgan aller UNO-Staaten – gegebenenfalls von jedem dort sitzenden Regierungsvertreter in Anspruch genommen werden kann.

Um zukünftig allen Staatsbürgern und insbesondere ethnischen Minderheiten notfalls auch einen Schutz gegen ihre eigenen Regierungen gewähren zu können, übernimmt Habermas Kants Idee einer »Weltbürgergesellschaft«, von der nicht zufällig auch in Kants Aufsatz zu der Frage »Was ist Aufklärung?« (1784) explizit die Rede ist. Habermas plädiert dafür, in der »immer komplexer werdenden Weltgesellschaft« jedem Bürger neben seinem Status als »Staatsbürger« auch den Status eines »Weltbürgers« zu verleihen. Zur förmlichen Institutionalisierung des »Weltbürgerrechts« solle neben der schon vorhandenen UNO-Generalversammlung ein weiteres UNO-Gremium geschaffen werden, nämlich die »Repräsentation der Weltbürger«. Eine solche Institution könne und solle die Menschenrechte auf legitime Weise auch in denjenigen Fällen zur Geltung bringen, in denen der Generalversammlung von Regierungsvertretern wegen des Nichteinmischungsprinzips in innerstaatliche Angelegenheiten die Hände gebunden sind. Seitens der »Repräsentation der Weltbürger« könnten dann, an allen nationalen Souveränitätsrechten vorbei, auch innerstaatliche, regierungsamtliche Verstöße gegen die Menschenrechte »wie kriminelle Handlungen« verfolgt werden. Daß sich diese Entwicklung anbahnt, zeige der Fall Pinochet.

Überzeugender ließe sich die Auffassung wohl kaum plausibel machen, daß der Prozeß der Aufklärung und damit das »Projekt der Moderne« noch immer auf der Tagesordnung steht.

Die Menschenrechte sind aus dem Natur- und Völkerrecht der frühen Neuzeit hervorgegangen und wurden durch die Anthropologie und emanzipatorische Humanitätsphilosophie der Aufklärungsbewegung des 18. Jahrhunderts konsequent weiterentwickelt. Seit der amerikanischen Unabhängigkeitserklärung (1776) und der Französischen Revolution (1789) wurden sie zum substantiellen Kern des modernen demokratischen Verfassungsstaats, und obwohl sie nur ein ethisches Postulat sind, sind sie auch und gerade im 20. Jahrhundert zu einem unmittelbar politischen Potential geworden. Die Menschenrechte sind zweifellos das bedeutendste und noch heute weit in die Zukunft weisende Vermächtnis der Aufklärung.

LOTHAR BORNSCHEUER

Die ästhetische Legitimation der Sinnlichkeit

Für den symbolischen Beginn der *ästhetischen Moderne* werden in den Kunst- und Literaturwissenschaften meist sehr viel jüngere Ereignisse genannt als die Aufklärung des 18. Jahrhunderts, beispielsweise Baudelaires 1857 erschienener Gedichtzyklus *Les Fleurs du Mal* oder das seit den 1870er Jahren publizierte philosophische Œuvre Nietzsches oder die künstlerischen Avantgarde-Bewegungen seit der Wende zum 20. Jahrhundert.

Wenig diskutiert wird bei der Frage nach dem Beginn der ästhetischen Moderne, daß die Erfindung der ästhetischen Dimension als solcher, die Begründung der »Ästhetik« als einer eigenständigen philosophischen Disziplin, sicherlich die eigentlich epochemachende Innovation war. Diese aber war abermals eine Leistung der Aufklärung des 18. Jahrhunderts, genauer gesagt: des deutschen Aufklärungsphilosophen Alexander Gottlieb Baumgarten. Erst in jüngerer Zeit wird die bahnbrechende Bedeutung seiner Schriften, insbesondere seines zweibändigen Hauptwerks *Aesthetica* (1750/1758), zunehmend anerkannt. Ganz zweifellos hat vor allem der Sachverhalt, daß sich Baumgarten in diesem Werk noch der lateinischen Gelehrtensprache der frühen Neuzeit bedient hat, ein angemessenes Verständnis der *Aesthetica* bis in die jüngere Zeit verhindert. Philosophisch hat Baumgarten jedoch einen geradezu revolutionären Schritt gewagt.

Während nämlich die Leibniz-Wolffsche Schulphilosophie den cartesianischen Rationalismus noch einer metaphysischen Erkenntnistheorie dienstbar gemacht hatte, stellte Baumgarten dem »höheren«, »rationalen« Erkenntnisvermögen der Vernunft die »untere«, »sinnliche« Wahrnehmungs- und Erkenntnisfähigkeit als ein »der Ratio analoges« Erkenntnisvermögen zur Seite. Dieses »sinnliche« Erkenntnisvermögen führe zwar zu keinen »klaren und deutlichen« Vorstellungen (*cognitiones clarae et distinctae*) wie die philosophische Metaphysik und die Wissenschaften, sondern lediglich zu »klaren«, aber »undeutlichen« Vorstellungen (*cognitiones clarae et confusae*). Dennoch könnten auch diese sinnlichen Erkenntnisse in ihrer Weise eine gewisse »Vollkommenheit« erreichen, nämlich eine spezifisch »sinnliche Vollkommenheit«, und diese definiert Baumgarten für den Bereich der Künste als »Schönheit«. Inbegriff eines sprachlichen Werkes, das eine »sinnlich vollkommene« und daher »schöne« Erkenntnis ermöglicht, ist für Baumgarten das »Gedicht« (*poema*).

Was unter einer »klaren«, aber »undeutlichen« Vorstellung im Sinne von Baumgartens ästhetischem Schönheitsbegriff zu verstehen ist, läßt sich beispielhaft an Goethes Aufsatz über das Straßburger Münster aus dem Jahr 1772 ablesen:

»Als ich das erstemal nach dem Münster ging, hatt' ich den Kopf voll allgemeiner Erkenntnis guten Geschmacks. Auf Hörensagen ehrt' ich die Harmonie der Massen, die Reinheit der Formen, war ein abgesagter Feind der verworrnen Willkürlichkeiten gotischer Verzierungen.«

Goethe nähert sich also dem Straßburger Münster zunächst mit dem Kunstgeschmack des zeittypischen klassizistischen »guten Geschmacks«, wird dann aber aufgrund seiner Fähigkeit zur unmittelbaren sinnlich-empfindsamen Wahrnehmung eines Besseren belehrt und im Sinne Baumgartens zur »sinnlichen Erkenntnis« der spezifischen Schönheit des Straßburger Münsters geführt:

»Mit welcher unerwarteten Empfindung überraschte mich der Anblick, als ich davor trat! Ein ganzer, großer Eindruck füllte meine Seele, den, weil er aus tausend harmonierenden Einzelnheiten bestand, ich wohl schmecken und genießen, keineswegs aber erkennen und erklären konnte.«

»Schmecken und genießen«: das bedeutet ein »sinnliches« Geschmacksurteil aufgrund der »klaren«, aber »undeutlichen« Vorstellungen, die aus der bloß sinnlichen Wahrnehmung heraus gewonnen werden, während ein »erklärendes« Erkennen nur möglich wäre aus den »klaren und deutlichen« Vorstellungen der *ratio* heraus.

»Wie oft hat die Abenddämmerung mein durch forschendes Schauen ermattetes Aug' mit freundlicher Ruhe geletzt, wenn durch sie [also durch die Abenddämmerung, L.B.] die unzähligen Teile zu ganzen Massen schmolzen, und nun diese, einfach und groß, vor meiner Seele standen und meine Kraft sich wonnevoll entfaltete, zugleich zu genießen und zu erkennen! Da offenbarte sich mir, in leisen Ahndungen, der Genius des großen Werkmeisters.«

Je undeutlicher in der Abenddämmerung die »unzähligen« Details werden, desto mehr fühlt sich der angestrengt die äußeren Proportionen ›erforschende‹ Blick entlastet und um so angenehmer vermag der innere Blick der »Seele« das Ganze des Münsters in seiner Klarheit und Erhabenheit (»einfach und groß«) zu genießen.

»Zugleich zu genießen und zu erkennen«, dies meint die neue sinnlich-empfindsame, spezifisch ästhetische – und nicht mehr rational erklärende – »Erkenntnis« eines Werkes als Kunstwerks eines genialen Meisters.

Die Erfindung der ästhetischen Dimension bedeutet eine neuartige Legitimation der sinnlich-empfindsamen Wahrnehmungsfähigkeit und Einbildungskraft im Bereich der Kunst und steht im engsten Zusammenhang mit der Gesamtentwicklung der Aufklärungsbewegung im 17. und 18. Jahrhundert.

Mit Recht versteht man zwar, wie schon eingangs skizziert, die Revolution der Mathematik und der Naturwissenschaften sowie den von Descartes begründeten methodischen Rationalismus als den Beginn der gesamteuropäischen Aufklärung und Moderne seit dem frühen 17. Jahrhundert. Und dieser neuartige Rationalismus ist unbestreitbar *die* große geistesgeschichtliche Innovations- und Emanzipationsleistung der Frühaufklärung. Dieser Rationalismus dominierte im *17. Jahrhundert* nicht nur in den Wissenschaften, sondern auch in den Künsten und in der zeitgenössischen Anthropologie und Ethik, insofern dem »hohen Geist« die absolute Herrschaft über die menschlichen Affekte abverlangt wurde.

Nach neueren Erkenntnissen (Panajotis Kondylis) liegt jedoch die epochengeschichtliche Innovationsleistung der Aufklärungsbewegung des *18. Jahrhunderts* gerade darin, daß die Dominanz des frühaufklärerischen Rationalismus mit dessen eigenen Mitteln überwunden und ganz neue anthropologische und psychologisch-ethische Antworten entwickelt wurden auf die Frage nach den Beziehungen zwischen Kopf und Herz, zwischen Vernunft und affektiver Sinnlichkeit. Damit trat der im 17. Jahrhundert begonnenen Emanzipation des modernen wissenschaftlich-technologischen Rationalismus im *18. Jahrhundert* eine ebenso fundamentale Legitimation der menschlichen Sensualität ergänzend zur Seite, so daß sich aufs Ganze gesehen die Aufklärung »nicht zuletzt im Kampfe gegen den cartesianischen Intellektualismus ausbildete«.

Dieser anthropologische Erweiterungsprozeß beginnt in Deutschland an der Wende zum 18. Jahrhundert schon in der akademischen Schulphilosophie selbst, deren bedeutendste Repräsentanten neben Leibniz und Wolff Thomasius und Gottsched waren. Das Argumentationsverfahren aller dieser deutschen Frühaufklärer war zwar noch weitgehend rationalistisch strukturiert. Eines der zentralen inhaltlichen Problemthemen dieser Schulphilosophie war aber die Suche nach einer neuen anthropologischen Vermittlung zwischen Geist und Körper. Unter dem Einfluß der *Sittenlehre* von Thomasius hieß es schon 1724 in einer der populären »Moralischen Wochenschriften«: »Ohne Leidenschafften höret der Mensch auff, ein Mensch zu seyn [...] Die Leidenschafften dienen dazu, daß unsere Seelen sich bewegen.« Und ganz ähnlich heißt es noch am Ende des Jahrhunderts in einem Essay (von Karl Julius Weber über *Die Leidenschaften*): »Aber was wären wir wieder ohne Leidenschaften? Sie sind das wahre Lebensprincip, ohne welches nie etwas Großes geschehen ist […]«.

Seit den Anfängen der nachbarocken deutschsprachigen Aufklärungsdichtung in den 1720er Jahren gibt es die poetologische Forderung nach einer ebenso »natürlichen« wie »empfindsamen« und »rührenden« Schreibart. In diesem Sinne meint auch Baumgarten, daß der ästhetisch Gebildete, der sogenannte *felix aestheticus*, selbst innerlich lebendig bewegt sein muß. Und in der Dichtungspraxis wurde dieses Bedürfnis besonders erfolgreich durch den naturwissenschaftlich gebildeten und poetisch begabten Hamburger Ratsherrn und Diplomaten Barthold Hinrich Brockes artikuliert und befriedigt. In seiner Lyrik beflügelt die permanente emotionale Bereitschaft zur freudigen Bewunderung sowohl den naturwissenschaftlich orientierten Blick auf die größten und kleinsten Naturerscheinungen als auch das immer neue emphatische Lob des göttlichen Schöpfungswerks:

> Ach Herr! eröffne mein Verständnis!
> Ach gieb mir Weisheit und Erkäntniß /
> Der Dinge Wesen zu betrachten /
> Und in denselben Dich zu achten /
> Weil alles / Dich zu ehren / lehrt.
> Nicht nur der Himmel Raum / nicht nur der Sonnen Schein /
> Nicht der Planeten Gröss' allein;
> Ein Stäubchen / ist bewunderns wehrt.

In Brockes' neunbändiger, über fast drei Jahrzehnte hinweg (1721-1748) erschienener Gedichtsammlung *Irdisches Vergnügen in Gott* sprach sich eine begeisterungsfähige Subjektivität aus, die einen ungebrochenen christlichen Schöpfungsglauben mit einer detailbesessenen empirischen Beobachtungsfähigkeit zu vereinen wußte. Demgegenüber wurde in den Dichtungen des hochangesehenen Schweizer Naturwissenschaftlers und Universalgelehrten Albrecht von Haller, eines der Gründungsprofessoren der Göttinger Universität, das Verhältnis zwischen christlichem und naturwissenschaftlichem Weltbild im Laufe seines Lebens zu einem immer größeren Problem, so daß er sogar seine Göttinger Professur aufgab.

Nachdem in bewußter Abgrenzung von dem manierierten spätbarokken Dichtungspathos seit den 1720er Jahren in der Poetik und in der Poesie selbst ganz programmatisch die »sanften« und »zärtlichen« Empfindungen kultiviert worden waren, schuf Klopstock seit der Jahrhundertmitte mit seinem Versepos *Der Messias* und mit seinen Oden erstmals wieder ein hoch gesteigertes, letztlich religiös fundiertes Dichtungspathos.

Und in tiefer Verehrung für diese dichtungssprachliche Leistung Klopstocks kam es eine Generation später, seit den frühen 1770er Jahren, zu einem zweiten und epochemachenden Qualitätssprung. Ohne daß nunmehr die Religiosität noch eine dominante Rolle spielte, trieben die jungen »Stürmer und Dränger« unter Berufung auf die »Fülle des Herzens« eine neuartige hochaffektive Dichtungssprache hervor. Diese hatte mit dem einhundert Jahre älteren Barockpathos deswegen nichts mehr zu tun, weil sie in dem ganz anderen Menschenbild der Aufklärung des 18. Jahrhunderts mit seinem neuen emphatischen Ethos vom Menschen als »Menschen« wurzelte. Für dieses Menschenbild bedeutete das existentielle Mit-Gefühl und »Sich-Fühlen« einen ebenso natürlichen Teil der Menschenwürde wie das »Selbst-Denken« im Kantschen Sinne.

Was wir heute noch immer einigermaßen bagatellisierend »Sturm und Drang« zu nennen pflegen, hatte Goethe, der bedeutendste Repräsentant jener jungen Dichtergeneration, im nachhinein sehr viel zutreffender eine »deutsche literarische Revolution« genannt. In der Tat ging es um nichts mehr als um den verspäteten Durchbruch der neuzeitlichen deutschen Dichtungssprache auf europäisches Niveau, um den Beginn der fruchtbarsten Blütezeit innerhalb der gesamten deutschen Literaturgeschichte und nicht zuletzt um den Beginn der »modernen« deutschen Dichtungssprache. Noch heute ist die Dichtung der Goethe-Zeit weitgehend ohne Speziallexika verständlich, und dieser Sachverhalt beruht auf der wesentlichen inneren Qualität, daß sie das durch die Aufklärungsanthropologie geschaffene und bis heute in einem gewissen Maße nachvollziehbare Verständnis »natürlicher«, »menschlicher« Empfindungen zum Ausdruck zu bringen und mitzugestalten vermag. Daß damit zugleich eine Sprache des Herzens über alle Standes- und Bildungsgrenzen hinweg geschaffen worden war, war der besondere emanzipatorische Stolz der Sturm-und-Drang-Generation.

An dem Gesamtprozeß dieses Empfindsam-Werdens der deutschen Dichtungssprache und ihres Aufstiegs zu einer europäischen Literatursprache waren die bedeutendsten deutschen Dichter des 18. Jahrhunderts aktiv beteiligt: der bereits erwähnte Klopstock, ferner Lessing und Wieland, Herder, Goethe und Schiller.

Dennoch fällt es gebildeten Laien und auch manchem Fachgermanisten schwer, nicht nur Lessing und Wieland, Herder und den spätgeborenen Schiller im engeren Sinne als »Aufklärungs«-Dichter zu betrachten, sondern auch etwa Klopstock und Goethe, obwohl gerade sie die beiden epochemachenden, emotionssteigernden Entwicklungsschübe der deutschen Dichtungssprache im Prozeß der Aufklärung des 18. Jahrhunderts am intensivsten herbeigeführt haben. Die Hemmschwelle, auch in dieser

Hinsicht von »Aufklärung« zu sprechen, von einer Aufklärung zur Sinnlichkeit, liegt zweifellos an dem noch immer allzu eingeschränkten rationalistischen Verständnis von »Aufklärung«.

Die anthropologische Legitimation der Leidenschaften im Prozeß der Aufklärung

Goethe selbst war sich durchaus des Zusammenhangs mit der Aufklärungsbewegung bewußt, als er im Altersrückblick auf die Sturm-und-Drang-Zeit von »jener deutschen literarischen Revolution« sprach,

> »von der wir Zeugen waren, und wozu wir, bewußt und unbewußt, willig oder unwillig, unaufhaltsam mitwirkten. [...] Die Hoffnung, immer vernünftiger zu werden, uns von den äußeren Dingen, ja von uns selbst immer unabhängiger zu machen, konnten wir nicht aufgeben. Das Wort Freiheit klingt so schön, daß man es nicht entbehren könnte, und wenn es einen Irrtum bezeichnete« (*Dichtung und Wahrheit,* III. Teil, 11. Buch).

Dieses Fazit muß Wort für Wort bedacht werden. Goethes Bekenntnis zum eigenen Anteil an einer – wenn auch nur »literarischen« – »Revolution« in Deutschland ist ebenso bemerkenswert wie seine Berufung auf den Geist der Aufklärung: auf die »Hoffnung, immer vernünftiger zu werden«, und auf das emphatische emanzipatorische Losungswort: das ›so schön klingende Wort Freiheit‹. Dabei ging es Goethe durchaus nicht um einen politischen Anspruch. Hatte er sich doch schon 1775 in den Weimarer Fürstendienst begeben und damit dem damals gerade erst einsetzenden Sturm-und-Drang-Treiben seiner Generationsgenossen schon wieder entzogen. Dennoch ist Goethes kritisch-aufklärerisches Engagement durchaus glaubhaft. »Uns von den äußeren Dingen, ja von uns selbst immer unabhängiger zu machen«: das meint die innere Selbst-Emanzipation von den »fatalen bürgerlichen Verhältnissen«, an denen Goethe stellvertretend für eine neue kritische Generation seinen jungen Werther so heftig hatte leiden lassen und zu denen in erster Linie die Standesgrenze zwischen Bürgertum und Adel gehörte.

In dem Glauben an die Vervollkommnungsfähigkeit von jedermann und an den sittlichen Fortschritt der Menschheit im ganzen, über alle Grenzen der traditionellen Ständegesellschaft hinweg, in diesem Credo der Aufklärung wurzelt ebenso der Lebens- und Erkenntnisdrang der Goetheschen Faust-Figur wie der vitale bürgerliche Bildungsdrang des Wilhelm Meister: »Mich selbst, ganz wie ich da bin, auszubilden, war dunkel, von Jugend auf, mein Wunsch und meine Absicht.«

Das im 18. Jahrhundert immer wieder beschworene »Vorurteil des Standes« war das gravierendste aller »Vorurteile«, gegen die sich die Aufklärungsbewegung von Anfang an formiert hatte und gegen die die Stürmer und Dränger mit gesteigertem emanzipatorischen Pathos zu Felde zogen. Mitten in einem leidenschaftlichen Aktionismus Ferdinands zur Rettung seines Liebesverhältnisses mit Luise gegen die höfische und väterliche Intrige läßt Schiller in *Kabale und Liebe* die tiefe Verinnerlichung jenes »Vorurteils des Standes« dem Sohn des fürstlichen Kammerpräsidenten von Walter durch die Tochter des zum Dienstpersonal zählenden Hofmusikers Miller mit dem bitteren Wort ins Bewußtsein rufen: »Dein Herz gehört deinem Stande.«

»Uns von den äußeren Dingen, ja von uns selbst immer unabhängiger zu machen« – ebendies hatte auch Kant gemeint, als er im selben Jahr (1784), in dem *Kabale und Liebe* erschien, seine *Beantwortung der Frage: »Was ist Aufklärung?«* mit den berühmten Worten eröffnete, die für den deutschen »Aufklärungs«-Begriff epochemachend werden sollten:

> »Aufklärung ist der Ausgang des Menschen aus seiner selbstverschuldeten Unmündigkeit. *Unmündigkeit* ist das Unvermögen, sich seines Verstandes ohne Leitung eines anderen zu bedienen. *Selbstverschuldet* ist diese Unmündigkeit, wenn die Ursache derselben nicht am Mangel des Verstandes, sondern der Entschließung und des Mutes liegt, sich seiner ohne Leitung eines andern zu bedienen. Sapere aude! Habe Mut, dich deines *eigenen* Verstandes zu bedienen! ist also der Wahlspruch der Aufklärung.«

Daß der subjektive mündige »Verstandes«-Gebrauch allererst »Entschließung und Mut« erfordert, hat Kants Aufklärungverständnis mit der emanzipatorischen Leidenschaftlichkeit der Sturm-und-Drang-Generation gemeinsam, so rationalistisch der Kantsche Idealismus und so kopflos manche Idealisten der Sturm-und-Drang-Dichtung auch erscheinen mögen. Dennoch vollendet sich gerade in dieser Dichtung der symbiotische Zusammenhang von Kopf und Herz, der sich im Entwicklungsprozeß der Aufklärungsanthropologie herausgebildet hatte und den der prototypische deutsche Aufklärungsautor Lessing einmal so pointiert hat: »Wer über gewissen Dingen den Kopf nicht verliert, der hat keinen zu verlieren.«

Als Probe aufs Exempel ließ Schiller drei Jahre nach Kants »Aufklärungs«-Aufsatz – zwei Jahre vor dem Ausbruch der Französischen Revolution – in seinem *Don Carlos*-Drama den Marquis von Posa, aller pflichtbewußten Untertanen-Verehrung zum Trotz, den spanischen König Philipp II. beschwören:

Geben Sie,
Was Sie uns nahmen, wieder. [...]
Gehn Sie Europens Königen voran.
Ein Federzug von dieser Hand, und neu
Erschaffen wird die Erde. Geben Sie
Gedankenfreiheit – (Sich ihm zu Füßen werfend.)
KÖNIG: Sonderbarer Schwärmer!

»Schwärmerei« war das Negativwort der Aufklärung für alle übertriebene Gefühlsstärke. Als »Schwärmer« galten später insbesondere die französischen Revolutionäre in den Augen der Revolutionsgegner. Ein Revolutionär ist Schillers Marquis von Posa nicht. Aber sein »Mut« geht deutlich über den von Kant veranschlagten Mut eines freien Verstandesgebrauchs hinaus. Hatte sich Kant doch in seinem »Aufklärungs«-Aufsatz noch ganz explizit zur Maxime seines preußischen Königs bekannt: »räsoniert, soviel ihr wollt und worüber ihr wollt; aber gehorcht!«. »Mut« und »Entschließung« werden von Kant also lediglich für den Spielraum der subjektiven Gedankenfreiheit eingefordert und noch nicht für den politischen Handlungsspielraum, in dem das Freiheitsideal nur durch eine mutige Entschlußfähigkeit zu verwirklichen wäre, die von starken Gefühlen getragen ist.

Mit seinem Festhalten am Untertanengehorsam des absolutistischen Staatssystems blieb Kant hinter jenen Aufklärern zurück, die neben der Verstandesaufklärung auch der »Erhebung« der Leidenschaften zu den »edelsten Gegenständen« der Seele das Wort redeten und erst dadurch den Weg bahnten zur Entwicklung der modernen, ganzheitlichen emanzipatorischen Persönlichkeitsstruktur. In der Aufklärungsdichtung war von Anfang an die Kultivierung des empfindsamen Mit-Fühlens und Sich-Fühlens von einer dauerhaften Selbstreflexion begleitet worden. In der Sturm-und-Drang-Zeit, seit den frühen 1770er Jahren, kam es dann zu jener emanzipatorischen Verschmelzung von »Selbstgefühl« und »Selbstbewußtsein«, von der man auch heute noch sagen würde jemand habe ein starkes »Selbstbewußtsein« oder ein starkes ›Selbstwertgefühl‹:

> »Von je mehr verschiedenen Gefühlen wir also betroffen und gerührt werden [...] desto mehr Ausdehnung bekömmt unser Selbstgefühl, unser Bewußtseyn, und der Begriff, welchen wir von unserm Ich haben« (Michael Ignaz Schmidt, *Geschichte des Selbstgefühls*, 1772).

Ganz in diesem Sinne schreibt Herder einmal in einem Privatbrief: »Ich fühle mich, ich bin!«, womit er auf unübertreffliche Weise den für die Aufklärung des 18. Jahrhunderts charakteristischen Gegenakzent zur

Aufklärung des 17. Jahrhunderts zum Ausdruck bringt, nämlich zu dem bekannten cartesianischen Diktum: »cogito ergo sum«. In Frankreich begegnet man im übrigen bei Diderot und Rousseau der gleichen anticartesianischen Aufwertung des selbstbewußten Existenzgefühls: »je sens; donc j'existe«.

Einem – vorhandenen oder unterdrückten – ›selbstbewußten Selbstgefühl‹ Ausdruck zu geben, war nicht nur ein dichtungssprachliches Hauptthema der Sturm-und-Drang-Generation, sondern auch ein wesentlicher Beitrag zur mentalen Befestigung der durch die Aufklärung beförderten neuen Anthropologie und Ethik. Deren machtvollstes Losungswort lautete seit dem Sturm und Drang »Freiheit«, was die beiden schon zitierten Textstellen Goethes und Schillers exemplarisch belegen. Der entschiedene Wille zur Selbstvervollkommnung als »Mensch« und als »Selbst« und der Wille zur Überwindung aller entgegenstehenden »Vorurteile«, allen voran des »Vorurteils des Standes«, dieser Wille ist der Konzentrationspunkt im Prozeß der aufklärerischen ›Legitimation der Leidenschaften‹.

In der Sturm-und-Drang-Literatur artikuliert sich dieser Selbstbehauptungswille in einer teilweise unverblümten Sozialkritik, ohne daß diese allerdings schon eine politische Qualität im engeren Sinne gewonnen hätte. Die Grenzüberschreitung des moralischen Räsonnements aus der Privatsphäre in den Raum der Politik ließ der absolutistische Untertanenstaat im Deutschland des 18. Jahrhunderts noch nicht zu. Trotzdem bedeutet die Verschmelzung von Ethos und Pathos, von Kopf und Herz eine der wichtigsten anthropologischen Innovationen der Aufklärung des 18. Jahrhunderts und eine mentalitätsgeschichtliche Vorstufe zu jener emotionsgetragenen politisch-sittlichen Entschlußkraft und Handlungsbereitschaft, die man heutzutage als politisches »Engagement« bezeichnen würde. Erst mit der 68er-Bewegung des 20. Jahrhunderts, zweihundert Jahre nach den Anfängen des Sturm und Drang, hat sich auch in Deutschland aus dem Geist der Aufklärung und der modernen Bürgerrechts- und Menschenrechtsbewegungen heraus jene Kultur eines institutionenkritischen oder sogar anti-institutionellen politischen Engagements von Privatleuten Bahn gebrochen, zu der es im 18. Jahrhundert erstmals mit dem Ausbruch der Französischen Revolution gekommen war.

Literaturhinweise

Franke, Ursula: Kunst als Erkenntnis. Die Rolle der Sinnlichkeit in der Ästhetik Alexander Gottlieb Baumgartens, Wiesbaden 1972.

Habermas, Jürgen: Die Moderne – ein unvollendetes Projekt. Philosophisch-politische Aufsätze 1977 – 1990, Leipzig 1990.

Horkheimer, Max / Adorno, Theodor W.: Dialektik der Aufklärung. Philosophische Fragmente, Frankfurt/M. 1969 u.ö.

Jaeger, Michael: Die Ästhetik als Antwort auf das kopernikanische Weltbild. Die Beziehungen zwischen den Naturwissenschaften und der Ästhetik Alexander Gottlieb Baumgartens und Georg Friedrich Meiers (Texte und Studien), Zürich, 1984.

Jüttner, Siegfried / Schlobach, Jochen (Hrsg.): Europäische Aufklärung(en). Einheit und nationale Vielfalt (Studien zum achtzehnten Jahrhundert 14), Hamburg 1992.

Kondylis, Panajotis: Die Aufklärung im Rahmen des neuzeitlichen Rationalismus, Stuttgart 1981.

Reiss, Hans: Die Einbürgerung der Ästhetik in der deutschen Sprache des achtzehnten Jahrhunderts, oder: Baumgarten und seine Wirkung, in: Jahrbuch der Deutschen Schillergesellschaft 37 (1993), 109-138.

Sauder, Gerhard: Empfindsamkeit, Bd. 1: Voraussetzungen und Elemente, Stuttgart 1974.

Was ist Aufklärung? Thesen und Definitionen (Reclam Universal-Bibliothek Nr. 9714), Stuttgart 1974.

Welsch, Wolfgang: Unsere postmoderne Moderne, Weinheim, 2. Aufl. 1988.

Eberhard Isenmann

Die alteuropäische Ordnung und die Französische Revolution

»Das Unglück der Franzosen, sogar der Arbeiter, sind die großen Erinnerungen. Es wäre notwendig, daß die Ereignisse diesem reaktionären Kult der Vergangenheit ein für allemal ein Ende machten.« Am 14. September 1870, zehn Tage nachdem die Pariser Arbeiter die Republik proklamiert hatten, wandte sich Karl Marx mit diesen Worten, an die Adresse der republikanischen und proletarischen Linken gesprochen, gegen die jakobinische Nostalgie als Überrest eines gewissen französischen Provinzialismus. Bereits in seinem *Achtzehnten Brumaire des Louis Bonaparte* von 1852 hatte Marx davon gesprochen, die Menschen machten ihre eigene Geschichte, aber sie machten sie nicht aus freien Stücken, nicht unter selbstgewählten, sondern unter unmittelbar vorgefundenen, gegebenen und überlieferten Umständen. »Die Tradition aller toten Geschlechter lastet wie ein Alp auf dem Gehirne der Lebenden. Und wenn sie eben damit beschäftigt scheinen, sich und die Dinge umzuwälzen, noch nicht Dagewesenes zu schaffen, gerade in solchen Epochen revolutionärer Krise beschwören sie ängstlich die Geister der Vergangenheit zu ihrem Dienste herauf, entlehnen ihnen Namen, Schlachtparole, Kostüm, um in dieser erborgten Sprache die neue Weltgeschichtsszene aufzuführen.« Ein Wort Hegels aufgreifend, wonach alle großen weltgeschichtlichen Tatsachen und Personen sich sozusagen zweimal ereignen, stellt er fest, dieser habe vergessen hinzuzufügen: »das eine Mal als Tragödie, das andere Mal als Farce«. In diesem Sinne bemerkt er zur französischen Revolution von 1848, sie habe nichts Besseres zu tun gewußt, »als hier 1789, dort die revolutionäre Überlieferung von 1793-1795 zu parodieren.«

Wenn wir dem französischen Historiker François Furet, der das eingangs zitierte Wort von Marx aus dem Jahre 1870 in der Auseinandersetzung mit den Kritikern seiner Revolutionsdeutung in Erinnerung ruft, folgen, so hat sich das parodistische Repertoire, das die Grande Révolution von 1789 zur Verfügung stellt, für den realen geschichtlichen Prozeß endgültig erschöpft. Denn wie Furet 1977 in einem Essai konstatiert – »die Französische Revolution ist beendet.«

Während des ganzen 19. Jahrhunderts kannte Frankreich einen nicht enden wollenden Kampf zwischen Revolution und Restauration mit den markanten Einschnitten von 1815, 1830, 1848, 1851, 1870, der Kommune, der Maikrise von 1877. Am Ausgang des 19. Jahrhunderts, mit dem Sieg der Republikaner über die Monarchisten zu Beginn der Dritten Republik, ist die Revolution mit ihrer Verheißung der politischen Demokratie infolge der Konsolidierung der republikanischen Nation fest etabliert, vor allem als die Republik endlich auch die mehrheitliche Zustimmung des ländlichen Frankreich erhält und man den republikanischen Jakobinismus nicht mehr unmittelbar mit der Diktatur der Stadt Paris gleichsetzt. Die Dritte Republik kann 1880 den Bastillesturm von 1789 zum Nationalfeiertag erheben, und 1891 wird nach einem Vorlauf in der Form eines Kurses an der Sorbonne ein Lehrstuhl für die Geschichte der Revolution eingerichtet, den man Aulard anvertraut, der in seiner Geschichtsschreibung Danton als Mann der Milde, der maßvollen empirischen statt doktrinären Politik, als Förderer einer aufgeklärten laizistischen Republik und als Retter des vom monarchischen Ausland bedrohten Vaterlandes gegen Robespierre ausspielt. Bei Aulard findet sich das von Marx gekennzeichnete parodistische Prinzip auch in der Wissenschaft, indem er Danton als Vorläufer Gambettas deutet, der 1870 im Ballon das eingeschlossene Paris verläßt und von Tours aus zum nationalen Widerstand aufruft.

Lenin, Stalin und 1920 der französische Historiker Mathiez werden unter Berufung auf das sozialistische Versprechen der Revolution von 1789, das in Frankreich nie erfüllt wurde, aber 1917 durch die russische Tochterrevolution realisiert erscheint, Parallelen zwischen der Jakobinerdiktatur und den Bolschewiki ziehen, ein Verfahren, das Furet polemisch als »Verseuchung der Vergangenheit durch die Gegenwart«, als Fähigkeit, alles einander anzugleichen, brandmarkt.

Schwierigkeiten für die nationale Integration durch die Beschwörung der Großen Revolution mit ihren Wertsetzungen, durch die Feier des 14. Juli und die Berufung auf die Menschen- und Bürgerrechte, ferner durch den betonten Laizismus mit nichtklerikaler Schule und Trennung von Staat und Kirche – Schwierigkeiten für den nationalen Revolutionskult ergaben sich freilich aus den Septembermorden von 1793 und aus dem jakobinischen Terror bis 1794. In der Auseinandersetzung mit dem antiparlamentarisch-plebiszitären Boulangismus und dem Neo-Royalismus proklamierte Clemenceau 1897 das berühmte Dogma: »La révolution est un bloc«, um Brüche innerhalb der Revolutionsgeschichte in nationalpolitischer Absicht zu überbrücken. Das hieß zugleich, die Revolution mußte als Ganzes, als Einheit einschließlich der barbarischen und blutigen Gewalt in einem dezisionistischen, letztlich irrationalen Akt des Bekenntnisses angenommen oder als Ganzes abgelehnt werden. In ihrer Deutung als Einheit wurde die Revolution zum nationalen politischen Mythos, der sich zur rituellen Beschwörung in nationalen Gedenkfeiern eignete, der kritischen Auseinandersetzung mit dem Erbe der Revolution indessen vielfach hinderlich war.

In wissenschaftlicher Form hat in jüngerer Zeit der bedeutende, mittlerweile verstorbene Revolutionshistoriker Albert Soboul, einer der Inhaber des Revolutionslehrstuhls, die Blockthese kanonisiert und davon gesprochen, daß die Französische Revolution in der Tat ein Block gewesen sei, nämlich antifeudal und bürgerlich durch alle ihre Wendungen hindurch, die sie genommen habe.

Die von Soboul verfochtene, in der Linie von Jaurès über Mathiez und Lefebvre stehende sozialistische Interpretation deutet die Große Revolution als einen Klassenkonflikt zwischen der Aristokratie im Sinne des Feudaladels und der Bourgeoisie; die Revolution ist das Resultat dieses Klassenkampfes. Zu dieser sozialistischen Interpretation gesellt sich eine marxistisch-leninistische Variante, die den Klassenkampfcharakter der Revolution weiter vertieft und dogmatisiert, dabei den Schwerpunkt der Revolution auf die jakobinische Phase legt.

Grob vereinfacht ergibt sich das folgende Interpretationskonzept:

Im alten Frankreich vor dem scharfen Bruch von 1789 war die Aristokratie die sozial und innerhalb des feudalabsolutistischen Regimes auch die politisch herrschende Klasse. In den Jahrzehnten vor der Revolution intensivierte und erweiterte die Aristokratie zudem durch eine sogenannte aristokratische Reaktion ihre Feudalherrschaft im Wege der Erhöhung der Feudalabgaben der Bauern und der Okkupation von Gemeindeländereien, ferner eroberte sie im Staatsapparat die höchsten Stellen zurück und verdrängte wieder die seit Ludwig XIV. geförderten bürgerlichen Elemente. Dadurch geriet die Aristokratie seit der zweiten Hälfte des 18. Jahrhunderts in einen immer schärferen Gegensatz zur wirtschaftlich aufsteigenden und schließlich dominierenden Klasse der Bourgeoisie. Diese schloß während der Revolution in den Jahren 1789 bis 1792 durchaus Kompromisse mit Teilen der Aristokratie, setzte sich dann jedoch gegen die intransigenten, konterrevolutionären Aristokraten durch, indem sie sich durch Zugeständnisse die Unterstützung der revolutionären Bauern und städtischen Volksmassen sicherte. Die Bourgeoisie stieg zur gesellschaftlich und politisch herrschenden Klasse auf, baute Verfassung und Staatsapparat um und beseitigte die Hindernisse, die der ihr gemäßen kapitalistischen Produktionsweise entgegenstanden. Die Französische Revolution ist daher eine bürgerliche Revolution im Hinblick auf ihre maßgeblichen Träger und im Hinblick auf den Übergang vom Feudalismus zum Kapitalismus, den sie bewerkstelligte. Mit dem Deutungsmuster des Klassenkampfes verknüpft ist die Vorstellung, daß die Revolution in Ursachen und Verlauf determiniert gewesen sei.

Diese mit vielfältigen Modifikationen ausgestattete, durchaus herrschende Grundkonzeption der bürgerlichen Revolution wurde von dem Engländer Alfred Cobban 1954 mit angelsächsischem Pragmatismus radikal als Mythos zurückgewiesen. Weder habe es in Frankreich vor der Revolution einen Feudalismus in einem vertretbaren, d. h. mittelalterlichen Sinne mehr gegeben, noch habe die revolutionäre Bourgeoisie eine aufstrebende kapitalistische Klasse gebildet. Zudem hätten die aktiven Wirtschaftsbürger, die Handels-, Finanz- und Manufakturbourgeoisie, innerhalb der revolutionären Bourgeoisie nur einen kleinen Anteil dargestellt und nur eine untergeordnete Rolle gespielt; weit wichtiger seien ehemalige königliche Beamte, Fachleute und vor allem Juristen gewesen.

Der Amerikaner George Taylor argumentierte dann in die gleiche Richtung. Er machte geltend, daß das vorrevolutionäre Bürgertum, das vornehmlich im Handel, im Finanzgeschäft und durch Steuerpacht erwirtschaftete Vermögen eben nicht kapitalistisch verwertete, sondern traditionell in Grundbesitz, in sichere, aber niedrig verzinsliche Grundrenten anlegte und Ämter kaufte, um in den Amtsadel aufzusteigen und mit Hilfe qualifizierten Grundbesitzes als Rentenbezieher einen adligen Lebensstil zu entfalten, das attraktive gesellschaftliche Ideal des »vivre noblement« zu verwirklichen. Er prägte daher den Begriff des nichtkapitalistischen Reichtums, der dem Großbürgertum geeignet habe. Auf diese Weise sei ein guter Teil des Großbürgertums eng mit der rechtlichen und gesellschaftlichen Ordnung des alten Frankreich verflochten gewesen. Andererseits hätten sich gerade Adlige im Kolonialhandel und wichtiger noch in kapitalistischen Montanunternehmungen engagiert.

In der französischen Geschichtsschreibung waren es mit einiger Verzögerung Historiker der um die Zeitschrift *Annales* gruppierten strukturgeschichtlichen oder strukturanalytischen Schule, die zum Teil unter Rückgriff auf ältere Argumente die sozialistische und marxistisch-leninistische Interpretation der Revolution entschieden zurückwiesen.

In ihrer Darstellung der Französischen Revolution aus dem Jahre 1965 lösen François Furet und Denis Richet die Vorstellung von der Revolution als einem Block wieder auf. Sie erblicken im Revolutionsgeschehen von 1789 drei parallele Revolutionen, die sich wohl auch wechselseitig beeinflussen, aber jeweils ihre weitgehend autonomen Motive und Zielsetzungen besitzen, nämlich die liberale Revolution der Abgeordneten in Versailles, die Revolution der klein- und unterbürgerlichen Schichten in den Städten und die Revolution der Bauern auf dem Lande. Mit einiger Berechtigung wird man darüber hinaus noch von einer Revolution der Frauen, einem gescheiterten Kampf von Frauen um staatsbürgerliche politische Berechtigung sprechen können.

Die Revolution der Abgeordneten in Versailles, die sich am 17. Juni 1789 zur Nationalversammlung und etwas später zur verfassunggebenden Nationalversammlung konstituieren, ist keine reine bürgerliche Revolution, was ihre Träger anlangt, obwohl der Dritte Stand vorangegangen ist, auch kein Klassenkonflikt, sondern das Werk der liberalen politischen und kulturellen Eliten aus allen drei Ständen, aus Klerus, Adel und Bürgertum, angesichts der Reformunfähigkeit und des finanziellen Bankrotts der alten Regierung. Die Ideenwelt der Aufklärung, physiokratische Reformimpulse, der Verkehr in Salons und in philosophischen Gesellschaften geben dieser revolutionären Elite einen gemeinsamen Bildungshorizont und vermitteln ihr vergleichbare politische und gesellschaftliche Wertvorstellungen.

Bürgerlich ist diese liberale Revolution in ihrer Zielvorstellung und in ihrem Ergebnis in dem Sinne, daß sie sich im revolutionären Prozeß von der privilegialen und korporativen Ständeordnung lossagt, die Prinzipien der Rechtsgleichheit und Rechtssicherheit verficht, die als Strangulierung empfundene staatlich-merkantilistische Reglementierung der Wirtschaft ablehnt. Damit führt sie das konstitutionelle und wirtschaftsliberale, das auf Besitz und Bildung gegründete, das als bürgerlich bezeichnete Jahrhundert herauf. Ihre Gestalt gewinnt diese bürgerliche Revolution in den Jahren 1789 bis 1792 mit der Etablierung der konstitutionellen Monarchie und des Prinzips der Souveränität der Nation, mit der Abschaffung des sogenannten Feudalregimes, der Abschaffung der Privilegien, der Zerschlagung des Zunftwesens bei gleichzeitigem Koalitions- und Streikverbot, der gesellschaftlichen und politischen Einstufung nach Talent und Verdienst, mit der Erklärung der Menschen- und Bürgerrechte und der Verfassung von 1791. Dieser liberalen bürgerlichen Revolution gegenüber werden Konventsherrschaft und Jakobinerdiktatur als »dérapage«, als Aus- oder Abgleiten der Revolution von ihrem eingeschlagenen Weg aufgefaßt.

Furet hat später diese These vom Ausgleiten der Revolution dahingehend modifiziert, daß die Radikalisierung doch von Anfang an in der Konsequenz der revolutionären Ideologie, vor allem im Rousseauismus, gelegen habe. Nach dem Sturz Robespierres und der Errichtung des Directoire faßt die bürgerliche Revolution wieder Tritt, ist aber gezeichnet von Zynismus und Korruption.

Was im ersten Augenblick lediglich als eine interessante, aber akademische wissenschaftliche Kontroverse erscheinen mag, erwies sich in Frankreich bis etwa 1989 als ein Politikum, das die breite Öffentlichkeit erregte. Obwohl die Französische Revolution, um unser Nebenthema noch einmal kurz aufzugreifen, in ihrer politischen Dimension im 20. Jahrhundert mit der Niederlage des Faschismus im zweiten Weltkrieg und der ungefährdeten Demokratie in Frankreich zu ihrem Ende gekommen, beendet ist, sorgt ihre angebliche sozialistische Verheißung, die letztlich auf die Überwindung der politischen Demokratie abzielt, immer noch, vielleicht aber auch nur bis gestern, dafür, daß die Debatte um die Französische Revolution, nach den Worten des niederländischen Historikers Pieter Geyl, eine »Diskussion ohne Ende«, immer noch ein Politikum und eine Frage der Weltanschauung darstellt. So hängt die wütende Kritik der marxistisch-leninistischen Schule an der Darstellung Furets und Richets auch mit der Stalinismusdiskussion innerhalb der Kommunistischen Partei Frankreichs und unter den ihr zugehörenden Historikern zusammen, denn Furet hatte sich ostentativ vom Stalinismus losgesagt.

Daß die Zurückweisung der marxistisch-leninistischen Lesart der Revolution als Revisionismus bezeichnet wurde, ist noch leicht verständlich. Aber noch 1988 stellt Claude Mazauric den Engländer Cobban, mit dem alles angefangen hat, in die konterrevolutionäre politische und historiographische Tradition von Edmund Burke bis Thomas Carlyle, bringt ihn mit dem »Kalten Krieg« in Beziehung und nennt ihn einen Ideologen. Die französischen Kritiker der marxistisch-leninistischen Interpretation der Revolution sind ihm »politisch antirevolutionär«, »ideologisch«, »antimarxistisch«, in Anführungszeichen neoliberal. Früher schon hatte Mazauric die Konzeption Furets gegenrevolutionär, antikommunistisch und antisowjetisch genannt und Furet »antinationale Voreingenommenheit« bescheinigt. Jetzt wirft er der revisionistischen Richtung, gemeint ist Furet, vor: »Über das Vehikel einer gewissen Desillusionierung hinsichtlich des Sozialismus und unter dem Deckmantel eines legitimen Bruchs mit dem Stalinismus (den auch Soboul und ich wollten) wurde das kommunistische Ideal der klassenlosen Gesellschaft verworfen und in der Praxis jegliche revolutionäre oder auch nur fortschrittliche Aktivität abgelehnt.«

Es ist nur noch anzumerken, daß unter den politischen Bedingungen der Jahre 1793/94 schon die Vorwürfe und der bloße Verdacht, antinational und gegenrevolutionär eingestellt zu sein, ohne weiteres ausgereicht hätten, um den betroffenen Historikern durch die Guillotine, sobald sie frei gewesen wäre, die Köpfe abhacken zu lassen.

Doch wenden wir uns nunmehr etwas näher zunächst der alten Ordnung, dem französischen Ancien régime zu, das durchaus eine Revolution, mit ihr aber in der Regel kaum, in Einzelfällen vielleicht doch, die uns bekannte »Grande Révolution« erwartet hat.

Das Ereignis »Revolution«

England kannte bereits im 17. Jahrhundert zwei Revolutionen. Die von uns als Revolution bezeichneten Ereignisse von 1640-1649, die in der Enthauptung König Karls I. und in der Proklamierung der Republik gipfelten, galten den Zeitgenossen als »civil war«, Bürgerkrieg, aber die unblutige Revolution von 1688 wurde dann Revolution, »Glorious Revolution«, genannt. Bis zur Französischen Revolution war für das 18. Jahrhundert die unblutige englische Glorious Revolution von 1688 die Revolution schlechthin. Zudem gab sie Aufklärern wie Montesquieu und de Lolme ein idealtypisches Verfassungsmodell der Freiheit und der Gewalteilung. Mit bewunderndem Blick auf die Glorreiche Revolution stellt Voltaire 1733 den friedlichen Charakter der englischen Revolution heraus: Was in England zur Revolution gerät, bleibt bloßer Aufruhr in den anderen Ländern. Der Zukunft zugewandt, erhofft sich Voltaire eine »belle révolution«, die, wie er 1771 schreibt, eine friedliche »grande révolution dans les esprits« sein werde. Es werde sich um einen vernunftgesteuerten Wandel durch die Geister und die öffentliche Meinung handeln, durch den Postulate der Aufklärung mit zunehmender Geschwindigkeit verwirklicht werden. D'Alembert setzt die Geschwindigkeit des Wandels mit seinem zu erwartenden Ausmaß in Beziehung. Die zahlreichen Reformen und Reformversuche im späten Ancien régime firmieren bei den Aufklärern als »révolutions«.

Es gibt daneben aber auch Stimmen, die neben dem friedlichen Wandel einen möglichen Bürgerkrieg als ultima ratio zur Durchführung der notwendigen Reformen in Betracht ziehen. Louis Sébastien Mercier, dessen *Tableau de Paris* die eindrucksvollste Darstellung des Alltagslebens unmittelbar vor der Revolution ist, schreibt 1771 in seinem philosophischen Zukunftsroman *Das Jahr 2440* im Hinblick auf einen Bürgerkrieg, daß in gewissen Zeitumständen eine schreckliche, blutige Epoche notwendig werde, die aber ein Signal der Freiheit darstelle. Einen konkreten historischen Anhaltspunkt erhält diese Auffassung durch den amerikanischen Unabhängigkeitskrieg, der Denis Diderot und dem Abbé Raynal die Anschauung vermittelt, daß der revolutionäre Waffengebrauch ein temporär notwendiges Mittel auf dem Weg in ein neues Zeitalter sein kann. Sie begrüßen den Unabhängigkeitskrieg als Revolution, die im Namen der natürlichen Menschenrechte auch einen gewaltsamen Sturz der Despotie legitimiert.

Insgesamt aber wird »Revolution« im 18. Jahrhundert zu einem Allerweltsbegriff für markante, gedrängte Veränderungen in allen Lebensbereichen, die sich im Fortgang der Geschichte mit Notwendigkeit ereignen. »Tout est révolution dans ce monde«, alles wandelt sich in der gegenwärtigen Welt, heißt es ganz allgemein bei Mercier.

Darüber hinaus rückt aber auch »Revolution« als Zukunftsbegriff näher an die Gegenwart heran, indem die kommenden Umwälzungen prognostizierbar erscheinen. Rousseau schreibt 1762 in seinem *Emile*, daß die gegenwärtige Gesellschaftsordnung Gegenstand unvermeidlicher Revolutionen sein werde, daß es aber unmöglich sei, vorherzusehen oder dem im voraus entgegenzutreten, was die Kinder angehen werde. Dennoch sagt Rousseau in seinem *Emile* den Sturz der europäischen Monarchien voraus, wenn erst der tugendhafte, der arbeitende Mensch sich in seine Rechte einsetzen werde. »Nous approchons de l'état de crise et du siècle des révolutions«, wir nähern uns dem Zustand der Krise und dem Zeitalter der Revolutionen, resultierend aus dem Widerspruch zwischen dem Fortschreiten der Ungleichheit und dem natürlichen Menschenrecht, gerichtet gegen die auf Ungleichheit und Korruption gegründeten Regierungen. Diderot prognostiziert die kommende Revolution als ein dialektisches Resultat aus Sklaverei und Anarchie, aus Furcht und Freiheit. In Anlehnung an die antiken Kreislauf- und Despotielehren sagt er gar die Diktatur eines großen Mannes voraus, dem sich das freiheitstrunkene Volk freiwillig unterwerfen werde. – Wer war es dann wohl?

Bereits unmittelbar vor der Großen Revolution, unter dem Eindruck der gemeinsamen Opposition der Privilegierten und der Bürger gegen die Regierung Ludwigs XVI., spricht Mirabeau die Erwartung aus, es werde aus den Tumulten, in denen sich Frankreich gegenwärtig befinde, eine große Revolution hervorgehen, zum Guten oder zum Schlechten; diese Revolution werde nicht zögern, alles sei bereit für eine plötzliche Änderung.

Mit den revolutionären »journées«, den aktivistischen Julitagen von 1789, geht das Mittel der Unruhe und Gewalttätigkeit, die der von unten kommenden politischen Bewegung des Volkes zugeordnet wird, vollends in den Revolutionsbegriff ein. Der mit der Vorstellung der Gewalttätigkeit verbundene Bürgerkrieg wird zur Revolution, weil er zu einer heilsamen Umwälzung, zum glückhaften Beginn einer neuen politischen, ja menschheitsgeschichtlichen Ära führt. Ziel der Revolution ist nach Condorcet, »die Freiheit auf den Ruinen des Despotismus, die Gleichheit auf denen der Aristokratie aufzurichten nach den ewigen Regeln der Vernunft und der Natur«.

Der dynamische und menschheitsgeschichtliche Charakter der Revolution wird vor allem auch im Ausland herausgestellt. Der Göttinger Gelehrte August Ludwig Schlözer trennt zwar 1789 noch begrifflich Gewalttätigkeit und Rebellion von der unblutigen Revolution, dennoch feiert er die Revolution mit den Worten: »Durch die gelungene Revolution sind nun die Franzosen im Besitz der Macht, sich die allerglücklichste Regierungsform zu schaffen.« Die Grausamkeiten seien zwar nicht zu billigen. »Indes ist kein bürgerlicher Krieg in Frankreich gewesen, der so wenig Blut gekostet hätte, als die jetzige Revolution: und keiner hat so ausnehmend große glückliche Folgen für Frankreich, und zugleich für Europa gehabt.« Christoph Martin Wieland spricht im Mai 1790 von einer Revolution, »von welcher die Weltgeschichte noch kein Beispiel hat.« Die französische Nation gebe sich eine Staatsverfassung, »indem sie sich in die unverjährbaren Rechte der Menschen und des Bürgers wieder einsetzt«. Für den Amerikaner Thomas Paine verspricht die Revolution »dem Menschengeschlecht eine neue Zeitperiode«.

Die radikale jakobinische Phraseologie verknüpft nun ihrerseits den totalen revolutionären Umgestaltungswillen mit dem heilsgeschichtlichen Auftrag der Weltmission. So bedeutet für Robespierre, wie er in seinen Reden 1793 und 1794 darlegt, die Revolution nichts anderes als den Übergang von der Herrschaft des Verbrechens zur Herrschaft der Gerechtigkeit. Die halbe Arbeit der Weltrevolution ist bereits vollbracht, die andere Hälfte muß noch geleistet werden. Die Fortschritte der menschlichen Vernunft haben diese große Revolution vorbereitet, den revolutionären Franzosen ist die spezielle Pflicht auferlegt, die Revolution zu beschleunigen. In manichäischer Radikalität trennt Robespierre die Vergangenheit und ihre Ordnung von der revolutionären Gegenwart und Zukunft. Um unsere Mission zu erfüllen, sagt er, müssen wir genau das völlige Gegenteil von dem machen, was vor uns existiert hat.

Dieser jakobinischen Ideologie entsprechend hebt etwa zur gleichen Zeit, 1793, der deutsche Übersetzer von Edmund Burkes »Betrachtungen über die Französische Revolution«, der Kantschüler Friedrich Gentz, den radikalen Zäsurcharakter der Französischen Revolution hervor und faßt ihn begrifflich als »Total-Revolution«, d. h. als bewußten Entschluß, »eine durchaus neue Ordnung der Dinge zu schaffen und zwischen diese und die alte Ordnung eine scheidende Kluft zu setzen«. Sie unterscheide sich darin von früheren Staatsrevolutionen, die nur in einem Wechsel der Herrschaft und allenfalls Verbesserungen in einzelnen Punkten bestanden hätten. Hinzu kommt für Gentz noch das grenzenlos dynamische Prinzip der Revolutionen, das zu permanenten Revolutionen führt. Denn die Revolution beinhalte nicht ein bestimmtes und realisierbares Ziel, sondern sie bedeute den unbegrenzten Willen, die Staatsverfassung so oft und so ganz zu verändern, als es der Nation beliebt. Friedrich Schlegel spricht 1795 wie Gentz von einer »totalen Revolution«, durch die nichts weniger als die »Form der europäischen Welt ganz verändert ward«. Daß die Französische Revolution die ganze Menschheit, die ganze Welt betreffe, war eine geläufige Ansicht; sie war nach Schlegel »ein fast universelles Erdbeben. Daß sie ein »Urbild der Revolutionen, als die Revolution schlechthin« begriffen wurde, registrierte Schlegel als einen der »gewöhnlichen Gesichtspunkte«. Die Französische Revolution wurde zur geschichtsphilosophischen Grundbestimmung der Moderne.

Elemente der Kontinuität

Verschieben wir nun die zeitliche Ebene kurzfristig näher zu unserer Gegenwart hin. In der französischen Geschichtsschreibung beginnt 1789 die »Histoire contemporaine«, die Zeitgeschichte. Die Französische Revolution ist die Stunde Null der modernen Welt, »unser aller Mutter«, wie Albert Soboul sich etwas pathetisch ausdrückt, wobei der Ursprungsmythos noch wenig die Revolution zu erklären vermag.

Die These des radikalen Bruchs und Neubeginns ist also bereits eine Selbstinterpretation der Revolution, die Deutung der ausländischen Zeitgenossen und der modernen Geschichtsschreibung. Wer ihr jedoch vehement widersprochen hat, war der liberale normannische Adelige Alexis de Tocqueville. Sein 1856 erschienenes Werk »L'Ancien Régime et la Révolution«, ins Deutsche unter dem nicht ganz glücklichen Titel »Der alte Staat und die Revolution« übersetzt, gehört ohne jeden Zweifel zu den schönsten Büchern einer analytischen Geschichtsschreibung.

Zwei Sachverhalte springen sofort ins Auge: Tocqueville entzieht sich dem Ursprungsmythos, der Ideologie des radikalen Bruchs; er entzieht sich darüber hinaus ganz allgemein, und das zielt auf grundsätzliche Methodenfragen, dem Diktat des geschichtlichen Erlebens, der Absichten und der Selbstinterpretation der Revolutionsteilnehmer. So erkennt er eine Kontinuität in grundlegenden Tatsachen, die nur im Bewußtsein der Zeitgenossen als Bruch erscheint. In Wirklichkeit ist die Revolution eine beschleunigte Entfaltung der Vergangenheit; sie vollendet das Werk der Monarchie. So heißt es bei Tocqueville:

> »Weniger als jede andere Erscheinung ist die Revolution ein zufälliges Ereignis gewesen. Sie ist allerdings der Welt ganz unerwartet gekommen, und doch war sie nur die Vollendung der langwierigen Arbeit, der plötzliche und gewaltsame Abschluß eines Werkes, an dem zehn Menschenalter gearbeitet hatten. Wäre sie nicht eingetreten, so würde das alte Gebäude trotzdem, hier früher, dort später, überall zusammengestürzt sein. […] Die Revolution hat auf einmal durch eine krampfhafte und schmerzliche Anstrengung, ohne Übergang, ohne Warnung

> und schonungslos vollbracht, was sich nach und nach von selbst vollbracht haben würde.«

Am Beispiel der Feudalität, die er wie Karl Marx als wirtschaftliches, soziales und politisches Institut auffaßt, versucht Tocqueville zu zeigen, daß die Feudalität in der Form der Grundherrschaft seit dem Mittelalter einem tiefgehenden Wandlungsprozeß ausgesetzt war. Die Feudalität habe ihre politische Funktion längst eingebüßt; der Bauer sei längst Grundeigentümer geworden; und dem Feudalherrn seien nur einige pekuniäre Rechte übriggeblieben, die angesichts des Funktionsverlustes der Feudalität und der Abwesenheit des in der Stadt die Grundrente konsumierenden, durch bürgerliche Agenten vertretenen Grundherrn um so verhaßter geworden seien. Die Revolution sei hier schon vor der Revolution zu mehr als zwei Dritteln vollendet gewesen. Mirabeau hatte bereits in seiner Einschätzung der Nachtsitzung der Nationalversammlung vom 4. August 1789 klargestellt, daß durch die Beschlüsse lediglich die bis dahin noch verbliebenen Reste des alten Feudalwesens abgeschafft wurden.

Seine Kontinuitätsthese stützt Tocqueville auf die grundlegende Tatsache, daß durch die Erweiterung des zentralisierten Staates das Gemeinwesen und die bürgerliche Gesellschaft von der Macht der Verwaltung beherrscht werden. Der zentralisierte Verwaltungsstaat auf der einen Seite erfordert auf der anderen die ideologisch egalitäre Gesellschaft, beide bedingen sich wechselseitig.

Die Etablierung einer zentralisierten, nahezu allmächtigen Verwaltung und die Nivellierung der ständischen Gesellschaft mit ihren eigenständigen Zwischengewalten, das ist der dauerhafte Grundzug, der das neue Regime mit dem alten, Bonaparte und die Jakobiner mit Ludwig XIV. verbindet. Beides war von der Monarchie weitgehend schon bewerkstelligt, ehe die Jakobiner und das Kaiserreich es vollendeten. Selbst Jurist, von seinem Vater, dem Präfekten mehrerer französischer Provinzen Frankreichs, in die Funktionsweise der modernen Verwaltung des 19. Jahrhunderts eingeweiht, hat Tocqueville dann auch die Akten der Zentralverwaltung des Ancien régime und die der untersten lokalen Ebene untersucht, um zu dieser Erkenntnis zu gelangen.

Daß die Revolution das Werk der Monarchie vollendet habe, dieser Gedanke ist aber auch schon Zeitgenossen zur Erkenntnis gereift. So schreibt Mirabeau, den Tocqueville zitiert, weniger als ein Jahr nach dem Ausbruch der Revolution insgeheim an den König:

> »Vergleichen Sie den neuen Stand der Dinge mit dem Ancien Régime; daraus erwächst Trost und Hoffnung. Ein Teil der Beschlüsse der Nationalversammlung, und zwar der größere, ist offenbar der monarchi-

schen Regierung günstig. Ist es denn nichts, ohne Parlament, d. h. hier ohne die höchsten Gerichtshöfe, ohne Provinzialstände, ohne geistliche, privilegierte und adlige Körperschaften zu sein? Der Gedanke, nur eine einzige Bürgerklasse zu bilden, würde Richelieu gefallen haben: diese gleiche Oberfläche erleichtert die Ausübung der Macht. Eine Reihe von unumschränkt regierenden Herrschern würde nicht so viel für die königliche Autorität getan haben wie dieses einzige Revolutionsjahr.«

Frankreich war vor der Revolution allen gegenteiligen Behauptungen zum Trotz keineswegs ein wirklicher absolutistischer Zentralstaat. Drei Jahre vor der Revolution, im Jahre 1786, faßt der Finanzminister Calonne die »Grundwahrheit« – diesen Ausdruck gebraucht er – über den französischen Staat in einer Denkschrift für die Königin Marie Antoinette folgendermaßen zusammen:

»Der Aufbau der Monarchie selbst, die sich durch aufeinanderfolgende und ungemein verschiedenartige Erweiterungen herausgebildet hat; die Unterschiedlichkeit der Verwaltung, die die verschiedenen Provinzen einander entfremdet; schließlich die Buntscheckigkeit, Zusammenhanglosigkeit und die mangelnde Einheitlichkeit aller ihrer Landesteile sind die Grundgebrechen ihrer Verfassung.«

Daher ist nach Calonnes Auffassung die finanzielle und politische Misere nicht durch Einzelmaßnahmen und durch Beseitigung einzelner Mißbräuche in der Verwaltung zu beheben, sondern das Gesamtgebilde der Monarchie muß konsequent auf ein physiokratisch inspiriertes »Einheitsprinzip« zurückgeführt werden. Dieses Einheitsprinzip ist auf das Steuerwesen, die Landwirtschaft, den Handel und auf das Finanzwesen anzuwenden. So fordert Calonne die Abschaffung von Steuerprivilegien und eine gerechte Verteilung der Steuerlast, die Befreiung der Landwirtschaft von Frondiensten und anderen Plackereien, die Schaffung eines einheitlichen nationalen Wirtschaftsraums, in dem die Erzeugnisse von Landwirtschaft und Gewerbe von Zöllen und anderen Hemmnissen befreit zirkulieren können, und eine grundlegende Reform der Finanzverwaltung.

Diese Reformforderungen sind zu diesem Zeitpunkt, 1786, keineswegs neu, sondern reichen länger zurück. Nimmt man ältere Reformpläne, etwa des physiokratischen Ministers Turgot, hinzu, die eine Auflösung der Zünfte, freien Außenhandel, agrarkapitalistische Maßnahmen und eine Neugliederung Frankreichs auf der Grundlage von departementsähnlichen Einheiten vorsehen, so ergibt sich ein gesellschaftliches und wirtschaftliches Modernisierungsprogramm, wie es durch die Revolution eingelöst wird, vor der Revolution aber am Widerstand reaktionärer Parlements und Hofkreise gescheitert ist, die gegen die Bestrebungen der Monarchie und ihrer Regierungen den Vorwurf der Despotie erhoben haben.

Im Verlaufe des 17./18. Jahrhunderts hatte sich die sogenannte gemäßigte Monarchie zunehmend in eine unumschränkte, absolute Monarchie fortentwickelt, die tendenziell, d. h. in Wirklichkeit nur teilweise, alle obrigkeitliche Gewalt in ihrer Hand vereinigte. Richelieu, Mazarin und Ludwig XIV., sie alle nahmen das Recht in Anspruch, die ihnen in traditioneller Weise gesetzten Schranken im Falle eines offenkundigen und von ihnen definierten Notstandes zu durchbrechen, statt mit *ordentlicher* Gewalt mit *absoluter* Gewalt, d. h. nach Zweckmäßigkeitserwägungen und nach Staatsraison, zu regieren. Im Grunde stellte diese Form des Absolutismus ein temporäres Notstandsregiment dar, das erlaubte, privates und öffentliches Recht zeitweise außer Kraft zu setzen und die autonomen Gewalten, das sind die Provinzialstände, Kommunen und die Grundherrschaften, kurzum die regionalen und lokalen Gewalten mit ihren Rechten und Freiheiten zeitweise zu überspielen. Nach dem Tode Ludwigs XIV. bis zum Ende der Ära Fleury 1743 wurde auf diese Notstandspraxis weitgehend verzichtet, aber seit der Mitte des 18. Jahrhunderts setzte die Entwicklung zur sogenannten administrativen Monarchie (monarchie administrative) ein, d. h., die Regierung agierte nicht als Notstandsregiment, um sich über traditionelle Rechte hinwegzusetzen, sondern sie erweiterte ständig – was schlimmer war – ihre regulären Zuständigkeiten und Befugnisse auf Kosten der autonomen Gewalten.

Dieser Vorgang wurde als Umformung der monarchischen Verfassung in eine despotische kritisiert. Wortführer der Regierung rechtfertigten die Allmacht von Regierung und königlicher Verwaltung, soweit sie im Dienste des Allgemeinwohls stand und zur Überwindung der ständisch-regionalen Egoismen und Anachronismen eingesetzt wurde, als »Despotie der Evidenz«, wie Mercier de la Rivière 1767 sagte. Einige Physiokraten befürworteten die despotische Umbildung, damit ein aufgeklärter Monarch in die Lage versetzt würde, ihr wirtschaftliches und gesellschaftliches Modernisierungsprogramm zu oktroyieren. Hingegen gelang es vor allem den Parlements, den souveränen höchsten Gerichtshöfen Frankreichs, sich zu Gralshütern der traditionellen Rechte und darüber hinaus zu konkurrierenden Interpreten des Gemeinwohls aufzuwerfen, indem sie nicht nur etwa die geheimen königlichen Verhaftungsbefehle als rechtswidrig verwarfen, sondern vor allem über ihr Recht zur Registrierung der königlichen Edikte den Freihandel, königliche Anleihen und Steuergesetze, welche die Steuerfreiheit des Adels und privilegierter Städte beschnitten, unter der Losung des Widerstands gegen die Despotie bekämpften. Unter dieser Losung konnten die aufsässigen, von der Regierung in ihren Rechten beschnittenen Parlements für kurze Zeit für ihre zu einem guten Teil reaktionäre Politik sogar die Zustimmung breiter Kreise finden und Popularität erlangen. In dieser Verfassungskrise und in der Revolte oder Revolution der Privilegierten, der hohen Richter- und Beamtenschaft und des Adels im Namen der traditionellen Freiheiten liegt eine der Ursachen der Französischen Revolution.

Da die Finanzkrise des Staates, verschärft durch das Engagement im amerikanischen Unabhängigkeitskrieg, nicht durch Kredite, die kaum jemand mehr geben wollte, zu beheben war, sondern nur noch durch gesteigerte Steuerleistungen und eine umfassendere Steuerreform, die auch dem Adel Lasten aufbürdete, wurden König und Hof in der kombinierten Finanz- und Verfassungskrise auf den Weg der alten Monarchie gezwungen. Ludwig XVI. kam nicht umhin, mit den geforderten Generalständen eine Versammlung des Klerus, des Adels und des Dritten Standes mit der Befugnis der Steuerbewilligung einzuberufen, die seit 1614 nicht mehr getagt hatte, und damit eine Verfassungsinstitution wiederzubeleben, die für 175 Jahre von der Monarchie ausgesetzt worden war. Zuletzt hatte die Versammlung nach Ständen getrennt beraten und korporativ gesondert beschlossen. Am 8. August 1788 wurden die Generalstände auf den 1. Mai 1789 berufen. Doch bereits im Juli 1788 hatte sich im Zusammenhang mit der Revolte der Parlements schlaglichtartig die künftige revolutionäre Konstellation abgezeichnet. In Vizille verlangte eine Provinzialversammlung, die aus 165 Adligen, 60 Geistlichen und 500 Abgeordneten der Gemeinden bestand, für den Dauphiné Generalstände mit der doppelten Zahl von Vertretern des Dritten Standes und für das ganze Königreich Generalstände mit dem Recht der Steuerbewilligung. Doch fügte die Versammlung hinzu, sie sei bereit, notfalls auf die Privilegien der Provinz zu verzichten, um an einer Nationalversammlung teilzunehmen.

Mit einem Male tritt hinter den Partikularinteressen des Adels und dem bloßen Anti-Absolutismus die Option hervor, unter massiver Beteiligung und Führung des Dritten Standes eine neue nationale Ordnung zu begründen als Alternative zu einer Vereinheitlichung Frankreichs durch eine zentralistische Verwaltungsdespotie der Monarchie.

Der Dritte Stand – das sind die Stadtbürger und Bauern, politisch betrachtet aber Großbürger, Intellektuelle und Juristen –, er wird für die Versailler Generalstände eine Verdoppelung seiner Vertretung fordern, er wird sie erhalten, er wird aber auch eine Abstimmung nicht nach Ständen, sondern nach Köpfen verlangen, weil sonst die Verdoppelung der Zahl der Deputierten keinen Effekt hätte. Schon taucht sogar der Gedanke einer proportionalen Vertretung entsprechend der Bevölkerungsanteile der Stände auf. Im Februar 1789 erhebt der Abbé Sieyès den allein wirtschaftlich produktiven Dritten Stand zur Nation, von der er die Adligen, die weniger als 5 % der Gesamtbevölkerung darstellen, als unnütze, parasitär konsumierende Müßiggänger und als bloße Last ausschließt. Als die Generalstände am 5. Mai 1789 eröffnet werden, geht es längst nicht mehr nur um die Konsolidierung der Staatsschuld, um den Staatshaushalt, den Staatskredit und um Steuern, wie Ludwig XVI. in seiner Ansprache es will.

Die Französische Revolution wird förmlich eröffnet, als die beiden höheren Stände sich weigern, gemeinsam mit dem Dritten Stand eine einheitliche Versammlung zu bilden, und der Dritte Stand daher am 17. Juni, nachdem er zuvor die Prüfung der Vollmachten seiner Deputierten abgeschlossen hat, die Initiative ergreift. Die Deputierten des Dritten Standes nennen sich jetzt »communes«, nach dem Vorbild der englischen Commons, und erklären auf einen Antrag des Abbé Sieyès hin ihre Versammlung, da sie 96 % der Nation repräsentiere und allein den Gesamtwillen der Nation ausdrücken und vertreten könne, zur Nationalversammlung. Der Beitritt der Abgeordneten des Klerus und des Adels ist natürlich erwünscht, und er wird ziemlich rasch erfolgen.

Nichts weniger als die nationale Erneuerung soll das gemeinschaftliche Werk der Nationalversammlung sein. Drei Tage später, am 20. Juni, vereinigen sich die Deputierten der Nationalversammlung durch den Schwur im Ballhaus zu einer Schwur- oder Eidgenossenschaft mit dem Ziel, dem Königreich eine Verfassung zu geben. Mit ihrer Schwurgenossenschaft greifen die Deputierten im übrigen noch einmal zu dem uralten, universellen alteuropäischen Mittel autonomer Rechtsbildung. Am 7. Juli schließlich wird ein Verfassungsausschuß eingesetzt; Ziel ist eine konstitutionelle Monarchie, die aber auf das Prinzip der nationalen Souveränität gegründet sein soll.

Der Prozeß der Revolution ist in Gang gekommen, in den Köpfen hat die Französische Revolution von 1789 aber bereits im Sommer des Vorjahres begonnen. Dies zeigen nicht nur die Provinzialstände von Vizille, auf denen sich mit Mounier und Barnave zwei führende Köpfe der künftigen bürgerlichen Revolution hervortun. Am 16. August schreibt Mirabeau, daß die Regierung durch ihre Verzögerungstaktik, d. h. durch den Versuch, mit einer Notabelnversammlung zu einer Übereinkunft zu gelangen, die Epoche der Generalstände schneller, bis zur Überstürzung heraufgeführt habe. Er sagt eine ganze Serie von Versammlungen voraus, die erst mit der Vollendung der Verfassung ihren Abschluß finden werde. Das nächstliegende politische Ziel sei eine »Erklärung der Rechte der Nation«, die das Recht der Zustimmung der Nation zu Steuern und Anleihen, die bürgerliche Freiheit und die Periodizität der Reichsversammlungen enthalten müsse. Der Adlige Mirabeau, Deputierter des Dritten Standes, hält aber auch, wie er sagt, einen Krieg gegen die Privilegierten und gegen die Privilegien für unbedingt notwendig. »Die Privilegien sind nützlich gegen den König; aber sie sind verabscheuenswert gegen die Nationen, und niemals wird unsere Nation ein echtes Staatsbewußtsein haben, solange sie nicht von ihnen befreit ist.« Mirabeau erwartet eine Revolution, aber er glaubt zunächst, daß sie friedlich verlaufen werde. »Es hieße unser Zeitalter barbarisch zurückschrauben, wenn man zu gewalttätigen Revolutionen seine Zuflucht nähme; der Unterricht genügt dank der Buchdruckerkunst, um all die Revolutionen durchzuführen, die die Menschheit sich schuldig ist; und bei diesem Verfahren allein werden die Nationen nichts von ihren Errungenschaften verlieren.«

Im Frühjahr 1789 ergreift dann ganz Frankreich das Wort in einem Vorgang, der in der weiteren Geschichte nicht mehr seinesgleichen finden wird und demgegenüber unsere demoskopischen Meinungsumfragen kümmerliche Instrumentarien sind. Die Deputierten zu den Generalständen werden auf verschiedenen Wahlebenen in etwa 60.000 Wählerversammlungen nach Ständen gewählt und erhalten im Sinne eines imperativen Mandats Instruktionen, und zwar in der alten Form der Cahiers de doléances, von Beschwerdeheften. Pfarrgemeinden, Dorfgemeinden, Städte, Korporationen, Kollegien und Versammlungen legen auf verschiedenen lokalen und regionalen Ebenen in diesen Heften ihre Lebensverhältnisse, ihre Beschwerden und Wünsche nach Abhilfe, aber auch rechtliche und verfassungspolitische Vorschläge nieder, die sich auf die Gesamtordnung des Königreichs beziehen. Sie sind mit Vorsicht zu interpretieren, weil sie verschiedenen Redaktionsvorgängen unterliegen und auf der Ebene der Baillages zusammengefaßt werden. So werden dort die Cahiers des Dritten Standes, der Bauern und Stadtbürger also, ganz überwiegend von Anwälten und königlichen Amtsträgern in der Sprache der Juristen des Ancien régime redigiert, noch nicht so sehr in der Sprache der Aufklärung oder der revolutionären Demokratie, obwohl aus den Wahlen die künftigen Führer der Revolution hervorgehen. Es handelt sich um das Reformtestament der alten Monarchie, abgefaßt in deren Vokabular, aber es soll eine Reform gemäß den wahren Grundsätzen der Monarchie sein. Es sind im einzelnen maßvolle Forderungen, die sich aber auf die verschiedensten wirtschaftlichen, sozialen und rechtlich-politischen Bereiche erstrecken, so daß sich insgesamt das Programm eines enormen Wandels ergibt.

Manches mag überraschen. Abgesehen von einigen ständischen Sonderwünschen ergibt sich zwischen Adel und Drittem Stand eine ungewöhnlich breite Übereinstimmung in den Zielvorstellungen. Überraschend ist auch der Sachverhalt, daß die Beschwerdehefte des Adels im ganzen etwas aufgeklärter als diejenigen des Dritten Standes sind. In größerem Maße herrscht in ihnen die Sprache der Aufklärung, größeres Gewicht wird in ihnen auf die Freiheit des einzelnen und auf Menschenrechte gelegt. Dies hat bereits Tocqueville herausgefunden, der überspitzt sagt: »Wenn man ihre Akten liest, kommt man zu der Ansicht, daß diesen Adligen nichts fehlte, um die Revolution zu machen, als – Bürgerliche zu sein.« Auf der anderen Seite gelangt George Taylor, der die Beschwerdehefte der Handelskörperschaften untersucht hat, der kapitalistischen Handelsbourgeoisie also, der die Revolution die Bahn freigemacht haben soll, zu dem Ergebnis, daß die Vision der Modernisierung der politischen und sozialen Institutionen Frankreichs gemäß den Prinzipien von Freiheit, bürgerlicher Rechtsgleichheit, parlamentarischer Regierung und nationaler Souveränität sehr wenig den Initiativen eines ökonomisch definierten Bürgertums verdankt.

Kehren wir nun zum Revolutionsgeschehen zurück, um kurz den 14. Juli 1789 zu streifen und mit der Liquidierung der alten Ordnung in der Nachtsitzung der Nationalversammlung vom 4. auf den 5. August zu schließen.

Die Revolutionsereignisse

Folgen wir dem Oberhaupt des Königreiches – das es wissen muß –, so hat sich am 14. Juli nichts Nennenswertes ereignet. Im Tagebuch Ludwigs XVI. finden sich zwei Eintragungen von unüberbietbarer Präzision und Verknappung: »Juli 1789. 13. nichts. 14. nichts.« Das will aus den königlichen Lebensgewohnheiten interpretiert sein. Wohl hat Ludwig XVI. am Spätnachmittag und am Abend des 14. Juli Deputationen der Nationalversammlung empfangen, die ihn über die gefährliche Lage in Paris informieren und von ihm besorgt den Rückzug seiner Truppen verlangen, die angeblich Paris bedrohen, aber er hat sich der Staatsgeschäfte wegen nicht zur Jagd begeben können. Daher sein »rien«. Nach Mitternacht rückt bekanntermaßen sein Kammerherr, der Herzog von Liancourt, der ihn von der Erstürmung der Bastille samt der Ermordung des Gouverneurs und des Bürgermeisters von Paris unterrichtet, die Perspektive zurecht. So will es jedenfalls eine Fassung der Anekdote. Der König erstaunt: »Das ist eine Revolte.« Der Herzog: »Nein Sire, das ist eine Revolution.« Dabei ist die Revolution schon seit dem 17. Juni im Gange, nur hat ihr bislang das tief beeindruckende Moment der Gewalttätigkeit von unten, der des Volkes, gefehlt. Der englische Botschafter, der Herzog von Dorset, schreibt über die Ereignisse bereits am 16. Juli an seinen Minister: »Auf diese Weise hat sich die größte Revolution der bisherigen Geschichte vollzogen, und wenn man sich deren Bedeutung vor Augen führt, so hat sie nur relativ wenig Blut gekostet. Von diesem Augenblick an können wir Frankreich als ein befreites Land betrachten, den König als einen Monarchen mit sehr eingeschränkter Macht, und der Adel ist mit dem Rest der Nation auf ein Niveau gedrückt.« Ein günstiges Kosten-Nutzen-Verhältnis attestieren gegen Ende des Jahres 1789 der Revolution preisbewußt auch Mirabeau und Schlözer. Man wird aber sagen müssen, daß der englische Herzog die gesamte bisherige Revolutionsgeschichte in die Ereignisse hineininterpretiert und dadurch ihre Bedeutung steigert.

Die revolutionären Tage beginnen bereits am 12. Juli, als in Paris die Entlassung des für die Finanzen zuständigen Necker, der vor allem dem Bürgertum als Gewährsmann für eine solide Finanzpolitik gilt, bekannt wird. Ohnehin herrscht in Paris die diffuse Furcht vor einer Reaktion des Hofes und einer Gegenrevolution der Aristokratie, zumal der König Truppen um Paris konzentriert, zum Schutz von Ruhe und Ordnung, wie er verbreiten läßt. Die Entlassung Neckers wirkt nun wie die Drohung eines bevorstehenden Staatsbankrotts. Die Wechselmakler schließen die Börse zum Zeichen des Protests. Die Wechselkurse der Diskontkasse fallen. Die Theater werden geschlossen. Im Palais Royal agitieren Redner. Camille Desmoulins ruft die Pariser zum Widerstand gegen eine angebliche Intervention der königlichen Truppen auf. In den Gärten der Tuilerien kommt es zu einem Zusammenstoß zwischen einem Zug von Demonstranten und dem deutschen Leibregiment des Prinzen de Lambesc. Daraufhin läutet man Sturm, die Läden von Waffenhändlern werden geplündert, die Bewaffnung des Stadtvolkes beginnt. Die schon früher disziplinlosen Gardes françaises verlassen ihre Kasernen und gehen zu den Aufständischen über. Andere königliche Regimenter werden auf das Marsfeld zurückgezogen und verharren dort untätig. Das den König vertretende oligarchische Stadtregiment stellt seit einigen Tagen keinen Machtfaktor mehr dar; es wird überspielt von den 400 Wahlmännern, die in 60 Distrikten der Stadt für die Wahlen zu den Generalständen bestimmt worden waren.

Im Zuge der Volksbewaffung wird die Menge am 14. Juli zur Bastille gelenkt, wo Pulvervorräte vermutet werden. Die Zitadelle wird belagert, vornehmlich durch Kleinhändler, Handwerksmeister, Gesellen und Tagelöhner, auch Frauen des Faubourg St. Antoine, die durch einige bewaffnete Bürger und 300 Gardes françaises Unterstützung erhalten. Durch ein Mißverständnis während der Kapitulationsverhandlungen kommt es zur Erstürmung der Bastille und zu Rachehandlungen. Der Kommandeur der königlichen Truppen in der Stadt zieht sich mit diesen nach St. Cloud zurück. Die Stadt hat den Hof besiegt.

Der 14. Juli und die Erstürmung der Bastille sind mit symbolhaften Bedeutungen überladen, wichtiger sind jedoch ihre unmittelbaren politischen Folgen. Der Zufall will es, daß am 14. Juli die Brotpreise ihren absoluten Höchststand erreichen in einer Wirtschaftskonjunktur, die durch Reallohnverfall, wegen vorausgegangener schlechter Ernten von Teuerung und Arbeitslosigkeit gekennzeichnet ist. Der damalige Ruf der Bastille als Symbol monarchischer Tyrannei und Willkürjustiz ist reichlich übertrieben. Die Bastille ist jedenfalls zu diesem Zeitpunkt ein fast leeres Gefängnis, beherbergt sieben Insassen und dient vor allem als Waffendepot; nie waren dort Arme eingekerkert. Voltaire hat sich dort kurz blicken lassen, de Sade saß länger ein. Die berüchtigten ›lettres de cachet‹, die eine Einkerkerung ohne Haftgrund und ohne Vorführung vor den Richter erlauben, sind fast außer Gebrauch. Insbesondere pädagogisch überforderte adlige Eltern erbitten sie, um renitente oder ausgeflippte Sprößlinge für einige Zeit aus dem Verkehr zu ziehen. Dennoch ist es eine Realität, daß das Volk mit den Pulver- und Waffenbeständen zugleich ein als Bedrohung empfundenes Symbol erobert hat.

Was aber sind die politischen Perspektiven und Folgewirkungen? Die Nationalversammlung erscheint vor Hofintrige und Konterrevolution gerettet. Bereits in der Nacht vom 15. zum 16. Juli setzt die erste Emigrationswelle ein; sie wird angeführt von der reaktionären Hofaristokratie, dem Grafen von Artois, einem Bruder des Königs, den Prinzen Condé und Conti, dem Marschall de Broglie und anderen. Sie werden künftig vom Ausland her agitieren und eine der Rechtfertigungen für die Schrekkensherrschaft liefern. Am 15. Juli begibt sich der König in Versailles in die Nationalversammlung, um die Rücknahme der in die Gegend von Paris beorderten Truppen anzukündigen. Am 16. Juli stimmt er der Rückberufung Neckers zu, am 17. kommt er nach Paris und legalisiert dort das Stadtregiment des eingerichteten Wahlmännerausschusses und nimmt vom neuen Bürgermeister, dem Astronomen Bailly, die dreifarbige Kokarde als Symbol für die ewige Allianz zwischen dem Monarchen und seinem Volk entgegen. La Fayette wird Kommandant der Bürgermiliz, die bald den Namen Nationalgarde erhält. Darüber hinaus verstärken die Pariser Ereignisse die landesweiten munizipalen Revolutionen gegen die dem König verpflichteten Oligarchien, die in ihrem Stadtregiment weitgehend von Anweisungen der königlichen Intendanten abhängig sind, und sie ermutigen die Bauern in ihren Erhebungen in verschiedenen Provinzen.

Seit dem Frühjahr 1789 gab es im Zusammenhang mit der Versorgungskrise und Hungersnot infolge der schlechten Ernte des Vorjahres einzelne Bauernaufstände. Die Wirtschaftskrise trieb Heerscharen von Bettlern und Landstreichern auf die Straßen. In der zweiten Julihälfte schwappte der revolutionäre Impuls auf das Land über. Bewaffnete Bauern stürmten Schlösser und Klöster. Dann trat ein neues Phänomen auf, die Grande Peur, die Große Angst. Die Ernte stand vor der Tür, und es verbreiteten sich Gerüchte, wonach Räuberbanden die ungeschützten Ernten vernichten wollten, außerdem entstanden Gerüchte über bevorstehende Rachefeldzüge des Adels. Bauern verweigerten die grundherrlichen Abgaben, den Kirchenzehnten und die königlichen Steuern, nicht überall, aber in einer Vielzahl von Landstrichen. Andere gingen weiter, bewaffneten sich und wandten sich gegen das Schloß des Grundherrn. Unter Drohungen ließen sie sich die alten urkundlichen Rechtstitel über die Feudallasten aushändigen und entzündeten damit Freudenfeuer auf dem Dorfplatz. Erwiesen sich Grundherren als widersetzlich, schritt man zu Plünderungen und zündete nicht nur das grundherrliche Archiv, sondern das komplette Schloß an; gelegentlich knüpfte man in ungebremstem Enthusiasmus den Grundherrn auf. Bauern bildeten Komitees und stellten Dorfmilizen auf, um die örtlichen Machtbefugnisse zu übernehmen.

Mochten die revolutionären Erhebungen in den Städten letztlich als Werk des souveränen Volkes einleuchten, so ging den Deputierten der Nationalversammlung und den städtischen Revolutionären das Verständnis für die revoltierenden Bauern ab. Nicht nur der Adel mit einem Anteil von etwa 25 % und die Kirche mit einem Anteil von etwa 10 % am agrarwirtschaftlichen Grund und Boden Frankreichs waren ja betroffen, etwa ein Viertel davon gehörte immerhin dem städtischen Bürgertum, das mit seinem Kapital offensiv Bauernland und Grundherrschaften aufgekauft und verpachtet hatte. Revolutionäre Stadtverwaltungen übernahmen daher mit ihren Bürgerwehrverbänden den Schutz adligen und bürgerlichen Eigentums und organisierten Strafexpeditionen in die Dörfer. Die Bauern standen also mit ihrer Revolution allein da, und doch brachten sie über die Feudalordnung hinaus das gesamte Ancien régime zum Einsturz.

Die Nationalversammlung, die sich anschickt, für Frankreich eine Verfassung auszuarbeiten, steht vor einem Dilemma. Soll man gegen die revoltierenden Bauern zu Unterdrückungsmaßnahmen greifen und sogar die möglicherweise gefährliche Hilfe der königlichen Truppen in Anspruch nehmen; wenn nicht, wie kann man als Konzession zur Beruhigung die Abgabenbelastung der Bauern mildern, ohne dabei an das geheiligte Prinzip der Unverletzlichkeit des Eigentums zu rühren, da Feudalgefälle eine Form des Eigentums darstellen? In der Nacht vom 3. auf den 4. August wird außerhalb der Versammlung an einer Lösung gearbeitet. Etwa hundert vom »Club Breton« beeinflußte Deputierte beschließen, die Initiative zu unvermeidlich erscheinenden Konzessionen zu ergreifen. Als Vorreiter wird der Herzog von Aiguillon, ein liberaler Adliger und zugleich einer der reichsten Grundbesitzer Frankreichs, ausersehen.

Dann kommt die Nachtsitzung der Nationalversammlung vom 4. auf den 5. August. Zunächst wird den Bauern noch einmal der rigide Standpunkt von Recht und Ordnung vorgehalten, doch dann bricht sich ein verständnisvoller, schließlich emphatischer Ton Bahn, der die Feudalrechte im Namen der Aufklärung als barbarisch verurteilt. Lebhaften Beifall findet die pathetische und reichlich abstruse Rede eines bretonischen Leinenhändlers, der sich zu dem Ausruf versteht: »Man bringe uns die Pergamente, die nicht nur das Schamgefühl, sondern die Menschheit selbst verletzen, indem sie verlangen, daß Menschen wie Tiere an einen Pflug gespannt werden. Weg mit den Rechtstiteln, die Menschen dazu zwingen, nächtelang auf die Teiche zu schlagen, damit die Frösche den Schlaf ihrer wollüstigen Grundherrn nicht stören.« Doch das ist wirklich nicht das Problem. Der Adel verzichtet – auch für die Kirche – leicht auf die in wenigen Landstrichen noch vorfindliche Leibeigenschaft und auch auf die Frondienste, zweifelhafter ist die Haltung hinsichtlich seiner ›Bannrechte‹. Unter diesen ›banalités‹ sind Zwangsrechte zu verstehen, die den Bauern nötigen, gegen Gebühren Kelter, Mühle oder Backofen des Grundherrn zu benutzen. Auf die übrigen substantiellen Feudalabgaben verzichtet er indessen nur insoweit, als er ihre Ablösung gegen eine noch zu vereinbarende Geldleistung zuläßt. Sie werden mit Hilfe des bürgerlichen Vertragsgedankens als Gegenleistung für eine ursprüngliche Landleihe an den Bauern interpretiert und stellen Eigentumsrechte dar, für deren Aufgabe dem Eigentümer eine gerechte Entschädigung zusteht. Schon der erste Redner aus dem Adel verbindet mit der Abschaffung der Frondienste und der Ablösbarkeit der Feudalrechte unmittelbar den Antrag, daß künftig alle Steuern und öffentlichen Lasten gleichmäßig von allen Individuen des Königreichs getragen werden sollten, daß der Adel also auf sein Steuerprivileg verzichte, was eigentlich seit längerem kaum mehr eine Frage war. Die Anträge der Adligen werden laut Protokoll mit unbeschreiblicher Freude aufgenommen. Ein Deputierter spricht davon, daß der Adel heute allen Klassen des französischen Volkes einen bemerkenswerten Beweis seines Patriotismus erbracht habe. Enthusiasmus und Opferbereitschaft ergreift die Gemüter. Ohne Diskussion, in einem elektrischen Taumel, wie Mirabeau später beanstandet, werden unzählige Anträge gestellt, einer wichtiger als der andere. Eine Lawine von Verzichtsleistungen wird losgetreten, wobei es schon auch vorkommt, daß jemand freiwillig auf die Rechte des anderen verzichtet, so der Bischof von Chartres, wenn er sich glücklich nennt, durch seinen Antrag auf Abschaffung des exklusiven Jagdrechts des Adels, das für die Ländereien eine Geißel darstelle, diese Lektion in Humanität und Gerechtigkeit geben zu können. Daraufhin steht der Herzog von Châtelet nicht an, vorzuschlagen, daß der Kirchenzehnte durch eine Geldtaxe ersetzt werden solle, vorbehaltlich einer Lösung, die überhaupt die Ablösung des Kirchenzehnten erlaube. Die Kirche wird wenige Tage später mit der entschädigungslosen Abschaffung des Kirchenzehnten, dann durch die Enteignung ihres Grundbesitzes, durch die Säkularisation, die in protestantischen Ländern bereits seit dem 16. Jahrhundert durchgeführt worden war, ferner wegen der Zivilkonstitution des Klerus und wegen der forcierten revolutionären Dechristianisierungsbestrebungen unzweifelhaft die Hauptverliererin der Revolution sein.

Spätestens als die Abgeordneten aus der Bretagne, aus Burgund, aus dem Dauphiné und aus der Provence ihre Privilegien und ihre Provinzialversammlungen, die großen Städte wie Paris, Lyon und Bordeaux ihre jahrhundertealten Freiheiten, ihre wirtschaftlichen und steuerlichen Privilegien opfern, wird klar, daß in Frankreich nahezu alle, nicht nur Adel und Geistlichkeit, ihre Privilegien haben, wenn schon nicht im Sinne nutzbarer Vorrechte, so doch wenigstens – und insoweit sind selbst die Bauern in die privilegialen Strukturen des Ancien régime eingebunden – im Sinne regionaler und lokaler Sonderrechte im Vergleich zu anderen.

Als der Sitzungspräsident weit nach Mitternacht die Beschlußartikel, die später in Dekrete gefaßt werden sollen, zusammenfaßt, stellt er zugleich dem Ancien régime den Totenschein aus. Zu den genannten Punkten sind noch hinzugekommen: die Abschaffung der grundherrlichen Gerichtsbarkeit, die Zulassung aller Bürger zu allen weltlichen und militärischen Ämtern, die Einrichtung einer neuen, kostenfreien Gerichtsbarkeit, die Abschaffung der Ämterkäuflichkeit, die Abschaffung der ohne Rechtstitel erworbenen Pensionen, die Reform der Zünfte und anderes mehr. Der König, der für das alles wirklich nichts kann und später manches davon nicht billigen will, wird zum Restaurator der französischen Freiheit erklärt. Die Deputierten weinen vor Freude und beglückwünschen sich gegenseitig. Der Konservative Duquesnoy ruft aus: »Was für eine Nation! Welcher Ruhm, welche Ehre, ein Franzose zu sein!« Nach dem schlimmen 14. Juli mit den abgeschnittenen Köpfen ist das als Kontrapunkt die »belle révolution« Voltaires? Der Marquis de Ferrière, der einiges zu verlieren hat, seine Verluste aber im Interesse der Sache gerne tragen will, staunt darüber, daß die Einigung des Landes, die auch der geschickteste Minister in zehn Jahren nicht hätte erreichen können, in einer einzigen Nacht bewerkstelligt worden sei. Das Ausland begreift sofort die menschheitsgeschichtliche Bedeutung dieser denkwürdigen Nachtsitzung. Nur Madame Elisabeth, die mit Naivität und Weltfremdheit geschlagene Schwester eines unselig ungeschickten Königs, tut sich mit der angemessenen Einschätzung etwas schwer, wenn sie meint, die Adligen seien mit einer Begeisterung zu Werke gegangen, die ihrer französischen Herzen würdig sei, und hinzufügt: »Ich hoffe, das wird die Leute davon abhalten, Schlösser anzuzünden.«

Doch darin täuscht sie sich. Die Bauern fahren damit fort, bleiben unruhig, verweigern die bis zu ihrer Ablösung immer noch fälligen Feudalabgaben, bis der jakobinische Konvent am 17. Juli 1793 endlich die entschädigungslose Abschaffung der Feudalabgaben dekretiert und insofern doch noch so etwas wie eine feudale Revolution zu Wege bringt, eine Art Bauernbefreiung im Sinne der Freiheit der Bauern und des Bodens von Feudalabgaben. Denn durch die Ausführungsdekrete zur angeblich »vollständigen Zerstörung des Feudalwesens« in der Nachtsitzung vom 4. August 1789 waren bis dahin, sieht man von der Aufhebung der residuellen Leibeigenschaft und von der entschädigungslosen Abschaffung der grundherrlichen Bann- und Wegerechte ab, zunächst vor allem die juristische Terminologie und Rechtsnatur der Besitztitel, nicht wirklich jedoch die Besitzverhältnisse geändert worden. Die übrigen grundherrschaftlichen Abgaben, die jährlichen Zinse und möglicherweise anfallenden Besitzwechselabgaben, waren fakultativ durch Geldleistungen abzulösen. Sie wurden nicht entschädigungslos abgeschafft, da man sie wegen der Bodenleihe durch den mit dem Obereigentum (*dominium directum*) begabten Grundherrn an den Bauern, dem das Untereigentum oder Nutzeigentum (*dominium utile*) zukam, für legitim erachtete und nunmehr – nach dem alten Muster von Rentenablösungen seit dem Mittelalter – für den Fall einer Ablösung kapitalisierte, d. h., man errechnete aus den Abgaben als Ertrag mit einem Koeffizienten den fiktiven zugrundeliegenden Vermögenswert. Aus den Feudalabgaben waren zu diesem Zeitpunkt lediglich reine Grundlasten geworden, die ablösen mochte, wer von den Bauern dazu wirtschaftlich und finanziell in der Lage war. Der Vorsitzende des Comité féodal, der Jurist und Feudist des

Ancien régime Merlin de Douai, setzte dies der Nationalversammlung in seinem Rapport vom 8. Februar 1790 in aller Deutlichkeit auseinander: »Indem Sie das Feudalregime zerstört haben, haben Sie nicht die legitimen Eigentümer der Lehen ihres Besitzes braubt, aber Sie haben die Rechtsnatur dieser Güter geändert. Künftig von den Gesetzen des Feudalrechts befreit, wurden diese Güter den Gesetzen des [einfachen, bürgerlichen] Grundeigentums unterworfen; mit einem Wort, sie haben aufgehört Lehen zu sein, sie sind veritable Allode geworden.«

Und noch etwas: Mindestens so weit wie die Revolutionäre vor 1793 waren physiokratische Autoren mit ihren Vorschlägen im Kampf gegen das die agrarwirtschaftliche Entwicklung hemmende Feudalwesen schon 20 Jahre vor dem Ausbruch der Revolution. Bereits Physiokraten hatten sich ferner vehement gegen Privilegien und Zunftwesen, aber auch gegen staatliche Reglementierung und Intervention gewandt und für Gewerbe- und Handelsfreiheit plädiert.

Die Fundamentalpolitisierung der französischen Gesellschaft indessen durch Klubs, Volksgesellschaften, Kultveranstaltungen, Vaterlandsaltäre, Freiheitsbäume, Freiheitsmützen, Zeitungen, Sektionsbeschlüsse, Petitionen und Pamphlete, revolutionäre Katechismen – ein Vorgang, der auch Religion, Erziehung, Zeitrechnung, Sprache, Literatur, Wissenschaft, Oper und Theater, Malerei, Architektur, Kleidermode und Fayencen erfaßt und Freiheitsmärtyrer kreiert, kommt seit den Juli-Tagen 1789 erst allmählich in Gang.

Dennoch kann man sagen, daß mit den Beschlüssen der Nachtsitzung des 4. August 1789 der Schritt von der alten ›société des ordres‹, der altständischen korporativen Privilegiengesellschaft, hin zur individualistischen, egalitären Staatsbürgergesellschaft der französischen Nation getan war. Sie schufen die politisch-soziale, die realhistorische Grundlage für die Erklärung der Menschen- und Bürgerrechte vom 26. August 1789 und für die Verfassung vom 3. September 1791.

Es darf aber nicht übersehen werden, daß politische Gleichheit nicht als Naturrecht galt und die Verfassung von 1791 auf der Grundlage von Besitz und Bildung zwischen Aktiv- und Passivbürgern unterscheidet, eine Unterscheidung die durch die jakobinische Verfassung von 1793, die nie in Kraft trat, aufgehoben wurde. Auch war in der Menschenrechtsdeklaration die Frau entschieden weniger Mensch, so daß Olympe de Gouges im Herbst 1791 eine Erklärung der »Droits de la Femme« vorlegte, deren erster Artikel in frauenrechtlicher Analogie zu Artikel I der Erklärung der Menschen- und Bürgerrechte von 1789 lautet: »Die Frau wird frei geboren und bleibt dem Mann rechtlich gleich.«

Schlußfolgerungen

Wer auf den Versuch einer Globaldeutung oder auch nur einer Bilanz der Französischen Revolution nicht verzichten will, der sollte dabei ein Wort Tocquevilles bedenken, der ein eminent analytischer, auch deduktiver Denker war, aber eben nicht nur das: »Ich hasse diese absoluten Systeme, die alle Ereignisse in der Geschichte durch eine schicksalhafte Verkettung von großen Ersten Ursachen abhängen lassen und die sozusagen den Menschen aus der Menschheitsgeschichte ausschließen ... Ich glaube ..., daß viele bedeutsame geschichtliche Tatsachen sich nur durch zufällige Umstände erklären lassen und daß andere unerklärlich bleiben.«

Angesichts der kurzen Geltungsdauer rasch wechselnder, in der Abfolge sich widersprechender politischer und sozialer Ziele und Wertsetzungen, angesichts einer hochgradigen Fragmentierung und einer Vorläufigkeit von Ergebnissen ist die Frage kaum zu beantworten, was denn die Französische Revolution, die Leitrevolution der Moderne, in ihrem Wesen und in ihren Resultaten ausmacht. Nicht nur sind jene drei unterschiedlichen, sich ineinanderschiebenden Revolutionen, jene der bürgerlich-adeligen Elite, der Bauern und der städtischen Volksmassen zu unterscheiden. Die Ergebnisse der Verfassungsrevolution mit den Kerngedanken von Gewaltenteilung, Repräsentation und Rechtsstaatlichkeit, auch Meinungs- und Pressefreiheit, werden konterkariert und aufgehoben durch das im politischen Kampf mit dem Hof gewonnene Übergewicht der Legislative gegenüber der Exekutive, während sich Mirabeau in seinem Plädoyer für das königliche Veto am 1. September 1789 noch für eine Gleichrangigkeit beider Gewalten im Hinblick auf angeblich naturgegebene aristokratisierende, den Interessen des Volkes nachteilige Bestrebungen von Volksrepräsentanten ausgesprochen hatte, konterkariert ferner durch die Hypostasierung des nicht formgebundenen, alles positive Recht außer Kraft setzenden bloßen Willens der Nation bei Abbé Sieyès in dessen bereits 1788 veröffentlichter Schrift »Qu'est-ce que le Tiers État?«, durch die spätere Basisdemokratie der Sektionen und das Überspielen der repräsentativen Versammlungen mit Hilfe eines ominösen, von Robespierre und einer Minderheit erfolgreich prätendierten rousseauistischen Volkswillens sowie durch den daraus abgeleiteten spontanen Terror des Mobs wie den institutionalisierten und gesetzlichen Terror der Montagnards und des Konvents, der mit gegenrevolutionären Verschwörungstheorien, individuellen Gesinnungs- und Tugenddefiziten und mit einem ideologisierten Krieg gerechtfertigt wird.

Der Verfassungsstaat von 1791, die jakobinisch-volksdemokratische Diktatur mit ihrer Mobilisierung des kleinen Mannes und der öffentlichen, tödlichen Konkurrenz der revolutionären Führer und das Directoire sind institutionell und in ihren Wertsetzungen inkommensurable Erscheinungen. Was ist intendiertes Ziel, was lediglich vorläufiger Ausnahmezustand unter dem Druck von Straße, Sektionen, Clubs, Ausschüssen und radikalen Minderheiten, von Petitionen, Gerüchten und Ereignissen? Wie sind die kapitalistischen Zielvorstellungen der bürgerlich-adeligen Elite und die traditionale antikapitalistische Einstellung der Volksmassen miteinander vereinbar? Handelt es sich dabei um das gemeinsame Ziel eines vernünftigen marktwirtschaftlichen Kapitalismus und lediglich um einen Kampf gegen exzessiven Preiswucher und hemmungslose Spekulation der kapitalistischen Financiers oder um die Vision von einer künftigen Wirtschaftsweise im Gegensatz zu einem reaktionären Festhalten am alten handwerklichen Nahrungsprinzip, das soziale Sicherheit und Schutz vor sozialer Deklassierung erhoffen läßt? Ist das gegen den marktwirtschaftlichen Glauben der »Ökonomisten« durchgesetzte jakobinische Preismaximum angesichts einer dramatischen Versorgungslage der Stadt Paris ein Rückgriff auf die traditionale Mangelbewirtschaftung des Ancien régime, ein Bekenntnis zu einem künftigen zentralistischen Interventionsstaat oder lediglich unter dem Druck der Notlage ein hilfloses irreguläres Auskunftsmittel auf dem Wege zu einer intendierten, von alten hinderlichen Privilegien freien liberalen Marktgesellschaft? Der Ausdruck »Experimentalpolitik«, den Georg Christoph Lichtenberg auf die Französische Revolution gemünzt hat, trifft insoweit zu, nur muß man dabei gegenüber dem naturwissenschaftlichen Kalkül des Physikers die Illusionen und die Irrationalitäten der Politik und ihrer Protagonisten kräftig mit in Rechnung stellen.

Es war weniger die historische, in den Tatsachen und Resultaten erkennbare Französische Revolution, die nicht auf einen Nenner zu bringen ist, sondern es waren vielmehr der Mythos der Revolution und die mit der Revolution verbundenen politischen und sozialen Grundwerte und natürlichen, für unantastbar erklärten Rechte wie Freiheit, Rechtsgleichheit, Sicherheit, Widerstand gegen Unterdrückung, Eigentum, ferner Meinungs-, Religions- und Pressefreiheit, Rechtsstaatlichkeit und individuelle Rechtssicherheit, Gewaltenteilung, nationale Souveränität – später dann als Volkssouveränität gefaßt –, Steuerbewilligung und Steuergleichheit, in eingeschränktem Sinne auch soziale Gleichheit und Gerechtigkeit, die das Bewußtsein einer europäischen Zäsur und Zeitenwende aufkommen ließen.

Diese Wertvorstellungen und Rechte, die wie auch die durch die Terreur nicht zu diskreditierende Ahnung sozialer Rechte und der politischen Berechtigung der Volksmassen das tradierte ideelle Erbe der Französischen Revolution ausmachen, waren im einzelnen keineswegs alle neu, sondern finden sich zeitlich und örtlich verstreut teilweise bereits in mittelalterlichen Stadtrechten und fürstlichen Herrschaftsverträgen oder in der englischen Verfassung und vor allem in den vorgängigen und etwa für La Fayette unmittelbar vorbildlichen amerikanischen Menschenrechtserklärungen. Dazu gehören im übrigen auch die bekannten Schlagworte Freiheit, Gleichheit und Brüderlichkeit, die dem mittelalterlichen Stadt- und Zunftbürgertum sehr wohl geläufig sind, nunmehr jedoch aus ihrer konkreten, lokal und korporativ begrenzten Geltung gelöst, vor allem ein utopisches Versprechen beinhalten, ideologisch aufgeladen werden, in ihrer Dehnbarkeit fast grenzenlos und daher beliebig deutbar erscheinen.

Das Bewußtsein der Zeitenwende resultierte für Franzosen und Europäer indessen daraus, daß derartige, in der Erklärung der Menschen- und Bürgerrechte von 1789 im Spektrum erweiterte, kodifizierte und zugleich universalisierte Werte und Rechte im Zusammenhang mit der eruptiven, dynamischen politischen und physischen Gewalt der Revolution sowie mit einem kosmopolitischen Sendungsbewußtsein und missionarischen Eifer proklamiert wurden und nun ungeachtet der konkreten Situation die Aura einer einlösbaren Verheißung für Frankreich und das dafür empfängliche Europa erhielten.

Der deutsche vaterländische Publizist Ernst Moritz Arndt schrieb dazu 1814 in einer Flugschrift: »Auch das hat die fürchterliche französische Revolution, die wir jetzt unsere, die europäische Revolution nennen müssen, uns heller als das Sonnenlicht gezeigt, daß wir in den Vorhallen einer neuen Zeit stehen.« Ohne »jemals ein Anhänger der Franzosen und ihrer Revolution gewesen« zu sein, räumte der deutsche »Nationalist«, wie er sich nannte, ein, »daß wir dieser wilden und tollen Revolution unendlich viel verdanken, daß sie ein reiches Feuermeer ausgegossen hat, woraus jeder nicht lichtscheue Mann sein Teil hat schöpfen können, daß sie Ideen in die Köpfe und Herzen gebracht hat, die zur Begründung der Zukunft die notwendigsten sind, und die zu fassen vor zwanzig und dreißig Jahren die meisten Menschen noch zitterten«.

Georg Wilhelm Friedrich Hegel, der alle Jahre des Bastillesturms gedachte und den Tag des Ereignisses feiernd ehrte, fand etwa ein Menschenalter nach dem Ereignis in seinen *Vorlesungen über die Philosophie der Geschichte* aus den 1820er Jahren für den weltgeschichtlichen Rang der Französischen Revolution die folgenden emphatischen Worte:

> »Der Gedanke, der Begriff des Rechts machte sich mit einem Male geltend, und dagegen konnte das alte Gerüst des Unrechts keinen Wider-

> stand leisten. Im Gedanken des Rechts ist also jetzt eine Verfassung errichtet worden, und auf diesem Grunde sollte nunmehr alles basiert sein. Solange die Sonne am Firmament steht und die Planeten um sie herumkreisen, war das noch nicht gesehen worden, daß der Mensch sich auf den Kopf, d. i. auf den Gedanken stellt und die Wirklichkeit nach diesem erbaut. Anaxagoras hat zuerst gesagt, das der nous [die Vernunft, der Gedanke; E.I.] die Welt regiert; nun aber erst ist der Mensch dazu gekommen, zu erkennen, daß der Gedanke die geistige Wirklichkeit regieren solle. Es war dies somit ein herrlicher Sonnenaufgang. Alle denkenden Wesen haben diese Epoche mitgefeiert. Eine erhabene Rührung hat in jener Zeit geherrscht, ein Enthusiasmus des Geistes hat die Welt durchschauert, als sei es zur wirklichen Versöhnung des Göttlichen mit der Welt nun erst gekommen.«

Spätestens jetzt sollte sich der Historiker den eingangs zitierten Karl Marx wieder in Erinnerung rufen.

Literaturhinweise

Furet, François: Penser la Révolution française, Paris 1978, dt.: 1789. Jenseits des Mythos, Hamburg 1989.

– / Richet, Denis: Die Französische Revolution, Frankfurt/M. 1968.

Hampson, Norman: Vor dem Terror. Das revolutionäre Frankreich 1789-1791, Wien 1989.

Koselleck, Reinhart / Reichardt, Rolf E. (Hrsg.): Die Französische Revolution als Bruch des gesellschaftlichen Bewußtseins, München 1988.

Mager, Wolfgang: Frankreich vom Ancien Régime zur Moderne. Wirtschafts-, Gesellschafts- und politische Institutionengeschichte, Stuttgart u.a. 1980.

Reichardt, Rolf E.: Das Blut der Freiheit. Die Französische Revolution und demokratische Kultur, Frankfurt/M. 1998.

– / Schmitt, Eberhard (Hrsg.): Handbuch politisch-sozialer Grundbegriffe in Frankreich 1680-1820, München 1985ff.

Schmitt, Eberhard (Hrsg.): Die Französische Revolution. Anlässe und langfristige Ursachen, Darmstadt 1973.

Schulin, Ernst: Die Französische Revolution, 3. Aufl., München 1990.

Soboul, Albert: Die Große Französische Revolution, Frankfurt/M. 1973.

Tocqueville, Alexis de: L'ancien régime et la Révolution (1856), Paris 1967, dt.: Der alte Staat und die Revolution, München 1989.

Dirk Blasius

Preußischer Staat und gesellschaftliche Moderne im 19. Jahrhundert

Als der Historiker Siegfried A. Kaehler im Jahre 1921 das ›preußisch-deutsche Problem seit der Reichsgründung‹ mit einer Mischung aus Skepsis und Hoffnung betrachtete, setzte er bei der »Erinnerung« an Preußen als dem vielgeschmähten und in vielem unerfreulichen Staat des Dreiklassenwahlrechts, des schwarzblauen Blocks, der agrarischen Konservativen, der schwerindustriellen Liberalen, des manchesterlichen Kommunalfreisinns und der verbitterten sozialistischen Massen an. Die damalige Preußen-Diskussion führte auch bei den Liebhabern der preußischen Geschichte zu einer Nachdenklichkeit, die in konkreten zeitgeschichtlichen Erfahrungen wurzelte. Der Traditionsstrang der preußisch-deutschen Geschichte war in den Revolutionswirren des Jahres 1918/19 abgerissen, und nur eine nüchterne Bilanzierung des Preußen-Problems bot die Chance, die Fäden zwischen der monarchistischen Vergangenheit und der demokratischen Gegenwart neu zu knüpfen. Im Festhalten der Sozialdemokratie an Preußen zeigte sich für Kaehler ein Stück Hegelscher List der Vernunft: die Machtschöpfung des 18. Jahrhunderts wurde aufgenommen in den Lebenstrieb der aufsteigenden Kräfte des 20. Jahrhunderts.

Was konservative Historiker am Ende des Ersten Weltkrieges in der Physiognomie Preußens entdeckten, ist für die Frage nach der ambivalenten Rolle Preußens in der deutschen Geschichte noch heute von Interesse. Sebastian Haffner ist vor ca. zwanzig Jahren mit seinem opulent bebilderten Buch *Preußen ohne Legende* (1978) die anerkannt geschickteste Vermarktung des Preußenthemas gelungen. Das vor allem deshalb, weil er einen der fundiertesten Beiträge zur Diskussion über die preußische Geschichte vorlegte. Haffner hatte mit der Meisterschaft eines Tonsetzers in Sachen Geschichte den Grundakkord der damaligen Preußenmelodie angestimmt. Preußen, das war nicht der Staat, der den Deutschen noch »nah« ist, dessen »schillernde Geschichte«, wie Reinhart Koselleck es ausdrückte, sich auch nach seiner Auflösung noch als ein »drängendes Problem« der gegenwärtigen Generationen stellte – nein, Preußen wurde im Rekurs auf eine vermeintlich »eigentlich preußische Geschichte« (Haffner) »im Goldrähmchen« präsentiert, so der Titel eines kritischen Essays von Hans-Ulrich Wehler. Das scheint die eigentliche Wirkung von Haffners Buch, die sich zu einem Paradigma der Betrachtung zu verfestigen begann, gewesen zu sein: die Reorientierung auf das Preußen des 18. Jahrhunderts. Auch heute noch bildet dieses Jahrhundert den Blickfang für die Preußen-Historiographie. In dieser Perspektive bleibt freilich die Rolle Preußens in der deutschen Geschichte des 16. und 17. Jahrhunderts weitgehend ausgeblendet, ebenso wie ›Preußen‹ als Leitmotiv und Prägekraft der deutschen Geschichte des 19. und 20. Jahrhunderts unterschätzt wird. Haffners Anhalten der preußischen Geschichte hat selbst Geschichte gemacht; es ist ebenso suggestiv formuliert wie als historisches Werturteil problematisch. Haffner liefert ein Identifikationsangebot mit jenem Staat, der »in seiner klassischen Epoche, dem 18. Jahrhundert, ganz einfach nicht nur der neueste, sondern auch der modernste Staat Europas« war. »Was es [Preußen; D.B.] seinen Nachbarn lange Zeit unheimlich und manchmal gefährlich machte, war viel weniger sein Militarismus als die Qualität seiner Staatlichkeit: seine unbestechliche Verwaltung und unabhängige Justiz, seine religiöse Toleranz und aufgeklärte Bildung« (Haffner 1978, 21).

Bei Haffner wird die staatliche Modernität Preußens gefeiert und dabei das vergessen, was sie sowohl ermöglichte wie begrenzte: die Konfiguration gesellschaftlicher Herrschaft im 18. Jahrhundert. In diesem Beitrag möchte ich für eine gesellschaftliche Grundierung der glorreichen preußischen Staatsgeschichte plädieren. Mit Recht hat man betont, daß es »die handelnde Einheit namens Preußen« nie gegeben habe. »Es gab Monarchen«, so schreibt z. B. Michael Stürmer, »Machteliten, das Diktat einer militärisch und machtpolitisch definierten Staatsräson und die unentrinnbare Tyrannei der Knappheit. Preußen als Handlungselement ist nichts als eine Abstraktion« (Stürmer, 141).

Wenn man ›Preußen‹ als eine Art Leitsektor im Formationsprozeß der modernen deutschen Gesellschaft ansieht, muß besonders auch danach gefragt werden, in welchem Verhältnis die »Lebensbedingungen der großen Mehrheit« zur vielgerühmten Staatlichkeit Preußens gestanden haben. Denn in die oft so innig beschworene »tiefe Spur Preußens« sind auch »die Spuren des Alltagslebens jener Sozialgeschichten« eingelassen, »die zwar namenlos, aber wirkungsvoll den Gang der preußischen Geschichte mitgetragen haben« (Baumunk / Korf, 48).

Von Preußen geht für den Historiker fraglos die Faszination des historisch Folgenreichen aus. Was aber begründet unser historisches Interesse an einem Staat, unter dessen Geschichte mit dem Ende des Zweiten Weltkrieges ein endgültiger Schlußstrich gezogen schien? Es fällt, wie schon angedeutet, auf, daß die historiographische Preußen-Rezeption das verstärkt und besonders akzentuiert, was die klassische Preußenforschung eines Gustav Schmoller oder Otto Hintze an Befunden vermacht hat: die inneren Leistungen des preußischen Staates im 18. Jahrhundert. Nicht die Welthändel, in die Preußen so erfolgreich verwickelt war, beeindrucken; auch nicht die Siege, die es errungen hat, ja nicht einmal seine ›eiserne‹ Rolle in der Reichsgründungszeit. Es ist der ›Vernunftstaat‹ einer fernen Zeit, dem publizistisch und wissenschaftlich neues Leben eingehaucht wird. Preußens deuxième souffle! Vielleicht spiegelt diese Orientierung an Preußens klassischer Zeit einen politischen Mentalitätswandel im wiedervereinigten Deutschland: ein neues Souveränitätsbewußtsein, gepaart mit einer eigenen Staatsräson als Leitlinie politischen Handelns.

Doch auch als reanimierter ›Vernunftstaat‹ bleibt Preußen historisch folgenreich. Mit seiner heutigen Bewunderung verbindet sich die unterschwellige Sehnsucht nach *dem* Zuordnungsverhältnis von Staat und Gesellschaft, das der Phase des Spätabsolutismus entsprach. Hier stand der Staat als Herrschaftsorganisation noch ›in sich selbst‹, und hier hatte gesellschaftliche Vernunft noch keinen Anteil an der beim Staate konzentrierten politischen Entscheidungsgewalt. »Die deutsche Alternative« (von Krockow) scheint heute im preußischen Gewand zu kommen. Jedenfalls wäre sehr genau der Anteil konservativer ordnungspolitischer Vorstellungen an der nach wie vor anhaltenden Preußen-Debatte auszumessen. Erst eine Geschichtswissenschaft, die die Gesellschaftsgeschichte Preußens in den Mittelpunkt stellt, kann den preußischen Staat als ›Herrschaftsorganisation‹ durchsichtig machen: mit seinen Leistungen, aber auch mit seinen Defiziten an politischer Freiheit. Preußen war ein Stolperstein auf dem Weg der deutschen Gesellschaft in die politische Mündigkeit; auch war es ein Faktor auf dem Weg in die »deutsche Katastrophe«, um die vielgelesene Schrift von Friedrich Meinecke aus dem Jahr 1946 zu zitieren. Diese Perspektive entzieht sich keineswegs der Dialektik von Last und Leistung Preußens für die deutsche Geschichte, legt aber auch an Prozesse der Modernisierung die »Meßlatte Demokratie« an.

Im folgenden sollen vom Problem der Verschichtung von staatlicher Modernität und gesellschaftlicher Herrschaft aus einige Schlaglichter auf den Entwicklungsgang der preußisch-deutschen Geschichte besonders im 19. Jahrhundert geworfen werden. Es sind gerade diese Zusammenhänge gewesen, die, um Lorenz von Stein, einen der genauesten Beobachter der preußischen Staatsgesellschaft im 19. Jahrhundert, zu zitieren, in Preußen die besten Dinge nur zu oft scheitern ließen.

Preussen im 17. und 18. Jahrhundert

Siegfried A. Kaehler hatte in seinem 1921 vorgetragenen geschichtlichen Rückblick das benannt, was hinter der politisch-militärischen Schauseite Preußens lag. Gerade von daher aber mußte sich die Frage stellen, »wieso dieser Staat dereinst aus seinen *subjektiven* und seinen *objektiven* Voraussetzungen heraus zur Führung der nationalen Einheitsbewegung bestimmt war«.

Die traditionelle Geschichtsschreibung hat die staatliche Modernität Preußens vor allem an seiner *äußeren* ›Anpassungsleistung‹ festgemacht. Ich gebrauche den Begriff Anpassungsleistung oder Anpassungsvermögen hier durchaus im Sinne des Soziologen Talcott Parsons. Es war Leopold von Ranke, der Mitte des 19. Jahrhunderts in seinen *Zwölf Bücher[n] Preußischer Geschichte* mit wohltemperierter Stimme »die Erhebung des brandenburgisch-preußischen Staates zu einer europäischen Macht« (Bd. I/2, X) vortrug. Für Ranke war der sich über das 18. Jahrhundert erstreckende Bildungsprozeß Preußens zu einer »großen europäischen Selbständigkeit« primär das Ergebnis der »allgemeinen politischen Verhältnisse«. »Was Preußen bisher erreicht hatte, war in steten Conflicten mit den weltbeherrschenden Mächten und ihrer Politik gelungen« (Bd. V, 5). Doch auch Ranke wußte um die Bedeutung der »inneren Macht« für die »äußere Geltung«. Denn der preußische Staat, so seine klassische Bemerkung, gehörte »nicht zu den nationalen Potenzen uralter Berechtigung; er ist eine in der Mitte derselben emporgekommene territoriale Macht« (Bd. I/2, X).

In einer glänzenden Passage aus der Einleitung zum ›Fünften Buch‹ über *Friedrich Wilhelm I. in den Conflicten der europäischen Mächte 1715-1732* schildert Ranke die »großen politischen Combinationen der Epoche«, die den Aufstieg des preußischen Staates begleiteten, aber auch sein inneres Gefüge mit bedingten. Der Verweis auf die Bedeutungsdimension der preußischen Gesellschaftsgeschichte schließt den Hinweis auf ihre staatlich-politische Rückkoppelung nicht aus; im Gegenteil, er macht ihn erforderlich. Und hier hat Ranke Gültiges und bis heute nicht Übertroffenes formuliert. Weder in bezug auf seine Herkunft noch auf seine geographische Lage lasse sich Preußen mit den anderen großen Mächten des 18. Jahrhunderts vergleichen:

> »Hier ist nicht von einer insularen Geschlossenheit die Rede, wie bei Großbritannien von einer Position auf dem Erdglobus, welche dies Land gleichsam von Natur zur Herrschaft über die Meere berief und es zugleich in ununterbrochenem Zusammenhang mit dem europäischen Continent erhielt; auch nicht von einer Lage, wie die, welcher

Frankreich seine Macht verdankt, zwischen dem Ocean und dem Mittelmeer, in der Mitte der großen Culturländer romanischer und germanischer Bevölkerungen, Spanien, Italien, England und Deutschland. Rußland bildet eine natürliche Verbindung zwischen Europa und Asien, aus welcher ihm wieder eigene Kraft zufließt. Oesterreich hat geographisch eine internationale Position über die Alpen hin und durch den adriatischen Meerbusen nach Italien und dem Orient gewendet; es wurde groß, indem es den Widerstand des Abendlandes gegen das Vordringen der Osmanen in dem illyrischen Dreieck zum Ziele führte und Ungarn von diesen losriß. Wie sehr tritt dagegen Preußen zurück, welches nur auf eine Verbindung der beiden deutschen Colonisationen im Osten, an Oder und Elbe und jenseits der Weichsel, angewiesen war, die es gegen die Ueberfluthungen der östlichen Welt zu retten hatte, und auf deren Unabhängigkeit seine territoriale Stellung beruhte. Das Charakteristische derselben liegt darin, daß sie eine centrale war und immer mehr wurde, zwischen Rußland und Frankreich, an die es angrenzt, selbst zwischen England und Oesterreich, von deren Einwirkungen auf das deutsche Reich die höchste Gewalt in Preußen unaufhörlich berührt wurde. Zu einer politischen Bedeutung würde das aber nicht geführt haben ohne eine ungewöhnliche Entwicklung der inneren Hülfsquellen und eine zugleich kräftige und vorsichtige Leitung der auswärtigen Geschäfte« (Bd. V, 4).

Ranke hat auch angeregt, sich einmal zu vergegenwärtigen, »wie die Dinge im Jahre 1740 und nachher gegangen sein könnten, ohne ein Preußen und Friedrich II«. Sein Befund: »Die deutschen Staaten wären von der einen oder anderen Partei mit fortgerissen worden; ein deutsches Interesse wäre nirgends erschienen« (Bd. X, 3f).

Für Ranke war Preußen der Sachwalter deutschen Interesses, Johann Gustav Droysen sprach gezielter von Preußens deutschem ›Beruf‹. In seiner *Geschichte der Preußischen Politik* (ab 1855) führte Droysen eine Sehweise der preußischen Geschichte ein, die das Vorrecht des norddeutschen Staates, die Führung im Ringen um die nationale Einheit zu ergreifen, historisch begründete. Preußische Geschichte ist in diesem Verständnis zugleich auch immer preußisch-deutsche Geschichte. Die ›borussische Legende‹ hat in Droysen einen ihrer profiliertesten Vertreter. »Stetigkeit des Wachsens« und »geschichtliche Notwendigkeit«, das charakterisiere die »vierhundertjährige Geschichte« Preußens.

»Auch Preußen«, so Droysen, »umfaßt nur Bruchteile deutschen Volkes und Landes. Aber zum Wesen und Bestand dieses Staates gehört jener Beruf für das Ganze, dessen er fort und fort weitere Theile sich

> angegliedert hat. In diesem Beruf hat er seine Rechtfertigung und seine Stärke. Er würde aufhören nothwendig zu sein, wenn er ihn vergessen könnte; wenn er ihn zeitweise vergaß, war er schwach, verfallend, mehr als einmal dem Untergang nah« (Bd. I, 4).

Ohne Frage ging von der außenpolitischen Leistungsbilanz Preußens eine starke Werbekraft auf die Bannerträger der nationalen Einheitsfrage in Deutschland aus. Für das Bürgertum – und hier sind Bildung und Besitz zusammenzunehmen – verkörperte die Erfolgskurve des preußischen Staates im 18. Jahrhundert ein Stück Modernität, die es im 19. Jahrhundert gleichsam nach innen zu wenden suchte.

Nun ist die äußere Bedingtheit von Preußens innerer Politik ein alter Topos, zu glatt, um historisch ganz stimmig zu sein. Man könnte mit einigem Recht gerade umgekehrt argumentieren und den Typ der ›modernen‹, etwa die Zerrissenheit der geographischen Lage *bewußt* verarbeitenden preußischen Außenpolitik im 18. Jahrhundert aus dem Herrschaftsgefüge Preußens in jenem Jahrhundert ableiten.

Otto Hintze, der wohl beste Kenner der frühneuzeitlichen preußischen Geschichte, akzentuierte zwar das Bedingungsverhältnis von »innerem Fortschritt« und »äußerer Machtpolitik«, doch er wußte auch um das im Werdegang Preußens angelegte Janusköpfige, um die Differenz von äußerer und innerer Modernität. In seiner großen Monographie *Die Hohenzollern und ihr Werk* von 1915 sprach Hintze von dem »patriarchalisch-staatssozialistischen Charakter des friderizianischen Polizeistaates« (S. 396) – eine Wendung, die treffend die Multipolarität der preußischen Staatsgesellschaft bezeichnet. In dieser Gesellschaft, auch das erkannte Hintze, gab es einen herrschaftlich regulierten Verteilungsmechanismus sozialer Kosten. »Der Druck der Lasten ist bei diesem System der politischen Arbeitsteilung nach der ständischen Gliederung nicht ganz gleich verteilt; die einen zahlen mehr mit dem, was sie leisten, die anderen mehr mit dem, was sie sind« (S. 399). Die sich immer wieder zu Wort meldenden Beschwörer der ›eigentlichen preußischen Geschichte‹, d. h. des absolutistischen Preußen, sollten sich die Klassiker dieser Geschichte genau ansehen. Preußens deutscher ›Beruf‹ ist auch auf die sozialen Kosten hin zu befragen, die er für die Deutschen gebracht hat. Die politische Entmündigung der Stände und damit das Zuschütten von Freiheiten verbürgenden Rechtstraditionen gehört ohne Frage in eine solche Bilanz. Zwar war der preußische Staat des 17. und 18. Jahrhunderts ›neu‹, doch dieses Neue hatte auch eine die Gesellschaft betreffende Konsequenz. Bei Otto Hintze findet man sie angedeutet, doch in vielen Betrachtungen, über denen das Dilthey-Motto »es war doch eine glückliche Zeit« stehen könnte, vergessen.

Studien zur preußischen Gesellschaftsgeschichte haben klipp und klar die sozialen Voraussetzungen preußischer Machtentfaltung dargelegt. Sie sind eng verknüpft mit dem, was Hans Rosenberg als die »Ausprägung der Junkerherrschaft in Brandenburg-Preußen« beschrieben hat, die in die Zeit *vor* dem eigentlichen Durchbruch der monarchisch-bürokratischen Staatsbildung im 18. Jahrhundert fiel. Vom 15. bis zum Beginn des 17. Jahrhunderts vollzog sich die partielle Verwandlung gutsherrlicher Gerichtsuntertanen in gutswirtschaftliche Zwangsarbeiter: Persönliche Freizügigkeit wurde durch die Einführung der Schollengebundenheit und Erbuntertänigkeit vernichtet; bäuerliche Besitz-, Veräußerungs- und Erbrechte wurden eingeschränkt, die individuelle und korporativ-kommunale Wirtschaftsfreiheit durch regulative Einmischung in die bäuerliche Betriebsführung und das Familienleben beschnitten – Gesindezwangsdienst, Heiratserlaubnis, Blockierung von Aufstiegschancen sind hier die Stichworte. Kurz: Der preußische Staat ruhte auf einem System der »Sozialdisziplinierung«, welches Gutsherren und Gutsuntertanen auf ihrer jeweiligen Sozialposition auf Jahrhunderte hin festnagelte. Erfolge verdankte Preußen im 18. Jahrhundert nicht nur dem Kalkül seiner Herrscher, sondern vor allem auch dem repressiv eingezäumten Alltag der Beherrschten, d. h. der ein breites gesellschaftliches Spektrum ausfüllenden Schicht der Bauern. Der nostalgische Rückgriff auf Preußens klassische Zeit vergißt meist den Staat, in dem der Militarismus das Erstgeburtsrecht hatte; »alles andere waren Zusätze, bestimmt, ihn zu stärken, nicht, ihn einzuschränken oder zu ersetzen«, wie Wolfgang Sauer gesagt hat (S. 415). Militarismus muß im ›alten Preußen‹ freilich als ein »soziales System« begriffen werden, als Ausdruck einer Vermaschung von Militärsystem und Sozialleben. Die Aufarbeitung der Militarisierung des ländlichen Soziallebens – wie sie etwa Otto Büsch vorgenommen hat – wirft ein besonders grelles Licht auf den ›disziplinierten‹ Alltag ländlicher Unterschichten. Im »sozialen Prozeß der Rückübertragung der militärischen Disziplin auf das Rittergut« bildet sich die Innenseite staatlicher Macht wie gesellschaftlicher Herrschaft ab. Denn

> »das Militärsystem des alten Preußen war, soweit es das bäuerliche Leben berührte, keineswegs nur die Organisation zur Rekrutierung und Versorgung der Armee. Dieses System erfaßte vielmehr den ganzen Menschen als soziales Individuum in allen seinen Lebensbereichen. Es forderte Geld in Form von Kontribution und Reitergeld und körperliche Dienste beim Vorspann und Festungsbau. Es lieferte den Bauern, der unter der Gewalt des Gutsherrn stand, durch die Kantoneinrichtung zugleich dem Regiment und seinen Offizieren aus. Die Nieder-

lassung des Bauern auf dem Land, seine Loslassung vom Dienst, seine Heirat waren vom Regiment abhängig und kosteten ihn auf legale Weise, aber auch durch die illegalen ›Pressuren‹ seiner Vorgesetzten sein Geld. Die Strafmethoden auf dem Lande waren durch die wechselseitigen Anregungen von Gutsherrschaft und Heer bestimmt. Der Kompaniechef im Regiment war Gutsherr zuhaus.«

Der preußische Staat des 18. Jahrhunderts war ebenso neu, wie die Gesellschaft, auf der er ruhte, alt war. Mit dieser Wendung soll auf den gesellschaftlichen Kontext der ›Modernität‹ Preußens verwiesen werden; es gab sie zwar, wie auch die bekannten zeitgenössischen Kommentare aus England und Frankreich zeigen, aber auf sie fiel der Schatten einer Macht – des Feudaladels –, die Herrschaft war. Es geht hier nicht darum, dunkle Farben in das Bild der preußischen Geschichte zu mischen, sondern auf die gesellschaftlichen Voraussetzungen staatlicher Macht zu verweisen. Erst wenn man diese im Blick hat, werden auch staatliche Gesten gegenüber den Machtlosen verortbar. So tasteten etwa die durchaus ›modernen‹ rechtsstaatlichen Errungenschaften im preußischen Militärstaat des 18. Jahrhunderts das spezifische Gefüge seiner Herrschaftslagerung nicht an. Friedrich der Große war es, der in Verordnungen der Jahre 1740 und 1754 aus der festgefügten Mauer des voraufklärerischen Strafverfahrens das Gewaltmittel der Tortur herausbrach. Er schaffte die Folter ab – die erste große Rezeption der Ideengehalte der Aufklärung durch die Politik. Dadurch erhielt der Strafprozeß eine entscheidende Wende. Seine Grundlage war die Erzwingung eines Geständnisses durch die Folter gewesen. Fiel nun die Folter fort, mußte das Geständnis seinen Stellenwert im Rahmen der Beweistheorie verlieren. Die durch die Tortur eingerastete »Trägheit des Denkens« auf seiten der Ankläger wurde durch die Einführung gesetzlicher Beweisregeln zu überwinden gesucht. Sie setzten an die Stelle der würdelosen Geständniserpressung Beweiswürdigung. Die im 18. Jahrhundert einsetzende Reform des Strafverfahrens mündete in die Preußische Kriminalordnung des Jahres 1805. Auch das preußische materielle Strafrecht blieb nicht unangetastet. Zwar wurden die Strafrechtsnormen nach dem Regierungsantritt Friedrichs des Großen nur unwesentlich geändert, aber durch eine schärfere Kontrolle der Gerichte wurde auf Milde in der Strafpraxis hingewirkt. Das *Allgemeine Landrecht für die Preußischen Staaten* (ALR) von 1794, ein Gesetzgebungswerk, das der aufgeklärte Absolutismus in der Stunde seines Abschieds von der geschichtlichen Bühne zustande brachte, bedeutete dann für die preußische Strafrechtsgeschichte die eigentliche Zäsur. Es enthielt im 20. Titel des zweiten Teils ein Strafrecht, das mit seiner Abwendung von drakonischen

Strafmaßen den Übergang von den Leibesstrafen zu Freiheitsstrafen einleitete. An der Wende vom 18. zum 19. Jahrhundert gab es in keinem der anderen deutschen Territorien größere Anstrengungen zur Modernisierung des Rechts als in Preußen.

Preußen im 19. Jahrhundert

Auch im 19. Jahrhundert bietet sich die preußische Geschichte als ein dialektischer Zusammenhang von staatlicher Modernität und gesellschaftlicher Herrschaft dar. Die Linie, die die traditionellen Führungseliten des Adels und der im adligen Halbschatten agierenden Bürokratie und die aufsteigenden bürgerlichen Schichten getrennt hatte, verschob sich zwar im Durchsetzungsprozeß der bürgerlichen Gesellschaft, doch das junkerliche Element blieb auch weiterhin politisch in der Vorhand. Lorenz von Stein hat in seiner Verwaltungslehre (1869) eine eindringliche Schilderung der feudalen Strukturen gegeben, die Preußens Weg in die Moderne so lang werden ließen.

> »Die ganze preußische Staatsbildung hat von Anfang an einen und denselben Charakter. Der Staat ist aus Eroberung entstanden, aber er hat wenigstens ursprünglich nur ein sehr dünn bevölkertes Territorium besessen. Aus dem ersten Elemente ergibt sich das streng zentralistische, militärisch-bürokratische Element für das Ganze desselben, aus dem zweiten die Herrschaft des erobernden Grundherrn, des Adels, für die örtliche Verwaltung. Diesen Charakter hat Preußen bis auf die neueste Zeit nicht zu bewältigen gewußt, und sein gegenwärtiges Selbstverwaltungsrecht ist eigentlich die systematisch ausgearbeitete Formulierung jenes allgemeinen Charakters für sein ganzes inneres Leben. Und zwar in der Weise, daß die Selbstverwaltung zwar der Form nach besteht, in der Wirklichkeit ihres Rechts aber vernichtet ist; denn die wahre Selbstverwaltung ist unvereinbar mit jenen Elementen des preußischen Staats. Und dieser das ganze preußische System durchziehende oder vielmehr beherrschende Mangel kann durch keine Verfassung gut gemacht werden. Es ist der größte Irrtum der preußischen Staatsmänner und Volksvertreter, zu glauben, daß die Freiheit durch die Rechte des Abgeordnetenhauses oder durch die des Individuums und seiner persönlichen Rechtssphäre gesichert und geweitert werden könne« (S. 301).

In diesen Überlegungen findet man angedeutet, wie sehr in Preußen die fraglos bedeutenden Modernisierungsschübe auf der Ebene des Rechts in der Gefahr standen, gesellschaftlich relativiert zu werden. Diese Perspektive gilt übrigens auch für die Stein-Hardenbergschen Reformen. So ›Modernität‹ freisetzend Agrar-, Militär-, Kommunal- und Gewerbegesetzgebung auch waren, die Implementierung dieser Gesetze zeigt die starke gesellschaftliche Brechung des bürokratischen Reformimpulses. Die preußische Rechtsgeschichte des 19. Jahrhunderts nun, obwohl auch sie viel Reaktionäres wie z. B. die gutsherrliche Polizeihoheit mitgeschleppt hat, kann freilich als reaktionär schlechthin nicht abgetan werden. So hat Preußen Beträchtliches zur Vereinheitlichung und auch zur Liberalisierung des Rechts in Deutschland geleistet. Das ist ein von der Forschung noch wenig bearbeitetes Feld. *An* Preußen scheiterte zwar 1848 der Liberalismus als nationale Einheitsbewegung, als Rechtsbewegung aber gelang es ihm *in* Preußen, auf Kodifikationsprozesse entscheidend Einfluß zu nehmen (vgl. Blasius 1978, 218-222).

An erster Stelle ist hier die Neuordnung des Strafverfahrens zu nennen. Sie vollzog sich im Rahmen von Verfassungsgarantien. Sowohl die ›oktroyierte Verfassung‹ vom Dezember 1848 wie die ›revidierte Verfassung‹ vom Januar 1850 trugen in Preußen so zentralen liberalen Rechtsforderungen wie der nach Mündlichkeit und Öffentlichkeit des Strafverfahrens, nach Geschworenengerichten und nach Abschaffung der Patrimonialgerichtsbarkeit Rechnung. Die Gleichheit vor dem Gesetz war in hohem Maße institutionell verbürgt. Preußen hat dieses ›Erbe‹ der 48er Revolution in das Ringen um die Vereinheitlichung des Strafprozeßrechts nach der Gründung des Deutschen Reiches eingebracht. Sowohl das Gerichtsverfassungsgesetz vom Januar 1877 wie die Strafprozeßordnung vom Februar 1877 bestätigten die beiden wichtigsten rechtsstaatlichen Grundsätze der Strafrechtspflege: richterliche Unabhängigkeit und justizförmige Urteilsgewinnung. Der Anteil Preußens an diesen Gesetzen ist beim gegenwärtigen Stand der Forschung schwer abzuschätzen; doch sicher ist, daß sie *gegen* den Willen Preußens nicht zustande gekommen wären.

Direkter noch als beim Strafprozeßrecht ist beim materiellen Strafrecht preußischer Einfluß auf die Kodifikationen des Norddeutschen Bundes und des Deutschen Reiches nachweisbar. Sowohl das *Strafgesetzbuch für den Norddeutschen Bund* von 1870 wie das *Strafgesetzbuch für das Deutsche Reich* vom Mai 1871 hatten als Vorläufer das Preußische Strafgesetzbuch von 1851. Alle drei Kodifikationen standen unter dem Vorzeichen liberaler Straftheorie; sie waren geprägt von der Idee einer generalpräventiven Tatvergeltungsstrafe.

Zivilprozeßrecht (1877/79) und materielles Privatrecht erfuhren ebenfalls in den ersten Jahrzehnten des Kaiserreichs eine Regelung. Auch hier widersetzte sich Preußen, wie es den Anschein hat, nicht der Einsicht in das Erfordernis rechtlicher Konnexinstitute des Industrialisierungsprozesses. Sie hatten den ungehinderten Fluß der auf freiem Warenaustausch, Kreditschöpfung und Zahlungsverkehr beruhenden Verteilungsprozesse rechtlich zu gewährleisten. Zwar verweist die lange Entstehungsgeschichte des *Bürgerlichen Gesetzbuches* (1896/1900) – seit 1874 wurde an ihm gearbeitet – auf die feudalen Widerlager des bürgerlichen Rechtsgedankens, aber auch auf die Lernfähigkeit agrargesellschaftlicher Führungsschichten. Das *BGB* war mit seiner Fixierung von Vertrags-, Eigentums- und Vererbungsfreiheit, wie Franz Wieacker es ausgedrückt hat, ein Gesetzbuch, das »die Ideale der bürgerlichen Gesellschaft des 19. Jahrhunderts kodifiziert hat« (S. 22f). Zwar wurden Kompromisse gegenüber der alten Feudalklasse geschlossen, aber im Kern war das *BGB* eine »Sonderordnung der Pioniere der neuen Erwerbsgesellschaft der Industriellen Revolution« (S. 16f).

Die deutsche Rechtsgeschichte des 19. Jahrhunderts bildet ein Stück der »schillernden Geschichte des preußischen Staates« (Koselleck) ab. Reaktionäres und Zukunftsoffenes begegnen hier in einer eigentümlichen Mischung; der gesellschaftlichen Moderne aber wurde das Tor aufgestoßen.

Auch darf man sich nicht nur den preußischen Landrat als die Verkörperung repressiver Einbindung alles dessen ansehen, was aus Industrialisierung und Urbanisierung politisch folgte; man muß auch den Blick auf den preußischen Oberbürgermeister lenken, der von den genannten säkularen Modernisierungsprozessen in viel höherem Maße gefordert war (vgl. Hofmann; Nürnberger). Als Wahlbeamter war er das »Initiativzentrum der kommunalen Verwaltung«, die Bedeutendes beim Ausbau der städtischen Infrastruktur leistete. Die preußischen Städte mußten ›modern‹ verwaltet werden, weil hier der Modernisierungsvorgang – gegenüber anderen deutschen Regionen – seine tiefsten Spuren hinterließ. Preußische Stadtgeschichte braucht sich innerhalb der deutschen Stadtgeschichte nicht zu verstecken. Wenn man nach jenem Maß an Loyalität fragt, das sich das Herrschaftssystem des Kaiserreichs trotz seiner Privilegienstruktur in Schichten der arbeitenden Bevölkerung sichern konnte, ist ohne Frage die Leistungsbilanz städtischer Selbstverwaltung und Selbstgestaltung hoch zu veranschlagen. Das gleiche gilt für die provinziale Selbstverwaltung, die mit ihren Institutionen, den Provinzialverbänden – der Vorform der heutigen Landschaftsverbände – im Bereich des Armen- und Fürsorgewesens Wegweisendes geleistet hat.

Freilich durchzog auch diese Bereiche ›Preußisches‹. Das Amt des Oberbürgermeisters z. B. hing durch das königliche Bestätigungsrecht direkt von der monarchischen Staatsspitze ab. Auch gesellschaftliches

Ansehen, durch Orden und Titel markiert, wie auch der Zugang zum Herrenhaus waren durch das Wohlwollen des Königs ›mediatisiert‹. Hinzu kam noch der eingeengte Spielraum der Oberbürgermeister in Sachen ordnungspolitischer Art. Bei Aufruhr und Tumult blieben sie an die Weisungen der Bezirks- und Staatsregierung gebunden. Der preußische Landrat war ein Beamter, dessen Autorität sich aus seiner Herkunft ableitete; der preußische Oberbürgermeister war ein »autoritärer Fachbeamter«, eingebunden in das städtische Honoratiorenmilieu, bedacht auf Leistung, aber auch auf Sicherung »bürgerlicher Lebensweise« – und damit auch er »im Zweifelsfall« Repräsentant seiner Klasse (Hofmann, 54f).

Diese Klasse freilich unterlag in der Durchsetzungsphase der modernen bürgerlichen Gesellschaft in Deutschland, d. h. in der zweiten Hälfte des 19. Jahrhunderts, einem Formwandel. Der bürgerliche Liberalismus, besonders der in Preußen beheimatete, hatte auf seine Weise die Konsequenzen aus der innenpolitischen Ohnmacht während der Konfliktzeit in den 60er Jahren gezogen. Er setzte auf die Aufhebung der preußischen in der deutschen Verfassungsfrage. Die Hoffnungen des preußischen Bürgertums, durch eine nationale Einrahmung das Preußische zu zähmen, erfüllten sich nicht. Max Weber als schärfster Kritiker des preußischen Dreiklassenwahlrechts konnte während des Ersten Weltkrieges von Preußen als dem für die Politik des Reiches »schlechthin ausschlaggebenden Hegemoniestaat« sprechen (S. 256). Das Klassenwahlrecht in Preußen symbolisierte die preußische Färbung der deutschen Klassengesellschaft in der Vor-Weltkriegszeit (vgl. Patemann). Es brachte darüber hinaus mit seiner Diskriminierung der politischen Arbeiterbewegung und mit seiner politischen Privilegierung der besitzenden Schichten die tiefe Diskrepanz zwischen politischer und gesellschaftlicher Verfassung zum Ausdruck.

In der zweiten Hälfte des 19. Jahrhunderts veränderte die Gesellschaft – gleichsam hinter dem Rücken eines Staates, der das überkommene Muster gesellschaftlicher Machtverteilung und Machtteilhabe politisch-repressiv zu sichern suchte, ihr Gesicht. Wenn man unter Verfassung die politisch-soziale Bauform einer Zeit versteht, diesen Begriff also nicht ausschließlich staatsrechtlich-institutionell faßt, wird hinter die oft geäußerte Meinung, daß im Kaiserreich »Preußen immer mehr vom Reich aufgesogen« worden sei, ein Fragezeichen zu setzen sein. Überhaupt erscheint es lohnender, das Verhältnis Preußen – Deutschland nach der Reichsgründung von dem her anzugehen, was Eckart Kehr die »Umbildung der bürgerlichen Gesellschaft« auf dem Hintergrund der ›Großen Depression‹ genannt hat. Welchen Anteil hatte das soziale System der

Reaktion in Preußen an der Herausbildung eines »bürgerlich-adligen Neufeudalismus« in Deutschland, »der sich gegen das Proletariat und die geringen nicht feudalisierbaren freisinnigen Teile des Bürgertums ... abhob und abschloß«? Kehr sah im Wilhelminischen Zeitalter die Sozialdemokratie in der Nachfolgerschaft jener Opposition, die früher vom Bürgertum gegen den Klassenstaat der agrargesellschaftlichen Führungsschichten und seine Stütze, die Armee, ausgegangen war.

Auch ein »Herzensmonarchist« wie Friedrich Meinecke entdeckte schon früh die Bruchlinien im Verhältnis Preußen – Deutschland, glaubte aber an die Innovationskraft des »alten Preußen« – daran, daß es imstande sei, sich dem »neuen Deutschland« gegenüber zu öffnen. Meinecke hielt 1906 auf dem Historikertag in Stuttgart einen Vortrag zu einem Problem, das damals von zeitgeschichtlicher Aktualität war: *Preußen und Deutschland im 19. Jahrhundert.* Er sprach von »schneidenden Dissonanzen zwischen innerer preußischer und innerer Reichspolitik« und fragte nach der Vereinbarkeit von zwei verschiedenartigen parlamentarischen und sozialen »Systemen«. Noch war Meinecke voller Hoffnung, noch setzte er auf die »unvergleichliche Lebenskraft des altpreußischen Geistes«, der sich einem Deutschland nicht versagen werde, dessen »Machtinteressen« im Unterschied zu früheren Zeiten vom Bürgertum und von der Industriebevölkerung wahrgenommen würden. Der so wirkungsmächtige Reichsgedanke, so Meinecke, dürfe den preußischen Staatsgedanken nicht zum Verschwinden bringen; dieser zähle weiterhin zu den »lebendigen Gewalten der Gegenwart«.

In der preußischen Geschichte freilich schüttete die Fortdauer überkommener Herrschaftsverhältnisse, die von Meinecke um die Jahrhundertwende zwar kritisiert, aber im Prinzip doch bejaht wurden, Modernitätsschneisen zu, die von der nicht immer an der kurzen Leine des Feudaladels liegenden staatlichen Bürokratie geschlagen werden konnten und geschlagen worden sind. Ich vermag den Mangel an politischer Emanzipation, das Fehlen von Teilhaberechten der Gesamtgesellschaft am politischen Willensbildungsprozeß, also jene tiefe Bremsspur der Reaktion in der preußischen Geschichte, nicht als die Bedingung jener Spuren preußischer Modernität anzusehen, auf die verwiesen wurde. Modernität, wenn sie auch oft nicht mehr war als politisches oder gesellschaftliches Palliativ, mußte in Preußen immer gesellschaftlicher Herrschaft abgerungen bzw. gegen sie durchgesetzt werden. Als Beleg könnte man nicht zuletzt die Zeit der Weimarer Republik heranziehen. Die staatstragenden Schichten hatten 1918/19 gewechselt; die Sozialdemokratie war in die Rolle ihrer ehemaligen Bedrücker geschlüpft. Hagen Schulze hat in diesem Zusammenhang von einer »Neubegründung des preußischen Staatsgedankens unter umgekehrten Vorzeichen« gesprochen. Die SPD war Repräsentant des neuen Preußen, Bürge seiner »demokratischen Sendung«. Sie hat große Anstrengungen unternommen, durch Reformpolitik die alten Strukturen zu überwinden. Letztlich ist sie dabei an dem ererbten System gesellschaftlicher Herrschaft gescheitert.

Das Ende des demokratischen Preußen wurde von denjenigen programmiert, die unter Berufung auf die Werte des sog. Preußentums jenes Maß an politisch-sozialer Macht wiederzuerlangen suchten, das sie in der Vergangenheit besessen hatten. Dennoch könnte auf dem Hintergrund der genannten Modernitätsinseln in der preußischen Geschichte das mit dem ›Preußenschlag‹ Papens eingeleitete Ende Preußens vielleicht der *erinnerungswürdigste Augenblick der preußischen Geschichte* sein. Arnold Brecht, seit 1927 Minsterialdirektor im preußischen Staatsministerium und Bevollmächtigter Preußens zum Deutschen Reichsrat, hat ihn in seinem Lebensbericht *Mit der Kraft des Geistes* festgehalten. Diese Ausführungen sind nicht nur ein Dokument persönlicher Würde, sondern auch Ausdruck jener Würde, die Preußen aus seiner Geschichte zuwachsen konnte. In einer Zeit, in der die Macht des Rechts immer stärker politischem Zerstörungswillen anheimfiel, vertraut ein Staat wie Preußen sich dem Urteilsspruch des Staatsgerichtshofs an, setzt Preußen im Oktober 1932 auf die verfassungsjuristische Revision des Staatsstreichs vom 20. Juli 1932.

Man kann die Chancenlosigkeit dieser Politik herausstellen, ihren mangelnden Realismus; ihren tieferen Sinn jedoch gewinnt sie als Verkörperung eines Stückes preußischer Tradition. Um deren Aktualisierung bemühten sich Männer wie Arnold Brecht auf dem Hintergrund der heraufziehenden totalitären Gefahr. Mit preußischem »Drange nach Gerechtigkeit und Wahrheit« hing es zusammen, daß die preußische Regierung nicht gewillt war, so Brecht, »gegenüber den Nationalsozialisten ein Auge zuzudrücken und bei Kommunisten die Augen doppelt aufzumachen, sondern sie mußte gleiches Recht gegen Rechtsverletzer auf beiden Seiten anwenden«. Man mußte sich das ›schmachvolle‹ Ende Preußens ansehen, nicht seine vermeintlich große Zeit, um aus der preußischen Geschichte für heute lernen zu können.

Die Nationalsozialisten traten Preußen als ebenso kühle Rechner wie verlogene Deklamatoren gegenüber. Sie inszenierten den ›Tag von Potsdam‹ (21. März 1933), jene »höchste und zugleich eigentlich schon letzte Stufe in der Entwicklung des verhängnisvollen, von einem Nebelschleier ›nationaler‹ Phrasen und irrationaler Mystifizierung verdeckten Bündnisses zwischen deutsch-nationalen und nationalsozialistischen Aspirationen« (Bracher / Sauer / Schulz, 149). Während Göring im November 1933 im Reichstagsbrandprozeß machiavellistisch ausführte, daß von Preußen der »Umschwung« habe »ansetzen« müssen, erging er sich im Juni 1934 vor dem Preußischen Staatsrat in Lobpreisungen der »ewigen Ethik des Preußentums«. Er kenne »in dem höheren Sinne, der nicht landgebunden ist, sondern im Ethischen wurzelt, keinen echteren Preußen als den Führer«.

Die preußische Geschichte ist von dem Historiker Kaehler die »Kugelachse« der deutschen Geschichte genannt worden. Sie läßt sich nur unter Verfälschung ihres wahren Gehalts für politisch-ideologische Zwecke ausmünzen. Preußen hat der gesellschaftlichen Moderne auf vielen Feldern zum Durchbruch verholfen, aber es hat auch einen demokratischen Weg in diese Moderne erschwert. Der Nationalsozialismus lebte von den Demokratiedefiziten der preußisch-deutschen Geschichte, von deren obrigkeitsstaatlichen Traditionen. 1948 schrieb Friedrich Meinecke in einer Säkularbetrachtung zum Jahr 1848, daß im »Zweiseelenstaat« Preußen »das militaristisch-junkerliche Prinzip aus der Erbschaft Friedrich Wilhelms I. und Friedrichs des Großen« immer stärker gewesen sei »als das zum Gemeinschaftsstaate führende Prinzip der preußischen Reformzeit«. Im Nationalsozialismus habe ersteres eine hybride Übersteigerung erfahren. Nach dem Zweiten Weltkrieg fragte Meinecke, ob Finis Borrusiae auch Finis Germaniae bedeute. Die Nachkriegsgeschichte hat nach lang sich hinziehenden Windungen ein neues, demokratisches Deutschland entstehen lassen, für das Preußen auch an der Jahrtausendwende seinen Erinnerungswert behalten wird. Der Rückblick auf die preußische Geschichte zeigt Wege und Irrwege deutscher Geschichte auf und sollte politisches Handeln heute, in einer Zeit großer innerer und äußerer Herausforderungen, zu kritischer Selbstüberprüfung veranlassen.

Literatur

Baumunk, Bodo M. / Korff, G.: Nicht nur Glanz und Gloria, in: Journal für Geschichte 1 (1979), 48-49.

Blasius, Dirk: Preußen in der deutschen Geschichte, in: Ders. (Hrsg.): Preußen in der deutschen Geschichte (Neue Wissenschaftliche Bibliothek, Bd. 111. Geschichte), Königstein/Ts. 1980, 9-46.

– Bürgerliches Recht und bürgerliche Identität. Zu einem Problemzusammenhang in der deutschen Geschichte des 19. Jahrhunderts, in: Helmut Berding u.a. (Hrsg.): Vom Staat des Ancien Régime zum modernen Parteienstaat (Festschrift Theodor Schieder), München – Wien 1978, 213-224.

Bracher, Karl Dietrich / Sauer, Wolfgang / Schulz, Gerhard: Die nationalsozialistische Machtergreifung. Studien zur Errichtung des totalitären Herrschaftssystems in Deutschland 1933/34, Köln – Opladen, 2. Aufl. 1962.

Brecht, Arnold: Warum in den Abgrund? (1932-1933), in: Blasius (Hrsg.): Preußen in der deutschen Geschichte, 335-348.

Büsch, Otto: Das altpreußische Militärsystem und das bäuerliche Leben, 1713-1807 (1962), in: Blasius (Hrsg.): Preußen in der deutschen Geschichte, 143-177.

Dilthey, Wilhelm: Friedrich der Große und die deutsche Aufklärung, in: Ders.: Studien zur Geschichte des deutschen Geistes, Stuttgart – Göttingen, 2. Aufl. 1959.

Droysen, Johann Gustav: Geschichte der Preußischen Politik. Erster Teil: Die Gründung, Leipzig, 2. Aufl. 1868.

Haffner, Sebastian: Preußen ohne Legende, Hamburg 1978.

Hintze, Otto: Die Hohenzollern und ihr Werk. Fünfhundert Jahre vaterländischer Geschichte, Berlin 1915.

Kaehler, Siegfried A.: Das preußisch-deutsche Problem seit der Reichsgründung (1921), in: Blasius (Hrsg.): Preußen in der deutschen Geschichte, 57-71.

Kehr, Eckart: Das soziale System der Reaktion in Preußen unter dem Ministerium Puttkamer (1929), in: Blasius (Hrsg.): Preußen in der deutschen Geschichte, 257-270.

Koselleck, Reinhart: Preußen zwischen Reform und Revolution. Allgemeines Landrecht, Verwaltung und soziale Bewegung von 1791 bis 1848, Stuttgart, 2. Aufl. 1975.

Krockow, Christian von: Staatsideologie oder demokratisches Bewußtsein. Die deutsche Alternative, in: Politische Vierteljahresschrift 6 (1965), 118-131.

Meinecke, Friedrich: Preußen und Deutschland im 19. Jahrhundert (1906), in: Blasius (Hrsg.): Preußen in der deutschen Geschichte, 49-56.

Nürnberger, Richard: Städtische Selbstverwaltung und sozialer Wandel in der Provinz Sachsen während des 19. Jahrhunderts, in: Blätter für deutsche Landesgeschichte 112 (1976), 229-243.

Patermann, R.: Der Kampf um die preußische Wahlreform im Ersten Weltkrieg, Düsseldorf 1964.

Ranke, Leopold von: Zwölf Bücher Preußischer Geschichte. Band I/2: Genesis des preußischen Staates, Leipzig, 2. Aufl. 1878.

– Zwölf Bücher Preußischer Geschichte. Band V: Friedrich Wilhelm I in den Conflicten der europäischen Mächte 1715-1732, Leipzig 1879.

Rosenberg, Hans: Die Ausprägung der Junkerherrschaft in Brandenburg-Preußen, 1410-1618 (1978), in: Blasius (Hrsg.): Preußen in der deutschen Geschichte, 95-142.

Sauer, Wolfgang: Das Problem des deutschen Nationalstaates, in: Wehler, Hans-Ulrich (Hrsg.): Moderne deutsche Sozialgeschichte, Köln – Berlin 1966, 407-436.

Schulze, Hagen: Preußen als Stabilitätsfaktor der deutschen Republik (1977), in: Blasius (Hrsg.): Preußen in der deutschen Geschichte, 311-333.

Stein, Lorenz von: Die Verwaltungslehre. Erster Teil / Zweite Abteilung: Die Selbstverwaltung und ihr Rechtssystem, Stuttgart, 2. Aufl. 1869.

Stürmer, Michael: Preußen – Mythos und Widerspruch, in: Süddeutsche Zeitung, 20./21. Januar 1979, 141.

Weber, Max: Wahlrecht und Demokratie in Deutschland (1917), in: Ders.: Gesammelte Politische Schriften, Tübingen, 2. Aufl. 1958, 233-279.

Wieacker, Franz: Das Sozialmodell der klassischen Privatrechtsgesetzbücher, in: Ders.: Industriegesellschaft und Privatrechtsordnung, Frankfurt/M. 1974, 9-35.

Peter Alter

Der Triumph des Nationalstaates

Wenn man als Historiker einmal aus der Vogelperspektive auf die sich verändernde politische Landkarte Europas seit dem Ende des Zweiten Weltkriegs schaut, dann kommt einem beinahe automatisch die bekannte Charakterisierung Europas als Einheit in der Vielfalt wieder in den Sinn. Unter dem Druck der Vereinigten Staaten im Westen und dem der Sowjetunion im Osten war seit dem Ende der 40er Jahre des 20. Jahrhunderts die Vielfalt Europas weitgehend in den Hintergrund getreten. Das beherrschende Schlagwort wurde die Einheit: in Westeuropa unter dem Leitbild und in der Gestalt der westeuropäischen Integration und in Osteuropa die rücksichtslose Sowjetisierung des breiten Staatengürtels von Polen über die Tschechoslowakei und Ungarn bis hinunter nach Bulgarien und Albanien. Nur wenige Staaten im Einflußbereich der ehemaligen Sowjetunion konnten sich im Europa der Nachkriegszeit dem von Moskau ausgehenden Diktat in Teilbereichen dauerhaft entziehen. Dazu gehörten sicherlich schon früh das ehemalige Jugoslawien unter dem Diktator Tito und Finnland, aber in mancher Hinsicht später auch Polen, Rumänien und Ungarn.

Nach dem Zusammenbruch der kommunistischen Zwangssysteme am Ende der achtziger Jahre haben sich die Verhältnisse in Europa im Vergleich zu den ersten beiden oder drei Nachkriegsjahrzehnten geradezu dramatisch verändert. Nicht länger die Einheit, sondern die Vielfalt ist offenbar wieder angesagt. Diese Leitlinie scheint die Entwicklung Europas an der Schwelle zum 21. Jahrhundert zu dominieren – in ihren Forderungen und Ausformungen scheinbar grenzenlos. Die Folgen sind für jedermann sichtbar: Nie hat es in Europa so viele Staatsgrenzen und staatliche Einheiten gegeben wie heute.

Was die Zahl der staatlichen Einheiten angeht, so ist der Tatbestand leicht zu illustrieren. Europa zählt, wenn man die Türkei, Georgien und Armenien dem Kontinent zurechnet, heute 43 Staaten, die sich fast ausschließlich als Nationalstaaten definieren. Und es sieht ganz danach aus, als ob sich diese Zahl noch erhöhen könnte. Richtzahlen für die Flächen- und Bevölkerungsgröße eines Nationalstaats gibt es nicht, ebensowenig überzeugende Argumente, die dem Streben ethnischer Gruppen nach staatlicher Unabhängigkeit entgegengehalten werden können.

Die zentrale Frage, die sich angesichts dieses Sachverhalts geradezu zwangsläufig stellt, ist die folgende: Wird der Nationalstaat auch im

21. Jahrhundert, auch im neuen Jahrtausend, noch die politische Organisationsform und politische Einheit sein, in der die Völker zusammenleben und die sie als die entscheidende handelnde Einheit im politischen Raum verstehen? Oder anders gewendet: Ist der Nationalstaat, der gerade einmal auf eine 200jährige Geschichte zurückblickt, *die* Form staatlicher Ordnung, in welcher allein die Menschen leben sollen und können – ist also mit dem Nationalstaat gewissermaßen ein Zustand bzw. ein Stadium erreicht, in dem die Staatsform sich jeglichem Wandel entzieht, immun gegen Veränderungen geworden ist, während sich sonst alles verändert?

Natürlich wissen wir, daß es nicht so sein kann und nicht so ist. Auch der Nationalstaat als Idee und Realisierung in der politischen Wirklichkeit unterliegt unentrinnbar dem Wandel, und am Ausgang des 20. Jahrhunderts fehlte es wahrlich nicht an Stimmen, die vom »Herbst des Nationalstaats« sprachen, vom unwiderruflichen Ende des nationalstaatlichen Zeitalters. Er habe im 19. und frühen 20. Jahrhundert seine Blütezeit erlebt und seit dem Ende des Zweiten Weltkriegs seinen unaufhaltsamen Niedergang erfahren. Darauf wie auch auf die Frage, welche Zukunft der klassische Nationalstaat im nächsten Jahrtausend noch haben kann, ob er überhaupt noch eine Zukunft hat und was ihn ersetzen wird, ist noch einzugehen. Doch zunächst soll die Geburt des Nationalstaats in Erinnerung gerufen werden, das heißt: die Geburt einer der offenbar zählebigsten und folgenreichsten Erfindungen des 19. Jahrhunderts. Zugleich seien die Ideen skizziert, die den Nationalstaat tragen und ihm seine nicht zu bestreitende, geradezu erstaunliche historisch-politische Wirkungsmächtigkeit bis weit in das 20. Jahrhundert hinein gegeben haben.

Der Nationalstaat im 19. Jahrhundert

Die Wurzeln und das geistige Umfeld des Nationalstaatsprinzips sind relativ leicht auszumachen: Der Nationalstaat ist – und das braucht man kaum zu betonen – das Produkt des modernen Nationalismus. Der Nationalismus als Ideologie und organisierte politische Bewegung, so wie ihn Europa seit der Französischen Revolution erfahren hat, strebt die Identität von Nation und Staat an. Die Nation ohne Staat ist unvollständig, der Staat ohne eine ihn tragende Nation ebenso. Die Errichtung des demokratischen Nationalstaats, in dem sich die populären Gedanken der individuellen Selbstbestimmung, der rechtlichen Gleichheit aller seiner Bürger – unabhängig von Geburt und Stand – und der Volkssouveränität verwirklichten, war daher das Ziel aller nationalen Bewegungen seit dem späten 18. Jahrhundert.

Das Streben nach diesem nationalen Staat, der in der nationalen Rhetorik als das Ziel aller bisherigen Geschichte erschien, brach sich in Europa mit elementarer Kraft Bahn. Er allein verkörperte aus der Sicht der nationalen Bewegungen den Fortschritt, die Moderne, den Bruch mit dem *Ancien régime* einer versinkenden Welt der Unfreiheit und Bevormundung. Auf die große Verheißung, die Forderungen der Französischen Revolution nach Gleichheit, Freiheit und Brüderlichkeit im nationalen Staat erfüllen zu können, ist es denn auch zurückzuführen, daß die nationalen Bewegungen im 19. Jahrhundert in Europa wie dann im 20. Jahrhundert in Afrika und Asien die Menschen in so außerordentlicher Weise mobilisieren konnten. Einer der herausragenden geistigen Väter der italienischen Nationalbewegung, Giuseppe Mazzini, sprach beispielsweise von der Wiedergeburt Italiens als souveräner Nation von Freien und Gleichen. In Deutschland lautete die Parole beim Hambacher Fest von 1832 und später »Durch Einheit zur Freiheit«. Die politische Emanzipation der ganzen Nation war also gleichbedeutend bzw. wurde gleichgesetzt mit der bürgerlichen Emanzipation des Einzelnen.

Die faszinierende Vision einer nach anderen Prinzipien organisierten Gesellschaft weckte Zuversicht, Erwartungen, politisches Engagement. Freilich, erst die Annahme einer unabhängig von bestehenden Staatsgrenzen vorhandenen sprachlich-kulturellen Verbundenheit einer sozialen Großgruppe, die sich als »Nation« definierte, verlieh dem Nationalstaatsgedanken seine Sprengkraft gegenüber der auf Dynastien gegründeten Staatenordnung Alteuropas. Darüber hinaus war die Schaffung des Nationalstaats für die nationalen Ideologen eine entscheidende Etappe im nie endenden Prozeß der Bildung einer Nation, des *nation-building*. Sie ist von politischem Enthusiasmus und Opferbereitschaft begleitet, und sie wird im Rückblick gern mit einer mythischen Aura verklärt.

Die Geburt des Nationalstaats vollzieht sich dabei unter höchst dramatischen, ja revolutionären, manchmal aber auch skurrilen Begleitumständen: so etwa die heroische Sezession Griechenlands vom Osmanischen Reich 1830 oder die Loslösung Belgiens von den Vereinigten Niederlanden 1831 nach der Aufführung einer heute vergessenen Oper in Brüssel oder die Wiedergeburt Italiens 1861 oder die Gründung des Deutschen Reiches im Spiegelsaal des Schlosses von Versailles im Januar 1871 oder die Grundlegung der Unabhängigkeit Irlands im Osteraufstand von 1916 – die Beispiele sind zahlreich. Der Akt der Staatwerdung hatte selbstverständlich seine Helfer, Helden und Märtyrer – und natürlich Momente voller Pathos, die von den Historikern später immer wieder mit Enthusiasmus beschrieben wurden. Die Biographien über nationale

Helden wie Garibaldi, Kossuth, Bismarck oder Masaryk sind Legion, und das Publikum hat sie offenbar mit Hingabe gelesen.

Auffallend ist jedoch bei alledem (und das ist ein wichtiger Punkt), daß das Nationalstaatsprinzip, also die Verwirklichung der nationalen Selbstbestimmung gegen alle Widerstände, im positiven Völkerrecht lange Zeit keinen Eingang gefunden hat. Das Nationalstaatsprinzip blieb ein politisches Prinzip. Der Begriff des Nationalstaats bezeichnet auch keine Staatsform im Sinne der modernen Staatslehre. Er meint vielmehr ein spezifisches Verhältnis zwischen Staatsvolk und Staat. Das Staatsvolk ist danach nämlich nicht einfach die Summe aller Bürger eines Staates, sondern es ist die sich als politische Schicksalsgemeinschaft verstehende Nation gleichberechtigter Individuen. Die durch ihren politischen Willen und durch sprachlich-kulturelle Merkmale definierte Nation erhebt den Anspruch, sich in einem eigenen Staat zu entwickeln und zu behaupten, also frei zu sein von jeder Fremdherrschaft und Einmischung von außen. Kurz: Der Nationalstaat ist – in der berühmten Formulierung des großen Soziologen Max Weber – die »weltliche Machtorganisation der Nation«.

Von Bedeutung ist nun, daß der Nationalstaat seit der Französischen Revolution zumindest in der Theorie der nationalen Bewegungen Europas, aber auch über sie hinaus, zum ausschließlichen, allein legitimierenden Ordnungsprinzip der Staatenwelt erklärt wurde. Im Sinne des schon genannten Giuseppe Mazzini sollte das Nationalstaatsprinzip zur Herstellung einer natürlichen, auf den Nationen gegründeten Staats- und Weltordnung führen. War erst einmal jede Nation im Besitz ihres Nationalstaats, dann, so glaubte Mazzini, gab es für Kriege keine Anlässe mehr, dann hatte der Friede endlich ein stabiles Fundament gefunden.

Für die optimistischen, liberalen und idealistischen Nationalisten des 19. Jahrhunderts war der Nationalstaat also beileibe nicht Selbstzweck. Im Gegenteil: Die Repräsentanten der liberaldemokratischen Nationalbewegungen im frühen 19. Jahrhundert hofften, im modernen Nationalstaat als dem Überwinder von Kleinstaaterei und Fürstenwillkür überall in Europa bürgerliche Freiheiten, Demokratie und das parlamentarische System durchsetzen zu können. Mazzini sprach folglich immer wieder von der Wiedergeburt Italiens, dem »risorgimento« Italiens als souveräner Nation in einem demokratisch-parlamentarischen Staat.

Die Forderung der Nationalisten nach dem Nationalstaat wurde aber nicht nur politisch, sondern auch ökonomisch begründet. Erst im Nationalstaat konnte danach die Nation Wohlstand und Prosperität gewinnen. Der Nationalökonom Friedrich List, der mit seinen Ideen über Deutschland hinaus gewirkt hat, erblickte bekanntlich in der staatlichen

Zersplitterung Deutschlands eine der Hauptursachen der wirtschaftlichen Unterentwicklung Mitteleuropas im frühen 19. Jahrhundert. Er forderte den deutschen Nationalstaat, da sich nach seiner Meinung nur durch ihn die Produktivität steigern, die Industrialisierung voranbringen und die soziale Verelendung eines großen Teils der Bevölkerung überwinden ließe. List hat den Zustand, in dem sich Mitteleuropa vor Gründung des Deutschen Zollvereins befand, 1819 einmal sehr anschaulich beschrieben:

> »Achtunddreißig Zoll- und Mautlinien in Deutschland lähmen den Verkehr im Inneren und bringen ungefähr dieselbe Wirkung hervor, wie wenn jedes Glied des menschlichen Körpers unterbunden wird, damit das Blut ja nicht in ein anderes überfließe. Um von Hamburg nach Österreich, von Berlin in die Schweiz zu handeln, hat man zehn Staaten zu durchschneiden, zehn Zoll- und Mautordnungen zu studieren, zehnmal Durchgangszoll zu bezahlen [...] Trostlos ist dieser Zustand für Männer, welche wirken und handeln möchten.«

Das Nationalstaatsprinzip war, aus all den genannten Gründen, sozusagen die Mode im 19. Jahrhundert. Historiker, Staatsphilosophen und Staatsrechtler billigten ihm eine geradezu naturgesetzliche Qualität zu. Der preußische Historiker Leopold von Ranke registrierte beispielsweise 1836 in den Nationen »eine Tendenz, Staat zu sein«, die in der Vergangenheit bei vielen von ihnen auf unerklärbare Weise verdeckt gewesen sei. Der Philosoph Georg Friedrich Wilhelm Hegel vertrat die Auffassung, die Völker erreichten ihre eigentliche Bestimmung erst im eigenen Staat. In der Weltgeschichte könne, so Hegel, »nur von Völkern die Rede sein, welche einen Staat bilden«. Der liberale, in Heidelberg lehrende Schweizer Staatsrechtler Johann Caspar Bluntschli leitete daraus 1870, wenige Wochen vor dem Beginn des Deutsch-Französischen Krieges, die Einsicht ab: »Jede Nation ist berufen und daher berechtigt, einen Staat zu bilden [...] Wie die Menschheit in einer Anzahl von Nationen geteilt, so soll die Welt in ebenso viele Staaten zerlegt werden. Jede Nation ist ein Staat. Jeder Staat ein nationales Wesen.« Selbst Friedrich Engels, der Mitautor des Kommunistischen Manifests, feierte die Gründung des Bismarckreiches als historischen Fortschritt, obwohl der preußische Ministerpräsident und erste Reichskanzler in seinen Augen ein reaktionärer Junker war und blieb.

Folgerichtig wurde den alten multinationalen Staaten auf dynastischer Grundlage im Vergleich mit dem so modernen Konzept des Nationalstaats jegliche Legitimität abgesprochen. Die Habsburger Monarchie, das Zarenreich, das Osmanische Reich, das bis zum Ersten Weltkrieg noch große Teile des Balkans beherrschte – sie alle ragten als vermeintliche Anachronismen in die vermeintlich so fortschrittliche Welt des nationalen Denkens. In deren Untergang konnten die Advokaten des Nationalstaatsprinzips nur die Vollstreckung eines längst gefällten historischen Urteils erblicken. Ein Staat, meinte 1851 der italienische Rechtsgelehrte und spätere Minister Pasquale Mancini, in dem »viele kräftige Nationalitäten« zu einer Einheit gezwungen werden, sei kein »corpo politico«, sondern ein »lebensunfähiges Ungeheuer« (un mostro incapace di vita). Gemeint war die verhaßte Habsburger Monarchie, zu deren Einflußbereich damals noch weite Teile Nord- und Mittelitaliens gehörten. Auch Tomaš Masaryk, der Gründer des tschechoslowakischen Staates, nannte das Habsburgerreich »eine Negation des modernen Staates«. Ein solches Urteil war in den Jahren vor 1914 zum Gemeinplatz geworden.

Nun – letzten Endes gelang es nicht, wie wir wissen, das Nationalstaatsprinzip in Europa und anderswo auf Kosten der multinationalen Großreiche bis zur letzten Konsequenz zu verwirklichen. Multinationale Staaten bestehen bis in unsere Tage fort. Aber seit dem späten 18. Jahrhundert hat sich das Nationalstaatsprinzip für die Staatenwelt als eine außerordentlich dynamische Kraft erwiesen. Die Nationen- und Nationalstaatsbildungen seit der Französischen Revolution zeichneten die politische Landkarte neu, zunächst zwischen dem Wiener Kongreß 1815 und der Pariser Friedenskonferenz 1919 diejenige Europas, dann seit der Zwischenkriegszeit und vollends im Zuge der Dekolonisation diejenige Asiens und Afrikas.

Als Indikator dafür kann man den Anstieg der Zahl staatlicher Einheiten bezeichnen. Seit dem Wiener Kongreß nahm die Zahl der Staaten, die sich nun alle in der Regel als Nationalstaaten definierten, kontinuierlich zu. Kurz vor Beginn des Ersten Weltkrieges zählte Europa 22 Staaten. Die meisten neuen Staaten entstanden durch Sezession, durch Abspaltung von größeren Einheiten, meist multinationalen Großreichen, so im 19. Jahrhundert vor allem auf dem Balkan und im bzw. nach dem Ersten Weltkrieg auf dem Territorium der zusammenbrechenden Habsburger Monarchie und des Zarenreiches, den »Völkerkerkern« bzw. den »Völkergefängnissen«, wie sie von den Nationalisten gern geschmäht wurden.

Praktisch gibt es bis 1945 nur drei Fälle, in denen Nationalstaaten nicht durch Sezession, sondern durch den Zusammenschluß von bis dahin getrennten Teilen einer Nation entstanden. Hier handelte es sich also um Fälle, die dem Trend zur Kleinstaaterei, zur »Balkanisierung« Europas entgegenwirkten. Das war einmal die Gründung des Königreiches Italien 1861, in das alle Staaten der Halbinsel von Sizilien im Süden bis Piemont und Venetien im Norden aufgingen. Das war zehn Jahre später die Gründung des Deutschen Reiches, das aus dem Staatenbund des Deutschen Bundes unter Ausschluß Österreichs praktisch einen Bundesstaat machte. Und das war schließlich das wiedererstandene Polen, das seit 1918 Gebiete umfaßte, die bis dahin zum Zarenreich, zur Habsburger Monarchie und zum Deutschen Reich gehört hatten.

Der Nationalstaat im 20./21. Jahrhundert

Heute, und darauf wurde eingangs schon hingewiesen, ist die Zahl der Nationalstaaten in Europa auf 43 gestiegen, also auf eine Zahl, die nie zuvor in der modernen Geschichte des Kontinents erreicht worden war. Das ist insofern eine paradoxe Situation, als seit 1945 in Europa viel davon die Rede ist, die Blütezeit des Nationalstaats sei ein für allemal abgelaufen, der Nationalstaat gehöre nach der verhängnisvollen Absolutsetzung der ihm zugrunde liegenden Idee einer vergangenen Epoche an. Im Zeitalter atlantischer und europäischer Integrationsbemühungen, rage er, vergleichbar den alten multinationalen Staaten im 19. Jahrhundert, wie ein Anachronismus in die moderne Zeit der Jahrhundertwende und des neuen Millenniums. Die Absage an den Nationalstaat war dabei nach 1945 vor allem und gerade in Deutschland vehement. Das war vielleicht dadurch zu erklären, daß die Deutschen ihren spät gewonnenen Nationalstaat durch die verblendete Politik Adolf Hitlers verloren hatten – wie es schien, für alle Zeiten. Während der Verhandlungen um die Bildung einer westeuropäischen Armee gab der Bundeskanzler Konrad Adenauer dieser verbreiteten Stimmung in Westdeutschland Ausdruck. Im Jahre 1952 meinte er, die europäischen Nationalstaaten hätten »eine Vergangenheit, aber keine Zukunft [...] Kein einzelner europäischer Staat [kann] aus eigener Kraft seiner Bevölkerung eine sichere Zukunft garantieren.« Die Europäer müßten »vom Denken in nationalstaatlichen Begriffen« loskommen. Zur gleichen Zeit sprach der einflußreiche Tübinger Historiker Hans Rothfels, den die Nationalsozialisten ins amerikanische Exil getrieben hatten, »angesichts der Dimensionen des Zeitgeschehens« von der »Krise des Nationalstaats«, vom Nationalstaat als einer »reaktionären Lebensform«. So hörte und las man es immer wieder.

Indes, gegen solche Äußerungen mag man einwenden, daß sie eine spezifisch deutsche Einstellung gegenüber dem Nationalstaat wiedergaben, das heißt: eine Einstellung spiegelten, die von den anderen Europäern nur bedingt geteilt wurde. Denn unübersehbar ist, daß es im Europa des Kriegsendes und des beginnenden Kalten Krieges zwischen West und Ost zu einer erstaunlichen Rekonstruktion des Nationalstaats kam. Das nationalstaatliche Prinzip lebte somit nach 1945 ungeschmälert fort, nicht nur im westlichen Europa, sondern, wie wir heute beobachten können, auch in Ostmittel- und Südosteuropa. Die letzten großen multinationalen Staaten des Kontinents zerfielen erst vor wenigen Jahren, so die Tschechoslowakei und Jugoslawien, ebenso die Sowjetunion. Rußland als immer noch multinationaler Nachfolgestaat des alten Sowjetreiches sieht sich weiterhin mit vielfältigen Sezessionsbestrebungen konfrontiert. Bislang unfreie Nationen, so kann man argumentieren, holen im Osten und Südosten Europas nur das nach, was anderswo in Europa schon früher geschehen war: die Bildung des eigenen, souveränen Nationalstaats bzw. dessen Rekonstruktion.

Auch durch die europäische Integration ist der Nationalstaat offensichtlich noch längst nicht abgeschafft worden. Der britische Historiker Alan Milward vertritt die prononcierte These von der Rettung des Nationalstaats durch die europäische Integration. Im Integrationsprozeß hätten die Nationalstaaten als handelnde Subjekte ihre Legitimation wiedergewonnen und konsolidiert. Ein anderer Brite, der Oxforder Politologe Isaiah Berlin, hat daraus schon vor einigen Jahren die lapidare Schlußfolgerung gezogen, der Nationalstaat komme einem natürlichen Bedürfnis des Menschen nach identitätsstiftender Gemeinschaft entgegen. Der multinationale Staat konnte und könne dieses elementare Bedürfnis nie befriedigen. Keine andere Staatsform könne daher den Nationalstaat ersetzen.

Vieles spricht für diese unzeitgemäße Schlußfolgerung, wenn man auf die 200jährige Geschichte des Nationalstaats zurückschaut. Die Nationalstaatsidee triumphierte danach nicht nur im 19., sondern auch im 20. Jahrhundert, und von ihrem allmählichen Verblassen kann keine Rede sein, zumal wenn man den Blick über die Grenzen Europas hinaus schweifen läßt. Dennoch, und das ist das Gegenargument: Bei genauerem Hinsehen ist nicht zu leugnen, daß der Glaube an den Nationalstaat zumindest in Europa erschüttert ist. Nach den nationalistischen Exzessen des 20. Jahrhunderts, nach zwei Weltkriegen, nach der Verfolgung und Vertreibung unzähliger Menschen aus dem einzigen Grunde, daß sie scheinbar nicht in das Konzept des ethnisch homogenen Nationalstaats paßten, hat der Nationalstaat als Grundprinzip der Staatenordnung viel von seiner Glaubwürdigkeit eingebüßt. Die absolute Loyalität, die er früher von seinen Bürgern forderte, ist relativiert worden.

Diese Entwicklung ist unter anderem darauf zurückzuführen, daß der europäische Nationalstaat in der zweiten Hälfte des 20. Jahrhunderts sozusagen von zwei Seiten in die Zange genommen wurde. Das sind auf der einen Seite die europäische und atlantische Integration wie auch die in jüngster Zeit so viel beredete *Globalisierung* und auf der anderen Seite der binnenstaatliche *Regionalismus*. Durch die Integrationsbestrebungen haben sich zunächst in Westeuropa und seit 1989 auch im östlichen Europa die alten nationalstaatlichen Grenzen gewissermaßen verflüssigt. Barrieren, die Territorien voneinander abschotten, sind sie längst nicht mehr. Unverkennbar sind demgegenüber neue innerstaatliche Abgrenzungen und Bruchlinien wieder stärker in den Vordergrund gerückt, die der auf Homogenität bedachte Nationalstaat in der Vergangenheit mit großen Anstrengungen und häufig dubiosen Mitteln zu überdecken suchte.

Hinter solchen binnenstaatlichen Bruchlinien stehen in Westeuropa seit den sechziger und siebziger Jahren des 20. Jahrhunderts in der Regel sogenannte regionalistische Bewegungen von Gruppen oder Bewohnern historischer Landschaften, die das Konzept des sich als politische Einheit begreifenden zentralistischen Nationalstaats mit seiner angeblich homogenen Nation nicht mehr widerspruchslos mittragen. Sie fordern Autonomie, in einigen Fällen sogar Unabhängigkeit. Eine vor-nationalstaatliche kulturelle oder gar politische Identität wird wiederentdeckt, manchmal auch konstruiert und zur Grundlage eines politischen Programms gemacht. »Die moderne Wirtschaft und Gesellschaft«, schrieb dazu der bekannte Historiker Eric Hobsbawm in der Wochenzeitung *Die Zeit* vom 6. Mai 1999, »ist eine Maschine zur kulturellen Homogenisierung, gegen die sich existenzbedrohte Kulturen und Gruppen zur Wehr setzen, indem sie die Grenzen zwischen ›uns‹ und ›den anderen‹ immer schärfer ziehen«.

Der interessanteste, aktuellste und sicher auch merkwürdigste Fall für das Regionalismusproblem in Europa ist heute wahrscheinlich neben Großbritannien der gar nicht so alte Nationalstaat Italien. Von der Lega Nord wird dort eine gemeinsame Identität der Norditaliener behauptet. Der von ihr vertretene Regionalismus strebt die Aufspaltung des italienischen Nationalstaats an und die Bildung einer souveränen Republik Padanien, so benannt nach der Pianura Padana, der Poebene. Dieser »mentale Regionalismus« der in den 80er Jahren des 20. Jahrhunderts entstandenen Lega Nord kann nicht an historische Vorbilder anknüpfen, denn Norditalien war nie politisch geeint. »Padanien«, mit 27 Millionen Einwohnern und einer prosperierenden Wirtschaft, wäre eine Schöpfung aus der politischen Retorte. Sie beschwört eine gemeinsame Mentalität und Identität der Norditaliener und knüpft sehr entfernt an die alte Scheidelinie zwischen Nord- und Süditalien an. Doch das ist letzten Endes eine irreführende Assoziation. Die Fürsprecher Padaniens lassen dessen südliche Grenze in der Höhe von Bologna verlaufen, also nicht entlang der Grenze zum Mezzogiorno. Ob der »mentale Regionalismus«, der sich mit ökonomischen Argumenten aufgeladen hat, in Italien auf absehbare Zeit seine politische Bedeutung bewahren kann, ist eine offene Frage. Er mag sich als kurzlebiges politisches Kuriosum entpuppen. Langfristig mag er aber auch eine Perspektive andeuten, die den uns so vertrauten Nationalstaat des 19. Jahrhunderts vollends zum Anachronismus macht.

Dieser Nationalstaat des 19. Jahrhunderts wird an der Jahrtausendwende zunehmend noch von einer anderen Seite attackiert, und dies sogar mit Zustimmung der nationalstaatlichen Regierungen. Gemeint ist das Phänomen der »Euregios«, oder korrekter: der »Euregiones«. Bei ihnen haben wir es mit einem Regionalismus zu tun, der die nationalstaatlichen Grenzen vollends ignoriert und eine transnationale Zusammenarbeit benachbarter Regionen oder Landschaften begründen will, und zwar mit dem Hinweis auf deren gemeinsame Interessen und Probleme. Eine gemeinsame kulturelle oder historische Identität läßt sich bei den »Euregios«, die in den letzten Jahren auf dem Kontinent in großer Zahl entstanden sind, aber oft nur mühsam konstruieren.

Alle diese regionalistischen Bestrebungen und Bewegungen in Europa, die beim genaueren Hinschauen in ihren Konzepten und Zielen doch sehr unterschiedlich sind, haben in den letzten zwei Jahrzehnten des 20. Jahrhunderts etwas deutlich gemacht, was die nationalstaatliche Ideologie immer geleugnet hat. Sie verdeutlichten, daß die großen Nationalstaaten, aber auch viele kleinere Nationalstaaten wie etwa Belgien oder Serbien im Grunde so etwas wie Vielvölkerstaaten sind. Ihr Selbstverständnis als »historische« Nationen ist angesichts baskischer, korsischer, schottischer, padanischer oder flämischer Autonomiebestrebungen offensichtlich eine Täuschung gewesen. In Italien oder Belgien rückte die Auflösung der im 19. Jahrhundert gewonnenen Einheit sogar in den Bereich des Möglichen. Der Nationalstaat mit einer homogenen Nation, so kann die Schlußfolgerung nur lauten, war in Europa immer nur theoretischer Entwurf, eine Fiktion, die allerdings gewaltige politische Kräfte zu mobilisieren vermochte. Er verkörperte eine Idee, die auf die Homogenität des Staates zielte: auf eine einheitliche Sprache, eine einheitliche Bürokratie, eine einheitliche Armee, einen einheitlichen Wirtschaftsraum und eine einheitliche Nation.

Im Laufe seiner Geschichte zeigte der Nationalstaat mithin seine Janusköpfigkeit. Im 19. Jahrhundert ließ er die beflügelnde Vision einer liberalen und demokratischen Staatenordnung aufscheinen. Aber in dem Maße, in dem er verwirklicht wurde, enthüllte der Nationalstaat sehr schnell seine Kehrseite, nämlich seinen Absolutheitsanspruch und seine bestürzende Intoleranz. Das Postulat der homogenen Nation grenzte

Minderheiten aus, schuf Konflikte mit benachbarten Nationalstaaten und führte schon im 19. Jahrhundert im Extremfall zu umfangreichen Vertreibungen oder, in moderner Terminologie, zu »ethnischen Säuberungen« und zum Genozid. Die moderne Geschichte Europas ist voll von solchen Vorgängen, und man braucht sie nicht im einzelnen zu schildern. Sie zeigen unmißverständlich, daß das Bemühen aller Nationalismen, wie Eric Hobsbawm es formulierte, »die multidimensionale Existenz des Menschen in der Gesellschaft auf eindimensionale Gruppenidentität zu reduzieren«, tragische Konsequenzen hatte.

Daß das nationalstaatliche Postulat nach Homogenität in der historisch-politischen Wirklichkeit ein hohes Konfliktpotential birgt, kann schon als Hinweis dafür gewertet werden, daß der Nationalstaat nicht das letzte Wort über die staatliche Ordnung der Menschheit sein kann. Ignaz Seipel, der spätere Bundeskanzler der ersten österreichischen Republik, wies schon 1916 mit geradezu prophetischer Weitsicht auf die eklatanten Schwächen des Nationalstaatsprinzips hin. »Der Nationalstaat«, schrieb Seipel, »scheint nur dazu gut zu sein, daß er angestrebt werde, selten läßt er sich für kurze Zeit verwirklichen, niemals auf die Dauer festhalten. Versucht er, sich zu behaupten, so kann er es nur, indem er zu einem Imperialismus, der die Rechte der anderen Nationen leugnet, übergeht.«

Doch was, so wäre zu fragen, soll bzw. wird im 21. Jahrhundert an die Stelle des traditionellen Nationalstaats treten? Eine Antwort auf die Frage zeichnet sich allenfalls in ersten Umrissen ab. Am Beginn des 21. Jahrhunderts sieht es jedenfalls so aus, als ob das lange Zeit so unangefochten geltende Leitbild des ethnisch homogenen, zentralistischen Nationalstaats ausgedient hat, zumindest in West- und Mitteleuropa. Seine Defizite sind zu offenkundig. Aber auch in Ostmitteleuropa, wo nach dem Kollaps der sowjetischen Vorherrschaft angeblich ein »neuer« Nationalismus sein Haupt erhoben hat, ist der Nationalstaat nur noch höchst bedingt ein Leitbild. Die Nationen in Ostmitteleuropa, die das Joch sowjetischer Bevormundung abgeworfen haben, suchen den Anschluß an das westeuropäische Integrationswerk. Vieles deutet darauf hin, daß die ostmittel- und südosteuropäischen Nationen die wiedergewonnene oder erstmals erlangte Nationalstaatlichkeit als ein Zwischenstadium betrachten, gewissermaßen als Bestätigung ihrer nationalen Identität und Existenz nach Jahrzehnten der Fremdbestimmung und Unterdrückung. Äußerungen von maßgeblichen Politikern in Polen, der Tschechischen Republik, in Ungarn, den baltischen Staaten oder Slowenien ließen schon früh den Willen erkennen, ihren Völkern einen Platz im integrierten Europa des 21. Jahrhunderts zu sichern. Ihnen braucht nicht eigens gesagt zu werden, daß die Zeit des uneingeschränkt souveränen Nationalstaats abgelaufen ist. Von der Rückkehr zu einer Politik nationaler Egoismen wollen sie, nach allem, was man von dort hört, nichts wissen. Nach der Schaffung des lange entbehrten nationalen Staats sind sie nun offensichtlich bereit, sich in eine größere historische Perspektive einzuordnen.

Wenn der europäische Integrationsprozeß und der Regionalismus in seinen verschiedenen Erscheinungsformen den Nationalstaat in Frage stellen und seine Autorität beschneiden, so sind die schon erwähnten Stimmen unvermeidlich, die sein baldiges Ableben prophezeien. Doch noch ist es nicht so weit, und die Frage, was an seine Stelle treten soll, ist noch unbeantwortet. Das Spektrum möglicher Optionen reicht vom europäischen Superstaat bis hin zum Europa der Regionen. Irgendwo zwischen diesen Eckpunkten wird es im 21. Jahrhundert wohl auch noch den alten Nationalstaat geben, wenn auch in sehr veränderter Gestalt und mit sehr veränderten Aufgaben. Bei der Formulierung von politischen Konzepten, die den Nationalstaat überwinden sollen, blieben aber schon seine Gegner seit dem 19. Jahrhundert auffallend vage und wortkarg. Einig waren sie sich – die sozialistische Arbeiterbewegung, die Pazifisten, die Paneuropa-Bewegung des Grafen Coudenhove-Kalergi – in der Forderung nach einer übernationalen staatlichen Ordnung.

Im Grunde knüpften sie alle auf die eine oder andere Weise am Leitbild des multinationalen Staates an, das im 19. Jahrhundert der berühmte englische Historiker Lord Acton, unbeirrt von der leidenschaftlichen Kritik an ihm, dem Nationalstaat entgegensetzte. Acton hat der uneingeschränkten Geltung des Nationalstaatsprinzips unter dem Eindruck des italienischen Risorgimento 1862 entschieden widersprochen. Bewußt stellte er sich damit gegen den vielbeschworenen »Zeitgeist«. Für ihn war die »Theorie der Nationalität«, sein Synonym für Nationalismus, schlicht und einfach ein historischer Rückschritt in der Entwicklung der Menschheit. Die Koexistenz verschiedener Nationen in einem Staat bilde vielmehr einen Prüfstein, so Acton, und die beste Bürgschaft für die Freiheit im Innern eines Staates. Sie zeige eine größere Fortschrittlichkeit des staatlichen Organismus als die nationale Homogenität. Für Acton gab es da gar keinen Zweifel. Das Streben nach Homogenität mache die Nation und den von ihr getragenen Nationalstaat zur Quelle von Despotismus und revolutionärer Unruhe. Ein Staat, der Nationalitäten und Minderheiten zwangsweise assimiliere, sie gar vertreibe, zerstöre seine eigene Lebenskraft.

Das waren prophetische Worte, die jedoch die Zeitgenossen kaum beeindruckten. Jene Staaten seien die vollkommensten, so lautete Actons Fazit und Mahnung an die Adresse einer von der Nation berauschten

Welt, die wie das britische Empire oder der österreichische Kaiserstaat mehrere Völker zusammenfassen, ohne sie zu unterdrücken.

Es ist geradezu verblüffend, wie moderne Sozialwissenschaftler, die sich mit der staatlichen Ordnung Europas im 21. Jahrhundert beschäftigen, an das Diktum Lord Actons anknüpfen. Nur reden sie nun nicht mehr vom multinationalen, sondern vorzugsweise vom multikulturellen Staat. Sie gehen fast ausnahmslos davon aus, daß es den geläuterten Nationalstaat, der auf wichtige traditionelle Souveränitätsrechte verzichtet hat, auch noch im Europa des 21. Jahrhunderts geben wird. Der britische Sozialanthropologe Ernest Gellner zum Beispiel, der bedeutende Studien über den Nationalismus geschrieben hat, bezeichnete vor einigen Jahren die politisch-staatliche Zersplitterung der Menschheit sogar als großen Segen und einen Zustand, den es zu erhalten gelte. Denn der Staatenpluralismus habe in der Vergangenheit sichergestellt, daß die Menschen nicht immer zur gleichen Zeit dieselben Fehler begingen. Die »Versicherung durch politische Diversifizierung«, ein Prinzip, das die nationalstaatliche Pluralität begleite, gebe dem Nationalstaat auch in der Zukunft seine Legitimation.

Nach dem Urteil des polnischen Historikers Adam Michnik kann der Nationalstaat der Zukunft aber nur ein nationaler Staat sein, der eine offene, rechtsstaatlich verfaßte Gesellschaft garantiert und der von einer Nation getragen wird, die fremde Kulturen und andere Glaubensrichtungen zu tolerieren vermag. Der alte Nationalstaat, der bis ins 20. Jahrhundert hinein der Fiktion ethnischer oder kultureller Homogenität oder »Reinheit« nachhing, der sich abgrenzte und sich gegenüber sogenannten Feinden im Innern und an seinen Grenzen aggressiv gebärdete, habe keine Überlebenschance.

Vor dem Hintergrund verwandter Überlegungen und mit Blick auf die wieder stärker hervortretenden Bruchlinien in jeder Nation und in nahezu jedem Nationalstaat hat der Soziologe Ralf Dahrendorf für den »heterogenen« Nationalstaat plädiert. Für den Ersatz des fiktiven homogenen Nationalstaats, der fast zweihundert Jahre lang über Europa nur Intoleranz und Illiberalität, Gewalt und Aggression gebracht habe, durch das Konzept des »heterogenen« Nationalstaats sprächen zwei einfache Gründe: 1. Der demokratische Nationalstaat sei weiterhin der einzige effektive Garant für die Grund- und Bürgerrechte. Er beschreibe den Geltungsbereich für eine Verfassung, sei somit Rechts- und Verfassungsstaat und deshalb einstweilen unentbehrlich. 2. Heterogenität sei eine Qualität, ein Vorzug liberaler Gemeinwesen. Heterogenität, so Dahrendorf wörtlich, »fordert die feste Fundierung der allgemeinen Institutionen und zugleich den praktizierten Respekt vor kulturellen Besonderheiten«. Einen solchen Staat zu schaffen, sei die Aufgabe, die die Europäer in diesem Jahrhundert zu lösen hätten.

Das von Dahrendorf skizzierte Konzept des heterogenen Nationalstaats, das die demokratischen und liberalen Traditionen Europas ebenso wie seine nationalen und regionalen Besonderheiten einschließt und respektiert, ist gedanklich sicher noch nicht ausgereift. In Ansätzen ist es für Dahrendorf aber schon verwirklicht, und zwar in den klassischen Demokratien Großbritannien und Frankreich. Diese Staaten sind nach Dahrendorf gegründet auf Liberalität, Pluralität und eine zivilisierende Rechtskultur. Sie seien offen für fremde Lebensformen, ohne dadurch ihre politische und kulturelle Assimilationskraft in irgendeiner Weise einzubüßen. Sie definieren die Nation zuvörderst als Staatsbürgernation, die durch gemeinsame politische Wertvorstellungen zusammengehalten wird und nicht so sehr durch die vermeintliche ethnische Homogenität. Sie haben akzeptiert, wie auch der schon zitierte Eric Hobsbawm meint, daß Heterogenität längst durch »wirtschaftliche Globalisierung, Einwanderung, Ansiedlung und Fremdenverkehr auch in die ethnisch gesäuberten Staaten« zurückgekehrt ist.

Bei aller Vorsicht, die der Historiker gegenüber Prognosen über künftige Entwicklungen walten lassen sollte, wird man wohl zweierlei sagen können. Der Blick auf Entstehung und Geschichte des europäischen Nationalstaats seit der Französischen Revolution läßt zum einen den Schluß zu, daß diese Staatsform als zentrales Element menschlichen Zusammenlebens auch in diesem Jahrhundert mit großer Wahrscheinlichkeit noch nicht ausgedient hat. Zweitens: Als multikultureller oder »heterogener« Nationalstaat, im Unterschied zum fiktiven »homogenen« Nationalstaat, wird diese Staatsform ein wesentlicher Baustein einer übernationalen Ordnung Europas sein. In diesem Europa werden nationale Differenzierungen und nationale Identitäten mit Sicherheit fortbestehen. Daß es auch ein Europa sein wird, in dem engstirniges nationalistisches Denken bei der Mehrzahl der Menschen der Vergangenheit angehört, ist die große Hoffnung am Beginn des dritten Jahrtausends.

Literaturhinweise

Alter, Peter: Nationalismus, Frankfurt/M. 1985
– (Hrsg.): Nationalismus. Dokumente zur Geschichte und Gegenwart eines Phänomens, München 1994.
– / Bärsch, Claus-E. / Berghoff, Peter (Hrsg.): Die Konstruktion der Nation gegen die Juden, München 1999.

Beck, Ulrich: Was ist Globalisierung?, Frankfurt/M. 1997.

Berlin, Isaiah: Der Nationalismus, Frankfurt/M. 1990.

Boden, Martina: Nationalitäten, Minderheiten und ethnische Konflikte in Europa. Ursprünge, Entwicklungen, Krisenherde, München 1993.

Boesler, Klaus-Achim u. a. (Hrsg.): Europa zwischen Integration und Regionalismus, Stuttgart 1998.

Bossong, Georg u. a. (Hrsg.): Westeuropäische Regionen und ihre Identität, Mannheim 1994.

Dahrendorf, Ralf: Die Sache mit der Nation, in: Michael Jeismann / Henning Ritter (Hrsg.): Grenzfälle. Über neuen und alten Nationalismus, Leipzig 1993, 101-118.

Gellner, Ernest: Nationalismus. Kultur und Macht, Berlin 1999.

Hatschikjan, Margaditsch A. / Weilemann, Peter R. (Hrsg.): Nationalismen im Umbruch. Ethnizität, Staat und Politik im neuen Osteuropa, Köln 1995.

Heuberger, Valeria u. a. (Hrsg.): Der Balkan. Friedenszone oder Pulverfaß?, Frankfurt/M. 1998.

Hobsbawm, Eric J.: Die neuen Nationalismen, in: Die Zeit, Nr. 19, 6. Mai 1999.

Hrbek, Rudolf / Weyand, Sabine: Das Europa der Regionen, München 1994.

Link, Werner: Die Neuordnung der Weltpolitik. Grundprobleme globaler Politik an der Schwelle zum 21. Jahrhundert, München 1998.

Münch, Richard: Das Projekt Europa. Zwischen Nationalstaat, regionaler Autonomie und Weltgesellschaft, Frankfurt/M. 1993.

Puhle, Hans-Jürgen: Staaten, Nationen und Regionen in Europa, Wien 1995.

Schieder, Theodor: Nationalismus und Nationalstaat. Studien zum nationalen Problem im modernen Europa, Göttingen 1991.

Schulze, Hagen: Staat und Nation in der europäischen Geschichte, München 1994.

Jost Dülffer

Der Durchbruch der Moderne in internationaler Politik, Wissenschaft und Kultur um 1900

I. Die Vernichtung im Krieg – und wie es dazu kam

Am Ende des Zeitalters stand der Krieg. Der Weltkrieg wurde er bald genannt, später fügte man die Ordnungszahl Erster Weltkrieg hinzu. In Frankreich, in England und anderswo heißt er aber seither der »Große Krieg«. Dieser Krieg war, nach einem Begriff von George Kennan, die »Urkatastrophe« (seminal catastrophy) dieses Jahrhunderts (Kennan 1979, 3). Mit ihm wurde das »Zeitalter der Katastrophen« (Hobsbawm 1995, 37) begonnen (vgl. auch Dülffer 1997).

Gemeint ist der Krieg der Millionenheere von Deutschen und Österreichern, von Franzosen und Engländern, von Russen und dann auch Amerikanern. Bereits im September 1914 kamen die Fronten im Westen an der Marne zum Stehen, und fortan gab es hier eine neue Kampfform, den Schützengrabenkrieg. In den Schlachten um Verdun in der ersten Hälfte des Jahres 1916 kamen Hunderttausende Deutscher einerseits, Franzosen andererseits um; wenige Monate später an der Somme waren es wohl noch einmal eine Million Menschen, die den Tod fanden, um für die eigene Seite wenigstens einen geringen Geländegewinn zu verbuchen, um doch endlich den Durchbruch zu schaffen, den es dann nicht gab.

Spätere literarische Stilisierungen geben davon immerhin einen Eindruck, wie es etwa Ludwig Renn in seinem Bestseller *Der Krieg* (1931) tat:

> »Bramm! dicht hinter mir. Ich bekam Lehm in den Hals, und die Gasmaske fiel mir herunter. Ich hob sie auf und lief weiter. Ihr Band war zerrissen. Ich sah mich plötzlich nach Ziesche um. Hinter mir lief nur Seidel. Fabian hatte schon einen Vorsprung, und es wurde immer dunkler. Alles verschwamm weißlich im Zwielicht. […] Links klapperte Schanzzeug. Das mußte die vierte Kompanie sein. Ein paar Gewehrschüsse. Fabian beugte sich zu Seidel: ›Die vierte Kompanie ist bemerkt worden. Greifen Sie an!‹ Seidel gab mit dem Arm das Zeichen. Sie standen auf und liefen in die graue Dämmerung hinaus. Jemand kam von hinten gerannt: ›Fabian! Der Hauptmann ist verschüttet. Sie führen das Bataillon!‹ Peitschendes Gewehrgeknall um uns und leichtes Aufblitzen am Waldrand. ›Der größte Teil Ihrer Kompanie ist auch verschüttet! Ich habe mich herausgebuddelt und bin zu Ihnen gelaufen!‹ Es pfiff um uns. Fabian deutete mit einer erregten Bewegung

> vor: ›Da laufen sie! Ich kann sie nicht mehr aufhalten! – Sie laufen zu weit rechts!‹ Meine Augen bohrten sich vor: ›Das ist ja schrecklich!‹« (S. 197).

Das war der Angriff aus dem Stellungskrieg heraus, der nur eines zeigte: Orientierungslosigkeit, Verwirrung, Verwundung, Tod – und dennoch wurde die militärische Disziplin lange aufrechterhalten, auch wenn Fahnenflucht und Meuterei angesichts sinnloser Menschenopfer zunahmen. Hinter der Front war es oft nicht viel besser:

> »Ich ging durch den toten Wald. Silbrig und kahl standen Bäume und Äste im Mondschein. Ein Erdwall kam und ein öder Platz mit Krankentragen und Zeltbahnen darübergedeckt. Das waren Tote. Roter Lichtschein kam aus einer Öffnung am Boden. Über mich weg zischte ein Schrapnell. Ich stieg die Treppe hinunter. Rechts waren zwei Ärzte bei hellweißen Karbidlampen mit einem entblößten Oberschenkel beschäftigt. Oberkörper und Kopf waren im Schatten. Links stöhnte auf einem Schemel der Vizefeldwebel Hornung, wie es schien, ohne Verwundung, vielleicht verschüttet gewesen. Ich wußte nicht, was ich tun sollte, und blieb vor ihm stehen. Er sah auf, sagte unnatürlich: ›Guten Abend!‹ und begann sich wieder zu bewegen. Er war fast gut angezogen, obwohl lehmig. Ich liebte ihn nicht; er war gern höhnisch. ›Ach, dieses Gefühl im Kopf! Alles dreht sich herum in mir.‹« (S. 202).

An der Ostfront, auf dem Balkan, in den türkischen Meerengen bei Gallipoli oder am Isonzo in Slowenien gab es diese Kriegsform auch, es dominierte aber sonst der herkömmliche Bewegungskrieg. Nur wurden hier wie überall neue Waffen eingesetzt, die dann doch den endgültigen Durchbruch, den Sieg bringen sollten: Panzerwagen und Gas, Flugzeuge und U-Boote waren nur die wichtigsten.

Warum dies alles? Der Krieg wurde ein Abnutzungskrieg, ein Krieg, der von Militärs und ihren Politikern als Test auf die nationale Leistungsfähigkeit angesehen wurde: Wer konnte mehr Menschen mobilisieren? Wer konnte diese Menschen mit Ausrüstungen, Waffen und Gerät besser versorgen? Wer konnte seine Volkswirtschaft ganz in den Dienst des immer totaler werdenden Krieges stellen? In welchem Land hielt die »Front« und die »Heimat« das Ganze länger aus? Es war eine »Knochenmühle« oder ein »Menschenschlachthaus«, wie es bereits zeitgenössisch hieß, die alle Friedensversuche als halbherzig erscheinen ließen. Am Ende standen Erschöpfung und Revolution: 1917 eine bürgerliche und dann eine bolschewistische Revolution im zaristischen Rußland, das aus dem Krieg ausschied; im Herbst 1918 waren die Truppen der Mittelmächte geschlagen, und auch hier endete der Krieg in Revolution. Materielle Werte in ungeheurem Maße waren vernichtet; Millionen Menschen starben, fast ebenso viele endeten als Verwundete und viele dauerhaft als Krüppel. Noch wichtiger war es aber, daß der Krieg in den Köpfen noch längst nicht beendet wurde und auf Jahrzehnte hinaus weiterging – bis es zu einem Zweiten Weltkrieg kaum zwanzig Jahre nach dem Ersten kam.

Weil der Erste Weltkrieg so schrecklich war und das Jahrhundert der Gewalt einleitete, haben wir uns angewöhnt, nach den Ursachen zu suchen. Mehr als jedes anderes Stichwort wird hier immer wieder das des *Imperialismus* genannt, aber auch der *Militarismus.* Hier findet sich zeitgenössische Kritik, hier finden sich auch im Rückblick noch brauchbare Beobachtungen, welche schon seit dem letzten Jahrhundert den abschüssigen Weg in die Katastrophe markieren. Nehmen wir etwa den britischen Liberalen John Atkinson Hobson, der 1901 ein später berühmtes Buch über den Imperialismus veröffentlichte. Seit gut zwanzig Jahren war die Auseinandersetzung um die Aufteilung Afrikas in Schutzgebiete und Kolonien im Gange. Es schien so, als ob auch die letzten, nicht von Weißen beherrschten Gebiete in Übersee bald unter die Herrschaft der Kolonialmächte fallen würden. »Wenn wir sehen«, analysierte Hobson die Situation,

> »daß der Imperialismus der letzten drei Jahrzehnte als Wirtschaftspolitik dadurch eindeutig verurteilt ist, daß er unter enormen Kosten einen geringfügigen, unguten, unsicheren Zuwachs an Märkten verschafft und zugleich den gesamten Reichtum der Nation in Gefahr gebracht hat, indem er bei den anderen Nationen ein starkes Ressentiment hervorrief [...] Der neue Imperialismus ist für die Nation ein schlechtes Geschäft; er ist aber ein gutes Geschäft für bestimmte Klassen und Gewerbe innerhalb der Nation. Die riesigen Rüstungsausgaben, die kostspieligen Kriege, die schweren Risiken und Störungen für unsere Außenpolitik, die Behinderung politischer und sozialer Reformen in Großbritannien selbst sind von großem Schaden für die Gesamtheit, jedoch sehr nützlich für die gegenwärtigen Geschäftsinteressen gewisser Industrien und Berufszweige [...] Wir können ruhig behaupten: Es hat seit Menschengedenken keinen einzigen Krieg gegeben – mag er auch dem leidenschaftslosen Historiker als nackte Aggression erscheinen, – der dem zum Kampf aufgerufenen Volk nicht als notwendige Verteidigungsmaßnahme hingestellt worden wäre, bei der Ehre, ja vielleicht die Existenz des Staats auf dem Spiel stehe. Der verhängnisvolle Wahnsinn dieser Kriege, der auch dem Sieger durch sie zugefügte materielle und moralische Schaden erscheinen dem un-

parteiischen Zuschauer so sonnenklar, daß er an der Fähigkeit der Staaten, jemals vernünftig zu werden, verzweifeln und in diesen natürlichen Kataklysmen eine letzte Irrationalität im Bereich der Politik sehen mag« (S. 67f).

Aber verantwortlich seien weder die Rassenleidenschaften noch der blinde Ehrgeiz von Politikern; es ging für Hobson vielmehr um sehr direkte ökonomische Interessen einer Gruppe von Imperialisten, die ihre Staaten letztlich in Krieg stürzten.

> »Die Jahrzehnte des Imperialismus haben eine Menge Kriege gebracht, die meist direkt durch Aggression weißer Rassen gegen ›niedere Rassen‹ verursacht wurden und mit der gewaltsamen Wegnahme eines Gebietes endeten. Jeder einzelne Schritt bei der Ausdehnung in Afrika, Asien und dem Pazifik ist von Blutvergießen begleitet gewesen; jede imperialistische Macht unterhält eine wachsende Armee für den Dienst im Ausland; Grenzberichtigungen, Strafexpeditionen und sonstige Euphemismen für Krieg sind unaufhörlich im Gange. Die Pax Britannica, von jeher eine schamlose Unwahrheit, ist in den letzten Jahren ein groteskes Ungeheuer der Heuchelei geworden. Längs unserer indischen Grenzen, in Westafrika, im Sudan, in Uganda, in Rhodesien hat bisher der Kampf praktisch nicht aufgehört. Die imperialistischen Großmächte lassen zwar die Finger voneinander – abgesehen davon, daß das aufsteigende Imperium der Vereinigten Staaten den Niedergang des spanischen Imperiums für sich ausnützte –, aber diese selbstauferlegte Zurückhaltung ist kostspielig und unsicher« (S. 127).

Hier hielt der Kritiker seiner eigenen Nation nicht nur den Spiegel vor, sondern forderte zur Umkehr auf. Er meinte das Ganze aber international:

> »Imperialismus – ob er nun in einer weiteren Expansionspolitik besteht oder nur im unerbittlichen Festhalten an ihren tropischen Ländern, die wir als britische Einflußsphäre gekennzeichnet haben – bedeutet heute Militarismus und morgen verderbenbringenden Krieg. Diese Wahrheit wird jetzt zum ersten Male scharf und nackt zum Bewußtsein der Nation gebracht. Die Königreiche der Erde werden unser sein, unter der Bedingung, daß wir niederfallen und den Moloch anbeten« (S. 130).

Hobson sah in seiner Gegenwart einen großen europäischen Krieg nicht als sicher an, aber als möglich oder doch wahrscheinlich. Für ihn gab es um die Jahrhundertwende noch keine Einbahnstraße, er hielt auch eine Umkehr für möglich. Grund dafür war, daß er als wichtigste Antriebskraft für den Imperialismus, nämlich eine Überproduktion an Kapital in den Metropolen sah, die zugleich eine Unterkonsumption der Masse bedeutete. Das entsprechende Kapital expandiere international, suche dann aber doch Abschottung gegenüber anderen Interesse und produziere so schon im Frieden Rüstungen, um dem kommenden Krieg vorzubeugen. Deshalb war Umkehr möglich: Soziale Fonds und bessere Verteilung der innenpolitischen Lasten inklusive politischer Reformen – das wäre die Chance, um aus dem verderblichen neuen Imperialismus eine gute Kolonisation und eine gerechte Sozialverteilung innerhalb der Staatenmacht zu schaffen. Lenin, der auf Hobson aufbaute, war da skeptischer und entwickelte seine eigene Imperialismustheorie: es sei erforderlich, per Revolution dieses Ungleichgewicht abzubauen.

John Hobson war kein Einzelner. In allen europäischen Staaten gab es klarsichtige Analytiker und Kritiker des Wettrüstens und seiner Gefahr. Im russischen Reich, in dem der Zar weitgehend autokratisch regierte, machte sich der Warschauer Bankier Jan de Bloch daran, in einem großen sechsbändigen Werk unter Aufbietung sehr vieler naturwissenschaftlicher, volkswirtschaftlicher, psychologischer, ja medizinischer Kenntnisse Ursachen und Folgen moderner Kriege zu analysieren. Der wohlhabende Privatgelehrte kam zu gleichen Ergebnissen wie Hobson, ging jedoch anders vor (Bloch 6, X; XII):

> »Die Lage der europäischen Völker, deren Kräfte einerseits durch die milliardenverschlingenen Rüstungen an den Rand des Verderbens gebracht wird und andererseits durch die unterwühlende Agitation, die den Militarismus als höheres Mittel zur Beeinflussung breiter Volksschichten ausnutzt, systematisch zerstört wird – diese Lage, [...] kann nicht als normal, kann nicht als gesund bezeichnet werden [...]. Wir sind fest überzeugt davon, daß es einen Ausweg gibt. Um den zu finden, dürften die europäischen Staaten sich nicht von der Neigung, die ruinierenden und gefährlichen Rüstungen fortzusetzen, beherrschen lassen; sie sollten vielmehr sich endlich die Frage vorlegen: Wohin sollen diese Rüstungen führen, wie wird der künftige Krieg überhaupt geführt werden können, ist es zweckmäßig, an ihn zur Lösung der Streitfrage zu appellieren, und ist überhaupt eine Lösung internationaler Fragen in der Weise denkbar, daß man ein Losbrechen aller elementaren Kräfte herbeiführt – denn anders kann man ja den Krieg nicht nennen, wie er von den fünf Grossmächten mit Hilfe der zehn Millionen Soldaten geführt werden würde?«

Bloch ging es nicht um die Probleme des Friedens, sondern um das Wesen des Krieges, das letztlich zur Erhaltung des Friedens führen mußte:

> »Daß der Krieg schliesslich zur Unmöglichkeit wird – ist augenscheinlich. Doch wann wird sich diese Einsicht bei den Regierungen und Völkern Bahn brechen können? – Das ist die Frage. Und gerade deswegen schien uns eine genaue Untersuchung unumgänglich geboten. Wenn man sich überzeugt haben wird, daß der Krieg die internationalen Streitfragen, ohne wieder einen noch unerträglicheren Zustand zu schaffen, nicht mehr lösen kann, wird man zu anderen Mitteln greifen.«

Der Krieg, so argumentierte Bloch, werde durch die Waffenwirkung immer größere Verluste herbeiführen. Die Mechanisierung und Industrialisierung der Kriegführung werde nicht mehr den klaren Sieg der einen Seite zulassen, sondern die Staatsführungen zu immer neuer Mobilisierung von Soldaten führen, die in den Schlachten verbluten würden. Auch die materielle Produktion der Staaten werde ganz in den Dienst von Kriegführung treten; diese Rüstungsgüter – Waffen, Munition u. a. – würden in den Schlachten ebenso vernichtet. Nicht nur die Menschen würden zu Massen umkommen, sondern auch die Volkswirtschaften ruiniert werden. Genau diese vernunftgemäße Einsicht müsse doch letztlich zur Umkehr führen: Der moderne Krieg sei einfach nicht mehr zu gewinnen.

Waren das die Einsichten von hellsichtigen Intellektuellen, auf die keiner hörte? Auf den ersten Blick mag es so klingen. Doch hören wir einen anderen Zeitgenossen, dessen Diagnose uns bereits bekannt vorkommt (zit. nach Dülffer 1981, 19):

> »Die Aufrechterhaltung des allgemeinen Friedens und eine mögliche Herabsetzung der übermäßigen Rüstungen, welche auf allen Nationen lasten, stellen sich in der gegenwärtigen Lage der ganzen Welt als ein Ideal dar, auf das die Bemühungen aller Regierungen gerichtet sein müßten [...] Die finanziellen Lasten verfolgen eine steigende Tendenz und treffen die Volkswohlfahrt an ihrer Wurzel; die geistigen und physischen Kräfte der Völker, die Arbeit und das Kapital werden zum großen Teil von ihrer natürlichen Bestimmung abgelenkt und in unproduktiver Weise aufgezehrt. Hunderte von Millionen werden aufgewendet, um furchtbare Zerstörungsmaschinen zu beschaffen, die heute als das letzte Wort der Wissenschaft betrachtet werden und schon morgen dazu verurteilt sind, jeden Wert zu verlieren infolge irgendeiner neuen Entdeckung auf diesem Gebiet. Die nationale Kultur, der wirtschaftliche Fortschritt, die Erzeugung von Werten sehen sich in ihrer Entwicklung gelähmt und irregeführt. Daher entsprechen in dem Maße, wie die Rüstungen einer jeden Macht anwachsen, diese immer weniger und weniger dem Zweck, den sich die betreffende Regierung gesetzt hat. Die wirtschaftlichen Krisen sind zum großen Teil hervor-

gerufen durch das System der Rüstungen bis aufs Äußerste, und die ständige Gefahr, welche in dieser Kriegsmaterialsammlung ruht, macht die Heere unserer Tage zu einer erdrückenden Last, welche die Völker mehr und mehr nur mit Mühe ertragen können.«

Es drohe schlichtweg durch die Rüstung, die doch angeblich den Frieden bringen solle, das Gegenteil: die Katastrophe, »welche man zu vermeiden wünscht und deren Schrecken jeden Menschen schon beim bloßen Gedanken schaudern machen«. Der das schrieb, war Nikolaus II., der letzte russische Zar (1894-1917). Und er hatte seine Ideen höchstwahrscheinlich von Jan de Bloch, der dem russischen Herrscher 1898 zumindest die Grundgedanken seiner umfänglichen Studien vorgetragen hatte. Die Argumente des Zaren sind – so scheint es – fast nahtlos aus Blochschen Gedankengängen erwachsen.

Wie ging der Zar damit um? Gerade die zitierten Passagen waren Teil einer Note, mit der er für das kommende Jahrhundert die Vertreter aller Staaten zu einer Konferenz einlud, die »mit Gottes Hilfe ein glückliches Vorzeichen für das kommende Jahrhundert sein [solle]. Sie würde in einem mächtigen Bündel die Anstrengungen aller Staaten versammeln, die sich aufrichtig bemühen, den Gedanken des ewigen Friedens über die Elemente von Uneinigkeit und Zwietracht triumphieren zu lassen.« Aus dieser Note erwuchsen zunächst einmal die erste Haager Friedenskonferenz von 1899 und dann eine zweite von 1907. Man kodifizierte das Kriegsrecht, traf also Vorkehrungen dafür, was geschehen solle, wenn das Kind bereits in den Brunnen gefallen war; man versprach sich gegenseitig – völlig unverbindlich –, Streitfragen zunächst einmal durch internationale Untersuchungskommissionen anzugehen, nichts gegen die Vermittlung dritter Parteien zu haben und schließlich in Fragen, die beiden Streitparteien geeignet schienen, aus einer Liste von zumeist juristischen Schiedsrichtern ein Urteil erstellen zu lassen: Das war der Haager Schiedshof. Die Diagnose eines abschüssigen Weges in die Katastrophe war also weiter verbreitet, und wenn Imanuel Geiss von einem »langen Weg in die Katastrophe« von 1815 bis 1914 spricht, übertreibt er die Folgerichtigkeit eines Jahrhunderts nur wenig; wenn der deutsche Reichskanzler Theobald von Bethmann Hollweg wenige Wochen vor dem Krieg in seinem Tagebuch notierte, die Entscheidungen würden einen »Sprung ins Dunkle« bedeuten (Riezler 1972, 187), signalisierte er ähnliches. Internationale Politik gestaltete immer weniger aktiv die Konflikte. Man befürchtete das Schlimmste und handelte doch so, als ob alles gut würde.

Auch bei den Militärs waren ähnliche Tendenzen zu beobachten. In der Tat kam ein Wettrüsten zustande, das seit der Jahrhundertwende zunächst aber als deutsch-britisches Wettrüsten zur See angelegt war: Alfred von Tirpitz schickte sich in Deutschland mit kaiserlicher Rückendekkung an, eine so starke Flotte aufzustellen, daß sie erstmals seit Generationen den Briten gefährlich werden konnte. Er hoffte, der einzigen Weltmacht der Zeit damit auf Dauer den Willen aufzwingen zu können. Die Briten nahmen die Herausforderung jedoch an; andere Seemächte folgten, um nicht ins Hintertreffen zu geraten. Nach dem russisch-japanischen Krieg von 1904/05 setzte auch das europäische Wettrüsten zu Lande, das seit einem Jahrzehnt abgeschwächt worden war, wieder ein: Die Russen hatte große Teile ihres Heeres verloren, rüsteten vor allen Dingen mit französischer finanzieller Unterstützung in hektischem Tempo auf; auch hier suchten Deutsche, Franzosen und Österreicher, ja sogar die Briten mit einigem Abstand mitzuhalten. Man kann geradezu von einer Welle der Nachrüstungen sprechen, die ab 1912/1913 atemberaubende Schubkraft erreichte. Man war sich der volkswirtschaftlichen Konsequenz des eigenen Tuns so bewußt, daß bei mehreren Großmächten die Idee aufkam, lange könne man das Tempo wohl nicht durchhalten. Oder anders gewandt: Die Geld bewilligenden Parlamente drohten, den Geldhahn nach einiger Zeit wieder zuzudrehen, so daß man zuvor noch einmal voll aufdrehte.

Den Verwerfungen durch Wettrüsten und Kriegsvorbereitungen entsprachen andere Konfliktlagen innerhalb der Gesellschaften. Erinnert sei hier nur knapp an soziale Ungerechtigkeiten, die sich aus der industriellen Revolution ergaben: Es gab überall Arbeiterklassen, die sich ausgeschlossen fühlten, die hart um politische Anerkennung, um soziale Gleichberechtigung und gegen wirtschaftliche Not kämpften. Sie stießen oft auf den erbitterten Widerstand alter Eliten, die sich bis 1914 in einem erstaunlichen Maße in allen europäischen Gesellschaften behaupteten. Auch gegenüber dem Bürgertum wußte sich die Adelsmacht durchzusetzen, wie der amerikanische Historiker Arno J. Mayer darzustellen suchte: *The Persistance of the Old Regime* lautete sein Buch über die Vor-Weltkriegsgesellschaften in englischer Sprache; im deutschen Titel: *Adelsmacht und Bürgertum*, wurde die Auseinandersetzung zwischen den beiden obersten sozialen Klassen thematisiert. Auch wenn dies leicht überpointiert ist: Fast überall blieb Europa monarchisch, nur Frankreich bildete unter den Großstaaten eine Ausnahme. Und dort überall war nicht nur das Hofzeremoniell von monarchischen und adligen Ansprüchen bestimmt, sondern auch in politischen, ja wirtschaftlichen und akademischen Positionen behaupteten vielfach Vertreter des alten Regimes direkte Macht und Deutungsmacht – doch sie wandelten sich selbst bis zu einem gewissen Grade und verbürgerlichten.

II. Der Aufbruch in den Fortschritt – und welche Gefahren man sah

Man wird in diesen Zusammenhängen eine Folgerichtigkeit in den Krieg erkennen können, wie sie viele Historiker seit Generationen herausgearbeitet haben. Wenn dann doch nicht anders gehandelt wurde, hat das in der Tat mit mangelnder Gestaltungsfähigkeit von Politik zu tun. Aber gegenüber der Meistererzählung eines Weges in die Katastrophe, die im Rückblick so deutlich ist, gab es noch eine andere, querliegende, ja *gegenläufige Erlebnisqualität* der Zeitgenossen in fast allen europäischen Staaten. Gemeint ist der Fortschrittsglaube, die Hoffnung auf Modernisierung, die Hoffnung auf Frieden und Wohlstand. Dies soll an der Wende vom 19. zum 20. Jahrhundert verdeutlicht werden. Als Beispiel dient die Pariser Weltausstellung des Jahres 1900. Überhaupt hatte ja der Trend, Weltausstellungen in wechselnden Ländern zu veranstalten, etwas überaus Optimistisches: Seit 1850, nach der gescheiterten europäischen Revolution von 1848, schickte man sich an, im Wechsel mehrerer Jahre der nationalen wie internationalen Öffentlichkeit zu präsentieren, wie weit man es doch gebracht habe. Man wollte die Massen zum Staunen bringen, den interessierten und versierten Bürgern Anlaß zur Belehrung und Einsicht geben, nationale Selbstdarstellung im Zeichen von Internationalismus schaffen: Wie glorreich war die Welt, wie weit hatte man es gebracht, wie gut würde es in kommenden Zeiten aussehen!

Bis zum Jahre 1900 waren die Weltausstellungen in ihrer Präsentation gleichsam explodiert (vgl. Kattenbuch 1992, bes. 129ff.; Kalb 1994, bes. 8-27; Ory 1982; Mattie 1998). Hatte 1851 in London der Kristallpalast als technisches Wunderwerk die neue Welt ausgestellt, so hatte man 1867 in einem Stahl-Glas-Kolosseum in Paris um die entsprechenden Ringhallen schon eine Vielfalt weiterer Gebäude errichtet. 1889 – erneut in Paris – war es dann ein Wahrzeichen, das alle Aufmerksamkeit beanspruchte: der neu gebaute Eiffelturm.

Folgen wir der Ausstellung, mit der das 20. Jahrhundert eröffnet wurde, anhand einer Jahrhundertbilanz: In drei reich illustrierten Prachtbänden stellte Hans Kraemer das 19. Jahrhundert vor und widmete ebendieser Ausstellung einen vierten (Supplement-) Band:

> »Am 14. April 1900, am Tage vor dem Osterfeste, ward die Ausstellung in Gegenwart Zehntausender, die den gewaltigen Kuppelsaal im Herzen der Maschinenhalle bis zum letzten Platze füllten, feierlich eröffnet. Der Weiheakt an sich glich ziemlich genau früheren Veranstaltungen ähnlicher Art, aber erhielt doch eine neue Nuance durch die Rede, mit der [Alexandre] Millerand, der sozialistische Handelsminister, das große Werk der Allgemeinheit übergab: ›Die Maschine‹, sagte er mit

Recht, ›ist Beherrscherin des ganzen Erdballes geworden. Sie ersetzt die Arbeiter, sie macht sie sich zur Mitarbeit dienstbar und vervielfältigt die Beziehungen der Völker. Der Tod selbst ist zurückgewichen vor dem siegreichen Fortschritt des Menschengeistes. Die medicinische Wissenschaft schreitet weiter dank dem Genie eines Pasteur, aber die Wissenschaft erweist dem Menschen einen noch bedeutsameren Dienst. Sie giebt ihm das Geheimnis für die materielle und moralische Größe der Staaten in die Hände, das in dem einen Worte ›Solidarität‹ enthalten ist [...] Diese Solidarität hat sich zum Ziele gesetzt, im Schoße jeder Nation die verletzenden Ungleichheiten zu mildern, die aus der Natur der Dinge und aus der Gesellschaftsordnung sich ergeben. Sie erstrebt eine Einigung in den Banden wirklicher Brüderlichkeit. Ihre Wirkungen machen an den Grenzen nicht Halt. Interessen, Ideen, Gefühle mischen und durchkreuzen sich überalle auf dem Erdball, wie jene dünnen Drähte, auf denen der menschliche Gedanke mit Blitzesschnelle dahinfliegt. Je mehr sich die aus der Vielfältigkeit der Bedürfnisse und aus der Leichtigkeit des Austausches hervorgegangenen internationalen Beziehungen ineinander schlingen, um so mehr haben wir Grund zu hoffen und zu wünschen, daß der Tag kommen wird, an dem die Welt erkennt, daß Frieden und ruhmreiche Kämpfe der Arbeit mehr Nutzen bringen als Rivalitäten. Arbeit, Du Befreierin! Du bist es, die uns adelt, die uns tröstet. Unter deinen Schritten schwindet die Unwissenheit, flieht das Böse. Durch dich wird die Menschheit aus der Knechtschaft der Finsternis befreit!‹« (Kraemer 1900, 18f).

Das war eine sehr französische Rede, in welcher die Solidarität aller Menschen an die Brüderlichkeit der großen Revolution anknüpfte. Die materiellen Entwicklungen, die auf der Ausstellung im Vordergrund standen – und von denen gleich zu sprechen sein wird –, wurden hier auf ihre Funktion für die Menschen reduziert. Ihre Beherrschbarkeit und Lenkbarkeit blieb der Kernpunkt der Überlegungen: Die *Arbeit* stand bei einem sozialistischen Minister im Vordergrund, die nun nicht mehr entfremdet sein sollte. Daher führte auch der französische Staatspräsident im Anschluß daran aus:

»Die höchste Form des Schönen ist nicht diejenige, die man durch eine Katalognummer bezeichnen kann, sie ist nur dem geistigen Auge sichtbar und ist verwirklicht, wenn die verschiedenen hervorragenden Intelligenzen ihre Kräfte vereinigen und – wie die Maschinen unserer Ausstellungsgalerien – von einem gemeinsamen Motor, dem Solidaritätsgefühl, beseelt sind. [...] Dieses Werk der Harmonie, des Friedens und des Fortschritts wird, so vergänglich auch seine äußere Erscheinung sein mag, nicht vergeblich gewesen sein: Das friedliche Zusammentreffen der Regierungen der Welt wird nicht unfruchtbar bleiben. Ich bin davon überzeugt, daß dank den steten Versicherungen gewisser erhabener Mächte, von denen das Ende des 19. Jahrhunderts widerhallte, das 20. Jahrhundert ein wenig mehr Brüderlichkeit leuchten sehen wird über weniger Nöten aller Art, und daß wir vielleicht bald ein wichtiges Stadium in der langsamen Fortentwicklung der Arbeit zu ihrem Glücke und des Menschen zur Menschlichkeit hin erreicht haben werden« (S. 22).

Doch folgen wir den hehren Worten eine Ebene tiefer. Architektonisch bildete das Gelände um den Eiffelturm herum das wichtigste Zentrum. Aber auch Grand Palais und Petit Palais an den Champs Élysées dienten als geräumige Messehallen.

»Wahrhaft monumental war ihre Anlage. Der bauliche Gedanke, der in der Benutzung des Champ de Mars zum Ausdruck kam, ist von den früheren Ausstellungen [...] bekannt. Neu hingegen war die Ausgestaltung der Invaliden-Esplanade zu einer ähnlichen Wirkung wie jene des Marsfeldes. Durch Entfernung des alten Industriepalastes an den Champs Élysées, der die Aussicht auf die Invaliden-Esplanade verdeckte [...] ist eine neue große Achse geschaffen worden« (S. 24).

Der Eiffelturm, das Wahrzeichen der letzten Pariser Ausstellung, bildete aber nach wie vor den in jeder Hinsicht überragenden Mittelpunkt:

»Im Sinne der hausbackenen Wertschätzung absolut zwecklos, erfüllt es die höhere Aufgabe, der Welt in einem bestechenden Beispiele die Leistungsfähigkeit der modernen Ingenieurkunst vor Augen zu führen. Die Errichtung eines Turmes, ganz aus Eisen, von der doppelten Höhe selbst der großartigsten Bauwerke der alten und der neuen Zeit, zeigt, bis zu welcher Vollendung die neuzeitliche Technik es in der Beherrschung eines Materials gebracht hat, das noch auf der Wiener Ausstellung lediglich seiner größeren Festigkeit wegen zur Anwendung gekommen war« (S. 59).

Eine Spitze konnte sich der deutsche Kommentator nicht verkneifen:

»Der Turm steht noch, wiewohl seine Jahre leider bereits gezählt sind. Mit seiner wuchtigen und doch so schlanken Erscheinung, den Lichtfluten, die allabendlich von ihm herniederstrahlen, beherrscht er zwar noch immer das Ganze; aber gegenüber dem Gesamtaufbau der Ausstellung ist er doch in den Hintergrund getreten« (S. 60).

Zu den größten Attraktionen der Ausstellung gehörte der Elektrizitätspalast. Natürlich war Elektrizität nichts Neues; wie sie hier aber gefeiert und in den Mittelpunkt gerückt wurde, erhielt sie etwas Transzendentales. Die Moderne feierte sich mit religiöser Inbrunst in Form und Inhalt. Technik wurde zum innerweltlichen Religionsersatz.

> »Die beiden Rampen zu seiten des Bassins des Château d'Eau führen direkt nach der ersten Etage des Elektrizitätspalastes, der in seinen Vorderräumen den Ehrensaal der Elektrizität beherbergt. Dieser Ehrensaal hat sechseckige Gestalt und wird in halber Höhe von einer Galerie umgeben, die unter anderem die Verbindung mit der Agrikultur-Ausstellung und dem großen Festsaal herstellt; der Blick von diesen Galerien, auf denen selbst wieder die hervorragendsten Leistungen der modernen Elektrotechnik untergebracht sind, ist innerhalb der Ausstellung selbst wohl der bedeutendste« (S. 64/66).

Aber auch das benachbarte Wasserschloß vergötterte die Mittel industrieller Produktion:

> »Es wirkt wie eine Riesenkapelle, in deren Hintergrund sich die Fassade des Elektrizitätspalastes erhebt. [...] Auch die Kapelle des Château d'Eau, von 30 Meter Öffnung und 11 Meter Tiefe, aus der die gewaltigen Wassermassen hervorbrechen, um die amphitheatralisch angeordneten Bassins in einer Reihe von Kaskaden zu speisen, verdankt lediglich der Eisenkonstruktion ihre Existenz [...] (Es) sei nur erwähnt, daß die ersteren (Kaskaden) 1200 Liter Wasser pro Sekunde verbrauchen [...], die von den Wasserwerken an den Ufern der Seine geliefert werden« (S. 66).

Mit religiöser Inbrunst wurden die dekorativen Aspekte von Technik gefeiert, die auf Massenwirkung zielten. Aber sie hatten auch künstlerische Aspekte:

> »Es scheint, als ob – von allem Geschmack abgesehen – in der Art dieser Benutzung der Elektrizität nicht zur architektonischen, sondern zu malerischen Illuminationskünsten eine Zukunft liegt. [...] Die Pariser Dach-Reklamen [zeigen] bereits gleichfalls nicht mehr die starre Form des Buchstaben-Plakates, sondern benutzen Ausschaltung und Wechsel, um die Augen in der Form des laufenden Lesens über die Inschriften gleiten zu lassen. Das fortgeschrittenste Stadium zeigen diejenigen Reklamen, welche die Inschriften sich selbst schreiben lassen vom ersten bis zum letzten Buchstaben, genauso wie eine unsichtbare Hand schreiben würde. Kombiniert man diese Möglichkeit der Elektrizität, Linien zu malen, und nicht bloß im Raume, sondern auch in der Zeit

zu wirken, mit ihren koloristischen Fähigkeiten, so ergeben sich daraus die Aufgaben der elektrischen Illumination, die die Zukunft beherrschen wird. Das malerische Prinzip ist ihre Grundregel und das Neue dabei« (S. 148).

Hier finden wir schon den Übergang von der allgemeinen Verherrlichung zum besonderen Staunen. Was für die Reklame gilt, fand sich an tausend Kleinigkeiten in den vielfältigen Wunderwirkungen von Wissenschaft und Technik.

»Einen außerordentlichen charakteristischen Teil der Ausstellungsbauten bildet die elektrische Stufenbahn, die ›Platforme mobile‹, die in einer Länge von 3 400 Metern die Verbindung zwischen den weit auseinanderliegenden Teilen der Ausstellung vermittelt, und gleichzeitig Ausstellungsobjekt und Verkehrsmittel von außerordentlicher Leistungsfähigkeit ist. Das Prinzip der Stufenbahn besteht bekanntlich darin, daß die Passagiere zunächst auf eine mit geringer Geschwindigkeit bewegte Plattform auftreten, um dann von dieser Plattform aus auf eine zweite, mit höherer Geschwindigkeit bewegte Plattform mühe- und gefahrlos übergehen zu können« (S. 66).

Und dann folgt die technische Darstellung der geschlossenen Ringe, der Verbindung der einzelnen Podien von Friktionsrädern, Elektromotoren u.s.w.

»Bei der Pariser Stufenbahn besitzt die äußere bewegliche Plattform [...] eine Geschwindigkeit von 4,25 Kilometer per Stunde, während die innere Plattform, die 2 Meter Breite hat, eine stündliche Geschwindigkeit von 8,5 Kilometer besitzt. Diese Geschwindigkeit entspricht etwa der eines Eilmarsches. Wünscht man sich mit noch größerer Geschwindigkeit zu bewegen, so kann man in der Richtung der sich bewegenden Plattform unbehindert weitergehen, so daß man leicht in einer Stunde einen Weg von 15 Kilometern zurücklegen kann« (S. 67/70).

Neben der Stufenbahn fand auch die Rolltreppe gebührende Aufmerksamkeit, und immer ging es darum: welche Motoren, welche Antriebsmittel, welche Leuchtkraft, welche Ingenieurkunst lag der neuen Entwicklung zugrunde.

Was für Zukunftsaussichten im allgemeinen und für den Besucher im besonderen ergaben sich daraus? Nicht unkritisch merkte der deutsche Beobachter an, gerade in der metallurgischen Ausstellung liege eine gewisse Planlosigkeit. Nur der Laie könne dazu kommen,

»in der Tat auch die gigantischen Dimensionen einer Schiffsschraube oder die Rammnase eines modernen Kriegsschiffes (zu bewundern), die für sich allein die Länge eines respektablen Flußdampfers besitzt, in Bezug auf das Gewicht diesen aber bei weitem übertrifft. Kommt er in den französischen Teil dieser Ausstellung, so wird er von den seltsamen pflanzlichen Gebilden, die hier aus schenkelstarken Kupferröhren, die an ihren Enden mit Granaten verziert sind, auf das Äußerste frappiert werden, und er wird ein gewissen unheimliches Gefühl nicht los werden, in einem solchen Palmengarten zu wandeln« (S. 151f).

Neben den europäischen Kulturen fand auch die »*Kolonialabteilung*« viel Platz und große Aufmerksamkeit. Naturgemäß waren es vor allem französische Kolonien, die hier vorgestellt werden. Leo Frobenius, ein deutscher Kulturanthropologe und Forschungsreisender als Berichterstatter im Band von Hans Kraemer, war aber durchweg empört und fand vor allem ein »Raritätenkabinett«:

»Die schaurigen Geräte der Menschenopfer, Fetische, Menschenschädel, blutübergossene Häuptlingsstühle, ›Throne‹ ziehen das Publikum an, schwarze Diener patrouillieren hin und her. Der Forscher findet hier ungeheuer viel Prunkhaftes und ungemein Schätzenswertes. Aber alles ist unvorbereitet geboten, in ganz unglaublicher Unordnung – alle wissenschaftliche Systematik ward dem Dekorationsbedürfnis des Architekten geopfert,«

heißt es für Dahomé (S. 162). Dagegen der deutsche Gelehrte:

»Fassen wir aber dies wachsende Wesen neuzeitlicher Kolonisation in das Auge und suchen nach einem klaren Ausdruck für dieses, so offenbart sich dasselbe in einer wichtigen Tatsache, [...] daß erst im 19. Jahrhundert eine tatsächliche Kultivierung und Besiedelung der großen ›Inlandsflächen‹ vor sich gegangen ist [...] Dem Auftreten der Festlandsmächte als kolonisierende Staaten, dem großen Aufschwung der Schiffahrt, der eine Umwälzung der trennenden Meere in verbindende Wasserstraßen bedeutete, folgte notgedrungen die Aufteilung der Welt – soweit sie frei war. In allen Ländern wurden europäische Flaggen gehißt, überall zog die europäisch-asiatische Kultur ein.«

Das verdiente alle Bewunderung, zumal angesichts der Zukunftschancen:

»Es ist ein enormes, gewaltiges Bild, das seinesgleichen in der Weltgeschichte nicht hat. Wie einst Roms Staatsmacht sich alle das Mittelmeer begrenzende Länder unterwarf, so zieht Europas Kultur über die

> ganze Erde hin. Nur wenige außereuropäische Kulturgebiete überdauerten diese Morgenröte. Im Strahlenglanze dieser Sonne verglühen die Sterne Persiens und Chinas, und wenn Japan noch lebhaft leuchtet, so ist dies lediglich eine Folge davon, daß es sich dem europäischen Siegeszuge anschmiegte. Damit aber tritt die ganze Weltgeschichte in eine neue Phase. Mit einem Schlage, in einem Menschenalter ward die Bühne der Geschichte der herrschenden Kultur von der Größe eines Europa bis zum Umfange der ganzen Erde erweitert« (S. 171/174).

Und genau an diesem Punkt versagte nach Frobenius' Vorstellungen das Durcheinander der Weltausstellung die Einsicht, die er selbst klar formulierte: der Gedanke an eine gemeineuropäische Weltmission, die von gleichen technischen, industriellen und wissenschaftlichen Standards Europas ausgehend irgendwie auch die ganze Welt in Zukunft durchdringen werde.

Rückblickend läßt sich leicht sehen, daß dies Grenzen hatte. Zwar fand in den 1880er Jahren tatsächlich ein »scramble for Africa« statt, ein verbissener Wettlauf, der auf der Landkarte fast den ganzen Kontinent in den Farben der Europäer erscheinen ließ. Aber Süd- und Mittelamerika, die spanisch bzw. portugiesisch geprägten Gebiete, die Anfang des 19. Jahrhunderts ihre Unabhängigkeit gefunden hatten, blieben ganz außen vor. Dafür sorgten schon die USA, die in den 1890er Jahren die Monroe-Doktrin (von 1825) »Amerika den Amerikanern« in spezifischer Weise wiederbelebten und für eine Abwehr allzu intensiver europäischer Ansprüche sorgten. Unabhängig und nicht aufgeteilt blieb aber auch China. Bereits Ende des letzten Jahrhunderts bekamen Imperialisten aller Länder leuchtende Augen, wenn von den künftigen Chancen dieses Marktes gesprochen wurde; hier setzte sich jedoch bereits vor dem Ersten Weltkrieg 1907 eine Reformbewegung unter Sun Yat-sen durch, welche europäischer Durchdringung eine Grenze setzte. Hinzu kam, daß das europäische Kulturmodell zwar auch in weiten Teilen der islamischen Welt Einfluß erlangte, und bis zum Ersten Weltkrieg deren Kern, nämlich das Osmanische Reich, durch Abspaltung und Nationalstaatsgründung immer weiter schrumpfen ließ, es aber dennoch nicht als selbständigen Faktor ausschaltete. Und was damals gänzlich außerhalb des Horizontes war: das Russische Reich, das in der Mitte des 19. Jahrhunderts bis zum Pazifischen Ozean (1860) und bis Mittelasien expandiert hatte und somit einen ungeheuren Raum für Binnenkolonisation geschaffen hatte, erwies sich gegen Ende des 20. Jahrhunderts als ein multiethnisches Gebilde, dessen Auseinanderfallen erst ein Jahrhundert später die Grenzen europäischer Zivilisationsausbreitung zeigte.

Doch kehren wir noch einmal zurück zur Pariser Weltausstellung des Jahres 1900. Gerade die Präsentation der Fremdheit anderer Kulturen erfolgte vor dem Hintergrund, die *europäische Kultur* in allen ihren Ausprägungen darzustellen. Offizielle nationale Selbstdarstellung zeigte jedoch die Grenzen dessen, was Moderne in dieser Zeit darstellte. Alt-Paris bot als Nachbau einer mittelalterlichen Idylle nostalgischen Rückzugsraum. Und an der Seine zwischen dem Pont des Invalides und dem Pont d'Alma hatten die einzelnen Staaten Gelegenheit, nationale Repräsentationsbauten aufzustellen. Hier dominierte ein Synkretismus rückwärtsgewandter Traditionen und Kunststile: Italien präsentierte einen Renaissance-Palast mit reicher klassizistischer Dekoration; daneben hatte die Türkei einen moscheenähnlichen Palast zu bieten, der klassizistische Elemente aufwies. Die USA warteten mit einem kuppelbewehrten ebenfalls klassizistischen Bau auf, der entfernt vom Kapitol in Washington inspiriert war. Bei den Belgiern fühlte man sich an die Renaissance-Gebäude der Grande Place in Brüssel erinnert, bei den Deutschen an Neuschwanstein und bei den Spaniern an einen barocken Prunkpalast aus Madrid.

Das Kunstgewerbe insgesamt war im neugeschaffenen Grand Palais angesiedelt, und hier mischten sich die Stile noch in ganz anderer Weise. Renaissance-Treppen, gotische Elemente, romanische Bögen fanden sich neben allem anderen, was seit dem 18. Jahrhundert gut und gängig geworden war. Dazu trat jedoch als ganz neue Stilrichtung, die überall ihre Stempel aufdrückte, der Jugendstil. Nehmen wir etwa den Eingang zur deutschen Kunstgewerbe-Abteilung, wo auf einem künstlichen Steingebilde ein bronzener Adler über einen ebensolchen Drachen obsiegte. Das Eingangsportal wurde von zwei Reiterstandbildern mit Rittern in mittelalterlicher Rüstung flankiert; aber die Fassade wies doch deutlich Jugendstilzüge auf, die von einem allegorischen Gemälde überrollt wurde, auf dem offenbar der Erzengel Michael – der deutsche Michel – eine bedeutende Rolle spielte. Positiv hob der deutsche Kritiker unseres Jahrhundertrückblicks jedoch hervor, man finde die Innenräume nicht von Möbelfabrikanten gestaltet,

> »sondern von Künstlern, von einzelnen wie Melchior Lechter, Gabriel Seidl, Franz Stuck, Otto Eckmann, von Kollektivgruppen, wie den Münchener Vereinigten Werkstätten für Kunst im Handwerk und der unter dem Protektorat des Großherzogs von Hessen stehenden Darmstädter Künstlerkolonie« (S. 234).

Schon die Tatsache, daß Gestaltung des Alltags als künstlerische Aufgabe angesehen wurde, war eine relativ neue Erscheinung.

Wechseln wir zu den bildenden Künsten, so dominiert hier ganz das Klassische und Erhabene. Ein Blick in die Treppenhalle des großen Kunstpalastes mag das belegen. Zitieren wir noch einmal unseren Beobachter:

> »Aus der Menge der weiblichen Akte ist es nicht leicht, das Glücklichste herauszufinden. Charpentier hat einiges Vorzügliche dieser Art geschaffen, das er *Die Sternschnuppe*, *Das Lied* usw. betitelt. Muhlenbecks *Chloé* ist ein feiner knospiger Mädchenakt, Hercule's anmutig rastende Najade, die sich am Rande einer Quelle spiegelt, kommt neben D. Puechs marmornem Hochrelief der *Seinegöttin* in Betracht, in deren geschlängelten Formen sich das Bild des Stromes versinnlichen soll. Erstaunlich gering ist dagegen, was in männlichen Akten geleistet wird; Charpentiers Ringergruppe zeigt den für die statuarische Auffassung nicht gerade günstigen Moment der Kopfstellung des einen Kämpfers [...]« (S. 268).

Unter deutschen Bildhauern ist Reinhard Begas der herausragende. Mit Gemälden repräsentiert sich die deutsche Szene durch Franz Stuck, Franz Lenbach, A. von Keller, H. Thoma und den »Altmeister« Adolf Menzel. Auch auf französischer Seite war es kaum anders:

> »Es ist freilich schwer zu entscheiden, woran sich die letzte Pariser Kunstmode offenbart. Daß der herrschende Kunstgeschmack an der Seine sich durch jene nicht wesentlich und nicht dauernd beeinflussen lasse, sondern ein überwiegend konservatives Gepräge besitze, wurde schon oben betont. Selbst das Sittenstück, die Arbeiter- und Bauernbilder der Ausstellung, zeigen keine beachtenswerte neue Wendung der schon vor zwanzig oder mehr Jahren gewählten Stoffe« (S. 293).

Wenn man dann die Namen der ausgestellten Maler hört, findet sich keiner, der ein Jahrhundert später noch Interesse wecken könnte. Es war schon viel, wenn in der ausgestellten Kunst die Arbeitswelt der Stadt und der Industrie neben die ländliche Idylle und das ländliche Arbeiten trat.

Wenn im Titel dieses Beitrages vom Durchbruch der Moderne die Rede ist, dann betrifft das dennoch auch die bildende Kunst. Auf der Weltausstellung in Paris vermissen wir sie jedoch weitgehend. Das hängt mit dem Zwiespalt von öffentlicher Repräsentation einerseits, wie sie das Jahrhundertereignis zu bieten meinte, zusammen und andererseits mit den tieferen Schichten von gesellschaftlichen und individuellen Widersprüchen, die in der Kunst zur Sprache kamen. Da kann man von einer Verspätung von Jahrzehnten gegenüber der damaligen Avantgarde reden.

Von Cézanne ist nichts zu sehen; die Impressionisten, die längst ihren Höhepunkt überschritten haben, kommen nicht vor, und was bis heute als Durchbruch in die Moderne gilt, ist wohl um 1900 noch nicht vorhanden, findet aber im folgenden Jahrzehnt in atemberaubendem Tempo seine Artikulation. Von Auguste Rodin über Wilhelm Lehmbruck bis Max Liebermann einerseits, von Pablo Picasso über Henri Matisse bis Paul Gauguin, von den deutschen Expressionisten bis zu Edvard Munch zu Alexej Jawlensky hatte sich längst eine Fülle anderer Bewegungen und Tendenzen geltend gemacht. Was man vielleicht sagen kann: Die offizielle Kunst eines sich konservativ oder liberal gebenden Zeitalters ist fortschrittlich, optimistisch, während in der Avantgarde gerade hier die Brüche deutlich werden. »Der Glaube, sich ›im Einklang mit der gesamten Jahrhundertentwicklung der Zeit‹ zu befinden, wird gegen Ende des Jahrhunderts nachhaltig gestört. Die Karriere der Begriffe Entartung und Dekadenz zeigt, daß nun Kunst und Gesellschaft kulturkritisch wahrgenommen werden und der liberale Fortschrittsoptimismus an Überzeugungskraft verliert«, formulierte Georg Bollenbeck kürzlich (S. 97). Gerade die Sensibilität von Kunst aller Arten über die gesellschaftlichen Widersprüche, die sozialen Verwerfungen finden ihre volle Ausprägung in der Vor-Weltkriegzeit. Pablo Picassos Frauenkopf von 1909, der *Zerbrochene Kopf*, mag hierfür exemplarisch stehen.

III. Vernichtung und Moderne – mehr als ein zufälliges Zusammentreffen?

Die Pariser Weltausstellung des Jahres 1900 war mehr als ein Symptom für wesentliche Züge des internationalen Zeitgeistes, der natürlich Hunderte, ja Tausende von Facetten hatte. Sie steht im Prinzip für den Fortschrittsoptimismus auf vielen Sektoren, der damit einen Grundakkord der Epoche anschlägt. In der Staatenpolitik, in der Kulturmission Europas hoffte man, wenn schon nicht endgültige, so doch durchschlagende Erfolge zu erzielen. Die Naturwissenschaften boomten, Physik und Chemie voran; die angewandten Wissenschaften setzten diese Erkenntnisse in staunengebietende Ergebnisse um, die auch den Alltag jedes kleinen Mannes auf der Straße beeinflussen sollten und konnten und darüber hinaus als Werkzeuge zu einer besseren Welt dienten. Wenn die bildenden Künste in Paris in vielen Facetten ein ähnliches Bild zu zeigen suchten, dann enthüllt sich erst nachträglich deutlich ihr rückwärts gewandter, ja apologetischer Charakter. Es gab in den tiefen Schichten, ja auch an der Oberfläche ganz anderes, Verstörendes, Zerreißendes und Widersprüchliches. Nicht nur starke soziale Gegensätze zwischen Arm und Reich, zwischen den Massen und Eliten durchzogen die Gesellschaft, auch die kulturellen Zuschreibungen wurden mit großer Heftigkeit ausgetragen.

Und so kam auch die Prachtedition über das 19. Jahrhundert von Hans Kraemer mit dem Sonderband zur Weltausstellung nicht umhin, ein letztes Kapitel anzufügen:

> »Der Krieg in Südafrika. So wie es einst begonnen, hat das 19. Jahrhundert geendet: mit Kämpfen zur Unterdrückung der Selbständigkeit und nationalen Eigenart einzelner Volksstämme, die von stärkeren Nachbarn zum Opfer ausersehen waren. Was einst der von dem Höchsten nicht zurückschreckende, ruhelose Geist eines Napoleon den europäischen Staaten zugedacht hatte, das ward an der Grenze des von dem Korsen so denkwürdig eingeleiteten Saeculums von kleineren, aber nicht minder skrupellosen englischen Staatsmännern im Süden des dunklen Erdteils ins Werk gesetzt. [...] Vergeblich und aussichtslos, wie einst das Ringen der von Andreas Hofer geführten Tiroler gegen die welsche Übermacht, war auch der Verzweiflungskampf des holländischen Hirtenvolkes [gemeint sind die Buren; J. D.], aber es hat die Aufmerksamkeit der ganzen Welt mehr auf sich gelenkt, als mancher große Krieg vor ihm, weil das innigste Mitgefühl aller rechtlich Denkenden den David begleitete, der kühn dem gefürchteten Goliath gegenübertrat« (S. 375).

Es war dies der Kolonialkrieg der britischen Kolonie, unterstützt vom Mutterland, der tatsächlich von 1899 bis 1902 dauerte und dann mit der Niederwerfung der Buren endete, der in ganz Europa um die Jahrhundertwende eine proburische Sympathiewelle auslöste, die von Regierungen kaum in Schach gehalten werden konnte. Krieg war auch eine Realität des Jahres 1900, selbst wenn er hier mit den Mitteln des kleinen Krieges ausgetragen wurde und auf Europa nicht direkt übergriff. Und wenn die koloniale Situation sich in offiziellen Darstellungen als eine segenbringende Zivilisationsaufgabe darstellte, dann enthüllte sie hier – im Kampfe Weißer gegen Weiße –, aber auch in vielen anderen Fällen von weißer Unterdrückung überseeischer Ethnien ihre ganze Brutalität, die im Fortschrittsgedanken ebenfalls angelegt war.

In diesem Sinne haben die einleitenden Teile des Beitrags gezeigt, wie sehr Krieg, Kriegsgefahr, Sorge vor Gewalt, Ruin der Volkswirtschaften und des Reichtums der Nationen die eine Seite bildeten. Genau dieser Strang setzte sich, wenn auch nicht alternativlos, durch und überdeckte das, was als moderner Aufbruch gekennzeichnet wurde. Seit der Jahrhundertwende häuften sich die internationalen Krisen in wesentlich stärkerem Maße als in den Jahrzehnten zuvor. Das Flottenwettrüsten, das vom Deutschen Reich gegenüber Großbritannien ausgelöst wurde, aber alle Mächte erfaßte, wurde ab 1905/06 durch ein Wettrüsten zu Lande ergänzt, das alle kontinentalen Staaten erfaßte. Der russisch-japanische Krieg von 1904/05 sah das Aufkommen einer neuen ostasiatischen und damit nichtweißen Großmacht. Deutsche Interventionen in Marokko 1905 und noch einmal 1911 bedeuteten ein Säbelrasseln, das gerade keinen Krieg wollte und es bei dem Rasseln bewenden lassen wollte. Dennoch stieg mit derartigen Aktionen die Kriegsgefahr, indem sich alle anderen gegen den Unruhestifter in der Mitte Europas zusammenschlossen. 1908/09 provozierte Österreich-Ungarn mit deutscher Rückendeckung eine Konfrontation über Bosnien mit Rußland, das beinahe bereits die anderen Großmächte zur Unterstützung auf den Plan brachte. Von der Marokko-Krise 1911 war gerade schon die Rede. 1912/1913 lösten sich die meisten europäischen Teile des Osmanischen Reiches in einem Krieg von dem »kranken Mann am Bosporus«, gerieten dann aber selbst in den Kampf um die Beute. Was die Sache so gravierend machte, war, daß die Großmächte ihrerseits die neuen Staaten mehr oder weniger zu ihrer Klientel zählten und deswegen unterstützten.

In den Jahren unmittelbar vor dem Krieg machte sich bei den Führungsschichten der meisten Großmächte ein Pessimismus breit, ein Gefühl, daß man in einigen Jahren dem Existenzkampf, den man glaubte bestehen zu müssen, nicht mehr gewachsen sein würde, und daß es daher darum gehe: »Je eher, desto besser«, wie es der deutsche Kaiser Wilhelm Ende 1912 einmal auf den Punkt brachte, ohne jedoch selbst mit Entschlossenheit den Krieg anzuvisieren. Der in diesem Kontext eher triviale Mord am österreichischen Thronfolger in Sarajewo brachte 1914 den Auslöser für den Krieg. Die Generalstäbe aller Seiten hatten seit langem mit allen Mitteln moderner Planung, Technik und Organisation die eine große Aufführung geplant: den Aufmarsch zum Krieg und den Krieg selbst, für den es keine Generalprobe geben konnte. Das zeigte die Ambivalenz von Aufbruch und Pessimismus. Auch der moderne Krieg war ein Teil der Moderne, bediente sich aller ihrer Mittel, wenn auch zu zerstörerischen Zwecken. Das Jahrhundert der Gewalt, das durch die beiden Weltkriege eingeläutet wurde, hatte seine Vorgeschichte bereits in den davor liegenden Zeiten. Nur wurden die zerstörerischen Qualitäten bis 1914 in vielfacher Brechung verdeckt.

Literaturhinweise

Zu I:
Dülffer, Jost: Der Niedergang Europas im Zeichen der Gewalt: Das 20. Jahrhundert, in: Heinz Duchhardt / Andreas Kunz (Hrsg.): »Europäische Geschichte« als historiographisches Problem, Mainz 1997, 105-128.
– Regeln gegen den Krieg. Die Haager Friedenskonferenzen von 1899 und 1907 in der internationalen Politik, Frankfurt/M. u.a. 1981.
– / Kröger, Martin / Wippich, Rolf-Harald (Hrsg.): Vermiedene Kriege. Deeskalation von Konflikten der Großmächte zwischen Krim-Krieg und Erstem Weltkrieg (1856-1914), München 1997.
Eksteins, Modris: Tanz über Gräben. Die Geburt der Moderne und der Erste Weltkrieg, Reinbeck 1990.
Förster, Stig / Mommsen, Wolfgang J. / Robinson, Ronald (Hrsg.): Bismarck, Europe and Africa. The Berlin Africa Conference 1884-1885 and the Onset of Partition, London 1988.
Gall, Lothar: Europa auf dem Weg in die Moderne 1850-1890, München – Wien, 3. Aufl. 1998.
Geiss, Imanuel: Der lange Wege in die Katastrophe. Die Vorgeschichte des Ersten Weltkrieges 1815-1914, München – Zürich 1990.
Hirschfeld, Gerhard / Krumeich, Gerd / Langewiesche, Dieter / Ullmann, Hans-Peter (Hrsg.): Kriegserfahrungen. Studien zur Sozial- und Mentalitätsgeschichte des Ersten Weltkriegs, Essen 1997.
Hobsbawm, Eric: Das imperiale Zeitalter 1875-1914, Frankfurt/M. – New York 1989.
– Das Zeitalter der Extreme. Weltgeschichte des 20. Jahrhunderts, München 1995 (ursprünglich englisch 1994).
Hobson, John A.: Der Imperialismus, Köln – Berlin 1968.
Kennan, George F.: The Decline of Bismarck's European Order. Franco-Russian Relations 1875-1890, Princeton 1979.
Mayer, Arno J.: Adelsmacht und Bürgertum. Die Krise der bürgerlichen Gesellschaft 1848-1918, München 1984.
Michalka, Wolfgang (Hrsg.): Der Erste Weltkrieg. Wirkung, Wahrnehmung, Analyse, München 1994.
Renn, Ludwig: Der Krieg, Frankfurt/M. 1931.
Riezler, Kurt: Tagebücher, Aufsätze, Dokumente, hrsg. von Karl Dietrich Erdmann, Göttingen 1972.
Schmidt, Gustav: Der europäische Imperialismus, München 1985.
Schöllgen, Gregor: Das Zeitalter des Imperialismus, München, 3. Aufl. 1994.
Schulheß' Europäischer Geschichtskalender 1898, München 1899.

Zu II:

Bollenbeck, Georg: Tradition, Avantgarde, Reaktion. Deutsche Kontroversen um die kulturelle Moderne 1880-1945, Frankfurt/M. 1999.

Kalb, Christiane: Weltausstellung im Wandel der Zeit und ihre infrastrukturellen Auswirkungen auf Stadt und Region, Frankfurt/M. 1994, bes. Kap. 2: Zur Geschichte der Weltausstellungen.

Kraemer, Hans: Das XIX. Jahrhundert in Wort und Bild. Politische und Kultur-Geschichte, 4. (Supplement-) Band: 1900, Berlin u.a. 1900.

Kuchenbuch, Thomas: Die Welt um 1900. Unterhaltungs- und Technikkultur, Stuttgart 1992, bes. Teil II: Die Weltausstellung von 1900.

Mattie, Eric: World's Fairs, Princeton (N.Y.) 1998.

Ory, Pascal: Les expositions universelles de Paris, Paris 1982.

Zu III.

1900. Art at the Crossroads. Ausstellung der Royal Academy London / S. Guggenheim Museum, New York 2000 (mit Katalog).

Brendecke, Arndt: Die Jahrhundertwenden. Eine Geschichte ihrer Wahrnehmung und Wirkung, Frankfurt/M. – New York 1999

Frevert, Ute (Hrsg.): Das neue Jahrhundert. Europäische Zeitdiagnosen und Zukunftsentwürfe um 1900, Göttingen 2000.

Gall, Lothar (Hrsg.): Das Jahrtausend im Spiegel der Jahrhundertwenden, Berlin 1999; darin: Hildebrand, Klaus: 1900. »Was das 19. Jahrhundert Alles brachte« oder »Die gute neue Zeit«, in: Lothar Gall (Hrsg.): Das Jahrtausend im Spiegel der Jahrhundertwenden, Berlin 1999, 343-378.

Klein, Fritz / von Aretin, Karl Otmar (Hrsg.): Europa um 1900. Texte eines Kolloquiums, Berlin (Ost) 1989.

Maltby, Richard: Popular Culture in the Twentieth Century, London 1988.

Mommsen, Wolfgang J.: Bürgerliche Kultur und künstlerische Avantgarde, Frankfurt/M. 1994.

Nipperdey, Thomas: Wie das Bürgertum die Moderne erfand, Berlin 1988.

Paret, Peter: Die Berliner Secession. Moderne Kunst und ihre Feinde im Kaiserlichen Deutschland, Berlin 1981.

vom Bruch, Rüdiger / Graf, Friedrich Wilhelm / Hübinger, Gangolf (Hrsg.): Kultur und Kulturwissenschaft um 1900, Stuttgart 1989.

vom Bruch, Rüdiger: Weltpolitik als Kulturmission. Auswärtige Kulturpolitik und Bildungsbürgertum in Deutschland am Vorabend des Ersten Weltkriegs, Paderborn 1982.

Vorndran, Ruprecht (Hrsg.): Geschichte der Weltausstellungen. Von der Weltausstellung London 1851 bis zur Expo 2000 in Hannover, Essen 1999.

Norbert Frei

Der Nationalsozialismus in seiner Epoche

In der Weltgeschichte der Literatur gibt es vermutlich nur wenige Bonmots, die von dem Moment an, da sie ausgesprochen wurden, so gründlich dementiert worden sind wie die Bemerkung von Karl Kraus, zu Hitler falle ihm nichts ein.[1] Was schon 1933 für den verzweifelten Ironiker Kraus nicht stimmte, traf auch nach ihm zu keinem Zeitpunkt zu, und in gewisser Weise könnte man sagen, daß uns allen – den Historikern, den Deutschen, ja der Menschheit – zu Hitler und seiner Epoche um so mehr einfällt, je weiter wir uns davon entfernen.

Die Erfahrung des Nationalsozialismus, so behaupte ich, ist heute stärker denn je Teil des Gegenwartsbewußtsein, und zwar nicht nur der Deutschen. Zugleich – und das ist nicht dasselbe – ist das Zentralverbrechen der NS-Zeit, der Genozid an den europäischen Juden, in herausragender Weise aufgehoben im Gedächtnis der Menschheit.

Der Name Hitler ist in allen Kulturen der Welt bekannt, und wenn es dafür noch eines Beweises bedürfte, so lieferte ihn die elektronische Textverarbeitung. An ihr nämlich scheitert längst jeder Versuch, sich bei dem Namen Hitler zu vertippen: Wer am Computer etwa das L und das T verdreht, wie es leicht passiert, der wird korrigiert, noch ehe er den Fehler selbst bemerkt. Hitler hat im globalen Gedächtnis einen festen Platz, ergo auch im Computergehirn.

Im Rahmen einer historischen und zivilisationsgeschichtlichen Standortbestimmung über den Nationalsozialismus zu sprechen scheint angesichts einer solchen Allgegenwart und Prävalenz also keiner weiteren Begründung zu bedürfen. Dennoch meine ich, daß diese Themenwahl für das 20. Jahrhundert so selbstverständlich nicht ist, wie man auf den ersten Blick annehmen könnte. Jedenfalls dann nicht, wenn man sich das bittere Faktum eingesteht, daß die Menschheitsverbrechen und die Orgien der Vernichtung nach dem Ende des »Dritten Reiches« nicht aufgehört haben; daß dieses Säkulum nicht von ungefähr als das Jahrhundert der Gewalt und der Destruktivität bezeichnet wird.

Noch etwas kommt hinzu, und auch das macht die Wahl des Themas nicht unausweichlich: Gemessen an den zwölf Jahren des »Tausendjährigen Reiches«, gemessen auch an den etwa fünf Jahren nationalsoziali-

1 Kraus 1952, 9. Das 1933 abgeschlossene Manuskript konnte erst postum erscheinen.

stischer Besatzungsherrschaft in Europa, ist die Spanne der seitdem vergangenen Zeit beträchtlich. Weimarer Republik und »Drittes Reich« zusammengenommen sind nur etwa halb so alt geworden, wie die Bundesrepublik Deutschland inzwischen ist. Die gesamte zweite Hälfte des 20. Jahrhunderts hindurch, so können wir heute erleichtert feststellen, genoß die größere Hälfte Deutschlands die Vorzüge einer freiheitlichen Demokratie. Und seit dem Ende der Unfreiheit in der DDR, seit dem Fall der Mauer, sind inzwischen ebenfalls mehr als zehn Jahre vergangen – viel länger hat auch Hitlers Herrschaft nicht gedauert.

Was also ist es, das die Fokussierung auf die NS-Zeit begründet? Was berechtigt gar dazu, im Kontext des 20. Jahrhunderts vom Nationalsozialismus in seiner Epoche zu sprechen?

Mein Versuch einer Antwort erfolgt in drei Schritten: einem kurzen Blick auf die Anfänge der NS-Forschung (I) schließt sich eine Skizze des gegenwärtig sich vollziehenden Abschieds von der Zeitgenossenschaft der NS-Zeit an (II); was daraus für die Zukunft resultieren könnte, wird im letzten Abschnitt erörtert (III).

I. Die Anfänge der NS-Forschung

In den über fünfzig Jahren, die uns vom Untergang des »Dritten Reiches« trennen, ist mehr als einmal die Parole ausgegeben worden, nun müsse »endlich Schluß« sein mit dem Bohren in dieser Geschichte. Immer wieder war zu hören, man wisse doch längst genug, und sogar in der historischen Zunft wurde gelegentlich die Vermutung geäußert, nun aber sei der Punkt erreicht, an dem sich weitere Forschungen über den Nationalsozialismus nicht mehr lohnten. Alles Wissenswerte und irgend Relevante habe man doch herausgefunden und beschrieben.

Tatsächlich dürfte heute zutreffen, was schon seit langem behauptet wird: daß die Zeit des Nationalsozialismus die am intensivsten erforschte Periode der deutschen, vielleicht sogar der Weltgeschichte darstellt. Ungeachtet einer historiographischen und auch literarisch-künstlerischen Produktion, die große Spezialbibliotheken füllt und die (was oft eine Floskel ist) kein einzelner Forscher mehr zu überschauen vermag, erleben wir immer wieder neue Wellen der wissenschaftlichen Beschäftigung mit dem Nationalsozialismus und des öffentlichen Interesses. Diese Wellen verlaufen seit langem sozusagen parallel zu den halb antizipierten, halb auch ersehnten Prognosen vom »Ende der NS-Geschichte«. Demgegenüber gilt es festzuhalten, daß die NS-Forschung bis heute weitergeht; warum das so ist, wird durch einen kurzen Blick auf ihre Genese vielleicht schon klarer.

Wie alle Funktionseliten verfügte auch die Historikerzunft 1945 nicht über jene innere Freiheit, die es ihr erlaubt hätte, sich sofort an eine gründliche und im Wortsinne rücksichtslose Erforschung des Nationalsozialismus zu machen. Im Gegenteil, große Teile der Disziplin hatten sich dem Regime nur allzu bereitwillig zur Verfügung gestellt und suchten dies nach dessen Ende zu vertuschen.[2] Auch deshalb waren ihre Stimmen zunächst eher dünn. Eine Schrift wie die des schon damals weit über 80jährigen Friedrich Meinecke gehörte folglich zu den Ausnahmen. Meineckes Buch über die »deutsche Katastrophe« erschien bereits 1946, und seine besorgte Frage lautete: »Wird man die ungeheuerlichen Erlebnisse, die uns in den zwölf Jahren des Dritten Reiches beschieden wurden, je vollkommen verstehen?« (Meinecke 1946, 5).

Das Buch war ein Dokument der Rat- und Hilflosigkeit angesichts einer vor allem als Tragödie des deutschen Nationalstaats empfundenen Situation, und es entsprach Meineckes bürgerlich-liberaler Perspektive, als er empfahl, Goethegesellschaften zu gründen, um die Deutschen moralisch und geistig wiederaufzurichten. Die räsonnierende Faktenferne seiner Schrift widerspiegelte aber nicht nur die eigentümliche Verinnerlichungskultur der unmittelbaren Nachkriegszeit, in der sich kollektive Erschöpfung, nationales Selbstmitleid und Melancholie verbanden; es zeigte sich darin auch das noch nahezu völlige Fehlen schriftlicher Quellen als der Voraussetzung solider Geschichtsschreibung.

Diese wurde im Grunde erst möglich, als die Besatzungsmächte den Deutschen gegen Ende der vierziger Jahre die vervielfältigten Dokumentenabschriften aus den Nürnberger Prozessen zur Verfügung stellten. In diesem Kontext begann dann auch die Etablierung der Zeitgeschichte als eine eigene historische Teildisziplin.

Pointiert formuliert, war die Beschäftigung mit der – wie man damals gerne sagte: »jüngsten Vergangenheit« – eine intellektuelle Reparationsforderung der Alliierten. Das heißt: Zeitgeschichte hatte vom Start weg kritisch zu sein, nicht nur antinationalsozialistisch (das verstand sich von selbst), sondern auch nichtnationalistisch, dezidiert liberal im westlichen Sinne und demokratisch engagiert.

Zu diesen Erwartungen, die vor allem die Amerikaner und seinerzeit in die USA emigrierte deutsche Intellektuelle hegten, gab es fraglos autochthone Entsprechungen. Aber für die Vermutung, daß dem aufklärerischen Gründungsimpuls ohne fortbestehenden Druck von außen die

2 Statt vieler Einzelhinweise auf die in jüngster Zeit in Gang gekommene disziplingeschichtliche Forschung vgl. Schulze / Oexle 1999.

Spitze schon bald vollständig genommen worden wäre, spricht die komplizierte Entstehungsgeschichte und das erste Jahrzehnt des ab 1947 in München errichteten »Instituts zur Erforschung der nationalsozialistischen Politik« (des späteren Instituts für Zeitgeschichte)[3], das mit viel offener und verdeckter Gegnerschaft zu kämpfen hatte.

Geburtshelfer – wenn nicht Väter – der deutschen Zeitgeschichte wurden die Amerikaner auch aufgrund der Tatsache, daß sie die Rückgabe der erbeuteten deutschen Akten aus der NS-Zeit ausdrücklich an die Bedingung ihrer freien Zugänglichkeit für die Forschung knüpften. Zeitgeschichtliche Aufklärung, das hatten ja auch die Nürnberger Prozesse demonstriert, galt gewissermaßen als Voraussetzung und Teil der Reedukation. Und Zeitgeschichte war, das ist damit implizit ebenfalls schon gesagt, faktisch ein Synonym für die Geschichte des Nationalsozialismus.

So verstand das auch die kleine Schar politisch mehr oder weniger unbelasteter Historiker der mittleren Generation, die den Gedanken einer institutionellen Verankerung der NS-Forschung mittrug, noch bevor dies der aus den USA zurückgekehrte Hans Rothfels[4] in der ersten Ausgabe der *Vierteljahrshefte für Zeitgeschichte* ganz pragmatisch begründete. Zeitgeschichte war für Rothfels die »Epoche der Mitlebenden und ihre wissenschaftliche Behandlung« (Rothfels 1953, 2). Aber der Fluchtpunkt der Epoche, als deren Beginn sich ihm der Erste Weltkrieg darstellte, war eindeutig die NS-Zeit.

Läßt man die in den frühen fünfziger Jahren florierende, weitgehend apologetische Memoirenliteratur und eine Reihe dämonologischer Hitler-Deutungen beiseite, so lag die konkrete zeitgeschichtliche Produktion in Deutschland eigentlich von Beginn an fast ausnahmslos in den Händen einer relativ kleinen Gruppe auffallend junger Forscher. Im Bewußtsein eines tiefen, gelegentlich bösartigen Mißtrauens der konservativen Zunft machten sich diese jungen Leute an eine Arbeit, die allen Grundsätzen des Historismus schon dadurch zuwiderlief, daß plötzlich Staat und Nation in den Mittelpunkt einer fundamentalen politischen Kritik gerückt wurden.

3 Eine kritische Untersuchung der institutionellen und intellektuellen Grundlegung der Zeitgeschichte in den späten vierziger und frühen fünfziger Jahren müßte der Frage nach Art und Inhalt der Einflußnahme durch die Besatzungsmächte, vor allem der Amerikaner, ebenso systematisch nachgehen wie den vergangenheitspolitisch bedingten Blindstellen der jungen Disziplin; vgl. einstweilen Gimbel 1965; Auerbach 1970; Schulze 1989; vgl. jetzt auch Schulze / Oexle 1999.

4 Vgl. Schulze 1995; um einiges kritischer gegenüber Rothfels: Stern 1996, 303 Anm. 47.

Der kritisch-aufklärerische Elan dieser ersten Generation empirischer NS-Forscher war nun aber keineswegs von außen aufgenötigt; er speiste sich vielmehr in erster Linie aus dem genuinen persönlichen Interesse, den verbrecherischen Methoden und Strukturen eines Regimes auf die Spur zu kommen, durch das man sich selbst – sei es in der Hitlerjugend, sei es an der Front – zutiefst mißbraucht sah. Die aus jenem »eigenen Betroffensein«, von dem auch Rothfels gesprochen hatte, geborene Neugier auf strukturelle Zusammenhänge war zum einen der Sachlage höchst angemessen, denn alles, was man bis dahin über das »Dritte Reich« wußte, war im wesentlichen personenbezogen – sprich: es handelte von Hitler und seinen Granden –; zum anderen aber entsprach eine betont strukturgeschichtlich orientierte Forschung auch dem nur allzu verständlichen Bedürfnis einer entschiedenen methodischen Distanzierung vom Historismus und seinen ja noch höchst präsenten Verfechtern.

Hinzu kam freilich: Ein im Zweifelsfalle nicht nach Personen, sondern nach Strukturen fragender Ansatz bei der Erforschung des »Dritten Reiches« war ein probates Mittel, um einer ansonsten kaum zu vermeidenden Enthüllung biographischer Verstrickungen und Kontinuitäten unterhalb der Ebene der ohnehin bekannten NS-Größen aus dem Weg zu gehen. Vermutlich spielten solche Motive eher unbewußt als bewußt eine Rolle; aber dazu läßt sich beim gegenwärtigen Stand der disziplingeschichtlichen Forschung noch wenig sagen.

Wenn die frühe Geschichtsschreibung über den Nationalsozialismus mit so auffallend wenigen handelnden Personen auskam – die damals kaum zum Gegenstand empirischer Forschung gemachte Judenverfolgung beispielsweise hatte sich, studiert man die dürren Ausführungen, offenbar geradezu von selbst vollzogen –, so hing das auch mit einer stark politikwissenschaftlichen Wendung zusammen, die das neue Fach seit Anfang der fünfziger Jahre nahm. Gewiß gab es dafür gute Gründe: Man interessierte sich für die Frage der »Legalität« der »Machtergreifung«, für die dabei angewandte »Stufentaktik«, für den totalitären Machtapparat des Regimes. Dahinter stand die nicht selten sogar ausgesprochene Frage, wie eine Demokratie gegen solche Formen ihrer Zerstörung künftig gesichert werden könne. Die wichtigste Studie aus diesem Kreis, zugleich das erste große zeitgeschichtliche Werk überhaupt, war Karl Dietrich Brachers 1955 erschienene Habilitationsschrift unter dem bezeichnenden Titel *Die Auflösung der Weimarer Republik*.[5]

5 Nicht weniger einflußreich war die daran anknüpfende Gemeinschaftsarbeit: Bracher / Sauer / Schulz 1960.

Nichtsdestotrotz erweisen sich die blinden Flecken der frühen Zeitgeschichtsschreibung im Rückblick als höchst aufschlußreich: Sie entstanden im Grunde überall dort, wo ein genaueres Hinsehen individuelle Biographien beschädigt hätte und/oder wo wichtige Gruppeninteressen tangiert worden wären.

Das sicherlich gravierendste Beispiel dafür ist – neben der konkreten Verfolgungsgeschichte der Juden und der Rolle der Justiz als Instrument des Terrors – die Nichtbeachtung der Mitwirkung der Wehrmacht an der Ermordung der Juden in Osteuropa. Das geradezu Provozierende dieser Ignoranz liegt darin, daß es sich bei den Wehrmachtsverbrechen um ein Faktum handelte, das spätestens seit den Nürnberger Nachfolgeprozessen im Prinzip bekannt war (und außerhalb Deutschlands auch im historischen Bewußtsein blieb). Hierzulande hingegen gelang es den »soldatischen Kreisen« seit Anfang der fünfziger Jahre, dieses Wissen wieder soweit zurückzudrängen, daß es – ungeachtet der durchaus vorliegenden Ergebnisse der Zeitgeschichtsschreibung[6] – bis heute gesellschaftlich umstritten geblieben ist. Die nunmehr schon eine halbe Dekade andauernde Debatte um die sogenannte Wehrmachtsausstellung[7] hat dies eindrücklich gezeigt.

II. Abschied von der Zeitgenossenschaft

Wir haben gesehen, daß der Beginn und die frühe Entwicklung der Erforschung des Nationalsozialismus in Deutschland einherging mit der Etablierung der Zeitgeschichte als eigenständiger Disziplin. Deren Selbstverständnis läßt sich im Lichte einer inzwischen rund fünfzigjährigen Praxis durchaus etwas schärfer fassen, als es Hans Rothfels seinerzeit formuliert hat: Zeitgeschichte, so wird man heute feststellen können, unterscheidet sich von der übrigen Neueren Geschichte weder in ihrem wissenschaftlichen Anspruch noch in ihrer akademischen Verankerung. Was von Rothfels' Formel der Erforschung der »Epoche der Mitlebenden« bleibt, ist allerdings das Kriterium der Zeitgenossenschaft: Zeit-

6 So konstatiert Krausnick auf der Grundlage einer eingehenden Analyse der Zusammenarbeit von Wehrmacht und Einsatzgruppen, es sei zu »einer weitgehenden, in ihrem Ausmaß erschreckenden Integration des Heeres in das Vernichtungsprogramm und die Vernichtungspolitik Hitlers gekommen«; Krausnick / Wilhelm 1981, 278. Entsprechend wurde die Pionierstudie damals Gegenstand ebenso bösartiger wie ignoranter Kritik, auch aus Kreisen der Bundeswehr.

7 Vgl. Hamburger Institut für Sozialforschung 1996; ferner u.a. Manoschek 1996; Landeshauptstadt München 1998; Ulrich 1999; Musial 1999.

geschichte ist, wo es noch Zeitgenossen gibt. Denn der Zeitgenosse, verstanden als der Zeuge zeitgeschichtlicher Ereignisse und Erfahrungen, verfügt aufgrund seiner Zeugenschaft über eine spezifische Interventionsmacht. Mit der Autorität des Dabeigewesenen oder des Betroffenen vermag der Zeitgenosse die Erkenntnisse und Schlußfolgerungen des Historikers zu bekräftigen, er kann ihnen aber eben auch widersprechen.

Tatsächlich ist der Interventionsvorbehalt des Zeitgenossen der entscheidende methodische Aspekt, der die Zeitgeschichte von der »normalen Geschichte« trennt; er macht das Geschäft des Zeithistorikers womöglich komplizierter, aber er macht es auch besonders interessant – und er bereichert es: Gerade aus der Parallelität von wissenschaftlicher Forschung und zeitgenössischer Erinnerung entsteht jener spezifische Spannungsbogen, der die Zeitgeschichte charakterisiert und sie immer wieder zum Gegenstand gesellschaftlicher und politischer Debatten werden läßt.

Bezogen auf die Epoche des Nationalsozialismus geht diese Zeitgenossenschaft nun also zu Ende. Ein Blick auf die grobe Generationenabfolge in der NS-Zeit verdeutlicht dies: Da ist zunächst die – selbst auffallend junge – Generation der Hauptprotagonisten der NS-Bewegung und späteren Mitgliedern der engeren Regimeführung mit den Jahrgängen 1885-1900. Ihr folgte die funktional einflußreiche Kohorte derer, die in bezug auf die Gesamtgeschichte des »Dritten Reiches« als die mittlere bezeichnet werden kann und die 1933 zwischen 20 und 30 Jahre alt war. Deutlich abgrenzbar von dieser Kriegsjugendgeneration sind die Kernjahrgänge der Weimarer Republik, die zu Beginn von Hitlers Herrschaft mehr oder weniger noch Kinder waren und aus denen später die erste Generation empirischer NS-Forscher hervorgehen sollte.

Betrachtet man dieses tentative Generationenmodell aus der Perspektive des Jahres 2000, so wird schlagartig klar, was »Abschied von der Zeitgenossenschaft« bedeutet: Die Generation der Hauptakteure des »Dritten Reiches«, so sie dessen Ende und die anschließenden alliierten Prozesse überlebte,[8] ist (bei einer angenommenen Lebenserwartung von 80 Jahren) seit mindestens zwanzig Jahren tot, die mittlere Generation ist im zurückliegenden Jahrzehnt gestorben, die Weimarer Jahrgänge sind

8 Die gängige Kritik an der Konsistenz und Effektivität der alliierten Säuberungspolitik zwischen 1945 und 1949 übersieht zumeist, daß es vor, neben und nach dem Verfahren vor dem Internationalen Militärtribunal in Nürnberg und den zwölf Nachfolgeprozessen der Amerikaner in den drei westlichen Besatzungszonen Militärgerichtsverfahren gegen immerhin rund 5000 Angeklagte gab, von denen etwa 800 zum Tode verurteilt wurden; genauere Aufgliederung der Zahlen in meiner Studie: Vergangenheitspolitik (1996, 143 Anm. 29).

zum Teil bereits länger als ein Jahrzehnt im Ruhestand. Ihnen folgen, normales Rentenalter vorausgesetzt, soeben die Kinder aus den Anfangsjahren des »Dritten Reiches«. Anders ausgedrückt: Etwa neun Zehntel der heute lebenden Deutschen sind zu jung, um während der NS-Zeit eine Möglichkeit der politischen Mitwirkung gehabt zu haben, und zwei Drittel – so hoch nämlich ist inzwischen der Anteil der seit 1945 Geborenen – sind zu jung, um mit diesem Abschnitt der deutschen Geschichte eine eigene, und sei es frühkindliche Erinnerung zu verbinden.

Die Epoche des Nationalsozialismus *als Zeitgeschichte* geht also ihrem Ende entgegen; sie wird, methodisch gesehen, zur Geschichte. Parallel dazu beobachten wir, wie eingangs dargelegt, daß die gesellschaftliche und wissenschaftliche Beschäftigung mit der NS-Zeit seit einigen Jahren eine Intensität angenommen hat, die kaum mehr steigerungsfähig erscheint. Von daher liegt es nahe zu fragen, ob diese Gegenwart des Themas Nationalsozialismus in dem sich vollziehenden Abschied von der Zeitgenossenschaft ihre Ursache hat.

III. Perspektiven

Vielleicht liegt der Schlüssel zu einer Antwort auf diese Frage in der jüngsten Vergangenheit. Jedenfalls spricht einiges dafür, sich die Anfänge der momentanen Konjunktur des Themas in Erinnerung zu rufen, wenn man eine Prognose wagen möchte, wie wir in Zukunft mit dem Thema umgehen werden. Das aber heißt, wir sind zurückverwiesen in die achtziger Jahre, genauer gesagt: in das Jahr 1983, als sich die politische Klasse der Bundesrepublik dazu verstand, den 50. Jahrestag der sogenannten Machtergreifung in großem Rahmen zu begehen, mit einer mehrtägigen internationalen Konferenz im Reichstag. Damit wurde, wie sich im Rückblick zeigen sollte, nicht etwa ein Abschluß markiert, sondern es begann ein beispielloser Zyklus öffentlicher Gedenkveranstaltungen und Diskussionen, in dem das »Dritte Reich« zwölf Jahre lang, mithin bis 1995, gleichsam kommemorierend nacherlebt wurde.

An vielen Beispielen ließe sich zeigen, wie sehr die Forschung seither durch den Rhythmus »runder« Erinnerungsdaten geprägt wird – aber auch, daß die Auseinandersetzung mit dem Nationalsozialismus inzwischen weit über den Bereich der akademischen Wissenschaft hinausgewachsen ist. Zeitweise konnte (und kann man weiterhin) den Eindruck haben, als entwickle sich die Beschäftigung mit der NS-Geschichte – und das Bedürfnis, diese in Denkmäler und Museen zu fassen – zu einem eigenständigen Element der deutschen Innen- und selbst der Außenpolitik.

Die geschichtspolitischen Großereignisse, die uns in diesen gut eineinhalb Jahrzehnten beschäftigt haben, seien hier nur in Stichworten erwähnt:

- die Rede von Bundespräsident Richard von Weizsäcker zum 8. Mai 1985, die vor allem im westlichen Ausland als ein Meilenstein ehrlicher Selbstkonfrontation der Deutschen mit ihrer Vergangenheit gewertet wurde;
- die Debatte um einen angemessenen wissenschaftlichen Umgang mit der Vergangenheit, die Martin Broszat, der damalige Direktor des Instituts für Zeitgeschichte, nur wenige Wochen später mit seinem berühmt gewordenen »Plädoyer für eine Historisierung des Nationalsozialismus« (Broszat 1985; vgl. auch Ders. / Friedländer 1988) ausgelöst hat;
- der sogenannte Historikerstreit um die Vergleichbarkeit der Verbrechen des Nationalsozialismus und jener des Bolschewismus – und insbesondere um die von Ernst Nolte aufgeworfene Frage, ob Hitlers Vorgehen gegen die Juden nicht gleichsam eine Reaktion auf Stalins Vernichtungswille gegenüber dem »Klassenfeind« gewesen sei.

Im Nachgang zu diesem wissenschaftlich nur absurd zu nennenden Streit und im Gefolge der überraschend wiederhergestellten deutschen Einheit gab es in den frühen neunziger Jahren dann Versuche eines geschichtspolitischen Revisionismus, der sich insbesondere um die Frage der »Modernität« des Nationalsozialismus und um seine Deutung als eine »totalitäre Variante der Moderne« drehte (vgl. Frei 1993). Eine gewisse Rolle spielte dabei auch die vergleichende Totalitarismustheorie, die durch die nun möglich gewordene aktengestützte Erforschung der DDR-Geschichte eine unerwartete Renaissance erfuhr (Maier 1996-97; Henke 1999).

Parallel dazu entwickelte die Debatte um ein Holocaust-Mahnmal in Berlin immer größere Dynamik und führte Steven Spielbergs Film über den Judenretter Schindler einem Millionenpublikum die Möglichkeiten vor Augen, die durchaus auch ein Einzelner besaß, dem Rad der Vernichtung in die Speichen zu greifen.

1996 schließlich, im 51. Jahr nach Kriegsende, widerlegte die überwältigende Resonanz des Goldhagen-Buches auch jene, die nach dem Abschluß des 50-Jahre-Zyklus befürchteten, nun werde das große Vergessen einsetzen.[9]

9 Vgl. Goldhagen 1996; als Zusammenfassungen der (kritischen) Rezeption des Werkes vgl. bes. Schoeps 1996; Birn / Finkelstein 1998; Heil 1998.

Der parallel zu Goldhagen sich abzeichnende, aber offenbar viel nachhaltigere Erfolg der Klemperer-Tagebücher verdeutlicht erneut, daß das allgemeine Interesse weiterhin sehr hoch ist. Und selbst dem, der glaubt, dem Thema der deutschen Schuld eher ausweichen zu sollen, wie Martin Walser dies im Herbst 1998 – mit schwer erträglicher Selbstgerechtigkeit – für sich in Anspruch nahm (dazu Schirrmacher 2000), bleibt dies im aktuellen Teil der Tageszeitung nicht erspart. Das zeigten 1999 der schon erwähnte Streit um die Wehrmachtsausstellung, und das zeigten die zähen Verhandlungen um die Entschädigung bisher leer ausgegangener Zwangsarbeiter.

Gerade die beiden zuletzt genannten Aspekte verweisen freilich auch wieder zurück auf das Problem des Abschieds von der Zeitgenossenschaft, ja sie sind, so scheint mir, überhaupt nur zu erklären, wenn man dieses als Hintergrund einbezieht:

Im Falle der Wehrmachtsverbrechen müssen wir konstatieren, daß die Militärgeschichtsschreibung zwar seit den sechziger Jahren die als Antwort auf die Nürnberger Prozesse gepflanzte Legende von der »sauber« gebliebenen Wehrmacht langsam hinter sich gelassen hatte, daß entsprechende Vorstellungen gesellschaftlich aber noch jahrzehntelang wirksam blieben. Ihre nachhaltige Destruktion wurde offenbar erst möglich, als die Mehrzahl der ehemaligen Soldaten abgetreten war und auch bereits die jüngsten Jahrgänge in der Bilanzierungsphase ihres Lebens standen. Erst jetzt, ein halbes Jahrhundert nach dem Ende des Krieges, hatte die Legende ihren autobiographisch schützenden Sinn verloren, war der Zeitpunkt für ein Projekt wie die sogenannte Wehrmachtsausstellung gekommen.

Und im Falle der Entschädigungsforderungen scheint neben der Tatsache, daß die in Osteuropa lebenden ehemaligen Zwangsarbeiter erst nach dem Ende des Kalten Krieges in der Lage sind, individuelle Forderungen zu erheben bzw. sich von versierten Anwälten vertreten zu lassen, doch auch der Faktor Zeit eine wichtige Rolle zu spielen, genauer gesagt: die zu Ende gehende Zeitgenossenschaft, vor deren Ablauf noch etwas geschehen soll und muß. Der Abschied von der Zeitgenossenschaft ist also eine wesentliche Erklärung für die anhaltende Intensität der Debatte über die NS-Geschichte.

Was aber bleibt, wenn diese Zeitgenossenschaft in wenigen Jahren definitiv zu Ende gegangen sein wird? Können wir erwarten, daß auch dann weiter gilt, was in den letzten zwei Jahrzehnten zu beobachten war: daß also die NS-Zeit in der öffentlichen Wahrnehmung um so lebendiger hervortritt, je weiter wir uns historisch von ihr entfernen? Können wir erwarten, daß das Verschwinden der Zeitgenossenschaft tatsächlich auf

Dauer zu dem paradoxen Ergebnis führt, daß sich die Intensität der kollektiven Erinnerung erhöht statt verringert? Und was wird aus der NS-Forschung werden, wie wird sie sich verändern, wenn das korrigierende Korsett der Zeitgenossenschaft erst einmal vollständig abgestreift, die Interventionsmöglichkeit des Zeitgenossen nicht mehr gegeben sein wird?

Eine gewisse Gefahr ist wohl nicht von der Hand zu weisen, daß mit dem Ende der Zeitgenossenschaft das Politisch-Spekulative, das Zufällige und Beliebige, das bloß intellektuell Ausgedachte, zu Lasten seriöser Fragestellungen und quellengestützter Forschung zunehmen wird. Ein Beispiel dafür ist die von einem Chemnitzer Privatdozenten termingerecht zum 8. November 1999 ausgelöste Debatte um die Legitimität des Hitler-Attentats von Johann Georg Elser. Der schwäbische Schreinergeselle, so heißt es in dieser Antrittsvorlesung, sei politisch viel zu wenig informiert gewesen, um diesen Schritt mit moralischer Berechtigung zu gehen.[10]

Die Scheu davor, allein der Profilierung halber weit überzogene oder gar mit den Fakten unvereinbare Thesen in die Welt zu setzen (eine zweifellos nicht nur in der Geschichtswissenschaft anzutreffende Praxis, die aber mit Blick auf das Thema Nationalsozialismus bisher doch die Ausnahme war), dürfte weiter zurückgehen, wenn das Korrektiv der kontrollierenden Kennerschaft des Zeitgenossen, zumal der Historiker unter diesen, erst einmal fehlt und mit dem Widerspruch direkt Betroffener – seien es vormalige Täter, Opfer oder Zuschauer – nicht mehr gerechnet werden muß.

Freilich werden sich für eine aus der Zeitgenossenschaft (und damit aus der Zeitgeschichte) entlassene NS-Forschung nicht nur Risiken ergeben, sondern auch neue Notwendigkeiten und Chancen: In dem Maße, in dem das gesellschaftlich vorhandene Wissen über den sogenannten Alltag und die Lebensbedingungen in der NS-Zeit weiter zurückgeht, wird beispielsweise die genauere Beschreibung und Erforschung des kulturellen Lebens im »Dritten Reich« immer wichtiger. Die ältere Literatur konzentrierte sich hier ganz auf die Analyse jener politischen Formierungs- und Kontrollansprüche, wie sie in einem ausschließlich als »totalitär« wahrgenommenen Regime erwartet werden konnten. Im Zentrum der Aufmerksamkeit standen damit automatisch die repressiv-bevormun-

10 Vgl. Lothar Fritze, Die Bombe im Bürgerbräukeller. Der Anschlag auf Hitler vom 8. November 1939, in: Frankfurter Rundschau vom 8.11.1999, S. 9; sowie die Antwort von Peter Steinbach und Johannes Tuchel, Es schien, als schreckte die Öffentlichkeit vor Elser zurück, in: Frankfurter Rundschau vom 18.11.1999, S. 8; die Kontroverse hat zu einem erbitterten politischen Streit um das Hannah-Arendt-Institut für Totalitarismusforschung in Dresden geführt.

denden Elemente nationalsozialistischer Kulturpolitik. Weitgehend unbeachtet blieb demgegenüber alles das, was nicht dem unmittelbaren politischen Zugriff unterlag, die kulturelle Lebenswirklichkeit aber gleichwohl weiterhin mitprägte: sei es das ideologisch nicht beanstandete traditionelle Repertoire der schönen Künste, seien es die Hervorbringungen einer auch unter dem Nationalsozialismus weiter expandierenden Massenkultur.

An diesem Punkt setzen seit ein paar Jahren immer wieder neue Fallstudien und Einzeldarstellungen an. Sie weisen nicht nur übertriebene Vorstellungen vom Ausmaß totalitärer Kultursteuerung zurück, sondern frappieren gewissermaßen ein ums andere Mal das jüngere Publikum mit eingängigen Beschreibungen einer Ästhetik jenseits der Lichtdome Albert Speers: Sei es (schon vor 15 Jahren) die Entdeckung, daß man in Nazi-Deutschland Coca-Cola trank, sei es die Erkenntnis, daß Swing und Jazz, obwohl offiziell mißbilligt, geradezu prosperierten und selbst im Ghetto von Theresienstadt zur Aufführung gelangten (vgl. Kater 1995; Schumann 1997).

Natürlich gab es alles das, sagen die ob solcher Forschungen mitunter etwas verwunderten Zeitgenossen. Ihre Stimme freilich wird von Jahr zu Jahr dünner, und schon deshalb gilt: was einst als gewußt vorausgesetzt werden konnte, ist heute ein sinnvoller, ja notwendiger Gegenstand wissenschaftlicher Darstellung. Wenn die komplizierte Realität einer präzedenzlosen Diktatur nicht hinter dürren Begriffen wie dem der »Gleichschaltung« – oder einem nicht minder inhaltsleer gewordenen Begriffspaar wie »Widerstand und Verfolgung« – verschwinden soll, dann sind es gerade auch solche Themen, die künftig häufiger als bisher bearbeitet werden müssen.

Ungleich wichtiger noch ist allerdings die erneute, vertiefte Beschäftigung mit den singulär verbrecherischen Dimensionen dieser Herrschaft, und gerade dafür bietet der Abschied von der Zeitgenossenschaft auch große Chancen. Dabei ist keineswegs nur an die Konzentrationslagerforschung zu denken, die einerseits gerade ihre letzten Zeitzeugen verliert, andererseits derzeit eine Produktivität entfaltet wie nie zuvor; stärker ins Blickfeld rücken vor allem auch die Etappen der Ausgrenzung, Beraubung und Verfolgung, die dem Genozid vorausgegangen sind und deren sozialgeschichtliche Erforschung auch nach fünfzig Jahren noch in den Anfängen steckt.

Gerade hier werden sich die Forschungsmöglichkeiten in dem Maße verbessern, in dem nicht mehr länger falsche Rücksicht auf die Biographien und Interessen einstiger Täter, Mittäter und Nutznießer genommen werden muß, wie dies insbesondere bei dem Massenphänomen der »Arisierung« lange der Fall gewesen ist, das seinerzeit ja nicht nur massenhaft Opfer, sondern auch massenhaft Profiteure produzierte (vgl. Bajohr 1997). Mit dem Ende der Zeitgenossenschaft eröffnet sich die Chance, die ausstehende Wirkungsgeschichte der »Arisierung« zugleich als Wirkungsgeschichte der Restitution in die Nachkriegsgeschichte hinein fortzuschreiben.

Sinngemäßes gilt im Grunde für fast alle Bereiche der nationalsozialistischen Ausgrenzungs- und Vernichtungspolitik (Herbert 1998, 9-66). In ihrer epochenübergreifenden sozial-, alltags- und mentalitätsgeschichtlichen Erforschung wird sich die Bedeutung der politikgeschichtlichen Zäsur des Jahres 1945 spezifizieren. Und vieles wird sich, darauf deuten erste entsprechende Untersuchungen (Broszat / Henke / Woller 1987; Ruck 1996) hin, als kontinuitätsbeladener erweisen, als es eine aus dem Geist der sogenannten Stunde Null geborene, nicht zuletzt legitimatorisch angelegte Bundesrepublik- und DDR-Forschung lange Zeit wahrhaben mochte.

Insgesamt dürfte es einer NS-Historiographie jenseits der Zeitgenossenschaft leichter werden, sich detaillierten Untersuchungen individuellen und kollektiven Verhaltens zuzuwenden, ohne deshalb wie automatisch mit dem Vorwurf der Denunziation oder, nicht weniger gravierend, der Apologie rechnen zu müssen. Zurücktreten wird, kurz gesagt, die öffentliche Wahrnehmung der NS-Forschung als Historiographie im Gestus der politisch-moralischen Anklage, im Ton der Enthüllung. Ungeachtet ihrer frühzeitigen Akademisierung war dies die Form, in der sie im Bewußtsein des Publikums lange Zeit präsent gewesen ist und wogegen sie, gelegentlich auch mit falschen Mitteln und auf falschen Wegen, versucht hat anzugehen.

Auch wenn, in dem erläuterten fachwissenschaftlichen Sinne, der Nationalsozialismus eines nicht mehr allzu fernen Tages ganz Geschichte geworden sein wird – die historisch-politische Erfahrung dieser Herrschaft wird Quelle intellektueller Beunruhigung und Anstoß moralischer Auseinandersetzung bleiben: Dies nicht etwa, weil die Welt seitdem (und parallel dazu) keine Menschheitsverbrechen mehr gesehen hätte, sondern weil, wie Primo Levi wußte, auf immer möglich bleibt, was einmal möglich war. Der skeptischen Hoffnung, die der Auschwitz-Überlebende im Moment seiner Befreiung gleichwohl noch haben konnte, sind wir Zeitgenossen des beginnenden 21. Jahrhunderts beraubt. Das aber ist kein Grund, sich mit dem Nationalsozialismus nicht mehr zu befassen, sondern ganz im Gegenteil Anlaß, damit aufs neue zu beginnen: in der durch den Abschied von der Zeitgenossenschaft veränderten Konstellation.

Ob dieser faktische Abschied uns in der Zukunft auch als Abschied erscheinen wird, ist heute freilich noch gar nicht zu sagen. Was wir jetzt sagen können, ist, daß die Kinder der Zeitgenossen die Erinnerung ihrer Eltern weitertragen, und im Blick auf die Verbrechen des Nationalsozialismus hat diese Erinnerung auch in der zweiten und dritten Generation nicht selten traumatischen Charakter. Die Unmittelbarkeit dieser Erfahrung – als Opfer, als Täter, als Zuschauer, als Historiker – geht nun verloren, aber vielleicht bleibt so etwas wie eine gelernte Zeitgenossenschaft. Und ganz gewiß scheint mir zu sein: Aus dem Gedächtnis der Menschheit wird die Epoche des Nationalsozialismus nicht mehr verschwinden, denn sie hat den Holocaust an den europäischen Juden hervorgebracht, den ersten gleichsam modernen, in industrieller Arbeitsteiligkeit begangenen Genozid. Damit aber hat die Menschheit im 20. Jahrhundert einen »Zivilisationsbruch« (Dan Diner) erfahren, der nicht mehr zu hintergehen ist: Eine, um den Titel dieses Buches zu zitieren, »negative Wegmarke« der Zivilisation, die nie mehr zurückgenommen werden kann.

Zitierte Literatur

»Historikerstreit«. Die Dokumentation der Kontroverse um die Einzigartigkeit der nationalsozialistischen Judenvernichtung, München (1985), 9. Aufl. 1995.

Auerbach, Hellmuth: Die Gründung des Instituts für Zeitgeschichte, in: Vierteljahrshefte für Zeitgeschichte 18 (1970), 529-554.

Bajohr, Frank: »Arisierung« in Hamburg. Die Verdrängung der jüdischen Unternehmer 1933-1945, Hamburg 1997.

Birn, Ruth Bettina / Finkelstein, Norman G.: Eine Nation auf dem Prüfstand. Die Goldhagen-These und die historische Wahrheit, Hildesheim 1998.

Bracher, Karl Dietrich: Die Auflösung der Weimarer Republik. Eine Studie zum Problem des Machtverfalls in der Demokratie (Villingen 1955), 7. Aufl. Königstein – Düsseldorf 1984.

Bracher, Karl Dietrich / Sauer, Wolfgang / Schulz, Gerhard: Die nationalsozialistische Machtergreifung. Studien zur Errichtung des totalitären Herrschaftssystems in Deutschland 1933/34, Köln – Opladen 1960.

Broszat, Martin: Plädoyer für eine Historisierung der NS-Vergangenheit, in: Merkur 39 (1985), 373-385 (wiederabgedruckt in: Ders.: Nach Hitler. Der schwierige Umgang mit unserer Geschichte, München 1988, 266-281).

Broszat, Martin / Friedländer, Saul: Um die »Historisierung des Nationalsozialismus«. Ein Briefwechsel, in: Vierteljahrshefte für Zeitgeschichte 36 (1988), 339-372.

Broszat, Martin / Henke, Klaus Dietmar / Woller, Hans (Hrsg.): Von Stalingrad zur Währungsreform. Zur Sozialgeschichte des Umbruchs in Deutschland, München 1987.

Frei, Norbert: Abschied von der Zeitgenossenschaft. Der Nationalsozialismus und seine Erforschung auf dem Weg in die Geschichte, in: Werkstatt Geschichte 7 (1998) 20, S. 69-83.

– Vergangenheitspolitik. Die Anfänge der Bundesrepublik und die NS-Vergangenheit, München 1996 (Taschenbuchausgabe 1999).

– Wie modern war der Nationalsozialismus?, in: Geschichte und Gesellschaft 19 (1993), 367-387.

Gimbel, John: The Origins of the Institut für Zeitgeschichte: Scholarship, Politics, and the American Occupation, 1945-1949, in: American Historical Review 70 (1965), 414-731.

Goldhagen, Daniel Jonah: Hitlers willige Vollstrecker. Ganz gewöhnliche Deutsche und der Holocaust, Berlin 1996.

Hamburger Institut für Sozialforschung (Hrsg.): Vernichtungskrieg. Verbrechen der Wehrmacht 1941 bis 1944, Hamburg 1996, 4. Aufl. 1999 (Aussstellungskatalog).

Heil, Johannes (Hrsg.): Geschichtswissenschaft und Öffentlichkeit. Der Streit um Daniel J. Goldhagen, Frankfurt/M. 1998.

Henke, Klaus-Dietmar (Hrsg.): Totalitarismus. Sechs Vorträge über Gehalt und Reichweite eines klassischen Konzepts der Diktaturforschung, Dresden 1999.

Herbert, Ulrich: Vernichtungspolitik. Neue Antworten und Fragen zur Geschichte des »Holocaust«, in: ders. (Hrsg.): Nationalsozialistische Vernichtungspolitik 1939-1945. Neue Forschungen und Kontroversen, Frankfurt/M. 1998, 9-66.

Kater, Michael H.: Gewagtes Spiel. Jazz im Nationalsozialismus, Köln 1995.

Klemperer, Victor: »Ich will Zeugnis ablegen bis zum letzten.« Tagebücher 1933-1945, 2 Bde., Berlin 1995.

– »Leben sammeln, nicht fragen wozu und warum.« Tagebücher 1918-1932, 2 Bde., Berlin 1996.

– »Und so ist alles schwankend.« Tagebücher Juni bis Dezember 1945, Berlin 1995.

Kraus, Karl: Die Dritte Walpurgisnacht, München 1952.

Krausnick, Helmut / Wilhelm, Hans-Heinrich: Die Truppe des Weltanschauungskrieges. Die Einsatzgruppen der Sicherheitspolizei und des SD 1938-1942, Stuttgart 1981.

Landeshauptstadt München (Hrsg.): Bilanz einer Ausstellung: Dokumentation der Kontroverse um die Ausstellung »Vernichtungskrieg – Verbrechen der Wehrmacht 1941 bis 1944«, München 1998.
Maier, Hans (Hrsg.): »Totalitarismus« und »Politische Religionen«. Konzepte des Diktaturvergleichs, 2 Bde., Paderborn 1996-1997.
Manoschek, Walter (Hrsg.): Die Wehrmacht im Rassenkrieg. Der Vernichtungskrieg hinter der Front, Wien 1996.
Meinecke, Friedrich: Die deutsche Katastrophe. Betrachtungen und Erinnerungen, Wiesbaden 1946.
Musial, Bogdan: Bilder einer Ausstellung. Kritische Anmerkungen zur Wanderausstellung »Vernichtungskrieg. Verbrechen der Wehrmacht 1941 bis 1944«, in: Vierteljahrshefte für Zeitgeschichte 47 (1999), 563-591.
Rothfels, Hans: Zeitgeschichte als Aufgabe, in: Vierteljahrshefte für Zeitgeschichte 1 (1953), 1-8.
Ruck, Michael: Korpsgeist und Staatsbewußtsein. Beamte im deutschen Südwesten 1928 bis 1972, München 1996.
Schirrmacher, Frank (Hrsg.): Die Walser-Bubis-Debatte. Eine Dokumentation, Frankfurt/M. 2000.
Schoeps, Julius H. (Hrsg.): Ein Volk von Mördern? Die Dokumentation der Goldhagen-Kontroverse um die Rolle der Deutschen im Holocaust, Hamburg 1996.
Schulze, Winfried: Deutsche Geschichtswissenschaft nach 1945, München 1989.
– Hans Rothfels und die deutsche Geschichtswissenschaft nach 1945, in: Christian Jansen / Lutz Niethammer / Bernd Weisbrod (Hrsg.), Von der Aufgabe der Freiheit. Politische Verantwortung und bürgerliche Gesellschaft im 19. und 20. Jahrhundert (Festschrift für Hans Mommsen), Berlin 1995, 83-98.
– / Oexle, Otto Gerhard (Hrsg.): Deutsche Historiker im Nationalsozialismus, Frankfurt/M. 1999.
Schumann, Coco: Der Ghetto-Swinger. Eine Jazzlegende erzählt. Aufgezeichnet von Max Christian Graeff und Michaela Haas, München 1997.
Stern, Fritz: Verspielte Größe. Essays zur deutschen Geschichte des 20. Jahrhunderts, München 1996.
Ulrich, Bernd (Hrsg.): Eine Ausstellung und ihre Folgen. Zur Rezeption der Ausstellung »Vernichtungskrieg. Verbrechen der Wehrmacht 1941 bis 1944«, Hamburg 1999.

Wilfried Loth

Europa seit dem Zweiten Weltkrieg

Spaltung und Einigung

Die europäische Geschichte seit dem Zweiten Weltkrieg ist keine autonome Geschichte mehr. Die Europäer konnten sich nicht aus eigener Kraft von der Herrschaft des nationalsozialistischen Imperiums über den »alten Kontinent« befreien. Erst die Kombination von sowjetischem und amerikanischem Engagement brachte den Sieg über den Nationalsozialismus. Als Siegermächte hatten die USA und die Sowjetunion bei der Gestaltung Europas ein entscheidendes Wort mitzureden. Da sie sich nicht einigen konnten, lief diese Zukunft alsbald auf eine Spaltung des alten Kontinents hinaus. Gleichzeitig verstärkte der Machtverlust der Europäer gegenüber den neuen Weltmächten die Tendenz zur Einigung der europäischen Nationen. Spaltung und Einigung wurden damit zu gegenläufigen Tendenzen, die das Geschick der Europäer in einer komplexen Wechselwirkung bestimmten. Sie sollen hier um der Transparenz willen nacheinander vorgeführt werden, auch wenn sie sich über lange Perioden gleichzeitig entwickelten.

Europäische Einigungstendenzen

Grundsätzlich kann der Prozeß der europäischen Integration als eine Antwort auf Funktionsdefizite der Nationalstaaten bzw. des nationalstaatlichen Ordnungssystems in Europa begriffen werden. Es lassen sich vier Bereiche unterscheiden, in denen solche Defizite auftraten, zunehmend wahrgenommen wurden und dann Bewegungen auslösten, die auf eine Relativierung des nationalstaatlichen Ordnungsprinzips zielten (vgl. Loth 1996).

Zunächst das Problem der zwischenstaatlichen Anarchie, Auslöser aller »klassischen« Friedenssicherungspläne von Dante bis Kant. Dieses Problem wurde immer drängender, seit die Entwicklung der modernen Kriegstechnik Millionen von Menschen zu Kriegsopfern werden ließ und die wirtschaftlichen Schäden im Zeitalter der Kabinettskriege ungeahnte Ausmaße annahmen. Die Erfahrung des Ersten Weltkriegs führte darum zu einer Fülle europäischer Friedensinitiativen, von denen der Paneuropa-Feldzug des Grafen Coudenhove-Kalergi und Briands Europaplan nur die spektakulärsten waren; und als die Friedensordnung von Versailles ab 1938 schrittweise zerbrach, erhielt diese Bewegung einen weiteren Schub.

»Man kann es vor aller Welt mit tiefster und unbeugsamster Überzeugung aussprechen«, schrieb etwa Léon Blum im Frühjahr 1942: »Aus diesem Krieg müssen endlich durch und durch starke internationale Einrichtungen und eine durch und durch wirksame internationale Macht hervorgehen, sonst wird er nicht der letzte gewesen sein« (Blum 1945, 104).

Ein besonderer Aspekt des Problems der Friedenssicherung war die deutsche Frage: Wie die stärkste Nation in der Mitte des europäischen Kontinents sich entfalten lassen, ohne gleichzeitig unter eine Hegemonie der Deutschen zu geraten? Oder umgekehrt: Wie die Deutschen kontrollieren, ohne durch einseitige Diskriminierung neuen Revanchismus hervorzurufen? »Um den Widerspruch zu lösen«, so wiederum Blum stellvertretend für viele Autoren des Widerstands, »um die Unschädlichkeit Deutschlands in einem friedlichen und gesicherten Statut zu erreichen, gibt es einen einzigen Weg: die Eingliederung der deutschen Nation in eine internationale Gemeinschaft« (ebd., 108f.) – also beispielsweise: nicht nur eine Kontrolle des Ruhrgebiets, sondern eine gemeinsame Lenkung der gesamten europäischen Schwerindustrie, nicht nur eine Beschränkung der deutschen Militärhoheit, sondern ein gemeinsames Kommando für alle europäischen Streitkräfte.

Ein drittes Funktionsdefizit des Nationalstaatensystems ergab sich aus der Entwicklung der Produktivkräfte des industriellen Zeitalters: Die nationalen Märkte in Europa wurden, je länger, desto deutlicher, für rationale Produktionsweisen zu eng; ihre wechselseitige Abschottung war nur temporär und sektoral sinnvoll; langfristig führte sie zu einem Verlust an Produktivität. Das hatte einen volkswirtschaftlichen und einen machtpolitischen Aspekt; vor allem in Gestalt der US-amerikanischen Konkurrenz waren beide seit den 20er Jahren präsent. Entsprechend zahlreich waren auch die Einigungsinitiativen im wirtschaftlichen Bereich; und auch hier sorgte die Erfahrung des Zweiten Weltkriegs für einen zusätzlichen Motivationsschub: Während die Europäer ihre Ressourcen in diesem Krieg weitgehend verschlissen, weiteten die USA ihr Produktionsvolumen um mehr als das Doppelte aus, durch ihre Funktion als wichtigster Materiallieferant der Anti-Hitler-Koalition ebenso begünstigt wie durch die Abwesenheit der europäischen Länder vom Weltmarkt.

Ein vierter Motivationskomplex für europäische Einigungsinitiativen ist damit ebenfalls schon angesprochen: Das Streben der Europäer nach Selbstbehauptung gegenüber den neuen Weltmächten. Sowohl die Sorge vor einer wirtschaftlichen und politischen Übermacht der USA als auch die Furcht vor einer Expansion der bolschewistischen Revolution waren schon in den 20er Jahren Motive für europäische Einigungspläne. Beide wurden durch die machtpolitischen Ergebnisse des Zweiten Weltkriegs verstärkt. Mit den USA als Weltführungsmacht und der Sowjetunion als stärkster Militärmacht des europäischen Kontinents verloren bisherige Interessendivergenzen zwischen europäischen Nationalstaaten an Bedeutung – zugunsten des gemeinsamen Interesses an Autonomie und an der Vermeidung eines Konflikts zwischen den beiden Hauptsiegern des Krieges.

»Sich einigen oder untergehen«, wie es Clement Attlee in einer Rede vor der Labour-Fraktion am 8. November 1939 wirksam formulierte (Attlee 1940, 12f.), wurde damit zu einer in mehrfacher Hinsicht plausiblen Parole, schon unmittelbar nach dem Ersten Weltkrieg und in der Kritik an dem Ungenügen der Friedensordnung von Versailles, dann erneut, seit mit dem Münchner Abkommen deutlich wurde, daß die Ordnung von Versailles nicht mehr hielt, und verstärkt, seit sich 1943 der Sieg der Anti-Hitler-Koalition abzeichnete. Diese Parole faszinierte in den unterschiedlichsten politischen Lagern, sie verband über nationale Grenzen hinweg, und sie war – das muß gegen die spätere Fixierung auf den Ost-West-Konflikt betont werden – auch keineswegs nur ein westeuropäisches Phänomen. Die europäischen Verbände hatten ihre Sektionen genauso in Prag und in Budapest wie in Paris oder in Brüssel.

Allerdings waren die Impulse, die sich aus den Defiziten der Nationalstaaten ergaben, nicht immer gleich stark, und sie wirkten auch nicht notwendigerweise immer in die gleiche Richtung. Die Frage der Friedenssicherung stellte sich 1918 noch anders als im Zeitalter der Weltmächte nach 1945; sie wurde in den unmittelbaren Nachkriegszeiten jeweils als drängender empfunden als nach Jahren der Gewöhnung an den Status quo. Die gemeinsame Notwendigkeit zur Einigung stand gegen real sehr unterschiedliche Befindlichkeiten und Bedürfnisse der zu einigenden Staaten, das übergreifende Interesse an wirtschaftlicher Einigung gegen sehr unterschiedliche wirtschaftliche Interessen im Detail. Will man den realen Gang der Integrationsgeschichte verstehen, muß man diese Inkongruenzen immer mit im Blick haben.

Die Entstehung des Kalten Krieges

Nach dem Ende des Zweiten Weltkrieges wurden die Einigungstendenzen in erster Linie dadurch behindert, daß die Verantwortung für die Friedenssicherung nun in erster Linie bei den neuen Weltmächten lag und diese mit gegensätzlichen Weltordnungsvorstellungen antraten – die amerikanische Demokratie mit der Hoffnung auf Durchsetzung liberaldemokratischer Ordnungsformen in den befreiten Ländern; die Machthaber der Sowjetunion mit dem Anspruch, an der Spitze einer revolutionären Bewegung zu stehen, die auf die Beseitigung bürgerlich-kapitalistischer Ordnungsverhältnisse zielte.

Gewiß waren damit der Kalte Krieg und die Spaltung Europas noch nicht vorprogrammiert. Die USA konnten sich auch mit Staaten arrangieren, die ihrem Idealbild gesellschaftlicher Ordnung nicht entsprachen. Stalin ging es nach dem Ende des Zweiten Weltkriegs nicht in erster Linie um eine weitere Ausbreitung des Kommunismus. An der Spitze eines kriegsgeschwächten Imperiums, in seiner ideologisch verblendeten Sicht nach wie vor von imperialistischen (und damit potentiell feindlichen) Mächten umgeben, stand für ihn vielmehr die Konsolidierung seines Machtbereichs im Vordergrund. Außenpolitisch galt es in erster Linie, Sicherheit vor einer neuen deutschen Aggression zu gewinnen und die Westmächte in eine Kooperationsstruktur einzubinden, die sie von Angriffen auf das Sowjetimperium abhielt. Die Revolution in den europäischen Ländern war demgegenüber eine nachgeordnete Sorge; sie mußte sich nach marxistischer Überzeugung ja ohnehin ergeben, wenn die Zeit dafür »reif« sein würde.

Das ließ Raum für eine einvernehmliche Regelung der Nachkriegsordnung in Europa. Es ließ Raum für die Absprache von Einflußsphären und Rüstungssteuerung, für einen Wettbewerb der Gesellschaftsmodelle ohne globale Machtkonkurrenz. Es ließ Raum für eine Umgestaltung des besiegten Deutschlands zu einem demokratischen Staat in gemeinsamer Verantwortung der Siegermächte, wie sie auf der Potsdamer Konferenz im Sommer 1945 ansatzweise vereinbart worden war. Es ließ sogar Raum für eine freiheitlichere Entwicklung im osteuropäischen Vorfeld der Sowjetunion, als sie dann eintrat: Auch hier ging es Stalin nicht in erster Linie um die Ausbreitung des Kommunismus, sein Ziel war vielmehr die Sicherung einer sowjetfreundlichen oder prosowjetischen Orientierung. »Die Frage der Sowjetisierung ist nicht zu stellen«, wies Dimitroff beispielsweise die kommunistischen Spitzenleute in der Tschechoslowakei bei Kriegsende an (Gespräch vom 6. Dezember 1944; mitgeteilt bei Kaplan 1981, 15).

Daß daraus nichts wurde, daß die Spielräume weitgehend ungenutzt blieben, war zunächst eine Folge sehr spezifischer Unfähigkeiten: Die kommunistischen Führer und die Administratoren der Roten Armee wußten sich nicht so zu verhalten, daß ihre Kooperationsangebote auch glaubwürdig erschienen. Und den westlichen Gesellschaften fiel es schwer, die Weitsicht aufzubringen, die für eine Kooperation notwendig war (vgl. Loth 2000).

Daraus resultierte in einem zweiten Schritt eine wechselseitige Fehlwahrnehmung. Beide Seiten nahmen sich in zunehmendem Maße als aggressiv wahr, obwohl sie es subjektiv nicht waren. Statt die sowjetische Politik nüchtern zu analysieren, ließen sich die westlichen Gesellschaften durch alte Ängste vor der bolschewistischen Revolution und falsche historische Parallelen mit dem nationalsozialistischen Expansionismus in eine Bedrohungspsychose führen. Parallel dazu sahen die kommunistischen Führer imperialistische Kriegsvorbereitungen und reaktionäre Verschwörungen, wo in Wirklichkeit nur die Rekonstruktion einer produktiven Gesellschaftsordnung im Gang war. Im Juni 1947 entschloß sich die amerikanische Regierung, das westliche Europa mit Hilfe des Marshall-Plans gegen eine kommunistische Machtübernahme zu sichern. Stalin sah darin die Vorbereitung eines Angriffs auf die Sowjetunion und lehnte eine Beteiligung an dem gemeinsamen Wiederaufbauprogramm ab. Damit war die Spaltung des Kontinents de facto vollzogen.

Je mehr sich diese Fehlwahrnehmung verbreitete, desto stärker wirkte in einem dritten Schritt das Sicherheitsdilemma, das sich in jeder Konkurrenzsituation antagonistischer Mächte einstellt: Beide Seiten trafen Vorkehrungen gegen den befürchteten Übergriff der Gegenseite; diese wurden von der anderen Seite als Beweis für die aggressiven Absichten des Gegners gedeutet und hatten weitere Vorkehrungen zur Folge – ein doppelter Teufelskreis, aus dem nicht leicht zu entkommen war. Beide Seiten gerieten in eine Konkurrenz um Einflußsphären, Ressourcen und Rüstungsperfektion, aus der dann kein abrupter Ausstieg mehr möglich war, ohne die eigene Sicherheit tatsächlich zu gefährden. Die Gründung der NATO 1949, die Schaffung der beiden deutschen Staaten und die Gründung des Warschauer Pakts 1955 waren Schritte auf diesem Weg.

Für die Völker des östlichen Europas ging mit der Blockbildung die Durchsetzung der kommunistischen Kaderdiktatur einher, die Beseitigung des gesellschaftlichen Pluralismus, die Zerstörung demokratischer Öffentlichkeit, die vielfache Einschränkung von Freiheitsrechten bis hin zu Phasen systematischer Terrorherrschaft, die Uniformisierung der Lebensverhältnisse unter dem Diktat zentraler Planung und die Etablierung einer »neuen Klasse« der Herrschenden und der Funktionseliten. Die Spaltung Europas wurde dadurch beständig vertieft, bis hin zum Bau der Berliner Mauer im August 1961, der die Spaltung Deutschlands zementierte.

Die Einigung im Westen

Die Zuspitzung des Ost-West-Gegensatzes führte zum Kalten Krieg, gleichzeitig aber auch zum Durchbruch der Einigungsbewegung im Westen. Sie sorgte zum einen dafür, daß in der Frage der Spaltung des Kontinents eine klare Entscheidung getroffen wurde, an der die Europäer nicht mehr vorbeigehen konnten, und ließ zum anderen eine Einigung im Bereich des westlichen Europas noch dringlicher erscheinen – sei es, um die Gefahr einer Konfrontation zwischen USA und Sowjetblock abzuwehren, sei es, um das westliche Europa gegen sowjetische Expansionsgelüste zu immunisieren oder es vor einer amerikanischen Übermacht im Zeichen des Marshall-Plans zu schützen. Häufig wollte man das auch alles zugleich; und dann stellte sich mit der Einbeziehung des westlichen Deutschlands in das Eindämmungsprogramm auch das Problem der Schaffung eines Integrationsrahmens zur Kontrolle des deutschen Wiederaufstiegs in neuer Weise.

Sicherheit vor Deutschland konnte sich im Kalten Krieg weder auf eine gemeinsame Kontrolle durch die vier Siegermächte stützen noch auf eine einseitige Diskriminierung des neuen westdeutschen Staates. Die Deutschen konnten einen Preis für ihre neue Rolle als unverzichtbare Bündnispartner des Westens verlangen; und es war noch nicht einmal auszuschließen, daß sie sich, von den Fesseln des Besatzungsregimes erst einmal befreit, mit der Sowjetunion verbünden würden, die über den Schlüssel zur deutschen Einheit verfügte. Insbesondere diese Perspektive, die das Rapallo-Trauma der Westeuropäer wieder aufrührte, ließ die Schaffung supranationaler Strukturen im westlichen Europa jetzt, das heißt 1948, zu einem Dringlichkeitsprogramm werden. Noch sei die Gelegenheit zur europäischen Einbindung der Deutschen da, schrieb etwa Jacques Tarbé de Saint-Hardouin, der politische Berater des französischen Besatzungskommandeurs Koenig, Anfang September 1948 an Außenminister Robert Schuman, aber: »Man muß sie schnell ergreifen; in einem Jahr wird es schon zu spät sein« (zit. nach Poidevin 1986, 318).

Es war dann in der Tat auch die französische Regierung, die sie ergriffen und mit Nachdruck betrieben hat. Am 20. Juli 1948 – also kurz nachdem die westdeutschen Ministerpräsidenten den Auftrag zur Vorbereitung der Gründung der Bundesrepublik hatten – verlangte der französische Außenminister Georges Bidault in einem dramatischen Appell die Einberufung einer »Europäischen Parlamentarischen Versammlung« zum »Meinungsaustausch« über die Probleme eines europäischen Zusammenschlusses und die Vorbereitung einer Wirtschafts- und Währungsunion. Diese Versammlung sollte, wie wir jetzt aus den Akten wissen, zunächst konsultativen Charakter haben, nach einer Verständigung über das Europa-Projekt aber bald eigene Entscheidungsvollmachten erhalten und damit »den Kern einer föderativen Organisation Europas bilden« (zit. nach Massigli 1978, 157).

Weil die britischen Partner zögerten, ob sie sich diesem föderierten Europa anschließen sollten oder nicht, kam aus den Verhandlungen, die auf diese Initiative folgten, zunächst nicht mehr heraus als der Straßburger Europarat. In Frankreich und anderswo gab man sich damit freilich nicht zufrieden. Immer ungeduldiger drängte man auf den Ausbau des Europarats; und als sich herausstellte, daß die Briten dazu offensichtlich nicht zu bewegen waren, ergriff Bidaults Nachfolger Robert Schuman am 9. Mai 1950 die Initiative für einen Beginn des supranationalen Zusammenschlusses in Europa auch ohne britische Beteiligung. Das war der eigentliche politische Kern des Schuman-Plans. Indem Schuman unter dem Einfluß von Jean Monnet von Anfang an keinen Zweifel daran ließ, daß die französische Regierung auf supranationalen Kompetenzen der Montanbehörde bestehen würde, stellte er die Briten in unmißverständlicher Weise vor die Entscheidung, sich an den ersten Schritten des Einigungsprozesses zu beteiligen oder nicht.

Nachdem am 25. Juni 1950 nordkoreanische Truppen Südkorea angegriffen hatten, folgte auf den ersten Schritt sehr rasch ein zweiter und weitreichender: Weil man jetzt deutsche Truppen für eine Verteidigung des westlichen Europas gegen einen Angriff der Kommunisten auch in Europa haben wollte, schlug die französische Regierung am 24. Oktober 1950 die Schaffung einer europäischen Armee vor. Sie sollte es ermöglichen, deutsche Truppen aufzustellen, ohne die Deutschen in die Lage zu versetzen, abermals die Herrschaft über ihre europäischen Nachbarn zu erringen.

Das Projekt einer »Europäischen Verteidigungs-Gemeinschaft« (EVG) war allerdings in psychologischer Hinsicht äußerst problematisch: Auf die nationale Souveränität ausgerechnet im militärischen Bereich zu verzichten, nur um gleichzeitig die Deutschen wieder mit Waffen auszustatten, das war fünf Jahre nach dem Ende des nationalsozialistischen Schreckens mehr, als man der Mehrheit der Westeuropäer zumuten konnte. Hinzu kam, daß ein großer Teil der Westeuropäer im Verteidigungsbereich gar keine europäische Autonomie wollte: Zum Schutz vor der Sowjetunion wie zum Schutz vor den Deutschen wollte man soviel amerikanische Präsenz in Europa wie nur irgend möglich; eine europäische Einsatzzentrale für eine europäische Armee störte da nur.

Der EVG-Vertrag kam darum nur unter Schwierigkeiten und erst im Mai 1952 zustande und stieß dann auf heftige Kritik, vor allem in Frankreich; und nach vielen Monaten leidenschaftlicher Auseinandersetzungen und vergeblicher Rettungsversuche wurde er Ende August 1954 von einer Mehrheit des französischen Parlaments abgelehnt. Für viele Anhänger des europäischen Einigungsgedankens war dies ein harter Schlag. Viele sind auch heute noch davon überzeugt, daß sich das Einigungsprojekt nie mehr davon erholt hat. Schaut man jedoch etwas genauer hin, wird deutlich, daß die Gegner der EVG keineswegs nur rückständige

Nationalisten waren und daß ihr Scheitern auch nicht die Rückkehr zu einer nationalstaatlichen Normalität nach der europäischen Aufbruchstimmung der Nachkriegszeit signalisierte. Genaue Untersuchungen des Meinungsspektrums und des Abstimmungsverhaltens zeigen, daß die Idee eines europäischen Zusammenschlusses in den Ländern der Sechs grundsätzlich mehrheitsfähig blieb, auch wenn über die Art ihrer Ausführung die Meinungen auseinandergingen.

Nach dem Scheitern der EVG mußte allerdings ein Ausweg aus der Krise der Gemeinschaftsbildung gefunden werden, der auch in der Konkretion mehrheitsfähig war. Auf sich allein gestellt, war die Europäische Gemeinschaft für Kohle und Stahl auf Dauer nicht überlebensfähig, und sie genügte auch nicht – weder zur dauerhaften Einbindung der Deutschen noch zur Behauptung europäischer Autonomie gegenüber der amerikanischen Führungsmacht und schon gar nicht zur Befriedigung der verschiedenen wirtschaftlichen Bedürfnisse. Die Suche nach einem solchen Ausweg führte erneut zu einem komplizierten Kompromiß – diesmal freilich zu einem, der sich langfristig als tragfähig erweisen sollte.

Man kennt diesen Kompromiß als die Kombination von EURATOM und EWG in den Römischen Verträgen vom 25. März 1957. Er beruhte darauf, daß Frankreich jetzt die von den Niederländern geforderte Wirtschaftsgemeinschaft akzeptierte – freilich nur für eine fernere Zukunft, die über mehrere Etappen erreicht werden sollte –, während die europäischen Partner die Atomgemeinschaft hinnahmen, für die sich außer den französischen Technokraten niemand erwärmen konnte. Wichtig für sein Zustandekommen war, daß Spitzenbeamte und Politiker, die aus der Erfahrung mit dem Desaster der EVG klug geworden waren, die Interessendivergenzen nach Möglichkeit vor dem allgemeinen Publikum verbargen und in den komplizierten Vertragswerken vieles offenließen.

Wichtig war auch, daß sich Adenauer für das Projekt einsetzte, obwohl sein Wirtschaftsminister Erhard die EWG öffentlich als »volkswirtschaftlichen Unsinn« bezeichnete und die deutsche Industrie- und Finanzwelt ihr ziemlich reserviert gegenüberstand. Bei einem Anteil von gerade einmal 25 % am Außenhandelsvolumen der Bundesrepublik, den die EWG-Länder hielten, war diese Haltung der deutschen Wirtschaft nicht weiter verwunderlich. Für Adenauer aber hatte die Politik einmal mehr vor der Wirtschaft Vorrang. Für ihn ging es darum, die Bindung der Bundesrepublik an den Westen abzusichern, die ihm mit der NATO-Mitgliedschaft allein noch längst nicht auf Dauer garantiert schien, und ihm schwebte auch eine Sicherheitsgemeinschaft Westeuropas vor – für den Fall, daß sich die USA von der Verteidigung Westeuropas abwenden sollten, ein Alptraum, der ihn nie verließ.

Sieht man einmal von dem niederländischen Interesse an einer Zollunion und einem europäischen Agrarmarkt für den Absatz niederländischer Produkte ab, so war die Europäische Wirtschaftsgemeinschaft also vorwiegend ein politisches Unternehmen: In wirtschaftlicher Hinsicht sowohl für Frankreich als auch für die Bundesrepublik (also für die beiden Hauptbeteiligten) problematisch, aber von beiden um der politischen Zielsetzung willen akzeptiert. Einbindung der Deutschen und Autonomie gegenüber den USA waren ihre eigentlichen Ziele – freilich auch ihre heimlichen; und darin lag das Problem der 1957 gefundenen Konstruktion. Weil die wirtschaftlichen Interessen nach wie vor divergierten, konnte sich die Gemeinschaft nur dann einigermaßen harmonisch entwickeln, wenn man sich der zugrundeliegenden politischen Notwendigkeiten bewußt war. Davon aber war in den Vertragstexten nicht die Rede; und Adenauer hütete sich auch mit Rücksicht auf die Befindlichkeit des deutschen Publikums, allzu deutlich darauf hinzuweisen.

Das Sicherheitsdilemma und seine Überwindung

Unterdessen führte die Entwicklung der atomaren Rüstung zu einer weiteren Verschärfung des Sicherheitsdilemmas, das Ost und West in gegensätzlichen Blöcken gefangenhielt. Nachdem die USA zunächst vier Jahre allein über die Atomwaffe verfügt hatten, setzte mit der erfolgreichen Zündung der ersten sowjetischen Atombombe im August 1949 das atomare Wettrüsten ein. Mitte der 50er Jahre verfügten die Sowjets über Langstreckenbomber, die das amerikanische Territorium erreichen konnten. Ende der 60er Jahre erreichten sie einen atomaren Rüstungsstand, der annähernd so bedrohlich war wie der amerikanische. Damit entwickelte sich nach und nach ein »Gleichgewicht des Schreckens«, in dem sich beide Seiten die vollständige Vernichtung androhen konnten. Beide mußten darum alles tun, die Gegenseite vom Einsatz der todbringenden Waffe abzubringen, durch »Abschreckung« und durch Verständigung. Allerdings trieb die Unmöglichkeit, das Gleichgewicht exakt zu bemessen, immer wieder zu Versuchen, sich durch neue Technologien einen einseitigen Sicherheitsvorteil zu verschaffen.

Der Ost-West-Konflikt war damit real und imaginär zugleich. Real war die Notwendigkeit, der Gegenseite keine präventiven Übergriffe zu erlauben; weitgehend imaginär waren die aggressiven Absichten, die man der Gegenseite unterstellte. Die Durchsetzung der eigenen Ordnungsvorstellungen im gegnerischen Lager war sowohl für den Osten als auch für den Westen ein nachgeordnetes Ziel. Mit der Verfestigung der Blockstruktur verlor es verständlicherweise noch weiter an Dringlichkeit.

Dafür sprachen nicht nur eine nüchterne Orientierung an den Möglichkeiten und die kühle Abwägung der jeweiligen staatlichen Interessen. Beide Seiten mußten auch daran interessiert sein, im gegnerischen Lager Partner zu finden, die ihnen halfen, die befürchtete Eskalation der Gegensätze zu verhindern. Darüber hinaus legten die drückenden Rüstungslasten und die wachsende Gefahr einer atomaren Vernichtung aus Versehen eine einvernehmliche Regelung des Konflikts nahe.

Ein Abbau des Ost-West-Konflikts war dennoch schwer zu erreichen (vgl. Loth 1998). Man mußte sich von den überzogenen Ängsten lösen, die zu festen ideologischen Gewißheiten geworden waren. Man mußte sich gegen jene breite Koalition von Kräften durchsetzen, die von der Konfrontation profitierten und damit – bewußt oder unbewußt – zu »sekundären Verursachern« des Kalten Krieges geworden waren. Und man mußte eine gewisse Risikobereitschaft beim Zugehen auf den Gegner entwickeln.

Weil diese Bedingungen nicht so schnell zusammenkamen, wechselten sich Bemühungen um eine Eindämmung des Ost-West-Konflikts und neue Eskalationsschübe immer wieder ab. Stets gab es Momente der Entspannung und des Kalten Krieges zugleich, häufig sogar bei den selben Akteuren. Nur selten drängte die eine Erscheinungsform des Ost-West-Konflikts die andere ganz in den Hintergrund.

Immerhin erwiesen sich die Verbindungen zwischen Ost und West, die im Zuge der Entspannungspolitik der frühen Siebziger Jahre geknüpft wurden, als so stark, daß sie sowohl eine neuerliche Ideologisierung der amerikanischen Politik unter Ronald Reagan überstanden als auch die zunehmende Einigelung, zu der das Sowjetregime im Laufe der Breschnjew-Ära überging. Die westlichen Bemühungen um ein Durchlässigmachen der Blockgrenzen förderten die Verbreitung westlicher Prinzipien im sowjetischen Machtbereich. Parallel dazu erleichterte die fortdauernde Kooperationsbereitschaft westlicher Politiker den kommunistischen Machthabern den Abschied von den alten Einkreisungsängsten.

Unterstützt wurde dieser Prozeß durch objektive Entwicklungen: Die Fortschritte in der elektronischen Kommunikation ließen die kommunistischen Bemühungen um Abschottung des eigenen Imperiums immer illusorischer werden; die Computerisierung verschärfte die Dysfunktionalität zentraler Planwirtschaft und ließ die volkswirtschaftlichen Kosten der Rüstungskonkurrenz ins Unerträgliche steigen.

Daß ein sowjetischer Generalsekretär in dieser Situation 1985 das Konzept der Sicherheitspartnerschaft aufgriff und sich auch sonst an westlichen Prinzipien zu orientieren begann, war dennoch keineswegs selbstverständlich. Michail Gorbatschow tat diesen Schritt aus Einsicht in die desolate Lage des sowjetischen Imperiums und im Vertrauen auf die Erneuerungsfähigkeit eines reformierten, demokratischen Kommunismus. Insofern spielte er bei der Beendigung des Ost-West-Konflikts eine entscheidende, nicht weiter ableitbare Rolle.

Daß ihm sein positives Programm – die Reform des sozialistischen Lagers nach westlichen Grundsätzen – nicht gelang, führte dann dazu, daß die Sicherheitspartnerschaft zwischen Herbst 1989 und Sommer 1991 in eine wohlwollende Begleitung der Auflösung des Sowjetimperiums überging. Auch das war keine notwendige Entwicklung. Es bleiben gelungenere Modelle des Übergangs des sowjetischen Machtbereichs zu zivilgesellschaftlicher Ordnung ebenso vorstellbar wie eine stärkere Zuspitzung der Konfliktmomente. Die Wiedervereinigung Deutschlands ergab sich erst aus einem Votum der DDR-Deutschen; sie wurde dann – auch in der konkreten Form, in der sie 1990 durchgeführt wurde – mit dem Votum der DDR-Bürger unabwendbar.

Europa nach dem Ost-West-Konflikt

Für das Gelingen der deutschen Einheit wie für die Zukunft Europas war von entscheidender Bedeutung, daß mit der Einheitlichen Europäischen Akte (EEA) 1985/86 eine weitreichende Reform der Europäischen Gemeinschaft erreicht worden war: Vollendung des europäischen Binnenmarktes in einem Zeitraum von sieben Jahren, Übergang zu qualifizierten Mehrheiten im Ministerrat, Bemühenszusagen zur Schaffung einer Wirtschafts- und Währungsunion sowie zur Entwicklung einer gemeinsamen Außenpolitik der Europäischen Gemeinschaft.

Die Gemeinschaft war damit nach langen Jahren der »Eurosklerose« vergleichsweise gut gerüstet, als mit dem Zusammenbruch des sowjetischen Imperiums und dem Ende des Ost-West-Konflikts ganz neue Aufgaben auf sie zukamen. Sie konnte (oder mußte) jetzt Ordnungsfunktionen auf dem europäischen Kontinent übernehmen, die bislang von den Weltmächten und ihren Blöcken wahrgenommen wurden. Dazu gehörte, daß nach der Wiedervereinigung und dem Abzug der Siegermächte verstärkte Anstrengungen zur Einhegung der Deutschen unternommen werden mußten, und daß die Gemeinschaft mit einem Mal auch für das Gelingen der Sanierung der osteuropäischen Länder mitverantwortlich war. Gleichzeitig fielen auch die politischen Barrieren weg, die ehemals neutralen Länder der Freihandelszone (EFTA) davon abgehalten hatten, sich der wirtschaftlich erfolgreicheren Gemeinschaft anzuschließen.

Man wird sagen dürfen, daß die politisch Verantwortlichen diesen Herausforderungen bislang im großen und ganzen gerecht geworden sind. Gewiß: Helmut Kohl nutzte die Situation nach dem 9. November 1989, um die nationale Einheit zügig durchzusetzen, ohne die EG-Partner lange zu fragen oder bei den einzelnen Schritten auch nur vorab zu informieren. Gleichzeitig suchte François Mitterrand ebendiese Einheit mit allerlei Winkelzügen zu verhindern, selbst dann noch (was sehr ungeschickt war), als es objektiv nichts mehr zu verhindern gab. Doch dann setzte Kohl die Verwirklichung der Währungsunion, gegen die sich die Bundesrepublik lange gesperrt hatte, auf die europäische Tagesordnung, und auf dem Gipfel von Maastricht im Dezember 1991 stimmte er ihr definitiv zu. Angesichts des Unbehagens, das die Wirtschaftskraft des größer gewordenen Deutschlands bei den europäischen Nachbarn hervorrief, war das ein Akt der Selbstbindung von gar nicht zu überschätzender psychologischer Bedeutung.

Erheblichen Demonstrationseffekt hatte auch die Bildung des deutsch-französischen Korps, von Kohl und Mitterrand im Oktober 1991 angekündigt und im Mai 1992 in La Rochelle beschlossen. Sie bekundete die Absicht der beiden Regierungen, bei der anstehenden Umstrukturierung des europäischen Sicherheitssystems tatsächlich eine europäische Verteidigungsidentität anzustreben, und setzte die beiden Länder zugleich unter Zugzwang, die dazu erforderlichen Schritte zu unternehmen. Für Frankreich ergab sich daraus die Notwendigkeit, sich der NATO wieder anzunähern, deren militärische Organisation es 1966 aus Verärgerung über die amerikanische Dominanz verlassen hatte. Die Bundesrepublik kam nicht mehr daran vorbei, die Beschränkung von Bundeswehr-Einsätzen auf Bündnisverpflichtungen im Rahmen der NATO aufzugeben. Damit waren auch in der Sicherheitspolitik die Weichen eindeutig in Richtung Europa gestellt.

Freilich waren es wie seit der Krise von 1954 nach wie vor Einzelne, die hier die Weichen stellen. An einer breiten gesellschaftlichen Verständigung über die politischen Ziele der Gemeinschaftsbildung fehlte es nach wie vor. Die Diskussionen, die im Zusammenhang mit der Ratifizierung der Maastricht-Verträge geführt worden sind, sind ein Indiz dafür, daß das anders werden könnte. Allerdings ist auch nicht die Gefahr zu übersehen, daß das europäische Publikum wieder vermehrt nach scheinbar einfacheren nationalen Lösungen Ausschau hält, weil es das Gefühl hat, die Entscheidungen auf europäischer Ebene ohnehin nicht beeinflussen zu können. Auf jeden Fall stellt das Legitimitäts- und Demokratiedefizit das Kernproblem der weiteren Gemeinschaftsentwicklung dar. Aufgrund der unterdessen erreichten Regelungsdichte und der Anforderungen, die

die internationale Situation nach dem Ende des Ost-West-Konflikts an die Europäische Union stellt, ist der technokratische Umweg nach Europa an seinen definitiven Endpunkt gelangt.

Die Frage, wie Entscheidungen in der Europäischen Union transparent, kontrollierbar und korrigierbar gemacht werden können, ist nicht einfach zu beantworten (vgl. Joop / Schmalz 2000). Man wird sich ihr aber jetzt verstärkt zuwenden müssen, wenn die Zukunft der europäischen Staaten nicht in allgemeiner Unregierbarkeit bestehen soll. Die Rückkehr zur nationalstaatlichen Ordnung, von der manche träumen und die von anderen als Gefahr beschworen wird, ist dazu allein schon deswegen keine Alternative, weil sich die Funktionsdefizite der Nationalstaaten, die den Integrationsprozeß auslösten, nicht dadurch beheben lassen, daß man sie negiert. Pointiert gesagt: Nicht Nation oder Europa lautet die Alternative, sondern Integration oder Chaos. Zur nationalstaatlichen Ordnung führt kein Weg zurück, doch ist damit noch nicht gesichert, daß die zivilisatorischen Errungenschaften des Nationalstaats auch in einer europäischen Gemeinschaft ihre Entsprechung finden werden.

Literaturhinweise

Attlee, Clement R.: Labour's Peace Aims, London 1940.

Blum, Léon: Blick auf die Menschheit, Zürich 1945 (geschrieben 1941).

Joop, Mathias / Schmalz, Uwe: Deutsche Europapolitik 2000. Positionen, Prioritäten, Perspektiven, in: Aus Politik und Zeitgeschichte B 6/ 2000 (4. Febr. 2000), 12-19.

Kaplan, Karel: Der kurze Marsch. Kommunistische Machtübernahme in der Tschechoslowakei 1945-1948, München – Wien 1981.

Loth, Wilfried: Der Weg nach Europa. Geschichte der europäischen Integration 1939-1957, Göttingen 3. Aufl. 1996.

– Die Teilung der Welt. Geschichte des Kalten Krieges 1941-1955, München, erw. Neuausg. 2000.

– Helsinki, 1. August 1975: Entspannung und Abrüstung, München 1998.

Massigli, René: Une comédie des erreurs 1943-1956, Paris 1978.

Poidevin, Raymond (Hrsg.): Histoire des débuts de la construction européenne (mars 1949 – mai 1950), Bruxelles 1986.

Personenregister

Abaelard, Peter (1079-ca. 1142), Philosoph und Theologe 75-82, 86
Abd er-Rahmân III. an-Nâsir (912-961), span. Omaijadenkalif 92
Acton, John Emerich Edward Dalberg, 1. Baron Acton (1834-1902), brit. Historiker und Philosoph 330f
Adalbero, Bischof von Laon (977-nach 1030) 55f
Ademar von Chabannes (um 988- 1034), Chronist 64
Adenauer, Konrad (1876-1967), 1. Bundeskanzler der Bundesrepublik Deutschland (1949-1963) 325, 379f
Adolf von Nassau, dt. König (1292-1298) 130
Adorno, Theodor Wiesengrund (1903-1969), dt. Philosoph, Soziologe und Musiktheoretiker 262
Agilus (gest. um 650), Missionar, 1. Abt von Rebais 21
Aiguillon, Emmanuel Armand Vignerot du Plessis de Richelieu, Duc d' (1720-1782, franz. Offizier und Politiker 294
Ailly, Pierre d', s. Pierre d'Ailly
Aimard, 3. Abt von Cluny (942-948/954) 42
Albert der Große (um 1200-1280), Theologe, Philosoph und Universalgelehrter 113, 138
Alberti, Leon Battista (1404-1472), ital. Humanist, Baumeister und Universalgelehrter 179
Albrecht I. von Habsburg, Herzog von Österreich (1282-1308), dt. König (1298-1308) 124, 130
Aleander, Hieronymus der Ältere (1480-1542), Humanist und päpstl. Diplomat 206f
Alembert, Jean le Rond d' (1717-1783), franz. Mathematiker, Philosoph und Enzyklopädist 280
Alexander der Große, König von Makedonien (336-323 v. Chr.) 197
Alexander II., Papst (1061-1073) 68
Alexander V., Papst (1409-1410) 170f
Alfons X. »der Weise«, König von León und Kastilien (1252-1282) 112, 129f
Alfred »der Große« (871-899), König der Westsachsen und Engländer 36
Al-Hakim bi-Amr Allah, fatimidischer Kalif (996-1021) 67
Alkuin, angelsächsischer Gelehrter, Leiter der Hofschule Karls des Großen, Abt von Tours (796-804) 15-19, 23f, 34
Amalar von Metz, Theologe, Erzbischof von Trier (809-813) und Lyon (835-838) 29
Amandus (7. Jhdt.), westfränkischer Missionar, Bischof von Maastricht 21
Amolo, Theologe, Erzbischof von Lyon (841-852) 29
Anastasius »der Bibliothekar« (vor 817-um 879), päpstlicher Diplomat, Kanzler und Archivar, Gegenpapst (855) 32
Anaxagoras (um 500-428 v. Chr.), griech. Philosoph 301
Anselm von Canterbury (um 1033-1109), Theologe und Philosoph, Benediktinerabt 25, 30
Antoinette, Marie, s. Marie Antoinette
Antonin, Erzbischof von Florenz (1446-1459) 166
Aristoteles (384-322 v. Chr.), griech. Philosoph 102, 113, 135-144, 193, 197
Arndt, Ernst Moritz (1769-1860), dt. Politiker, Publizist und Historiker 300
Attlee, Clement Richard, 1. Earl Attlee (1883-1967), brit. Politiker 374
Augustinus, Aurelius (354-430), Theologe, Bischof von Hippo Regius (395-430) 30, 138, 183f
Aulard, François Victor Alfonse (1849-1928), franz. Historiker 275
Avencebrol, s. Ibn Gabirol, Salomon

Bacon, Francis (1561-1626), engl. Philosoph und Politiker 260, 262
Bailly, Jean Sylvain (1736-1793), franz. Astronom und Politiker 292
Barnave, Antoine Pierre Joseph Marie (176-1793), franz. Jurist und Politiker 288
Barraclough, Geoffrey (1908-1984), engl. Historiker 50
Barth, Christian Gottlob (1799-1862), dt. pietistischer Theologe 253
Baudelaire, Charles Pierre (1821-1867), franz. Dichter und Kunstkritiker 264
Baumann, Zygmunt (geb. 1925), poln. Philosoph 262
Baumgarten, Alexander Gottlieb (1714-1762), dt. Philosoph 264f, 267
Begas, Reinhold (1831-1911), dt. Bildhauer 350
Bembo, Pietro (1470-1547), ital. Humanist und Dichter 194
Ben Maimon, Moses, s. Maimonides, Moses
Ben Nachman, Moses, s. Nachmanides, Moses
Ben Samuel Ha-Levi, Jehuda, s. Ha-Levi, Jehuda
Benedikt von Aniane (um 750-821), Abt und Klosterreformer 42, 44
Benedikt von Nursia (um 480-547), Abt von Montecassino, Begründer des abendländischen Mönchtums 40, 45
Benedikt XIII., Papst in Avignon (1394-1417) 170f
Berlioz, Louis Hector (1803-1869), franz. Komponist 200f
Bernhardin von Siena (1380-1444), ital. Franziskanerprediger 166
Berno, Abt von Baume und Gigny, 1. Abt von Cluny (910-926) 39, 42
Berreguete, Pedro (gest. 1503), kastilischer Maler 194
Berthold von Moosburg (Ende 12. Jhdt.-nach 1268), Dominikanermönch, Theologe 143f
Bethmann-Hollweg, Theobald von (1856-1921), dt. Reichskanzler und preußischer Ministerpräsident 340
Bibbiena, Bernardo Dovizi da (1470-1520), ital. Diplomat, Kirchenfürst und Dichter 194
Bidault, Georges (1899-1983), franz. Politiker und Außenminister 377f
Bismarck, Otto Eduard Leopold, Graf von (1815-1898), 1. Kanzler des Deutschen Reiches (1871-1890) 322
Bisticci, Vespasiano da (1421-1498), florent. Buchhändler und Biograph 194
Bloch, Jan de, poln. Bankier und Privatgelehrter 338-340
Bloch, Marc (1886-1944), franz. Historiker 50, 52, 168
Blum, Léon (1872-1950), franz. Politiker 373
Bluntschli, Johann Caspar (1808-1881), schweizer. Staatsrechtler 323
Boccaccio, Giovanni (1313-1375), ital. Dichter und Humanist 148-152, 158
Bodenstein, Andreas von, s. Karlstadt
Bodin, Jean (1530-1596), franz. Staatsrechtler und Philosoph 260
Boethius, Anicius Manlius Severinus (um 480-524), röm. Politiker und Philosoph 25, 135
Bonifatius (um 675-754), angelsächsischer Kirchenreformer, Erzbischof von Mainz 19
Bonifatius (Bonifaz) VIII., Papst (1294-1303) 124
Bonizo, Bischof von Sutri (gest. vor 1099) 63
Borgia, Cesare (ca. 1476-1507), ital. Renaissancefürst 179
Bosch, Robert (1861-1942), dt. Unternehmer 255
Bosl, Karl (1908-1993), dt. Historiker 50, 71
Brecht, Arnold (1884-1970), dt.-amerik. Staatsrechtler und Politiker 315
Breschnew, Leonid Iljitsch, Generalsekretär der Kommunistischen Partei der Sowjetunion (KPdSU, 1964-1982) 381

Briand, Aristide (1862-1932), franz. Politiker und Ministerpräsident 372
Brockes, Barthold Heinrich (1680-1747), dt. Politiker und Dichter 267
Broszat, Martin (1926-1989), dt. Historiker 364
Brunichild (gest. 613), merowingische Königin 22
Burckhardt, Jakob (1818-1897), schweizer. Kunst-und Kulturhistoriker 178-181, 184f, 189f, 193, 196, 201
Burke, Edmund (1729-1797), brit. Philosoph und Politiker 279, 282
Cajetan, Thomas (Jakob) de Vio (1469-1534), Kardinal, Theologe und päpstl. Legat 216
Calonne, Charles Alexandre de (1734-1802), franz. Ökonom und Politiker 285
Capella, Martianus (4. oder 5. Jhdt.), lat. Philosoph 26f
Cardano, Girolamo (1501-1576), ital. Arzt, Mathematiker und Philosoph 199
Carlyle, Thomas (1795-1881), schottischer Schriftsteller, Historiker und Philosoph 279
Cassirer, Ernst (1874-1945), dt. Philosoph 193
Castiglione, Baldassare, Graf (1478-1529), ital. Diplomat und Schriftsteller 194-197
Cellini, Benvenuto (1500-1571), florent. Künstler 197-201
Cézanne, Paul (1839-1906), franz. Maler 351
Chlodwig I., fränkischer König (482-511) 15
Claudius (gest. um 827), span. Exeget und Bischof von Turin 24
Clemenceau, Georges (1841-1929), franz. Politiker und Ministerpräsident 275
Clemens IV., Papst (1265-1268) 114, 128
Clemens VII., Papst in Avignon (1378-1394) 169f
Columban, s. Kolumban
Condorcet, Marie Jean Antoine, Marquis de (1743-1794), franz. Philosoph und Politiker 281
Cosimo de' Medici, s. Medici, Cosimo de'
Coudenhove-Kalergi, Richard Graf von (1894-1972), Schriftsteller und Politiker 330. 372
Cromwell, Oliver (1599-1658), engl. Politiker und Lord-Protektor (1653-1658) 227, 232f, 234-236
Cues, Nikolaus von, s. Nikolaus von Kues
Dahrendorf, Ralf (geb. 1929) dt.-brit. Soziologe und Politiker 331f
Daimler, Gottlieb (1834-1900), dt. Ingenieur 255
Dandolo, Enrico (ca. 1108-1205), Doge von Venedig (1192-1205) 120f
Dante Alighieri (1265-1321), ital. Dichter 186f, 372
Danton, Georges Jacques (1759-1794), franz. Rechtsanwalt und Revolutionspolitiker 275
Descartes, René (1596-1650), franz. Naturwissenschaftler, Mathematiker und Philosoph 260, 262, 266
Desmoulins, Lucie Simplice Camille Benoist (1760-1794), franz. Jurist, Publizist und Revolutionspolitiker 291
De Vio, Thomas, s. Cajetan
Diderot, Denis (1713-1784), franz. Schriftsteller, Philosoph, Enzyklopädist, Kunst-und Literaturtheoretiker 272, 280f
Dietrich von Freiberg (um 1240-1318/20), Philosoph, Theologe und Naturforscher 138-146
Dilthey, Wilhelm (1833-1911), dt. Geschichts-und Kulturphilosoph 307
Dimitroff, Georgij Michajlow (1882-1949), bulgarischer Kommunistenführer 375
Diogenes Laertius (um 200 n. Chr), griech. Philosophiehistoriker 198
Dionysius Areopagita (um 500 n. Chr.), Pseudonym eines christlichen Theologen 30-33, 138

Dionysius vom Areopag, Schüler des Apostels Paulus 30f
Dionysius von Paris, legend. Märtyrer, franz. Nationalheiliger 32
Donatus, Bischof von Fiesole bei Florenz (829-876) 22
Drogo, Erzkaplan, Bischof von Metz (823-855) 24
Droysen, Johann Gustav (1808-1884), dt. Historiker und Politiker 306f
Dunchad (9. Jhdt.), irischer Gelehrter 26
Dungal (9. Jhdt.), karoling. Gelehrter irischer Herkunft 24
Duns Scotus, s. Johannes Duns Scotus
Eck, Johannes, s. Johannes Eck
Eckhart, Meister (um 1260-ca. 1328), dt. Theologe und Mystiker 138
Eckmann, Otto (1865-1902), dt. Maler und Zeichner 349
Einhard (um 770-840), karoling. Architekt, Geschichtsschreiber und Biograph 76
Ekkehard (980/990-nach 1056), Mönch in St. Gallen, Dichter, Chronist und Gelehrter 62
Elias, irischer Gelehrter, Bischof von Angoulême (861/862-875) 26
Elias, Norbert (1897-1990), dt.-brit. Kulturtheoretiker 8-10
Elisabeth I., Königin von England und Irland (1558-1603) 222
Elser, Johann-Georg (1903-1945), Hitler-Attentäter 366
Engelbert III., Graf von der Mark (1347-1391) 157f
Engels, Friedrich (1820-1895), dt. Politik- und Wirtschaftswissenschaftler 233, 323
Epiphanius von Salamis (um 315-403), griech. Theologe, Metropolit von Zypern (367) 33
Erasmus von Rotterdam, Desiderius (1466/67-1536), Humanist, Philologe und Philosoph 206-208, 214
Erhard, Ludwig (1897-1977), dt. Politiker und Wirtschaftswissenschaftler 379
Eriugena, Johannes Scottus (vor 845/846-nach 877), karoling. Gelehrter irischer Herkunft 25-36
Ernst, Markgraf von Brandenburg (gest. 1613) 214
Eugen IV., Papst (1431-1447) 172f
Eustasius (gest. um 629), Missionar in Bayern, 2. Abt von Luxeuil (615) 21
Exul, Hibernicus, s. Hibernicus Exul
Ezzo (um 1060), Scholastiker und Dichter 68
Federico Fregoso, s. Fregoso, Federico
Federigo da Montefeltro, s. Montefeltro, Federigo III. da
Ferdinand I., König von Böhmen und Ungarn (1526-1564), röm. Kaiser (1558-1564) 211
Ferdinand II. »der Katholische«, König von Aragón (1479-1516); als Ferdinand V. König von Kastilien und Léon (1474-1504) 116
Ferdinand III. »der Heilige«, König von Kastilien (1217-1252) und León (1230-1252) 112
Fernão de Magalhães (um 1480-1521), portug. Seefahrer 205
Ferrer, Vinzente (um 1350-1419), Dominikanermönch, span. Bußprediger 115
Ficino, Marsilio (1433-1499), ital. Philosoph und Theologe 189
Fleury, André Hercule de (1653-1743), franz. Kardinal und Politiker 286
Florus (gest. um 860), Theologe und Dichter, Erzdiakon von Lyon 26f, 29
Franz Ferdinand (1863-1914), Erzherzog und österreichischer Thronfolger 353
Franz I., König von Frankreich (1515-1547) 180, 199, 209
Fredegisus, s. Fridugisus
Fregoso, Federico (um 1480-1541), Kardinal, Gelehrter, Erzbischof von Salerno 194
Fridugisus (gest. 834), Philosoph und Theologe, Kanzler, Abt von Tours 24
Friedrich II., dt. König (1196/1212-1250)

und röm. Kaiser (1220-1250) 119-121, 124-130, 132f, 156, 306
Friedrich II. »der Große«, König von Brandenburg-Preußen (1740-1786) 249, 254, 309, 316
Friedrich III. »der Weise« (1463-1525), Kurfürst von Sachsen (1486-1525) 207f
Friedrich Wilhelm I., König von Brandenburg-Preußen (1713-1740) 305, 316
Frobenius, Leo (1873-1938 oder 1939), dt. Kulturanthropologe und Forschungsreisender 7, 347f
Gallus (gest. um 640/650), Begleiter Kolumbans d. J. 21
Gambetta, Léon (1838-1882), franz. Rechtsanwalt und Politiker 275
Garibaldi, Giuseppe (1807-1882), ital. Heerführer und Politiker 322
Gattinara, Mercurino Arborio de (1465-1530), span. Großkanzler, Kardinal 209
Gauguin, Eugène Henri Paul (1848-1903), franz. Maler 351
Gentz, Friedrich von (1764-1832), dt. Schriftsteller und Politiker 282
Gerhard, Bischof von Cambrai (1012-1051) 56
Gerson, s. Johannes Gerson
Giuliano de' Medici, s. Medici, Giuliano de'
Gobineau, Joseph Arthur, Comte de (1816-1882), franz. Diplomat und Schriftsteller 179
Goethe, Johann Wolfgang von (1749-1832), dt. Dichter 199, 244, 265f, 268f, 272
Golßenau, Arnold Vieth von, s. Renn, Ludwig
Gonzaga, Cesare (gest. 1575), Graf von Guastalla 194
Gonzaga, Elisabetta (1472-1526), Gräfin von Urbino 194
Gorbatschow, Michail Sergejewitsch (geb. 1931), sowj. Politiker, Staatsoberhaupt der UdSSR (1988-1991) 382
Göring, Hermann (1893-1946), dt. Politiker 315f
Gottschalk »der Sachse« (806/808-866/870), Benediktinermönch in Orbais, Theologe und Grammatiker 28-30
Gottsched, Johann Christoph (1700-1766), dt. Literaturtheoretiker und Schriftsteller 266
Gouges, Olympe de (1748-1783), franz. Reformpolitikerin und Frauenrechtlerin 297
Gratian (um 1090-ca. 1155), ital. Mönch und Kanonist 85
Gregor von Nyssa (um 335-394), Theologe und Bischof 33
Gregor VII., Papst (1073-1085) 48f, 68-70
Gregor X., Papst (1271-1276) 130
Gregor XI., Papst (1370-1378) 169
Gregor XII., Papst (1406-1415) 170f
Guibert von Nogent (um 1055-um 1125), Benediktinerabt und Geschichtsschreiber 68
Guidobaldo da Montefeltro, s. Montefeltro, Guidobaldo da
Gujer, Jakob, gen. »Kleinjogg« (1716-1785), schweizer. Landwirtschaftsreformer 254
Gunther, Bischof von Bamberg (1057-1065) 65, 68
Gutenberg, Johann (um 1400-1468), Erfinder des Buchdrucks 163f
Habermas, Jürgen (geb. 1929), dt. Philosoph und Soziologe 262f
Haffner, Sebastian (1907-1999), dt.-brit. Publizist 302f
Hahn, Philipp Matthäus (1739-1790), dt. Pietist und Erfinder 255
Ha-Levi, Jehuda Ben Samuel (um 1075-um 1140), jüd. Dichter, Philosoph und Arzt 104f, 108
Haller, Albrecht von (1707-1777), schweizer. Arzt, Botaniker und Dichter 254
Hamann, Johann Georg (1730-1788), dt. Philosoph und Schriftsteller 262
Ha-Nagid, Samuel, s. Ibn Nagrela, Samuel »ha-Nagid«
Hardenberg, Karl August Fürst von

(1750-1822), preußischer Staatskanzler (1810-1822) und Reformer 311
Harrington, James (1611-1677), engl. Politiker und Philosoph 236f
Haskins, Charles Homer (1870-1937), amerik. Historiker 74
Hegel, Georg Wilhelm Friedrich (1770-1831), dt. Philosoph 274, 300, 302, 323
Heinrich III., dt. König (1028-1056) und röm. Kaiser (1046-1056) 70f
Heinrich IV., dt. König (1056-1106) und röm. Kaiser (1084-1106) 49, 59f, 70
Heinrich VI., dt. König und röm. Kaiser (1191-1197) 124f
Heinrich (VII.), dt. König (1222-1235) 127, 132f
Heinrich VII. von Luxemburg, dt. König (1308-1313) und röm. Kaiser (1312-1313) 130f
Heinrich Raspe, dt. Gegenkönig (1246) 129
Heinrich von Langenstein (um 1340-1397), dt. Theologe und Philosoph 170
Heiric von Auxerre (841-nach 875), Theologe, Benediktinermönch 25
Heloise (um 1100-1164), Gelehrte und Äbtissin 76, 86
Herder, Johann Gottfried von (1744-1803), dt. Philosoph, Theologe und Dichter 268, 271
Hibernicus Exul (8./9. Jhdt.), karoling. Dichter 24
Hieronymus, Sophronius Eusebius (um 347-420), lat. Theologe und Kirchenvater 30, 194
Hilduin (gest. 855/861), Gelehrter und Erzkaplan, Abt von St. Denis 31f
Hinkmar, Erzbischof von Reims (845-882) 27-29
Hintze, Otto (1861-1940), dt. Historiker 303, 307
Hitler, Adolf (1889-1945), dt. Reichskanzler und Diktator (1933-1945) 325, 356f, 360, 362, 364, 366
Hobbes, Thomas (1588-1679), engl. Philosoph und Staatstheoretiker 260
Hobson, John Atkinson (1858-1940), engl. Politiker und Wirtschaftshistoriker 336-338
Hofer, Andreas (1767-1810), Tiroler Freiheitskämpfer 352
Hogarth, William (1697-1764), engl. Maler, Kupferstecher und Karikaturist 252
Honorius, Flavius, weström. Kaiser (393-423) 17
Horkheimer, Max (1895-1973), dt. Philosoph und Soziologe 262
Hrabanus Maurus, Abt von Fulda (822-841/842), Erzbischof von Mainz (847-856) 28
Hugo I. von Semur, 6. Abt von Cluny (1049-1109) 42f, 44f
Hugo von St. Viktor (gest. 1141), Theologe und Philosoph 35
Huizinga, Johan (1872-1945), niederl. Kulturhistoriker 162, 164-166
Humbert, Kardinalbischof von Silva Candida (1050 – 1061) 69
Huntington, Samuel (geb. 1927), amerik. Politologe 9f
Hus, Jan, s. Jan Hus
Ibn Anas, Malik (zw. 708/716-796), musl. Rechtsgelehrter 91
Ibn Daud, Abraham (ca. 1110-1180), jüd. Universalgelehrter 108, 110
Ibn Esra, Abraham (1089-1164), jüd. Mathematiker, Astronom und Philosoph 105f
Ibn Gabirol, Salomon ben Jehuda, lat. *Avicebron* oder *Avencebrol* (um 1021-1057/58), jüd. Philosoph und Dichter 99-101, 103, 108
Ibn Labrat, Dunasch (ca. 920-980), jüd. Dichter 97
Ibn Nagrela, Josef (gest. 1066), jüd. Politiker und Feldherr 103
Ibn Nagrela, Samuel »ha-Nagid« (993-1055), jüd. Dichter, Politiker und Feldherr 103f

Ibn Saruq, Menachem Jakob (ca. 910-970), jüd. Sprachwissenschaftler 97
Ibn Schaprut, Chasdaj (ca. 910-970/75), jüd. Arzt, Politiker und Mäzen 92-97, 103
Ibn Tibbon, Jehuda (1120-1190), jüd. Arzt und Übersetzer 101
Ibn Tibbon, Samuel (12. Jhdt.), jüd. Übersetzer 107
Innozenz III., Papst (1198-1216) 120, 123-127
Innozenz IV., Papst (1243-1254) 120f, 124, 128
Irene, byzant. Kaiserin (780/797-802) 17
Ireton, Henry (1611-1651), engl. Politiker 227
Isabella I. »die Katholische«, Königin von Kastilien und Léon (1474-1504) 116
Jakob I., König von Aragón (1213-1276) 114
Jakob I., König von England (1603-1625), als Jakob VI. König von Schottland (1567-1625) 222
Jakob von Venedig (1. Hälfte 12. Jhdt.), Kanonist und Übersetzer 135
Jan Hus (um 1372-1415), tschechischer Kirchenreformer 172
Jawlensky, Alexej von (1864-1941), russischer Maler 351
Jean Bodin, s. Bodin, Jean
Jobst (Jodok) von Mähren, Markgraf von Mähren und Brandenburg, dt. König (1410-1411) 171
Johann I., König von Kastilien und León (1379-1390) 115
Johann III., Herzog von Jülich-Kleve-Berg (1521-1539) 212
Johann »der Beständige« (1468-1532), Kurfürst von Sachsen (1525-1532) 208
Johann Nederhoff (um 1400-nach 1456), Chronist 157
Johann Ohneland, König von England (1199-1216) 119
Johann Sigismund, Kurfürst von Brandenburg (1608-1619) 213
Johann Wilhelm »der Gute«, Herzog von Jülich-Kleve-Berg (1592-1609) 213
Johannes XXIII., Konzilspapst (1410-1415) 171
Johannes (Jean) Carlerius de Gerson (1363-1429), franz. Theologe 170
Johannes Duns Scotus (um 1266-1308), schottischer Theologe und Philosoph 101, 108, 193
Johannes Eck (1486-1543), dt. Theologe 166, 206
Johannes Picardi von Lichtenberg (Anfang 14. Jhdt.), Dominikanermönch und Gelehrter 138
Johannes Scottus Eriugena, s. Eriugena, Johannes Scottus
John Lilburne, s. Lilburne, John
John Wyclif (um 1330-1384), engl. Philosoph, Theologe und Reformer 172
Joseph II., habsburgischer König und röm. Kaiser (1765-1790) 254
Josephus Scottus (Mitte 9. Jhdt.), irischer Mönch und Dichter 23
Joyce, James (1882-1941), irischer Romancier und Dichter 22
Juan Manuel, s. Manuel, Don Juan
Julius II., Papst (1503-1513) 179
Julius III., Papst (1550-1555) 210
Justi, Johann Heinrich Gottlob von (1717-1771), dt. Kameralist und Volkswirtschaftler 249f
Kaehler, Siegfried August (gest. 1963), dt. Historiker 302, 305, 316
Kant, Immanuel (1724-1804), dt. Philosoph 244f, 261, 263, 270f, 282, 372
Karl I. »der Große«, König der Franken (768-814) und röm. Kaiser (800-814) 15-19, 23-25, 35, 76, 84, 123
Karl I. von Anjou, König von Sizilien (1266-1285) 128, 131
Karl I., König von England, Schottland und Irland (1625-1649) 221f, 227, 280
Karl II. »der Kahle«, westfränkischer König (843-877), röm. Kaiser (875-877) 24-26, 30-33, 35

Karl IV., König von Böhmen und dt. König (1347-1378), röm. Kaiser (1355-1378) 175
Karl V., König von Spanien (1516-1556), röm. Kaiser (1530-1556) 206, 209-211
Karlstadt (Andreas von Bodenstein; 1486-1541), dt. Theologe und Reformator 207
Keller, Albert von (1844-1920), dt.-schweizer. Maler 350
Kennan, George Frost (geb. 1904), amerik. Diplomat und Historiker 334
Kepler, Johannes (1571-1630), dt. Astronom und Naturphilosoph 255
Kilian (gest. um 689), irischer Missionar, Bischof 21
Klee, Paul (1879-1940), dt.-schweiz. Maler 13
Klemens, s. Clemens
Klemperer, Victor (1881-1960), dt. Romanist 365
Klopstock, Friedrich Gottlieb (1724-1803), dt. Dichter und Dramatiker 268f
Koenig, Pierre (1898-1970), franz. General 377
Kohl, Helmut (geb. 1930), dt. Bundeskanzler (1982-1998) 383
Kolumban der Ältere (um 520/522-597), irischer Missionar, Klostergründer, 1. Abt von Iona (563) 20
Kolumban der Jüngere (um 543-615), irischer Wandermissionar, Klostergründer 20-22, 25
Kondylis, Panajotis (1943-1998), griech. Philosoph und Soziologe 266
Konrad II., dt. König (1024-1039) und röm. Kaiser (1027-1039) 61, 70
Konrad IV., dt. König (1237-1252) 128f
Konrad von Gelnhausen (um 1320-1390), Theologe, 1. Kanzler der Universität Heidelberg 170
Konradin, Herzog von Schwaben, König von Sizilien und Jerusalem (1262-1268) 129f
Konstantin »der Große«, röm. Kaiser (306-337) 15f, 128, 163
Konstanze I. (gest. 1198), Königin von Sizilien, Kaiserin (1191) 125
Kopernikus, Nikolaus (1473-1543), poln. Astronom 163, 205, 216, 260
Kossuth, Lajos (1802-1894), ungarischer Politiker 322
Kraemer, Hans (1872-1963), dt. Historiker 7, 342-348, 352
Kraus, Karl (1874-1936), österr. Schriftsteller 356
Kues, Nikolaus von, s. Nikolaus von Kues
La Fayette, Marie Joseph Motier, Marquis de (1757-1834), franz. General und Politiker 292, 300
La Fontaine, Jean de (1621-1695), franz. Schriftsteller 102
Lafargue, Paul (1842-1911), franz. Politiker und Sozialistenführer 257
Lambesc, Marschall Charles-Eugène de Lorraine, Duc d'Elbeuf, Prince de Lambesc (1764-1789), franz. Offizier 291
Lavater, Johann Caspar (1741-1801), schweizer. Philosoph und Schriftsteller 244
Lechter, Melchior (1865-1937), dt. Maler und Buchkünstler 349
Lehmbruck, Wilhelm (1881-1919), dt. Bildhauer und Graphiker 351
Leibniz, Gottfried Wilhelm, Freiherr von (1646-1716), dt. Philosoph und Mathematiker 264, 266
Lenbach, Franz von (1836-1904), dt. Maler 350
Lenin, Wladimir Iljitsch (1870-1924), sowj.-russ. Politiker und marxistischer Theoretiker 275, 338
Leo III., Papst (795-816) 15, 18
Leonardo da Vinci (1452-1519), florent. Maler, Bildhauer, Architekt, Ingenieur und Naturforscher 180, 198f
Lessing, Gotthold Ephraim (1729-1781), dt. Aufklärungsphilosoph, Dramatiker und Kritiker 268, 270
Levi, Primo (1919-1987), ital. Schriftsteller und Essayist 368

Lichtenberg, Georg Christoph (1742-1799), dt. Naturgelehrter und Schriftsteller 299
Liebermann, Max (1847-1935), dt. Maler und Graphiker 351
Lilburne, John (1614-1657), engl. Politiker, Anführer der Levellers 229
List, Friedrich (1789-1846), dt.-amerik. Nationalökonom und Politiker 322f
Livius, Titus (59 v.Chr.-17 n.Chr.), römischer Geschichtsschreiber 181, 185
Lolme, John Louis de (um 1740-1807), schweizer.-engl. politischer Philosoph 280
Lorenzo de' Medici, s. Medici, Lorenzo I. de'
Lortz, Joseph (1887-1975), dt. Kirchenhistoriker 174
Lothar I., fränkischer König (817-855), röm. Kaiser (840-855) 24f
Ludwig I. »der Fromme«, fränkischer König (781-840) und röm. Kaiser (814-840) 24, 31
Ludwig II. »der Deutsche«, 1. ostfränkischer König (833/843-876) 25
Ludwig IX. »der Heilige«, König von Frankreich (1226-1270) 120, 128
Ludwig XIV., König von Frankreich (1643-1715) 276, 284, 286-288, 290
Ludwig XVI., König von Frankreich (1774-1792) 281
Lupus (um 805-nach 862), Abt von Ferrières 29
Luther, Martin (1483-1546), dt. Theologe und Reformator 163f, 168, 174f, 206-208
Lyotard, Jean-François (1924-1998), franz. Philosoph 262
Machiavelli, Niccolò (1469-1527), ital. Historiker, Politiker und Philosoph 184-189, 260
Magalhães (Magellan), s. Fernão de Magalhães
Maimonides, Moses (1135-1204), jüd. Arzt und Philosoph, genannt »Rambam« 106-109, 113f
Majolus, 4. Abt von Cluny (948/954-994) 42
Mancini, Pasquale Stanislao (1817-1888), ital. Jurist und Politiker 324
Manetti, Gianozzo (1396-1459), ital. Humanist und Politiker 190
Manfred, König von Sizilien (1258-1266) 128
Mann, Thomas (1875-1955), dt. Schriftsteller 180
Manuel, Don Juan (1282-1348), span. Dichter 102
Marie Antoinette (1755-1793), Gemahlin Ludwigs XVI., franz. Königin (1774-1792) 285
Markward von Annweiler (gest. 1202), Reichsministeriale 125
Marsilius von Padua (um 1290-vor 1343), ital. Arzt und Philosoph 170
Martial (um 250), Bischof von Limoges 64
Martianus Capella, s. Capella, Martianus
Martin V., Papst (1417-1431) 171f
Martin von Cochem (1634-1712), Kapuzinermönch und Volksschriftsteller 252f
Martinus Scottus (819-875), irischer Gelehrter 32
Marx, Karl (1818-1883), dt. Philosoph und Nationalökonom 233, 257, 274f, 284, 301
Masaryk, Tomáš Garrigue (1850-1937), 1. Staatspräsident der Tschechoslowakei (1918-1935) 322, 324
Mathiez, Albert (1874-1932), franz. Historiker 275f
Matisse, Henri Émile Benoît (1869-1954), franz. Maler, Graphiker und Bildhauer 351
Maurus, Hrabanus, s. Hrabanus Maurus
Maximilian I., dt. König (1493-1519) und röm. Kaiser (1508-1519) 175, 205f, 209
Maximilian II., dt. König (1562-1576) und röm. Kaiser (1564-1576) 211
Maximus Confessor (580-662), byzant. Theologe, Mönch und Mystiker 33

Mayer, Johann-Friedrich (1719-1798), dt. Pfarrer und Landwirtschaftsreformer 247
Mazarin, Jules (1602-1661), franz. Kardinal und Politiker 284
Mazzini, Giuseppe (1805-1872), ital. Politiker und Freiheitskämpfer 321f
Medici, Cosimo de', »der Ältere« (1389-1464), Kaufmann, Stadtherr von Florenz (1429/1434-1464) 189
Medici, Cosimo I. de', »der Jüngere« (1519-1574), Herzog von Florenz (1537-1574), Großherzog der Toskana (1569-1574) 199
Medici, Giuliano de' (1479-1516), Stadtherr von Florenz (1513/1514-1516), Herzog von Nemours (1515-1516) 194
Medici, Lorenzo I. de', »der Prächtige« (1449-1492), Kunstmäzen, Stadtherr von Florenz (1469-1492) 180
Meinecke, Friedrich (1862-1954), dt. Historiker und Philosoph 304, 314, 316
Meiners, Christoph (1747-1810), dt. Philosoph 253
Mendelssohn, Moses (1729-1786), dt. Philosoph 261
Menzel, Adolph Friedrich Erdmann (1815-1905), dt. Maler und Graphiker 350
Mercier, Louis Sébastien (1740-1814), franz. Dramatiker 280
Merlin de Douai, Philippe Antoine (1754-1838), franz. Politiker 296f
Michael I. Kerullarios, Patriarch von Konstantinopel (1043-1058) 69
Michael II. »der Stammler«, byzant. Kaiser (820-829) 31
Michael Scotus (vor 1200-um 1235), Philologe und Übersetzer 135
Michelangelo Buonarroti (1475-1564), florent. Bildhauer, Maler, Architekt und Dichter 179, 193, 198f
Michelet, Jules (1798-1874), franz. Historiker 178
Millerand, Alexandre, franz. Politiker und Staatspräsident (1920-1924) 342
Mirabeau, Honoré Gabriel du Riqueti, Graf von (1749-1791), franz. Politiker und Publizist 281, 284, 288f, 291, 295, 298
Mirandola, Giovanni Pico della, s. Pico della Mirandola
Mitterrand, François, franz. Politiker und Staatspräsident (1981-1995) 383
Moerbeke, Wilhelm, s. Wilhelm von Moerbeke
Monnet, Jean (1888-1979), franz. Politiker 378
Monroe, James, 5. Präsident der USA (1817-1825) 348
Montefeltro, Federigo III. da (1422-1482), ital. Condotierre, Herzog von Urbino (1474-1482) 194
Montefeltro, Guidobaldo da (1472-1508), Herzog von Urbino (1482-1508) 194
Montesquieu, Charles de Secondat, Baron de la Brède et de Montesquieu (1689-1755), franz. Schriftsteller und Staatsphilosoph 280
Moosburg, Berthold von, s. Berthold von Moosburg
Moritz, Herzog und Kurfürst von Sachsen (1547-1553) 210f, 213
Mounier, Jean Joseph (1758-1806), franz. Jurist, Politiker und Schriftsteller 288
Munch, Edvard (1863-1944), norwegischer Maler und Graphiker 351
Müntzer, Thomas (1490-1525), Reformator und Bauernführer 208
Nachmanides, Moses (1195-um 1270), jüd. Arzt, Dichter und Theologe, genannt »Ramban« 114
Napoleon I. Bonaparte, franz. Kaiser (1804-1814/1815) 254, 284
Necker, Jacques (1732-1804), franz. Finanzier und Politiker 291f
Nederhoff, Johann, s. Johann Nederhoff
Nietzsche, Friedrich Wilhelm (1844-1900), dt. Philosoph 262, 264
Nikolaus II., russischer Zar (1894-1917) 340

Nikolaus Kopernikus, s. Kopernikus, Nikolaus
Nikolaus von Kues (1401-1464), Philosoph und Theologe, Kardinal (1448), Bischof von Brixen (1459) 146, 173f
Norbert von Xanten (nach 1080-1134), Ordensgründer, Erzbischof von Magdeburg 66
Notker I. Balbulus »der Stammler« (um 840-912), Mönch in St. Gallen, Dichter 47
Ockham, s. Wilhelm von Ockham
Odilo, 5. Abt von Cluny (994-1049) 42
Odo, 2. Abt von Cluny (927-942) 42
Ordericus Vitalis (1075-1142), Geschichtsschreiber 68
Otto I. »der Große«, dt. König (936-973), röm. Kaiser (962-973) 77, 92, 123
Otto III., dt. König (983-1002), röm. Kaiser (996-1002) 77
Otto IV., dt. König (1198-1218), röm. Kaiser (1209-1215) 119, 123, 125f
Ottokar II., König von Böhmen (1253-1278) 121, 130
Ovidius Naso Publius (43 v. Chr.-ca. 17 n. Chr.), röm. Dichter 186
Paine, Thomas (1737-1809), amerikanischer Publizist und Politiker 282
Papen, Franz von (1879-1969), dt. Politiker 315
Pardulus, Bischof von Laon (848-857) 26
Parsons, Talcott (1902-1979), amerikanischer Soziologe 305
Paschasius Radbertus (um 790-um 859), Theologe, Abt von Corbie (843/844-851) 29
Patrick (gest. 461/462.), britannischer Missionar Irlands, irischer Nationalheiliger 19
Paul III., Papst (1534-1549) 199, 210
Pelagius (350/354-nach 418), britannischer Mönch und Theologe 30
Petrarca, Francesco (1304-1374), ital. Dichter und Humanist 181-184, 186
Petrus Damiani (1007-1072), ital. Kardinal und Kirchenreformer 69
Pezzl, Johann (1756-1823), dt.-österr. Publizist 246
Philipp I. »der Großmütige«, Landgraf von Hessen (1518-1567) 211
Philipp II., König von Makedonien (359-336 v. Chr.) 181
Philipp II. »Augustus«, König von Frankreich (1180-1223) 119f, 127
Philipp II., König von Spanien (1556-1598) 270
Philipp IV. »der Schöne«, König von Frankreich (1285-1314) 124, 131
Philipp von Schwaben, dt. König (1198-1208) 123, 125f
Picasso, Pablo (1881-1973), span. Maler, Graphiker und Bildhauer 321
Pico della Mirandola, Gian Francesco (1469-1553), ital. Humanist 190
Pico della Mirandola, Giovanni (1463-1494), ital. Humanist 189-193
Pierre d'Ailly (um 1350-1420), franz. Theologe und Kardinal 170, 174
Pinochet Ugarte, Augusto, chilenischer Politiker und Diktator (1973-1990) 263
Pirenne, Henri (1862-1935), belg. Historiker 57
Pirmin (gest. um 755), Missionsbischof und Klostergründer 21
Platon (um 428-ca. 347 v. Chr.), griech. Philosoph 34, 136, 193
Plinius der Jüngere (62-113), röm. Politiker und Schriftsteller 254
Poliziano, Angelo (1454-1494), ital. Humanist und Dichter 189
Proklos (421-485), griech. Philosoph 138, 138
Prudentius, Theologe, Chronist, Hofkaplan und Bischof von Troyes (846/847-861) 25f, 27, 29
Radulf (Raoul) Glaber (gest. um 1047), burgund. Geschichtsschreiber 64, 66f
Raffael (1483-1520), ital. Maler und Baumeister 196, 198
Ranke, Leopold von (1795-1886), dt. Historiker 305f, 323
Raspe, Heinrich, s. Heinrich Raspe

Ratramnus von Corbie (gest. nach 868), Theologe, Benediktinermönch in Corbie 29
Raynal, Guillaume Thomas François, Abbé (1713-1796), franz. Politiker, Historiker und Philosoph 280
Reagan, Ronald Wilson, 40. Präsident der USA (1981-1989) 381
Renn, Ludwig, Pseudonym des Arnold Vieth von Golßenau (1889-1979), dt. Politiker und Kulturwissenschaftler 334f
Reuchlin, Johannes (1455-1522), dt. Humanist, Jurist und Philologe 216
Richard, Graf von Cornwall, dt. König (1257-1272) 129f
Richelieu, Armand-Jean du Plessis, Herzog von (1585-1642), franz. Kardinal und Politiker 285f
Rivière, Mercier de la (1719-1801), franz. Sozialphilosoph und Physiokrat 286
Robert d'Arbrissel (um 1045-1116), franz. Wanderprediger und Klostergründer 66
Robert II. »der Fromme«, König von Frankreich (987/996-1031) 55
Robespierre, Maximilien de (1758-1794), franz. Revolutionspolitiker 275, 278, 282, 298
Rodin, Auguste (1840-1917), franz. Bildhauer und Maler 351
Romanos I. Lakapenos, byzant. Kaiser (920-944) 92
Rosenzweig, Franz (1886-1929), dt. Philosoph 105
Rothfels, Hans (1891-1976), dt. Historiker 325, 359-361
Rousseau, Jean-Jacques (1712-1778), franz.-schweizer. Sozialphilosoph 262, 272, 281
Rudolf I. von Habsburg, dt. König (1273-1291) 121, 124, 129f
Rudolf von Rheinfelden, Herzog von Schwaben, dt. Gegenkönig (1077-1080) 59
Ruprecht von der Pfalz, dt. König (1400-1410) 171
Sade, Marquis de (1740-1814), franz. Schriftsteller 292
Sailer, Sebastian (1714-1777), dt. Dichter 243
Saint-Hardouin, Jacques Tarbé de (1899-1956), franz. Diplomat 377
Salzmann, Christian Gotthilf (1744-1811), dt. Pädagoge 255
Savonarola, Girolamo (1452-1498), ital. Dominikanermönch, Theologe und Bußprediger 179f
Schiller, Johann Christoph Friedrich von (1759-1805), dt. Dichter 244, 251-253, 262, 268, 270-272
Schlegel, Friedrich von (1772-1829), dt. Historiker, Dichter, Literaturkritiker und Philosoph 244, 257, 282f
Schlözer, August Ludwig von (1735-1809), dt. Historiker und Philologe 281f, 291
Schmidt, Michael Ignaz (1736-1794), dt. Kulturhistoriker 271
Schmoller, Gustav von (1838-1917), dt. Nationalökonom 303
Schuman, Robert (1886-1963), franz. Politiker und Außenminister 377
Scriver, Christian (1629-1693), dt. Theologe und Dichter 252
Sedulius Scottus (gest. nach 858), irischer Gelehrter und Dichter 24
Seidl, Gabriel von (1848-1913), dt. Architekt 349
Seidlmayer, Michael (1902-1960), dt. Historiker 165f
Seipel, Ignaz (1876-1932), österr. Politiker und Bundeskanzler 329
Sergius IV., Papst (1009-1012) 67
Siegfried I., Erzbischof von Mainz (1060-1084) 59
Sieyès, Emmanuel Joseph Graf, Abbé (1748-1836), franz. Revolutionspolitiker 288, 298
Sighard (gest. 1104), Graf von Burghausen (Salzach) 62f
Sigismund, dt. König (1411-1437) und röm. Kaiser (1433-1437) 171, 173

Soboul, Albert (1914-1982), franz. Historiker 276, 279, 283
Soderini, Piero (1452-1522), Kaufmann und Stadtherr von Florenz 186
Speer, Albert (1905-1981), dt. Architekt und Politiker 367
Spinoza, Baruch de (1632-1677), jüd. Philosoph 215
Stalin, Jossif Wissarionowitsch (1879-1953), sowj.-russ. Diktator 275, 364, 375f
Stefan I. »der Heilige«, König von Ungarn (1001-1038) 52
Stein, Heinrich Friedrich Karl Reichsfreiherr vom und zum (1757-1831), preußischer Politiker und Reformer 311
Stein, Lorenz von (1815-1890), dt. Nationalökonom und Staatsrechtler 304
Stuck, Franz von (1863-1928), dt. Maler, Graphiker und Bildhauer 349f
Sun Yat-sen (1866-1925), chinesischer Revolutionspolitiker 348
Tassilo III., Herzog von Bayern (748-788) 24
Theoderich »der Große«, König der Ostgoten (474-526) 17, 135
Theoderich I., König der Westgoten (418-451) 15
Theodor von Tarsus, Theologe, Erzbischof von Canterbury (668-690) 31
Theodosius I. »der Große«, röm. Kaiser (379-395) 163
Theuderich II. (587-612/613), merowingischer König 22
Thoma, Hans (1839-1924), dt. Maler 350
Thomas Müntzer, s. Müntzer, Thomas
Thomas von Aquin (1225-1274), ital. Philosoph und Theologe 101, 108, 113, 138
Thomasius, Christian (1655-1728), dt. Jurist und Philosoph 266
Tibull, Albius (um 50-19/17 v.Chr.), röm. Dichter 186
Tirpitz, Alfred von (1849-1930), dt. Großadmiral 341
Tito, Josip (1892-1980), jugosl. Politiker und Staatspräsident (1953-1980) 319
Tiziano Vecellio (gest. 1576), ital. Maler 196, 209
Tocqueville, Alexis Clérel de (1805-1859), franz. Historiker und Politiker 283-285, 290, 298
Torquemada, Tomás de (1420-1498), span. Theologe, Dominikanermönch und Großinquisitor 117
Traube, Ludwig (1861-1907), dt. Philologe und Historiker 31
Turgot, Anne Robert Jacques, Baron de l'Aulne (1727-1781), franz. Ökonom und Politiker 285
Ulrich von Hutten (1488-1523), dt. Reichsritter und Humanist 206
Urban VI., Papst (1378-1389) 169
Vasari, Giorgio (1511-1574), ital. Biograph, Maler und Baumeister 198f
Vettori, Francesco (1474-1539), florent. Diplomat 186
Vico, Giovanni Battista (1668-1744), ital. Geschichts-und Rechtsphilosoph 262
Vinci, Leonardo da, s. Leonardo da Vinci
Virgilius (um 700-784), irischer Missionsabt, Erzbischof von Salzburg 23
Voltaire (1694-1778), franz. Schriftsteller und Philosoph der Aufklärung 280, 292, 296
Walahfrid Strabo, Gelehrter und Dichter, Abt der Reichenau (838-849) 20
Walser, Martin (geb. 1927), dt. Schriftsteller 365
Wazo, Bischof von Lüttich (1042-1048) 71
Weber, Karl Julius (1767-1832), dt. Schriftsteller 266f
Weber, Max (1864-1920), dt. Soziologe, Volkswirtschaftler und Wirtschaftshistoriker 246-248, 313, 322
Weizsäcker, Richard Freiherr von (geb. 1920), dt. Bundespräsident (1984-1994) 364
Wenzel, dt. König (1378-1400), als Wenzel IV. König von Böhmen (1363-1419) 169, 171, 175

Wicbald, Bischof von Auxerre (879-887) 26
Wieland, Christoph Martin (1733-1813), dt. Schriftsteller 268, 282
Wilhelm I. »der Fromme« (gest. 918), Herzog von Aquitanien 39, 41, 45
Wilhelm II., Graf von Holland, dt. (Gegen-)König (1247-1256) 129
Wilhelm V., Herzog von Jülich-Kleve-Berg (1539-1592) 212, 214
Wilhelm von Malmesbury (um 1090-1143), angelsächsischer Geschichtsschreiber 35
Wilhelm von Moerbeke (um 1215-1286), Dominikanermönch, Übersetzer 32, 135
Wilhelm von Ockham (um 1285-ca. 1349), engl. Franziskanertheologe und Philosoph 170
Willibrord (um 658-739), angelsächsischer Missionar und Erzbischof von Utrecht 19, 31
Winibert (Mitte 9. Jhdt.), Benediktinerabt von Schuttern 26
Winstanley, Gerrard, engl. Politiker, Führer der Diggers (1648-1652) 232-234
Wolff, Christian Freiherr von (1679-1754), dt. Philosoph 264, 266
Wolfgang Wilhelm, Pfalzgraf von Pfalz-Neuburg/Jülich (1614-1653) 213f
Wulfad (9. Jhdt.), Erzbischof und Abt von Montiérendon und Soissons 33
Wyclif, John, s. John Wiclif
Yat-sen, Sun, s. Sun Yatsen
Zeppelin, Ferdinand Graf von (1838-1917), dt. Militäroffizier und Ingenieur 255

Die Autorinnen und Autoren

Peter Alter, geb. 1940, Studium der Geschichte, Anglistik und Volkswirtschaftslehre in Köln und Oxford, Promotion 1970 und Habilitation 1981 in Köln, 1976-1994 Wissenschaftlicher Mitarbeiter und Stellvertretender Direktor des Deutschen Historischen Instituts in London, Gastprofessuren / Vertretungen in Sussex, Freiburg und Cambridge, seit 1994 o. Professor für Neuere und Neueste Geschichte an der Universität Duisburg.

Publikationen: Wissenschaft, Staat, Mäzene. Anfänge moderner Wissenschaftspolitik in Großbritannien 1850-1920 (1982); Nationalismus (1985, engl. Fassung 2. Aufl. 1994); The Reluctant Patron (1987); Im Banne der Metropolen. Berlin und London in den zwanziger Jahren (1993); Nationalismus. Dokumente zur Geschichte und Gegenwart eines Phänomens (1994); Exilanten und andere Deutsche in Fontanes London (1996); Out of the Third Reich. Refugee Historians in Post-War Britain (1998); The German Question and Europe. A History (2000).

Dirk Ansorge, geb. 1960, Studium der Theologie, Philosophie und Physik in Bochum, Jerusalem, Straßburg und Tübingen, Promotion 1993 in Tübingen, seither Dozent für Religionsgeschichte, Dogmengeschichte und Systematische Theologie an der Katholischen Akademie des Bistums Essen »Die Wolfsburg« in Mülheim an der Ruhr.

Publikationen: Johannes Scottus Eriugena: Wahrheit als Prozeß. Eine theologische Interpretation von »Periphyseon« (1996); Raum und Transzendenz. Beiträge zum Gespräch zwischen Theologie, Philosophie und Architektur (Hrsg., 1999).

Bei dem Beitrag handelt es sich um die überarbeitete und aktualisierte Fassung eines Vortrags vor der Deutsch-Irischen Gesellschaft in Bonn am 25. Mai 1994.

Dirk Blasius, geb. 1941, Studium der Geschichte, Germanistik und Philosophie in Köln und Berlin, von 1966 bis 1968 Stipendiat am Institut für Europäische Geschichte in Mainz, Promotion 1968 in Köln bei Theodor Schieder, von 1968 bis 1974 Wissenschaftlicher Assistent für Neuere Geschichte in Düsseldorf, 1974 Habilitation für Mittlere und Neuere Geschichte in Düsseldorf bei Wolfgang J. Mommsen, seit 1974 Professor für Sozial-, Wirtschafts- und Rechtsgeschichte an der Universität Gesamthochschule Essen.

Publikationen: Bürgerliche Gesellschaft und Kriminalität. Zur Sozialgeschichte Preußens im Vormärz (1976); Lorenz von Stein. Geschichts- und gesellschaftswissenschaftliche Perspektiven (zus. mit E. Pankoke) (1977); (Hrsg.) Preußen in der deutschen Geschichte (1980); Ehescheidung in Deutschland 1794-1945. Scheidung und Scheidungsrecht in historischer Perspektive (1987); Friedrich Wilhelm IV. 1795-1861.

Psychopathologie und Geschichte (1992); »Einfache Seelenstörung«. Geschichte der deutschen Psychiatrie 1800-1945 (1994); Carl Schmitt. Preußischer Staatsrat im Dritten Reich (2001).

Der Beitrag stützt sich auf die Abhandlung »Preußen in der deutschen Geschichte«, in: Dirk Blasius (Hrsg.): Preußen in der deutschen Geschichte, Königstein/Ts. 1980, 9-46.

Lothar Bornscheuer, geb. 1936. Studium der Chemie, Physik und Mathematik; der Germanistik, Geschichte und Philosophie in Marburg, Freiburg/Br. und Münster. 1. u. 2. Staatsexamen. Promotion 1967 in mittelalterlicher Geschichte; seit 1974 o. Professor für Neuere Deutsche Literaturwissenschaft an die Universität Duisburg. – Gastprofessuren in Amsterdam und an der Dokkyo-Universität (Japan).

Publikationen: Miseriae Regum. Untersuchungen zum Krisen- und Todesgedanken in den herrschaftstheologischen Vorstellungen der ottonisch-salischen Zeit (1968); Georg Büchner, Woyzeck. Kritische Lese- und Arbeitsausgabe mit Erläuterungen und Dokumenten (1972); Topik. Zur Struktur der gesellschaftlichen Einbildungskraft (1976); Wozu Tragödien? (1990); Retorica e paradigmi antropologici. Traduzione de Chiara Simonato (1991). – Zahlreiche weitere Beiträge zur Deutschen Literatur mit dem Schwerpunkt Barock und Aufklärung.

Jost Dülffer, geb. 1943, Studium von Geschichte, Latein, Politikwissenschaften und Soziologie in Hamburg und Freiburg, Promotion 1972 in Freiburg, Habilitation 1979 in Köln, Gastprofessuren, Lehraufträge in Aachen, München, Bangkok, seit 1982 o. Professor für Neuere Geschichte an der Universität zu Köln.

Publikationen u. a.: Weimar, Hitler und die Marine, Reichspolitik und Flottenbau 1920-1939 (1973); Regeln gegen den Krieg? Die Haager Friedenskonferenzen 1899 und 1907 in der internationalen Politik (1981); Nationalsozialismus und traditionelle Machteliten (1984); Deutschland als Kaiserreich von 1871-1918, in: Deutsche Geschichte, hrsg. von Martin Vogt (1987, 4. Aufl. 1997); Deutsche Geschichte 1933-1945. Führerglaube und Vernichtungskrieg (1992, engl. 1996); Vermiedene Kriege: Deeskalation von Konflikten der Großmächte zwischen Krim-Krieg und erstem Weltkrieg 1856-1914 (zus. mit Martin Kröger / Rolf-Harald Wippich) (1997); Jalta, 4. Februar 1945. Der Zweite Weltkrieg und die Entstehung der bipolaren Welt (1998, ital. 1999, poln. 2000).

Norbert Frei, geb. 1955, Studium der Neueren Geschichte, Politik- und Kommunikationswissenschaft in München, dort auch Redakteursausbildung an der Deutschen Journalistenschule, 1979 Promotion, 1979-1997 wissenschaftlicher Mitarbeiter des Instituts für Zeitgeschichte, München; seit 1987 Redaktionsmitglied der Vierteljahrshefte für Zeitgeschichte und Redakteur der Schriftenreihe, 1985/86 John F. Kennedy-

Fellow an der Harvard University, Cambridge/Mass., 1995 Habilitation an der Universität Bielefeld, 1995/96 Fellow am Wissenschaftskolleg zu Berlin, seit 1997 Inhaber des Lehrstuhls für Neuere und Neueste Geschichte an der Ruhr-Universität Bochum.

Mitglied des Wissenschaftlichen Beirats des Fritz Bauer Instituts, Frankfurt am Main; Mitglied des Wissenschaftlichen Beirats des Schülerwettbewerbs Deutsche Geschichte um den Preis des Bundespräsidenten, Hamburg; Mitglied des Programmbeirats Literatur, Wissenschaft, Zeitgeschehen des Goethe-Instituts, München; Vorsitzender des Wissenschaftlichen Kuratoriums der Stiftung Gedenkstätten Buchenwald und Mittelbau-Dora; Mitglied des Editorial Board des Journal of Contemporary History, London; Mitglied der Unabhängigen Historischen Kommission zur Erforschung der Geschichte des Hauses Bertelsmann im »Dritten Reich«.

Publikationen u.a.: Nationalsozialistische Eroberung der Provinzpresse. Gleichschaltung, Selbstanpassung und Resistenz in Bayern (1980); Amerikanische Lizenzpolitik und deutsche Pressetradition. Die Geschichte der Nachkriegszeitung Südost-Kurier (1986); Der Führerstaat. Nationalsozialistische Herrschaft 1933 bis 1945 (1987, erw. Neuausg. u. 6. Aufl. 2000); Journalismus im Dritten Reich (mit J. Schmitz, 2. Aufl. 1989, Neuausg. 1999); Vergangenheitspolitik. Die Anfänge der Bundesrepublik und die NS-Vergangenheit (1996, 2. Aufl. 1997, Taschenbuchausgabe 1999); Das Dritte Reich im Überblick. Chronik, Ereignisse, Zusammenhänge (hrsg. mit M. Broszat, 1983, 6. Aufl. 1999); Der nationalsozialistische Krieg (hrsg. mit H. Kling, 1990); Medizin und Gesundheitspolitik in der NS-Zeit (Hrsg., 1991); 20 Tage im 20. Jahrhundert. 20 Bde. (hrsg. mit K.-D. Henke und H. Woller, 1997ff.); Geschichte vor Gericht. Historiker, Richter und die Suche nach Gerechtigkeit (hrsg. mit D. v. Laak und M. Stolleis, 2000).

Bei dem Beitrag handelt es sich um die überarbeitete und aktualisierte Fassung des Aufsatzes: »Abschied von der Zeitgenossenschaft. Der Nationalsozialismus und seine Erforschung auf dem Weg in die Geschichte«, in: Werkstatt Geschichte 7 (1998) 20, S. 69-83.

DIETER GEUENICH, geb. 1943, Studium der Germanistik, Geschichte, Philosophie und Theologie in Bonn, Promotion 1972 in Münster/Westf., Habilitation 1981 in Freiburg/Br., 1983-87 Professor für Geschichte des Mittelalters an der Universität Freiburg, 1987-88 Gastdozent am Deutschen Historischen Institut in Rom, seit 1988 o. Professor für Geschichte des Mittelalters an der Universität Duisburg. Gastprofessuren in Tokio und Los Angeles; korresp. Mitglied der Göttinger Akademie der Wissenschaften; Direktor des Instituts für niederrheinische Kulturgeschichte und Regionalentwicklung an der Universität Duisburg; Vorsitzender der Niederrhein-Akademie.

Publikationen: Das Verbrüderungsbuch der Abtei Reichenau (1979); Das Martyrolog-Necrolog von St. Emmeram zu Regensburg (1986); Memoria in der Gesellschaft des Mittelalters (1994); Geschichte der Alemannen (1997); Die Franken und die Alemannen bis zur »Schlacht bei Zülpich« (1998); Mission und Christianisierung am Hoch- und Oberrhein (2000); Der Memorial- und Liturgiecodex von San Salvatore / San Santa Giulia in Brescia (zus. mit U. Ludwig, 2000); Köln und die Niederrheinlande in ihren historischen Beziehungen (2000).

Irmgard Hantsche, geb. 1936, nach dreijähriger Berufstätigkeit als Volksschullehrerin Studium der Geschichte, Anglistik und Philosophie in Köln und Aberdeen, Staatsexamen für den höheren Schuldienst 1965, Lehraufträge an der Pädagogischen Hochschule Ruhr 1965-1966, Promotion 1968, Habilitation 1973. Seit 1974 Professorin an der Universität Duisburg, 1988 Gastprofessur an der University of Washington, Seattle.

Publikationen: James Harrington und das Problem des englischen Bürgerkriegs (1968); Atlas zur Geschichte des Niederrheins (1999, 4. Aufl. 2000); Herausgeberin mehrerer Sammelbände; Aufsätze zur Landesgeschichte, zur historischen Kartographie, zur Didaktik der Geschichte und politischen Bildung.

Wolfgang Hartung, geb. 1946, Studium der Geschichte, Romanistik, Germanistik und Soziologie in München, 1971 Promotion, 1980 Habilitation für mittelalterliche und neuere Geschichte sowie vergleichende Landesgeschichte, 1989 apl. Professur an der Universität Duisburg, 1991-1992 Gastprofessur in Halle/Saale.

Publikationen: Süddeutschland in der frühen Merowingerzeit (1983); Die Spielleute. Eine Randgruppe in der Gesellschaft des Mittelalters (1982); Gesellschaftliche Randgruppen im Spätmittelalter (1986); Adel, Erbrecht, Schenkung (1988); Tradition und Namengebung im frühen Mittelalter (1988); Merowingisches Königsgut in Alamannien und Rätien (1990); Das Westallgäu als vorindustrielle Gewerbelandschaft (1991); Die magische Wirkung des Geschriebenen (1993); Sachsenspiegel – Recht – Alltag (1995); Die Herkunft der Welfen aus Alamannien (1998); Der Heiligenhimmel im Westallgäu (2000).

Eberhard Isenmann, geb. 1944, Studium der Geschichte, Germanistik und wissenschaftlichen Politik in Tübingen; Promotion und Habilitation für mittlere und neuere Geschichte in Tübingen; Professuren in Tübingen, Essen, Bochum, seit 1999 Professor für Geschichte des Mittelalters mit dem Schwerpunkt Späteres Mittelalter an der Universität zu Köln.

Publikationen: Die deutsche Stadt im Spätmittelalter (1988); Zahlreiche Untersuchungen zur Reichsgeschichte des 15. Jahrhunderts, zur mittelalterlichen und frühneuzeitlichen Stadtgeschichte, zur Steuer- und Finanzgeschichte, zur Verfassungsgeschichte und zur Rezeption des römischen Rechts in Deutschland.

WILFRIED LOTH, geb. 1948, Studium der Germanistik, Geschichte, Philosophie und Pädagogik in Saarbrücken und Paris, Promotion 1974, Habilitation 1983 in Saarbrücken, 1984-85 Professor für Politische Wissenschaft an der Freien Universität Berlin, 1985-86 Professor für Politische Wissenschaft an der Universität Münster, 1993-1997 Präsident des Kulturwissenschaftlichen Instituts im Wissenschaftszentrum Nordrhein-Westfalen, seit 1986 o. Professor für Neuere Geschichte an der Universität Essen.

Publikationen: Sozialismus und Internationalismus. Die französischen Sozialisten und die Nachkriegsordnung Europas 1940-1950 (1977); Die Teilung der Welt. Geschichte des Kalten Krieges 1941-1955 (1980, Neuauflage 2000); Katholiken im Kaiserreich. Der politische Katholizismus in der Krise des wilhelminischen Deutschlands (1984); Geschichte Frankreichs im 20. Jahrhundert (1987); Der Weg nach Europa. Geschichte der europäischen Integration 1939-1957 (1990); Stalins ungeliebtes Kind. Warum Moskau die DDR nicht wollte (1994); Das Kaiserreich. Obrigkeitsstaat und politische Mobilisierung (1996); Helsinki, 1. August 1975: Entspannung und Abrüstung (1998).

UWE LUDWIG, geb. 1959, Studium der Geschichte und Romanistik in Freiburg i. Br. und Aix-en-Provence, Promotion 1990 in Freiburg, Habilitation 1996 in Duisburg, seither Oberassistent an der Universität Duisburg.

Publikationen: Transalpine Beziehungen der Karolingerzeit im Spiegel der Memorialüberlieferung (1999); Der Memorial- und Liturgiekodex von San Salvatore/Santa Giulia in Brescia (zus. mit D. Geuenich, 2000).

BURKHARD MOJSISCH, geb. 1944, Studium der Klassischen Philologie, Philosophie und Pädagogik in Bochum, Promotion 1974, Habilitation 1982, apl. Professor 1987, Gastprofessur in Fribourg (Schweiz) 1991, seit 1992 Universitätsprofessor für Geschichte der Philosophie unter besonderer Berücksichtigung der Philosophie in der Antike und des Mittelalters an der Ruhr-Universität Bochum.

Publikationen: Die Theorie des Intellekts bei Dietrich von Freiberg (1977); Meister Eckhart. Analogie, Univozität und Einheit (1983; engl. 2001); Pietro Pomponazzi, Abhandlung über die Unsterblichkeit der Seele, lat.-dt. (1990); Augustinus, Über den Lehrer, lat.-dt. (1998); Mitherausgeber der Reihen »Bochumer Studien zu Philosophie« (seit 1982) und »Corpus Philosophorum Teutonicorum Medii Aevi« (seit 1983) sowie des Organs »Bochumer Philosophisches Jahrbuch für Antike und Mittelalter« (seit 1997).

PAUL MÜNCH, geb. 1941, Volksschullehrerstudium und mehrjährige Schulpraxis; Studium der Germanistik, der lateinischen Philologie und

Geschichte in Tübingen; Promotion 1973, Habilitation 1982, Professor auf Zeit in Tübingen. Seit 1984 Universitätsprofessor für Neuere Geschichte an der Universität GH Essen. Seit 1994 Beiratsvorsitzender des Instituts für Europäische Kulturgeschichte an der Universität Augsburg; seit 1998 Vorsitzender der Arbeitsgemeinschaft Frühe Neuzeit im Verband der Historiker Deutschlands.

Publikationen: Gesellschaft und Literatur im 18. Jahrhundert. Voraussetzungen und Entstehung des literarischen Markts in Deutschland (1997, mit H. Kiesel); Zucht und Ordnung. Reformierte Kirchenverfassungen im 16. und 17. Jahrhundert (Nassau-Dillenburg, Kurpfalz, Hessen-Kassel) (1977); Ordnung, Fleiß und Sparsamkeit. Texte und Dokumente zur Entstehung der »bürgerlichen Tugenden« (Hrsg., 1984); Öffentliche Festkultur. Politische Feste in Deutschland von der Aufklärung bis zum Ersten Weltkrieg (Hrsg. mit D. Düding u. P. Friedemann, 1988); Fremdsein – Historische Erfahrungen (Hrsg., 1995); Tiere und Menschen. Geschichte und Aktualität eines prekären Verhältnisses (Hrsg. mit R. Walz, 1998); Das Jahrhundert des Zwiespalts. Deutschland 1600-1700 (1999).

Der Vortrag wurde am 3. Mai 1996 im Rahmen der Ravensburger Waaghausgespräche (Neue Lust auf Werte?) zum ersten Mal gehalten. Eine Aufzeichnung dieser Fassung – »Von der Stirne heiß / rinnen muß der Schweiß! – Wie die Deutschen fleißig wurden« – strahlte der Süddeutsche Rundfunk am 4. August 1996 in seinem Hörfunkprogramm (S2-Kultur, 22-23 Uhr) aus. Die vorliegende Version ist leicht verändert.

Stefan Rohrbacher, geb. 1958, Studium der Judaistik, Orientalistik, Geschichte und Bibliothekswissenschaft, von 1991 bis 1994 wissenschaftlicher Mitarbeiter bei der Historischen Kommission zu Berlin, von 1994 bis 1997 wissenschaftlicher Mitarbeiter am Institut für die Geschichte der deutschen Juden in Hamburg. Seit 1997 Professur für Jüdische Studien (Jüdische Geschichte) an der Universität Duisburg. Vorsitzender des Verbandes der Judaisten in der Bundesrepublik Deutschland.

Publikationen u.a.: Neusser Juden. Spuren ihrer Geschichte. Ausstellung des Stadtarchivs im Clemens-Sels-Museum (1988); Judenbilder. Kulturgeschichte antijüdischer Mythen und antisemitischer Vorurteile (1991); Gewalt im Biedermeier. Antijüdische Ausschreitungen in Vormärz und Revolution 1815 – 1848/49 (1993); Wissenschaft vom Judentum. Annäherung nach dem Holocaust (hrsg. mit M. Brenner, 2000); Die jüdische Landgemeinde im Umbruch der Zeit. Traditionelle Lebensform, Wandel und Kontinuität im 19. Jahrhundert (2000) sowie zahlreiche Aufsätze zur jüdischen Geschichte und Kultur Europas.

Thomas Schilp, geb. 1953, Studium der Geschichte, Germanistik und Politikwissenschaften in Marburg; Promotion 1981, Archivschule Marburg 1981-1983, Max-Planck-Institut für Geschichte Göttingen 1983-1985; Archivar zunächst am Hauptstaatsarchiv Düsseldorf, seit 1987 am Stadtarchiv Dortmund; 1984 Habilitation an der Universität Duisburg, apl. Professor ebendort seit 2000.

Publikationen: Die Reichsburg Friedberg im Mittelalter (1982); Urkundenbuch der Burg Friedberg (1987); Geschichte der Stadt Dortmund (1994); Himmel, Hölle, Fegefeuer: Jenseitsvorstellungen und Sozialgeschichte im spätmittelalterlichen Dortmund (1996); Norm und Wirklichkeiten religiöser Frauengemeinschaften im Frühmittelalter (1998); Der mittelalterliche Stadt und ihr heiliger Patron. Reinoldus und die Dortmunder Bürgergemeinde (2000); Herrschaft, Bildung und Gebet. Gründung und Anfänge des Frauenstifts Essen (Hrsg. 2000).

Eckehart Stöve, geb. 1941, Studium der Theologie, Philosophie und Musikwissenschaft in Wuppertal, Mainz, Bonn, Straßburg und Heidelberg 1962-70; 1967/68 Vikariat in Wolfisheim / Straßburg; seit 1970 Assistent bei Martin Schmidt, Heidelberg; 1972 Promotion in Heidelberg; dort 1981 Habilitation in Kirchen- und Dogmengeschichte; 1982/83 Forschungsdozentur am Deutschen Historischen Institut in Rom; seit 1984 Professor für Kirchen- und Dogmengeschichte in Duisburg.

Publikationen: Das Unbedingte und das Bedingte. Zum Problem ihrer Vermittlung bei Paul Tillich (Diss. Heidelberg 1971); Kirchengeschichte zwischen geschichtlicher Kontinuität und geschichtlicher Relativität. Der Institutionalisierungsprozeß der Kirchengeschichte im Zusammenhang neuzeitlichen Geschichtsverständnisses (Hab-Schr. Heidelberg 1979); [Art.] Kirchengeschichtsschreibung, in: Theologische Realenzyklopädie 18 (1989) 535-560; [Art.], De Vio, Tommaso (Cajetan), in: Dizionario biografico degli Italieni 39 (1991), 567-578; Via media: Humanistischer Traum oder kirchenpolitische Chance?, in: Monatshefte für evangelische Kirchengeschichte des Rheinlandes 39 (1990), 115-133; Häresiebekämpfung und »ragione di stato«. Die Protestanten und das protestantische Lager in den Hauptinstruktionen Clemens' VIII., in: Das Papsttum, die Christenheit und die Staaten Europas 1592-1605. Forschungen zu den Hauptinstruktionen Clemens' VIII. (Bibliothek des Deutschen Historischen Instituts in Rom 66), hrsg. v. G. Lutz (1994), 53-66; [Art.] Ferreri, Zaccaria, in: Dizionario biografico degli Italieni 46 (1996), 808-811; Die Religionspolitik am Niederrhein im 16. Jahrhundert und ihre geschichtlichen Folgen, in: Der Kulturraum Niederrhein I. Von der Antike bis zum 18. Jahrhundert, hrsg. v. D. Geuenich, 2. Aufl. (1998), 67-92; Il Protestantesimo di fronte al Giubileo, Rom 1999; [Art.] Toleranz, in: Theologische Realenzyklopädie (2001).

Christine Tauber, geb. 1967, Studium der Geschichte, Germanistik, Romanistik, Philosophie und Kunstgeschichte in Bonn und Paris, Promotion 1997 in Bonn, Wissenschaftliche Assistentin am Historischen Seminar der Universität Bonn, Mitarbeiterin der »Jacob Burckhardt Werke. Kritische Gesamtausgabe«.

Publikation: Jacob Burckhardts ›Cicerone‹. Eine Aufgabe zum Genießen (2000).

HANNA VOLLRATH, geb. 1939, Studium der Geschichte, Anglistik, Philosophie und Pädagogik in Köln, Promotion in Köln 1971, Habilitation in Köln 1981; 1983-1989 Professorin für mittelalterliche Geschichte an der Universität Mannheim; seit 1989 o. Professorin für die Geschichte des Früheren Mittelalters an der Ruhr-Universität Bochum. Mehrjährige Auslandsaufenthalte in Dakar (Senegal) und New York, N. Y., S. A.

Publikationen: Königtum und Königsgedanke bei den Angelsachsen bis zur Mitte des 9. Jahrhunderts (1971); Die Synoden Englands bis 1066 (1985); Rassow Handbuch der deutschen Geschichte: Das Mittelalter (4. Aufl. 1996); England and Germany in the high Middle Ages (1996 mit A. Haverkamp).

MEIKE WAGENER-ESSER, geb. 1970, Studium der Theologie, Germanistik, Erziehungswissenschaft und Psychologie in Münster, Promotion 1998 in Münster, 1998-2000 Dozentin an der Fachakademie des Bistums Essen zur Ausbildung von Gemeindereferentinnen und -referenten, seit 2000 Dozentin für theologische Ethik und Sozialethik an der Katholischen Akademie des Bistums Essen »Die Wolfsburg« in Mülheim an der Ruhr.

Publikation: Organisierte Barmherzigkeit und Seelenheil. Das caritative Sozialnetzwerk im Bistum Münster von 1803 bis zur Gründung des Diözesancaritasverbands 1916 (1999).

Die Deutsche Bibliothek – CIP-Einheitsaufnahme
Ein Titeldatensatz für diese Publikation ist bei Der Deutschen Bibliothek erhältlich

www.wallstein-verlag.de
Vom Verlag gesetzt aus der Adobe Garamond
Umschlag: Basta Werbeagentur, Petra Bandmann
Druck: Hubert & Co, Göttingen

ISBN 3-89244-438-2